ROBIN
知更鸟

看见你灵魂所有的颜色

不眠之爱

［澳］莉安·莫利亚提——著

黄瑶——译

The
Hypnotist's
Love
Story

广西科学技术出版社

著作权合同登记号：桂图登字：20-2014-269号

Copyright © 2011 by Liane Moriarty
This edition arranged with Curtis Brown Group Ltd.
through Andrew Nurnberg Associates International Limited
Simplified Chinese edition copyright:
2016 Guangxi Science and Technology Publishing House Ltd.
All rights reserved.

图书在版编目（CIP）数据

不眠之爱 / (澳) 莉安·莫利亚提(Liane Moriarty) 著；黄瑶译. —南宁：广
西科学技术出版社，2016.12
　　ISBN 978-7-5551-0701-9

　　Ⅰ.①不… Ⅱ.①莉… ②黄… Ⅲ.①长篇小说—澳大利亚—现代
Ⅳ.①I611.45

中国版本图书馆CIP数据核字（2016）第280590号

BU MIAN ZHI AI
不眠之爱

作　　者：〔澳〕莉安·莫利亚提　　　　翻　　译：黄　瑶
产品监制：何　醒　　　　　　　　　　版权编辑：王立超
责任编辑：何　醒　卢丹丹　　　　　　特约策划：孙淑慧
装帧设计：吉冈雄太郎　　　　　　　　责任校对：曾高兴　田　芳
责任印制：林　斌　　　　　　　　　　封面插图：ROT

出 版 人：卢培钊　　　　　　　　　　出版发行：广西科学技术出版社
社　　址：广西南宁市东葛路66号　　　邮政编码：530022
电　　话：010-53202557（北京）　　　0771-5845660（南宁）
传　　真：010-53202554（北京）　　　0771-5878485（南宁）
网　　址：http://www.ygxm.cn　　　　在线阅读：http://www.ygxm.cn

经　　销：全国各地新华书店
印　　刷：北京富达印务有限公司
地　　址：北京市通州区潞城镇庙上村　　　邮政编码：101117
开　　本：880mm×1240mm　　1/32
字　　数：400千字　　　　　　　　　　印　　张：16.5
版　　次：2016年12月第1版　　　　　　印　　次：2016年12月第1次印刷
书　　号：ISBN 978-7-5551-0701-9
定　　价：39.80元

致

/

乔治与安娜

致 谢

创作这本书的过程让我有机会进入催眠治疗法的神奇世界。感谢林恩·麦金托什花费了大量时间向我介绍了自己妙趣横生的工作经历。文中若是出现了任何的纰漏或是过分想象，请不吝赐教。

感谢我的朋友：马克·戴维森向我讲解了警方的立案程序；贾内尔·阿特金斯为我解答了有关城镇规划方面的问题；贾基·米哈埃还亲自体验了一下催眠治疗法，以便向我描述进入催眠过程中的感受。

感谢我的父亲伯尼·莫利亚提向我讲述了测绘方面的知识。感谢我的母亲戴安娜·莫利亚提向周边的每一个朋友都推荐了我写的小说。

还要感谢我的姐妹贾克琳·莫利亚提和妮可拉·莫利亚提阅读了我的初稿，感谢卡特琳娜·哈灵顿帮我完成了终稿的校勘工作。

感谢澳大利亚潘·麦克米伦出版公司各位才华横溢的工作人员支持我将这些手稿改编成书，特别是凯特·帕特森、亚历山德拉·纳布卢斯、苏辛、周、克拉拉·芬利、萨曼莎·波克和路易莎·科奈奇。感谢柯提斯·布朗公司的所有人，尤其是菲奥娜·英格里斯。

自从我的上一本书出版以来，我便有幸结识了才华横溢的作家戴安娜·布莱克洛克和贝尔·卡罗尔。能够和他们一起出席各种活动是我的荣幸。我们还共同发起了一个名为"谈书"的时事通讯活动。有兴趣订阅或是想要浏览我的博客的读者朋友可以登录我的网站：www.lianemoriarty.com

在写作此书的过程中，以下书籍为我提供了许多有益的帮助：

Hypnosis and Hypnotherapy (2001) by C. Banyan and G. Kein,
Hypnosis: A Comprehensive Guide(2008),
Finding True Magic (2006) by Jack Elias,
The Art of Hypnosis (2010) by C. Roy Hunter,
The Psychology of Stalking (1998) by J. Reid Meloy,

目 录

01

第一次见面

　　说起催眠术，人们的脑海中总是会浮现出舞台魔术中的画面：摇来晃去的钟摆、"你越来越困了"的老掉牙台词，还有那群像老母鸡一样咯咯叫着的表演志愿者。正因如此，许多客户第一次和我见面时都怀着分外忐忑的心情——这在我看来一点儿也不奇怪。事实上，催眠本身并没有什么离奇或是可怕的地方。相信大家在日常生活中都曾有过精神恍惚的经历。你是否曾经开着车来到一个熟悉的地方，却又根本想不起自己为什么要到这里来？你猜想，发生了什么事情？这就是所谓的催眠状态！

——摘自《催眠师艾伦·奥法瑞的简介》宣传手册

我以前从未有过被催眠的经历。老实说，我根本就不相信这东西。我的计划就是躺在那里，假装这一切真的很有用，然后试着不让自己笑出来。

　　"大部分人在发现自己很享受催眠过程的时候都很吃惊。"催眠师说道。她的声音听上去是那么的婉转娇媚，一张素净的脸上未施粉黛，身上也不见一丝一毫的珠光宝气，白净的皮肤细如凝脂、吹弹可破，仿佛她从来都只在山泉水中沐浴似的。而且，她的身上还飘散这种只能在城市奢侈品商铺中闻到的气息：檀香中夹杂着熏衣草的味道。

　　我们此刻身处的这个房间既小巧又温暖，但却隐约令人感到有些局促不安。它搭建在房子的侧立面上，看上去就像是一个封闭式的阳台。房间的地毯已经有些发霉了，上面铺满了褪色的粉红玫瑰花纹。与之相反，周围的窗户却是用颇具现代化风格的落地大玻璃制成的——就像是建筑天井中常见的那样，可以让光线肆无忌惮地涌入房间。刚一踏进房门，耀眼的阳光便如一阵疾风般穿过我的耳畔，让我霎时间嗅到了旧书本和大海的气息。

我和催眠师面向玻璃窗，肩并肩地站在了一起。原来，当你紧靠着玻璃窗时，是根本看不到脚下的沙滩的，眼前只有一片平坦得如锡箔纸般的海面，闪耀着的海水一直延伸到了远处淡蓝色的地平线上。"我感觉自己就好像手握着船舵一样。"我对催眠师说道。对于我的这番评论，她似乎感到格外的欣喜，赞同地表示自己也常会有类似的感觉。说话时，她的眼睛睁得圆圆的，眸子里闪烁着儿童节目主持人般活泼的光彩。

我们面对面地坐了下来。我的身下是一张柔软的绿皮活动躺椅，而她则坐在一张有着红色条纹靠背和奶白色扶手的单人沙发上。两张椅子中间摆放着一个低脚咖啡桌，上面还立着一盒纸巾——想必很多人都曾经在这里哭过吧，像个饥肠辘辘的农民一样哀叹着自己过去悲惨的生活。除此之外，桌面上还有一壶漂着几片金色柠檬的冰水、两只高脚杯、一个盛满了锡纸包装巧克力的小银碗以及一个放着彩色玻璃球的浅盘。

（我也曾经有过一颗很大的老式玻璃球，那曾经是我父亲小时候的玩具。在参加考试和工作面试时，我总是习惯把它握在手心里祈求好运。几年前，我不慎把它弄丢了，也顺带着丢掉了我所有的运气。）

我环顾四周，发现从海面上折射出来的光线正好映照在了房间的墙壁上：光晕闪耀着四散开来，好像正在轻盈地起舞。说实话，那场景让人看了真是有几分快要进入睡眠状态的感觉。此刻，催眠师的双手正合十放在自己的大腿上，两只小巧的脚轻轻地搭着地板。她穿的是一双软底平跟鞋，黑色的紧身上衣，绣着民族花样的短裙和一件淡黄色的开襟羊绒衫，看上去颇有几分嬉皮的感觉，却又不失高雅的气质，可谓是既新潮又经典。

我在心里想着，你肯定一直都过着如此美好而又平静的生活吧，每天都能够坐在这个风景绝佳的房间里，沐浴着温暖的阳光。你的电脑屏幕上不会出现没有回复的电子邮件，脑海里也不会充斥着恼人的电话。没有无穷无尽的会议，也没有没完没了的表格。

是的，我能感受得到她的快乐。此刻，她的身上正病态地散发着这种气息，闻起来像是某种廉价的香水；当然了，她看起来并不是那种会喷廉价香水的人。

我的嘴里顿时充满了嫉妒的味道，于是便含了一块巧克力，想要驱散口中的苦涩。

"那好，我也要来一块。"催眠师边说边孩子气地剥开了一颗巧克力，仿佛我们两个是多年未见的闺蜜。她应该就是那种女孩吧，身边永远都簇拥着一圈傻笑着的可爱的女朋友。她们会以拥抱的方式和彼此打招呼，会一起熬夜看《欲望都市》的 DVD，还会煲冗长的电话粥谈论有关男人的话题。

她摊开腿上的那本笔记，可爱地嘟起了塞满了巧克力的小嘴，一本正经地对我说道："在我们开始之前，我想要先问你几个问题。哦，亲爱的，我真不该选焦糖口味的，实在是太难嚼了。"

我并没有料到她会提出这么多的问题。

在回答大部分问题的时候，我都抱着实话实说的态度。毕竟它们大多无伤大雅，有些甚至略显乏味。"你是做什么工作的？""你平常会做些什么事情来放松心情呢？""你最喜欢吃的食物是什么？"

终于，催眠师靠在了沙发上，笑着问道："告诉我，你今天为什么会到这里来？"

毫无疑问，对于这个问题，我给出的答案就不是百分之百的真实了。

✕

他说："有些事情我必须告诉你。"

此刻，他已经将刀叉放在了盘子的两侧，还坐直了身子，绷直了肩膀，仿佛已经做好了准备要接受应得的惩罚，脸上还流露出了一丝恐惧和些许的惭愧。

刚才还面带微笑的艾伦顿时感到胃里一阵翻腾。（这本应是她心理上的感受，不料身体却先她心理一步做出了反应。想必又是身心的联系在作祟。人体还真是奇妙。）

一丝明朗的笑容窘迫地凝固在了她的脸上。

艾伦今年已经三十五岁了——她知道这意味着什么。眼前这个优秀的男人是位个体城镇测绘师，喜爱露营、板球和乡村音乐，同时又是一位单身父亲。当她正准备在盘中的尖吻鲈鱼身上洒上白酒酱汁时，却被这突如其来的一句话给打断了，而他即将说出的这句话很有可能会毁了她的一天。那本是多么美好的一天呀，就连尖吻鲈鱼的味道都显得格外鲜美。

想到这里，她懊悔地放下了手中的叉子。

"你想说什么？"她用一种温和的语气试探性地问道，浑身上下的每一寸肌肉都紧绷着，似乎已经做好了随时都会被人打上一拳的准备。好在这只不过是他们的第四次约会，因此她并没有过分地投入。应该说，她还不是很了解这个男人。看在上帝的分上，他居然会喜欢乡村音乐——她早该从一开始时就对这一点提高警惕的。没错，她今天泡澡时还沉溺在了充满期待的白日梦中，而现实中的约会却总是处处都充满了陷阱。说实话，自从他开口的那一刻起，她就已然释怀了，甚至还自动进入了自我疗伤的状态。或许，在下周三之前她就可以痊愈了，最晚也不会超过下周四。感谢上帝，至少她还没有和他上过床。

虽说她无法控制事情下一步的进展，但她至少能够控制自己的反应。

这时，她的脑海中似乎浮现出了母亲在对自己大翻白眼的画面。"艾伦，我亲爱的，告诉我，你真的相信自己编造出来的这些自救的鬼话吗？"

事实上，她是真的相信，而且是全心全意地相信。（事后，母亲倒也为自己的评论道了歉。"我也是为了你好。"她辩解道。不过，艾伦还是假装自己因为受到了惊吓而做欲昏倒状。）

"其实我想说，请原谅，我可否离开一下？"他站起身来，餐巾顺势滑落到了地板上。他红着脸俯身把它捡了起来，放在了盘边的桌面上。

她抬起头来看着他。

"我只是想要——"他伸手指了指餐厅的后面。

"没关系。"她冷静地应了一声。

"先生，在那里，您的左手边。"服务生体贴地为他指明了洗手间所在的方向。

于是，他在她的注视下转身离开了。

帕特里克·斯科特。

话说回来，她其实一点儿也不喜欢"帕特里克"这个名字，因为它听起来多少有点矫揉造作的感觉。应该只有发廊的造型师会给自己起名叫帕特里克吧。此外，他的男性朋友显然都喜欢称他为"斯科蒂"……不过这对于一个澳大利亚男人来说倒是完全可以接受的。

若是他主动提出要结束这段感情的话，应该会很伤人吧。艾伦的心里感到了一点点的刺痛，而且是很尖锐的那一种。老实说，帕特里克·斯科特的身上实在是挑不出任何一处闪光点。他长着一张耐看的大众脸（瘦削的轮廓，微微后退的发际线），身材平平（中等个头，宽阔的肩膀——不过，是那种看上去并不显眼的宽阔，而不是那种"你看，我有在锻炼"的宽阔），工作普通，连生活都乏善可陈。然而说起来也奇怪，自从第一次见到他的那一刻起，艾伦的心里就倍感惬意。他们第一次约会的地点是在一间令人颇感窘迫的咖啡馆里。那是她推荐的地点，进门之后却惊恐地发现里面实在是空旷冷清得要命，看上去就如同是被废弃了一般，以至于两人之间尴尬的对话声也像是被故意放大似的。而且，咖啡馆里那三个百无聊赖的年轻女服务生除了偷听他们的尴尬对话之外，也没有什么其他好做的事情。他们就这样干坐在那里等待着自己刚点的卡布奇诺咖啡。他的手中一直在玩弄着一个糖包，将它一圈圈地来回转着，还不时地在桌子上轻轻地敲上几下。偶尔，他们的目光也会有一搭没一搭地碰在一起，于是两人只好莞尔一笑，以便化解这尴尬的气氛。可是，聊着聊着，艾伦突然觉得全身的紧张感都渐渐地消失了，就好像是服用了一种强力的止痛药。眼前的这个男人开始变得熟悉起来，仿佛她已经认识他许多年了。若是她相信人有前世的话，肯定会以为自己早就认识他了。（当然了，她从不相信这种理论，只不过因为在工作中见识过太多稀奇古怪的案例，因而总是对万事万物都抱有一种开放的态度。）

此前，她曾经在许多女性身上找到过这种似曾相识的短暂暖意——没错，她可是闺蜜界的大明星——可她却从没有对任何一个男人产生过类似的感觉。

话说回来，她的确一点儿也不了解这个叫做帕特里克·斯科特的优秀测绘师。但如果他现在就想要和她分道扬镳的话，她还是会感到十分难过的。到时候，她所受的伤害就不只是一点点刺痛而已。

想到这里，她不禁联想起了自己多年来从客户那里听来的几百种，甚至是上千种的分手故事。"为了帮他张罗晚宴派对，我亲自下厨为他家的十三个亲戚做了每个人三道菜的正餐。可就在我洗碗的时候，他却突然走过来告诉我，他已经不爱我了。""我们在斐济度过了一个完美的假期。回来的路上，她边喝香槟边告诉我，她准备搬出去住了！香槟——就好像她是在庆祝些什么似的！"

哦，赤裸裸的伤痕至今仍镌刻在他们的脸上。即便他们口中说着的早已经是多年以前发生的往事了，那种痕迹却似乎从不曾消失过。被自己的爱人或是潜在的爱人拒绝，这对于一个人的内心来说都是不小的打击。被抛弃的恐惧、往昔伤痛的回忆，连同一种自卑而又自怨自艾的情绪不可遏制地从艾伦的心头涌现出来。

她开始试图客观地评价自己此刻的境遇，假装正在评估某个客户的案例，借此希望自己能够保持疏离的状态。但这并不奏效。

当然了，她的百般慌乱也许根本就是多余的。没准儿帕特里克根本就没打算要甩掉她，毕竟一切都没有任何的预兆，而她又是一个如此善于读懂他人的人——这可是她的看家本领呀。今晚，在开门的那一刹那，他还称赞她看起来"美极了"呢，脸上挂着一种愉悦的神情，就好像刚刚从她的手中接过了一份礼物。他可不是那种会驾轻就熟地称赞女性的翩翩公子哥。而且，在觥筹交错之间，两人也一直都在眉目传情，其中有些眼神甚至可以说是"流连忘返"。她注意到，在晚餐的过程中，他的上身一直都在朝着她的方向前倾着（不过，这也许是他的耳朵有点儿聋。令人意想不到的是，很多男人的耳朵都不太好使。这也是她通过约会和工作才发现的真相）。

她能够明显地感觉到，自己和面前的这个男人无论是肢体语言还是呼吸频率都十分地协调，而这并不像她和客户之间那样属于一种不自觉的模仿行为。至少他们两个人都不是故意的。

今晚的约会并没有出现任何尴尬的停顿或是令人不自在的瞬间。他一直都津津有味、毕恭毕敬地听她讲述着各种有关催眠治疗法的事情。他并没有激动地喊着："表演给我看看！让我像只小鸡一样咯咯地叫唤两声！"或是嘲笑她，用一种高高在上的语气说自己对于"替代疗法"并不怎么感兴趣；更没有调侃她："所以，你还要经过培训才能入这一行？"或是："这工作赚钱吗？"更重要的是，他看上去一点儿也不害怕。和艾伦约会过的许多男人在听说了她的职业以后，都表现出了一种由衷的恐惧，仿佛是生怕自己会在不知情的情况下被她给催眠了似的。相反，帕特里克脸上的表情看上去则更像是一种好奇。

再说了，他在几分钟前还给她看过自己儿子的照片呢！那是一个只有八岁大的可爱金发男孩。听说，外表看上去略显瘦削的他喜欢玩滑板，而且还是学校乐团里的长号手，平日里热衷于和父亲一起出去钓鱼。想必，若是他对于这段感情没有信心，是断然不会给她看这张照片的。

除非，这是他在刚刚的那一瞬间才突然迸发的想法。如今回想起来，他方才放下刀叉、郑重其事的举动确实有些古怪而唐突，双眼直勾勾地望向她的身后，仿佛在远方看到了什么不一样的未来。哎呀，她才刚说到一半呢。（当时她正在给他讲述自己那个疯狂迷恋着詹妮弗·洛佩兹的客户的案例。事实上，她的客户迷恋的是约翰·特拉沃尔塔，但是她出于保密原则，不得不改换了其中的一些细节。而且，若是将故事的主角换成詹妮弗·洛佩兹，听上去也会更有趣些。）

此外，他的表情看上去是那么的悲伤。即便他不准备甩掉她，也一定是要说些什么让人无法接受或是超委屈的事情。

也许他对于自己是个鳏夫的事情撒了谎：实际上他至今仍有家室，只不过是临时分居而已。

也许他根本就不是个测绘师，而是个犯罪集团的成员。那么FBI岂不是很快就会找上门来，而且还非要她戴上监听器不可？她的尸首可能永远也无法被找到（去年夏天，她看完了一整套的《黑

The
Hypnotist's
Love
Story

道家族》DVD）。又或者，他得了什么不治之症。那样的话就太不幸了，但至少不会伤害到她的感情。

无论最后的真相是什么，她这一整天的好心情注定是要消失得无影无踪了。

于是，她猛地灌了一大口葡萄酒，然后抬起头来环顾四周，看看他是否已经从洗手间里出来了。还没有。老天呢，他还在拖延时间。也许他此刻正在往自己的脸上泼水，或是正直勾勾地盯着镜子里的自己，双手紧紧地抓着水池，喘着粗气？

说不定他正在试图逃脱法律的制裁。

想到这里，就连她自己的呼吸都开始变得有点起伏不定。

太丰富的想象力并不是件好事——帕斯科太太在她第七年工作报告中就是这么写的。

她再次环顾四周。周围的食客此刻都沉浸在自己的世界中。她能够听到刀叉在餐盘上轻轻擦碰出来的声音，偶尔还能够听到一两声不太刺耳的笑声。没有人注意到她这个面前摆着一张空椅子的女人。

到时间了吗？这真的有必要吗？是的。

她坐直了身体，将手掌平放在了大腿上，闭上眼睛，开始用鼻子吸气，再用嘴巴呼气。每一次吐息之间，她都想象着自己的身体正被一束强大的金色亮光所填满，因而获得了无限的能量与力量。那束金色的亮光包围了她的双脚双腿，并逐渐上升到了她的腹部和双臂，最终呼的一声盘绕在她的头顶，以至于她满眼都是金光，仿佛自己正直勾勾地盯着落日的余晖似的。一瞬间，她甚至觉得自己的整个身体都飘浮在了距离椅子几厘米的上空。

我会没事的。不管他要说些什么，都不会触碰到我的本质。我会好好应对的。现在从一数到三。一……二……

她重新睁开双眼，感觉精神好多了，心情也振奋了许多。她转过头去观察了一下四周，发现并没有人在盯着自己。诚然，她并没有真的飘起来，也没有像灯泡一样闪烁着光芒，但有时候人的感知就是那样真实，以至于她根本就无法相信那些感觉没有以某种方式切实地存在过。

自我催眠真的是一个美妙的工具。而且她总是能够察觉得到自己的学生或是客户是否真的进入了自我催眠的状态。显然，人们对于自己的思维所能够成就的事情永远都只会大惊小怪。她第一次产生这种飘浮感的时候，就曾一度以为自己就快要飞起来了。若是她能够把自我催眠的方法教给所有的青少年，毒品的问题可能早就解决了。

帕特里克还是没有回来。她低头看了看眼前的晚餐，觉得自己没有理由浪费如此的美食。一位路过的服务生体贴地为她斟满了酒杯。多么美味的葡萄酒，多么鲜美的鱼肉。唯一令她感到遗憾的，大概就是此刻手中没有一本好书了。

她开始百无聊赖地回想起了自己一天的生活。

在帕特里克放下刀叉的那一刻之前，这一整天都是十分美好的，甚至可以说堪称完美。

她昨夜是听着雨水敲打着屋顶的韵律入睡的，睡得很沉，连梦都没有做上一个。就这样，她一直睡到和煦的阳光洒在了自己的脸上时才迟迟醒来。睁开眼后，第一个映入眼帘的便是一根树枝——那是她特意挂在天花板上，好时时提醒自己要诵念佛教心经的。接着，她缓缓地重复了三次吐纳呼吸的动作，脸上还不忘挂着"半个微笑"。

（她是多么希望自己从未向闺蜜荣莉亚提起过这套练习方法呀。在荣莉亚"穷追猛打再加甜言蜜语"的攻势之下，艾伦不得已才答应了向她演示所谓"半个微笑"到底是什么样子的，结果却引来了茱莉亚长达十分钟的捧腹大笑。）

她懒洋洋地爬下床，用指尖点了点冰冷的玻璃窗。所幸，她的外婆生前在屋子里安装了一套全新的煤气供暖系统（这还要感谢玛丽姨婆那张幸运的乐透彩票），才能够让她拥有如此温暖舒适的小窝。早餐时，她边喝着碗里加了红糖的米粥，边听着美国广播公司那语气激昂却又观点偏颇的新闻。看来，最近的流行性感冒根本一点儿也不"流行"（关于这一点，她那位持有医生执照的母亲早就告诉过她了）。一个走失的幼儿终于毫发无伤地被好心的路人给找到了。最近发生的一起黑帮谋杀案可能就是一起家庭纠纷。不久前，又有一起政治丑闻败露了。交通状况还不错。白天会刮起一阵西南风，但是风力很弱。这个世界至少这一次看起来还是有救的。

吃完早餐，她把自己裹得暖暖和和的在沙滩边走了一圈，然后又顶着被风吹得十分凌乱的发型精神百倍地回到了家里，嘴唇上似乎还沾着几粒海盐。

那一天她一共约见了四位客户，其中一位男客户是来找她克服飞行恐惧症的，这样他就可以带着自己的妻子飞到法国去庆祝他们结婚四十周年的纪念日了。他离开的时候很用力地握了握她的手，并承诺会从巴黎给她邮寄明信片。此外，她还约见了两位新客户。她总是很享受和新客户见面的过程。其中一位女客户在过去的四年中一直饱受着腿部莫名疼痛的折磨。为了治好自己的病，她也曾看过无数个医生、理疗师和按摩师，但他们似乎都无计可施。另一位女客户则向未婚夫保证会在婚礼之前戒掉烟瘾。这两次约见也都进展得十分顺利。

她的最后一个客户很可能永远也成不了她的成功案例之一了。事实上，连她自己也不清楚这个名叫玛丽-贝丝的女人到底想要从催眠疗中获得些什么。而且，她拒绝了艾伦想要把自己推荐给其他催眠师的提议，并坚持要在艾伦这里继续接受治疗。在那之后，艾伦便决定不再对她使用过于复杂的疗法，而只是引导她接受一些简单的放松训练——她管这个疗程叫做"灵魂按摩"。不出所料，玛丽－贝丝总是会在治疗结束之后说自己的灵魂已经足够放松了，并对她表示感谢。不过她从来都是这么说的。

在玛丽－贝丝迈着沉重的步伐离开之后，艾伦打扫了房间，并小心翼翼地随意摊开了几样东西，好让整个房间能够呈现出一种无人刻意打扫，而是一贯就如此整洁的效果。她也曾想过要用浅紫色的便利贴抄写几句佛经，然后将它们贴在房间的各个角落。但她的前男友乔恩就因此而嘲笑过她——他会站在艾伦的冰箱前，用一种十分愚蠢的语调故意大声地朗读着便利贴上的文字。显然，隐藏真实的自我并不是展开一段潜在新恋情的方式，这话难道不对吗？

她甚至还拿出了一套崭新的高档床上用品铺在自己的双人床上。也许是时候可以和他缠绵一番了。哦，是的，这话听起来虽然有点儿庸俗，但当一个女人三十多岁了却仍和别人处在约会的状态中时，事情就是这个样子的。早就没有什么桃心和鲜花了，毕竟大家早就过了十六岁的年纪。她和帕特里克两人都不信教，是在网络上认识的：一个相亲网站。所以说，一切都是如此的直白与坦率。他们都在寻觅一段长期的感情，因为两个人都在这一个选项上画了钩。

热吻的阶段已经成为了过去时（感觉还不错），现在该是缠绵悱恻的时候了。艾伦单身已经有差不多一年的时间了，因此十分怀念能与人耳鬓厮磨的感觉。面对她如此狂野的一面，很多从一开始就误以为她是个优雅无辜的甜姐儿的男人都感到十分惊讶，不过她倒是并不在意——甚至愿意配合对方进行演出。只能说他们对她一开始的定位就不准确。

（此外，她也喜欢看恐怖电影，爱喝咖啡，爱吃三四分熟的牛排。

很多人都以为她是个素食主义者——说实话，她的外表看上去确实就像个只喝花草茶的素食主义者——他们居然到现在还会在晚宴中为她准备特殊的餐点，或是坚称他们"清楚地记得"她说自己不沾荤腥。）

为了今晚，她花了很多时间做准备：先是在浴缸里泡了一个长长的蒸气浴，一边手举着葡萄酒杯，一边听着"暴力女人"乐队的CD。那狂暴的和弦与躁动的噪音实在是与她终日里播放的那些婉转和谐、充满潺潺流水声的舒缓音乐大相径庭，如同有人从她的头顶倒下了一桶冰水那般提神。"暴力女人"乐队让她想起了八十年代，那时的自己还是一个少女，浑身上下都散发着荷尔蒙和希望的气息。直到帕特里克敲响她家大门的那一刻，她还处于一种极度兴奋的好心情状态中，完全没有注意到一丝念头正浮现在她的脑海中：你这样必然会乐极生悲的。

她忽视了这个想法。可现在……有些事情我必须告诉你。

她放下了手中的叉子。那个男人到底去哪儿了？她注意到一位服务生关切地朝着她看了一眼，像是在努力地揣测她需要什么帮助。

她转过头来，看了看帕特里克吃了一半的晚餐。他点的是猪腩肉。多么糟糕的选择呀，她想到。可惜她刚刚认识他不久，因此还不能拿这件事情来嘲笑他。猪腩肉！听上去就很恶心，看上去更像是一大坨冷冻凝结的脂肪。

或许他常会在餐厅里点这类会令人动脉堵塞的食物，因而现在已经在厕所里突发心脏病死掉了。她是否该派那个眼神关切的服务生进去查看一番呢？或许，正是那些猪腩肉害得他拉了肚子。那样的话，若是他听到有人进去找他，岂不是会感到很尴尬吗？好吧，若是她遇到类似的情况，肯定也会感到很尴尬的。不知道男人会不会在意这些事情。

她早已经过了会患上约会焦虑症的年纪。她本应该留在家里烤蛋糕，或是像那些家中有学龄儿童的父母一样做些教育儿女的事情。

当她再次抬起头来的时候，帕特里克终于出现了，正一步步地向她走来。他看上去有些发抖，好像刚刚经历了一场小型的车祸，脸上还挂着一种"游戏结束了"的表情，看上去就像是一个刚刚抢完了银行、正高举着双手走出来的抢劫犯。

他回到了对面的座位上，顺手将餐巾放在了腿上。接下来，他重新拾起了刀叉，低头望着盘中的猪腩肉深深地叹了一口气，又再度将手中的刀叉放下。

"你可能会觉得我是个疯子。"他开口说道。

"嗯，我很好奇！"艾伦用一种中年妇女常有的语气欢快地答道。

"我一直希望自己不用告诉你这件事，直到我们两个……但是我突然意识到，必须今晚就对你坦白。"

"慢慢来。"此刻，她已经开始转用自己常对客户使用的那种冷静而又单调的语气来说话了，"无论你准备说什么，我都能承受。"

"这也算不上是什么糟糕的事情！"帕特里克草草地应付了一句，"只不过和其他的事情相比，有点儿让人难为情。是这样的……好吧，我就有话直说了。"

他停顿了一下，傻傻地咧开嘴笑了笑。

"有人在跟踪我。"

一时间，艾伦有点搞不懂他说的到底是什么意思，仿佛英语是她的第二语言，因此她不得不先花点时间在脑海里翻译一下这句话的意思。

有人在跟踪我。

过了许久，她终于开了口："有人在跟踪你？"

"她是我的前女友，跟踪我已经有三年的时间了。有时候她也会消失一阵子，但不久便又会突然出现。"

一种令人狂喜的慰藉从头到脚地席卷了艾伦全身。正是由于这次有惊无险的经历，才让她突然明白自己原来是如此地喜爱眼前的这个男人，而且迫切地希望能够与他修成正果。要知道，她今天在涂抹睫毛膏的时候甚至还允许自己的脑海中浮现出了"我想要和他坠入爱河"这样的台词。看来，她今天之所以情绪如此雀跃的原因并不是因为天气、早餐粥或是什么新闻报道，而是因为他。

这样说来，有个爱跟踪他的前女友又算得了什么！

真是有意思。

不过，话说回来，跟踪……

她听说过有人会从杂志和报纸上剪下字母拼成书信，还听说过有人会用鲜血在墙上写字。对了，还有那些会蹲守在明星家附近的疯狂粉丝，以及那些会开枪射杀妻子的暴力前夫。

但是，谁会跟踪一个测绘师呢？（就算是他的下巴轮廓看上去很俊朗。）

"所以——你说的跟踪，到底是什么意思？她有暴力倾向吗？"

"这倒没有。"帕特里克的表情看上去就像是在被迫回答一大堆颇为私密的个人用药问题，"她从没有过任何肢体上的暴力表现，只不过有时会大吼大叫，口出恶言。她还会在半夜打电话来，或是给我寄信、发电子邮件和短信，但是大部分时间里她只是会默默地跟着我。无论我去哪里，她都会跟着我。"

"你是说，她会尾随你？"

"是的。任何地方。"

"啊，天哪，这对你来说一定很可怕吧！"刚才那种中年妇女的腔调又回来了，"你报警了吗？"

他的脸部肌肉抽搐了一下，似乎联想起了什么不愉快的记忆。"是的。我报过一次警。是一位女警员接的电话。我不知道她是不是——这么说吧，她说的都对，但我却觉得自己像个傻瓜一样软弱无能。她建议我做一份'跟踪事件日志'，将对方所有的可疑行径都记录下来。我照做了。她还建议我申请一份针对她的限制令。我也确实考虑过要这么做，但是当我告诉前女友自己去找过警察时，她居然反过来威胁我，说我若是再敢轻举妄动，就去告我骚扰她、殴打她——嗯，你懂的，我是个男人，到时候他们会相信谁呢？当然是相信她了。于是我立马就收手了。我只是希望她能够不要再这么做了。这么多年过去了，我都不敢相信她居然跟了我这么久。"

"这真的是——"艾伦正准备说出"太吓人了"这几个字，转念一想又担心会冒犯到他，毕竟男性的自尊心就像是蛋壳一样脆弱。于是她换了一种表达方法："你的压力一定很大。"然而，她的声音里却抑制不住地流露出了一丝喜悦之情。

"刚开始的时候，我对此一直都很抵触。"他回答，"但是我现在已经开始接受现实了。我的生活就是如此，只不过我的很多约会对象都表示完全无法接受这样的事实。因此，我也许很难展开一段新的感情了。虽然说有些人刚开始的时候也会表示愿意接受，但后来也都逐渐承受不住了。"

"我能承受得住。"艾伦不假思索地答道，仿佛她此刻正在接受一份工作面试，因而急于想要证明自己能够经受得住考验似的。每当听到暧昧对象的前女友身上有些什么缺点，她的心中总是会燃起一种熊熊的斗志，想要努力表现出自己可以做得更好。

慌乱中，她咽下了一大口葡萄酒。虽然说她并没有把话干脆挑明，但是话中的引申含义显然就是：我想要和你继续发展下去。

她假装低下头对着自己的酒杯皱起了眉头，似乎是想要对杯中葡萄酒的质量进行一通贬低，但当她再度抬起头来的时候，却发现帕特里克正在对着她微笑。那是一个真心愉悦的人才会有的笑容，笑得连眼角的皱纹都堆叠了起来。他伸出手来，隔着餐桌握住了她的手。

"我希望你能够做到。"他回答，"因为我的感觉很好。我是说，我对于我们两个继续发展下去的可能性十分看好。"

"我们两个的可能性。"艾伦一边重复着他的话，一边回味着话中的含义和他手掌的温度。那些说你到了三十多岁就会变得不近人情、不堪重负的话都是胡说八道。他手掌的温度就像是一剂脑内啡，霎时间就充满了她的血管。对于爱情的科学道理，她是再清楚不过的了。虽然说她知道自己的体内此刻正进行着"爱的化学反应"（那都是去甲肾上腺素、血清素和多巴胺搞的鬼），但这并不代表她不能像其他人那样容易动容。

到现在为止，这两个人已经彻底对彼此摊牌了。

"你为什么想要今晚就告诉我这些？"艾伦问道。此刻，他的大拇指正在她的掌心里画着圈。绕着花园转呀转，像只泰迪熊。"我是说有关你被跟踪的事情？"

他的大拇指停了下来。

"因为我看到她了。"他答道。

"你看到她了！"艾伦的眼神迅速在餐厅里搜寻起来，"你是说，在这里？"

"她就坐在靠窗的那张桌子旁边。"他抬起下巴朝着艾伦的身后扬了扬。她顺势转过身去，朝着帕特里克所指的方向望去。"别担心，她现在已经走了。"

"她来这里做什么？就为了……看着我们？"

艾伦意识到自己的心跳已经越来越快了，可她一时间有点搞不清楚自己的心里到底是什么感觉：是害怕，还是有一点点的兴奋。

"她在用手机发短信。"帕特里克有点萎靡不振地回答。

"给你发短信吗？"

"也许吧。不过我关机了。"

"难道你不想看看她在短信里说了些什么吗？"显然，其实是艾伦想要看一看短信的内容。

"没什么特别的。"帕特里克一口回绝了，"完全没有必要。"

"她是什么时候离开的？"若是艾伦能够早点知道这件事情的话，就可以看一看这个女人到底长什么样子了。

"就在我起身去厕所的时候，她也跟了过来。我们站在走廊里聊了一会儿。这就是我为什么这么半天才回来的原因。她说她正要离开。感谢上帝，她总算是走了。"

这么说来，她肯定是刚刚才从艾伦身边走过去的！艾伦开始在脑海中搜索着有关身边经过的女子的印象，却什么也想不起来。也许她是在艾伦做自我催眠的时候经过的。该死。

"她说了些什么吗？"

"她总是会摆出一副可怜兮兮的表情，假装我们是恰好偶遇的。你大概会想象她穿得像个露宿街头的疯女人一样吧，一头乱糟糟的头发。但她看上去一切正常，精神也不错。这不禁让我有点怀疑是不是自己患上了妄想症。她是个事业有成的成功女性，平日里备受尊敬。你能相信吗？我总是在想，若是她的同事们知道她没事的时候都会做些什么，又会怎么看她呢？总之……我们能不能聊点儿开心的事情？你的鱼味道怎么样？"

你在开玩笑吗？除此之外，艾伦此时此刻什么也不想聊。她想要知道所有的细枝末节。她想要弄清楚这个女人的脑袋里到底在想些什么。一般来说，她在任何情况下都能够理解女性的立场。她就是这么个善解人意的姑娘，而且也十分喜欢研究女性；倒是男性的心理总是令她感到困惑。但是，花上三年的时间跟踪自己的前男友？难道说她的精神有问题吗？还是说他曾经虐待过她？她还爱着他吗？她会怎么为自己的行为辩解呢？

"这鱼很不错。"艾伦一边回答，一边努力压抑着心中想要追问更多的冲动。毕竟，这样对一个男人生活中的黑暗面穷追猛打显然是有失体面的。她知道这是自己的一大缺陷：对于别人的私生活总是抱有贪婪的好奇心。

"今晚谁在照看你儿子？"她换了个话题。

"我妈妈。"帕特里克脸上的表情也随之柔和了下来，"杰克可喜欢奶奶了。"

说到这里，他眨了眨眼睛，低头看了一下自己的手表，接着说道："老实说，我答应了今晚要回去跟他说晚安的。我出门的时候他有点不太舒服。你不会介意吧？"他说罢从口袋里掏出了手机。

"当然不介意了。"

"我出门的时候一般不会给他打电话的。"他边说边打开了手机，"我的意思是说，他现在已经是个很独立的孩子了，知道去做自己的事情。"

"没事的。"

"只是他最近得了重感冒，后来又转为了呼吸道感染，现在正在吃抗生素呢。"

"真的没事的。"她很想听他谈谈自己的儿子。

这时，他的手机响了起来，一次又一次。

帕特里克做了个鬼脸。"是短信。"

"啊，是跟踪你的那个女人发来的吗？"艾伦努力装出了一副并不感兴趣的样子。

他端详了一下手机的屏幕。"是的。我基本都会直接删除，看都不会看上一眼。"

"是吗。"她开始有点按捺不住了，"是因为内容很让人恼火吗？"

"有些时候是这样的。不过大部分是因为它们读起来很可悲。"

她望着他阅读这些信息时的表情，然后看着他用大拇指一下又一下地按下那些按键。他的笑容里隐含着几分啼笑皆非的意味，仿佛正在与自己的敌人开着什么恶劣的玩笑。他的眼睛转了转，轻咬了一下唇边。

"想要读读看吗？"他伸手将手机递了过来。

"好啊。"艾伦顺从地答道。她的上身微微向前倾斜着，顺着他滑动屏幕的手势读起了短信的内容。

真高兴能够在这里碰见你！我坐在靠窗的位置上。

你穿的那件衬衫真不错。

你点的是猪腩肉？你到底是怎么想的呀？

她很漂亮。你们俩看上去很般配。Sxx

艾伦向后缩了一下身子。

"抱歉。"帕特里克说道，"我不该给你看那一条的。我向你保证，你不会有任何的危险，你懂的。"

"不，不，没关系的。"她冲着手机点了点头，"继续。"

很高兴今晚能够见到你。最近找个日子一起喝杯咖啡怎么样？

我爱你。我恨你。我爱你。我恨你。不，我是真的恨你。

艾伦坐回了自己的位置上。

"你有什么专业的建议吗？"帕特里克开口问道，"这绝对可以证明她疯了，对不对？要知道，这段感情早在三年之前就结束了。"

"你们俩在一起有多长时间？"

"两年。嗯，三年吧。她是我在妻子离世之后交往的第一个女朋友。"

艾伦本想继续追问这段感情是怎么结束的，但是在思考片刻之后，她又换了另一个问题："你为什么不干脆换掉自己的电话号码呢？"

"我曾经换过，但是觉得很不值得。我是个个体户，需要让客户随时都能够联系到我。我最好先给我儿子打个电话，很快的。"

艾伦看着他熟练地拨下了一串号码，然后将手机举到了耳边。

"是我，小家伙。你怎么样了？……我吃了些什么？哦，猪腩肉。"他一脸悔恨地看了看盘中的食物，"是的，好吃极了。"

"总之，你感觉怎么样？还好吗？抗生素吃了吗？奶奶在做什么？哦，真的吗？那太好了。是的。没问题。你可以快点告诉我。"他闭上了嘴，静静地听着。当遇到艾伦的眼神时，他还调皮地眨了眨眼睛。"是这样的吗？好吧，是这样呀——好的。一座火山？跳伞？天哪。"

他继续听着电话，另一只手的手指则在桌布上敲来敲去。艾伦专注地望着他的手。那是一只很可爱的手，指甲被修剪成了大大的方形。

"好的，小家伙。听着，剩下的事情你可能要明天再告诉我了。我这样对待我的……朋友实在是有点不太礼貌。没问题。明天早上见。华夫饼，当然。是的，绝对没问题。晚安，孩子。爱你。"

他挂掉了电话，顺势按下了关机键，并把它塞回了口袋里。"真抱歉。"他说道，"他想要给我讲讲他刚才看过的一部电影的细节。他这一点恐怕是和我学的。"

"是吗。"艾伦应和道。

她的后脑勺突然感到一阵强烈的快感。她喜欢他谈到自己儿子时的模样，看上去是那么的随意和有趣，不仅充满了男人味，而且十分有爱。她也很高兴能够知道这对父子俩明天早餐会一起吃些华夫饼（她也喜欢吃华夫饼）。她更是觉得他发自内心地说"爱你"

时的表情让人怜爱不已。

服务生上前收起了餐盘，并将它们驾轻就熟地叠放在了前臂上。"猪腩肉的味道还可以吗，先生？"

"还不错。"他抬起头来对着服务生笑了笑，"我猜自己只是没有想象中的那么饿而已。"

"需要看看甜点的菜单吗？或是来杯咖啡？"

帕特里克朝着艾伦扬起了眉毛。

"不用了，谢谢你。"她回答。

"结账吧，谢谢你，小伙子。"帕特里克也说道。

艾伦低头看了看手表。现在才十点钟。"我家里有些不错的巧克力。"她开了口，"如果你现在有时间，想要到我那里去喝杯咖啡的话。"

"我有空。"帕特里克答道。他的眼神又和艾伦的眼神交织在了一起。

当然了，这两人并没有真的去管什么咖啡还是巧克力的事情，而是在新换的床单上香汗淋漓地交缠在了一起。突然间，一阵瓢泼大雨开始敲打着她家的屋顶。艾伦短暂地想起了那个跟踪帕特里克的女人，并开始猜想她现在人在哪里，是不是正因没有带伞而冒着雨站在街灯下，任由雨水滑过她那张苍白的、满是愁容的（美丽的）脸庞？然而，新欢带来的愉悦感很快就占据了她的脑海。于是，她不一会儿便把那个女人的事情抛到九霄云外去了。

第二天一早，艾伦光着脚在沙滩上散步，裤脚高高地卷到了膝盖下面，好让海浪能够轻轻地拍打她的脚踝。她边走边回想着昨晚发生的一切。（现在，她是如此地热爱帕特里克这个名字，而且一点儿也不会觉得矫揉造作了！）

他的儿子。（实在是太可爱了！）

他那疯狂的前女友。（真是有趣！不过多少有点吓人。她也不是很肯定。）

还有他的身体。老天哪，当他解开那平淡无奇的条纹商务衬衫的扣子时，她简直就变成了摄政年代爱情故事里的女主角。光是想一想他的胸膛，就让她感觉欲火焚身。于是，她将两只手指放在了自己柔软的嘴唇上，回味着昨晚那些如雨点般落在她身上的热吻。

他是午夜时分离开的，就像是灰姑娘的故事里讲到的那样。他说，虽然母亲会在家里帮忙照看他的儿子，并且还会睡在他的客房里，但他仍觉得自己若是夜不归宿的话好像是在故意利用老人家似的。

"我很讨厌自己就这样走掉。当然了，如果我们——你知道的——我下一次会告诉她自己要在外面过夜的。"他边说边重新扣好了扣子，遮住了自己狂野的胸膛。

"没关系的。"艾伦答道。从声音中可以听得出，她此时已经是睡意浓浓了。其实她很高兴他事后就离开了，因为她更喜欢赖在床上想着他，而不是真的让他留宿在自己的枕边，看到自己早上起床时满头的乱发。

"我会打电话给你的。"他在和她吻别的时候还不忘说上一句。

今天早上六点，她的手机就急不可耐地推送来了一条信息。

我什么时候能再见你？我想你应该是给我催眠了吧！

这个借口有点蹩脚，但是听上去却是可爱至极。

看起来，一切都要步入正轨了。她终于站到了一段新感情的起跑线上。我们又来了。她深深地吸了一口弥漫着海盐味道的海洋气息，感觉一股咸湿的气味卡在了自己的喉咙里。这不禁让她回忆起了往昔那些破碎的感情带给她的失望。

请让我这一次能够修成正果吧。她自怨自艾地哀叹道。

接着，在振作了精神之后，她又对自己喊起话来："别逗了，饶了我吧！"

此前，艾伦一共有过三段长久的恋爱经历：安迪、爱德华和乔恩。有时，她觉得自己总是会紧紧地拽着这三段感情不愿放手，就好像是在身后拖了一根拴有三个旧罐头瓶的绳子似的。

安迪是一个年轻、高大却又容易见异思迁的银行家。在两人三年的交往过程中，艾伦总是隐约感觉这段感情是那样的不真实，仿佛两人是在佯装相爱，而且还十分精于此道。当安迪获得了一个到海外就职的机会时，他甚至没有谈起过让艾伦过去随任的事情。总之，这段感情给她留下的印象是污秽不堪的，就好像是咽下了麦当劳的什么垃圾食品。

爱德华是一个贴心感性的高中教师。他们两人之间的爱情是那样的轰轰烈烈、深入骨髓，以至于在外人看来，这一对佳人肯定会在不久的未来组建起一个拥有孩子和宠物的美好家庭。然而，出于某些复杂得连她都讲不清楚的原因，这段感情突然终结了，令许多人都感叹不已。而对于艾伦来说，失去这个爱人也令她痛彻心肺。

艾伦是在自己三十岁的生日那天遇到乔恩的。所以，好吧，就是他了，艾伦在心里这样想到。这是一段真正成熟的恋情。乔恩是一个聪明直率的工程师，艾伦十分宠爱他。可直到乔恩伤透了她的心，她才终于意识到对方从来没有真正用同样的爱回应她。

她时常会把这些失败的感情经历视为自己人生的败笔。但她现在才明白，也许这些败笔的存在正是在为她一步步迈向命中注定的彼岸铺路搭桥，而这个彼岸就是她此刻脚下踏着的这片沙滩，上面站着的那个男人就是拥有绿色眼睛的帕特里克·斯科特。

想到这里，她又想起了帕特里克的前女友，那个跟踪他的女人，萨斯基亚。这个名字实在是很不寻常，其中的音节读起来既生硬又尖利。艾伦在口中反复念了几遍她的名字，总觉得那声音听上去像是某种奇怪的新式水果。萨斯基亚若是知道艾伦的心中此刻正洋溢着希望，应该不会太高兴吧。

艾伦抬脚踢了踢面前的海水，激起了一阵冰冷的水花。好吧，说真的，这个女子到底是个什么样的人呢？难道她就没有一点自尊心吗？想到她自己的前任男友们有可能也会知道自己还会偶尔想起他们的事情，艾伦的心中不免一惊。

事实上，他们三个人的身影一直都不曾离开艾伦的脑海。每次她坐进车里时，都会不自觉地将驾驶座往前调，就像是曾经和长腿的安迪共用一台车子时常做的那样；这已经是她多年前留下来的习惯了。而每当她切西红柿的时候又会不自觉地想起乔恩，因为他曾经告诉过她，用滚刀的方法来切可以让西红柿保留更多的汁水。最后，每年的节礼日都会让她不自觉地想起，今天是爱德华的生日。

当然，她会时常想起他们其实也没有什么好奇怪的。毕竟在那些日子里，他们是最了解她的人，也是每天都在和她交流的人，更是知道她什么时候会出现在哪里，且若是她不幸出了意外肯定会坐在葬礼现场第一排的人。

有的时候，艾伦也会觉得突然和自己最亲密的人变得形同陌路是一件很奇怪，也很不对劲的事情。毕竟，你们曾经一起入睡、一起醒来，每天都携手经历着许多十分私密的事情。可突然有一天，你的手机里没有了对方的电话号码，也不知道对方住在哪里、在何处上班，更不知道他们今天、上周或是去年都做了些什么。

艾伦望着远处地平线上的巨浪高高卷起，然后又在海面上拍得粉碎。

这就是为什么每一次分手都会让你觉得全身好似蜕了一层皮一样。话说回来，大部分人居然都没有变成像萨斯基亚那样的人，反而表现得彬彬有礼、趾高气扬，这才值得奇怪呢。

"早上好！"一对年迈的夫妇从沙滩的另一端迈着轻快的步伐朝着艾伦走了过来，两人的手还紧紧地握在一起。于是，艾伦赶紧加快了脚步，以免自己会被八九十岁的老人超越。

想当初，她的外公外婆还健在的时候，每晚都会趁着六点钟新闻开播之前的那段时间到这片沙滩上来散散步。

他们一起度过了六十三年的光阴。六十三年，他们每一天都是在同一个人身边醒来的，身处的也是同一间卧室。事实上，那就是她和帕特里克昨晚缠绵的卧室。（现在想起这一点来，她不禁感到有点毛骨悚然。万一她外公外婆的灵魂还居住在这座房子里可怎么办呢？她可不希望自己可怜的外公被困在卧室里，只好躲在窗帘后面用手遮着自己的眼睛。）

艾伦一直都以为自己会很早结婚，并像他们一样拥有一段长久的爱情。她觉得自己就是那样传统而善良的人。善良的女孩总是能够找到同样善良的男孩，因为"善良"就是维系一段感情所必需的全部要素。

不过，坦白地说（实现真正的自我是她当下的目标），她还没有善良到相信自己会像母亲那样度过一生：她的母亲是靠一己之力把她带大的，母女俩的生活中从没有出现过任何一个男人的影子。

然而，她却落到了这样的下场，三十五岁了还在网上相亲。每一次她点开那个网站，都会隐约感觉自己做了什么不得体的事情。

也许这只有对她来说才是不得体的吧——这就是问题的症结所在。事实上，她并不觉得其他人在网上相亲有什么不合时宜的。哦不，这对于那些无知的大众来说当然是可行的。艾伦自己不就是以帮助这些个体为生的吗？

就是这样的。她本以为自己应该是个十分会处理感情生活的人，可事实却正好相反。说真的，她也在不断向自己提着同样尖锐的问题，为什么她要像其他人一样，遭受那些撕心裂肺的痛苦呢？为什么她不能像很多女性那样，轻而易举地就遇见自己的真命天子呢？为什么她嘴上说着不在乎，心里却要为自己那滴答作响的生物钟而感到焦虑呢？为什么她就不可以当个迂腐的人呢？

她为自己的羞耻心而感到羞耻。出于忏悔的心态，她坦承自己至今仍然单身，并且将自己正在进行网络相亲的事情告诉了所有的人。在每一次尴尬无比的新约会过程中，她都会高昂着头，表现出一副积极的模样，而且还要装出一副可以包容一切的架势。

但有些时候，这也并不是那么容易就可以做到的事情。

想着想着，她已经走到了岩石潭。每次她走到这里时，都会转过身来，将双手背过去放在臀上，然后大口地呼吸。她这才意识到自己走得有点儿太快了。

她转头向来时的方向望去，看着她外公外婆曾经住过的、如今已经归她所有的那座小房子。后院内的玻璃小屋在和煦的晨光照耀下闪烁着金光，就像是一颗胡乱夹杂在房子旁边的钻石。"难以置信，他还真有本事把这东西建得比我想象中的还要难看。"当她的母亲第一次看到外公加盖的这间玻璃小屋时，就是这样感叹的；这里要再一次感谢玛丽姨婆那张幸运的彩票。

艾伦的外公有个终身未嫁、膝下也无子女的妹妹——玛丽姨婆。她就是那个意外赢得了价值一百万澳元乐透彩票的幸运者。不过，她在获得奖金之后的第六周便去世了。那时，她还在思索要用这笔意外之财来做些什么。（也许，她可以给自己买一台新电视？一台所谓的"平板电视"？不过话说回来，无论是什么样的电视，《一掷千金》的节目看起来还不是一个样子？只不过画面要大一些而已。）她离世后，所有的财产都遗留给了艾伦的外公外婆。于是，他们用这笔钱加建了这间玻璃小屋，还安装了煤气供暖系统，并且每年都要出海去度假十天——这个习惯一直延续到他们临终前。后来，玛丽姨婆的这笔乐透奖金还促使他们决定将这座房子留给艾伦，而艾伦的母亲和国际特赦组织则将分享他们死后的现金遗产。这似乎是个皆大欢喜的决定，毕竟艾伦的母亲可是一点儿也没有想要继承这座自己儿时住宅的意思。"花多少钱也拯救不了这座房子。"她总是喜欢略带哀伤地用一种权威的语气做出评论，好像有谁在为此询问她的专业意见似的。

这的确是一间外表看上去十分奇怪的房子，建于上个世纪七十年代，融合了那十年间所有最时髦的设计元素：暴露在外的房梁和石砖、不锈钢旋转楼梯、装有镜子的拱门、石灰绿色的粗毛地毯和亮橘色的厨房。可是，艾伦一直对这座房子钟爱有加。她觉得这里拥有某种绝妙的复古魅力，因而拒绝对它进行任何的改动，只是为自己的客户扩建了一块临街的停车位而已。虽然说她的催眠师工作收入颇丰（每当她母亲对外人谈起她的职业时，总是会半失望半骄傲地谈到这一点），但在外婆去世之前，她一直都在租用公寓和办公室。如今，能够继承这座房子，并将外婆生前常用的缝纫室开辟为办公区域，这对于艾伦来说无疑是获得了财务上的坚实保障。

沙滩上的一块白色石块吸引了她的注意力，于是她俯身将它捡了起来。这块石头形状很可爱，手感也不错，也许会对她的一位客户有用。

在回去的路上，她扭头望向了大海，感觉胸中无比的舒畅，就好像是刚刚脱下了一件紧身衣。你永远也不会想要承认——哪怕是对自己——你是多么需要爱。男人本该是生活这块大蛋糕上的糖衣，而不是蛋糕本身。因此，她不禁对自己的喜不自胜感到有些羞愧。感谢上帝，幸好没有人看到她头顶上的香槟瓶塞"砰"的一声崩开的画面。

回到家后，她打算马上就回复帕特里克的短信，并提议两人今晚一起去看一场电影。虽然说这算不上是什么新花样，但是能够和新男友一同前去还是令人倍感欢欣。她务必要让自己的语气不要显得过于热情。

想着想着，她将脚步向水边挪了挪，好让自己的脚趾能够深深地陷入沙子里。她至今仍记得帕特里克背部的触感，还有她的嘴唇吻在他锁骨上的感觉。

抱歉，萨斯基亚。我想这个男人我是不会放手的了。

✖

所以，他已经和那个催眠师上过床了。

从电影院出来以后，他直接就将自己的手绕在了她的后腰上。看到这一点，我就什么都知道了。你看，他的手放置的位置是那么的低，那么的自信，仿佛是在彰显对她的所有权。

他觉得自己的床上功夫十分了得。这全是他妻子的错，因为她曾经告诉过他，说他是个"出类拔萃的爱人"。不过她后来死了，因而她的话就变成了"圣言"——"科琳的圣言"。

科琳曾经对帕特里克说，洗衣粉在投放进洗衣机之前必须先完全溶解——虽然说很多人都只是马马虎虎地将洗衣粉倒在衣服上面。这是因为，科琳认为事先溶解好的洗衣粉才能把衣服洗得更干净。于是，这就变成了一条金科玉律。看在上帝的分上，我至今仍在这么洗衣服。不过，这确实有点让人恼火，因为这样做往往要先等待洗衣机放满了水之后才能把衣服都丢进去。而我有时候临时走开了，就会把洗衣服的事情忘得一干二净，然后在洗衣机洗到一半的时候才意识到一件衣服也没有丢进去。

老实说，他在床上的确很厉害。也许现在也是一样，只不过总是重复着同样的话，做着同样的动作而已。

我想象着他和她一起躺在床上，嗅着她身上散发出来的檀香木的味道，然后用双手抚摸着她光滑如婴儿般的肌肤。

我想要看一看。我想要坐在床尾，看着他低下头去亲吻她的乳头。她的胸比我的要大多了，因此我想他对此应该是格外受用。

不知道她会不会免费为他催眠呢？

她的声音听上去就像是从勺子上缓缓滴落下来的温热的蜂蜜。

他们昨晚看的是罗素·克洛的电影。电影拍得很不错。他应该很熟悉其中的情节，因为这部电影是根据我们从前每周一晚上都会观看的电视剧翻拍的。不知道他是否还记得这些。我猜他可能不记得了，于是便发了条短信提醒他。

之后，他们在转角的那家泰式餐厅用了晚餐。那也是他第一次告诉我他爱我的地方。

不知道他们是否还会坐在同一张桌旁。

我希望他能够记起来，哪怕只有一秒钟的时间。我肯定是值得他短暂地回想一番的。

餐厅里已经没有空位子可以给我坐了。想必他们早就做了预订——不，想必她早就做好了预订，因为帕特里克是从来不会去管这些小事的。于是，我找了一间咖啡馆，然后坐下来给他写了一封信，想要解释一下。为了让他能够看见，我把这封信夹在了他车子的挡风玻璃上。

我很期待自己和催眠师的下一次见面。

"我们该走了。"艾伦打着哈欠提议。

"确实该走了。"帕特里克也打着哈欠附和道。

但是这两个人谁也没有动弹。

此时已经是周四晚上的十一点钟了，他们正躺在海港大桥下一片绿草茵茵的斜坡上，身下还铺着一张野餐毯。早些时候，他们到基里比利的剧院里去看了一场无聊的演出，晚餐则是在一家狭小拥挤的面馆里吃的，随后便一直沿着海港边的木板路散步，看着桥上川流不息的车海，望着桥下闪着灯光、静静划过海面的渡轮。他们本来说好今晚要早点休息的，况且帕特里克并不能跟着她回家，因为他实在是不放心把儿子交给隔壁那个十几岁的少年照顾，而艾伦第二天也要约见客户。所以说，他并不想让她太晚休息——然而，两人却谁也不想开口结束这个夜晚。

到目前为止，他们已经约会三周了，一切都还如闪亮的新车般散发着令人振奋的气息。就连他们刚刚打哈欠的声音也还带有几分害羞的光彩：你听，这就是我感觉疲倦时会发出的声音！

"你明天会很忙吗？"帕特里克问道。

"和平常一样。"艾伦回答，"五个预约。这对我来说就已经足够了。我发现若是接受更多预约的话，我一定会把自己搞得精疲力尽的。"

话语间，她意识到自己仍维持着过去几段感情遗留下来的防备心理。乔恩总是会在不经意间流露出对于她所从事的职业的轻蔑，但那却如同是一种不易察觉的淡淡香氛味道，以至于她根本就没有机会直面进行反驳。和她的母亲相比，乔恩是一个更加狂热的无神论者。（《上帝的错觉》就是他最喜欢的一本书。）"举个实例给我看看"是他最喜欢挂在嘴边的一句话。每当艾伦谈起自己的工作时，乔恩总是会将头歪向一边，脸上则挂着一丝耐心而又慈祥的笑容，好像她是个可爱的念叨着童话公主故事的小姑娘一样。待她说完，他便会风趣幽默地做些略带嘲讽意味的评论，虽然不至于否认童话公主的存在，却能惹得周围的大人一片哄笑。"艾伦拥有催眠治疗法的学士学位。"他总是会这样告诉别人。这就是他讥讽艾伦的方法，因为艾伦根本就没有什么学位。（她本来是学心理学的，后来读到第二个学期时就中途退学改为研究催眠治疗法了。她的母亲直到现在还在埋怨她。）

直到和乔恩分手之后，艾伦才意识到自己和他在一起时是如何努力地压抑着内心的情绪，似乎她在每一次开口前都会试着告诫自己，别把自己搞得太严肃——嘿，我能接受这种程度的玩笑。——同时还要证明一下自己的存在价值：是的，做自己是没有问题的。是的，我相信自己，也相信自己说的话。我不是一个微不足道、无足轻重的人……也许我真的是。

"这工作这么累人是不是因为……"帕特里克伸手挠了挠下巴的侧面，仰面朝着星空皱起了眉头，"呃，为什么，或者应该是说，这份工作到底有多累？"

他显然很困惑，但是语气中并没有不敬的意思。

"我猜是因为我做事从不会敷衍了事吧。"艾伦回答，"我必须把自己全部的注意力都集中在客户的身上。我从不会使用事先准备好的脚本，而是会为每一次的引导过程量身定做——"

"引导过程？"

"就是我用来引导病人进入催眠状态的各种导语——比方说，'想象一下你正走在一段台阶上'，或是'慢慢放松你的身体'之类的话。我会根据客户的喜好或是背景来为他们量身定做导语——无论是直观型的、分析型的还是其他什么类型的。"

"你遇到过一些棘手的客户吗？"帕特里克侧转过身来，用手掌托住自己的头，"比方说那种很难进入催眠状态的人？"

"几乎所有人都能够进入某种程度的催眠状态。"艾伦回答，"不过我猜有些人会更有天赋一些，因为他们的想象力更加丰富，也更容易集中注意力。"

"哈。"帕特里克接过了话柄，"我在想我会不会有这方面的天赋。"

"我可以给你做一次'暗示感受性测试'。"艾伦回答。她起身蹲坐在膝盖上，一脸的兴奋；她可从来没有对乔恩做过类似的事情。

帕特里克抬起头来看着她。"可以测出我是否容易被骗吗？"

"不，不，其实就是一个很简单的练习，可以测试你的想象力。放松！这没什么好奇怪的。没准儿你早就在销售会议等场合接受过这样的测试了呢。"

"好吧。"帕特里克也坐起身来，面对着她，鼓足了勇气，耸了耸肩膀。虽说他身上散发出来的须后水味道对她来说已经很熟悉了，但还是足以挑起她的欲望。"我需要把眼睛闭上吗？"

"不需要。用手摆出这样的一个姿势就好了。"她将两手交织在一起做祈祷状，然后将两只食指平行地竖了起来，却又不让它们碰触在一起。帕特里克也照着她的样子像模像样地做了起来，同时还不忘盯着她的双眼，仿佛这是一件做起来很性感的事情。

"现在，想象一下，有一股强大的磁力要将这两只手指的指尖并拢。你用力挣扎却根本就没有办法抵抗。就是这样，看着它们。那股力量开始变得更加强烈了，越来越强烈了，实在是太强烈了——你瞧。"

帕特里克的指尖已经并拢在了一起。

"看到了吗！这说明你的潜意识相信磁铁的事情是真的。"

帕特里克低头看着自己并拢的指尖。"好吧。没错。我的意思是说，我不知道。我猜这种感觉是真实的，但这难道不是因为我的思路一直都在跟着你说的话走吗？"

艾伦笑了。"说得没错。所有的催眠术都是自我催眠。这并不是什么魔法。"

"再试试别的方法吧。"

"好吧。这一次闭上你的眼睛。向前伸展你的双臂。"

他照做了，而她则停顿了一下，开始在月光的照耀下静静地欣赏他脸上高低起伏的轮廓。

"你还在吗？"他开口问道。

"抱歉。好了。想象一下我在你的右手腕上系了一个大大的氦气球。它正拖着你的手腕向上升。用心去感受那股拖拽的力量。现在，我在你的左手上挂了一个木桶。它很沉，因为我在里面填满了从沙滩上挖回来的潮湿的沙子。"

帕特里克的右臂向上浮了起来，而左手则向下垂坠着。如果他不是故意想要迎合取悦她的话，说不定还真是个出色的催眠对象。

"睁开你的眼睛。"她说道。

帕特里克睁开眼睛，打量了一下自己的双臂。"哈。"他感叹了一下，放下双臂揽住了她的腰。他刚低下头来做出一副要亲吻她的样子，却突然停了下来，转过头向身后望去。

"出什么事了吗？"艾伦惊恐地问道。

"对不起。"帕特里克赶紧说道，"我好像听见了什么动静。我还以为是她。"

至于"她"是谁，早就毋庸置疑了。艾伦四下环顾了一圈，试图在桥下的阴影处寻找一个鬼鬼祟祟的女人的身影。这时，她注意到自己的耳边隐约听到了嗡嗡的声音：一想到那个跟踪帕特里克的女人很有可能正在偷偷地看着他们，她的肾上腺素水平就一路飙升。

"你今天一整晚都没有看到她，对吗？"艾伦追问道。某一天晚上，他们一起去看了电影、吃了晚餐，直到两人走回到车子旁边时才看到了那个女人留在挡风玻璃上的一封信。可帕特里克竟然一整晚都没有提到自己看到了萨斯基亚。

听到艾伦的问话，帕特里克也眯起眼睛四处张望起来，不久后又坐了下来。"没有，我没有看到她。也许她今晚打算暂时放我们一马。"他用手臂轻轻地揽过她的身体，"我很抱歉。我有时候确实会变得有点儿神经质。"

"我可以想象。"艾伦满怀同情地安慰他。桥塔那边是不是有什么东西在动？没有。都是灯光搞的鬼。该死。

"所以，你的工作就是利用思维的力量。"帕特里克总结道。

"说得没错。"艾伦回答，"应该说是潜意识思维的力量。"

"你别误会，我相信你说的话。"帕特里克开口说道。

又来了。艾伦的胃部又开始抽搐起来。

"但是催眠治疗法也会有它的局限性吧，不是吗？"

"你指的是什么？"艾伦问道。他不是乔恩，她安慰着自己。

他只不过是在陈述一个个人观点而已。冷静。

"我的意思是说，它并不是万能的。当科琳——我的前妻——生病的时候，人们总是告诉她要想开一点，就好像光是靠想开就能够摆脱癌症的困扰一样。她去世之后，我在电视上看到过一个女人，她是这么说的：'我拒绝让癌症击垮自己。你知道的，我有两个年幼的孩子。我必须活下去。'这话让我十分恼火。难道说科琳的死全都是她自己的错吗？难道说她还不够努力吗？"

注意你的措辞，艾伦暗暗地想。她张开嘴本想说些什么，却又默默地把嘴闭上了。

帕特里克将手放在了她的膝头。"顺便说一句，我不想让你在每一次谈到我妻子的话题时都感觉如履薄冰。我不会介意的。我发誓，我不会让你感到为难的。"

嗯，艾伦在心里应了一声。"我母亲是个医生。"她开口说道，"所以——"

那又怎么样？难道说就因为她，我的话就会拥有某些医学权威性吗？何况连我的母亲都不相信我的工作。

"我也曾接待过一些身患绝症的客户，帮助他们进行止痛治疗或是压力疏导。但我从来都不会、永远都不会承诺自己能够治愈他们。"

"我不是这个意思。"帕特里克努力解释着，放在她膝头的手也抓得更紧了。

"我知道你不是这个意思。"艾伦把自己的手轻轻地压在他的手背上，心里则猜想着此刻他的眼前会不会浮现出他亡妻的脸庞。

她并没有告诉他，自己坚信思维有着非凡的、尚未被释放出来的能量。

举个实例给我看看，乔恩的声音又在她的脑海里回响起来。

两个人沉默了一会儿。一艘渡轮的汽笛声从海港的另一边悠扬地飘了过来。这时，他们的身后突然响起了脚步声。两人转过头去，看到一个身穿黑色商务套装、脚蹬白色胶底运动鞋的女人正沿着步道朝着他们走过来。

"那个是不是——"艾伦问了一句。

"不是的。"帕特里克回答。看到那个女人的脸被街灯照亮了之后，他的面容一下子柔和了下来。

又是一阵死寂。艾伦开始回想起在与乔恩交往的那几年中，是如何努力地压抑自己个性中的一部分的。如果她想要维持这段感情的话，就必然要敞开心扉，让阳光和空气统统自由地出入！还有——好了艾伦，不要再用房子作比喻了！

"我是真的很热爱自己的工作。"她对帕特里克说。虽然她已经有意识地去修饰自己的话了，但语气中还是抱有一种防备的心态。"何况我做得也很出色。"

帕特里克似乎被她的话给逗乐了，于是转过头来斜着眼睛望着她。"你是不是催眠治疗师里的女王？"

"正是在下。"

"真巧。我是测绘师中的国王。"

"真的吗？"

帕特里克叹了一口气。"不是，还真的不是。我更像是个虎落平川的测绘师。"

"为什么要这么说？"

"我不喜欢任何新兴科技，直到现在还喜欢亲手制图。这样一来，我的速度就会很慢，不够高效。我弟弟就常常提醒我，这是我的竞争劣势。"

"他也是个测绘师吗？"

"不，他是一个平面设计师。不过他是个技术狂。你是个技术狂吗？"

"不算是吧。但我倒是很喜欢用谷歌。我每天都会用到谷歌，它就像我的'神谕使者'。"

"你今天都用它搜索了什么？"

今天，她用谷歌搜索过的内容包括"和离异男子约会：如何避免掉入陷阱"，以及"继子女——灾难？"和"如何治愈鼻子附近的毛细血管破裂问题"。

"哦，我不记得了。"她含糊地摆了摆手，"都是些小问题。"她又将话题拉了回来。"你是怎么当上测绘师的？"

"地图。"帕特里克不假思索地答道，"我总是很喜欢地图，因为它能够让我确切地知道自己在哪儿以及和其他事物之间的关系。我有个叔叔曾经就是个测绘师。记得我还是个孩子的时候，他就总对我说：'帕特里克，你的位置感很不错，应该能成为一个杰出的测绘师。'我问他测绘师到底是做什么的，他是这么解释的：测绘师能够根据地表上下万物之间的关系决定地球表面上所有事物的分布。这就是他的原话。我至今还记得清清楚楚。出于某种原因，这句话打动了我。于是我便想到，没错，这就是我以后要做的事情了。"

"我觉得自己的位置感很差。"艾伦做起了评论，"我总是搞不清楚自己和任何东西的位置关系。就好比现在——我都不知道自己的家在哪个方向。"

帕特里克朝她的身后指了指。"在北边。就是那里。"

"你说是就是吧。"

"你身上带纸了吗？"帕特里克问道，"我可以给你画张地图。"

艾伦有个习惯，总是会在随身的背包里装上一个漂亮的硬皮笔记本和一支钢笔，以便随时记下自己的思绪和想法。她小心翼翼地从笔记本上撕下一页递给他，因为她并不想让他直接在笔记本上胡乱地涂鸦些什么；毕竟大多数男人骨子里都是十分粗鲁的。

帕特里克从口袋里掏出了一支纤细的金色钢笔。"这是我祖父留下的派克笔。就算是屋里起了火我也会不惜性命地跑进去把它给救出来。"

他将那一页纸摊开在她的笔记本上，靠在自己的膝盖上，在边缘的位置上画下了一个老式的指南针。接着，他飞快地勾勒出了海港水湾的轮廓和蜿蜒的海岸线。此外，他还在图中画了一艘渡轮和几艘快艇，并添上了海港大桥和歌剧院。很快，一幅类似于古代藏宝图的画作出现在了她的眼前。

"这里就是我们吃晚餐的地方。"他边说边画下了餐厅的小插图，"这里则是我们观看那出糟糕的话剧的位置。现在，我们的面前就是北沙滩。"他草草地勾勒出了沙滩的轮廓，并画下了一座两层的小房子。"这里就是你家。"在房子的旁边，他写下了这样几个字：艾伦的催眠小屋。"现在，我们沿着枝繁叶茂的北岸走过去，就到了我的家。"他又写下了"帕特里克和杰克乱糟糟的男人窝"的字样。他的字迹是那样的优美，瞬间激起了艾伦的崇拜之情。

她还没有去过他家，于是开始不自觉地猜想那到底是不是真的是个"小窝"。

"这里是我们第一次见面的地方。"他接着画了下去，"我想这就应该差不多了——哦，还差一个点。"他在海港旁画下了一个小叉，然后写道："我们在这里。"

"这是我见过的最美丽的地图了。"艾伦发自内心地称赞道。此前，她对于地图这种东西可是一点儿兴趣都没有，但眼前的这幅地图肯定是值得她珍藏的。

帕特里克的脸上隐约闪过了一道影子。它来得快去得也快，以至于她根本就没来得及看出那是悲哀、愤怒还是尴尬，又或许那根本就是她自己想象出来的。

过了一会儿，他对着她笑了笑。"那这一次我就不收费了，亲爱的。"

她的心瞬间就被融化了。

✕

我有一个盒子。

有时候我会想，若是我扔掉了那个盒子，应该就能够罢手吧。一次，我甚至都已经将它拿到垃圾桶边上了，可当我打开桶盖，闻到里面散发出来的腐烂食物味道，听到苍蝇翅膀发出的嗡嗡声时，立马就改变了主意：这不是垃圾，这是我的生活。

今晚，我把他们给跟丢了。他们去了米尔逊角或是基里比利附近的什么地方。我饿了，所以就没再开车出去寻找他的车子。到家后，我边看《铁证悬案》边吃了些沙丁鱼配吐司。而那个盒子就放在我脚边的地板上。

每当开始播放广告时，我便会伸手从盒子里随手拿出些什么来，看看它是条线索还是个答案，仿佛我自己就是《铁证悬案》中试图解开往日谜团的侦探之一。

一张生日贺卡，卡面仍很坚挺闪亮，一点儿也没有褪色，就像是我昨天才刚刚收到的一样。

亲爱的萨斯基亚，

两个男孩祝你生日快乐。

我们爱你。

帕特里克和杰克，亲亲。

一张我和杰克的合影，背景是我们合力用橡皮泥建造起来的一座城市。为了建造这座橡皮泥城市，我们每天都要花好几个小时的时间。我会在餐厅的桌子上铺上纸板，然后和杰克一起在上面画上道路、环岛和红绿灯。我们还会捏出一些沿街的商铺和住宅。我们花了好几天的时间来建造一座城市：杰克斯维尔、杰克岛、杰克市。我和他一样热衷于这样的游戏，因为在游戏中我们可以不用去理会政治或是文书工作，而是专心致志地做一个城镇规划师。

一张前往新西兰皇后镇的登机牌。帕特里克曾经和我一起去那里度过了一周的滑雪假期，而杰克则是由奶奶照看的。我记得当我们回屋喝热可可的时候，帕特里克突然吻了我一下。微热的嘴唇；冰冷的雪花落在我们的四周，像是爱人的怀抱般柔软。

一张帕特里克为了给我指明机场附近的开发商办公室位置而画的地图。

我记得自己当时对他说："这是我见过的最美丽的地图了。"

04

旁观者清

在本法规中，"跟踪"这种行为包括尾随、监视某人的行踪，或是时常出没于某人的活动范围附近，以及接近某人的住所、工作场所或是进行其他社交与休闲活动的场合。

——摘自《家庭与个人暴力行为法规》第八部分"犯罪"

"所以说，她会跟踪你们？哪里都去？这怎么可能呢？"

"好吧，其实也不是哪里都去。上一次跟踪是在我们去看电影的时候。"

"也许她只是碰巧也在那里呢？"

"也许吧，但她后来又试图跟着我们进入同一家餐厅，还在他的汽车挡风玻璃上留下了一封信。不过他并没有拆开那封信。显然她一直都蹲守在帕特里克家附近的街角处，然后尾随着他的车子一路跟过来的。他说自己如果改去别的地方，就能够甩掉她；但若是去一些常去的地方，像是克雷蒙的电影院，对她来说就是轻车熟路的了。"

"老天爷啊。"

"我就说吧。"

"这对你来说一定很可怕。这会毁了你们刚刚建立起来的感情基础的。你们本应该如痴如醉地望着彼此的眼睛，而不是忙着处处提防某个疯狂的前女友。"

"我不介意。实际上，我倒是觉得挺有意思的。"

"你这个变态。"

茱莉亚坚决的语气不禁让艾伦笑出声来，而且越笑越放肆。这是一个周六的早上，两人刚刚才在当地的一个游泳池内游完泳。现在，她们正躺在冒着滚滚蒸汽的桑拿房里，身子下面垫着白色的浴巾。艾伦的双腿和肩膀因为刚游完泳而有些酸痛。若是没有她的拖累，茱莉亚一个人时肯定游得更快、更卖力。此刻，艾伦感到汗珠正滑过她的全身：它们淌过她的背部，流进她的乳沟。她将双手轻放在大腿上，感受着自己光滑、柔软的肉体。在一段感情的初期，时常锻炼一下自己的专注力并没有什么问题。有时候，有关性的想法总是会不自觉地在你的脑海里冒出来，然后伴随着那些化学元素在你的身体里横冲直撞。

还有那些溢美之词。它们就是让恋爱变得如此美好的根源。对于她的身体，她的过去，她的个性，每发现她身上的一个新特点，帕特里克都会着意地赞美一番。最后，就连艾伦自己都感觉自己仿佛更加性感、风趣、聪慧和善良了，整个人也变得愈加惹人怜爱了。她就是这样的战无不胜！她的生命完美而又和谐地起伏着，似乎已经抵达了觉悟的境地。她的客户看起来都是那样的贴心和感恩，一个个朋友也都讨人喜爱，就连她的母亲都变得不再令人感到沮丧了。（"那我到底什么时候才能够见见他？"她在电话里用一种温暖而又愉悦的口气问道，听上去就和任何一个正常的母亲应有的反应一样。）除此之外，无论艾伦想要买些什么食杂物品，它们都会老老实实地出现在她面前的货架上，而绿灯也会在她经过的时候适时地亮起。她的车钥匙、墨镜和钱包都会乖乖地躺在走廊的边桌上。就在今天早晨，她本来只有一个小时的时间去银行、车管所和干洗店办事，然而她没用一个小时就把一切都处理妥当了。而且，与她打交道的每一个人，包括车管所的工作人员在内，都是彬彬有礼的。

她甚至还动情地和银行的柜员聊起了天气。（那个柜员来自英国，因而觉得澳大利亚冬天的天气是"极好的"，这不禁让艾伦在激动得热泪盈眶的同时也倍感骄傲，仿佛就是因为无敌的她才让澳大利亚的天气变得如此之好似的。）

要是她能够将这种感觉全部都装进瓶子里，长长久久地保存下去该有多好啊。虽然说她的理智知道这种感觉是不可能长久的，但是她愚蠢的内心却仍在叽叽喳喳地喊个不停。"哦，是的，它可以的！为什么不行呢？这不就是现在的你吗？未来的生活也会这样延续下去的！"

"我可是永远不会让自己因为这种事情而出丑的。"茱莉亚说道。

什么？哦。她说的是被人跟踪的事情。

"好吧，我猜她可能是放不了手。"艾伦答道。此时此刻，她对于全人类的人性都抱有一种美好的愿景。

茱莉亚轻蔑地哼了一声。她正躺在艾伦对面的长椅上，头上缠着一条白色毛巾。她的身材纤细而健美，有一头闪亮的金色长鬈发。毫不夸张地说，她可是个标致的美人儿。每当她和茱莉亚并肩走在街道上时，都会注意到周遭男人的目光总是会不自觉地在茱莉亚的身上停留片刻，眼中闪烁着赞许的光芒。不幸的是，茱莉亚的美貌似乎总是会吸引到同一种类型的男人：那种拥有大把的财富、愿意加价购买任何高质量商品的男人。可问题在于，这种男人的电脑和车子永远是在不断地更新换代之中，就更别提他们身边的女人了。这就是他们的本性。他们都是热情虔诚的消费者，始终都在为经济的发展做着自己的贡献。在经历了五年的婚姻生活之后，茱莉亚的丈夫威廉终于决定是时候升级一下枕边人的等级了，于是便在离婚之后娶了一个只有二十三岁的黑发女子。

（艾伦认为，会看上自己的那些男人应该会比看上茱莉亚的那些要强得多，因为他们不会让广告牌来左右自己的审美，而且不肤浅、够独立。可悲的是，由于她自己悲催的感情史和茱莉亚相比简直是不分伯仲，因而也就无法举例支持自己的论点。）

（说真的，当她开始深入地探究这个论点时，才发现这不过是她自我感觉良好的一种借口而已，因为大部分男人都不屑于对她看上第二眼。）

（不过，威廉确实是个令人生厌的傻瓜。）

（老实说，她刚开始的时候对他还是颇有好感的呢。）

"女人的自尊自重都跑到哪里去了？"茱莉亚恶狠狠地咒骂道，"看在上帝的分上，赶紧行动起来吧。她简直让我们所有人都感到难堪。"她的声音听上去掷地有声，好像被冒犯的那个人是她似的。

"你是说，她会让所有的女人都感到难堪？"艾伦问道，"一般来说，跟踪这种事情都是男人做的。这倒也不赖。她的行动证明女人也可以和男人一样实施行之有效的报复行为。"

茱莉亚的嘴里发出了一种不满的声响。她坐起身来，弯下腰去用她的长胳膊拾起水桶旁的长柄勺，舀了一勺水之后泼洒在炙热的石块上。一股沸腾的嘶嘶声一下子蒸腾起来，让桑拿房霎时间充满了蒸汽。

"茱莉亚。"艾伦艰难地喘息了起来，"我快要窒息了。"

"坚强点。"茱莉亚说道。她躺了回去，顺口问道，"那女孩叫什么名字？"

"萨斯基亚。"艾伦一边努力呼吸着稀薄的空气，一边回答。当她把那个名字大声地说出口时，却不知为何感到有点不好意思，好像自己说的是某个名人的名讳似的。

"你到底有没有亲眼见过她？或是看到过她的照片？"

"没有。他只有在看到她离开后，才会告诉我她刚才来过。我巴不得想要看看她长什么样子呢。"

"没准这个女孩只不过是他凭空虚构出来的人物。他才是那个疯了的人。"

"我可不这么觉得。"帕特里克一点儿也不疯癫。他可爱得很呢。

"这么说,我猜是他主动提的分手。"

"他只是说自己从来都是顺其自然的。"

"那他一定伤透了她的心。"茱莉亚斩钉截铁地下了这么一个结论。

"嗯,我不——"

"可是,这也不是借口。这种事情任何人都有可能会碰上。帕特里克应该申请一份针对她的限制令。他申请过吗?"

茱莉亚就是那种会相信"车到山前必有路"的人。

"他说他也报过警。"艾伦正打算开口辩解,可随后便决定不再浪费口舌解释那么多了,因为就连她自己都不相信帕特里克对她没有任何的隐瞒。

"不管怎么说,那个可怜的女人需要振作起来。"茱莉亚总结道,好像艾伦有机会的话可以把这话转告给对方似的。

"同意。"

两人静默地在那里躺了几分钟。艾伦满脑子都在琢磨晚餐时应该给帕特里克做些什么。此前,帕特里克已经为她下过一次厨房了,那一晚杰克正好借宿在朋友家里。那是一顿十分温馨但略显平淡的烤肉晚餐。虽说没有任何花哨的装饰,不过味道却十分可口。此前,不少和她约会过的男人都自诩是能够烹饪出美味佳肴的大厨。刚开始时,这听上去确实是项不错的才艺,但他们最后还是只会钻进厨房里来批评艾伦切蒜的方式。

也许她应该做点猪肉料理。毕竟他那天晚上在餐厅里点了猪腩肉。买些上好的精选猪肉排应该不错。

"你还记得埃迪·马斯特斯吗？"茱莉亚开口问道。

"那个肉铺的学徒。"艾伦边说边想起了那个身材瘦削、留着一头长发、胸前套着肉铺蓝白条围裙的男孩。茱莉亚还在上学的时候曾经和他约会过。是的，猪肉。从游泳池回家的路上，她打算在拱廊街的高档精品肉铺门口停一下车。

"和我分手之后，他和药店那个叫做谢莉尔的女孩在一起了。"

"那个长相很可怕的女孩吗？其实，我之所以觉得她可怕，是因为她扎了两次耳洞。"

"是的。话说回来，在埃迪甩了我之后，我也曾经常打电话到谢莉尔家去。每次她接起电话，我都只是静静地坐在那里，一句话也不说，直到她挂上电话为止。她常会因此而愤怒地大喊大叫，可我还是坐在那里，做着吸气呼气的动作。不是沉重的喘息。就只是呼吸而已，好让她知道电话那一端是有人的。"

"茱莉亚·玛格丽特·罗伯森！"艾伦飞快地坐起身来，半真半假地做出了一副颇受惊吓的表情。她直勾勾地盯着茱莉亚，只见她此刻正安逸地躺在那里，双手懒洋洋地搭在自己的腹部。茱莉亚曾经是她们一起就读的那所贵族私立女校的学生代表，因此和那个肉铺的伙计混在一起显然是暴殄天物了。

然而，茱莉亚却连眼皮都没有抬一下，反而态度恶劣地笑了起来。"我刚才一直在回想跟踪你们的那个女人的事情，所以就顺便想起来了。"她边笑边说，"我很久都没有想起那件事情了。"

"可这完全不像是你会干出来的事情啊！"

"我知道，可是被他甩了之后我一直都很心烦意乱。我一直没办法不去想那个女孩，因为我不知道他为什么会为了她而抛弃我。我甚至感觉自己已经没有存在的意义了。给她打电话能够让我有种存在感，就像是上了瘾一样。事后我也很懊恼，并对自己发誓以后再也不会做这种事情了。可是不一会儿我就又拨通了她的电话号码。"

"那你最后是怎么放弃的？"

"我也不知道。我猜自己可能慢慢也把他给忘掉了吧。"茱莉亚停顿了一下，继续说道，"你知道吗？肉铺伙计埃迪是个接吻高手呢。"

"他不是留着山羊胡子吗？"艾伦追问，"很小的一撮？有点像是下巴上挂着一团棉花糖？"

"没错。你还记得吗，他还常会在 T 恤衫的袖子里塞上一包香烟。"

"看上去就好像是他的手臂上长了个瘤子似的。"

"我觉得那简直性感得要命。"

静默了几秒钟后，两人突然不可抑制地爆发出了一阵狂笑，那是只有同校过的女友才会发出的一种似乎就要背过气去的笑声。

"你应该到脸书上去搜索一下埃迪。"当两人终于停止大笑时，艾伦提议，"说不定他现在已经开了属于自己的肉铺了呢。"

"哦，上帝，我还没那么绝望。"茱莉亚一口回绝了她，"不管怎么说，我对自己的单身生活非常满意。"

你在撒谎，我亲爱的朋友，艾伦在心里默默地念叨着，同时还不忘偷偷地观察了一下茱莉亚的肢体语言：只见她的双手紧紧地握在了一起，双唇也是紧闭着的。此时距离茱莉亚的前夫抛弃她、迎娶黑发娇妻已经过去两年时间了。

茱莉亚突然猛地抬起头来。"那个跟踪狂的故事不会是你编造出来的吧？怎么听上去感觉那么虚无缥缈呢？你是不是在暗喻我就是故事里的那个跟踪狂，所以想要劝我早点释怀，赶紧开始新的约会？"

"你到底在说些什么呀？"其实艾伦完全明白她的意思。

"我记得你曾经给我讲过一个著名催眠师的故事，他好像是你的偶像之类的，喜欢披一条紫色的披肩。"

"米尔顿·艾瑞克森。"艾伦深深地叹了一口气，"天哪，你的记性还真是好。"

人们总是会低估茱莉亚，因为她不仅美若天仙，而且她的幽默感像个十四岁的男孩。

"你说，他就总是采取讲故事的方法来催眠自己的病人。"茱莉亚继续说道。

"他用的是隐喻治疗法。"艾伦小声地嘟囔着。

"没错，我早就注意到了，自从威廉离开我之后，你就总是会三不五时地给我讲些励志的小故事，告诉我别人在心碎之后是怎么克服困难、寻找幸福的。"

"我哪有。"艾伦争辩道。其实，她确实是这么做的。

"嗯……"茱莉亚满意地哼了一声，然后扬起下巴冲着艾伦笑了起来；而艾伦也傻傻地冲她笑了起来。"那这么说，那个跟踪帕特里克的女人不是你的'隐喻治疗法'喽？"

"不是。"艾伦肯定地回答。

两人躺在那里，静默了几秒钟。

"所以帕特里克的确有个疯狂的前女友和一个已经去世的妻子喽？"茱莉亚追问，"看来他还挺抢手的，而且并不复杂。"

"我并不觉得他的身上有什么难懂的地方。"艾伦应和了一句。

"至少到目前为止看来还不复杂——"茱莉亚用了一个转折词。

"谢谢你热情如火的支持。"艾伦阴阳怪气地说道。

"我也只是说说而已嘛。"茱莉亚坐起身来，将头上的毛巾解了下来，然后用它轻轻地按了按自己充满光泽的、粉扑扑的双颊。

"我敢说你很喜欢他是个鳏夫这个事实，对不对？"她接着说，"这让他看起来很像是一个充满浪漫悲剧色彩的人物。就像是迈尔斯。"

"迈尔斯？"

"迈尔斯。就是你上高中的时候喜欢过的那个独腿男孩。"

"是贾尔斯。"艾伦纠正道，"我们都爱那个独腿男孩。他很出色。"

这就是和自己从小一起长大的朋友做闺蜜的问题所在。她们从不会严肃地看待你，总是把你当做原来那个蠢笨的少女。

话说得没错，她对于帕特里克丧偶这件事情确实没有什么不满的，而且很享受这种复杂的局面。相反，这让她感觉自己就是一块丰富多彩的生命（死亡）织锦中的一部分，何况这也给了她一个展示自己专业技能的大好机会。她想象着人们追问她："你会不会担心他还爱着自己的妻子？"而她则会沉着地回答："不，其实不会。"若是他对于自己的妻子还有感情，她是完全可以理解的。而且，出于某种本能，她也知道自己何时该与他保持距离，任由他去怀念一下亡妻。

"我从来都没有喜欢过那个独腿的男孩。"茱莉亚申辩道。

"当然没有，你都忙着坐在电话旁冲着前男友的新女友喘气去了。"

"啊哈！接得好！"茱莉亚熟练地假装挥舞着一把利剑。她曾是学校击剑队的冠军。过了一会儿，她再一次把那条毛巾绑在了头上，然后躺回了长椅上。"总之，我之所以会那么做是有原因的。"她慢条斯理地解释道，"那时候我才只有十七岁。那个年纪的青少年大脑还没有发育完全。这是有科学依据的。你的跟踪狂多大了？"

"她是帕特里克的跟踪狂，不是我的。我猜她应该四十出头了吧。"每次她想要从帕特里克那里问出点有关萨斯基亚的情况，都像是要从他的嘴里拔牙一样困难。艾伦还注意到，他总是会刻意避免提到她的名字，而是用"那个女人"或者"报复心很重的女人"来称呼她。

"这就对了。她是个成年女人了。实际上，应该说她是个中年女人才对。这就没有什么借口可言了。她是个疯子，早就应该被关进精神病院里去。"

艾伦叹了口气，用力伸展了一下手脚，以防在长椅上躺到全身麻木。"茱莉亚，我们谁不是有点儿疯疯癫癫的呢？"

05
想要在婚礼前戒烟的客户

"你会瘦下来的。"

"你会变得和想象中一样苗条的！"

请观察一下这两条暗示有什么不同。第一句听上去颇有几分权威、直率的父亲式口吻；而第二句则带有宽容、委婉的母亲式口吻。米尔顿·艾瑞克森认为，命令式的暗示总是会激起人们潜意识中的抵抗心理。同时，他也是第一个使用催眠治疗法这种"巧妙的茫然状态"的人。

——摘自艾伦·奥法瑞的高级催眠治疗法课程教义

现场有三个学生赞同地点了点头；

其他人则只是盯着她，陷入了"巧妙的茫然状态"之中。

当临时得知当晚就要与帕特里克的儿子第一次见面时，艾伦简直感觉自己就快要疯掉了。

"没问题！当然，当然！"当帕特里克打电话问她，自己能否带着杰克一起来吃晚餐时，她边说边像个躁狂的木偶一样点着头。原来，那个原本打算约杰克去他家玩耍的孩子突然染上了些病毒。

"我们能吃的东西他都能吃。"帕特里克铺陈道，"或者我们也可以给他点个比萨之类的。不用太紧张。哦，他还会带上一张DVD来看。"

那么，她是否应该从两人份的精肉排中分出一些给这个孩子呢？还是应该赶紧出门去为他买些羊肉块？可是时间已经来不及了。她今天下午要约见两位客户，其中一位五分钟后就要到了。

她准备的饮料就只有香槟酒和葡萄酒。看来，她还需要买些可乐，或是甘露酒，或者至少是果汁。甜品方面她准备用利口酒和国王岛奶油来配草莓。而这些显然都不是适合小孩子吃的东西。

他应该会想吃些冰淇淋吧。还有蛋糕。杯子蛋糕？会不会太幼稚了？她可不能把他当个小孩子来看待，因为这样没准儿会冒犯到他的。上帝呀。要想准备好这些东西，她至少需要好几个小时的时间。她还需要给她的朋友玛德琳打个电话，她可是带孩子方面的专家；她还要给茉莉亚发条短信，告诉她自己真是个笨蛋；她还可以给朋友卡梅尔写封邮件，请她帮自己在亚马逊订购一本名叫《自信继母养成秘籍》的书；对了，她还要去谷歌上搜索一下"如何和八岁男孩交流，且不会流露出自己急于想要成为他的继母"的方法。

当她和帕特里克第一次谈到自己该以何种方式和杰克见面的时候，两人都同意要将会面的时间安排在白天，而不是晚上；也许他们可以安排一次带着他去参观水族馆的行程——总之，要做点什么来减轻彼此的心理压力。她甚至已经准备好了一些有关鱼类的即兴评语（所谓"即兴"，实际上是她早就背好了的），而且内容听上去既不能显得生搬硬套，又要足以吸引一个八岁男孩的注意力。

突然，她好像想起了什么，不禁打了个冷战：她家的 DVD 播放器坏了。这个可怜的没娘的孩子一定会感觉无聊透顶的。

游戏！他们是肯定会喜欢玩游戏的。小孩子现在还喜欢玩桌上游戏吗？还是说他们可以围坐在一起聊聊天？可是该聊些什么呢？

就在那一瞬间，她感觉自己急得连眼泪都快掉下来了。

她需要换个积极的角度来思考这个问题。

艾伦，他只是个孩子，又不是英国女王或是美国总统。

好吧，这样想对她来说也没有任何的帮助。实际上，若是真的让艾伦去会见女王或是总统，她倒是会感觉自在一些。毕竟女王会让她想起自己每日都在思念的外婆，而奥巴马总统看起来也是个活泼健谈的人。艾伦是家中的独女，从小到大身边都围绕着一群大人，而她的工作也使得她每天都在接触新的面孔。她并不内向，虽然有些自黑倾向（要想改掉这个毛病，需要在自我提升方面付出不懈的努力），但在社交能力方面并不比别人差。

然而，育儿却不是她的强项。是的，实话实说，她真觉得自己很不会哄孩子。

他们有自己的世界、自己的语言和自己的文化。而且，现在的孩子看起来也要更自信一些。那天，艾伦在游完泳之后又去逛了逛商场，途中就与一个举着粉色手机的七八岁女孩子擦肩而过。她穿着一件毛皮衬里的带帽大衣，脸上画着老虎的彩绘，脚下的运动鞋鞋底上装有奇妙的小小滑轮，侧面还闪烁着耀眼的粉色亮光。当时，艾伦回过头去出神地盯着这个衣着奇特、脚蹬滑轮鞋的"老虎公主"看了半天。

她的很多朋友都已经有了孩子。相比之下，婴儿相对还是好应付一些的。你可以抱着他们，挠挠他们的掌心逗他们笑，或是把覆盆子的果肉吹到他们软嫩的小脖子里去。哦，她是多么喜欢婴儿啊。但是小孩子就……

其实，在如今的社会里，和她同龄的很多女性都还没有生育。"你们这些女孩子总是觉得自己的时间还长着呢。"她的母亲这样说道，"你们到底知不知道，你这辈子所有的卵子从你出生的那一刻起就已经储存在你的体内了？我会这么说可不是因为我想要早早地就变成一个满脸皱纹、头发花白的老奶奶哦。"她边说还会边咯咯地笑起来。

好吧，所以说艾伦并没有什么带孩子的经验。但她之所以会感到恐慌，其实还有更深层次的原因。她残忍地猛然掀开了自己内心的伪装，好让自己看清楚那赤裸裸的骇人真相。

她想要成为这个孩子的继母。她想要让他在自己的婚礼上穿上那身可爱的小西装。她想要让他成为自己的小宝宝的大哥哥，因为她已经过了三十五岁，而她生命中的卵子也已经所剩无几了。她想要他的父亲成为自己的真命天子，因为她再也无法忍受在相亲网站上翻找着合适男人的档案的生活，更不能想象在另一台电脑前坐着的一个秃顶矮胖中年男子正在得意地寻找着一个"自理能力很强的苗条女性，可以与自己相拥着在沙滩上漫步"。是的，她想要这个孩子真心地爱她、认同她，并将她从那些圆胖的、自命不凡的男人手中拯救出来。

当然了，她的要求未免太多也太仓促了，并且听上去个个都很令人难为情。若是这个孩子感受到了她心底疯狂的绝望（她觉得小孩子有时候就像小狗一样，能够本能地察觉到恐惧的气息），还不知道他会有什么反应呢……

The
Hypnotist's
Love
Story

这时，门铃不耐烦地响了起来。

艾伦低下头看了看手表。应该是她两点钟约见的那个客户。于是她赶紧跑下楼去，一次蹦下两级台阶，然后站在楼梯脚下重温了一下自己开门迎客前的标准流程：吸气，能够见到这个客户我很高兴；呼气，我将要尽我所能地帮助她。

这个客户叫做罗西，就是那个答应了自己的未婚夫会在婚礼前戒烟的准新娘。

她是个个子小巧、身材凹凸有致的女人，长着一双诚恳的圆眼睛，两颗大门牙之间还有一条细细的缝，看上去十分的单纯无辜、天真烂漫。从她的外表看来，艾伦实在是无法想象她吸烟的样子。那画面难道不会像是一个蹒跚学步的孩子嘴里叼着一根烟卷吗？

第一次见面时，罗西就曾经提到过自己即将嫁给一个叫做"伊恩·罗曼"的男人，然后便给了艾伦一个充满期待的眼神。

我是不是应该听说过这个名字？艾伦在心里默默地嘀咕了一句。

"他是从事传媒行业的。"罗西解释道，"他很……嗯……很出色。"

艾伦这一下才猛然想了起来。伊恩·罗曼！这应该就是无数个会悄无声息地渗透进你潜意识里的名字之一吧。他的旗下好像是拥有几家报社或是电视台之类的，因而他的名字也总是会出现在一些财经报道当中。当然，这并不代表艾伦是个会关注财经报道的人。

"所以我结婚之后就是罗西·罗曼了。"罗西假惺惺地笑了一下。

"你不一定非要改变自己的名字的。"艾伦直白地指出。

"哦不，我并不是什么事业型的女性。"罗西不屑一顾地挥了挥手，就好像是有人向她推销了某种华而不实的东西似的，"我只是个普通人。"

今天，罗西的心情看上去并不是很好，总是左右摇摆着脑袋，似乎脖子很酸痛，还会时不时地拽一下套头毛衣的边缘，像是在嫌弃衣服有点缩水的样子。

"婚礼筹划得怎么样了？"在领着她上楼的过程中，艾伦随口问道。

"别提了。"罗西回答。

"哦，亲爱的。"

"压力这么大，我居然还会想到在这个时候戒烟，真是蠢透了。"

"我看不见得吧。日常生活作息发生巨大变化的时候，往往就是戒掉坏毛病的最好时机。"

"我也是这样以为的。"显然，罗西对此话并不是很信服。

步入那间玻璃办公室后，艾伦注意到罗西的双肩似乎放松了很多。明媚的日光与宽阔的海景所带来的魔力实在是太强大了，以至于艾伦常会感觉自己其实无需多言，只需要让客户静静地在这里坐上一会儿就已经足矣。

"那么，戒烟的进展如何？"两人坐下后，艾伦继续追问道。

"我整个人还是像个烟囱一样，每天抽个不停。"罗西的语气听上去有点儿气恼。

趁艾伦还没来得及反应，罗西又继续说道："我很抱歉。这不是你的错。我知道都是我自己的问题。我甚至连你给我的光盘都没有听过。"

艾伦确实送过她一张光盘，里面刻着的全都是她精心录制好的有关戒烟的内容。这是她多年以前的杰作了。虽然艾伦总是无法忍受聆听自己的声音，但是不少客户都对它很有感情。

"那你为什么没有拿出来听一听呢？"

很多客户都没有时间认真听她做的光盘。而且，他们在坦白这一点时脸上总是会带着某种内疚却又轻蔑的眼神，就像是在大胆地承认自己没有做作业，但又知道自己不会因此而受到惩罚一样。毕竟他们都是成年人了，而且又是花了钱到这里来接受治疗的。

罗西耸了耸肩膀。"我也不知道。我只不过是除婚礼之外实在没有精力去想别的事情了而已。举个例子来说吧，我突然觉得自己为伴娘们选的裙子颜色很难看。杏色！就好像我一时患上了精神病似的。"

她伸手从碗里拿起了一颗巧克力，然后又放了下来。"我的未婚夫早在几年前就戒烟了。他是某一天开车走在 F3 公路上的时候突然决定要戒烟。他摇下了窗户，把身上的那半包香烟扔了出去，从此就再也没有抽过一支烟。"

"乱丢垃圾。"艾伦评论道。

罗西惊讶地看着她，咯咯地笑了起来。"没错。"接着，她脸上的笑容突然又消失了，仿佛是察觉到了什么不对劲的地方。

这里确实是有什么事情不对劲。艾伦隐隐地感觉到，罗西在对她撒谎。当然了，人们无时无刻不在撒谎，不管他们是有心的还是无意的。

"你真的想要把烟瘾戒掉吗？"艾伦问道。

罗西睁大了眼睛回答："当然了！"

"好吧。有些时候戒不掉某种习惯往往是因为我们的潜意识里存在某种阻碍。我想，今天我们可以做些不一样的尝试，来探索一下这方面的问题。"

"好吧。"罗西叹了一口气，"不过我得告诉你，这里并没有什么神秘的原因。我只不过是需要更多的毅力而已。"

"好吧，让我们来看看。"艾伦停顿了一下，努力地思索了一下该采取什么样的导语。突然间，一种绝妙的比喻闪现在了她的脑海中。"你想要给你的伴娘们选择什么颜色的礼服裙？"

"蓝色。"罗西不假思索地答道。

"好的。你可以在墙上选一个点，然后把自己的注意力都集中在那一个点上吗？任何地方都可以。"

罗西叹了一口气，耸了耸肩膀，然后环顾了一下整个房间。接着，她把目光锁定在了右手边的一个远一点儿的角落里（事实上，大部分客户都会选择那里），说了一句："我选好了。"

"接下来你会想要眨眨眼睛。"

罗西果然眨了一下眼睛。

"这就对了。"艾伦亲切地赞许道，"不一会儿，你的眼睛就会慢慢地闭上。这也许很快就会发生，也许要稍微等上一会儿。"

罗西听话地闭上了眼睛。

艾伦望着罗西胸脯的起伏，将自己的呼吸也调整到了同样的频率上。她加快了语速，想象着自己的话语如同罐子里的清水一样倾泻到了罗西的身上。

"你有没有看到一面墙壁？很抱歉地告诉你，那是一面被涂成了杏色的墙壁。但好消息是，你可以将它重新粉刷成精美的蓝色。你一上一下规律地挥动着手中的刷子。上……下。上……下。"

太复杂了吗？艾伦以前就曾注意到，自己应该谨慎地使用那些比喻，尤其是在面对男性客户的时候。男人大多都是缺乏想象力的。一个男性客户就曾经对她抱怨过："你应该先让我试着给衣服上上色才对。"相反，女人的想象力却总是会偏离主题。她的一个老客户就曾经提到过自己很喜欢晒日光浴，于是艾伦便想当然地使用了"躺在热带的沙滩上"这样一个安全的导语。疗程结束后，这位客户承认自己一直都在脑海中纠结该选哪一件泳衣。

艾伦注意到罗西的双眼在眼皮下飞快地移动着，身体也紧绷了起来：她耸着双肩，两只手紧紧地攥着椅子的边缘，就连手指都狠狠地嵌入了扶手上的皮料中。这时，窗外飘来的一朵云挡住了耀眼的太阳，只留下一束阳光正好照在了罗西手上那枚十分夺人眼球的订婚戒指上。

"随着刷子的每一次上下起伏，你会发现自己的身体也逐渐陷入了一种深度的放松状态之中。你的呼吸频率开始变得和刷子的动作协调一致起来。上……下……吸气……呼气。上……下……吸气……呼气。"

她看到，罗西脚上那双小巧如精灵般的黑色靴子逐渐向外撇出了一个 V 字形。"注意你的脚。"弗林曾经这样对她说过，"它们总是会泄露你的秘密。"

"墙壁就快要粉刷好了，到时候整个墙面就都是蓝色的了……或许再等上一会儿……你就能够享受到自己从未体验过的无与伦比的放松感了。"

罗西的嘴角慢慢地垂了下来，脸上的肌肉也松垮了一些，头部懒洋洋地靠向了一边。若是艾伦的客户知道自己在进入催眠状态时都是这副尊容，肯定会大惊失色的。这也是她从未向任何人提起过的事情，就连和其他的理疗师在一起时也不曾谈论过。这似乎是她和客户之间共同保守的私人小秘密。

好了，艾伦，你准备对眼前的这一面墙壁做些什么呢？

她知道自己的导语有时会让人感觉很不真实、很不自然。但在某些日子里，就像现在一样，她的话又会变得如行云流水般合乎常理。每逢这个时候，她自己也会进入一种浅显的催眠状态之中。对于这种状态，她称之为"巅峰"。

"罗西，你可以将这面墙变成一幅厚重的深蓝色幕布，就像你在舞台上看到过的那种。在幕布的后面，有一个很重要的人正在等待你。我不知道他是谁，但这个人拥有无尽的智慧，是个会让你毫无保留地信任的人。你正在向后拉扯这幅幕布，而那个人依然在等着你。也许他正在向你走来，准备要拥抱你。"

她等待着，观察着。

"你现在正和这个人在一起吗？"

罗西竖起了自己的右手食指：这是她们此前就约定好的、表示"肯定"意味的手势。

"现在，我想这个人有话想要和你说。他也许会告诉你，你为什么会觉得自己很难把烟瘾戒掉，或是会给予你戒烟所需的资源和力量。我现在准备先沉默一会儿了，好让你能够听听他想要对你说些什么。"

又有一片云朵轻飘飘地荡了过来，遮住了太阳。整个屋子都洋溢着一种暖洋洋的氛围。艾伦能够感觉到自己的呼吸也在伴随着罗西胸口的韵律起伏着。罗西脸上的表情依然很冷漠，不时还会轻咬一下嘴唇。

几秒钟之后，艾伦再一次缓缓地开了口。"罗西。"她说道，"不知道你是否愿意和我分享一下自己刚刚听到的内容。说不说完全都由你来做决定。"

沉默片刻之后，罗西突然开了口，沙哑、缓慢而单调的嗓音。

"我不想嫁给他。"她说道，"这就是我为什么不想戒烟的原因。因为我根本就不想要结婚。"

艾伦一下子皱起了眉头，两眼直勾勾地盯着罗西戒指上那些耀眼璀璨的散钻。

"我真的没有那么喜欢他。"罗西继续自顾自地说着。

"所以，这就是我的儿子杰克！"帕特里克站在艾伦家的门厅里，两手扶着一个瘦弱男孩的双肩。

"哦，嗨，杰克！你好吗？"正如艾伦所担心的那样，她的声音听上去就像是一个主持"讲故事时间"的图书管理员。

"我很好，谢谢。"男孩瞟了艾伦一眼，随即便把眼神移开了。他的眼睛和他父亲的很像，眼形有点像是杏仁的形状，瞳孔则是淡淡的绿色。他留着一头又厚又乱的金色头发，发尾的长度刚好没了他的耳朵，看上去很像是 20 世纪 60 年代的摇滚巨星。

"很好！嗯，那么……太棒了！我希望你会喜欢吃香肠三明治。"令艾伦颇感欣喜和释怀的是，在他们到达之前，她在冰箱的角落里找到了一些香肠。

杰克看上去像是没有听到她的话一样，把低垂的下巴塞进了 T恤衫的领子，似乎是想要测试衣服面料的柔韧程度。

帕特里克清了清喉咙。"艾伦在问你话呢，小家伙。"

"不，她没有。"

"是的，她问了。她问你喜不喜欢吃香肠。你可喜欢吃香肠了，不是吗？"

杰克无所谓地耸了耸肩膀，挣脱了父亲的双手。"爸爸，其实我不喜欢吃香肠。而且，她也没有问我喜不喜欢吃香肠。她说的是'我希望你会喜欢吃香肠三明治'。这不是一个问句，而是……而是一个陈述句。"

"好吧，这样的话——"艾伦尴尬地搭了一句。

"我喜欢吃比萨。你说过我今晚可以订一个比萨的。"

"我说的是，也许我们今晚可以订一个比萨。但是既然艾伦已经给你做了香肠三明治，你就最好乖乖地把它吃掉。"帕特里克情急之下给了杰克一个父亲式的严厉眼神。

"其实我还没有开始做呢。"艾伦赶忙打了个圆场，"如果你愿意，当然是可以吃比萨的，杰克。没有问题。"

"那好。谢谢，我就是这么想的。"杰克重重地叹了一口气，仿佛是在感叹终于有人能够听懂他的意思了，"那么，我现在可以去看我的 DVD 了吗？"

"杰克，别这样，你不需要现在就去看 DVD。这不是个好习惯。"

艾伦看到帕特里克的双颊有点微微凹陷了进去，似乎是有点咬牙切齿。看起来，他也很想让杰克给她留下个好印象——这不禁让她身上的紧张感一下子就荡然无存了。

"没关系的。"她对杰克说道，"我的 DVD 播放器坏了，但是你可以在我的笔记本电脑上看，如果你不介意的话。"

"好的，没事儿。"杰克随和地应付了一句，"我可以用你的笔记本电脑。"这也是他第一次得体地抬起头来看了艾伦一眼。

"你的朋友病了，我想你一定很失望吧。"她随口问道。

"是呀。"他不耐烦地回答，"嘿，能不能请你给我催眠？还有，你可以教我如何催眠我的朋友吗？比方说，让他们按照我说的话去做？那样的话就太酷了。他们都会成为我的奴隶。"

"这么做似乎有点儿不太道德。"艾伦小声嘟囔了一句。

"你说什么？"

"好了，让我们去放 DVD 吧。"帕特里克拍了拍手。

"你好奇怪呀，爸爸。"杰克不禁皱起了眉头。

帕特里克冲着艾伦难为情地露齿一笑。"会比平常更奇怪吗，啊，杰克？"

杰克若有所思地摇了摇头。"怪多了，爸爸。"

三个人一起顺着走廊进了屋，杰克还停下来用指尖摸了摸橘色壁纸上的银色金属波点。他转过身来抬头对艾伦说道："这房子真酷。"

"谢谢你。"她简直是受宠若惊，差一点就要称呼他为"亲爱的"了。

二十分钟后，杰克坐在了艾伦家的客厅里，膝盖上放着她的笔记本电脑，耳朵上戴着耳机，眼睛则直勾勾地盯着屏幕，一双笨重的大运动鞋蹬在艾伦那张修复过的精美复古咖啡桌上。

帕特里克并没有开口让儿子把脚从桌子上放下来，而艾伦也不知道该如何表达自己的不满，且又不会听上去像是个恶毒的继母。话说回来，几处磨损又有什么关系呢？

"哦，他真的是太招人喜欢了。"当他们在餐桌旁坐定后，艾伦告诉帕特里克。此时，她已经在桌上摆上了一盘酵母面包，并准备了蘸酱和一大碟的绿橄榄。从他们所坐的位置望去，正好可以从餐厅的门口看到杰克低着的头顶。虽然说杰克显然无法听到他们的谈话，但她还是微微地降低了自己的嗓音。

"他确实有不少可爱的地方。"帕特里克回答。说罢，他清了清嗓子，对着她微笑起来，"你是我在他母亲去世后向他介绍的第一个女人。"

"是吗，那我真的是太荣幸了——但是，等等，你难道没有把他介绍给萨斯基亚过吗？我的意思是，你不是说你们一起生活了几年的时间吗？那她一定也和杰克相处了很久吧。"在提到此事之前，她并没有思考过这个问题。也就是说，萨斯基亚一定也认识帕特里克的儿子。

帕特里克的鼻子抽动了一下，像是闻到了什么不好的味道似的。随后，他将一个橄榄核吐在了手心里。"我根本就没有算上她。"

这话不禁让艾伦有些心生疑虑。他不可能假装萨斯基亚从来就没有存在过吧？他肯定也曾经爱过她，起码在刚开始的时候是这样的。这么说来，艾伦就不是他介绍给儿子的第一个女人了。这样说是不对的。她很不喜欢。

"萨斯基亚和你住在一起的时候，杰克多大了？"

"我记得他还只是个婴儿吧。"

"那他们……合得来吗？她离开的时候，杰克有没有很难过？"

"他根本就不记得她。"帕特里克的语气里似乎带着点儿不屑一顾的意味，但却并没有正面回答这个问题。他的眼神渐渐地从她的身上游离开来，不一会儿突然喊道："杰克，把你的脚从桌子上放下来！"

他怎么能从这里看到儿子的脚正搭在她的咖啡桌上呢？难道他早就已经注意到了，只是懒得开口劝阻吗？

"不好意思。"帕特里克站起身来，走进了另一个房间。

等他再回来的时候，似乎已经准备好换个新的话题了。"好啦，你今天过得怎么样？你说自己约见了几个客户。他们都还好吗？呃，我是指治疗的过程。"

若是艾伦和他再熟识一些，一定会开口和他对质的，我还没有问完萨斯基亚和杰克之间的事情呢！但她一直都在努力压抑着对于他前女友的好奇心。毕竟，他并没有反过来追问她任何有关前男友的事情。

于是，她向他讲述了与罗西会面的过程，以及罗西是如何发现自己不想戒烟的真正原因其实在于她根本就不想要结婚。当然，她刻意没有提及客户的姓氏，否则婚礼取消的消息可能很快就会登上悉尼各大报纸的头条了。不过她倒觉得这件事是个不错的话题，而且颇为适合用来在帕特里克面前显现自己的优势。

帕特里克专心致志地听着，不时还眯着眼睛看上她一眼，仿佛是想要直视太阳的光芒似的。这不禁让他看起来苍老了几岁。他的眼周有几道深深的鱼尾纹，艾伦猜测那应该是经年累月的室外测绘工作留下的痕迹。

他开口问道："所以说，她取消了婚礼？因为你的原因吗？"

"老实说，我并不知道她下一步会怎么做。毕竟这全都要看她的决定。我大概只能帮她看清自己心里的感受吧。"

"但是，想象一下那个可怜的男人会作何感想吧。你确定这一切不是因为胆怯吗？或许她只是想要找个借口，解释一下自己为什么无法戒烟？"

艾伦有点儿恼羞成怒。她本来是期待能够从他的口中听到一些溢美之词，或是听到他感叹一下催眠治疗法居然还能有这么大的功效之类的话。她用手狠狠地掐了一下手腕上的某个地方。（每当她感觉愤怒的时候，右手腕上的某个点总是会感到一阵瘙痒。在她还是个孩子的时候，她的皮炎就曾经让那个地方感到疼痛难忍。）

"我不会强迫客户去做任何事情。"她为自己辩解道，"我帮助他们绕开那些批判的声音，去直接探索自己的潜意识。总之，我的客户总是能够在这个过程中获得小小的'顿悟'。就是禅道中形容'启蒙'这个意思的词。"

说到这里，艾伦突然回想起了自己在对罗西进行催眠时说的最后一句话。当她带着自己对于婚姻的顿悟逐渐清醒过来时，艾伦给了她一句暗示："醒过来之后，你会感到内心异常的平静，对于自

The Hypnotist's Love Story

-075-

己下一步要做的决定也会很有把握。"

　　果然，罗西在清醒过来之后眨了眨眼睛，立刻就举起了左手，端详起了手上的订婚戒指。她将戒指从指根一直滑到了指尖，并借着阳光翻来覆去地观察它，仿佛它是什么奇形怪状的丑陋科学样本似的。接着，她笑着对艾伦说道："你知道吗？我其实根本就不喜欢这个戒指。"

　　"很抱歉。我并没有任何要批评你的意思。"帕特里克说道，"我想我可能是太同情那个男人了吧。"

　　"没事的。"艾伦回答。这也是两人之间第一次发生针锋相对的情况。这种事情迟早是要发生的，艾伦安慰自己。没有必要太在意。

　　"我曾经看过一出舞台剧。"他继续说道，"你知道的，演员会在表演过程中邀请在场的观众上台去接受催眠。我必须承认，也希望你不要介意我说的话，我猜舞台上的那些催眠师应该和你这种正经的催眠师差距很大吧？但我确实不太喜欢他们的把戏。"

　　望着他内疚的神情，艾伦笑了笑。"没事的。"她回答，"那确实和我的工作内容完全不一样。"

　　"我很讨厌他们脸上的那副傻相。"他边说边把后背靠在了椅子上，用下巴慵懒地顶住了胸口。接着，他又坐起身来喝了一口杯中的红葡萄酒。"他们看起来很可悲，而观众也像是被下了药似的，任由他们为所欲为。"

　　"其实那并不是因为催眠师的本事有多大。毕竟那些观众的神志还是在自己的控制之中。他只不过是帮他们抛开了心理的那些约束而已。"艾伦解释道。

　　"我还是比较喜欢拥有自己的控制力。"帕特里克感叹道，"这也是为什么我从来不酗酒，也从来不吸毒的原因。可以说，我希望自己永远都是那个坐在驾驶座上的人。"他停顿了一下，又取了一颗橄榄放在口中，然后小心翼翼地将核放在了面前的盘子里，眼睛紧紧地盯着它。"在这一点上，我对自己的前女友很不满意。她总是掌握大权的那个人，而且严重影响了我的生活，以至于我对于任何事情都没有发言权，也不知道自己能够做些什么。所以，很抱歉我每次提到她时都会显得怪怪的。每一次听到她的名字时，我都会不由自主地感觉她仿佛就坐在我们身边。"

他抬起头来，眼神里流露出了许多客户来她这里寻找帮助，却又不能全然相信她的能力时那种恳求而又绝望的神情，这不禁让艾伦的心中微微一颤，一丝怜悯之情油然而生。这情境简直和他第一次对她坦白自己被人跟踪的那个夜晚如出一辙，就连他的语气也一样的蛮不讲理。话说得没错，他才是那个备受迫害的人，他才是那个跟踪狂的受害者！然而，她此前却从没有想到过这一点，实在是太麻木不仁了。她只顾着关心萨斯基亚的情况，想要试图去了解对方的动机，却忘了应该考虑帕特里克因此而受到的影响。显然，她一直只将女人视作是重情重义的物种，而将男人单纯地归为了某种相对简单的生物种群。

"对不起。"她抱歉地答道，"每次我说到萨斯基亚时，都忘了她是你最不想提及的人。我是说，这件事情对你的影响一定很大——它肯定……好吧，显然我是不可能体会到你的感受的。"

在她说着这些话时，帕特里克的眼神一直都没有离开她，而是专注地望着她的眼睛，似乎是想要向她传达某种复杂的情感似的。也许，他正在领会自己心中小小的"顿悟"吧。

他向前探了探身子，而她也顺势凑了过来。很好，他应该是想要和她分享什么私密的心情吧。这将引领他们之间的关系迈入一个全新的、深层次的丰富精神境界当中。

"你想不想到楼上去呆几分钟？"他开口问道。

"我还以为他会告诉我些什么深奥而有意义的东西呢，结果他只是想要和我亲热一下！他的儿子还在那里坐着呢。这种事情可是我在此情此景之下绝对想不出来的！"

"性爱永远是男人们脑海里的头等大事。"艾伦的朋友玛德琳回答。

此刻，艾伦正一边与她通电话，一边坐在自己的办公室里填写文件。从电话那一头传来的"嘶嘶"声和"哗啦"声判断，玛德琳正在做饭，怀有身孕的腰腹上说不定还系着一条花朵图样的围裙，而锅里冒着热气的也许是什么美味的有机大餐吧。玛德琳正怀着她的第二个孩子，因此看起来总是红光满面的。两人早在二十多岁的时候，就曾经同租过一间公寓。那时候的玛德琳要是知道自己有一天会系上一条花朵图样的围裙，一定会笑得前仰后合的。

艾伦本想要给茱莉亚打电话的，但是她发现，随着她与帕特里克关系的深入，茱莉亚对于聆听他们之间琐事的兴趣也越来越淡了。就算是在茱莉亚离婚之前，艾伦也只会在心理受挫的时候才打电话给她，而绝不会在万事顺利的时候前去打扰她。现在，帕特里克已经名正言顺地成为艾伦的"男朋友"，因而她每每提到有关帕特里克的事情时——除非是事关他那个疯狂的前女友——茱莉亚的语气中总是会隐藏着一丝不屑一顾的含义。是的，茱莉亚热衷于倾听一切有关萨斯基亚的事情。这倒并不是因为她不希望艾伦过得幸福，而是她觉得对于幸福的人没什么话好说的。

相反，玛德琳则是那种平日里对你关怀备至，可一旦形势恶化时便会变得手足无措、不可救药的人。举个例子来说，若是听出别人的声音因为情绪激动而颤抖起来，她便会马上抓狂似的试图尽快转换话题。

可如今，艾伦却因为玛德琳声音里不屑的语气而皱起了眉头。"这不是真的。你说的那些都是陈词滥调。"艾伦开始反驳玛德琳，"我就曾经和一些永远也不会只想到性爱的男人约会过。不管怎么说，就在那一刻，我突然醒悟了。我不该把他当做一个特殊的男人看待，因为天下的男人都是一样的。"

"就因为他想到了性爱，也不代表他不是个特殊的人呀。"

玛德琳的答话似乎放错了重点。"是的，但是他儿子还在屋子里呢。"

"嗯，如果你真的打算和他生活在一起，就必须克服这一点。"

"父母不都是会等到孩子入睡后才会卿卿我我的吗？"

"你刚才不是说这个故事的重点和他脸上的什么表情有关吗？"

"没错，你说得对。在我拒绝了他的盛情邀请之后，他的脸上出现了一种表情。我觉得那应该是一种闷闷不乐的表情吧。"

"你说你'觉得'，是什么意思？"

"嗯，那种表情在他的脸上稍纵即逝。我想那些专门研究测谎的人应该称之为'微表情'吧。在那之后，他就又恢复了正常。我们吃了一顿美好的晚餐，饭后还和他的儿子一起玩了大富翁的游戏，大家都很开心。但我还是会不断想起他拉着脸的样子——那副'微表情'。我在想：难道说那代表着什么迹象吗？我会不会有一天回头想起来时才恍然大悟，那就是我知道自己应该放手的时刻？因为那就是微表情的意义所在！它们会暴露你内心真实的自我！"

"艾伦，这简直是我听到过的最愚蠢的想法了。这个可怜的男人是如此地迷恋你，每分每秒都想要跟你缠绵。可是，你不但拒绝了他，当他流露出一点点失望的神情时，你还——"

"我知道，我知道，我是个很可怕的人。我太较真，太不讲道理了。我只是希望这段感情能够延续下去，玛德琳。我真的希望如此。"

"好吧，我当然相信你了。"玛德琳这才快活地附和了她一句。

✕

所以说，他这一次是认真的。那个催眠师已经见过杰克了。据我所知，这是继我之后，他介绍给杰克的第一个女人。

我不知道他是怎么看待她的。

她看上去真的不像是一个会喜欢孩子的人。相反，她太超凡脱俗了。小孩子都喜欢质朴而真实的人，因为这些人可以蹲在地板上和他们一起玩耍。在我的想象中，一个口中会说出"让光芒充满你的身体"的人是绝对不会愿意让自己坐进大沙坑里的。

不过，我猜杰克现在早就已经过了玩沙坑的年纪了，虽然说他们家的后院至今还保留着一个沙坑。有时，帕特里克和杰克一个出门去上班，一个出门去上学，我便会坐在后院里吃午餐。我最喜欢坐在我们从易趣网上买回来的一个花园凳上——那里同时也是我享用自己的"早安咖啡"的地方。原来我真的曾经拥有过一段可以把那里当做是自己的家、自己的后院和自己的生活的日子。

我还总是告诉帕特里克，家里的后门需要装上一把挂锁。

我过去常常和杰克一起坐在沙坑里玩他的火柴盒汽车，一玩就是好几个小时。虽然说帕特里克在模仿车子发出的声音方面技高一筹，但是我却比他更有耐心。帕特里克自己就还是个孩子。他会用沙子建起一条精致的跑道，中间还要设置上一座跨越湖泊的桥梁。若是杰克突然站起身来或是不小心一脚把它们踹倒，他便会显得十分懊恼。这时我总是会安慰他说："帕特里克，他才两岁呢。"

杰克在催眠师家的门口迈出车门时，看上去是那么高，那么瘦弱。当时，我就坐在街对面的车子里。那天结束疗程后，我本打算在她那里多逗留一会儿的，但却在冥冥之中产生了一种预感：帕特里克今晚要来吃晚餐。在跟着她上楼的时候，我就闻到了一股大蒜或是红葡萄酒的味道，像是有人在腌制什么东西。不过，我并没有料到杰克也来了，这不禁让我吃了一惊。一种无以言表的疼痛随着这份惊吓刺穿了我的心，就像是儿时的某个早晨被篮球砸到了鼻子那般酸溜溜的痛——你身边所有的朋友都在嘲笑你，而你满心想着的就只有回家找妈妈。

　　我猜，对于和催眠师见面这件事，杰克并没有感到格外的激动，因为他看上去一点儿也不开心，两肩都懒洋洋地塌陷着。我想我应该是看到他擤鼻涕来着，希望不会是染上了风寒。这种病对于那些可能患有哮喘的人来说可不是什么好事。

　　在他快满三岁的那一年，有一次，帕特里克在外面工作，他却半夜突发哮喘，以至于我不得不带着他去看急诊。我至今仍清楚地记得，当他的小胸脯上下激烈地起伏着，试图想要吸进足够多的空气时，我心里是何等的恐惧。当时，他那双美丽的绿色眼睛死死地盯着我，似乎是在乞求我能够救救他。在医生给他开了些沙丁胺醇之后，我将他抱在大腿上，努力阻止他推开我罩在他脸上的那个小小的塑料面罩。在场的医生和护士都以为我是他的母亲。"宝宝的妈妈觉得怎么样？宝宝的妈妈需不需要喝杯茶？"

　　若是开口阻止他们这样叫我，并声明我只是孩子的继母，一定会让人觉得我很愚蠢。"宝宝的继母需不需要喝杯茶？"

　　杰克一直都叫我萨斯，因为帕特里克平时就是这么叫我的。每天晚上，当我走到他的床边和他道晚安时，他都会把奶嘴从嘴巴里拿出来（直到他四岁的那年，我们才让他戒掉了含奶嘴的习惯。这当然是非常不好的，可我们实在是对他狠不下心来），然后哆声哆气地对我说上一声："我'耐'你，萨斯。"说完，他便会迅速地把奶嘴塞回去。每一次听到他的声音，我都觉得自己的心就快要从胸膛里跳出来。

杰克带给我的爱远比我期望的要多得多，也远比我梦想的要多得多。

他突发哮喘的那一晚，当医护人员终于准许我们回家的时候，太阳都已经出来了。我不想把他放回婴儿床上，于是便把他抱到了我们的床上。我们就这样相拥着昏昏睡去。当我醒来时，帕特里克已经到家了。他安静地站在床头望着我们，脸上充满了慈爱而又自豪的表情，缓缓对我说道："嗨，我的小家庭。"我永远都忘不了那种表情。

两年之后，就在杰克开始上学的三周后，帕特里克突然对我说："我想，一切都该结束了。"

"你说什么结束了？"我欢快地问道。这是一个多么让人摸不着头脑的结论呀。我根本就不知道他指的是什么。是一部电视剧？还是这个稍纵即逝的夏天？

原来他指的是我们的感情。我们的感情应该结束了。

06

一个糟糕的周末

遭人冷落后成为跟踪狂的人往往是受害者曾经的亲密伴侣，其内心往往怀有某种寻求和解与复仇的复杂无常的混合情感。（为了什么而复仇？他到底对她做了些什么？）

——艾伦·奥法瑞在上网搜索"跟踪行径动机"的词条时潦草写下的笔记

不再有什么"微表情"了，或者说即便是有，她也没有再注意过。她的疑虑就像烛烟一样随风消逝了。

七月的上半旬是一年之中最美好的一段时光：阳光灿烂、碧空如洗的冬日带给人的感觉就好比是新鲜爽脆的苹果一般。当然，这同时也是最适合发展新恋情的完美天气——在公共交通上手牵着手的行径绝对会让新近失恋的人儿欲哭无泪，或是让路过的行人大翻白眼。

记忆开始在艾伦的眼前一幕幕地重放了起来：一个靠在现代艺术博物馆外砖墙上、如同少男少女之间充满着青春骚动气息的热吻；一顿在咖啡店里享用的周日早餐，她的话逗得他肆无忌惮地捧腹大笑，以至于店里的其他客人都不禁频频侧目；一次最终在缠绵中结束的微醺后的金罗美纸牌游戏；一次瑜伽课过后意外出现在家门口的一大捧鲜花，卡片上还亲昵地写着"送给我的姑娘"。

如今，他们早已经过了在彼此面前装模作样的阶段。"天哪。"第一次目睹艾伦狼吞虎咽地吃下一大块牛排时，帕特里克不禁吓得叫出声来。

"你难道不想当一个合格的天主教男孩了吗？"艾伦反问道。

"我可从不会轻慢主的名声。我的意思是说，天哪，你有没有看到刚才那个女孩都吃了些什么？我一直以为和自己约会的是个昏头昏脑的素食小妞，谁知道她竟然是个嗜血的食肉动物。"

"快点儿吃，不然我就要替你吃了。"

附近暂时还没有出现萨斯基亚的身影。

"也许我把她给吓跑了。"艾伦自顾自地说道。只要一有时间，她便会无所事事地搜索一些与跟踪狂心理研究有关的文章来读一读。

"也许吧！"帕特里克温和而又关切地拍了拍她的手臂，脸上的表情就像是一个医生正在安慰一个嘴里念叨着"也许我的病情会是个个例"的绝症病人。

"我爱你"这三个字慢慢浮现在了艾伦的脑海中，仿佛是一句挥之不去的歌词。她隐约记得自己曾经在哪里读到过——大概是某一篇愚蠢的杂志文章吧——最先开口说"我爱你"的女人往往都没有好下场。这简直就是她听到过的最具有性别歧视含义、最疑神疑鬼的言论了……不过，话说回来，她还无需着急，毕竟她和帕特里克确定恋爱关系也才刚六周而已，会有水到渠成的那一天的。

想到这里，她不由得联想起了自己之前抢先开口说过"我爱你"的那些往事。

是她先开口对安迪说的"我爱你"。话音刚落的那一刹那，安迪的表情看上去像是受到了惊吓，但很快便忠诚地回答说他也爱她。

和爱德华，她也是那个先说"我爱你"的人。这句话是在一杯分外美味的草莓代基里酒下肚后从她的口中脱口而出的。说实话，她当时并不是真心的。她想表达的意思其实是她很爱这杯草莓鸡尾酒而已。

现在回想起来，她其实一直都是感情生活中那个急不可耐的人！

她将"我爱你"这三个字郑重其事地写在了乔恩38岁的生日贺卡上，而他却磨磨蹭蹭地花了42天的时间才肯用同样的字眼来回敬她。

所以说，这一次若是让帕特里克先开口，也许会让这段感情发展得比较稳固。

谁知道，他就真的开口了。

一个工作日的晚上，他在艾伦家留宿了一夜，早上醒来时才发现自己就快要误了一早的约会了。于是，他站在床边俯身吻了吻她的脸颊说道："好了，我得赶紧走了，爱你。"然后，他便匆匆地跑出了门。

他说这话时从容大方的语气和他在电话上与杰克话别时的语气一模一样，显然是在不经意间说漏了嘴。

正当艾伦喜不自胜地回味着这句话时，突然听到他的脚步声再一次在她家的旋转楼梯上响起。于是她从床上坐起身来，等待着他的身影出现在卧室的门口。

"对不起。"他手握着门框，上气不接下气地解释道，"我刚才说错了。呃，不，也不是说错了！我本来一直都在等待时机，想要趁着月光或是伴着彩虹之类的情景跟你说那句话的，但是现在却被我自己给搞砸了。我真是个笨蛋。"他狠狠地拍了拍脑门。

他走过来，轻轻地坐在了她的床边，深情地望着她，那眼神让她觉得自己从未被任何人——无论是爱人还是朋友——那样用力地、全神贯注地注视过。

他严肃地开口说道："我想澄清一件事情。"

"你说吧。"艾伦的表情也随之严肃了起来。

"我要义正词严地宣布——当然，如果有必要的话，我准备把这话给写下来。"

"没问题。"

他清了清嗓子。"艾伦,我爱你。我要郑重其事地对你说,我爱你。"

"我也爱你。"艾伦回答道, "一样郑重其事地爱你。"

"好。那太好了。嗯,一切发展得都很顺利嘛!"他伸出手来,两人装模作样地握了握手,就像是刚刚谈成了一笔令双方都很满意的生意似的。只不过, 当她准备把手缩回来的时候, 他却顺势将她一把拉了过去,一边摩挲着她的背部一边用力地吻着她。

不一会儿,两人都坐直了身子,傻乎乎地对着彼此咧嘴笑了起来。这时, 帕特里克低头看了看手表,抱歉地说道: "好啦, 这话可能不太好听,但是——"

"没关系的。爱我的话你就赶紧去吧。"

他再次吻了她, 然后转身离开了。而她则懒洋洋地躺回了床上,感觉自己整个人都沉浸在幸福之中。这就是爱情应有的感觉:简单、平和而又不失乐趣。显然, 这并没有什么值得刨根问底的。她感觉自己就像是从没有被爱过或是从没有像这样地去爱过一样,仿佛往昔的种种都只不过是对真正爱情的拙劣模仿。

想象一下吧, 若是她这一生永远都没有体会过这样的爱情, 生活又会变成什么样子呢?

（其实, 这当然不是最重要的。最重要的是, 她对于未来的感情生活又有了一次全新的体验:毕竟, 这一次是他先开口对她说了"我爱你"。）

✕

我将与催眠师的约会改期了,因为我必须到墨尔本去出差。

我已经很努力地避免接手需要出差的任何工作了, 但是翠西意外患上了感冒,于是我便成了他们在短时间内能够找到的唯一人选——一个单身而又没有子女的女人。想必这样的人应该是没有任何借口可寻了吧。说得没错。我找不到任何拒绝的借口。

帕特里克和我从没有一起去过墨尔本，因而那里的街角也不会飘荡着任何的回忆。起初，这次出差的机会看上去并不赖。那里阴云密布的天空和刺骨的寒风对于习惯了悉尼无尽美好天气的人来说也算得上是一种解脱。繁忙的工作让我暂时忘却了其他的烦心事，每晚回到房间后都会累得倒头就睡。

然而，随着离开悉尼的日子一天天地多起来，我想要看到帕特里克和艾伦的欲望也开始变得越发浓烈。周四的清晨，我很早就醒了，于是便开始胡思乱想起来。他们现在正在做些什么呢？他是不是又留宿在了她的家里？还是说她住在了他那里？对于这些信息的渴望逐渐演变成了一种身体上的需求，让我整个人看上去都有点儿营养不良似的。

周五一早，我便搭乘第一班航班返回了悉尼。我用双手紧紧地握住了座椅的扶手，身子不由得向前倾斜着，好像自己能够比飞机飞得还要快一样。如果我是个吸血鬼，那么我现在肯定是迫不及待地想要喝上一口鲜血了。

✕

周五下午，艾伦趁着约见两个客户的间隙做了几次深呼吸，然后又对自己进行了一番积极的自我肯定。

未来还有一个让人提心吊胆的周末正在等待着她。

到时候，帕特里克就要正式地拜见艾伦的母亲和两位教母，并和她们一起吃晚餐了；而第二天晚上，艾伦也将被帕特里克隆重地介绍给他的家人。周日，帕特里克还要第一次和茱莉亚见面，一行人准备在华生湾附近吃上一顿鱼和薯条。他还约好了要带上自己的朋友"史丁奇"①，好让他也见一见艾伦，顺便看看有没有机会将他和茱莉亚凑成一对。不过，史丁奇这个名字显然并不是什么好兆头。（"哦，他这个人其实一点儿都不臭。"帕特里克一边解释着，一边因为"他之所以叫做史丁奇就是因为他是个臭烘烘的家伙"这个想法而窃笑着，"这只不过是我们给他起的外号而已。""那你们为什么这么叫他？"艾伦不解地追问着，可帕特里克却只是自顾自地笑个没完。男人有时候真是让人捉摸不透。）

当然，他们也并不是有意要把这些"见面会"安排得如此紧凑的，只不过艾伦的母亲临时改换了约会的时间，而史丁奇也意外地跑到了悉尼来度周末，机缘巧合之下才促成了这个局面。

总之，这个周末在艾伦看来就像是要经历一个考试周或是要连续看上好几天的牙医那样痛苦。那天早上，她一早醒来就感到隐隐有些不安，还伴随着某种令人头晕恶心的不爽感觉，仿佛有一大堆不相干的人就要来践踏他们刚刚建立起来的感情似的，对着他们两人品头论足、刨根问底、吹毛求疵。说不定从那时候起，帕特里克和艾伦就会开始不自觉地从别人——那些对于他们来说很重要的人的眼光中来看待彼此。而这些人的眼光往往都是苛刻而又坦率的，照得任何一个阴暗的角落都恍如白昼。

吸气。

其实她根本就不在乎别人是怎么想的！

呼气。

都是些废话。她真的一点儿都不在乎。她反而希望自己深爱的每个人都能够像她一样喜爱帕特里克，同时也希望每一个深爱着帕

---

① 史丁奇：原文 Stinky，意为发恶臭的。

特里克的人都能够喜爱她。

吸气。呼气。呼吸——

"算了吧。"她大声对自己说道。

于是，她放弃了提升自我的尝试，转而伸手从桌上的银碗中拿了一块巧克力，任由它缓缓地融化在嘴巴里。这盘巧克力是她专门放在那里作为治疗的辅助工具用的，可以释放脑内啡和血清素之类的神经传导物质，从而让人产生一种安逸甚至是幸福的感觉。不过，对于茱莉亚这种人来说，以上这些说法都只不过是将"好吃"这个词复杂化了而已。

艾伦闭了一会儿眼睛，悉心体会着阳光洒在自己脸上的感觉。此刻，她正躺在那把客户用过的躺椅上。她时常会在这把椅子上躺一躺，试图想象着他们从这个角度上望着她坐在对面时的感受。他们是否也会偶尔瞥见她充满疑惑的表情，或者更糟糕的是——察觉到她的自负？她坐在那里，饶有架势地、矜持地跷着腿的样子看上去是不是有点儿愚蠢？还有那从窗外透射进来的阳光是不是照得她唇边的绒毛都暴露无遗？

她敢说，帕特里克在外出作业时，若是俯下身来观看经纬仪，或是偶尔举起一只手臂，是绝不会感觉自己有什么矫揉造作的地方的。不过，对于像她这样从事"软性"工作的人来说，情况就大不相同了。就更别提很多人至今都以为她的工作和那些魔术师、信仰治疗师甚至是骗子没什么两样。她清楚地记得一个老朋友就曾经这样惊讶地问过她："你不会还在做什么催眠的事情吧？"仿佛这份职业就是个笑话似的。

"这是我的工作。"艾伦郑重其事地对她说道。然而，这位企业律师却以为她是在开玩笑，因而也只是礼貌地回敬了一个微笑。

事实上，这并不仅仅是她的工作，也是她的激情和使命所在，更是她引以为豪的天职。

　　此时的躺椅上依然残留着上一个客户——黛博拉·范登堡留下的余温。黛博拉就是那个患有莫名腿疾的女人。对于她来说，若是在回家的路走超过十分钟，右腿便会不知为何变得软弱而又疼痛起来。在踏入艾伦的办公室之前，她已经找过了理疗师、脊椎按摩师和运动医生寻求帮助，甚至尝试过 X 光、核磁共振和外科手术，但都收效甚微。显然，这种疼痛并不是任何生理上的原因造成的，因为所有医学专家都只能无奈地耸耸肩膀，对她说道：抱歉，我们也不知道这到底是为什么。

The
Hypnotist's
Love
Story

　　"我一直都很好动。"她告诉艾伦，"我还是个丛林远足的爱好者。可如今我在病情严重时连出门购物都成了问题。这种痛苦几乎改变了我的整个人生。"

　　"慢性的肢体疼痛确实会带来这样的后果。"艾伦附和着回答。

　　她自己从来没有体会过这种感觉。不过，这么多年来，众多客户倒是给她带来了不少的故事，为她讲述了疼痛是如何残忍地蚕食掉生活中所有最简单的乐趣的。

　　"我想我也许能够帮得上忙。"她说道。

　　"每个人都觉得自己能够帮得上忙。"黛博拉给了她一个礼貌而又充满了挖苦意味的微笑，"但他们后来都放弃了。"

　　黛博拉总是会让艾伦不禁联想起茱莉亚。她是个高个子的自负女性，留着一头深色的短发，坐在艾伦的扶手椅上时总是会流露出一种男孩子气的顽皮，穿着黑色牛仔裤的两条长腿优雅地缠绕在一起。

　　她曾经提到过自己很喜欢烹饪，因而艾伦还在前几个疗程中让她将自己的身体想象成一个炉盘，可以通过扭转开关来关闭自己的疼痛。今天，两人一坐下，黛博拉就迫不及待地告诉她，今天早上步行穿过停车场时，已经"可以"通过冥想的方式试着将疼痛感降低一个等级了。

"不过，这也许只是我的想象而已。"她突然间带着怀疑的语气念叨了一句。其实，她一开始就表明自己是个怀疑论者。那天的疗程结束后，她还骄傲地告诉艾伦："你并没有强迫我，全都是我自己做到的。"

"这很好啊。"艾伦夸赞道。（她很理解这种感受，而会向她表达这种感慨的人一般都是那些刚刚还流着口水、目瞪口呆地处于深度催眠状态的客户。）

"我们今天要尝试一种不同的疗法。"艾伦对她说道，"我想我们可以称之为'正能量疗法'。"

黛博拉撇了撇嘴唇，淡淡地冷笑了一下。"这听上去很……萌。"

"我想你会喜欢的。"艾伦笃定地答道，完全无视她刚刚的冷笑。人们总是会用消极的态度来掩饰自己内心的恐惧。

这一次，她使用了一种简洁的导语，能够在几步之内就引导客户进入一种深层次的放松状态之中。很快，她就从黛博拉身上的一些细节看出，她已经渐渐地放松下来了。老实说，她在进入催眠状态后看起来要年轻许多（尽管黛博拉是个对任何事物都持怀疑态度的人，但却是很容易就能够被催眠）。她脸上的皱纹平滑了许多，表情也变得软弱无辜起来，与她素日里桀骜不驯的神情相比简直是大相径庭，不由得让艾伦对她产生了一丝怜爱之心。

"我希望你能够回想一次内心充满了自信或是愉悦感受的经历。"她轻声细语地说道，"仔细搜寻一下自己的记忆，直到你能够找到那个最满意的片段为止。如果你找到了，请点头示意一下。"

说完，艾伦静静地坐在一旁注视着她，等待着她的回应。与此同时，她也忍不住开始回味自己刚刚接触催眠术这个概念时的那些美好时光。那时的她还只有十一岁，和外婆一同坐在这间房子里。在外婆的眼里，艾伦无论做什么都很出色。那段时间，艾伦刚刚读完了从图书馆借来的一本书《如何催眠别人》，而外婆则欣然同意做她的第一个病人。艾伦找来了一条项链作为钟摆，专注地看着外婆那双精明的棕色双眼跟着她的手势来来回回地转动着。

"看来你很擅长做这个嘛。"事后，外婆对她赞不绝口。从她眨眼的方式中艾伦看得出，她是真的感到非常惊讶：因为她当时的反应和她在发现艾伦学会了使用她的录音机时简单地拍一拍手可是完全不一样的。"我想，你说不定很有天赋。"

我想，你说不定很有天赋……

这简直就是艾伦能够想象得到的最贴心却又最出人意料的话了。她感觉自己就像是那些刚刚发现了自己的身体里拥有超能量的超级英雄，抑或是那些第一次听到上帝空灵而充满磁性的声音响彻耳畔的修女一样。

黛博拉的双眼仍然紧闭着，双颊微微泛起了红晕。她点了点头，示意艾伦已经找到了那个美好的记忆片段。就在那短短的一瞬间，艾伦突然很好奇地想要知道黛博拉到底回忆起了什么。

"你现在正在重温的这份感觉，就是我想要你随时随地都能够回忆起来的那种感觉。无论何时，只要你将自己的右手大拇指塞到右手的掌心中，就能够产生这种感觉。你用的力气越大，这种感觉就会越强烈，直到它像电流一样充满你的整个身体。"

随着话语内容中的气势和力量逐渐增强，艾伦也缓缓地提高了嗓门，好让黛博拉的感受能够变得更加真切。

"总之，下一次你感到疼痛时就可以尝试这么做。首先，你可以用疼痛开关来降低疼痛感的等级，接下来，你就可以使用正能量疗法来再造力量感。"

这时，她隐约注意到黛博拉的脸上闪过了一丝忧郁，于是随即变换了一种更具有权威性的、父亲般的语调。"你是有能力做到这些的，黛博拉。你的身体里蕴藏着无限的能量。你需要的只不过是技巧上的磨炼。你是可以摆脱疼痛的。你是完全可以摆脱疼痛的。"

几分钟后，艾伦唤醒了处于催眠状态中的黛博拉。她晕头转向、睡眼惺忪地眨了眨眼睛，看上去就像是一个刚刚在飞机上醒来的乘客。她随即快速地低头看了一眼手表，然后伸出双手捋了捋自己的头发，开口说道："这一次我也没费什么力气。"说罢，她麻利地从手袋中取出了钱包。

艾伦点了点头，伸手将那个装满巧克力的银碗推了过去。不一会儿，两人就已经站在了艾伦家的门口。黛博拉并没有抬起头来看着艾伦，而是一边专注地系着大衣纽扣，一边慢条斯理地说道："你知道吗，你没准儿真的治愈了我的病呢。"

"我是无法治愈这些疾病的。"艾伦提醒她，"肉体上的疼痛可能会依然存在，无论它是因为什么原因引起的。我只是帮助你找到了一条应对这种疼痛感的路。"

"没错，但它真的很有效。"黛博拉肯定地答道，眼中那份惊讶而又崇敬的神情和艾伦外婆多年前的那种表情简直如出一辙。

想到这一点，艾伦不禁发自内心地笑了。这就是这份工作带给她的满足感。

当她回到桌前、打开工作日志时，那一丝笑容却很快就消逝了——那一天的最后一位客户将是玛丽－贝丝·马克马斯特。哦，好吧。不要再有什么惊喜了，就让这美好的一天停留在那份充满崇敬意味的眼神中吧。

她低头看了看手表。若是玛丽－贝丝现在打电话来取消今天的约会还来得及。要知道，她在之前的三次约见中都是在最后一分钟才打电话来，说自己的工作实在是脱不开身的。她是个法务助理，每次打电话来取消预约时的语气都充满了不可一世的感觉，仿佛她供职的那间律所没了她就无法正常运作了似的。

也许是意识到了自己的想法太过苛刻，艾伦突然觉得有点自责。没准玛丽－贝丝确实是公司里必不可少的人物呢？何况，尽管艾伦从未重申过自己诊所的细则，对方还是每次都坚持要自觉支付艾伦在报价单中列出的 50% 取消预约费（在见面前的 24 小时之内临时取消预约的客户原则上都需要支付这笔费用）。可对于艾伦来说，白拿这一笔费用的感觉并不怎么踏实。

这时，门铃突然响了起来，惊得艾伦仿佛是不小心撞到了自己的脚趾一样，忍不住咒骂了一句。如果说玛丽－贝丝多次临时取消预约的行为总是让艾伦感到很烦闷的话，现在她终于如约出现了，艾伦为什么反而感觉如此的不痛快呢？不知为何，她总是会对这个可怜的女人抱有一种强烈的憎恶感。这到底是为什么呢？虽说她此前也曾遭遇过一些令人十分恼火或是分外惹人怜爱的客户，但她却从没有对任何一个出现在她门口的客户产生过如此发自肺腑的憎恶感。

因此，若是她不小心应对，在不经意间将自己内心的这种不悦在玛丽－贝丝的面前流露了，那就太不应该了。

这时，她猛然想起了佛法中提到的一个信条：众生都是一体的。换句话来说，她就是玛丽－贝丝，而玛丽－贝丝也就是她。

嗯。

带着这样的信念，她伸手打开了门，满脸洋溢着温暖而又友善的笑容。"玛丽－贝丝！能见到你我真的很高兴。"

"见到我有什么值得高兴的吗？"玛丽－贝丝回敬了她一个灿烂的、略带讽刺意味的笑容。

她该不会听到了艾伦刚刚咒骂的声音吧？

和往常一样，玛丽－贝丝又是一身从头到脚的黑色行头。她是一个矮胖而又粗笨的女人，一头平直的中分长发让她整个人看上去就像是 20 世纪 70 年代的嬉皮士，只不过她没有那种清新的娃娃脸来匹配这样的一种气质。相反，她的脸上总是会带着一种愤恨而又忧伤的表情。

哦，你看上去可真是令人沮丧，艾伦不由得在心里偷偷地念叨着。艾伦真想给她好好地化妆改造一下，剪掉她的长发，想办法给那些发丝增加点体积感或是靓丽的色彩，然后再换掉她那一身黑色的衣服。其实，她的五官还是挺精致的，只需要一点点唇彩就能够让她的脸蛋变得明朗起来！

老天爷啊，她将来一定是个可怕的母亲。

"你需不需要先用一下洗手间？"她开口向玛丽－贝丝问道。她总是会先提醒自己的客户提前使用洗手间，因为她一直坚信，若是想要获得良好的催眠疗效，就最好先排空自己的膀胱。

"不用了，谢谢。"玛丽－贝丝回答，"我们继续吧。"

玛丽－贝丝顺势坐在那张绿色的活动躺椅上，那副坐姿仿佛一下子就让它变成了世界上最不舒服的椅子。艾伦低头打开了摊在自己大腿上的文件夹。

"上一次见过面之后，你过得如何？"艾伦问了一句。

"还是老样子。胖得像条鲸鱼一样。你过得怎么样？"

艾伦抬起头来看了看她。"你在担心自己的体重？"

"也不是。好吧，算是吧。当然了，很明显。不过，管他呢。"玛丽－贝丝叹了口气，然后又打了个哈欠，"所以说，今天是周五。这周末有没有什么有趣的计划呢，艾伦？约见朋友？还是和家人一起过？"

"我没有什么特别的计划。"艾伦回答，"这么说，我们可以一起来解决一下有关体重的问题了？"

玛丽－贝丝第一次来找艾伦时曾经说过，自己之所以想要接受催眠治疗是因为她每次开车经过悉尼港隧道时都会感到莫名的惶恐。她想要摆脱这样的心理，以免变成一个"古怪而又脆弱"的疯子。除此之外，她从来都没有提到过自己的体重问题。不过，大部分客户都是这样的，埋藏在他们心底的问题往往要在几个疗程结束之后才会浮出水面。

"也许我上辈子曾经经历过爱尔兰的马铃薯饥荒。"玛丽－贝丝打趣地提到，"所以我现在正在努力地弥补过去,拼命地吃马铃薯。"

"嗯，催眠治疗法在这方面还是很管用的——"

"我不相信人会有前世。"玛丽－贝丝粗鲁地打断了她的话，"那都是些骗人的鬼话。"

"我想我们上个疗程时应该谈到过这个问题了吧。"艾伦和善地说道。她不喜欢"鬼话"这个词。而且，她们也确实曾经详尽地谈到过关于玛丽－贝丝不相信前世这件事情。

"所以说，你是没有办法引导别人回顾一下自己的前世的？"

"我还真的没有使用过与'前世回归'相关的疗法。"艾伦回答，"但确实有一些客户曾经提到过，自己在催眠状态中会回想起前世的经历。我对此并没有什么成见。"

玛丽－贝丝轻蔑地哼了一声，然后又接着冷笑了一下。

"自从上一次见面之后，你有没有再开车经过海港隧道？"艾伦问道。

玛丽－贝丝耸了耸肩膀。"嗯，似的。事实上我已经不再感到恐慌了。我肯定已经克服了自己的心理障碍。"

听到这话，艾伦用审视的目光上下打量了她一番。"那么，你想要利用今天的治疗解决些什么问题呢，玛丽-贝丝？"

玛丽-贝丝又叹了一口气，抬起头来傲慢地环顾了一下四周，仿佛这里是什么廉价酒店的客房似的。接着，她俯身拿了一块巧克力，可随后又改变了主意，将它丢回了碗里。

最后，她终于开了口："其实我现在有点儿想要借用一下你的洗手间了。"

能够再次见到她，我的心里感到如释重负。

虽然我不知道她对我是什么感觉，但我对她还是颇有好感的。我是说，她的存在显然让我感到很不舒服，不过我却在她的身上发现了某种莫名的吸引力。

这听上去确实是有悖常理的，就像是你遇到了一个令人十分反感的男人，却仍想要和他亲热一番一样。整个过程也许很不错，但是你在事后回想起来时才会觉得恶心和后悔。去年，在一个客户的圣诞节派对上，我就遇到了这样一个疯狂的男人。他不仅抹了过多的须后水，而且全身上下佩戴的珠宝首饰居然比我还要多。虽然说缠绵的过程还是令人满意的，但我在事后却感觉自己就像是个被人强奸了的受害者，在淋浴室里用力地擦洗着自己的身体，哭着想念着帕特里克。我猜，这种感觉应该和你吃了油腻的垃圾食品之后那种满腹的自我怨恨感差不多吧。

艾伦就不是那种会吃垃圾食品的人。在我的想象中，她最喜欢的食物应该是豆腐和小扁豆吧。不知她若是发现了帕特里克爱吃比萨的习惯，会不会感到很惊讶呢？

我并不是想要和她发生什么关系，我只是想要更加了解她而已。我想要注视着她，把她的身影融入我可以想象的任何一种情形中。

我想要进入她的头脑和身体，我想要成为她，哪怕只有一天。

对于帕特里克曾经约会过的其他女孩，我从没有产生过这样的想法。所以说，艾伦是个例——

每当我想到自己可以大方地叫出她的名字时，心里就会感觉格外的满足。上一次疗程中，我就一直把她的名字挂在嘴边。"谢谢你，艾伦。""下周见，艾伦。"每一次叫她的名字，都会让我觉得自己仿佛在帕特里克那张志得意满的脸上打了一巴掌。

不要以为你已经把这一页给翻过去了，臭小子。不要妄想你的新生活就和我没什么关系了。我还在这里，随口胡乱地叫着你女朋友的名字。我进过她的家门，用过她的卫生间，知道她所使用的香体剂和卫生棉条是什么牌子。她也只不过是个平凡的姑娘。

或许，她并不平凡，而是对你来说太过于超凡脱俗了。伙计，你是配不上她的。我们都配不上她。

老实说，艾伦看上去是一个表里始终如一的女孩。不管怎么说，她给人留下的印象确实就是如此，似乎是从来都不需要把自己嘴里吐出来的每个字都过滤一遍，就能够给别人留下自己预想的那种印象似的。

当然了，她说话时也不可能是不经大脑的。每个人的头脑里都带有这样一台"过滤器"，只不过她的那一台既敏捷又简便，能够小心翼翼地剔除任何一个有可能会冒犯到别人的词句。相反，我头脑里的这一台过滤器就像是一个迷宫，里面横七竖八地装着各种管道、烟囱和滤网，负责根据当下的状况和对象将我想要求证的事情都转换成别人可以接受的语言。

她就没有什么好去求证的，因为她死心塌地地相信那一套"精神力量"的鬼话。那就是她的激情所在，甚至可以说是她的宗教信仰。

虽然说她给人的最初印象好像是在假装虔诚，但我却觉得她实际上是个好人——一个传统意义上的好人。她对于这个世界只有美好的憧憬，而你和我，帕特里克，我们都是有缺陷的人，因而并非对于每一个人都抱有善意，难道不是吗？

很明显，和她在一起的时候，我总是觉得自己很虚伪。就算是我能够与她坦诚相见，却还是能够感觉到自己与她之间的差距。

帕特里克，我可以理解为什么你觉得自己是爱她的。我真的理解。连我都有点喜欢她呢。

你我第一次在一起共度的那个平安夜，我们像是晒日光浴那样仰面入睡，双手紧紧地握在一起，口中还回味着史丁奇送来的那瓶美酒留下的树莓味道。天花板上的吊扇在我们的头顶上嗡嗡地打着转，仿佛整个房间都在随之微微颤抖着。我记得自己当时就在想，我们是多么像两个平躺在救生艇里的孩子呀，沿着一条神奇的河流漂流而下。

那一夜是那样的真实。我不管艾伦有多么可人或是多么纯情，那一夜是那样真实。起码对我们来说是这样的。

那时候她还不存在。

记得我们是如何不约而同地迷恋上卡梅隆·迪亚兹的吗？没错，我们对于艾伦的情感也是如此。假设我们是在某一个晚宴中认识她的。在回家的路上，我们可能会聊起她是如何的可爱、如何的风趣，而那些催眠的理论又是如何的不可思议。不过，一到家我们便会把有关她的事情全都抛在脑后。

帕特里克，她真的是个大好人。但是你知道吗？她与卡梅隆·迪亚兹一样，都是不存在于我们现实生活中的人，因而与我们是不该有半点交集的。

✖

　　艾伦和帕特里克正开着车朝她母亲家的方向驶去。坐在方向盘后面的是帕特里克，他这种男人总是自然而然地认为开车是他的职责。不过，艾伦对此倒是没有什么不满，毕竟她本身也是个鲁莽的司机。（她清楚地记得乔恩总是会客客气气地与她公平分享驾车的机会。"该轮到你了。"他边说便把车钥匙扔到她的手里，然后在她开车的过程中不断地叹气、哼哼和指手画脚。）

　　"所以说，除了你父亲，你的母亲就再没有找过别的伴儿了。"帕特里克感叹道，"上帝呀。这交通状况真的是太失控了。"说罢，他重重地踩了一脚刹车，害得汽车一下子就急停了下来。"不好意思。"

The
Hypnotist's
Love
Story

　　显然，此刻的他多少还是有点儿紧张。可遗憾的是，艾伦并不能略表安慰地说上一句："哦，我母亲会喜欢你的！"

　　她之所以不敢这么说，是因为母亲很有可能并不会对帕特里克抱有任何的好感。在艾伦过去的几段恋情中，安妮最喜欢的当属个性诙谐却又常常语出惊人的乔恩。她当然会喜欢他了，因为他好像总是在想方设法地伤害艾伦的自尊心。虽然艾伦深爱着他，但他却从未用同样的爱回报过她。

　　她是多么希望自己能够拥有一个贴心周到、身材微胖而又亲切随和的母亲呀。这样的母亲除了家庭生活的领域，对于政治经济之类的事情都没有什么概念。当然了，要是她能够再有一位白发苍苍、鼻梁上架着眼镜的慈父就更好了。他会温暖地握一握帕特里克的手，然后在那位贴心的母亲忙前忙后地为大家切上第二块芝士蛋糕时以男人的身份和他聊上几句有关测绘的话题。

　　可是世事总是不能够随人所愿。

　　"这些年来，妈妈也谈过几段长时间的恋爱。"她向帕特里克解释道，"但她最近已经单身好一段时间了。"

"你的父亲……从来都没有出现过吗？"

"从来都没有。"艾伦回答。她停顿了一下，反思了一下自己刚才的话是不是表现出了一丝的愤怒。"就像我之前提到的那样。"

几周前，在两人刚开始约会时，艾伦曾经给他讲过自己的家族史。这么多年来，她已经将这个故事讲得烂熟了，以至于它早就成为晚宴派对中最理想的谈资，不仅内容足够独特有趣，听上去让人有种掏心掏肺的亲近感，而且故事的长度也是恰到好处，完全不会让听者因为尴尬而不自在地在座位上晃来晃去。

她总是会以这样的一句话来作为故事的开头："我妈妈是个走在时代尖端的人。"接着，她便会解释起务实的安妮·奥法瑞是如何在1971年1月1日的那个清晨下定决心要做一个单身母亲的。当时的安妮还只有三十多岁，是一个事业有成的独立女性。她虽然不想要特意找个人结婚，但却十分想要一个孩子（这一点说起来不免有些奇怪）。在两个最亲近的闺蜜的帮助下，她罗列了一份名单，上面详细地列举了潜在"父亲候选人"的名字，以及他们各自的优缺点、文化水平、病史以及个人品行。

安妮一直都保留着这份名单，等到艾伦十几岁的时候才拿给她看。所以说，她的"父亲"就伴着她母亲潦草的字迹存在于这一堆的项目符号里，旁边还用圆圈标注着一个百分比"85%"，比其他人的分数都要高出10%。

她父亲的优点包括"研究生文化水平"（他是一名外科医生；安妮与他是在大学里认识的）、"一口好牙"、"耳朵小巧"（她的母亲十分憎恶大大的招风耳）、"皮肤很好"、"家族中无心脏病史、糖尿病史或是呼吸道问题"以及"出色的社交能力"。

父亲的缺点包括"视力（戴眼镜）"、"唯心论倾向"、"母亲热衷于塔罗牌"、"莫名其妙的诡异幽默感"和"已订婚"。

随着时间的流逝，艾伦从自己的故事中渐渐省略掉了"已订婚"的这个部分。她也不知道自己这么做是因为这个世界开始越来越注重道德了——仿佛全世界人民一下子都正经了起来——还是说她的社交圈子开始变得越来越保守了。

　　显然，这个理想人选订婚的事实并没有给艾伦的出生带来任何的阻碍，因为安妮引诱他的计划进行得格外顺利。而且，这样的事情发生了不止一次，而是许多次，每一次都被巧妙地安排在了安妮的排卵期前后。

　　"毕竟是在七十年代。"她母亲这样说。

　　于是，事情就这样顺理成章地发生了。两个月后，她的"父亲"走入了婚礼的殿堂，然后搬去了英国居住，至今还不知道艾伦的存在。

　　"如果我想要去找我的爸爸，会怎么样？"当时正值短暂青春叛逆期的艾伦也曾开口问过。当那个陌生的、听上去近乎情色的词语"爸爸"从她的嘴里脱口而出时，她甚至感到自己的身体都微微为之一颤。

　　"我是不会拦着你的。"正在读报的安妮连头都没有抬一下，"这对于他的妻子来说未免太残忍、太伤人了吧。"

　　当然了，艾伦是永远不会做出任何残忍或是伤人的事情来的，光是想一想自己将要面对一个陌生中年男人的情景，就已经让她感到羞愧难当了。她朋友的父亲个个都是毛发浓密、声音低沉的大块头男人，说起话来有时风趣，有时乏味，且不知为何看上去都不怎么真实。

　　母亲的朋友梅勒妮和菲莉帕也都膝下无子。她们不仅是艾伦的教母，还在她的童年记忆中长久地与她们母女俩共住在同一座房子里。虽说家门口偶尔也会出现一些男性友人将她们接去约会，或是在艾伦吃早餐时突然出现在厨房门口（他们总是一脸胡楂，操着低沉而又沙哑的声音坐在厨房的餐桌旁），但他们对于艾伦来说只不过是生活中一闪而过的风景：在将他们的秉性和外表都仔细剖析过一遍之后，她很快就会把那些记忆全都抛之脑后。（不过，梅尔[①]最终还是在五十多岁时嫁给了一个腼腆内向、高深莫测的男人。她看上去很幸福，社交生活也没有受到什么影响。）

"这种感觉就像是拥有三个母亲。"艾伦总是会这样告诉别人。其实这话并不假。这三位事业有成、观点鲜明的单身女人在她的成长过程中都拥有同等重要的发言权。

"我一直都觉得自己是在一个女同性恋公社里长大的。"她过去总是这样形容自己的童年。不过，随着年龄的增长，她已经不再使用那样的词汇了，因为她并不想让自己的话听起来既世故又尖锐，何况她对于女同性恋的生活也不甚了解，甚至不清楚是否真的存在"女同性恋公社"这种组织。

"总而言之，我的父亲基本上就是一个精子捐献人——只不过他自己对此并不知情而已。"这就是她故事的结尾。通常，这样的结尾总是会激发对方进一步的追问，很多人还会不禁感叹道："啊哈！原来你之所以会喜欢催眠术这种东西，是遗传自你那个崇尚唯心论的父亲和热衷于塔罗牌的奶奶！"（那语气听上去就好像他们是这世界上第一个联想到这一点的人似的。）虽然有些人也会对她母亲的做法鼓掌欢呼，但大部分还是会礼貌而又谦逊地表达自己的不赞同。

对于这些反对的声音，艾伦自然是不会理睬的。虽然就连她自己也不清楚自己的立场，但是她从心底里知道母亲是根本不会在乎别人的眼光的。如今，关于母亲当初是如何受孕的故事已经被艾伦

---

① 梅尔：梅勒妮的昵称。

讲过太多次了，以至于她自己都不耐烦了。曾几何时，茱莉亚也给艾伦讲述过自己的父母因为抚养权纠纷而"绑架"他们兄妹的故事。听说，她的父亲将他们的头发染成了棕色，还开着车上演了一场惊险的"警察追击战"。艾伦明白，茱莉亚肯定也曾对这段记忆拥有过某种特殊的感情，而且这样的感情至今仍然深埋在她的潜意识中，只不过它也早已蜕化成为一个仅供人们在聚会中消遣的精彩故事罢了。

帕特里克认认真真地听完了艾伦的描述，然后义正词严地感叹了一句："这对你母亲来说未尝不是一件好事，不过很遗憾你错失了拥有父亲的生活。"

"你是不会错失自己从未拥有过的东西的。"艾伦回答。其实，就连她自己也不是完全相信这句话，但她从小到大确实没有窝在被子里哭着思念过"父亲"。"如果我是个男孩的话，情况可能就有所不同了。"

"我觉得女儿也需要父亲的陪伴。"帕特里克的语气听上去有点儿沉重，那股认真劲儿让艾伦一瞬间觉得自己更爱他了一些，脑海里浮现出了他温柔地怀抱着女儿的画面（是的，没错，那是他和她的亲生女儿）。而且他脸上的神情与婴儿爽身粉广告里的那位父亲如出一辙。

然而，他现在却又再次开口问道："你父亲是不是从来都没有出现过？"就好像他从没有认真地听过那个故事，而是在某个晚宴派对上敷衍地听过一次之后就忘了所有细节。这真是太让人失望了。艾伦的胃里顿时又开始翻江倒海起来。如果她就是想要轰轰烈烈地与这个男人谈上一场恋爱会怎么样呢？如果这一切只不过是一场巨大的自欺欺人的骗局又会怎么样呢？或者说，他会不会只是一个肤浅而自私的笨蛋呢？

Love
Story

若是她在成长的过程中能够有父亲的陪伴，挑选男人的眼光会不会更好一些呢？也许吧。实际上，这个问题的答案几乎是不言而喻的。在母亲嘲笑艾伦想要去寻亲的豪言壮语只不过是在虚张声势之后，艾伦便对缺乏父爱的女孩身上可能会出现的心理问题进行了一番研究，然后又整理出了一份复印件，还特意用黄色的荧光笔标记了其中的一些要点。"你拿这个来给我看到底是什么意思？"她母亲问道，"让我回到过去，然后永远都不要怀上你？"

　　"我想让你感到愧疚。"艾伦斩钉截铁地答道。

　　话音刚落，安妮便笑了起来。愧疚这个词可是从来都不存在于她的感情字典里的。

　　"很抱歉。"绿灯亮了起来，帕特里克在车子向前挪动之前突然开口说了一句，"我知道你父亲从没露过面。我只是很紧张，感觉自己像是要去面试一份新工作似的。我是个很差劲的面试者，特别是当我十分渴望那份工作的时候。"

　　艾伦抬起头来看了他一眼，正好瞥到了他眼中一丝恐惧而又无助的眼神。就在那一瞬间，他看上去就和他儿子杰克一样是那样的弱小。

　　"我紧张的时候就会开始说些没有意义的废话。"帕特里克继续为自己辩解着。说罢，他皱起眉头朝着后视镜望了望。"而且，我还有点儿分心，因为我们的朋友又回来了。"

　　"朋友？"她问道。

　　"我们的复仇女神朋友。就在我们的车后面。"

　　"萨斯基亚又来跟踪我们了？"艾伦在座位上转过头去，开始仔细地观察身后跟着的每一辆车，"哪一辆是她的？"

　　"嗯，太好了。真的是太好了。你第一次去女朋友家拜见家长时，前女友还悄悄地跟在后面。这还真是万事俱备呀。"帕特里克满腹牢骚地嘟囔着。

"你说得没错，可她到底在哪儿呀？"艾伦的安全带紧紧地勾着她的脖颈。在紧跟着他们的那辆卡车里坐着的是一个男人。此刻他正闭着眼睛，一双手有力地敲打着那巨大的方向盘，嘴巴还在跟随着车里的音乐动情地一开一合。

"她就在我们旁边的车道里，距离我们有几辆车的距离。"帕特里克回答，"别担心。我有办法甩掉她。"他猛地一脚踩在了油门上，车子也随之噌的一声蹿了出去。艾伦急忙转过身来，正好看到前方的交通信号灯从黄色变为了红色。等她再转过身去，汽车已经开过了十字路口，将身后的一排车子都甩在了后面。

"是什么颜色的？"她追问道，"到底是什么颜色的车子？"

"我们已经甩掉她了。"帕特里克欢快地回答，"你看。我们又可以往前开了。"

"很好。"艾伦边说边伸手揉了揉酸痛的脖颈。

✖

我在红绿灯那里把他们给跟丢了，不知道他们开去了哪里。

也许他们是去见她的朋友了，毕竟没有什么帕特里克认识的人住在那个方向。

我看到她在座位上转身向后看来着，不知道是不是想要找我。帕特里克也许知道我就跟在他们的后面。每次我尾随他们时，都会被他察觉，因此他总是会在不经意间加速行驶，有时还会对我竖起一根手指。有一次，我还看到他为了躲我而违规右转，并因此而吃了一张罚单。对此，我也为他感到很遗憾，因为他曾经骄傲地对我宣称，自己开车二十多年从没拿过一张罚单。为表歉意，我还特意寄了一瓶葡萄酒到他的办公室去。那是我精心挑选的一瓶胡椒木白葡萄酒，是我们那年夏天一同去猎人谷葡萄酒产区时发现的好酒。我们买了整整一箱回来，而且越喝越上瘾。因此，我知道他在看到这瓶酒时一定会想起我的。可是，就在我苦苦地在他办公室外等候的时候，却发现他办公室里的一个女孩怀抱着我送的酒瓶走了出来。我一眼就认出了酒瓶外的天蓝色包装纸。看来，他根本都不屑于打开包裹，就直接把它转送给了这个女孩。

我一直都在揣测，他会如何向催眠师艾伦形容我这个人。我猜，他应该会对她说我是个"神经病"吧。他曾经声嘶力竭地这样叫过我一次。那时我尾随着他去了一些小商铺，不料他却突然转过身来径直走向了我。而我也停住了脚步，微笑着等待着他向我走来。他的脸上也挂着笑容，因此我还一度以为我们两个人终于能够好好地谈一谈了。然而，随着他脚步的临近，我逐渐看清了那副笑容中所隐含的讽刺与愤怒。他举起一根手指狠狠地指着我的脸吼叫道："你就是个疯子！是个神经病！"

你懂的……这话若是在其他场合听起来定会是有些搞笑的，但我当时只顾着担心他会不会动手打我了。

他当时仿佛是怒火中烧，以至于整个身体都在不停地颤抖。

老实说，我还真有点儿希望他能够打我一拳。我需要他来动手，这样他就有可能再一次将我抱在怀中了，至少这也是一种冥冥中的联系，一种肢体上的接触。

但他并没有动手，而是将双手背在了颈后，像个患有自闭症的孩子一样猛烈地摇晃着自己的头。我也想要说点儿什么来安慰他，告诉他不必这么激动。毕竟，站在他面前的只是我而已，只是我而已呀。然而，这一点他却始终都不明白。于是我开口叫了他一句"亲爱的"。

听到这句话，他将双手放了下来，一双眼睛变得红通通的，里面还溢满了泪水。他开口说道："不要再这么叫我了。"然后他便走开了，留下我一个人站在原地，望着我们曾经总是在周日晚上去买鱼和薯条的商铺，看着窗口上贴着的特价传单发呆。

事情就是这样的。如今，我在他眼里已经被永久性地定义为一个疯子。他曾经夸我是个"有趣的姑娘"，拥有一双"美丽的眼睛"、"是他认识的最尽善尽美的人"。这些可都是他从前对我说过的真心话。

可是，现在的我只不过是个疯子。

唯一能够让我显得不那么疯狂的方法就是从他的生命中消失，就像每一个拥有自知之明的前女友应该做的那样，悄无声息地消失在他的记忆里。

而这……正是我为什么会变得如此疯狂的原因。

✖

一踏入母亲家的门口，艾伦就马上察觉到了帕特里克此刻的内心正进行着"战斗还是逃跑"的纠结战争。

"哦，我可怜的宝贝。"她在心里默默地这样想着，不由得想起了自己第一次带着乔恩来见母亲时的情景。当时，他只是眨着那双慵懒而又深邃的眼睛四处张望着，丝毫不打算掩饰自己内心的优越感。相比之下，帕特里克那双清澈的绿色大眼睛虽然也在四处搜寻着，但却似乎是在寻找着可能的逃跑路径。除此之外，他还一遍又一遍地清着自己的喉咙。

想必艾伦母亲的评价对他来说应该是非常重要的吧。这么说来，艾伦在他心目中的地位也就可见一斑。

这个可怜的男人，难怪他会觉得紧张。乔恩是个特例，大多数男人在这种场合之下都应该会觉得心惊胆战才对吧。

面前的这三位气质不凡、自以为是、年逾花甲的女人全都用指尖小心翼翼地托着自己的酒杯,而且还都不约而同地穿着全白的素色衣裙,好像是专门为了可以配合艾伦母亲的"全白主题"——白色的沙发、白色的墙壁、白色的饰品。见到两人的到来,她们纷纷从高脚椅上探下头来,依次给了帕特里克一个双颊吻面礼。这一点着实是有点出乎帕特里克的预料,他本以为一侧面颊的吻面礼就已经足够了,因此总是不知道该将自己的头靠向哪个方向。除此之外,他还不得不笨拙地弯起膝盖,好让这些老妇人能够得着他。

"你们为什么都要穿这么白的衣服?"艾伦开口问道,"简直就快要和周围的家具融为一体了。"

三个人爆发出一阵响亮的笑声。

"我们刚刚看到彼此的时候也觉得有点不可思议呢。"菲莉帕咯咯地笑着解释道。

"我们看上去像不像是贝蒂·米勒演的那部电影《前妻俱乐部》里的人物?不过,这倒不是说我们做过谁的妻子。"艾伦发现母亲一直都在上下打量着帕特里克。帕特里克今天是一身生意人出差时常穿的装扮,下身是一条蓝色的牛仔裤,上身一件网购的长袖衬衫,袖口一直挽到了手肘处。和他不同,乔恩是个很爱穿阿玛尼和范思哲等意大利男装设计师品牌服饰的人,衣柜里还挂着许多连艾伦都叫不上名字来的品牌服饰。

"哦,安妮,梅尔可是结了婚的。"菲莉帕指出。

"哦,当然了。不过我可从来都没把她当做是已婚妇女来看待。这可是对你的褒奖,梅尔。"

"那我真是太荣幸了,安妮。"

"那部电影里还有谁来着?"菲莉帕兴致勃勃地追问道,"贝蒂·米勒、戈尔迪·霍恩,还有一个人。我还挺喜欢她的。你知道是谁么,帕特里克?"

帕特里克被这个突如其来的问题问得目瞪口呆。"啊,我不——"

"我们后来才发现,是因为我们都不约而同地读到了《时尚》杂志里的同一篇文章。"梅尔插进话来,"里面讲的是五十几岁的女性最喜欢的颜色。准确点儿说,我们其实早就不是那个年纪的人了。"

"你说的是你自己吧。"安妮答了一句。艾伦的母亲似乎天生就不太喜欢别人提及她的真实年龄。

"你比我还要大上三十四天呢,安妮·奥法瑞。"

"戴安·基顿!"菲莉帕突然叫出声来,"她就是那个饰演第三位妻子的演员。感谢上帝,居然让我给想起来了,不然我肯定会纠结得一晚上都睡不着觉的。"

"帕特里克,你想喝点什么?啤酒、葡萄酒、香槟还是烈酒?你听上去可有点儿口干呀。"艾伦的母亲那一双淡紫色的眼睛还在紧紧地盯着帕特里克,就像是小鸟在紧盯着眼前的猎物一般。

(安妮的眼睛一直是她身上最大的特点。早在她还年轻的时候,她的朋友们就曾怂恿她去参加一个伊丽莎白·泰勒的模仿秀比赛。若不是她自恃清高,肯定是有资格拔得头筹的。可惜的是,她并没有将如此美丽的眼睛遗传给艾伦。当然了,这也不是她能够左右的。不过,艾伦倒是觉得,就算母亲对此有选择权,也一定会把如此引人注目的优点留给自己的。因为她总是对自己的眼睛颇为自负。)

帕特里克再一次清了清自己的喉咙。"啤酒就可以了,谢谢——"

"艾伦,你还没有正式给我们做过介绍呢。这位可怜的先生没准儿会以为自己误入了谁家的闺房呢。"

"还不是你一直说个不停。"艾伦反驳道。随后,她将自己的手轻放在了帕特里克的手臂上。"帕特里克,这位是我的母亲,安妮。"

"你能看出我们母女俩长得很像吗?"安妮一边将啤酒杯递到

了帕特里克的手里，一边对着他上下忽闪着自己的睫毛。

"我……我也说不好。"帕特里克用手紧紧地攥着啤酒杯。

"这两位是我的教母，梅尔和皮普。"艾伦没有理会母亲，径自继续说道，"还是说你今晚叫做菲莉帕？她总是来回地换名字。"

"这就要看我今天是胖还是瘦啦。"菲莉帕回答。她冲着帕特里克微笑起来，一只手沿着自己丰腴的身体曲线比画了一下。"这么说来，你们应该很清楚我今晚叫做什么了吧，不是吗？"

帕特里克的脸上闪过了一丝惶恐的神情。

"菲莉帕。"艾伦带着责备的口吻喊了一声。

"啊哈！看来我最近太胖了，不适合叫皮普！我还得再找你做几个催眠疗程，艾伦。"菲莉帕一脸严肃地转身望着帕特里克，"我对碳水化合物特别上瘾。"

"那真是——"帕特里克开口蹦出了几个字。显然，他完全不知道自己该说些什么，于是只好用力地咽下了一口啤酒，似乎那就是他的命根子似的。

"我正在试图让艾伦通过催眠的方法帮我减轻这种上瘾的症状。"

"可她每次都只会从头笑到尾。"艾伦叹了一口气，顺手接过了母亲径自给她斟的一杯白葡萄酒。其实她只是想要喝一杯果汁。

"过来，帕特里克，我们好好聊一聊。"梅尔边说边拍了拍身边的高脚椅，"艾伦说你是个测绘师，是吗？我祖父留了一大堆精美的地图给我。我想其中最老的应该是1820年绘制的呢。"

帕特里克将啤酒杯从唇边放了下来，用自己正常的声音回答道："真的吗？"

梅尔见帕特里克乖乖地坐到了她的身边，便将一盘面包和三文鱼蘸酱推到了他的面前。艾伦发现，随着梅尔与他心平气和的对话，他的肩膀逐渐放松了下来，语气也稳定了许多，似乎终于可以双脚着地了似的。她总是觉得梅尔应该嫁给一位外交官，因为她的交际能力和谈吐气质实在是高人一等，什么话题都能够与别人聊得有声有色。

（不过，梅尔倒是觉得此话有点性别歧视的意味。"那还不如我自己去当个外交官呢，多谢你了。"她肯定会这么说的。）

"我们去帮帮你妈妈吧。"菲莉帕一把揽过了艾伦的手臂。

"哎呀！还是你最好，皮普。"安妮说着还不忘用那双淡紫色的眼睛死死地盯着帕特里克。

"哦，亲爱的，他真是讨人喜欢！"一迈进安妮家那间装饰质朴的厨房，菲莉帕就急不可耐地感叹道，"我敢说他一定是那种内心强悍、外表沉静的类型，是不是？我甚至可以想象他背着测绘仪器站在山顶上，眯着眼睛望向太阳的画面。"

"不是的。"艾伦回答（不过她也确实很喜欢这样想象他的模样），"他完全不是那种类型的人。只要有他说话的机会，你就会发现他其实是个很健谈的人。而且他做的一般都是房屋测绘的工作。"

"哦，能够在年轻的时候谈谈恋爱真好。"菲莉帕的语气中充满了怀旧的意味，"我还记得自己年轻时谈恋爱的感觉。那时候我可瘦了不少呢。"

"我记得你当初也是在这间厨房里对着我和茱莉亚感慨道'能够在年轻的时候谈谈恋爱真好'，那时候我们还只有十七岁。"艾伦说完便停顿了一下，"所以说，你那时候应该还没有我现在岁数大呢。"

"说到茱莉亚——"艾伦的母亲一边接过了话茬一边最后审视着自己精心准备的晚餐。那些美味佳肴被她小心翼翼地布置在了一个个巨大的方形白盘子里，虽说味道肯定是差不了，但是分量却少到帕特里克肯定会在回家的路上提议点个比萨。菲莉帕上来就将手伸向了装有面包的篮子。"我周六早上在瑜伽教室里碰见了她妈妈，她说有人在跟踪你的新男友。"

"小道消息散播得还真快。"艾伦嘀咕了一句。有时候，她甚至觉得自己从未离开过那座封闭的小小私立学校，因为自己和同学的母亲至今都还住在同一个社区里。

"有人跟踪他！"菲莉帕的眼睛瞪得圆圆的，"太刺激了！"

"哦，没错，皮普——当我的女儿被人发现死在水沟里时，一定也很刺激。"安妮站在自己的步入式储藏间里没好气地反驳了一句。

"是他的前女友吗？"菲莉帕完全没有理会安妮，继续追问道，"是不是被他一脚踹开的女人？还是某个对他感兴趣的杀人狂魔？"

安妮从储藏间里走出来，故意将一瓶油醋汁重重地拍在了台面上。"这个人有没有什么暴力倾向？"她开口问道，"帕特里克有没有报警？"

"跟踪他的人是一直都对他无法释怀的前女友。"艾伦回答，"真的没有什么好担心的。"

她猜想，如果母亲知道萨斯基亚今晚还在尾随他们，不知道会作出什么样的反应呢？若是她知道艾伦在帕特里克开车甩掉了萨斯基亚的那一刻心中居然会感到失望，又会作何感想呢？

安妮语重心长地嘱咐艾伦："向我保证，你一定要多加小心。艾伦，你总是把人们都想得太善良了。这一点很讨人喜欢，但是未免也有些幼稚。"

艾伦冲着母亲莞尔一笑。"那我这种讨人喜欢的特质一定是遗传自我父亲喽。"

安妮这一次并没有回报给她一丝的笑意。"反正肯定不是我遗传给你的。"

"这话说得简直是太对了。"菲莉帕忍不住扑哧一声笑了出来。

我一时间还不知道该在哪里等候他们，是帕特里克家还是艾伦家。好在我知道这取决于他们当晚打算如何安置杰克。大部分时候都是帕特里克的母亲去他家里照顾杰克，不过，杰克有时也会住到她家里去，因此我猜他应该会住在靠近后门的一个房间里。这对于莫琳来说实在是有些不公平。我还记得从前我们将还在襁褓中的杰克留给她照看时，她总是被折腾得疲倦不堪。那时杰克还会用自己的小手指紧紧地勾着她的手。当然，如今他已经八岁了，情况和以前就有所不同。我猜他可能正在做自己的事情吧——看电视之类的。我希望帕特里克没有允许他看太多的电视，而是会经常地督促他多读读书。他小时候是很爱读书的。我还记得自己曾经决心要留意一下，到底要读多少遍《好饿的毛毛虫》给他听，他才会开始觉得腻。可是，在给他读到第十五遍的时候，我就已经放弃了。每一次我读完故事的结尾，他都会热情不减地央求我"再来一遍"。直到现在，我还记得他穿着红色的"托马斯小火车"的睡衣，坐在我的大腿上，仰着他那肉嘟嘟的兴奋的发红的小脸，专注地噘着小嘴，用手指戳着书中那个苹果上被毛毛虫咬过的小洞时的情景。

今晚，在帕特里克和艾伦外出期间，我本来是可以帮着他们照看孩子的。我真的不会介意。"拜拜！"我会像个十几岁的临时小保姆一样欢天喜地地和他们道别，然后和杰克一起裹着毯子窝在沙发上分享一包薯片。

也许我应该把这个想法发短信告诉帕特里克。哈哈。

相信这份临时小保姆的工作我做上多少年都是不会腻的。有时候，我甚至会觉得这样也许会让情况大不相同——如果帕特里克没有决定将杰克从我的生活中夺走的话。杰克，我的小宝贝，我亲爱的小宝贝。

当初，我记得杰克幼稚园里的一位母亲在听说了我的境遇之后还曾打电话给我，为我鸣不平："他不能够这么对待你，萨斯基亚。这是不合法的。你是有权利的。你是杰克的母亲。"

当然了，我并非他的亲生母亲，而只不过是他父亲的女朋友而已。法庭应该是不会关心这种事情的吧？毕竟这段感情也仅仅维系了三年的时间而已，而我在第一年中也并没有搬去和他们同住，所以也算不上有多长的时间。

然而，只是这些时间也足够让我看着他从一个裹着尿布的婴儿开始慢慢长大，他学会了游泳、会讲敲门笑话、会用刀叉吃饭，足够看着他的小鬈发变成直发，足够让他每次做噩梦时都会叫我的名字。是我的名字，不是爸爸。他总是喊我。

若是一阵凄厉的尖叫声在我的梦中响起，即便是还没有完全醒来，我应该已经奔跑在走廊中了。有一次，我记得自己跑过去时他正坐在床上揉着眼睛，哭得撕心裂肺。"我只是想要吹灭蜡烛！"他这样对我说。

我说："没问题，你可以把它们全都吹灭。"说罢，我假装做出了一个伸手托起蛋糕的动作。他鼓起了双颊用力地吹了一下，问题就迎刃而解了。他含着泪花对我露出了笑容，然后乖乖地躺在了枕头上，沉沉睡去。直到第二天早上，帕特里克才知道昨天夜里到底发生了些什么。

我想，杰克如今会做的噩梦应该不会像那样虚幻而又单纯了吧。

事情就是这样。你如何才能够从临时小保姆的角色转变成一位母亲的角色呢？如果你只是负责照顾这个孩子一夜，显然是不可能因为自己花几个小时的时间给他洗了澡、喂了饭而成为他的母亲的，就算是一周或者一个月也不行。那若是过了一年、两年、三年又如何呢？是否有一个时间节点会让你觉得自己已经跨过了那条无形的界线呢？还是说除了法律的界定之外，这世界上根本就不存在这样的一条界线，而只有收养合同上的那一笔签字才能作数？可是，即便是被人收养的孩子，在多年之后也能够被自己的亲生父母给认领回去，难道不是吗？

我真应该收养杰克。没有这样做是我的不对。可我居然想都没有想到过这件事情。

我将照顾杰克视为是自己的特权和礼物。在与帕特里克交往的这段日子里，这也是我快乐的一部分源泉。

所以，当他向我提出分手时，我很清楚自己将不得不失去杰克，失去我深爱着的有关帕特里克的一切，比如他那静脉血管清晰可见的手指尖——我总是对他的双手情有独钟；他那娟秀的字迹——作为一个男人来说，他的字居然可以写得那样的优美；还有他在缠绵过后笑望着我的那副神情；以及他口中轻轻哼唱着的乡村歌曲——每次在家里忙碌时，他总是会不经意地哼起小曲。我很讨厌乡村音乐，但我却爱极了他清唱的那些歌曲，因为它们听上去就像是我自己生命的旋律。

我从没有去调查过自己是否有权利照看杰克。也许我曾调查过。

但当帕特里克说他已经不再爱我时，我整个人仿佛都石化了。

我虚弱到无法从床上坐起来，无法说话，无法进食，就像是被一场突如其来的大病给击垮了一样。这个噩耗就如一颗炸弹般引爆了我的生活，将我所熟知的一切都炸得灰飞烟灭。

要是帕特里克能够像个离了婚的父亲那样，允许我每个周末来探望一下杰克，那该有多好呀。这对我来说就足够了。也许那样我就不会做出这种事情来了。可无论我如何努力地去尝试，都无法阻止自己的欲望。我真的试过了。真的。此前，我一直都不理解那些酒鬼或是赌徒的心理。停手吧，每当我听到有些人因为沉溺于某种愚蠢的嗜好而害得自己的生活支离破碎时，我总是会这样想。但如今我能够有所体会了，原来这就像是叫某人停止呼吸一样困难。只要你停止呼吸，就能够让生活重回正轨。听了这话，你也许会顺从地用力屏住呼吸，但过不了多久便会大口大口地喘起气来。我知道这很丢脸，也知道自己很可悲，但我并不在乎，因为我的身体根本就停不下来。

此刻我正躲在车里，蹲守在艾伦家的房子外面。她告诉我，这座房子是她外婆去世后留给她的。在这一点上我们倒是很不相同，因为我的外婆只留给我一个水果盘。我摇下车窗，聆听着海浪拍打沙滩的声响。艾伦肯定每晚都是伴着这样的声音入睡的，而若是帕特里克前来过夜，对于这声音也一定不会感到陌生。

渐渐地，我昏昏沉沉地睡了过去，醒来的时候脊背已经僵硬，晨光也已经开始显露了，而我却遍寻不见帕特里克车子的影子。这么说，他们一定是回他家去过夜了。

我想象着他们一起躺在那张曾经属于我的床上的画面，身下铺着的可能还是我挑选的床单。我猜想他会不会伴着柔和的晨曦轻轻将她揽入怀中，小心翼翼地用指尖在她的手臂上画着圈，让她在恍惚间根本就分不清自己是不是在做梦。帕特里克最喜欢在半梦半醒之间与自己的女伴卿卿我我一番了。

我打开车门，站了出来，那副弯腰驼背的样子看起来一定像是一个老太太，因为就连附近的笑翠鸟①都笑得花枝乱颤。

---

① 笑翠鸟：被认为是澳大利亚的标志性鸟类之一，以其鸣声似狂笑而得名。

07

意料之外的碰面

请记住——

1. 所有的催眠都是自我催眠。

2. 不要让自己沉溺在催眠状态中。

3. 你永远是那个手握着控制权的人，随时都可以喊停。

4. 催眠是精神的一种自然状态。

5. 请自取巧克力！

——摘自艾伦·奥法瑞办公室墙壁上的提示板内容

艾伦逐渐苏醒过来，感觉到帕特里克的指尖正慢慢地、小心翼翼地在她的手臂上来回滑动。

这个指尖的小动作就是他求欢的暗示。

从前，乔恩总是会亲吻她的脖颈后方，在那里留下一个个温柔的"小蝴蝶之吻"。

爱德华则会轻轻地亲吻她的耳垂，在留下甜蜜而温润印记的同时胳肢得她心里痒痒的。而他总是将她的颤抖和抽搐当做是难抑冲动的信号，以至于她一直都找不到机会澄清这个误会。

安迪喜欢在她的耳畔轻轻耳语，让潮热而又急迫的呼吸扑打在她的耳边。"你想不想要……"（"什么？"她总是想要问，"我想不想要什么？把话说完好不好！"）

于是她想到，不知乔恩此刻是否正亲吻着别人的脖颈，爱德华此刻是否正轻含着别人的耳垂，而安迪此刻又是否正在别人的耳边呢喃着那句只说出了一半的话语。

你为什么要去回想自己的前男友呢？

艾伦闭着眼睛缓缓地向帕特里克的方向挪动了一点，好让他能更加容易地触碰到自己的手臂。她喜欢这个指尖的小把戏。她真的很喜欢。

当然,她也很喜欢乔恩的"小蝴蝶之吻"。

那又能怎么样呢?快把注意力放到指尖上来。

想必帕特里克也在萨斯基亚的身上使用过同样的伎俩,就在这同一张床上,甚至有可能就是在这同一张床单上。

虽然这与她并没有多大的关系,但也不失为一个有趣的想法。

一旦你学会了如何以自己最喜欢的方式与异性亲近,就不大可能会改变。她自己就一直沿用着十五岁时在房车旅馆里献出自己初吻时的接吻方式。当初,那个男孩子的吻不知为何充满了一股啤酒的味道,有点恶心却很诱人。他叫什么名字来着?大概是克里斯还是克雷格之类的吧。

帕特里克用力地拽了拽她的睡袍。"把这个脱掉吧。"

她此刻只想与帕特里克赖在床上,哪里也不想去。然而,脑海中那幅乔恩亲吻着别人脖颈的画面却又让她"性致"全无。

不过,她还是顺从地帮助帕特里克将睡袍从头顶脱了下来。

她开始猜想萨斯基亚此刻正在做些什么。昨晚,在红绿灯处跟丢了他们之后,她又去了哪里呢?是否跑回家去抱着自己和帕特里克的合影看了整整一夜?她有没有哭红了双眼?

艾伦是否应该为另一个女人的心痛负责呢?难道说,她应该把帕特里克还给对方吗?当然不是了。她从未想要把自己心爱的男人拱手相让,何况他想要的人并不是萨斯基亚,而是艾伦。

这就是世间万物轮回的方式。天下没有不散的筵席,否则她说不定至今还和那个满嘴酒气的房车旅馆男孩待在一起呢。

茱莉亚说得对。萨斯基亚应该成熟起来,向前看。

但是,从另一方面来说,萨斯基亚不忍放手是不是恰好说明她是个性情中人呢？也许她只不过是长情到有点疯狂而已。艾伦就从没有产生过任何想要放手一搏的冲动。

"你在想什么呢？"

帕特里克用手肘撑着头，笑着低头看着她，还用手拨了拨挡在她额前的碎发。

"萨斯基亚。"她不假思索地老老实实回答道。

帕特里克听罢一下子就把自己的手缩了回来。"我就摆脱不掉这个女人了，是不是？"

"对不起。"艾伦抱歉地回答。她伸手将他揽进了自己的怀里，但他却紧紧地咬着双唇，看上去就像是一个忍无可忍的坏脾气老师。

"现在她都已经跑到我们的床上来了。"说罢，他从床上坐起身来，径直走向套间里的浴室，然后狠狠地摔上了门。

艾伦躺回枕头上，抬头盯着那缓慢旋转的吊式风扇。(一圈、两圈、三圈。她发现这幅画面十分适合作为催眠时的导语，于是便用心地记了下来。"想象一下你正盯着一台吊扇……")

你看，萨斯基亚。你叨扰了我们的"性致"。他因为你的原因而生我的气了。

每一次她和帕特里克在一起时，总是会不禁联想到，如果萨斯基亚此刻正注视着他们的话会作何反应呢？这就好像是她正在出演一部电视真人秀，而观众就只有萨斯基亚一个人似的。若是帕特里克知道她到底花了多少时间在这上面的话，一定会大为光火的。

窗外的笑翠鸟又在笑个不停了。

✕

如果你在别人身后注视他太久，对方一定会有所察觉地回头查看。虽然说他们不一定能够找得到你，但多少都会嗅到空气中飘荡着某种诡异的气氛。

这就是为什么我坚信，只要我对帕特里克的思念足够长久、足够用心，他是一定能够有所察觉的。如果说一个人能够感觉到同屋有人在盯着自己，那么他就更应该可以体察到一股真情的激流、真爱的海啸正在他的周围涌动吧。

我想象着自己的感情逐渐积聚成了一片浓云飘浮在悉尼大街小巷的上空。终有一天，当帕特里克开着窗户站在淋浴间里时（他喜欢将热水调到最热，以至于整个淋浴间里都弥漫着浓重的蒸汽，然后舒舒服服地冲上一个长时间的热水澡），他会突然感受到我的爱；我的情感化作了空气被他吸入体内，于是他便会伸手关掉喷头，心里默念着"萨斯基亚"。

这样一来，他说不定就会在擦干身体时猛然醒悟："我犯了个错误。"

然后，他便会在穿戴整齐后打电话给我。一切就又会恢复正常。

人们总是会在不期之中再次重逢。这样的事情并不少见。为什么我们就不能够破镜重圆呢？

✖

艾伦听到，帕特里克打开了淋浴间里的喷头。

她肯定是惹他不高兴了；他本来对这个清晨是充满了期待和向往的。杰克被寄放在了爷爷奶奶家里，直到他们晚上前去与他的父母共进晚餐之后才会把他给接回来。他曾经提起过，他们可以一起赖床，然后在床上吃吃早餐、看看报纸。为此，他还特意买了些羊角面包回来。现在，她把这一切都给毁了。

这个可怜的男人想要和自己的女朋友亲近的时候，却听到她提到了那个跟踪狂的名字，也难怪他会如此生气。

怀着忏悔的心情，她一脚踢开了被子，连睡袍都没有披上便下床走向了浴室，伸手摸了摸门把手。门没有锁，淋浴间里的水正在哗哗地卖力喷洒着。浴室里的蒸汽实在是太大了，以至于她根本就看不见任何东西。

"你要进来和我一起冲澡吗？"帕特里克站在淋浴间里问道。此刻，他的语气已经不再像是那个坏脾气的老师了。

她缓缓地拉开了淋浴间的门。

几分钟后，她的双腿便紧紧地挂在了帕特里克的腰上，而萨斯基亚这个名字也早就被她抛在了脑后。

✕

我在催眠师家的前院晃悠了好一会儿工夫。

我从地上捡起了一朵掉落的雏菊，然后将花茎插在了自己的耳后，假装自己是个戴起花来既可爱又俏皮的少女，仿佛一朵花就能够改变一切，让我变得讨人喜欢似的。如果说这段感情是个可笑的三角恋爱，那么艾伦和我就一定是在派对中争先恐后地想要引起同一个男孩注意的情敌了。接着，我又走上了艾伦家的前廊，在门口的玻璃镶条上看到了自己的身影，那样子看上去就像是一个没精打采的中年妇女。于是我将耳后的鲜花一把摘了下来，攥在手心里，然后开始奋力地敲她家的前门。虽然我知道她不在家，但我还是怀着一腔怒火地用力敲着，似乎是想要宣泄自己的某种情绪。我在这里！

过了好一会儿，我耸了耸肩膀，就好像是我们约好了见面的时间却被她爽约了似的。我走下前廊，注意到脚下有一条小路正好绕过了房子，直通向房子后面的沙滩。

我沿着小路走了过去，脱掉鞋子，光着脚在冰冷的沙滩上踱着步。

想象一下走出自家的后门就能够站在沙滩上的感觉吧。

我不知道她是否也对这样的画面情有独钟，因为她看上去并不像是个爱好运动的人，就连她流汗和喘气的画面都让人无法想象。我猜她应该会盘起腿来冥想或是哼哼小曲、做做瑜伽之类的吧，然后饶有架势地摆出个"拜日式"还是什么乱七八糟的姿势来。

这是一片冷清而又宁静的沙滩，四周只有海浪轻拍着海岸的沙沙声和偶尔经过的海鸥发出的鸣叫；那些会来慢跑、散步或是遛狗的人大概都还没有起床吧。现在正是涨潮的时间，珍珠色的天空低得让人感觉仿佛触手可及。

很快，我想都没想便脱掉衣服跃进了海中，迎着一个海浪潜入水底。

海水实在是太冰了，以至于我冷得就快要窒息了。于是，我奋力地浮了上来，大声地尖叫着，然后一次又一次地重复着这个动作。每一次我在水下睁开眼睛时，都能够看到旋转的沙窝和斑驳的微光。

忘了他吧。

就让他去吧。

放他自由。

这些字句清清楚楚地浮现在了我的脑海里。每一次我沉入水中，身旁都好像有美人鱼在对我耳语。

游了好一阵子之后，当我光着身子走上沙滩，准备去寻找我抛在岸上的衣服时，和煦的晨曦正好温柔地洒在我的肩膀上。于是我决定去找一间咖啡馆喝杯咖啡，读会儿报纸。我已经很久都没有体会过这种感觉了，以至于我回想了好半天才发现，原来这就是幸福，疼痛却又单纯的幸福。原来我早就忘了自己是多么喜欢在大海里游泳，仿佛那早已是几个世纪以前的事情了。帕特里克只喜欢在大热天里跳进温暖的海水里游泳。"你这个胆小鬼！"我总是会在水里冲着他大喊，而他则会举着报纸，头也不抬地对我举起手比出一个讽刺的手势。

他母亲告诉我，他对水温有一种奇怪的癖好，而且还对学校的狂欢节活动十分热衷，以至于她不得不留言给他，才能够将他捜回家来。此外，若是他弟弟在他冲澡的时候朝着他泼冷水，他就会像个小姑娘一样叫出声来。"真是个娘娘腔。"他父亲就会这样说。

我不知道催眠师见过他父母了没有。他母亲总是很喜欢我。记得有一年的圣诞节，她在喝了太多的宾治酒之后竟然对我说我就像是她的女儿一样。

也许我应该听从美人鱼的话，今晚先不要去想有关帕特里克和催眠师的事情了。也许我应该去参加下班后的同事聚会。也许我应该穿上那条被我挂起来很久都没有穿过的红色连衣裙。

在去参加聚会的路上，我可以先在帕特里克的母亲家停留一下，和她打声招呼，告诉她我已经放手了。

✕

"所以说你是个催眠师，艾伦。"帕特里克的母亲总结了一句，"我必须承认，我还从没有遇见过催眠师呢。"

"她是个催眠治疗师，妈妈。"帕特里克纠正道。

"哦，不好意思！"他的母亲看上去有点受挫。

"没事的！"帕特里克和艾伦两人赶紧安慰她。

莫琳·斯科特是一位尽职尽责的母亲和祖母。她留着平凡的发型，丝毫没有染过任何的颜色，面部肌肤微微有些下垂，五官算不上有型，身上却穿着蜡笔色的、带有弹性腰带的服饰。

"我妈妈的年纪比你妈妈要大一些。"在驱车去莫琳家的路上，帕特里克介绍道，"她和我们不是一代人。"

"她多大了？"艾伦好奇地追问了一句。

"她今年就满七十岁了。"

艾伦的母亲今年六十七岁，比帕特里克的母亲只小三岁，但她并没有说出口，而是在心里暗暗地得意起来；因为莫琳看上去至少要比安妮大上二十岁。相比之下，艾伦的母亲至今仍然是棱角分明，而莫琳却已经明显地露出了老态。她甚至可以想象，如果莫琳是安妮的病人的话，安妮一定会用一种故作轻快又满怀优越感的语气叮嘱她要多吃些钙片以防骨质疏松，并且要定期进行乳房 X 光检查，好像她不久就会患上这些老年病似的。

"所以应该叫做催眠治疗师。"莫琳小心翼翼地重复了一遍，"那我就更有兴趣听一听你的工作经历了，艾伦。"她伸手递给艾伦一个装有法式洋葱蘸酱和杰茨饼干的盘子，盘底上还画着悉尼港大桥的图样。

"我们都得小心一点。"帕特里克的父亲开玩笑地说道，"她没准会在晚餐时把我们都给催眠了呢。"他一边拍着手一边轻声地笑了起来。

乔治看上去很不安，很滑稽，和帕特里克的神情如出一辙。因此，艾伦不得不强行警告自己不要盯着他看。此前，她可从没有见过有哪位家长能和自己的孩子长得那么相像。如果帕特里克不是正好也在屋里的话，她一定会以为他是在和自己开玩笑，所以才会拙劣地装扮成一个老头子的样子。乔治一头白发，虽然没有帕特里克的深棕发色，但却有着和他如出一辙的发型和绿色瞳孔。艾伦总是觉得，他只不过是比帕特里克多出一道皱纹而已，除此以外她看不出任何的差别：一样的鼻子、一样的下巴轮廓、一样的肩膀，就连他们坐在椅子上时两腿岔开、一双大手摇晃着手中酒瓶的样子都是一模一样的。

"他们两个简直就像是一个模子里刻出来的一样。"帕特里克的弟弟趁着在她身旁布置杯托的空当在她耳边说道。那杯托上印着的是艾尔斯山的图样。

帕特里克的弟弟西蒙是个身材瘦小、皮肤黝黑的男人，留着精心修剪出来的山羊胡，看上去很像是一位时尚设计师。他今年只有二十四岁。在艾伦看来，他应该是那种会在夜店里嗑药寻欢的人，而不是会坐在这座红砖小屋里与他们饮酒碰杯的人。她注意到，不远处的电视墙上挂着一个十字架，电视里正在无声地上演着某个游戏节目，而摆放瓷器的橱柜里则塞满了各种小摆设和收藏用的瓷盘。

"艾伦说要教我如何催眠我的朋友们。"杰克趴在电视机前，头也不抬地边玩电脑游戏边说道。

"我也可以教你，小家伙。"乔治说罢便拾起一只茶匙，用指尖捏着它晃来晃去，嘴里还喃喃自语着，"你……越来越……困了。"他一边演示还一边配合着拍打着自己的膝盖，看起来对自己的演出十分捧场。

"嗯，你说得对，爷爷。"杰克回答。

"我敢打赌艾伦以前一定没有听过这个笑话。"西蒙说道。

"乔治！"莫琳喝止了她，"我相信催眠术并不只是你的那些伎俩！"她一脸不安地转过头来向艾伦求证道："我说得没错吧？"

"差不多吧。"艾伦笑了笑。那盘法式洋葱蘸酱是由酸奶油混合干了的法式洋葱汤制成的，让她一下子仿佛回到了还在学校里上学的日子。

"有时候我觉得自己在看了太长时间的电视之后就会有种被催眠了的感觉。"莫琳回忆道，"我觉得自己好像是一脸茫然。"

"没错，那其实也是一种形式的催眠。"艾伦赞同地答道。

"真的吗？"莫琳似乎对于这个答案很是满意。

"艾伦的疗程还能帮助别人戒烟或是减肥呢。"帕特里克提到，

"还有很多诸如此类的疗效。她甚至可以帮助企业高管克服对于公开演讲的恐惧感。"

这是他一字一句地从艾伦的业务小册子中背出来的原话，可她甚至都不知道他认真地读过那些东西。

此时此刻，她突然感到自己和帕特里克之间的关系又上升到了一个全新的层次：一个更加深刻、更加复杂且更加丰富的层次。今天早上在淋浴间里的那番耳鬓厮磨实在是太特别了，以至于她忍不住想要所有人都知道。（比方说，果蔬杂货铺的老板就很健谈地问了她一句："今天过得如何？"而她当时真想开口对他说："我今天早上在淋浴间里尽情销魂了一番！谢谢你的关心！"）完事后他们便躺回了床上聊起天来。帕特里克为自己对她发火的事情道了歉，并表示萨斯基亚的事情实在是逼得他快要疯掉了，甚至还几度想要去接受心理咨询。

"原来你还能够帮别人治疗演讲恐惧症。我就总是因为工作的原因不得不在客户面前做演讲。"身为网页设计师的西蒙接过话来，"我以为自己不会太紧张，但是奇怪的事情紧接着就发生了。"西蒙站起身来，边说边做着演示，"就好像我的左腿会莫名其妙地抽搐起来似的。"他用自己的一边膝盖碰了碰另一边的膝盖。

"哈！"帕特里克附和道，"我也遇到过这种情况。不过我的情况是这样的。"他也站起身来，假装自己的腿正在抽筋。

"你们两个家伙倒像是在模仿猫王。"莫琳咯咯地笑了起来。

此刻，杰克转过身在一旁饶有兴趣地看着。"我就很会演讲。"他饶有架势地炫耀道，"而且我也没有过腿抽筋的问题。你有过吗，爷爷？"

乔治摇了摇头。"没有。你钢铁般的意志一定是我遗传的。"

"钢铁般的意志。"杰克自言自语地嘟囔着，"我有钢铁般的意志。"

"你呢，莫琳？"艾伦问道。

"其实我的演讲能力也不错。"莫琳的话让大家都感到有点吃惊，"我一直都在负责主持网球俱乐部的圣诞派对，至今已经有四十年了，每一次都很顺利。"

"妈妈可会讲笑话了。"帕特里克边说边坐下来拿起了酒杯。

"要知道，大部分妈妈的笑话都讲得可烂了。"西蒙也表示了赞同，"我们的妈妈可不一样。"

两个男人不约而同地将骄傲的目光投向了他们的母亲，逗得莫琳忍不住眉开眼笑。

"有时候她也会讲一些很黄的笑话。"乔治接过了话柄，"我妻子可会讲黄色笑话了。"

"哦，我哪有。"莫琳咯咯地笑着。

"我想到了一个笑话！大家注意！"杰克大叫道。

与此同时，外面恰好传来了一阵敲门声，大家都不约而同地笑了起来。

"我还没讲到高潮部分呢。"杰克有点儿不高兴地嘟囔了一句。

"正好有人在你说'大家注意'的时候跑来敲门了。"莫琳解释道，"我们是在笑这个巧合。不知道会是谁呢？我并没有在等任何人呀。你们呢？"

"没准儿是上门推销员吧。"帕特里克推测，"我敢说他们又是来劝说你更换电话公司的。"

"哦，我也不知道。"莫琳应了一句，却并没有急着起身，好像要等一家人先把这个谜给解出来似的。

门外的来客又敲了敲门。

"我真的想不到谁会在这个时候来找我们。"莫琳沉思了片刻，"毕竟大家现在正准备吃晚餐嘛。"

"哎呀！这真是我们家遇到过的最疯狂的事情了！"西蒙的语气实在是太惊讶了，以至于艾伦起初还以为他是认真的。"真是命悬一线！真是——"

"我去开门。"帕特里克将双手放在了自己的膝盖上。

"我去吧。"杰克跳了起来，一溜烟地跑出了房间。

不一会儿，外面传来了开门的声音以及一个女人模模糊糊的说话声。

"也许是什么不顾一切地想要打听我下落的美女呢。"西蒙神秘兮兮地对艾伦说道，"这种事情常有。"

"经常发生在他梦里。"帕特里克开玩笑道。

大家听到杰克似乎对那个女人说了很长的一段话。

"也许他正在给那个神秘的访客讲刚才的笑话呢。"西蒙咧着嘴笑了起来。

"好吧，我想我真的应该——但是我还是想不到会是谁！"莫琳拍了拍自己的头发，离开了房间。

这时，他们听到了一个女人的笑声。帕特里克突然重重地将手中的杯子摔在了咖啡桌上，杯中的啤酒也都从边缘泼了出来。"这不是在跟我开玩笑吧。"

"开什么玩笑？"他的父亲追问道。

帕特里克站起身来，一把拉上了临街窗户上挂着的窗帘。他黑着脸，苦笑着摇了摇头，在放下窗帘后就大步流星地走出了房间，连看都没有看艾伦一眼。

艾伦感觉自己的心都快要跳出来了。在开车过来的路上，帕特里克一直都在用一只眼睛盯着后视镜。"没有看到复仇女神的踪影。"

当把车子停在他父母家的门口时，他还开心地总结了一句。

"发生什么事情了？"帕特里克的父亲还是一头雾水。

"我想你应该知道是谁找上门来了吧。"西蒙说着便给了艾伦一个同情而又好奇的眼神。

"真是见鬼了。"乔治说道，"我最好还是过去一下，看看他们需不需要我来说句话。"

"我猜你应该知道她的事情吧。"待房间里只剩下他们两个人时，西蒙小心翼翼地问了一句，"他的前女友。"

"是的。"艾伦回答。她使劲地用手按着自己的大腿，好阻止自己想要从椅子上跳起来去门口看一看的冲动。我只不过想要看看她长什么样子！

于是，她偷偷地竖起了耳朵认真倾听着外面的动静。

西蒙摇了摇头。"这一定很诡异——会让你感觉难过吗？"

"哦，其实也不会。"艾伦回答，"我从没有见过她。"她努力控制着情绪，好让自己的语气听上去不像是在抱怨。

这时，帕特里克的怒吼清清楚楚地回荡在了屋子里。艾伦此前从没听他这样说过话。他的语气是那样的嘶哑和不悦，听上去就像是从晚间时事新闻节目中那个举着手的大块头红脸男人嘴里说出来的一样。"萨斯基亚，如果你现在还不离开的话，我就报警。你太过分了，我实在是无法再忍受下去了。"

接着，又传来了杰克的声音，其中还似乎夹杂着一种不知是恐惧还是激动的感情："爸爸，你为什么要报警？"

西蒙的脸抽搐了一下。"也许我应该试着把杰克给引开。"说罢，他也离开了房间。艾伦呆呆地坐在自己的座位上，不知该找些什么借口才能够插手这件事情。

她不知道自己是否应该为他们的安危而感到担心。若是萨斯基亚打算掏出一把枪或是一把锃亮的菜刀来该怎么办？她曾经读到过一本书，上面提到大部分的跟踪案受害者都未曾受到过肢体上的侵害（而只是在精神上受到了威胁）。不过，现实生活中也有一些令人毛骨悚然的案例，可怜的受害人最终都命丧黄泉。

也许她的母亲说的是对的，她确实应该为自己的安全而感到担忧：也许她才是萨斯基亚的目标。若是艾伦也这样不明不白地死掉，她的母亲该多伤心呀。

"好了，大家都先冷静一下。"这是帕特里克父亲的声音。艾伦还没有好好地听一听萨斯基亚的声音。

她将手中的杯子放在了画有艾尔斯山图样的杯垫上，杯垫下铺着的是一块用钩针编织的垫布。她站起身来，漫无目的地在房间里逛了起来。在一座摆满了相框的书架上，她一眼就看到了一张帕特里克和某个女人的合影，于是便急切地将它拿了起来。她会不会就是萨斯基亚？

这张照片是在医院里拍摄的，画面中的年轻金发女子正坐在病床上，怀中还抱着一个裹着蓝色小兔毯子的婴儿。她应该就是科琳吧——帕特里克的那位亡妻。艾伦猜想，那些将会在一年之后要了她性命的癌细胞此刻是否已经存在于她的体内，正集结势力准备发起猛攻呢？

照片中的帕特里克爬到了病床上，与妻子亲昵地靠在一起，倚在床沿上。科琳的一只手臂怀抱着婴儿，另一只手臂则揽着帕特里克的手臂，两人牵着的手就随意地放在他的大腿上。任何人都可以看得出那两只手牵得有多紧。

科琳低头看着怀中的婴儿微笑着，而帕特里克的笑容则是朝着摄影师的。时间仅仅过去了八年而已，帕特里克的外貌却苍老了不少。那时的他眼睛仿佛更圆润一些，两颊也更加饱满，头发又长又浓密，身上穿的是年轻人才会穿的 T 恤衫。科琳的头发有些凌乱，而帕特里克也是一脸胡楂，因此照片一定是在杰克出生后的几个小时之内拍摄的，两人的脸上都挂着初次为人父母的那种不可思议的神采。看看我们爱的结晶！毕竟这是他们的第一个孩子。虽然说这样的画面每天都在上演，但这其中的妙处却只有参与其中的人才能够有所感悟。

艾伦依稀感到有点尴尬。在刚刚过去的这一天里，她一直都在想着自己和照片中这个女孩的丈夫在浴室里缠绵的画面，是多么的俗不可耐呀。他和科琳才算是真正拥有过一段感情的伴侣。她嫁给了他，还为他生了一个孩子——这才是成年人之间应有的感情。从他紧挨着她的那种坐姿就可以看得出，帕特里克到底有多爱科琳。

艾伦突然觉得自己与站在门口的那个可怜而又愚蠢的疯女人萨斯基亚有种同病相怜的感觉。想必她此刻还在与他们僵持着，洋相尽出。若是可爱的科琳还活着的话（单凭这张照片判断，也可以知道她是个可爱的女人），帕特里克是绝不会多看一眼萨斯基亚或是艾伦这样的女人的。

死亡是离开一段感情最优雅的方式。没有不忠，没有厌倦，没有拖沓而又纷繁复杂的深夜对谈。没有"我听说她还单身"的八卦，没有在派对或是婚礼上偶遇的尴尬。没有"她在暴饮暴食"或是"她看上去精神不济"的传言。死亡是一纸神秘的终结宣告，能够让你的话流芳百世。

"那是我妈妈。"

艾伦吓了一跳，发现杰克就站在她的身旁，和她一起端详着她手中的那张照片。"照片是我出生的那一天拍的。我妈妈已经死了。"

"是的。"艾伦附和着，小心翼翼地将照片放回了原位，不知道杰克对于母亲的看法是否和她对于自己那从未出现过的父亲一样，属于一种没有感情的情绪。"我知道。"

"我爸爸的前女友正站在家门口呢。"杰克继续说道,"萨斯基亚。她曾经和我们一起住过一阵子。"

"你还记得她吗?"艾伦好奇地追问了一句。

杰克的表情似乎有些躲躲闪闪的。"记得一点儿吧。我记得她曾经去学校里接过我,还总是对我说:'欢迎回来,杰克!'她会为我准备一个小盘子,上面摆满了饼干和水果之类的东西。"他飞快地带着一种警示的意味瞪了她一眼,"爸爸不喜欢我谈到有关她的事情。"

"我知道。"艾伦答道。为什么萨斯基亚会去学校里接他放学呢?难道她不用上班吗?那帕特里克又为什么不亲自去接他呢?

这时,门外传来了一个女人提高了嗓门的喊叫声。接着,又传来了车门被人狠狠关上和轮胎呼啸而过的声音。

✖

他说,若是我不离开的话,他就马上报警。

我甚至根本就不知道他会在家。不过让我颇感心安的是,我的红色连衣裙穿得十分得体,心情也仍然沉浸在今天早上在海滩边裸泳的幸福之中。况且,我前来拜访帕特里克父母的行为也只不过是日常的交际应酬而已。换句话说,我只是突然想要去寻访几位老朋友,而他们看起来是个不错的开端。

我并不觉得这是我的一部分嗜好,我那肮脏不堪的小小嗜好。

我这么说的证据就是,我根本就没有注意到帕特里克的车就停在门口!一直以来,我的注意力全部都集中在了那部车子上。我习惯了跟着它,习惯了让自己的视线锁定在它的身上,就算是我因为堵车而被甩在了几英里之后,也依然能够看到它的影子。

当我不自觉地走到他父母家的前院小路上时，满脑子回想着的都是和他第一次到这里来登门拜访的场景。那一天，杰克还一路小跑地走在我们的前面。我实在是太紧张了。当时距离科琳去世还不满一年的时间，因此我生怕他们会认为我是急不可耐地想要勾引这个还在缅怀亡妻的男人。

我记得那一年西蒙正准备毕业，身上依然穿着校服，还莫名其妙地用橡皮筋扎了满满一头的辫子，那样子像极了刺猬身上的刚毛。莫琳还为此一直向我道歉。

这就是我走在路上一直都在分神的原因：他们曾经对我是那样的友善，而那扇门看起来也和我第一次来的时候一模一样。

真是愚蠢。作为一个精明的女人，我有时却又是如此的愚蠢。难道我会真的以为那扇门在过去几年中都没有发生过任何的变化，而他们也会像迎接老朋友般欢迎我的到来吗？我自欺欺人的能力还真是惊人。

我伸手敲了敲门，听到里面爆发出了一阵哄笑声，就好像是在嘲笑我似的。这阵笑声让我一下子又回到了现实之中，而且一转头就发现了帕特里克的车子。我简直不敢相信自己竟然没有看见它，于是在心里默默想道："原来他把艾伦带来介绍给他的家人了。"

一方面，我也想过要转身逃跑，但还是有可能会被他们看到自己的狼狈样子；另一方面，我更想要大摇大摆地走进房间里去大骂一通："你们怎么可以当我从来都没有存在过，就欣然与他的新欢见面？你们怎么可以这么做！我敢说你们一定准备了不少有趣的问题，还有味道拙劣的葡萄酒，海港大桥的杯垫和杰茨牌的饼干。所有的一切都与当初一模一样，只不过是换了一个对象而已。你们难道不会感觉奇怪或是错愕吗？"

然而，开门的人竟然是杰克。当然了，我对他现在的样子依然很熟悉，因为我总是会背着帕特里克去看他。不过，自从我搬出去的那一天起，就一直没有机会和他近距离接触。老实说，我有很多机会能够接近他，但我并不想引起他的困惑，或是惹他不开心。

他微笑地看着我。那是我见过最可爱、最开朗的微笑了，而他的一双大眼睛也和从前一样美丽。接着，他开始颇为自然地和我攀谈起来，还提到了我敲门的时间正好和他喊出"大家注意"的时间不谋而合的笑话。发生这种事情的几率该有多小呀，千分之一还是百万分之一？就在我开心地笑起来时，莫琳带着期待而又疑惑的表情出现在了门口。然而，就在看到我的那一瞬间，她脸上的那副表情一下子就消失了，转而露出了一种惊恐的神情，仿佛我是个江洋大盗似的。

不久，帕特里克也出现了，他的脸因为愤怒而显得格外丑陋。还有他那一脸严肃、皱着眉头的父亲也紧跟着站在了他的身后。不一会儿，门口处就像是车祸现场一样，就连西蒙也凑了过来。他已经长大了，头上也不再扎着辫子了。不过他并没有抬起头来看我一眼，而是一把拉住了杰克的手，好像是要从我这里把他营救出去似的。

看来我再说什么也是无益的了。他们只想让我离开。

但我真的好想尖叫出来：但我还是深爱着你们的！你们是我的家人！

"我们确实爱过她。"莫琳对艾伦说道，"真的。"

"我们能不能换一个有意思的话题？"帕特里克试图开口阻止我们的对话，但并没有人理会他。

此刻，他们已经吃完了晚餐，而杰克也在客厅的沙发上睡着了。艾伦觉得，萨斯基亚突然到访所带来的压力似乎让全家人都多喝了儿杯，因此说起话来也是格外的掏心掏肺。

"当然了，帕特里克和她分手的时候我们也很难过。我是真的替她感到心痛。"莫琳继续说道，"你看，她是在塔斯马尼亚长大的，在这里并没有其他的家人，而我们就像是她的家人一样。"

"我想艾伦应该并不想听到这些。"帕特里克再一次打断了母亲的话。

"我不介意的。"艾伦的话显然还有所保留。

"爱情总有一天会冷淡下去的。"乔治接过了话柄，"你也不能怪他遵从了自己内心的感受。"

"我能够理解他，乔治。"莫琳不耐烦地答道，"但我还是很同情那个可怜的姑娘。"

"她需要放手让帕特里克去过自己的生活。"乔治反驳了一句，"毕竟事情已经过去那么久了。"

"她就像是杰克的母亲一样。"莫琳没有理会自己的丈夫，而是直接转向了艾伦。

"你应该允许她常来看看杰克。"西蒙对帕特里克说。

"我到底要说几遍？她根本就没有提出过要来看他。"帕特里克回答，"我一提分手的事情，她就马上变得不可理喻起来，之后就彻彻底底地发疯了。"

"她心碎了呀。"莫琳说道。

"不管怎么说，我觉得杰克在她身边是不安全的。"

"何况她的母亲也刚刚离世。"莫琳又补充了一句。

"是呀，你提分手的时机实在是太不巧了。"西蒙总结道。

"她和母亲很亲近。"莫琳对艾伦说，"她们每天都会通电话。若是我每天给两个儿子打电话，他们一定会被我给逼疯的！不过，养女儿当然是会有些不同了。"她沉思了一会儿，"你会和你的母亲每天通话吗，艾伦？"

"也不会。"艾伦笑着回答。不过，事实上她们每天都会通过电子邮件、短信或是其他的沟通方式进行交流。

"你看，萨斯基亚的父亲在她很小的时候就去世了，而她又没有兄弟姐妹，母亲就成了她唯一的家人。"莫琳解释道，"母亲的死对于她来说打击很大。"

"我提出分手的时候，她母亲已经去世一个多月了。"帕特里克开了口，"之前，她母亲已经病了整整一年的时间了。你们觉得我还应该等多久？我只知道自己装模作样地和她在一起对她来说是不公平的。"

"一个月算不了什么。"西蒙说道。

艾伦也在心里暗暗地附和了西蒙的说法。

"这时候我们家的'感性先生'倒是有话可说了。你还不是通过短信和前女友分手的嘛！"帕特里克发起了反击。

"那是一条非常关怀备至的短信。不管怎么说，我也没有和她同居呀。"

"帕特里克刚开始自己创业的时候显然是非常忙碌的，而萨斯基亚也接了一份兼职的工作，所以她能照顾杰克。"莫琳的话似乎是说给艾伦一个人听的，"在照顾杰克方面，她是个完美的母亲。"

"科琳才是他的母亲。"帕特里克纠正道。

"这话确实没错，但是科琳已经不在了呀。"

"这又不是她的错。"

"这当然不是她的错，我只是想要为萨斯基亚说句公道话而已，毕竟她在照顾孩子这方面做得很不错。"

"科琳会做得更好的，而且她也不会变得疯疯癫癫的。"

"你从没有抛弃过科琳。"西蒙插了一句，"所以你也不知道她若是面临同样的情况会怎么样呀。"

"我就是知道。"帕特里克回答，"我就是知道。不管怎么说，我永远也不会抛弃科琳的。"他的声音由于情绪的带动而明显颤抖了起来，吓得围坐在桌旁的一家人谁也不敢吭声。艾伦发现，在场的每一个人似乎都不敢看她。此时，她感到莫琳做的那份美味的烤羊肉和烤土豆正在她的胃里翻江倒海一般不得安宁。好吧，他还深爱着自己的亡妻，这并没有什么好奇怪的。若是她还活着，说不定现在也会感到无聊或是烦躁呢。

帕特里克的父亲深深地吸了一口气，然后冲着艾伦笑了笑，但刻意躲开了她的眼神。"好了好了，我想再听些有关催眠行业的事情。"

艾伦无力地笑了笑。要知道，他们已经在晚餐期间针对"催眠行业"的话题聊了很长时间。

"我好像在哪里读到过，希特勒也曾经用过催眠术。"西蒙接着父亲的话题开口提了一句。

"大多数政治家都是'会话催眠'方面的专家。"艾伦不假思索地回答。事实上，她在外进行演讲时已经被人无数次地提过类似的问题了。"这种催眠术其实并不复杂，常用的手段就包括重复——"

"最近电视上正在播映一条广告。"帕特里克一边低头望着桌面一边说道，"我直到现在还没想明白它到底是什么意思。广告里有一个男人正在泳池里游泳，不远处则漂浮着某人用过的一个带血的创可贴。创可贴粘在了这个男人的嘴上，于是他全身颤抖着奋力将它撕了下来，就好像是在说，快走开，快走开。"

"我看过那条广告。是车子的广告。"西蒙回答。

"用过的创可贴和车子有什么关系？"莫琳不解地皱起了眉头。

"关键在于，每一次我从后视镜里看到萨斯基亚的车，或是收到她那些写满了胡言乱语的书信、电子邮件和短信，听到她在我的答录机上留言的声音，收到她送我的该死的花束——不好意思我又要爆粗口了，妈妈——还是玫瑰花，送到我的办公室门口，我都感觉自己就像是广告里的那个男人一样，满心想着的只有一句话：快走开，快走开。"

"她给你送过玫瑰花？"莫琳问道，"她会送花给一个大男人？"

"这就是为什么我不想听到别人说萨斯基亚是个好妈妈，或是我向她提分手的时机实在是太糟糕之类的话。"帕特里克自顾自地继续说着，"如果我真的对她做错了什么的话，我已经得到报应了，而且是很多、很多、很多的报应。"说到这里，他从桌边站了起来，转身离开了房间。

"哎呀呀。"莫琳叹息了一声。

"欢迎来到我家，艾伦！"西蒙打趣地说道。

"他在失去科琳之后不久便和萨斯基亚在一起了，这的确有些太仓促了。"莫琳接着说，"这就是问题所在。一切都发生得太快了，他甚至从来都不曾为科琳而感到心痛。男人真是太没有良心了，一旦遇到什么不好的事情，就只会急着把它一脚踹开。"

"你们女人还不是会把所有鸡毛蒜皮的小事都念叨上一辈子。"乔治反驳道。

"把话说出来多少会有些帮助的！"莫琳也毫不示弱。接着，她又把注意力放回到了艾伦的身上。"在我们失去科琳之后，帕特里克便觉得自己应该为杰克提供良好的生活保障，并且对于这个念头非常执着。因此，他全身心地投入到了工作中，一天到晚都在忙碌，倒是让萨斯基亚担负起了照顾杰克的责任。"

"嗯，我想我们这一晚上和艾伦分享的信息已经够多的了。"西蒙打断了母亲的话。

"也许你说得对。"莫琳赞同地附和了一声，站起身来开始收拾碗盘，同时头也不抬地问了艾伦一句，"跟我说说，艾伦，你会不会刚好也是个天主教徒？"

西蒙在一旁轻蔑地哼了一声。

"其实我不是。"艾伦抱歉地回答。

"哦！没事，那个——你介意我问一问你信仰什么宗教吗？"莫琳伸手将自己丈夫的餐盘拉了过来，"当然了，这并不重要，我只是有点儿好奇。"

"嗯，其实我什么也不信。"艾伦回答，"而且我的家里也没有任何的宗教背景。我妈妈是个坚定的无神论者。"

莫琳的表情看上去有点儿吃惊。"一个坚定的——？你的意思是说，她不相信上帝？一点儿都不信吗？但你是相信的，对吗？"

"不是说在餐桌边不能谈论宗教和政治吗？"西蒙反问了一句。

"我猜我应该是比我妈妈更注重精神上的追求吧。"艾伦回答，"比方说，我对佛教就很感兴趣。我很喜欢佛教的教义——包括里面提到的念力之类的道理。"

"哦，是的，我听说过，那些东西现在很时髦呢。"莫琳随口应和了一句。艾伦感觉得到，她已经有点走神了。

"嗯哞哞哞哞哞。"乔治一边哼唱了起来，一边将双手合十放在下巴前面，还低下了头，"你们佛教徒就是这么做的，对吗？"

"乔治！她其实并不是真的佛教徒。"莫琳边说边焦躁地看了艾伦一眼，"我说得对不对，亲爱的？"

西蒙在一旁笑得前仰后合。

"我只是觉得佛教很有意思。"艾伦怯怯地应了一句。

"我就说嘛！"莫琳挺了挺肩膀，仿佛已经做好了要应对生活中随时都有可能发生的任何困境似的。然后，她用一只手指点了点自己的嘴巴。"你喜欢小孩吗，艾伦？"

"妈妈！"西蒙伸出一只手来狠狠地拍了拍自己的脑袋。

就在那一瞬间，艾伦看到莫琳的眼中闪过了一丝狡黠的光芒，于是一下子就明白了她到底想要问些什么。

"我特别喜欢小孩。"她语气坚定地回答。

"太好了。"莫琳称赞道，"我也是。"看来她们已经充分理解了彼此的用意。

"吃些甜点吧，好不好？"乔治提议。

莫琳转动了一下眼珠。"我们准备了烤苹果奶酥，可以配上奶油和冰激凌。"

The
Hypnotist's
Love
Story

"给我来一点儿就好了。"艾伦半推半就地说道。

"哦，你已经是骨瘦如柴了。"莫琳带着责备的语气回答，"我得给你盛上一大盘。"

这一天晚上，艾伦和帕特里克终于躺回了她的床上。两人仰面躺着，嘴里都含着解酒的药片。在莫琳的坚持下，杰克被留在了她的家里过夜，就连帕特里克将他从沙发抱进客房的过程都没有吵醒他。之后，帕特里克便和艾伦一起乘出租车回到了艾伦的住处，因为两个人都已经醉得无法开车了。

"对于今晚的事情我很抱歉。"帕特里克先开了口。

"没事。"艾伦回答，"我觉得你的家人很可爱。"

这话倒是不假。斯科特一家人的身上确实有着一种让她觉得格外舒服的特质，恍惚间她甚至觉得自己已经不是第一次坐在这个餐桌旁为大家分发烤土豆了。

"我不应该允许有关萨斯基亚的对话像那样继续下去的。"帕特里克继续说道，"我只是看不惯他们站在她那一边。"

"我知道。"艾伦翻了个身，伸手摸了摸他的肩膀。他的肩膀此刻像石头般坚硬，仿佛肌肉都在收缩。艾伦伸出手来，用手指揉捏着他的皮肉，试图帮他放松放松。"我能理解。"

"我也不该在杰克的面前对萨斯基亚大吼大叫。"帕特里克接着说道，"只是我一听到她的声音就觉得怒不可遏。我也曾想过就这样默许她存在于我的生活之中，就像默许自己身患某方面的残疾一样。但现在我似乎已经走向了另一个方向，而且就快要接近自己的极端了。有时候，我甚至想过要杀了她。现在我终于明白为什么有些人能够痛下杀手，谋害别人了，因为我自己也几度想要杀了她。"

"请别这么说。"艾伦边说边停下了正在为他按摩的手，但仍觉得有些力不从心，"我可不想只能趁配偶探视的机会到监狱里去看你。"

"我保证不会被抓到。"帕特里克回答，顺手又从胸前的小包里取出了一个药片，一脸冷酷地嚼了起来。

艾伦关切地望着他的脸庞。他似乎察觉到了她的目光，笑着对她说道："我只是开玩笑而已。不管怎么说，我肯定是会被抓到的。我这个人不管做什么坏事都是逃不出法网的。有一次我开车违规右转，警察正好就等在路口处。"

"说到警察……"

"是的，我知道。"帕特里克左右活动了一下自己的下巴，"只是——我也不知道。我只是不确定这么做到底对不对。"

显然他并不想再到警察局去走一趟，但艾伦却一点儿也想不清楚他这么做的理由是什么。难道说他是真的害怕萨斯基亚会实践自己的威胁，向法院起诉他吗？还是另有什么隐情？

"你还是好好考虑一下吧。"她补充了一句。

"我会考虑的。"可艾伦听得出来，他根本就不会再去多想了。

艾伦突然忍不住打了一个大大的哈欠。"我真不敢相信自己居然会这么累。"

"我可是要好几个小时都睡不着觉了。"帕特里克说道，"一大堆乱七八糟的想法就像是旋转木马一样在我的脑袋里转来转去，你能不能给我做做催眠，好让我能睡着？"

"哈。"艾伦笑了笑。

"我是说真的。你能做到吗？"

"你知道的，从伦理上来讲，催眠自己的伴侣可不是一个好主意。"然而，话一出口，她便觉得自己未免有些假正经了。这样的情况在她之前的几段恋情中也曾发生过，但是对方提出要求的态度大多都比较无理，因而总是能够被她轻而易举地就推脱掉。

"我不会举报你的。"帕特里克向她保证，"我只是想摆脱脑海里的那些想法而已。"

"我还以为催眠术这种东西入不了你的法眼呢。你说过自己不喜欢失控的感觉。"说到这里，艾伦停顿了一下。

"那是遇见你以前的事情。现在我了解得更多了，何况我也信任你。"

帕特里克的话突然让艾伦想起了自己的导师弗林——一位六十多岁的老牌催眠治疗师。弗林对于那些舞台催眠师简直是恨之入骨，因而坚信能够保护这一行业诚信度的唯一方法便是永远不要在治疗室以外的地方实施催眠术。接着，她又想起了自己教过的年轻酷小伙儿丹尼。他曾经自豪地向她炫耀过自己是如何巧妙地利用了含有催眠术技巧的握手方法来勾引酒吧里的女孩的（显然，他在这种方法的帮助下屡屡得手，因此艾伦也知道自己无论如何苦口婆心地劝说都是没有用的）。艾伦不禁想到，若是弗林知道自己是如何纵容丹尼的，一定会像个责怪她太过于溺爱子女的老人一样大为光火的。想到这里，她判断自己在道德的标尺上应该是处于弗林和丹尼之间的某个位置上的。

"我想做些放松训练应该是无伤大雅的吧。"她终于答应了。

08

失去的总让人怀念

顺便说一句，我并没有"跟踪"你。请不要再提那个词了，你知道自己听起来有多荒谬。我只是想和你谈谈，仅此而已。

——摘自帕特里克·斯科特从未打开过的一封电子邮件

"总之，这个美国男人因为自己被前女友跟踪而和她打起了官司。"帕特里克讲道，"法官是这样对他说的：'你应该为自己能够获得这样的关注而感到荣幸。'几天后，这个男人就死了。跟踪他的人好像开枪射杀了他，还是一刀捅了他来着？真有其事。"

周日的下午，艾伦、帕特里克、茱莉亚以及帕特里克的朋友史丁奇（她们直到现在也没有搞清楚他的真名到底叫什么。不过，作为豪迈的北方女孩，她们两人却丝毫没有觉得叫他"史丁奇"有什么不妥）来到了华生湾附近，找了个地方铺上野餐毯，开始享用鱼和薯条。

首先提起有关跟踪话题的人是茱莉亚。"我听说有人跟踪你，帕特克。"大家才刚刚坐下来几分钟，她便大大咧咧地聊了起来，那语气听上去就像是在闲聊"帕特里克，我听说你是个测绘师"时一样。令艾伦颇感惊讶的是，尽管帕特里克昨晚才刚刚因此和家人产生了争执，此刻的他却居然并没有想要转换话题。事实上，他几乎是怀着满腔的热情来回答茱莉亚提出的这个问题。看着他在面对不同人群时所展现出来的不同人格，艾伦觉得还挺有意思的。和家人在一起时，他是个健谈、温顺而又充满孩子气的人；而和史丁奇、茱莉亚在一起时，他则是一个无忧无虑的慵懒澳大利亚小伙。

"再怎么说，至少你不用担心自己的生命安全吧，对不对，斯科蒂？"史丁奇也追问道。

史丁奇是个身材健壮的秃顶男人，脸颊上有两个酒窝，看上去就像是一个长着灰色胡楂、操着低沉口音的巨婴。此外，作为一个男人来说，他的身材也格外矮小了一些。对于这一点，帕特里克似乎忘了提及，而艾伦也恰好忘了指出茱莉亚是个身材格外高大的女人。两人见面的那一天，茱莉亚打扮得格外时髦，一件紧身的夹克衫、一条围巾、一双又尖又高的皮靴——整个人的架势看起来就像是一个高挑的超模，而站在对面和她握手的史丁奇则只穿了一件皱皱巴巴的土气衬衫、一条褪了色的牛仔裤，脚蹬一双磨损得很厉害的工靴。更要命的是，茱莉亚的目光甚至能够轻松地越过他的头顶。茱莉亚对着艾伦挑起了一边眉毛，可艾伦也只能无奈地耸了耸肩膀，心里却叫苦连天。想必她这一次是肯定逃不掉茱莉亚的埋怨了，因为她将会在接下来的几年中夸大其词地来回念叨着：有一次，你居然试图把我介绍给一个叫做史丁奇的秃顶侏儒。

不过，从某种程度上来讲，茱莉亚有些看不起史丁奇的这副心态倒是让她彻底地放松了下来，不仅吃起热薯条来像台机器，还不时地与史丁奇眉来眼去。如果她真的把他当做一个潜在的暧昧对象，肯定会故意避开与对方进行眼神交流，还要强装自己毫无兴趣，而且必然会胃口全失。

"我并不担心自己的安全。"帕特里克回答，"只是有时候会担心自己的精神状况而已。毕竟人们对于被人跟踪的男性受害者总是不够重视。"

"你有没有见过这个女孩，啊，那边那位？"茱莉亚对史丁奇说道，"你看，能不能请你告诉我你的真名？我是真的没办法开口叫你史丁奇，何况你身上的气味一点儿也不臭。"

"我叫布鲁斯。"史丁奇答道。

"这不是真的吧？"

"布鲁斯这个名字怎么了？我可要生气了。"

"好吧，布鲁斯。你有没有见过她？"茱莉亚继续追问道，"跟踪帕特里克的那个女人？"

"我和她很熟。"史丁奇回答，"我挺喜欢她的。说真的，我其实挺喜欢她的。"

说罢他瞟了一眼帕特里克，只见对方耸了耸肩膀说道："你想要她的电话号码吗？我随时可以奉上，伙计。"

"那你觉得她会不会做出一些……疯狂的事情来？"茱莉亚接着问。

"哦，我不知道。"史丁奇撇了撇嘴，脸上的酒窝似乎更深了，"其实每个人都是有可能做出这样的事情来的。我总是觉得恋爱中的男女神志都不太清楚。"

"恋爱中的男女神志都不太清楚。"茱莉亚若有所思地重复着，"嗯，这话从一个名叫布鲁斯的男人嘴里说出来，未免有点太诗意了吧。"

"他只是想给两位女士留下个好印象。"帕特里克说道。

"问题在于……"茱莉亚又提出了自己的疑问，"我们都被某些人伤害过，但也只能选择忍气吞声，难道不是吗？这就是生活。"

"难道你没有用谷歌搜索过自己的前男友吗？当初，我的前女友和我分手的时候，我就曾经花了好几个小时的时间在网上'跟踪'她。"史丁奇回答，"即便我没有切实地在现实生活中跟踪过她，也可以算是在精神上跟踪过她。"

"那又怎么样呢？就算我曾经对着自己的前夫大吼大叫过，也不能说我和那些谋杀前夫的女人是一丘之貉吧？"

"可这还不足以让你理解这一切到底为什么会发生吗？"

"不足以。"

"哦，那你真是个女汉子。"

"你确定？"艾伦用格外尖锐的眼神瞪了茱莉亚一眼。

"好吧，好吧。"茱莉亚投降了，"我曾经给前男友的新女友打过匿名电话。我就打了几个星期而已，而且当时我只有十七岁！"

"啊哈！"史丁奇耀武扬威地用手中的薯条指着茱莉亚，"你看，你自己还不是有过跟踪别人的历史！"

"我不是个跟踪狂，我只是个愚蠢的少女而已。"

"你和我的复仇女神不是一类人。"帕特里克说罢停顿了一下，"有时我甚至怀疑她会趁我不在家的时候偷偷溜进我家。"

"这一点你可从来都没跟我说过！"艾伦转过头来看着他。

"看在上帝的分上，赶紧报警吧！"茱莉亚说道，"还要把家里的门锁都换掉！"

"你怎么会觉得她曾经溜进过你家呢？"史丁奇问道。

"我已经不止一次更换家里的门锁了。"帕特里克回答，"我也不明白自己为什么会这么想，只是每次迈进家门时都会有这么一种感觉。虽说家里并没有出现物品被移动之类的痕迹，但我就是感觉她曾经来过。空气里总是飘荡着一种莫名其妙的气味。也许是我闻到了她留下的一丝香水味。"

艾伦注意到，帕特里克故意回避了茱莉亚有关报警的提议。

茱莉亚颇为戏剧化地打了个哆嗦。"哦，上帝呀，听上去就像是恐怖电影里的情节。"她朝着艾伦的方向抬了抬下巴，"幸亏你的新女友很喜欢看恐怖电影。"

"是吗？"帕特里克将一只手轻轻搭在了艾伦的膝盖上，"这一点我倒是不知道。我是个胆小鬼，恐怖电影总能吓得我半死。"

"我喜欢一边吃爆米花配巧克力冰激凌，一边看恐怖电影。"艾伦回答，"但我可不喜欢想象萨斯基亚在你的房间里来回晃悠的画面！一点儿都不喜欢。"说到这里，她打了个哆嗦，因为她的一部分理智告诉她，这正是大家心里所期待看到的反应。想到这里，她不由得深深同情起了帕特里克，也渐渐理解了他心中的恐惧和焦躁。但是，出于某种原因，她却一点儿也不会为自己而感到害怕。这也许是因为她还不曾见过萨斯基亚本人，因而感觉这一切都还不太真实吧。又或许是因为萨斯基亚是个女人，而她是无论如何也不相信女人会有暴力倾向的——即便她知道这种想法只不过是自欺欺人。无论是出于何种原因，她都觉得萨斯基亚应该是个有趣的女人，而不应该是一个令人毛骨悚然的女人。

"对不起。"帕特里克抱歉地答道，"我从没有想过要把这件事情告诉你。何况这一切也许都只是我的想象而已。"

"她是永远不可能做出伤害别人的事情来的。"史丁奇对艾伦说，"希望这话能够给你带来点安慰。她是个和平主义者，还曾参加过反对伊拉克战争的游行呢。"

"那是在政治方面。"帕特里克纠正了他的话，"这是私事。"

"她不是还在动物收容所里工作过一段时间吗？"

"动物收容所。"茱莉亚不屑地哼了一声。

"在动物收容所工作有什么好笑的？"艾伦问道。

"我也不知道。"茱莉亚回答，"都是些陈词滥调。"

"对那些可怜的小猫小狗来说可不是这样的。"史丁奇的表情似乎有些怨愤。

"怎么搞的？"帕特里克伸出手来在史丁奇的手臂上打了一拳，

"我周围的人怎么都跑去维护那个跟踪狂了？"

"抱歉，斯科蒂。"史丁奇摊开了双手，"我只不过是想让艾伦好受一些，告诉她不用担心自己的安全而已。"

"好了，斯科特，和这位史丁奇不一样，我可不打算维护你的跟踪狂。"茱莉亚对帕特里克说，"我觉得她就是个十足的疯子，而你和艾伦都应该被她吓得要死才对。"

"谢谢你。"帕特里克回敬道。

今天，我又来到了海滩，还穿着自己的红色连衣裙睡在了沙滩上。

不过，这里并不是催眠师家门外的那片海滩，也不是我和帕特里克曾经去过的任何一片海滩。我去了阿瓦隆。我以前从未踏足过这里的海滩，因此对这里也没有任何的记忆。

昨晚，我让自己深深陷入了回忆之中，不可自拔。

在离开帕特里克父母家之后，我并没有去参加同事的聚会。也许我早就知道自己不会去参加那个聚会，因为我从不是个爱凑热闹的人。我马不停蹄地连续开了六个小时的车，其间就只停下过一次，加了个油，买了瓶水。

我就这样开着车逛遍了自己曾和帕特里克一起逛过的悉尼的每一个角落。

我反反复复在海港大桥上至少开了三十个来回。

想当初，我一来到这里便深爱上了这座城市。悉尼。就连它的名字在我听来都格外悦耳，就像是某些特别世故的人会觉得"纽约"这个名字能够让他们感到热血沸腾一样。毕竟，我只是一个在塔斯马尼亚中央的小村镇中长大的女孩。

"你来自塔斯马尼亚？"悉尼人总是会耸着眉毛、皮笑肉不笑地问道，仿佛藏在他们心里的潜台词应该是："真的？就是那种穷乡僻壤的地方？"而我则总是谦卑地低着头，像是在道歉似的偷偷想着："这也不能怪我呀。"不过，情况早已今非昔比了。如今，人们听到我的答案后往往都会念叨一句："哦，塔斯马尼亚的田园风光还真的是很美呢。"我也不知道是我自己变了，还是塔斯马尼亚变了。

悉尼就像是我健壮、急躁、浑身珠光宝气而又挥金如土的前男友。无论是这里的沙滩、酒吧、阳光，餐厅、咖啡馆和音乐，还是那个如蓝宝石般闪烁着耀眼亮光的海港，都让我眼花缭乱。

于是，我就像是一个愚蠢的乡下丫头一样，开始努力地探索这个地方的每一个角落。可以说，我甚至比任何一个当地人或是出租车司机都要熟悉悉尼的大街小巷。我可以告诉你如何才能够找到最好的早茶店、寿司餐厅和西班牙小吃铺。我知道每一家剧院、博物馆和酒吧的位置。我知道到哪里去潜水，到哪里去丛林探险，到哪里去停车。在认识帕特里克之前，我在悉尼才仅仅住了短短六个月的时间。然而，在我带他去过的地方里，他这个土生土长的悉尼人竟然有一半都没听说过。

帕特里克和悉尼带给我的是我这一生中最幸福的记忆。我们曾在渡轮上甜蜜亲吻，在海港边共饮香槟。我们一起看戏，一起看电影，一起看乐队演出。我们会带着杰克在绿意盎然的国家公园里徒步旅行，而小家伙最喜欢坐在帕特里克的背包上回头冲我开心地笑。我们还会牵着他的手站在沙滩上，一边喊着"一、二、三"一边将他高高地荡起在浪花上，任由雪白的泡沫淹没我们的脚踝。

我是如此地深爱着他们两个人。我记得自己曾经这样对母亲说过："我从不知道幸福原来是如此简单。"她回答："能听到你这句话，就是我这一天最开心的事情了。"我能够想象，也许她连手握着洗碗布和清洁剂刷洗厨房的时候都是挂着微笑的。

因为我母亲最大的心愿就是让我过得幸福。

以前，我总是会觉得她异乎寻常地无私。可直到我开始照顾杰克的时候，才开始朦朦胧胧地体会到孩子的情绪为何会无端影响到母亲的情绪，然后在不断的循环往复中逐渐培养成了一种习惯。

我记得她有一次曾经问过我："你觉得帕特里克和你一样开心吗？"当时我的回答是，当然了，他当然和我一样开心了。

她停顿了一下，语重心长地对我说："他失去自己的妻子还不到一年的时间。萨斯基亚，他一定还沉浸在悲痛之中。这种悲痛需要很长时间才能够被遗忘，甚至可能……总之，你要记住这一点。"

The
Hypnotist's
Love
Story

她是有资格谈论这个话题的，因为我的父亲就是在我还蹒跚学步的时候去世的。对于他，我没有一点儿的记忆，所以说也不曾产生过被父亲抛弃的压抑感。

我从母亲的口中得知，父亲是她一生的挚爱，因此她每天都在怀念着他。但这并不代表帕特里克也要永远深陷在这种情绪之中。首先，母亲此后再也没有遇见过任何能够给她带来幸福的人，而帕特里克却遇到了我。我带给了他幸福。我知道我带给了他幸福。我不是个傻瓜。这一切并不是我凭空想象出来的。

当然了，我知道他心底里的一部分还在为科琳的离世而感到悲伤，因此我也由衷地尊重科琳对于杰克日后的成长所留下的遗愿。她还曾经为此专门写下过一系列的要点。那时候的她已经病入膏肓了，因而字迹看上去有些歪七扭八的，拼写也出现了一些错误。我知道，自己居然会注意到这些，实在是有点太无情了。但是，事情就是这个样子的，我也从没有认为自己是什么大善人。科琳相信维生素的作用，于是我每天都会喂杰克吃维生素片。科琳相信小孩子穿背心可以避邪，于是我每天都会给他套上背心，即便我知道他一定会热出汗来的。我知道科琳也并不想让这个可怜的孩子在如此热的天气里还穿着背心，但帕特里克却坚持要一字一句地执行那份遗愿里的每一个指示。

帕特里克和我在一起时是快乐的。他说过，他是快乐的。他对我说："你拯救了我的生命。"他对我说："我要永远珍惜你。"他还对我说："若是没有你，我早就迷失了自己。"

此时此刻，我正躺在沙滩上想象着科琳的样子。在梦里，我对她尖叫道："'维生素'这个词中间是不带省略号的！"

这还真是一个只有书呆子才会做的令人倍感尴尬的梦：我居然会对着一个已故之人大吼大叫地批评她的语法。

有人在我耳边说了一句："狂欢了一整夜吗？"

我睁开眼睛，看到一个男子正站在我的身旁低头看着我。那时候，我的眼睛正好对着耀眼的阳光，所以很难看清他的长相，只能模糊地看到他穿着齐膝的潜水服，一只手臂下夹着一个花哨的冲浪板，满头羊毛似的鬈发对他来说似乎有点儿过于幼稚了。

我坐起身来，低头看了看自己的红色连衣裙。我猜我的样子看起来确实很像在派对上喝多了才会昏睡在这里，只不过我早已经过了会做那种事情的年龄。想到这里，我随口附和了一句："差不多吧。"

这句话似乎让他一时间不知该如何作答才好。于是他笑了笑，将手指放到额前做了一个类似敬礼的动作，然后径直走进了海里。我坐在沙滩上，看着他爬上了那个花哨的冲浪板。他的动作似乎并不是很熟练。虽然他一直都在奋力地追逐着浪花，但每一次都会错过。最后，他终于设法赶上了一个大浪，脸上的表情是那样的激动又那样的好笑，卷卷的额发都被海水给浸湿了，平整地贴在他的脑门上。

那天下午，我鬼使神差地走进了一家冲浪用品商店。其实我也不知道自己是怎么想的，总之我出来的时候手里也多了一件潜水衣和一个同样花哨的冲浪板。

我想我现在应该要学学如何在这块板子上站起来，或者说是应该去学学如何冲浪了，不管那些专业术语到底是怎么说的。一想到这里，我的心里就充满一种得意洋洋的感觉。

✖

周一的早晨，艾伦醒来时感觉自己的身体都要被榨干了。当她翻开自己的预约簿时，心中立刻充满了恐慌——因为她当天的日程已经被一个接一个的预约给填满了，以至于连午餐休息时间都抽不出来。

她模糊地想起，自己当初在安排这些工作的时候，还曾无忧无虑地对自己说过一句"哦，我能够搞定的"。而此时此刻，她满心想着的就只有自己的床铺，还有那种能够钻回被窝里睡上一整天的美妙感受了。要是她真的得了某些传染性的疾病或是出现了类似的症状该有多好呀，这样她就可以名正言顺地拿起电话，取消今天的预约。但她知道自己只不过是累坏了而已。就在刚刚过去的这个周末，她吃了太多的东西，喝了太多的酒，还经历了无数次剑拔弩张的对话，因此精神和情感一直是处在高度紧张的状态之中。太少的睡眠，太多的缠绵。她甚至怀疑自己会不会染上了膀胱炎。

此外，她的牛奶也喝光了。她在冰箱前站了一会儿，感觉整个世界都要塌下来了，只能气得跺脚。此刻她是多么需要感受到香脆的麦片粥和冰牛奶交汇融合在一起的口感呀。

她满脸不高兴地将一片不太新鲜的面包草草丢进了烤面包机里，好像是故意做给某个正在看着她的、应该为牛奶短缺负责任的人看，好让他觉得愧疚似的。然后，她打开门走到前院里去取报纸。那报童肯定是直接把报纸丢进了她家门口的树篱中间，因为她不得不扒开那些还沾着露水的湿漉漉的树叶，才好不容易把报纸够了出来。

最糟糕的是，当她嚼着不太新鲜的面包（那味道有股说不出来的酸涩）、读着报纸（上面刊登的全部都是坏消息：谋杀案、意外事故、战争和自杀式炸弹——整个世界仿佛都漂浮在眼泪的海洋上），一篇文章的标题突然映入她的眼帘——《各界名流出席私人婚礼》。

文章的一旁赫然登着她的客户罗西的照片。自从上次见面之后，艾伦已经两个月没有见到过罗西了，而她显然在此期间瘦了不少，往日丰腴的曲线全部都已不见踪影。她裸露着一双瘦骨嶙峋的肩膀，含着胸穿着一件无肩带的婚纱，身旁围绕着四个身着及地礼服、身材高挑纤细的伴娘。看来她最终还是决定要继续举办婚礼。而她在艾伦那饶有架势的催眠术下所获得的启示，也就是她之所以无法戒烟是因为她根本就不爱自己的未婚夫的那份醒悟，其实根本就算不了什么。也许她后来才发现这并非是自己的真心话，也许是她最终还是屈服于金钱和地位了，也许是她在将婚礼的请柬发送给众多的"各界名流"之后根本就没有勇气取消这场婚礼。

不管怎么说，艾伦的心情更加压抑了。这一切都让她感到既空虚又无力。

电话响了，艾伦飞快地接了起来，希望是有人打来取消预约的；最好是取消第一个预约的电话，这样她就能够回去睡个回笼觉。

"早上好。"她迅速地说道，"我是艾伦。"

"听声音判断，你今天早上过得是不是不太好呀！"

是哈丽特，她前男友的妹妹。艾伦和乔恩分手之后，她与哈丽特还一直保持着好朋友的关系。

哈丽特是一个身材瘦小、脾气暴躁的霸道女人。虽然她的话听上去有些毒舌，但有时候对于艾伦来说却是正中下怀，就如同她有时候会突然想要尝上一点辛辣而又苦涩的甘草糖一样。不过，对于此刻的艾伦来说,哈丽特那略带鼻音的声音却像是乳酪刨丝器一样撕扯着艾伦的神经。

她深深地吸了一口气,仿佛是要准备跑上一个陡峭的山坡似的,然后开口问道:"你好吗,哈丽特?"

"很好,很好,只不过突然想要打电话跟你聊聊天。我们已经有好几个月没有打过电话了吧。"

也只有哈丽特会觉得周一的早上七点半会是个打电话聊天的好时机。

"是呀,是呀,好久了呢。"艾伦边说边微微闭上了双眼,心里顿时萌生出了一种想要尖叫的荒谬的渴望。

每当她和哈丽特说话时,乔恩的身影都会突然出现在她的脑海里。她仿佛能够在哈丽特的讲话模式中听到他的声音,看到他那傻乎乎的笑脸。哈丽特总是会让她想起世界上还有乔恩这号人物。

艾伦希望自己在与哈丽特交流的过程中能够呈现出一种轻松愉快、朝气蓬勃的精神状态,好让乔恩能够听说自己过得很好。(她知道哈丽特总是会把她们之间的每一次对话都转述给乔恩听。哈丽特经常这么做:先收集情报,再四处散播,滴水穿石。)最理想的是,她现在就应该向哈丽特提起帕特里克的事情(你听说了吗?艾伦交了个新男朋友),可她却一点儿也提不起精神来。

"乔恩最近怎么样?"她转而问道。让他站到舞台中央来吧,这样他就不用再偷偷摸摸地躲藏在这段对话的细枝末节里了。

"你居然会提起他来,真是有意思。你肯定不会相信的,我那个打算做一辈子单身汉的哥哥居然就要结婚了。我们大家都吓了一跳。你能相信吗?"

"我不相信。"艾伦边回答边清了清嗓子,"天哪。"

她和乔恩同居了四年之久,可"婚姻"这个词却始终没有被他提起过。她一直以为，乔恩本身就是不相信婚姻的，因此也从没有想过要询问艾伦对于婚姻的感受。然而现在看来，他只不过是不相信自己和她之间能够建立起婚姻关系而已。

她感到自己的感情严重受挫了，甚至听到了心脏碎掉的声音，就像是一排精致的瓷杯一次性全都爆开了一样。那些心痛的碎片随着她的血液流向了全身，一小片一小片地刺痛着她的静脉，还有一整块则直接尖锐地插进了她的胸膛。哦，看在上帝的分上，你根本就不在乎好嘛！你现在爱的是另一个男人！这是你第一次找到了一个适合的人来谈恋爱！你不在乎，你不在乎，你不在乎！可是，她真的在乎。

"要知道，他才刚刚认识那姑娘几个月。"哈丽特继续讲道，"她是个牙科保健员。"

几个月。他才刚刚认识她几个月。也许乔恩也是第一次找到适合自己的人吧。不过，如果说艾伦从未认真爱过乔恩这件事情还是情有可原的话，那么乔恩居然没有认真爱过她就有点儿说不过去了。这到底是为什么呢？她应该是那个不错的选择才对嘛！

"不管怎么说，我们都觉得这段感情撑不了多久。"哈丽特在说这话时显得有些支支吾吾的，似乎是想要弥补自己刚才给艾伦造成的伤害。

难道说她是故意选在周一的时候打来电话，趁着任何一个正常人都会卸下心防的时候向她透露这个消息，就只为了要伤害她吗？想必她肯定知道艾伦是不愿听到这样的消息的。可艾伦也知道，哈丽特还是发自内心地喜欢她的。

"哦，是吗，我倒是希望他们两个能有个好结果。"就连艾伦自己都佩服自己还能用如此冷静而又超脱的声音来接话，"这样吧，哈丽特，我能不能下次再给你打电话？我今天又触了霉头，不仅忘了买牛奶，醒来时还是一肚子的怨气。"

"经前紧张症吗？"哈丽特饶有兴趣地追问了一句。她就属于那种特别喜欢与别人讨论自己月经周期的人。

"可能只是起床气吧。"艾伦回答。

放下电话，艾伦抑制不住地哭了起来，哭声听起来既刺耳又愤怒。这一切真的是太荒谬、太过分了。

"都是你的自尊心害的。"她大叫了一声，那充满了孩子气和心碎意味的声音震耳欲聋地在厨房里回荡着，"都是你的自尊心害的。"

对她来说，没有什么事能比嫁给乔恩更糟糕的了。她一点儿也不想念他。老实说，她花了很长的时间才将自己被他一点一点拆散的人格重新拼凑起来。他总是有办法让她质疑自己的每一个念头。

他是个自私、浮夸、永远以自我为中心的坏脾气男人，可她还是不可救药地深爱着他。她自己并不想要和他一起许下神圣的誓言，但却也不希望他和别人携手步入婚姻的殿堂。是的，她并不希望得到他，但她希望他会渴望得到她。

她知道自己是这样的愚蠢而又幼稚，但事实就是如此，她根本就无法夺回自己情感的控制权。她哭呀哭呀，仿佛是在用眼泪的狂欢上演一场莫名的悲情大戏。她想要拿起听筒来打电话给他。她想要尖叫着质问他："我到底有什么不好？"她想要见一见那个女孩，想要看一看他们在一起的样子，想要听一听他们之间的对话。

哦，萨斯基亚。我理解了。我明白了。我体会到了。

过了好一会儿工夫，肩膀上下起伏、悲愁垂涕而又泪如雨下的艾伦才终于平静了下来。一切都结束了。她感到身体格外地轻松，但却精疲力竭，浑身上下都虚弱无力。虽然她此刻面若死灰，但并不觉得难受，就好像是刚刚把胃里腐臭的食物全都吐出来了似的。

我的老天爷啊，多么奇怪呀。也许哈丽特是对的，她确实患上了经前紧张症，虽然说她的荷尔蒙水平一直都很正常，情绪也从未出现过如此大的波动。

她伸手拿起了自己的日记本，开始查看自己的经期记录。

她来来回回地翻动着本子里的纸张：先是慢慢地，然后越来越快。这是不可能的，是不是？

最后，她将日记本重重地合上，放回了原处，然后抬起头来望向了厨房窗外的那片大海。

✖

我应该就此打住。我已经倦了，受够了。

颇具讽刺意味的是，这些都是我今天来见催眠师时脑海里飘过的真实想法。

为我开门时，她的脸色看上去并不是很好，皮肤上布满了斑点，头发也软趴趴地贴在头皮上，衣服上还沾了一块食物的油渍。看到这一幕，我的心里不禁感到一阵雀跃。

接着，在开始我们的疗程之前，她照例问了我是否需要用一下洗手间。我回答是的，因为我确实想要上个厕所。

出于习惯，我不自觉地打开了洗手池上的镜柜。其实我并没有什么特殊的癖好，何况我眼前摆放着的都是些再寻常不过的东西了：超市自有品牌的润肤霜、隐形眼镜护理液、香体剂、剃刀、一大把唇膏和一些装有精油的小瓶子。

我差一点儿就错过了它。就在我打算关上柜门时，一个又长又扁的长方形盒子引起了我的注意。

我百无聊赖地把它拿起来看了看，突然感到胸口一阵剧痛，就像是有人在用一把锋利的钩子撕扯我的心脏似的。

是验孕棒。我一眼就认了出来,因为我自己也曾用过同样的牌子。很多次。

盒盖是开着的。

我打开盒盖,从里面抽出了两根白色的塑料棒。她做了两次检测,显然是想要仔细复核验孕的结果。

两根验孕棒的观察窗上都显示了同样的符号,那也是我盼望已久却从未见到过的符号。

催眠师怀孕了。

The
Hypnotist's
Love
Story

09

意外怀孕

"你什么也看不见，什么也听不见，只能想到斯文加利，斯文加利，斯文加利！"

——摘自乔治·杜穆里埃的经典小说《爵士帽》，
催眠师斯文加利给特里比·奥法瑞催眠时的台词

她总是会暂时忘却这件事情，然后又再度想起来。

此时，距离她做的那个验孕测试已经过去七个小时了。放下日记本之后，她对着窗外至少呆呆地看了十分钟左右，然后突然感到一阵怒火中烧，仿佛是有人占用了她的身体似的。她胡乱套上了一些脏衣服，开车来到了镇上的药店门前，并把车子并排停在了别人的车旁。药店才刚刚开门。当艾伦开口说要买验孕棒时，那位常卖些治疗花粉症药品给她的白发苍苍的女药剂师一改往日健谈的作风，不仅强装出一副漠不关心的样子，还将白色的购物纸袋的袋口特意折叠了两次，并打趣地与她闲聊着这个季节里变化无常的天气。

当第一位预约客户敲响她家的大门时，艾伦还坐在外婆的浴缸旁，手里无力地托着两根显示着阳性结果的验孕棒。

接下来的一整个早上，艾伦都是在一种浑浑噩噩的状态中度过的。她甚至记不得自己的工作做得是好还是坏。虽然她还像往常一样与客户聊着天，倾听着他们最近的遭遇，引导他们进入催眠状态，并认真写下了笔记，但是她的脑海中一直都隐隐回荡着一个声音：我怀孕了，我怀孕了，我是真的怀孕了。

一切都发生得太快了。才不过三个月的时间而已！他们之间的感情还没有成熟到可以承受住"我怀孕了"这样一个消息。在她看来，这句话是如此的索然无味、俗不可耐，听起来就像是肥皂剧中会被安插在未成年情侣之间的老掉牙台词。

何况，这话说出来也未免太学术了。由于失误或是避孕套使用不当，你的精子正好碰上了我的卵子，导致我的经期晚了。我已经测试过了尿液中的孕尿激素，情况就是这样。

暂且不说这些，帕特里克是否真的想过再要一个孩子呢？还是说他根本就没有想过这件事情呢？她本以为他是想要孩子的，但是现在回忆起来，她的信念全都是建立在一些微薄的证据之上的，例如他是如此宠爱自己的儿子，在与陌生人手中怀抱的婴儿擦身而过时也曾经露出过温柔的笑容，等等。此外，他的母亲也希望他能够再生几个孩子，而他又是一个孝顺的好儿子。他是个优秀的男人，优秀的男人自然是想要多多生育的，这就是人类传递优良基因的生理必然性。

事实上，他之所以会对别人的孩子微笑，也有可能是在想：感谢上帝，我早就不用再去担心这种事情了。

想到这里，她不禁打了个冷战。真的是太荒谬了。她本以为自己是如此地了解他——他害怕蜘蛛，他不知道吃黄瓜有什么好处，他还曾经和一个叫做布鲁诺的男孩打过架——但她竟然不知道这最关键的一点。

毫不夸张地讲，就算他真的想过再要一个孩子，他们俩又该怎么做呢？

他们是否应该搬到一起居住？她家还是他家？需要结婚吗？她一点儿也不想搬去和他同住。那里的浴缸实在是太浅了，厨房也很狭小，就连客厅的地毯颜色都对她的心灵有害。她是如此地享受在外公外婆留下来的这座房子里居住，工作，然后伴着海浪的声音酣然入睡。可若是强迫杰克从自己的家里搬出来，是否有点过于唐突了？对了，杰克会怎么看待此事？他有没有做好准备面对自己新出生的小弟弟或是小妹妹呢？

小弟弟或是小妹妹。这个想法不禁又让她的身体为之一震。这孩子不是男孩就是女孩，这一点早已经在受孕的那一刻决定好了。哦，我的天哪，她是真的怀了一个孩子。她突然觉得全身都很乏力，一种极度恐惧而又盲目愉悦的奇特感觉瞬间湮没了她的精神。一个孩子。

"艾伦，我们可以开始了吗？"

现在是下午两点钟，客户路易莎已经用完了洗手间。她那张精致得如雕塑般的脸庞正面带愠色地盯着她。艾伦总是莫名地察觉到，路易莎的心里仿佛正压抑着一股愤怒的暗流。她算是一个新来的客户，是茱莉亚母亲友人的女儿，而她之所以会来找艾伦看诊，是因为某种"不明原因的不孕症"。虽然说她在疗程开始之前就已经坦承自己并不相信"这些虚无缥缈的方法"，但最终还是决定放手一搏。她还提到，自己同时请了一位针灸师、一位草药师和一位营养师。想象一下，若是路易莎知道艾伦意外地、笨拙地、窘迫地、不合时宜地怀孕了，又会作何感想呢？这真是个极度不公平的世界。

✕

遇见帕特里克时，我已经快要四十岁了。所以我知道若是自己真的打算怀一个孩子的话，他就是我此生唯一的机会了。不过，我一点儿也用不着对他摇尾乞怜，因为他直截了当地便答应了我的要求，而且看起来还挺激动的——总是不停地跟我念叨着自己多么不希望杰克变成家里的独生子——不过，日子一天天过去了，由于我的肚子丝毫不见任何起色，他看上去也渐渐失去了兴趣。

他并不想谈及此事，也拒绝去看医生，甚至不愿意在最有可能受孕的日子里试上一试。他对我说："我不想听见你说你正在排卵期。"仿佛排卵是什么见不得人的事情似的。

坦白地说，他在这一件事情上确实做得有点儿混蛋。

但我还是原谅了他，因为我知道男人对于这件事有着不同的看法。他们在生理上就缺乏动机。

他对我说："萨斯基亚，我亲爱的，如果命中注定没有，就不要再勉强了。"

这话并不假。我们还有杰克。

不对，他说得不对。他还有杰克。我什么都没有，最后甚至连他的宠爱都失去了。

原来一切真的是命中注定。他的生命里还有一个命定的孩子，只不过不是和我一起拥有的。

✕

"什么？你说什么？你要请我去参加一个特百惠聚会①？"艾伦手中的电话线那一头坐着的是丹尼，她去年指导过的那个年轻催眠治疗师。

"哈！没错！"丹尼扯着嗓子回答道。此刻，他显然是在一家夜店里给艾伦打电话，这不禁让艾伦联想起了帕特里克的弟弟西蒙。他们这一辈人似乎拥有自己独特的方言、口音还是什么别的精神之类的，说起话来都是美国味十足，就连看待这个世界的角度也都是

---

① 特百惠聚会：特百惠品牌（Tupperware）创办的一种"家庭理家会形式"的聚会式营销模式。

同样的玩世不恭,就好像身后没有任何的牵挂。这也许都是科技的错,它使得这一代人将自己的精力全部都投入到了指尖之上。

或许当年只有二十四岁的艾伦在别人的眼中也是这样的一个年轻人?不。她可从来没有对任何事情采取过随随便便的态度。

"等一下,让我到外面去跟你说。"丹尼说道。

我怀孕了,丹尼。怀孕了。也就是说,我就要生小孩了。可我认识这个男人才只有三个月的时间。如果你刚刚交往了三个月的女友告诉你她怀孕了,你会怎么做?

"OK,好点儿了吗?"背景中嘈杂的噪音消失了,"我的意思是说,你知道什么是特百惠聚会,对吧?我站在吧台边听着两个可能已经当了妈的中年妇女大聊特聊自己的减肥计划和私人教练,以及如何在跑步机上消耗掉一份烤土豆的热量。从语气中你就可以听得出来,她们对于这些无聊的事情有多么热衷。"

"我有点儿没明白你的意思。"艾伦回答。

"催眠聚会!我想要举办一个减肥催眠聚会!就是说,我要把这些女人都集中到一起来进行集体催眠,帮助她们减肥。我想要用你教给我的弗林的那套快速引入法的技巧——他不会介意的,对吧?总之,这些女人应该很容易就能够进入状态。然后,我会使用一套标准的脚本,再加上几句正面的肯定——好让她们以后在看到烤土豆或者打开冰箱的时候心里就会产生一种莫名的厌恶感。不过我猜她们还是需要给自己的孩子做晚餐的吧。不管怎么说,我会把所有的细节都搞定的。你觉得怎么样?"

"我不是很——"艾伦开口说道。

"真的是太完美了!你觉得我能从中侥幸赚到多少钱?"

"嗯,这我可不知道。"艾伦回答,"我还是比较喜欢个人订制的疗程——"

"毕竟她们花了那么多钱在私人教练身上。说不定我可以帮助她们获得更好的效果呢。"

"也许你真的可以。"

丹尼是个万人迷，所有的女性都会拜倒在他面前。同时，他也是艾伦的催眠治疗法概论课上唯一的男学生，不仅风度翩翩而且魅力超群。他最擅长做的事情就是能够让你顺理成章地以为他的眼里只有你。在艾伦的课上，他总是会坐在教室的右后方，而艾伦注意到全班的女同学都在不自觉地朝他的方向倾斜过去，就像是被微风吹动的花丛一样。

这时，艾伦听到在电话的那一端有个女孩大喊："丹尼，我们在到处找你呢！"

你们当然在找他了，艾伦心里想着。每当丹尼与你进行眼神交流时，总是会深情地盯着你的双眼。这是一种天赋，毕竟并不是所有男人都能够在这样做时还不会显得过于猥琐。

"啊，总之，我得走了。这个主意是我刚刚才灵光一闪想出来的，所以想来问问你的想法。我会再给你打电话的，好吗？对了，你怎么样，艾伦？抱歉，我都忘了问候你。"

他听起来并不像是在敷衍了事，而是真心地在乎她的近况。或许他并没有说谎，或许他只不过是个出色的推销员而已。

"我很好，丹尼。你去吧。"

那天深夜，艾伦一边没精打采地窝在沙发里看着《男才女貌》，一边用手指吃着一盘烤土豆。这就是她晚餐时唯一想要吃的东西。

实际上，这并不是她有生以来第一次对于某种特定的食物产生强烈的食欲。但是，既然她已经怀孕了，就更觉得自己有权将这种欲望定义为"渴望"了。也许是孩子想要吃土豆呢。

又或许是因为丹尼提起了烤土豆，才使她的潜意识乖乖地服从了这个暗示。

她默许着这些想法和词汇静静地飘过她的脑海——既然我已经怀孕了……孩子……渴望——仿佛自己是在做什么不合法的事情似的。她不能就这样冒冒失失地冲进那个专属于母亲的复杂世界里，可手里却连一张像样的入场券都没有，对不对？那什么才是入场券呢？结婚证吗？就在昨天，生小孩这件事情对于她的未来还是个天方夜谭；而今天，就在开车去了一趟药店之后，她就已经边满足着自己对于烤土豆的渴望，边想着有关孩子的事情了。接下来，她还想要吃些腌黄瓜和冰激凌当做甜点。

手中的碳水化合物和眼前的垃圾节目让她进入了一种半梦半醒的状态。她感觉自己的脑袋就像是被塞满了棉絮一样轻飘飘的。

婴儿的大脑。

够了，艾伦！

电话铃响了起来，艾伦放下盘子，嘴里嘟嘟囔囔地念叨着从沙发上爬了起来。现在，就连她走路的姿势都像极了一个孕妇，一只手还从背后撑着自己的纤纤细腰，并尽力让自己站得笔直一些。她还真是这个世界上最容易受到暗示的人。

电话是她的教母梅勒妮打来的。这很好，因为梅尔从不喜欢在电话上多讲，所以总是急急忙忙地就要结束对话。这样一来，在她匆匆交代完自己要说的话之后，艾伦就可以坐回沙发上继续观看电视里那些如绣花枕头般的美女和招人喜欢的怪异书呆子了。

"我只是想要告诉你，我很喜欢帕特里克。"梅尔在电话的那一端说道，"我真的真的很喜欢他。和乔恩那个自负的讨厌鬼相比，他可强多了。我这么说希望你不要介意。"

"那个自负的讨厌鬼就要和别人结婚了。"艾伦回答。

"哦，是哪家的可怜姑娘呀？"梅尔真诚地说道，"幸亏你早日脱离了苦海。"

就这样，乔恩的事情被她安全地锁在了记忆中的一个专属的档案柜里。艾伦的心里突然对自己的这两位教母激起了一种无限的感激与喜爱之情。菲莉帕今天早些时候也打了电话过来，在艾伦的语音信箱里叽里咕噜地留下了一串有关灵魂伴侣和婚礼钟声的留言，还问她自己这把年纪做伴娘是不是太老了些。当然了，艾伦的母亲还没有做任何表态。

"你妈妈也喜欢他。"梅尔说道。

"她真是这么说的吗？"艾伦追问。

"嗯，不是。"梅尔承认，"但我能够看得出来。说到你妈妈，你周五晚上难道没有看出些什么来吗？"

"没有。"艾伦费力地将自己的思绪拽回周五的晚上，开始回忆母亲的一举一动是否正常。当晚，艾伦的全部注意力都集中在了帕特里克的身上，因此根本就没有花费太多的时间去观察母亲。

"什么？"

"哦，真的没什么。只不过她最近有一点，嗯，神秘兮兮的，好像有什么事情没有告诉我们似的。"

哎，我现在在自己身上还背负着一个天大的秘密呢，哪里还有时间去关心我母亲的秘密？我才应该是那个大摇大摆、引人关注的对象吧？为什么我的母亲不能够像帕特里克的母亲那样做一个沉闷保守、本本分分的女人呢？

这些孩子气的想法像幻灯片似的闪过艾伦的脑海。她一脸渴望地转过头去望了望她的烤土豆以及不远处闪着彩色亮光的电视机。

"你不会是觉得她生病了还是怎么了吧？"她突然惊慌失措地问了一句，似乎是想要弥补自己如此自私的想法。

"不，不。"梅尔回答，"我居然会害你担心起来，真是愚蠢。她健康得很，前几周还在网球场上把我打得片甲不留呢。也许是我想多了吧，我只不过是想要找个人八卦一下罢了。不用管我。重点是，我打电话来是为了告诉你我真的很喜欢帕特里克。我不打扰你了。有空再聊！"

她就这样挂上了电话。没有谁能比梅尔挂电话的速度更加令人措手不及了。和她正好相反，菲莉帕总是能花上至少二十分钟的时间来结束一段对话。如果向她通报她母亲有些反常的人是菲莉帕，艾伦恐怕也不会放在心上。但是梅尔并不是一个会凭空捏造事实的人，因此她的母亲肯定是在隐瞒什么。毕竟谁没有属于自己的秘密呢？

"我自己就有一个秘密。"艾伦大声地自言自语道。这是一种不同寻常的感觉。艾伦已经记不起自己上一次背负如此惊天动地的大秘密是什么时候的事情了。

只有你和我，孩子。我们两个是唯一知道这件事情的人。

为了这句话，她能够把秘密保守上很长的一段时间。

就在她刚刚吃完盘中一半的烤土豆时，电话再一次响了起来。这一次是茱莉亚打来的。

"我真不敢相信你居然给我介绍了一个站起来还不到我腋下的男人！"她尖叫着喊道。

"对不起。"艾伦的嘴巴已经被食物给塞满了，"我也不知情。"

此刻，她是多么想要说出那句"我怀孕了"的话，好让茱莉亚的尖叫声能够再上一个八度呀。

"而且他看上去就像是活生生从《农夫想要找个老婆》节目里走出来的似的！"

"其实我倒是觉得他有点迷人。"艾伦回答。当然，她必须抑制住将自己怀孕的事情泄露出去的冲动，因为帕特里克才应该是第一个知情的人。

"我并不是说他不够迷人。"茱莉亚说道。

艾伦的眉毛一下子高高地挑了起来。"我明白了。"

"你和帕特里克离开后，他送我走去取车，然后还邀请我一起去喝一杯。"

"你怎么回答的？"

"我回答好呀。显然，我只是把他当朋友而已。"

"显然。"听到茱莉亚语气的转变，艾伦觉得心头一热。那个固执而又冷漠的茱莉亚已经不复存在了，而艾伦已经有好多年都没有听到过茱莉亚这样说话了。

"我知道他的真名叫什么了。是山姆。我就知道他不叫布鲁斯。哦，嘿，我忘了告诉你，我爱死帕特里克了！他真是个好男人，算得上是男人中的极品。这回可不要搞糟了哦。"

"谢谢你如此自信地投他一票。"

"我是说真的，艾伦。他值得你好好珍惜。"

"好吧。"嗯，这下倒是方便多了，我正好怀了他的孩子。

"我的意思是说，乔恩太自恋了。"茱莉亚沉思了一下说道。

"大家为什么总是如此的后知后觉呢？当初我和他在一起的时候，每个人都表现出了一副很喜欢他的样子。"艾伦愤恨地回答，"不管他讲些什么笑话，你们都会笑得前仰后合。"

"是呀，他确实是挺风趣的。"茱莉亚似乎有点儿分心，假意附和了一句，"你是不是在看《男才女貌》？看到那个一头金发、双眼微凸的女孩了吗？你难道不觉得她长得有点像个杀人犯吗？说到杀人犯，你可从没告诉过我帕特里克的跟踪狂还曾非法闯入过他家！"

"我也不知道。"艾伦转过头去看着电视屏幕上的那个双眼微凸的女孩。其实她早就把这条有关萨斯基亚的新发现给忘得一干二净了。若是她发现艾伦怀孕了，会作何反应呢？这个消息会不会就此治愈她呢？还是反而会将她推入失控的边缘？她是否也曾经想过要和帕特里克生一个孩子呢？

"好啦，我得挂了。我的手机响了。可能是山姆打来的呢！回头再聊！"

茱莉亚挂上了电话。可就在艾伦坐回沙发重新捧起那盘烤土豆时，电话再次响了起来。

"你好，亲爱的。"是帕特里克的声音。出于某种原因，帕特里克每次和她打招呼时总是会装出一副低沉的美国牛仔口音。"你在干什么呢？"

"看电视……吃土豆。"艾伦感到有点愧疚，仿佛她无法将自己怀孕的消息告诉他就是对他的背叛似的。但这种事情终究还是不适合透过电话让他知晓的，难道不是吗？还有，老实说，艾伦现在还不想知道帕特里克对此有什么看法，因为就连她自己也还没有理清自己的思绪呢。也就是说，帕特里克的感觉只会为这件事情平添更多的烦恼。若是他对此格外兴奋，反而会让她退却：这一切都发生得太快了，简直是错得离谱，而最明智的选择就是打掉这个孩子。若是他大惊失色，建议她去做流产，她肯定会伤心欲绝。话说回来，她是想要保住这个孩子的！若是他说出"无论你做出什么样的选择，我都会支持你"这样的话来，她又会大为光火。毕竟这是他们两个人共同的问题，而不是她一个人的困扰。所以总的来说，她想不出任何一种这个可怜的男人能够让她感到顺心的反应。

"你今天过得怎么样？"她努力让自己的声音听上去自然一些。

"本来挺好的，直到你知道的那个人出现在我的办公室里。"

"我知道的那个人？"艾伦问道，"哦，当然了。我知道是谁了。"可怜的萨斯基亚，帕特里克居然到现在都拒绝称呼她的名字。

"她比以往更疯狂了，哭喊着念叨着孩子的事情。"

"孩子的事情。"艾伦默念了一句，整个人吓得半死。难道说帕特里克已经知道了吗？还是说有什么可怖的力量正在冥冥之中暗示她把真相说出来？

"她都说了些什么有关孩子的事情？"她一边提问，一边用手指缠绕着外婆的电话上那条卷曲的电话线。（这是一部绿色的座机，至今已经有三十多年的历史了，而且使用的还是那种需要用一个指头慢慢划拨的圆形拨号盘。）

"哦，我也不知道。说真的，我什么也没有听进去。我还劝她去找个心理医生看看病。但她硬是塞了一封信给我，还恳求我一定要读一读。"

"你读了吗？"

"当然没有了。我很多年前就已经不再读她写给我的任何东西了，里面都是差不多的陈词滥调，全都是些废话。好了，嘿，你想不想要离开悉尼，出去过个长周末？我突然很想要坐上飞机逃离这么寒冷的天气。而且我正好收到了一封推销前往诺沙的廉价机票的邮件。这简直就是在暗示我们应该出去共度一个浪漫的长周末嘛。鉴于上个周末发生的种种，我想要单独和你在一起待上几天。"

艾伦沉默了一会儿，什么话也没有说。这个提议让她顿时感到了一种无法抵抗的倦意。她势必是要收拾行李的，还要戴上一顶女孩子外出度假时都喜欢的宽檐大帽子。而且，她一时间有点儿想不起来自己把太阳镜放到哪里去了。她已经很久都没有看见过它了。于是，这副墨镜的失踪似乎就成为这次旅行中不可逾越的困难之一。

"你懂的，泳池边的鸡尾酒，舒舒服服地赖个床，然后躺在沙滩上。"帕特里克的语气似乎有点儿犹豫，听上去并不确定自己是否应该继续说下去，"或者我猜，你是不是觉得自己本来就住在海边，所以听到诺沙并没有感到很兴奋？"

听到这里，艾伦振奋了一下自己的精神。她可爱的新男朋友正提议要带她外出度周末呢，她应该感到喜不自胜才对。

"不是的，不是的，听起来棒极了，正好是我们两个都需要的。"

帕特里克的声音一下子就平顺了许多，似乎是如释重负。"我已经和妈妈商量好了，她答应这个周末帮我照看杰克。哦，顺便说一句，我全家都很喜欢你。我弟弟还称赞你是个大美女呢。我对他说，不准动手，臭小子。"

"是吗？"艾伦感到有点受宠若惊。西蒙还是个年轻的小伙子呢！走着瞧吧，乔恩。

如果帕特里克的家人知道了她怀孕的消息，会作何感想呢？这时，她不禁想起了他家电视上悬挂着的那个十字架。帕特里克曾经说过，他们都是保守的天主教徒。虽然说在今时今日的社会风气影响下，他们大概也能猜到帕特里克已经和她发生过关系了，但还是一时间无法当面接受这样的消息吧。他的母亲会不会突然打电话来骂她是个水性杨花的贱女人？

"你下周一能休假吗？"他问道。

"我手头有几个预约，不过我应该是可以和客户商量改期的。"

"太好了。我真的很期待。我爱你。"

"我也爱你。"

挂上电话，她端起了那盘烤土豆，起身想要把它倒掉。

她准备在下个周末对他坦白，而且她之所以这样做自然有她的道理。他们谈话的地方将是一个中立的地点，既不是他家也不是她家。他们会躺在特大号的卧床上，身上缠绕着酒店雪白的床单。若是没有平日里的那些纷扰琐事的打搅，相信他们得出的解决方案也一定会是利索而又得体的。

"帕特里克，我亲爱的。"她会像电影里演的那样，一边把雪白的床单拽到自己的胸部，夹在腋下，一边性感地散着蓬乱的头发开口对他说，"有件事我必须告诉你。"

就在她将剩下的半盘土豆通通都倒进垃圾桶里时，突然在冰箱的顶部看到了那副失踪的墨镜。

没错，一切都会好起来的。

✕

结束了与催眠师的会面，我驾车径直驶向了公司。走去办公室的路上，我小心翼翼地保持着缓慢的步伐，因为我感觉自己仿佛已经碎成了成千上万个细小的碎片，生怕任何一个细微的小动作就能像电影特效那样让我整个人瞬间分解。

"你看起来好像不太舒服。"我的上司对我说。他一直都以为我是因为背痛的问题在接受理疗师的治疗。我之所以会随口编造出这个借口，是因为他去年一整年都备受背痛的困扰，因而特别喜欢与别人探讨这方面的话题。

我说自己确实不太舒服，于是便和他聊起了有关腰椎间盘突出、伸展运动和抗发炎药片的话题，直到他想起自己开会迟到了。

接下来，我就投入了自己的工作。

我答复完了电子邮件，回复了几通电话，清空了桌上的收文篮，还写了五页的报告。

我的工作做得很好，不仅做事干脆利落、效率极高，而且十分勤勉用功。因此，我在职场上一向是备受尊敬的。我不知道如果同事们知道了我将整个午休的时间都用在了站在前男友的办公室里哭闹会作何感想，也不知道他们若是知道在我完整的外表下其实有着一颗支离破碎的心又会有何反应。

我将自己在催眠师办公室外书写的一封信交给了帕特里克，里面除了满满的愤怒之情之外，也许言之无物。

然而一切都是毫无意义的，因为我预感他根本就不会再读我写的信了。

这就是我愤怒的原因——我根本就无处发泄。他的眼中早已经没有我了，仿佛我正一次又一次地用自己的头撞向一面冷漠而无动于衷的巨型悬崖，直到将自己撞得头破血流。无论我做什么，他都不会改变自己对我的看法了。无论我做什么，他都不会再认真地看上我一眼了。

而我大概是没办法接受这样的结局的。

如果他像我母亲一样死去了，我也许还能够接受他离开的事实。但他并没有死，他还活着，而且是把我当做和他的妻子一样死了那样地活着，仿佛他可以名正言顺地继续活下去，然后找另一个女人来代替我，甚至还让她怀上了自己的孩子。

若是有人能够告诉我如何才能让这份疼痛和愤怒停止下来，我一定会乖乖地照做。

说来也真是奇怪，有时候，当我坐在催眠师的办公室里看着阳光在墙面上欢快地蹦跳时，总是会忍不住想要开口对她说："艾伦，请帮帮我。"

我想，若是我真的开了口，她一定会帮我的。

10

旧地重游

想要减肥瘦身，却又苦于无计可施？现在，在执证专业临床催眠治疗师的帮助下，你和你的朋友们在家就可以想瘦就瘦！快来报名承办催眠派对吧！（承办活动的女主人还能获得特殊大礼哦！）

——全彩宣传页（发行量：10000份）

出品人丹尼·霍根

周二晚上，正当艾伦准备收拾自己的度假行装时，突然传来了一阵敲门声。

"出什么事了？"艾伦问道。此刻站在门口的是她满脸堆笑的母亲，手中还提着一瓶葡萄酒，好像是要来参加晚宴似的。

"我'正好路过'。"安妮解释道，"别那么慌张。我正好在这附近吃晚餐，突发奇想决定要来看看我的女儿。看在老天爷的分上，你的脸色看起来怎么那么苍白？这也不是我头一次不请自来了，难道不是吗？"

"当然不是了。"艾伦向后退了一步，好让她进来，"你是从不会顺路过来看我的。"

"我真不敢相信你还没有换掉这些墙纸。"安妮边说边轻蔑地用指尖摸了摸走廊上的墙壁，"要是我，早就把它们通通都撕下来——"

"刷上一个好看的中间色了。"艾伦接话道，"我知道。你跟我说了。可我也告诉过你，我很喜欢这些墙纸。它们让我想起了外婆。"

"就是因为这一点。"安妮小声地嘀咕着。她走进厨房，在路过那橘黄色的工作台时抽搐了一下，好像她以前从未见过它似的。她之所以这样做完全是为了要显示自己的品位已经有所长进。要知道，她可是在这间温馨而又宽敞的屋子里（还包括屋后的那片沙滩上）度过了一个十分悠闲的童年的。可她却不知为何硬要假装自己是在某间惨白的小屋里长大，现在又搬去了巴黎似的。

"来杯葡萄酒吗？"安妮问道。

"不了，其实我已经不想再喝了。"艾伦回答，"上个周末实在是过得太放纵了，所以我决定这一整周都滴酒不沾。"

何况我还是个怀有身孕的人呢，妈妈。

这个想法在她的脑海中一闪而过，却又莫名其妙地让她感觉毫无意义。虽说自从她周一做过验孕测试后一切都未曾改变，但那份最初的震惊感已经逐渐消退了，而她也开始越来越不在乎自己的腹中正怀着一个孩子的事实。除了当晚对于烤土豆的"渴望"之外，她并没有体会到任何的症状，甚至和平日里也没什么两样。当然，她也曾想过自己是否流产了，毕竟她已经是个三十多岁的人了，而这个年纪的人怀孕之后就应该多补充些维生素，然后预约一位医生去验血。一想到这一点，她马上就感觉精神振奋了许多。如果她对此大惊小怪或是考虑过多，这一胎说不定就会悄无声息地流掉，直到她准备好了要认认真真地做一位母亲时再回来。

"哦，好吧，那我也不喝了。"她的母亲说罢便顺手将酒瓶放下，然后开始用指关节轻轻敲打着桌面。正是这个一反常态的无意义动作让艾伦一下子就联想到了梅尔几天前提到的母亲有些"神秘兮兮"的事。

"你还好吗？"艾伦问道。

"我？我很好。非常好。"她停止了敲打，轻轻地摇了摇头，"那么,我们要不要喝杯茶?我突然跑来敲门的时候,你正在干什么呢?"

"打包行李。"艾伦一边回答一边把水壶放在了炉灶上,然后小心翼翼地挑选出了外婆留下的两个满是花朵图样的老贵妇风格茶杯浅碟组合, "我准备和帕特里克出去度周末。去诺沙。"

"啊,帕特里克。"安妮重复了一句,顺势坐在了桌旁, "我真的不需要用一整组的杯具。我又不是个七老八十的人。"

艾伦没有理会她,自顾自地端出了茶壶。

"泡个茶包就可以了!难道说你才是七老八十了吗?"

"好啦,总之你觉得帕特里克怎么样?"艾伦边热着茶壶边问道。其实她这么做只是想要惹恼母亲而已。"梅尔和皮普都给我打了电话,说她们很喜欢他。"

"是吗?"安妮反问道。为了盖过电水壶里的水沸腾时所发出的声音,她不得不提高了嗓门。"嗯,我当然也不是不喜欢他。你真该换掉那个水壶了。"

艾伦放下了手中的壶。"这话是什么意思?"

"我是说它实在是太吵了,听上去就像是有一架飞机要迫降似的。"

"不,你说你'不是不喜欢'帕特里克,这话是什么意思?"

"他这个人无伤大雅。"安妮回答。

"这话也未免太没有礼貌了吧!"艾伦感到有点不可置信,于是半开玩笑地说了一句。

"如果你想听真话的话,我总觉得这个人有什么不对劲,有点儿冷漠。"

冷漠!想必这话也就是她这位热情、可爱而又慈祥的母亲才能够说得出口。

"哦,你现在倒是成了一个独具慧眼的人格评判专家了。"艾伦也在桌边坐了下来，发现自己倒茶的那只手微微有些颤抖。这是愤怒。她在替帕特里克感到愤怒。

"好了，是你问我的嘛。"安妮说道，"我并没有说我是对的。我只把自己的感觉告诉了你而已。"

"你还觉得乔恩很完美呢。"

"乔恩是个好小伙子。"安妮充满怜爱之情地笑了笑，仿佛乔恩是她的一位亲密的老朋友似的。

"梅尔某一天晚上还曾对我说过，乔恩是个自负的讨厌鬼。他不仅极其尖刻，而且对待我就像是对待白痴一样，就差用恶毒的言语来中伤我了。"

"哦，艾伦，他才不是那样的人呢。不要试图改写历史，尤其是别想要把自己重新塑造成这段感情的受害者。我最痛恨的就是如今那些抱有受害者心态的女人。只不过是一段失败的感情而已嘛，他又不是什么邪恶的怪物。"

"乔恩让我过得很不幸福。"艾伦的声音已经有些颤抖了。他就是一个邪恶的怪物！说到这里，她不禁想起了自己刚满十五岁的那一年。那时候她体内的荷尔蒙正在疯狂地飙升，以至于她和母亲之间的每一段对话几乎都是以艾伦的号啕大哭来结尾的。"可帕特里克却让我感觉很幸福。"

"好吧，这就是最重要的了。"安妮说话的语调听起来和艾伦十五岁时所听到的一样轻快活泼、通情达理而又使人感到宽慰，"你不必听我的。看看我的感情史，我对男人又能了解多少呢？"

"一窍不通。"艾伦顺势补了一刀，"你对男人简直是一窍不通。"

听到这话，她的母亲一边举起了手中的茶杯一边扬起了眉毛。"我不是故意想惹你不高兴的。"

"哼，你就是故意的。"艾伦闷闷不乐地顶了她一句，看上去就像是个未成年的少女。她那些高级的情商今天都跑到哪里去了？

"我很抱歉。我真的很抱歉。"安妮笨拙地拍了拍艾伦的肩膀，"你看上去脸色有点儿惨白。"

"也许是因为我怀孕了吧。"艾伦说着已经是泪如雨下了。

周二的时候我请了假，又带着自己那崭新的花哨冲浪板去了阿瓦隆海滩。

以前我从未做过这样的事情，因为这并不符合我从小接受过的教育。若是我的母亲知道了，一定会吓得不知所措。在她看来，能够拥有一份稳定的收入就已经是一件再美好不过的事情了；何况，作为一个女人，我就更不应该认为这是什么理所当然的事情了。我至今还记得她在向外人提起我毕业后的第一份工作时，声音里是如何充满了荣耀之情的："萨斯基亚找到了一份工作。"

一次，我偶然和她说起了有关"工作满足感"的话题，害得她的语气里一下子就充满了挫败感。"但是，亲爱的，他们给了你薪水呀！"她很担心我会对自己的上司不敬，因此也一定会认为请病假是一件疯狂、冒险且又没有礼貌的事情。

对不起，妈妈。我需要拥有一个"心理健康日"。

"心理健康。"她肯定会轻蔑地发出哼哼的声音。

她从不相信诸如抑郁症或是厌食症之类的现代疾病。当她朋友的儿子被确诊为临床抑郁症时，她就曾一脸嫌恶地说过："这个愚蠢的男孩子到底在烦恼些什么呀？他有一份不错的工作！还有自己的老婆和孩子！"

　　但是她却相信失去了亲友就应该缅怀，家里添了新丁就应该喜悦。她还相信爱情，相信婚姻，相信普通健康食品，相信美籍西班牙人，相信大房子，而除此之外的一切都是"愚蠢的事物"。

　　我不知道在帕特里克和我分手的时候，她有没有说过我愚蠢。她是如此地宠爱他。当然了，她也很宠爱杰克。她是真的把帕特里克当做是自己的女婿，而把杰克当做是自己的外孙。

　　我猜帕特里克如今应该已经见过催眠师的父母了吧。他肯定会彬彬有礼地和催眠师的母亲聊着天，只为了要给她留下一个好印象，仿佛当我那贴心的母亲从未存在过，而只是把她之前的种种行为都当做是在练习如何做一个真正的岳母——哦，这一切简直让我怒不可遏。

　　我已经不再拿起电话给我的母亲打电话了。自从她去世后，我已经好久都没有这么做过了。不过，我也曾拨过几次她的电话号码，但在想起她已不在之后便快速地按掉了，以防被某个陌生人接听起来。虽说我已经不会在电话铃声响起时想到"那是我妈妈打来的"了，但我还是很想念她，每一天都在想念着她。

　　从理智的层面上来看，我理解父母的离世是生命发展过程中自然而然的一个步骤，因而是完全可以接受的。没有人会认为一个病入膏肓的八十岁老妇人的去世是一场悲剧。在她的葬礼上，我能够听到微弱的啜泣声，看到红肿的婆婆泪眼，但是没有人撕心裂肺地哭喊。如今回想起来，我当初就应该允许自己痛痛快快地哭上一回，我应该一边哀号一边捶胸顿足地趴在她的棺木上。

在她的葬礼上，我读了一首诗，一首我猜她应该会喜欢的精致而又感人的诗。可我真应该当着众人的面说出自己的心声。我应该说：没有人能像我母亲一样强烈地爱着我。我应该说：你们都以为自己是来参加一个亲切的小个子老太太的葬礼，可这个葬礼实际上是为一个叫做克拉拉的女孩举办的，她最喜欢把自己浓密的金色齐腰长发编成一条发辫。她爱上了一个在铁路上工作的男子，并与他生活了许多年，一直都想要一个孩子。当克拉拉终于怀孕了的时候，他们在客厅里高兴地跳起了舞。不过他们的舞步是那样的轻缓，生怕伤到孩子。女儿出生后的前两年是克拉拉生命中最快乐的日子，但是她的丈夫不幸去世，将抚养孩子的重任留给了她一个人。那时候还没有"单身母亲补贴"这种东西，甚至连"单身母亲"这个词都不存在。

我应该告诉他们，在我还在读书的时候，若是气温骤降，母亲一定会出现在学校的院子里，为我送来一件夹克衫。我应该告诉他们，她恨透了花椰菜，以至于连看都不愿意看它一眼，但却爱极了英国电视剧《法官约翰·迪德》里的男主角。我应该告诉他们，她喜爱读书但却是个糟糕的厨师，还曾经试图边做饭边阅读她刚从图书馆里借回来的书，以至于把晚餐都烧糊了，还在书页上溅上了食物的汤汁，于是她只好花了很长的时间试图用茶巾的一角擦拭那些污渍。我应该告诉他们，她将杰克视作是自己的亲外孙，还特意为他做了一条他最喜欢的赛车图案棉被。我应该双手紧紧地抓着讲台的两侧，不停地重申：她不只是一个矮小的老太太。她是克拉拉。她是我的母亲。她是最棒的。

然而我却仅仅念了一首小诗，然后就坐了回去，握住了帕特里克的手。事后，他帮助我端茶给母亲的朋友们，还憨态可掬地和那些老太太聊起了天。望着这个画面，我从没有想到过"我从此再也没有家了"，因为帕特里克一直都在牵着我的手，而杰克则会在悉尼机场飞奔着跑进我们的怀里。我还知道，帕特里克的母亲一定会在冰箱里留下一大碗俄式牛柳丝，因为她知道那是我最爱吃的一道菜。

然而，短短四周以后他却突然对我说："我觉得一切都该结束了。"

我的思想一直在无穷无尽地兜着圈子。如果我能够打电话跟妈妈聊一聊帕特里克的事情，心里也许会好受一些。但是妈妈已经不在了。如果我能够和帕特里克聊一聊自己不相信妈妈已经去世的事情，心里也许会好受一些，但是帕特里克却再也不想要我了。如果我能够带着杰克去公园里走走或是去看一场电影，心里也许会好受一些，但我已经不再是他的妈妈了。如果我能够去探望一下莫琳，心里也许会好受一些，但是她也已经不再是我生活中的一个亲人了。

我的生命中没有那么多人可以来弥补我所失去的一切。我没有多余的姨母姑妈、表兄弟姐妹抑或是祖父母来为我撑腰，也没有任何保险来赔偿自己所遭受的损失。

这样的痛苦是如此的真切：就好像我的皮肤被一块块地撕扯了下来，从此永远都无法复原。

可如今，催眠师却怀上了他的孩子。

妈妈，我知道这是一份不错的工作，他们还会付给我薪水，但自从我看到了催眠师的验孕结果之后，每当我坐在办公桌前时，脑海里总是会闪现出一些奇怪的画面。有时，我会想象自己将一杯热乎乎的咖啡径直泼在同事的脸上，或是撕掉自己所有的衣服、裸着身体骂着脏话在会议室里来回奔跑，或是拿起一把剪刀疯狂地用利刃一遍遍地扎着自己的大腿。这些都是你不会理解的，而这些疯狂的念头也不只是我灵光一闪才想出来的。

所以我才会请了病假来到海边学冲浪。

冲浪比我想象中的要难学很多。冲浪板很光滑。它为什么会这么光滑呢？我根本就无法用腹部将它紧紧地压住，因而总是从上面滑下来。我在一旁观看别人冲浪时就从没有见到过这种情况，所以感到既生气又疲惫，甚至怀疑是不是连冲浪板都不愿意要我。

当我终于可以稳稳地压住冲浪板时，却怎么也抓不住时机赶上那浪潮。

我想到，别人都可以找到真爱、生儿育女、建立家庭，为什么我就不可以呢？

我想到，别人都不会对自己的前男友死缠烂打，为什么我就不愿意放手呢？

我也想过就这样让自己任性地随着冲浪板漂到大海里去，但这未免也太浪费了，何况我对于自己偷懒请假的行为已经感觉够惭愧的了。

我冻得一边吸着鼻涕一边朝车子的方向走去，心情糟透了，甚至觉得连自己用手臂夹着那块冲浪板的样子都有点儿不得法。这时候，我突然看到了自己穿着红色连衣裙在海边睡着了的那一天曾经遇到过的鬈发男子。他正惬意地用一只手臂夹着自己的冲浪板沿着沙滩向我走来。

"冲浪的感觉如何？"他问道。

"蠢极了。"我在回答的同时并没有停下脚步。

当我回到自己的车里时，手机正好响了起来。

是催眠师打来的。

✖

第一次一起坐飞机的经历似乎让艾伦和帕特里克变得格外健谈，

也异常兴奋。当看到空姐板着脸做着安全示范时，两人都不约而同地咯咯笑了起来，可身边的人看起来却并不觉得这有什么好笑的。虽然他们早就买好了要在飞机上阅读的小说，但却总是忍不住把书放在腿上聊起天来。

帕特里克看起来更是格外的兴致勃勃。

"我甚至都没问过你以前去没去过诺沙。"飞机起飞的时候他问了一句。

"没有。"艾伦回答，"你呢？"

"我只去过一次。"帕特里克说，"实际上，那正是我认识萨斯基亚的地方。"

艾伦注意到，他很少像现在这样如同谈论一个正常的女孩一样和她说起萨斯基亚。

"你们是怎么认识的？"她轻声问道，努力让自己的语气听上去不会显得过于热心。

"我们都是去诺沙参加一个会议的。"帕特里克回答，"我有没有提过她是个城镇规划师？总之，我在一个讲习会上坐在了她的旁边。说来也奇怪，我那时总觉得自己因为受到了科琳去世一事的打击而变得有点儿精神失常，而萨斯基亚在我看来却是那样的理智。她喜欢丛林远足，于是便带着我到国家公园里去做了一次非常有意思的徒步旅行。我从没有做过任何的体育锻炼，因此心跳一下子就加快了。大口呼吸着新鲜空气，望着眼前的惊人美景，我仿佛感觉自己还是可以重获幸福的。"

"内啡肽。"[1]艾伦低声嘀咕着，"看来我们这周也要多走动走

---

[1] 内啡肽：亦称安多芬或脑内啡，是一种内成性（脑下垂体分泌）的类吗啡生物化学合成物激素。它能与吗啡受体结合，产生跟吗啡、鸦片剂一样的止痛和欣快感。

动了。"

等你攒足了让你感觉幸福的内啡肽，我再告诉你孩子的事情。

"好呀，我很愿意。那一阵子，萨斯基亚和我每个周末都会去做徒步旅行，但不久后她的腿就出了问题，走几步就疼痛难忍。这对她的影响真的很大。"

"出什么问题了吗？"艾伦追问道。这个故事听起来怎么莫名其妙地那么耳熟呢？难道说帕特里克以前就曾经跟她提到过萨斯基亚的腿不好吗？如果他真的提到过的话，她肯定是会记得的，因为她一直都在心里偷偷地囤积他所讲述的有关萨斯基亚的所有信息。

"没有人能告诉她到底是为什么。她换了一个又一个医生和理疗师，但就是没人能帮她。有一位专家曾经暗示她这一切有可能都是她凭空想象出来的，气得萨斯基亚直接转头就离开了。"

艾伦突然感觉到了一阵莫名的慌张，就连心跳都漏了一拍，仿佛她这才想起自己忘了关掉家里的煤气炉似的。

"有时候她甚至不得不搬着椅子到厨房里来坐着做晚餐。"帕特里克笑着回忆道，"这件事改变了她的性格。她曾经是一个十分热爱运动的人。我也曾试着同情她，但不久便心灰意冷，因为我对此也是无能为力的。她总觉得我对她失去了耐心，可情况并不是这样的。我能够体谅她的难处，真的。我之所以会觉得那样的心灰意冷完全是因为我没有办法治好她。这让我想起了自己在科琳生病的那段日子也曾体会过的那种无能的感觉，就好像你在眼睁睁地看着自己输掉战斗，却连拳头都挥舞不动一样。"

说到这里时，身边经过的空姐分散了他的注意力。他扭过头去看了看，问道："我们要不要花钱买些喝的东西？这样我们就不会这么低落了。这就是廉价航空的问题。"

这不可能只是个巧合吧，对不对？

她差一点就大声地把这句心里话给讲出来了。为了试探其中的可能性，她答道："哈！真有意思。我有个客户也遇到了一模一样的问题呢。"她知道这并不只是一个巧合，可她更希望帕特里克能够从中听出些端倪来。

黛博拉。

她姓什么来着？

黛博拉·范登堡。

此刻，她可以清清楚楚地看到黛博拉·范登堡的面容。她第一次见面时就迟到了，看上去不仅有点古怪，而且还有些鬼鬼祟祟的。不过，话说回来，她的很多客户第一次来看诊的时候都会有点古怪而鬼祟。这也许是因为他们此前从未看过催眠理疗师，因而不知道该作何反应吧。这些人还会警惕地四处张望，好像是在怀疑有人要拿他们开什么恶劣的玩笑似的。

"我的腿很疼。"她一边告诉艾伦，一边用手掌沿着自己修长而纤细的大腿外套着的蓝色牛仔裤边缘摸了摸。

她还告诉艾伦，自己有时候不得不坐着做晚餐，并提到过一个"虚情假意的医生"问她最近是不是"压力"很大。这位医生对于她病症的怀疑让她感到十分恼火，因此她说自己一句话也没有说便走出了诊所。

黛博拉就是萨斯基亚。

萨斯基亚就是黛博拉。

原来，她这么长时间以来一直心心念念想要见上一面的萨斯基亚早就和她相识。她不仅和自己说过话，还进过自己的家门。她的个子很高，十分引人注目，还长着一双颜色很特别的眼睛。那应该是淡褐色的吧，差不多是金色的，就像是老虎的眼睛一样。（艾伦常会注意到别人的眼睛，因为她自己从小就生长在母亲那双淡紫色眼睛所带来的阴影之下。）由于她衣着很得体，吐字清晰，所以艾伦从未想象过她竟然会是一个跟踪狂。虽说艾伦的脑海中也没有具体地想象过萨斯基亚应该长什么样子，但她总是觉得她大概是个身材矮小、双眼斜视、跑起步来像只发了疯的小老鼠一样的人才对。（为什么她会觉得高个子的人就不会发疯呢？难道是因为他们看起来就能够统治全世界吗？还是因为她仰慕他们，并觊觎他们的长腿？）

她感觉帕特里克将一只手轻轻地搭在了她的手臂上。"艾伦？你想不想喝点儿什么？"

有趣的是，艾伦居然还对她有点好感。黛博拉—萨斯基亚。艾伦很享受为她诊治、和她聊天的过程。有一次，她还对黛博拉—萨斯基亚脚上的靴子产生了浓烈的兴趣。在对方讲述了这双靴子是如何的舒适和美观之后，艾伦竟然跑去买了一双一模一样的靴子回来，花掉了她此生从未在鞋子上花掉过的一笔"巨款"。

她现在就正好穿着那一双靴子。

"不了，我很好。"她说着将脚下的靴子塞进了座位底下。

所以说，萨斯基亚到底是不是真的需要找人治疗她的病腿？还是说那只不过是一个借口而已？她的真正目的到底是什么？难道说她只是想要观察一下艾伦吗？（这就和艾伦很想要偷偷地观察一下乔恩的新未婚妻——那个牙科保健员是一个道理，只不过她可不会真的去找对方预约看牙，因为她也不至于那么感兴趣。更重要的是，若是她的伪装被人拆穿了，那不就尴尬了吗？）

帕特里克叹了口气，伸展了一下双腿。

"逃离悉尼最棒的部分就在于我不需要再担心萨斯基亚会突然出现在某个地方了。我甚至连手机都没有带，只给妈妈和杰克留了酒店的座机号码和你的手机号码。希望你别介意，我本应该先问问你的。"

"当然没问题。"哦，不，不，不。

"好了，这就是我这个周末最后一次提到那个女人了。我绝不会再说和她有关的任何一个字的，也不会再去想起她了。她就要从我的眼前消失了。我们正在进入一片没有萨斯基亚的区域。"

哦，上帝。艾伦有节奏地用两只手指轻轻敲击着自己的脑门。如果这件事听上去没有那么糟糕的话也一定很滑稽吧。或者至少有点可笑。

"怎么了？"

"我只不过刚刚想起了点儿事情。我走之前打算做的事情。"

她已经告诉了黛博拉，或者是萨斯基亚，他们这个周末准备到哪里去。她甚至把他们这一行的住宿地点也顺带着告诉了她。

那一天，艾伦拨通了她的手机号码，以便询问她是否可以推迟周一的约会。"我临时有事需要离开一下。"艾伦是这样告诉她的，"去诺沙度一个长周末。"

"我真羡慕你。"萨斯基亚用黛博拉那冷酷的声音答道，"我喜欢诺沙。你们准备住在哪里？"

"我想我爱人已经在喜来登订好了客房吧。"艾伦答道。爱人！她竟然称呼帕特里克为她的爱人！她为什么要这么说呢？她甚至一点都不喜欢这个词。也许是因为她觉得黛博拉是那种会认为"男朋友"这个词太过于孩子气的人吧。但是她为什么非要提起帕特里克不可呢？出于某种原因，她想要让黛博拉知道自己正在恋爱，因为黛博拉看上去是一位颇有魅力的四十多岁职业女性，想必身边也有一位坐拥葡萄酒庄园或是游艇码头的伴侣，不仅性生活的质量很高，而且显然也不会遇到意外怀孕的窘境。不管怎么说，她都希望黛博拉以为自己也拥有同样美好的感情。

就这样，由于她愚蠢而又有失职业水准地想要给某个客户留下个好印象（当然了，她一开始就不应该妄图引起这个人的注意），她已经让萨斯基亚不费吹灰之力地了解到了帕特里克和她正要到他们当初相识相知的地方去度过一个浪漫的周末了。

艾伦偷偷地瞄了帕特里克一眼。只见他将自己的头靠在了座位上，似乎是想让自己的脸部能够放松一下。

"直到我逃出来了才意识到她让我的日子过得有多么紧张。"帕特里克闭着眼睛说道。

艾伦低下头来，无声而又愤怒地用自己的掌根撞击着前额。她不但没能让帕特里克的生活变得更加洒脱，反而帮助和教唆了他的跟踪狂。她感觉自己的嘴巴里一阵干涩，于是抬起了下巴。萨斯基亚总不会一路跟踪他们到诺沙去吧，对不对？比方说，她会不会也订了和他们同一个航班的机票？艾伦解开了安全带，微微坐起身来，开始四处扫射周围乘客的面庞。有些人刻意避开了她的眼神，低下头读着些什么，或是和别人交谈起来。只有一个坐在妈妈膝头、疯狂地吮吸着奶嘴的小女孩好奇地回看了她一眼。艾伦坐回自己的座位上，抑制着内心哭笑不得的激动情绪。

这样一来，她这个周末所要背负的就是两个惊天的秘密了。因此，她随时都可以张开嘴来，让这个可怜的男人脸上那一抹轻松自在的光彩在瞬间就烟消云散。

他睁开了眼睛，一缕阳光从窗外照射进来，在两个人身上蒙上了一层绿色的光芒。"你还好吗？"

"我很好。"她拍了拍他的膝盖，转过头去望着窗外的机翼，"我很好。"

✕

我设法与他们坐上了同一班飞机。

他们径直地从我的身边走了过去。帕特里克走在前面，正对着手中登机牌上的座位号皱着眉头，而艾伦则一脸如痴如梦地跟在他的身后。我不需要对着登机牌上的座位号皱眉头，因为我的"爱人"会找到我们的座位的。我是如此的新潮而快乐，肚子里还怀着他的孩子。

她正打算和她的"爱人"一起离开。我憎恨这个词，因为它听起来悉尼味十足。难道"男朋友"这个词有什么不好吗？想当初他和我在一起的时候就是我的男朋友，而我就是他的女朋友。

就这样，我们都踏上了前往诺沙度周末的旅程。多么愉快的三人行呀。

当她说到"诺沙"这个词时，我手中的冲浪板掉了下来。我本以为他是不可能再用什么方法伤害到我了。为什么是诺沙？他们有一整个国家的度假胜地可以选择，但他偏偏选择了诺沙。

我本以为自己对于那一个礼拜的记忆是安全的，没有人能够触碰到它。我觉得自己可以清清楚楚地记起那段时间里的每一分钟，每一种滋味，每一个声响和每一丝气息。

我还能够感觉到将自己房间的钥匙握在掌心里的感觉，以及我们一起喝过的玛格丽特鸡尾酒在嘴里留下的又咸又冰又涩的感觉。那时，我们肩并肩地站在酒店的电梯里，抬头看着闪烁变换着的楼层号码，心里都期盼着到我的房间里去体验第一次和彼此缠绵的感觉。我至今仍记得第二天早上那个推着吱呀作响的早餐车、脸上带着晒斑的年轻男孩的面容，还有那现磨咖啡和培根的香味。还有，我们躺在床上读报的时候将牛角面包的细屑撒在了报纸上。

他居然还选择住在喜来登。他为什么一定要预订那里的房间呢？我忍不住猜想，难道说那一周的记忆对他来说也是独一无二的，所以他想——有时候他也很愚蠢——自己也许可以和另一个人重拾那份快乐吗？

他不可以这样。他不可以就这样将我从他的记忆里面删除，然后随便找来一个女人作为代替。

这也是我为什么一接到催眠师的电话就知道自己必须去一趟的原因。我必须过去。我必须要让他知道我也在那里。我永远都会在那里。

我要选择一个完美的时机让他们意识到我在与他们同行，就算他会生气也不足惜。我倒是宁愿看到他的怒火也不要接受他的冷漠，宁愿听到他对我大呼小叫也不要他当我从来都没有存在过。

✕

帕特里克正在浴室里准备刷牙，而艾伦则已经躺在床上看起了他们付费点播的电影，嘴里还嚼着从客房小酒吧里拿来的巧克力。

这是一间分外可爱的客房。超大号的床铺上铺设着洁白的床单、摆放着松软的毛巾，四周满是柔和而又朦胧的中性色调灯光。

只不过这些看起来和她与别的男人一起住过的其他酒店并无两样。

"你上一次来这儿的时候住在哪里？"站在上行的电梯里，艾伦突然开口问了一句。

"就在这里。"帕特里克回答。他的眼睛一直都在盯着电梯显示屏上跳动的楼层数字。

"所以说，这就是你和萨斯基亚相遇的那间酒店咯？"

"是的，所以我知道这里的环境不错。"帕特里克边说边将一只手指放在了她的嘴唇上，"我们说好了这个周末不许再提她的名字的，还记得吗？"

可是可怜的萨斯基亚却被告知艾伦和帕特里克即将要入住他们

当初第一次相识时住过的酒店。看在老天的分上，这里毫无疑问也是他们第一次耳鬓厮磨的地方呀。这样的消息对于她那已经扭曲的心灵来讲会产生怎样的打击呢？

艾伦将目光放在了眼前的电梯门上，脑海中浮现出了之前看过的恐怖电影情节。在他们预订了客房服务之后，萨斯基亚便会穿上酒店员工的工作服，低着头佯装推着手推车进到他们的房间里来。这时候，背景音乐会提醒观众，有什么十分可怕的事情就要发生了。慢慢地，随着音乐的节奏增强到了令人发指的地步，她便会突然朝着他们扑过来，手里还高举着一把切肉刀——

"你带牙膏了吗？"帕特里克将头伸到了门边问道。

"带了，就在我的化妆包里。"

他至今仍不好意思在没有她允许的情况下翻看她的东西。

而她则已经怀上了他的孩子。

太快了。太快了。

"好吧，你必然会怀上他的孩子的。"安妮是这样说的。

"不见得吧。"艾伦对于母亲那斩钉截铁的语气表示很惊讶。她本以为安妮会说出什么"无论你做什么决定，我都会支持你"，或是"你们到底用的是什么避孕方法"之类的话来。

"这就要看帕特里克怎么说了。你是知道的，我是……提倡堕胎合法化的。"这是一个美国短语。一时间，她甚至有点不确定她是否站错了队伍。与之相反的主张叫做什么来着？主张保障胎儿权利。好吧，她可是全身心地支持保护生命的。

安妮不屑地哼了一声。"你已经三十五岁了，不再是个十六岁的小姑娘了，自然会不顾一切地想要生孩子了——"

"什么？这话又是从何而来？我才没有不顾一切地想要生孩子呢。"

"我看到你在参加玛德琳的孩子的洗礼时脸上的那副表情了，那时候你的手上正抱着那个不知道叫什么的小孩——我不得不说，那孩子长得可真丑。"

"妈妈。"

"他看上去就像是一只小癞蛤蟆。总之，我知道你确实是想要一个孩子，而且经济上又有保障，对于孩子的父亲也很满意——何况你还很有可能爱着他。如果你做了流产之后发现自己再也不能怀孕了，是肯定不会原谅自己的。当然了，既然你已经怀上了，不如就直截了当地告诉他，毕竟你们两个谁也没有料到会有这样的事情发生。现在又不是上个世纪 50 年代，他也不用非要为了这件事而把你娶回家，之后的事情他想参与多少都随他自己。就是这么简单。在子女的抚养费方面，他当然是要担负起法律义务的。不过，如果我是你，就不会担心那么多。再怎么说你也有外公外婆留给你的房子，还有我和你的两个教母。所以说你也不需要他的钱。"

"我想你说得对。"艾伦默默地念叨着。其实她根本就还没有想到帕特里克需要支付抚养费这件事情呢。

"就是这么简单。"安妮重复了一遍，接着又开始用指尖在桌面上欢快地敲击起来。艾伦看得出来，她对于孩子的事情感觉很开心，甚至有几分激动。

沉默了片刻之后，那抹柔和的色彩突然从她母亲的脸上消失了。

"当然了，现在日子还早。"她继续说道，"在你这个年纪，前三个月就流产的几率还是挺高的。"

"谢谢你，母亲大人。"

"嗯，既然是你自己提出来打算要堕胎的，可能还没有考虑过会流产的可能性吧？"

"我可没有说过……好吧，是的，没错。"

母亲说得对。毫无疑问，她肯定是要留下这个孩子的。然而最复杂的事情并不是她想不想要这个孩子，而是这个孩子的存在会给她和帕特里克之间的关系带来怎样的影响。

因为艾伦并不是只想要个孩子而已，她还想要全家人能够乐融融地守在一起。丈夫。父亲。那个能够在产房里紧紧地握住她的手的男人。

而这一点也正是她无法对自己的母亲开口的：我才不想要重蹈你的覆辙呢，永远都不想。我不想一个人把孩子带大。我不想特立独行。我只想和所有人都一样。

这时，帕特里克从浴室里走了出来，跳上了床，然后顺手从她的手中掰了一块巧克力。

"你不是才刚刷过牙嘛。"艾伦反问道。

"我知道。别告诉杰克。爸爸其实是个坏榜样。"

说到这一点，你觉得我们再要一个孩子如何？她差一点儿就要把这话说出口来了，却一下子没了说话的力气。明天吧。明天她会好好和他聊一聊这件事情的。好在他不是个嗜酒之徒。晚餐期间，在她表示了自己不想喝酒之后，他只是附和了一句："哦，没关系。那我也不喝了。"早在艾伦还和乔恩在一起时，分享一瓶上好的葡萄酒就已经成了那段恋情中必不可少的部分。若是她说自己完全不想喝上一杯，乔恩一定会马上察觉到事情有什么不对劲的。

于是，两人便一起看起了电影。这部电影的剧情实在是太过于错综复杂了，以至于他们连其中的角色都分不清楚，还一个劲儿地问彼此："什么？他是谁？"最后他们终于选择关掉了电视，承认自己不是太累了，就是年纪太大了，所以才会对一部电影如此的费解。接着，他们便面对面地转向了彼此。

这一次缠绵的过程是如此的困倦而又轻柔，仿佛他们已经是一对结婚多年的老夫妻了。艾伦不禁湿了眼眶。一切都会好起来的。

"你能不能用催眠术来哄我入睡？"帕特里克在关灯的时候提议。

"我已经很累了。"艾伦打了个哈欠。

这很快便成了一种习惯。每次睡觉之前，她都会带着帕特里克进行五分钟的放松训练。对于这套训练方法的疗效，帕特里克似乎真的很吃惊。他说他非常享受这个充满魔力的过程，何况能够听到她的声音早已经成为他一天中最美好的体验。据说，他从青少年时期起就一直被睡眠的问题困扰着，是她帮他化解了来自"那个女人"、来自工作以及来自周边的一切事务所带来的压力。艾伦此前可从未听到过任何人对于自己的催眠技术有过如此高的评价。

"没关系。"帕特里克回答，"我总是占你便宜，是不是？反正我这几天也不用起床去工作了。"

哦，他真好，而她也从心底里希望他明天能有个放松的好心情。

她坐起身来，将一只手放在了他的前额上。有时候这个动作甚至比性爱还要让她感觉亲密。她很少触碰她的客户，虽然她知道这种举动在其他的治疗师那里并不少见。在这片漆黑的私密空间里，她倚靠在床边，想象着自己的言语居然还具有在他的脑海中创建画面、减慢心跳和降低血压的能量，顿时觉得浑身上下都充满了神秘的正能量。她是一个心地善良的女巫，一个女魔法师，而不是一个催眠治疗师，一个催眠师。

"我会从一数到十。当我数到三或四的时候，你会感觉自己的呼吸慢了下来，眼皮也越来越沉重。数到五或六的时候，你也许会挣扎着想要睁开双眼，但是数到七、八或者九的时候，这种力量已经变得越来越不可抗拒了，于是你只好任由眼皮慢慢地合上。当我数到十的时候，你的眼睛已经完全闭上了，呼吸也变得深重而平稳。"

在一片黑暗中，她看到帕特里克的眼睛开始闪动着亮光，并逐渐感觉到他的呼吸慢了下来。每一次她都会跟随自己的灵感，使用不同的引导技巧。与自己为那些付费的客户诊疗的过程相比，面对帕特里克的她总是更加自由，更加放松，也更加具有创造力。

她开始数数，并一点点加重了自己压在他前额上的那只手的力度。她的声音越来越柔和而缓慢，但语气里却透露着一种急切。

数到七时，帕特里克的眼睛就已经完全地闭上了。

"现在，我想要你想象一下这样的一幅画面：温润的蜂蜜从勺子的边缘缓缓地滴落下来。"

帕特里克由衷地爱着蜂蜜这种食物。每天早餐时，他总是会迫不及待地舀上一大勺黏稠的蜂蜜，然后将它拌入自己的麦片粥里。艾伦甚至注意到，他偶尔还会站在厨房里如痴如醉地呆呆看着金黄色的蜂蜜从他自己高举的勺子中一点一点地滴落。

"这并不是普通的蜂蜜，它有着晨曦般的颜色，看上去是如此的温暖和甜蜜，象征着无忧无虑的心情。这蜂蜜中融合了你生命中每一个幸福的点滴、每一段美丽的回忆以及每一秒让你觉得自己正切切实实地活着的时光。"

她知道他的眼前一定出现了那勺蜂蜜的影像，因为就连她自己都仿佛能看到。也许她也进入了浅显的催眠状态吧。在催眠过程进展得十分顺利的时候，这种情况也是时有发生的，而且每一次都让她感觉格外的惬意。

"把目光集中在蜂蜜上，直到你的脑海里除蜂蜜之外什么也不剩为止。"

她停顿了一下，悉心体会着掌心触摸着他的额骨时那种温暖的触感，心里默默地想着：他就是我孩子的父亲。他是爸爸，我是妈妈。

也许一提到父爱的话题，她整个人就会变得格外多情起来。

"现在，我想要你把注意力转移到自己的双脚上。想象一下你的双脚正像温润的蜂蜜一样融入这张床铺里。它们正在溶解……逐渐地液化。"

她继续使用着有关蜂蜜的比喻，同时慢慢地爬到了他的身体上，鼓励他向更深层次的催眠状态中沉下去。这是她引领着他进入过的最深入的催眠状态了。

她掐了一下他的手臂，他并没有因为疼痛而退缩。无意识麻醉。

若他只是一个正常的客户的话，此刻就是她植入"催眠后暗示"的时候了。比方说，如果对方是个烟民，她便会说："每一次你打开烟盒时，都会感到一阵不可遏制的反感和恶心。"如果对方喜欢暴饮暴食，她便会说："你会缓慢而谨慎地进食，而且只摄入身体所需的热量。"

但帕特里克却没有因为任何特定的问题向她寻求帮助。他只不过是想要通过催眠来舒缓压力，从而获得一夜好眠。

作为治疗师，她本应该只知晓他告诉自己的那些事情。

可作为他的女朋友，她恰巧知道这将会是一个极端紧张的周末。

于是她开口说道："这个周末你会一直保持着一种放松而又愉悦的美好心境。"

这话并没有错，况且他早就已经处于那种心境之中了。

"如果出了什么问题，比方说你听到或是看到了什么令你感到沮丧、焦躁的事物，只要我一把手放到你的右肩上——就像这样——你就会马上找回那种彻底放松的感觉。"她继续说道。

这时，她顺势将自己的手搭在了他的肩膀上。

"无论生活如何对待你，你都能够运筹帷幄。如果发生了什么意想不到的事情，你也会从心底里知道怎么做才是对的。你会忘掉这些暗示。现在，在我数到三时，你就会脱离催眠状态，然后马上进入梦乡。这一夜你会一直沉睡下去，没有梦境也不会在半夜惊醒。第二天一早，你便会感觉神清气爽，精神百倍。一、二、三。"

他呼吸的频率改变了，开始越来越轻，越来越轻，还发出了一个介乎鼻息和呼噜之间的滑稽声响。

"谢谢你。"他嘟囔了一句后便转过身去，顺手将一个枕头立着塞进了自己的脑袋下面，"晚安，亲爱的。"

很快他就睡着了。

艾伦躺回了自己的位置上，用后背紧靠着他的身体。

从道义上来讲，她刚才是不是做得有点儿太过分了？

弗林肯定会说，自从她第一次答应给帕特里克催眠那时起，就已经越过了那条界线。

而丹尼则肯定会笑着说，自己从来就不相信有什么所谓的界线。实际上，这正是感情之所以会纠葛的原因所在：大家都想要操纵别人去做自己想要做的事情。"每个人都想要催眠自己的爱人。"他曾经这样对她说过，"我们只不过会比普通人做得更好一点儿而已。"

那她自己又是如何看待自己的呢？好吧，其实她也不相信自己做得有多过分，只不过是稍稍用脚尖踩了踩那条界线而已。

她的脚尖。艾伦再一次想起了萨斯基亚，而且她这一次是带着清晰的面庞出现在艾伦的脑海里的。那是一张聪慧而又美丽的面庞。只要能够将帕特里克夺回来，萨斯基亚可是从不会惧怕触碰任何界线的。

难道界线存在的意义不就是为了要被人僭越的吗？

也许艾伦这么做是为了自己还未降生的孩子。她就是一只保护着自己幼崽的母狮，一位甘愿冲进火海里营救自己孩子的母亲。又或许这一切都是无稽之谈，她只不过是硬要将自己明知的错事变得合理化而已。

好吧，她再也不会这么做了。她可以教他如何进行自我催眠，这样问题不就解决了吗？他们之间的这个小嗜好……确实有些淡而无味，可她却是如此地享受整个过程。这是最后一次了。她感觉自己就像是一个承诺了再也不会手淫的祭台侍者一样。

不知不觉中，她也进入了梦乡，梦里出现了化名为黛博拉的萨斯基亚。她跷着二郎腿坐在艾伦为客户准备的躺椅上，手中的勺子插在一大罐蜂蜜中。只见她舀了满满一勺的蜂蜜，然后将勺子高高地举过头顶，张开嘴让那一缕蜂蜜从高空中滴落在自己的舌尖上。

然后她闭上了嘴巴，转过头来望着艾伦，一边还不忘缓慢而又性感地用舌头舔了舔自己黏腻的嘴唇。

"你越线了。"她说道，"这一点你比谁都清楚。"

"别把蜂蜜滴到我的椅子上。"艾伦尖刻地顶了她一句，仿佛是想要借以掩盖自己内心的羞愧之情。

✕

下飞机后，我找了航站楼里较为偏僻的一个角落，然后躲在一根大立柱的后面。在这里，我可以清楚地看到他们正站在行李传送带旁，而他们却看不到我。

艾伦不断地环顾着四周，好像是在等待自己认识的什么人，而帕特里克则全神贯注地眯着眼睛盯着传送带，那一动不动的站姿仿佛在表明他已经做好了随时跳起来的准备。我们每一次外出旅行时，他总是会摆出这样的姿态，就好像领取行李的过程是对他的力量与灵活性的考验似的。换句话说，他总是觉得自己应该在行李出现的第一时间便上前将它一把抓住，然后再努力地将它拖到地上来。每每看到这样的情景，我总是忍不住笑个不停。

不出所料，他的举动也逗乐了艾伦。当他一个箭步冲上前去，一次同时抓住了他们的两件行李时，我看到艾伦望着他那得意洋洋地举着"猎物"的样子露出了笑脸。

那个行李箱是我送给他的生日礼物。那时候我们还没有分手。

艾伦竟然是那种会在行李的手把上绑上一根丝带、好能一眼就辨别出自己的东西的人。她用一根宽大的水蓝色丝质飘带系了一个蝴蝶结，看上去虽然样子有些古怪，但是女人味十足，又十分容易辨认，仿佛积聚了我对她全部的爱与恨。

我看见他们一起走向了汽车租赁的柜台，而两件行李一直都是帕特里克亲手拖着的。我猜他在知道了艾伦怀孕的消息后肯定变得更加无微不至、殷勤有礼了。

我一直都相信，在怀孕的时候享受公主般的待遇是我们女人与生俱来的权利，哪怕一生只体验一次也好。我们可以指挥男人在夜里为自己揉脚，或是用手轻轻地抚摸自己的腹部。而男人也会蛮横地命令你不许拿任何过于沉重的东西。

可我显然是一辈子都不会再有这样任性的机会了。

不管怎么说，这样的想法肯定会把我给逼疯的，可我就是喜欢这样想。当然了，我也知道自己的个子未免有点儿太高了，实在是不适合被人当做公主来看待。

当他们站在租车柜台前时，我注意到他一边和那个女性工作人员说着话，一边还不忘轻轻地揉捏着艾伦的脖颈。不一会儿，三个人不约而同地开怀大笑起来。目送着他们离开航站楼后，我走到传送带旁取走了自己的行李。那时候，它已经是被留在传送带上的最后一件行李了，孤独而缓慢地自顾自在那里兜着圈子，似乎早已经变成了一个被人遗忘的隐形包裹。没有漂亮的丝带，它只不过是一个陈旧而又松散的破箱子而已。不知道它又让我想起了谁呢？

"别摆出一副自怨自艾的样子。"我的心中突然燃起了一阵莫名的怒火。一个男人快步从我身边走过，在我身上扫了一眼之后很快就把头扭了过去。

于是，我拖着行李走向了同一个租车的柜台，但是那位女性工作人员却并没有带着发自内心的笑容来迎接我，只是冷冰冰地一边准备着各种文件，一边叮嘱我要注意保险金额的上限，还提醒我一定要在取车之前仔细检查车辆是否有任何的损毁情况。

"我觉得这应该是你们来负责的事情吧。"我说。

那个女人抬头盯着我看了一眼。"哦，算了吧。"我补充了一句。

我开着车来到喜来登酒店。一踏进酒店的大堂，满满的回忆就向我扑面而来。不过，酒店似乎刚刚进行了整修，看起来与以前完全不同了，就好像是有人故意为之似的。你已经不存在了，萨斯基亚。我们找来的室内设计师已经将你留下的所有痕迹都一扫而光了。

四周并没有出现艾伦和帕特里克的身影。

我到沙滩上去散了散步，并尝试着用艾伦教给我的正能量疗法来缓解自己的腿疼。虽然我不确定这是不是都是我凭空想象出来的，但是这种方法也许真的有效。她一定会赞许我的这种说法的：调动你的想象力，这样你就不会再感到疼痛了。

我猜她也许会用同样的方法来为自己做无痛分娩吧。她曾经说过，有很多女性曾经在不打止痛剂的情况下实施过剖腹产。"利用的就是她们的身体自然而然产生的麻木感。"说得跟真的一样，就好像有人用刀子在你的肚子上划开了一个大洞，你还能没有感觉似的。你所需要的就只是信念。听上去简直就像是圣诞电影里的老套台词。

我从未想过她真的能够帮我治疗我的腿疼。说实话，当她开口问道"你今天到底为什么会来这儿"的时候，这是我脑海里出现的第一个答案。当然，我并没有直截了当地告诉她"我之所以来这儿是因为你和帕特里克约会了几次，而我从他的眼神里第一次看出自己有了一个强有力的竞争对手，于是便跟着你回了家，还在你家门口立着的那张可爱地写着'艾伦·奥法瑞催眠诊疗室'的牌子上轻而易举地找到了你的电话。所以我直接拨了电话约你来见面。你好吗？"

每次疗程结束后，我都会告诉她我觉得自己并没有被催眠，而她只会自鸣得意地摆出一副蒙娜丽莎的微笑表情，好像是在告诉我她不会上当似的。

老实说，我也不是很清楚自己坐在那间阳光灿烂的玻璃房里时到底发生了些什么。每一次当我坐上那张绿色的椅子时，都会开始告诫自己不要去听她的引导，只要专注于自己想要思考的事情、权当自己不是去接受催眠的就好。的确，我到那里去的主要目的其实是在趁催眠前后的工夫和她聊聊天。我们会从花粉病聊到舒适的鞋子，几乎是无话不谈。可是，渐渐地，她的言语开始侵入我的思想，让我不禁产生了一种"哦，好吧，就让自己的眼皮变得沉重一点儿也没有什么坏处"的想法，紧接着我的身体便沉沉地压在了那张椅子上，就算是她让我睁开眼睛时我也无能为力。这么说来，只要我愿意，还是完全可以被催眠的。

只要她一开口说话，我就会马上把有关帕特里克的事情忘得一干二净。

上一次，她让我回忆某一个让我感觉既自信愉悦又平和有力的、"转瞬即逝的美好瞬间"时，我不禁想起了小时候与母亲共进夏日周末早餐的画面。我会做上一大摞煎饼，而母亲则会对我的成果露出格外惊讶的表情。然后，我们便会在后院铺上一块野餐布席地而坐，一边各自读着书，一边蘸着柠檬和白糖吃着煎饼，就那样一直到午餐时间。

我本应该运用"回忆的力量"来帮助自己治愈腿部的疼痛的。

当然了，这一切都只不过是一堆没用的废话而已。

我就是这么想的。

我至今仍记得自己第一次感到腿疼时的那种感觉。那一天，母亲刚刚把自己的诊断结果告诉我，而我正带着杰克在杂货店里买东西。回想起来，那似乎是一次永远也没有尽头的购物经历，因为杰克总是会不断地发现自己想要买的东西，于是便会把它拿过来和我争论一番，而我则满心惦记着晚上要来家里吃饭的那几位帕特里克的客户。我知道他一直都在试图给他们留下一个好印象。"做点简单的饭菜就好。"帕特里克总是会这么说。而我却坚持认为，只有当客人坐在了你为他们精心铺设了亚麻桌布的桌旁，看到了桌上摆放的新鲜花束、布艺餐巾和闪亮的玻璃杯时，才会产生一种宾至如归的感觉。我是如此地喜爱精心布置好的餐桌，而我如今却只能坐在沙发上用大腿托着盘子吃饭，或是站在厨房的料理台旁、窝在被窝里胡乱向嘴里塞上几口食物。

挂上母亲的电话，我突然注意到有一种疼痛正在我的腿侧蔓延，虽不算是什么剧痛，但也足够让人感到恼火了，就好像是拉伤了肌肉一般。最终，我不得不在冷冻食品区的旁边找了个地方坐下来歇脚。杰克还关切地问我："你在干什么，萨斯？"

第二天，同样的情况再一次发生了，但我仍旧没有过多地留意。想必我那时候无论如何也想不到自己在五年后的今天还在和这份疼痛做抗争吧。

在去看第一个理疗师时，我还是满怀信心的，相信她一定能够帮我治好这个病症，这样我不久就可以将"看病"这件事情从我的待办事项中划掉了，就像是送我的车子去做保养或是给我的双腿除毛是一样的。快点，请赶紧治好我的腿疼，我快要被烦死了。

起初，帕特里克对于我的病痛还是很同情的，但很快便失去了耐心和兴趣。因为我的腿疼，我们不能再去做丛林远足了，就连散着步走到两个街区以外的餐厅时，也要时不时地找个车站坐下来休息。而参加什么派对聚会时，我更是站不了一会儿就会开口喊着"我需要一把椅子"了。有一次，帕特里克回家后发现我正坐在厨房的地板上，盘着腿在切菜板上切着胡萝卜。那一刻，我在他的脸上捕捉到一丝一闪而过的不耐烦的表情。我猜他一定觉得陪伴着一个未老先衰的女朋友是件很无聊的事情吧。

后来，母亲去世了，他也很快跟我提出了分手。也许他早就厌倦了，而我的腿疾就是压垮他的最后一根稻草。

虽说我的腿疼如今已经不会像以前那样严重了，但终究还是没有办法被彻底治愈，而那种疼痛的存在似乎就是为了要时刻提醒我不要忘了自己的生活是如何被永远改写似的。它就像是一个印记，将现在的我——一个冷漠、偏执、软弱而又不健全的人，与过去的我——一个正常、快乐、身体健壮得几年都不曾看过一回病的人区分开来。随着那份疼痛逐渐在我的身体里蔓延开来，一种与之相互呼应的无望、空洞而又虚无的感觉也渐渐地将我吞噬了。

在我看过的众多医生里，艾伦似乎是第一个对病症给我带来的影响略微有点儿兴趣的人。

"那种感觉一定特别令人感到沮丧吧。"她是这样说的，脸上那副充满同情的模样差一点儿就要让我哭出来了。

是的，艾伦，这种感觉的确特别令人沮丧，特别是当我的爱好之一就是跟踪自己的前男友，而他又碰巧就是你的现任男友时更是如此。我尤其喜欢徒步跟踪他。虽然这对我来说很困难，但我可以骄傲地宣称自己从未放弃过。我一直走呀走呀，不管那疼痛有多么的剧烈，不管我脸上痛苦的表情引来了多少路人的侧目。这就是她，一个面目狰狞的老巫婆。她伸着一双利爪，脚步蹒跚地追逐着自己过去那无忧无虑的生活，还发誓要努力地把它给夺回来。

11

美妙的求婚

我们天生就拥有自我催眠的能力。从某种程度上来说，我们都处于某种被催眠的状态中。我们的客户认为是我们"让他们沉睡过去的"，但我们的最终目的却正好相反——我们是在试图把他们叫醒。

——摘自艾伦·奥法瑞发表在期刊《今日催眠治疗法》上的一篇文章

真是一个美好的周六。他们很晚才醒来，一起窝在床上吃了早餐还读了报纸。起床后，他们沿着沙滩走了很长的一段路，还游了个泳（整个过程都十分短暂，因为帕特里克刚下水几分钟就已经冻得直打哆嗦了）。之后，他们又在河边喝了杯咖啡，吃了块蛋糕。午餐是在游泳池边享用的，两人吃饱了便回去睡午觉了。

　　艾伦的感官似乎变得比以前更加敏锐了。阳光和海风轻柔地拂过她的皮肤。当他们携手走在哈斯丁街上时，她几乎能够分辨得出空气中飘荡着的每一种气味：咖啡的味道，海水的味道，还有路过行人身上带着的香水、须后水和防晒霜的味道。此外，她也能听得到四周每一段对话的片段和每一阵哄笑声。

　　诺沙似乎正在经历一个生育的高峰时期，因此随处都能看见蹒跚学步的婴儿和挺着大肚子的孕妇。每一个孩子看上去都是那样的完美：他们用自己圆溜溜的动人的大眼睛直勾勾地盯着艾伦，仿佛是知道她心里藏着什么秘密似的。而那些戴着墨镜的孕妇也好像知道了些什么，频频向她送来温和而又神秘的微笑。

　　她总是觉得自己无法融入妈妈和宝宝组成的那个圈子。她总是忍不住去想：我可以这样做吗？我能不能推上这么一辆看上去又大又复杂的婴儿车？我能不能不经别人允许就上前抱起人家的孩子？我能不能在过马路的时候牵住小宝宝的手呢？

你为什么不行呢？她扪心自问。为什么呢？

但她并没有把这些话都说给帕特里克听。

时间一点点地流逝着，她错过了一个又一个可以向他坦白的机会。要知道，此刻的他们可是拥有充裕的时间的，何况她也从未见到过他如此的轻松自在，就连前额上的皱纹似乎都平整了一些。除此之外，他还会不时地碰触她一下。

周围并没有出现萨斯基亚的身影，这也使得艾伦逐渐放下了悬着的心，不再惦记着扫视周围的人群了。她真的替帕特里克松了一口气。这个可怜的男人值得拥有一个无忧无虑的周末，无需提心吊胆地防范任何事情。

那她又是如何看待萨斯基亚曾经踏进过她的家门这件事情的呢？她是否会感到恐惧、愤怒或是被人亵渎了呢？

午觉醒来时，她认真地思考起了这个问题。身旁的帕特里克仍紧紧地拥着她，两人的手指也还像入睡时那样紧扣在一起。

事实上，这几种感觉她可能全都有过。没错，一想到萨斯基亚曾经坐在她的玻璃办公室里一边哄骗着她一边悄悄观察着她，她就会因为发自内心的恐惧和愤怒而浑身颤抖起来。萨斯基亚到底想要从她这里得到些什么呢？她又在盘算些什么呢？而且，她怎么敢堂而皇之地就这样登堂入室？真是厚颜无耻。

然而她也因此而不免感到有些好奇，甚至可以说是比以前更好奇了，像是着了魔一样。在那份恐惧的掩盖下，她还感到有些……不，不是这样的。可是，是的，尽管这样说有些不太得体，但这确实是她的真实感受：一种淡淡的愉悦。她很享受被人关注的感觉，因为这种感觉似乎赋予了她某种优势，或者说是为她戴上了一个光环。或许这就是那些名人的生活所拥有的滋味吧：你会感觉自己在举手投足间做的每一件事都是极其重要且值得被注意的。又或许是因为艾伦身上的某些人格缺陷正好与萨斯基亚之间形成了互补。如果说她个性属阴，那么萨斯基亚一定就属阳，两个人结合起来时就形成了一个完整的病态人格。

（还是说她只不过是在试图让自己变成和萨斯基亚一样特立独行的怪人？）

无论如何，帕特里克总有一天会知道萨斯基亚的诡计的。但她并不想要毁掉他生活中如此美妙的一个片段。好吧，等到他们回到悉尼时再将自己的这个发现连同怀孕的事情一起告诉他吧。那是他们的孩子。

这时，她感到帕特里克怀抱着她的手一下子搂得更紧了。他微微挪动了一下身体，显然也已经从午睡中醒了过来。

"你好呀。"他边打哈欠边用另一只手轻抚过她的肩膀和腰部，最后停在了她的臀部上，"睡得好吗？"

"睡得很香。"她连眼睛都没有眨一下便立马回答道。

"嗯。我也是。"

接着两个人就起身了。帕特里克提议到外面去散个步，然后将艾伦拉到了窗前。"你看到那片海岬了吗？那里的国家公园入口处有一个不错的观景点，我们可以到那里去看日落。你觉得怎么样？"

"太完美了。"艾伦附和道。

如果事情真的能那样完美就好了。

海岬那里正好立着一张桌子和一把长椅，绿意盎然的国家公园和深蓝色的海水形成了鲜明的对比。此刻，天空的颜色看上去就像是一幅柔和的蜡笔画：有粉色，有蓝色，还有橙色。

帕特里克买了一瓶价值不菲的上好香槟，还带了些奶酪、饼干和草莓，并用酒店的海滩浴巾小心翼翼地将迷你酒柜里的香槟玻璃杯包好带了出来。

"不错嘛。"艾伦一边称赞一边看着帕特里克啪的一声打开了香槟的酒瓶。

"你可要把我给套牢了。"帕特里克说着为两人各斟了一杯酒，"我们测绘师最知道如何讨女人的欢心了。"

她决定还是先喝上一杯香槟。她的母亲曾经告诉过她："偶尔喝上一杯是不会造成胎儿酒精综合征的。"

"敬我们自己一杯。"帕特里克轻轻地用自己的酒杯碰了碰艾伦的酒杯，"愿今后还有无数个这样的周末等着我们去欢度。"

"愿我们还能够喝到更多这样美味的香槟。"艾伦补充道。这的确是一瓶不错的香槟，干而不涩。

"愿我们——哎呀，让我来捡吧。"

"你掉了什么？"艾伦困惑地看着帕特里克在自己的脚下摸来摸去。

他没有回答，而是以一种十分尴尬的姿势直起身来，看上去就像是一个上了年纪的关节炎患者。

"你有没有伤到自己？"艾伦站起来，想要伸手扶他一把。

"坐下，姑娘！我没有伤到自己。"帕特里克看上去正努力抑制着自己想笑的冲动。

"那你这是干什么？"

"艾伦。"他说话的声音变了，变得深沉而又生硬起来，脸上也露出了一副呆呆的羞怯表情，好像是在玩什么伪装游戏似的。

他屈着一条腿跪在了地上，手掌里还托着一个黑色的天鹅绒小盒子。

哦，我的天啊，他这是在求婚，是认认真真、单膝跪地、提前买好了戒指在向她求婚。多么美妙呀。

但她的心里怎么会莫名地感到十分的苦恼呢？

这时候，她的注意力被帕特里克身后的什么东西吸引了过去。那是一个会移动的物体，像是有人正站在观景点拍摄着日落的照片。

"艾伦。"帕特里克又呼唤了一次她的名字，并顺势清了清嗓子，"好了，我觉得自己可能有点犯傻了，但是有什么东西正在使劲地往我的膝盖里钻。那些电影情节看起来可比这要容易多了。"

艾伦大笑了起来，手指微微颤抖着放下了香槟酒杯。虽然她强忍着眼泪，但心里却抑制不住地感到受宠若惊。有个男人正迎着日落的余晖向我求婚呢！

她看到那个手持相机的女人转过头望了望他们，脸上还带着笑容。

"艾伦，你愿不愿意，我的意思是说，你能不能……我将很荣幸……你愿不愿意，就是，嫁给我？"

"可我有两件事情必须先告诉你。"艾伦的声音听起来格外的清晰，连她自己都吓了一跳。

"好吧。"帕特里克托着黑色天鹅绒的手一下子就垂了下来，以至于他差一点儿就失去了身体的平衡，只好紧紧地抓住野餐桌的边缘作为支撑。"嗯。我是不是应该站起来？"

"我怀孕了。"艾伦直截了当地开了口，然后又停顿一下，"还有，我很确定站在那边的那个女人就是萨斯基亚。她现在正朝着我们的方向走过来。"

说完这些，她把自己的一只手放在了他的右肩上，默默地祈祷着。

12
失去的生活

日趋加剧的城市化进程导致人们越来越孤立和寂寞，因此我建议在城镇规划委员会中引入精神病学家和心理学家的参与，以便听取他们对于这个复杂问题的意见。

——摘自萨斯基亚·布朗在 2004 年于诺沙举办的"2004 年之后的城市开发"会议上提交的一份论文

"嗨，帕特里克。嗨，艾伦！我就知道是你们。"

萨斯基亚迈着大步走了过来，顺势停在了野餐桌旁，一边摘下了墨镜一边满脸堆笑地看着他们。她穿着一条短裤（艾伦的目光忍不住落在了她那双又长又光滑的美腿上）和一件 T 恤衫，头戴着一顶棒球帽，举手投足间完全看不出有什么不正常的地方，反倒是运动感十足，魅力四射。不知情的人也许会以为她只不过是一个外出跑步时偶遇老朋友的女人而已。相反，艾伦和帕特里克两个人倒是成了行为古怪的那一方，两人都沉默不语，只是呆呆地抬头看着萨斯基亚。

"多么美好的一个傍晚呀。"萨斯基亚说着掀起了 T 恤衫的一角，用它擦了擦墨镜，然后又重新戴上，伸出手来指了指天空。"这样美的日落真应该印到明信片上。"

"萨斯基亚。"帕特里克声音嘶哑地怒吼了一声，像个老人一样驼着背站起身来。

"哦，不，帕特里克，请不要被我打断！"萨斯基亚友好地拍了拍手，暗示他再度跪下，"你继续求你的婚。你们两个还真是可爱！"

说罢她便扬长而去。

帕特里克沉重地坐在了艾伦对面的长椅上，举起桌上的香槟酒杯一饮而尽。

这时，已经走远的萨斯基亚突然回过头来喊道："周五见，艾伦！"她还拍了拍自己的大腿。"这条腿已经好多了！"她挥了挥手。

艾伦也不自觉地举起手来，朝她挥手致意。

"你认识她？"帕特里克问道，一丝惊慌失措的表情从他的脸上闪过，"难道说你一直都认识她？你们两个之间不会有什么离奇的关系吧？"

"没有，没有，没有！"艾伦匆忙解释道，"我认识的她叫做黛博拉。至少她是这么称呼自己的。黛博拉·范登堡。她找我是来治疗她的腿疾的。"

"黛博拉。"帕特里克重复着这个名字，眼睛里闪烁着疑惑的光芒，"但你知道她就是萨斯基亚。就在刚才！你知道那就是她。"

"我也是在飞机上才想通这件事情的。"艾伦回答，"就在你和我谈起她有腿疾的时候。但我并不想要因为这件事情而惹你难过。她之所以会出现在这里其实都是我的错。是我告诉她，我们要来诺沙的……那时候我还以为她就是黛博拉。抱歉。我真的很抱歉。"

说到这里，她才醒悟过来自己已经掉入了萨斯基亚邪恶阴谋的陷阱。

帕特里克翻开了珠宝盒的盖子，然后又用力地把它合上，不可置信地自顾自笑了起来。"我以为我是安全的。我以为我可以躲开她的监视，向你求婚。可我连这一点都做不到。"

"我能看一看那枚戒指吗？"艾伦问道。

"这是一枚古董戒指。"帕特里克回答，"它的身上承载着很多的故事。我指的是别人的故事。虽然说它并不是我的长辈留给我的，但我想你会喜欢它的。"他说着，看都没看就再一次打开了盒盖，然后又用手指轻弹着将它合上，"我想你应该不是那种会喜欢平淡无奇的闪亮钻戒的女孩。这还是杰克帮我挑选的呢。"

他说话的语气是那样的悲伤而怀旧，仿佛这是很久以前发生的一件事情似的。

"听上去棒极了。"艾伦称赞道，"所以，我能不能——？"

他伸出手来将盒子推到她的面前。

"哦，帕特里克。"这是一枚人造的白金戒指，上面镶嵌着一颗小巧的椭圆形海蓝宝石，那宝石的颜色有如大海般深邃，"真的是太美了。如果换做是我自己来选，也一定会选这一枚的。"

艾伦对于珠宝这种东西并不是特别感兴趣，因此也不像有些女人那样可以自信地说出"克拉"和"切工"等术语。"唔，好闪亮呀！"每当刚订婚的朋友垂着自己的左手向她展示钻戒时，她总是只能这样评价。因为在她看来，那些戒指都是一模一样的。

然而，帕特里克这一次绝对正确的选择却让她有了一种想哭的冲动。这仿佛是一个有形的证据，证明他是真的把她看在了眼里。也许她本就无法想象或是描绘出这枚戒指的外貌，但是这枚戒指却似乎在对她说："难道你还不知道吗？这就是你本来的样子。"

艾伦懊悔地合上了眼睛，完全不知道自己下一步该如何是好；要知道，她还没有来得及答应他的求婚呢。自从第一次知道萨斯基亚存在的那一天起，她心里就一直激荡着一股自以为充满了正义感的愤怒。这本应是属于她的时刻。此情此景之下，她本应像其他女人一样上演一幕喜极而泣的戏码，然后一头扎进帕特里克的怀中，时不时地抬起手来端详着无名指上的戒指。可如今，这段原本可以珍藏一生的记忆就这样毁于一旦了。

"现在就提出这个问题，也许是我太过于急躁了。"帕特里克开口说道，"但是这种感觉真的很好。于是我告诉自己，让那些顾虑都见鬼去吧，我知道她就是我的真命天女，所以我就——"

说到这里，他停了下来，像她那些刚刚从催眠状态中清醒过来的客户一样缓慢地眨了眨眼睛。

"你刚才是不是说自己怀孕了？"

✕

所以说，他就要成为催眠师的丈夫了。

他居然营造出了如此具有电影意境的一幕。粉红色的日落，香槟，还有那单膝跪地的把戏。

我想，他们真的要开始那样的生活了。我就说嘛，这并不是每个人都可以企及的际遇。他们也许会在沙滩上举办一场美轮美奂的盛大婚礼吧。那一天，若是再下上一两滴小雨就更有意思了。男人们会撑开手中的大伞，而女人们则会嬉笑着穿着高跟鞋奔跑起来。对了，为了腹中的孩子，她可能只能喝上一杯香槟酒。不久，孩子就要降生了，大家会纷纷带着鲜花和相机喜气洋洋地聚集到医院里去。这会是他们家中的第二个孩子，而且可能是个女孩。他们还会经常在家里与朋友们聚餐，就连周末也忙得不可开交。在孩子的音乐演奏会上，他们会开心地拭去脸上感动的泪水。待孩子都长大成人了，他们还会四处去旅行，或是培养些什么兴趣爱好，最后携手搬进某个宜居的养老院去，直到与世长辞。那时候，他们的子女和孙辈都会聚集到坟墓旁，怀念他们的往昔。

那么，如果我今天就死去了，谁又会来怀念我呢？我的同事吗？我猜他们应该很快就会忘记我的存在，然后为了争夺我的办公室而大打出手吧。那我的朋友呢？在过去的这几年中，我已经沦落到连一张圣诞贺卡都收不到的地步。这都是我的错。我总是不愿意被人

The
Hypnotist's
Love
Story

打扰，因而既不会回拨他们打来的电话，也不会回复他们发来的电子邮件。我将自己全部的时间都用在了跟踪帕特里克这件事情上。要知道，这可是一项十分耗费时间的爱好。我的发型师看上去对我还算颇有好感，但谁又会去告诉她我死了的消息呢？她说不定会以为我抛弃了她而去选择别的发型师了。我可是永远都不会这样做的。也许我应该留下一封遗书：请将我的死讯通知我的发型师。

对于催眠师和她的丈夫来说，我的死应该是轻于鸿毛的吧？就算他们的心中也会产生一丝的怜悯，一切也终将会成为过眼云烟。他们会支持着彼此，直到对方能够彻底将我遗忘。医生也会给他们开些药方，好治疗他们心中不必要的伤痛。

奇怪的是，在该发生的都发生了之后，我反而不再会心心念念着想要和帕特里克复合了。有什么东西悄悄地改变了。他从未向我求过婚，我们也从未谈论过婚姻的问题。他已经为科琳举办了一场盛大的白色婚礼。我曾经花了许多时间抱着那一大本皮质封面的长方形相簿，看着科琳和她那条巨大的蓬蓬袖白色婚纱，心里猜想着科琳会如何看待我这个人。

一天早上还未起床时，帕特里克突然没头没脑地冒出来一句："我会永远珍惜你的。"

这句话对我来说就已经足够了，甚至完全足以代替一次浪漫的求婚，一枚闪亮的婚戒，一场盛大的婚礼和一次美妙的蜜月。在我的心里，我和帕特里克从那一刻起就已经正式结合在一起了。

然而，帕特里克显然并不是这么想的。

看来艾伦就是那种会让男人产生单膝跪地求婚冲动的女人，而我则恰好相反。

当我迈着大步向他们的野餐桌走去时，我感觉自己似乎已经幻化成了某种丑恶的半兽人，浑身上下都散发着令人嫌恶的臭气。

我会接受的。这没有什么大不了的。他们将在婚姻的围城里一眼万年，而我却只能坐在外面坚守着自己的海枯石烂。

但我会确保他们永远都会记得我的存在、瞥到我站在窗外轻敲着玻璃偷窥的身影，生生世世都不曾离开。

✕

"她是永远都不会放过我的。"帕特里克说道，"如果你答应嫁给我，就必须接受我的全部，包括我的儿子，我的母亲，我的父亲，我的弟弟，还有我的跟踪狂。"

"是的。"艾伦回答，"我明白。"

"我希望他是个女孩儿。"帕特里克说，"我们的宝宝。我希望他是个女孩儿。我太想要一个漂亮的女儿了。你喜不喜欢小女孩儿？"

"当然喜欢了。"艾伦附和着。

帕特里克并没有喝醉，但从他嘴里说出来的每一个字似乎都变得柔和了起来。此刻，他们正坐在酒店房间的阳台上。帕特里克正痛饮着酒瓶里剩下的香槟。

他们就这样订婚了。那枚美丽的古董戒指早已戴在了艾伦的左手上，不时吸引着她的注意力。是的，她说了"我愿意"。

孩子的事情让帕特里克显得格外激动，甚至是有些欣喜若狂。当他终于反应过来艾伦是真的怀孕了的时候，便一把把她拉进怀里，像个宝贝一样紧紧地搂住她。"我们有孩子了。"他嘟囔着，"我的天哪。谁还在乎那些事情呢？我们有孩子了。"

一切都进展得十分完美，只不过萨斯基亚的面容总是时隐时现地出现在艾伦的视线范围内，就像是一段有关车祸的惨痛记忆总是伴随着金属被碾碎的刺耳声音和猛然后仰头部的沉重撞击感一样。

艾伦不断地回想起萨斯基亚大步向他们走来时的那幅画面：脸上挂着灿烂的笑容，深色墨镜遮挡下的双眼看上去一片空白。

艾伦心中的那股正义的怒火渐渐地熄灭了，随即感到精疲力尽、一阵空虚，仿佛真的经历了一场浩劫。

"真奇怪，我今天看到萨斯基亚时已经不再像往常那么愤怒了。"帕特里克说，"我反而觉得很平静，很坦然。"

看来她的"催眠后暗示"真的奏效了。作为一个职业治疗师，艾伦感到既骄傲又愧疚，所以一句话也没有说。她的头又开始疼了，于是只好在椅子上挪动着想要寻找一个舒适的姿势，同时还不忘来回地摆弄着手上的戒指。

"戒指是不是太紧了？"帕特里克望着她问道，"我们可以找人修改一下戒环的尺寸。"

"挺好的。"艾伦回答，"我只是不太习惯戴戒指而已。"

帕特里克把酒瓶里剩下的香槟全部倒进了手中的玻璃杯里，然后坐回座位上伸开双腿，还将脚趾缠绕在阳台围栏的栏柱上。

"没错。一个长得和你一模一样的漂亮金发小姑娘。"他快活地念叨着，抬起头来望向月光照耀下的夜空。

"可我并没有金色的头发呀。"艾伦笑了。

"你当然没有了。"帕特里克呆滞地转了转眼睛，伸出手来轻轻地摸了摸艾伦的头发，"也许我是照着杰克的样子来想象的吧。"

这话不禁让艾伦联想起了自己在他父母家看到的那张合影。合影中的科琳坐在医院的病床上，怀里环抱着杰克。她清楚地记得，科琳就留着一头长长的金色鬈发。

回到悉尼后，他们将自己订婚的喜讯告诉了所有的亲朋好友。不过只有他们最亲近的家人和密友才知道艾伦已经怀孕的消息。

大家看起来都是又惊又喜，眼里还含着泪光。为此，很多人都送来了鲜花和贺卡，还有人亲自登门送来了香槟和热情的拥抱。

　　"你为什么会感到意外呢？"帕特里克问道。

　　"我也不知道。"艾伦回答，"我猜自己并没有想到，到了我们这把年纪还会有人在乎这件事情吧。"

　　"这可是我们人生中的大事，他们当然会为我们感到高兴了。"帕特里克安慰她，"毕竟大家都喜欢圆满的结局。"

　　出于某种原因，艾伦并不喜欢经历如此大惊小怪的过程。相比之下，她更喜欢做个冷静的旁观者，而不是成为众人瞩目的焦点。还有那些琐碎的问题——"预产期是什么时候呀？""婚礼定在哪一天？""你们准备住到哪里去？"——都让她感到惶恐不安，因为就连他们自己也还没想出个所以然来。同时，她还莫名其妙地担心自己会让大家失望。

　　当她将自己订婚的喜讯告诉母亲时，母亲那双淡紫色的眼睛里却并没有溢满激动的泪水。她挑了挑眉毛，然后立马摆出了一副高贵的姿态——这一点显然是她从英国女王那里学来的——要知道，她伪装出来的这份气度不凡的外表已经完全俘获了帕特里克的崇拜之情——"我真的是太开心了。"——外加一张五千澳元的支票。

　　私下里她对艾伦说："就算是你怀孕了，他也不一定非要娶你呀！你认识他还没有五分钟呢！"

　　"他是在听说我怀孕的消息之前向我求婚的。"艾伦回答，"而且我已经了解到自己想要了解的一切了。"

　　"自以为是。"安妮低声嘀咕了一句，而艾伦却假装自己什么也没有听见，深吸了一口气后便将母亲的话全都当做耳旁风了。

　　茱莉亚对于此事的态度实在是令人有些难以捉摸。当听到艾伦订婚的消息时，她尖叫着冲过来拥抱了艾伦，还像个少女似的对着她的戒指动情地端详了半天。然而，就在艾伦将自己已经怀孕了的消息一五一十地告诉她时，她那可爱的面庞上却闪过了一丝阴影。

"你说这是个意外，是什么意思？"她反问艾伦，"未成年少女才会意外怀孕呢！难道说你是用意念来避孕的吗？"

其实，早在她第一次去看了玛德琳推荐的那个产科医生之后，就推算出自己应该是在那一次醉醺醺地打完金罗美纸牌游戏之后怀孕的。那时候，他们好像"忘记了"使用避孕措施。这听起来的确像是两个青少年的所作所为。

"话说回来，你和史丁奇——我是说山姆——到底有没有出去喝上一杯？"艾伦迅速转换了话题。

"他在最后时刻打电话来取消了约会。"茱莉亚简短地回答，"他说他得了流感，无法起床。"

"那他提议延期了吗？"

"管他呢。"茱莉亚说，"别用那种软绵绵的宽慰语气和我说话。我都快要被逼疯了。他对我不感兴趣，他对我不感兴趣。"

"茱莉亚，他没准儿真的得了流感呢。"

"得了吧！别摆出那副优越感十足却又波澜不惊的表情了。"

艾伦放弃了，不得不将萨斯基亚也出现在了诺沙的事情和盘托出，还向她讲述为什么这一切都是自己自作自受的结果，才好不容易让茱莉亚的精神又稍微振作了一些。

帕特里克的家人实在是太可爱了。他的母亲承认，自从第一次见到艾伦的那一刻起，她就一直都在祈祷着能够听到他们订婚的消息。

"那你有没有祈祷我们能有个新的宝宝呢？"帕特里克天真地问道。

"当然有了。"莫琳答道，"说实话，我并没有料到事情会发展得这么快。但若是你怀疑我会不赞同的话，帕特里克，我恐怕就要让你失望了。我可不是什么老古董！"说完，她还转过头来对着艾伦微笑了一下。"而且你们自然是会在孩子出生前就结婚的，对不对？"

帕特里克的父亲给了艾伦一个充满父爱的大大拥抱，一股浓浓的须后水味道扑面而来，仿佛将她整个人都包覆了起来。这种味道不禁让她想起了自己的外公，于是只好一个劲儿地告诫自己不要拉着他的衬衫边缘不放。帕特里克的弟弟西蒙则送上了一束鲜花，还亲自下厨在自己的公寓里为他们烹饪了一顿绝佳的庆祝晚宴（他的厨艺可是比帕特里克要强多了）。席间，他就像艾伦的弟弟一样和她开起了玩笑，让她顿时产生了一种从未有过的亲近感。这种感觉真是好极了。

实际上，最让艾伦感到忐忑不安的人还是杰克，因为她并不知道这孩子会如何看待自己这个"即将上任"的继母，就更别提自己怀孕的事情了。然而，杰克对此的反应却十分平静，似乎并没有很上心。"我希望你肚子里怀着的是个男孩。"他是这样说的，"这样我就能教他许多东西了。比如说如何开车，如何开飞机。"说罢他还停顿了一下，斜着眼睛看了艾伦一眼，"如何开枪。"

"开枪！"艾伦马上装出一副极为惊恐的表情。

"我是跟你闹着玩的。"杰克开心地笑了起来。这似乎是他最近的口头禅。

看起来一切都已经安排妥当了。

帕特里克和杰克都表示他们很愿意搬到艾伦的房子里去。"如果你不嫌弃我们的话。"帕特里克调皮地说，"我们可以把自己的房产作为一种投资，然后租给别人。这样我们就可以成为房地产大亨了！"

"搬过去以后，我这一辈子每天都要到海滩上去玩！"杰克喊着，"就算是下雨、下冰雹也要去！算了，也不用。我是跟你闹着玩的。"

杰克还是会留在原来的小学继续上学。二十分钟的车程算不上什么，何况帕特里克的办公室也正好在同一个方向。

事情就这样愉快地决定了。

艾伦成为一个新家庭的成员，而她的一生也就要随之发生改变了。她来来回回地在屋子里踱着步，同时还不忘反复地旋转着手中的订婚戒指，想象着这里被新的人和新的事物填满时会是怎样的一幅情景。一个房间留给杰克，一个房间留给还未出生的新宝宝。不知不觉中，她就要变成两个孩子的母亲了。她的冰箱上会贴上杰克学校发来的通知，而帕特里克收藏的老测绘仪器图片也会被张贴在这里的某一面墙壁上。她还需要添置一张轻便的小床，一张婴儿换衣桌和一个婴儿浴盆。杰克的自行车应该会立在前院的墙边吧。别忘了还有车里的婴儿座椅和走廊上的婴儿推车与小书包。

一切都太美妙了。

可又是如此令人心生畏惧。

✖

"黛博拉·范登堡"预约了本周五上午的十一点前来接受治疗。

"我猜她应该不会来了。"艾伦推测道，"既然我已经知道她就是萨斯基亚了。"（不过她临走时确实说了一句"周五见"。）

"我打算那一天请个假。"帕特里克回答，"我可不想让你单独面对她。"

"她不会来的。"艾伦安慰他，"就算她来了，我也会没事的。毕竟她并不是一个暴力的人。"

她这么说其实是因为自己并不希望帕特里克当天在场。如果萨斯基亚真的露面了，她倒是很想和萨斯基亚聊一聊。说实话，她一直都很想与萨斯基亚好好地进行一次女人之间的对话。"你为什么要这么做呢？"她会这样向萨斯基亚提问，"请帮我解释一下。"

显然，此刻的艾伦已经无法再从专业的角度来继续为她治疗了，但还是可以为她介绍其他医生，让他们来治疗她的腿疾以及她对帕特里克无法释怀的迷恋。因此，艾伦打算以一种温柔而又坚定的姿态来结束这一切的是是非非。

（其实，连她自己都觉得自己的想法太过于荒唐：她居然会相信萨斯基亚若是看到了她的和蔼可亲与善解人意，说不定就会识相地站到一边去呢。）

"这是我的问题，不是你的。"帕特里克的语气显得有些焦躁，"记住，你现在是个孕妇——应该远离这些压力。"

"她是不会来的。"艾伦依然坚持自己的判断，"我确信她是不会来的。"

"我必须得行动起来申请一份限制令了。"他自顾自地说道。

自从从诺沙回来以后，他就一直在念叨有关限制令的事情。但是，出于某种艾伦一直都没有想明白的原因，他似乎永远都抽不出时间将自己的话付诸实践。她知道，帕特里克之所以一拖再拖肯定不只是自尊心的问题，但她并不想要把他逼得太紧。况且，据她所知，限制令在保护受害者不受跟踪者危害方面所起的作用也是微乎其微的。

最终，帕特里克还是决定按时去上班，因为他们发现艾伦那一天并不是一个人在家——一个身形彪悍的水管工将会过来更换热水系统。早在他们从诺沙回来的第二天，屋子里的热水系统突然坏了。

这位身形彪悍的水管工恰好是帕特里克的朋友。他答应帕特里克，若是萨斯基亚真的找上门来的话，自己一定会全程都守在艾伦的附近。（如果萨斯基亚敏捷地从手提包里掏出一把带有消音器的手枪朝她开枪，或是将一支能够引起全身麻醉、将她毒哑的针剂扎入她的手臂，又该怎么办呢？艾伦实在是看过太多部恐怖片了，因此坚信再强壮的水管工也是无法与真正的精神病人相抗衡的。）

萨斯基亚预约的看诊时间一点点地接近了，艾伦一直都坐在自己的办公桌旁，装出一副毫不在意的样子。她也曾试图想要填写一些文件，但心脏实在是跳得太厉害了，以至于她根本就没有办法集中注意力。

她是不会来的，艾伦在心中默念着。

不过，就连她自己都不相信这话。上一次诊疗时，艾伦曾经借给萨斯基亚一本关于疼痛管理的书，两个人还兴致勃勃地聊起了自己是多么反感某些人不爱还书的行为。"别担心。"萨斯基亚向她保证，"我一定会把它还给你的。"

时钟滴答滴答地走过了十一点，可是艾伦家的门外却是一片寂静。她此刻是应该感到大失所望还是如释重负呢？其实，她从心底里知道这两种感觉都不可靠。

十一点二十分，电话铃响了。艾伦一把抓过了听筒。

"艾伦·奥法瑞催眠诊疗室，有什么可以帮到您？"她的声音是如此的冷静，甚至听不出来有任何一丝的颤抖。

电话那头一片寂静。艾伦感觉自己只能够模糊地听到马路上车来车往的嘈杂声音。一辆车子鸣着喇叭呼啸而过。

她轻轻地问了一句："萨斯基亚？"

电话就这样断掉了。

✕

在我驱车前往艾伦家赴约时，车子却坏在了半路上，恰好就停在了高速路的中间车道上。所有的过往司机都在愤怒地朝我按着喇叭,一遍又一遍,好像他们的喇叭声能够让我的车子重新动起来似的。

我迈出车门,冲着那些按喇叭的人尖叫道:"你们到底想让我怎么样?难道我是故意停在这里的吗?"

我的声音应该会被往来车辆的噪音所淹没吧。他们只会看到我的嘴巴因为愤怒而无声地一开一合,手臂还不停地上下挥动着。"疯子。"那些按着喇叭的司机肯定会这样自顾自地骂上一句。

他们说得没错。

在等待汽车协会的救援时,我决定打个电话告诉艾伦自己不能按时赶到了。任何一个有礼貌的人应该都会这么做的。对于其他的约会,我也一向都是这么处理的。就算我还是黛博拉,也应该拨电话过去打声招呼。

我本想像往常一样若无其事地出现在她的门口,好吓她一跳。能够近距离地观察她的反应是一件很有意思的事情。我不知道她会不会请我进屋。或是会直接当着我的面把门摔上?不,她是不会这么做的:我觉得摔门这种事情完全不符合她甜美而又空灵的气质。不过我猜帕特里克有可能会在家中陪着她一起等待我的到来。也许他已经做好了报警的准备,或是终于下定决心要去申请那份他常挂在嘴边威胁我的限制令,好保护他那娇贵、美丽而且还怀有身孕的未婚妻。

但如果帕特里克并不在家,而她又请我进了门的话,我打算要好好称赞一番那枚订婚戒指,顺便关心一下她的预产期是什么时候,再问一问他们计划什么时候举办一场盛大的婚礼。我还想问问她是否介意我也穿上一身的白色。若是这样说太过于无礼的话,我至少可以问问自己是否会被列入受邀宾客的名单之中。哈哈哈。我还想知道帕特里克是否还喜欢在浴室里亲热以及在周日的早上口淫。我真想看看她那张沉静的脸蛋会不会像个破了的玻璃杯一样碎得四分五裂。

不然我还是不要提有关帕特里克的事情好了，而是专心地扮演黛博拉的角色，将她借给我的书双手送还，然后看着她假装若无其事地抑制着心中怒火的样子。（我这周都没有什么时间看电视。话说回来，如今的电视节目中到处都可以看到美国女孩的身影。她们说起话来还真是挺迷人的。）

我一向都很擅长见机行事，因此总是能够随心所欲地说话和做事。至少我是这么以为的。然而，在听到她接起电话的那一瞬间，我却莫名地失声了。

我的声带完全瘫痪了，以至于根本就无法说出自己事先想好的台词："哦，嗨，艾伦，是我，萨斯基亚。我今天早上没办法赴约了，因为我的车坏了。"

如果她已经认定我是个疯子，那么我就不能够再以正常人的身份出现在她面前了，因为那样只能说明我还有选择——选择继续做一个疯子或是改过自新做一个正常人。既然我还有选择，那么就说明我还不是一个彻彻底底的疯子，我还是能够放弃这些疯狂的行径，认真地去对待属于自己的生活的。

可我哪里还有属于自己的生活呢？帕特里克和艾伦就是我的生活。没有他们，我就只剩下一份工作、一家常去的杂货店和一辆亟待更换新的自动变速装置的车子了。仅此而已。

这天下午晚些时候，门铃响起时艾伦正在仔细研究着水管工留下的那套全新热水系统上的高级控制面板。

帕特里克挑选的是一套能够预设水温的系统。他提到，这种功能在刚出生的宝宝享受"沐浴时光"时就会显得格外实用了，可艾伦此前甚至都不知道这世上还有这么高档的东西。（对了，"沐浴时光"！任何平凡的小事在他的嘴里都能够轻易地变得卓尔不群。这不禁让艾伦感到有点儿不可思议。）此外，他还合计了一个很长的列表，上面详细列举了家中为了迎接新成员而需要进行的改装项目，比方说所有的电源插座都要装上儿童防触电装置，还要更换那座被他称为"死亡陷阱"的旋转楼梯，等等。

"所以我猜我们这就要去寻求报价了。"一看到这张表单，艾伦的压力水平一下子就飙升上来。

"这些都交给我来就好了。"帕特里克像个超级英雄一样挺起了胸膛，扬起了下巴，"你那颗漂亮的小脑袋就不用多想啦。"听到这话，艾伦一只手扶着额头，假装昏厥在了他的怀里。（其实她当时也许真的有些头昏了呢。）

艾伦抬头看了看时钟。并没有人预约了这个时间来看诊。萨斯基亚，她一边走下楼梯，一边在心里默念着这个名字。现在可没有身形魁梧的水管工来保护你了。为了以防万一，她从边桌上拿起了一座外婆留下的沉重的玻璃烛台架，可随后就望着映在走廊镜子里的那个如临大敌的自己笑了起来。真是大惊小怪。不过，她并没有放下手中的烛台架。

门开了。

站在门外的并不是萨斯基亚，而是一个身材瘦小、表情紧张的女孩，手里还点着一支香烟。听到开门的声音，女孩抱歉地抬起头微微笑了一笑。

那是一张艾伦再熟悉不过的脸庞，可她居然一下子没有认出她是谁。一定是她太确信等待她的那个人就是萨斯基亚了，因而根本就无法把她的脸从自己的脑海中抹去。

女孩扔掉了手中的香烟，还用脚踩灭了烟蒂，然后弯腰把它捡起来握在手心里。

"我真不敢相信自己居然在等你开门的时候还点上了一支烟。"她开口说道，"我真是个白痴。不过，你也看到了，我还是没戒掉我的烟瘾。"

艾伦低头盯着那被踩灭的烟蒂说了一声："罗西。"

"是我。"罗西答应道，"真抱歉，我知道自己没有预约。我今天早上才刚刚度蜜月回来，所以抱着碰碰运气的想法来看看你是否有空……"

"我在上周的报纸上看到你的婚礼照片了。"艾伦努力让自己的声音听上去不那么愤恨。就在我们好不容易找到了问题的答案之后，你居然还是选择了嫁给他！如果你真的不喜欢他，又为什么要嫁给他呢？

"那些照片真是惨不忍睹。"罗西回答，"我看上去丑极了。你看到伴娘礼服的颜色了吗？"

"报纸上刊登的照片是黑白的。"

"哦，对了，这还用说嘛。嗯，总之真的是惨不忍睹。无论如何，你……可以让我进去坐一会儿吗？"

"当然可以了。"艾伦亲切地答道，心中不由得为自己刚刚的愤恨之情而感到愧疚，"能再次见到你真好。"

她向后退了一步，将罗西领进门来，然后小心翼翼地将手中的烛台架放回了边桌上。

"你也许不明白我为什么最终还是决定要嫁给他。"罗西说着便径自走向了那把绿色的躺椅。

"给。"艾伦在手心里铺开了一张面巾纸，好让罗西能够把手中握着的烟蒂放进来。

"这一定是这世界上最愚蠢的原因了。"罗西念叨着，"你肯定会觉得很可怕。"

"我相信事情没有那么严重。"然而，她心里却打了一个大大的问号。

"上次催眠结束后，我已经准备好要取消婚礼了。我知道这是件大事，因为所有的请柬都已经寄出去了。你知道的，就连总理都在我们的宾客名单当中。虽然说她到时候应该是要去日本还是什么地方，但是，你懂的……而且，我的母亲已经为此掉了二十公斤体重，还为自己买了一条有生以来最昂贵的礼服裙。还有我的父亲，他也花了很长的时间准备那段糟糕的致辞。我的朋友们都很嫉妒我，这倒不是因为我终于要嫁人了，而是因为我居然嫁入了豪门。不过，这些都不是我想要说的原因——其实真正让我改变主意的并不是这些。"

"到底发生了什么？"艾伦关切地追问道。

"离开你的办公室之后，我决定到海滩上去散散步。"罗西回答。她的两只手指正呈"V"字形敲打着自己的嘴唇：这一般是烟民想要抽上一根时会做的动作。"我想让自己的头脑冷静一下，顺便想想该如何向伊恩解释。这时我看到一对情侣正坐在沙滩上接吻，而且吻得很深情。你知道两个人刚开始谈恋爱的时候会如何亲吻对方吧？"

"我知道。"艾伦说着便想起了帕特里克在博物馆外给她的那个吻。

"当时我就想，哦，他们可真甜蜜。可当我走近时才发现，其中一个人竟然是乔——我的前男友！我们两个一年前就分手了。我本以为自己已经释怀或是根本不会再在乎他了，可他亲吻那个女孩时的表情就好像他从未感觉如此幸福似的。这种感觉简直是要了我的命。"

"啊。"艾伦不禁感叹了一声。

"就是因为这件事情，我才对自己说，我不能这么做，我不能取消婚礼。"罗西继续讲道，"我们要去度蜜月的那个奢华的马来西亚度假村正好是我和乔当初朝思暮想却又消费不起的地方。所以我想要让他知道，我想要让他想象我和别的男人在一起的情形，我想要让那种幸福的神采从他的脸上一扫而光。他是个极其仇富的人，而我知道我们共同的朋友肯定会将婚礼的细节全部都转告给他的——我也不知道自己是不是疯了，一心只想着一定要让婚礼继续，还要好好地爱着伊恩。我当然是爱着他的，我怎么会不爱他呢？我说服自己，我只不过是在催眠时感到有点困惑而已。老实说，我甚至有点儿怪你。于是我就结婚了，一切都很顺利。不过，你知道后来发生了什么吗？"

"发生了什么？"

"两件事。第一，马来西亚的那个度假村其实一点儿也不好，甚至应该说是挺糟糕的。而且，我们还因为一些兼并还是政变之类的事情不得不缩短了蜜月的行程。第二，你知道我今天早上听说了什么吗？我的前男友和那个女孩在一起只不过几周的时间而已，现在又恢复单身了。可不管怎么说，我心里都放不下！虽然说我从未想过要和他复合，但我就是不忍去想象他和别人在一起那种幸福的样子，更不能让他听说我又单身了。这是不是你这辈子听到过的最可悲的故事？"

"当然不是了。"艾伦回答，"我们做每一件事的时候都是有着自己特殊的动机的。"

两人面对面地沉默了片刻。罗西先是有些坐立不安，然后突然指着她的戒指惊呼了一声："你订婚了！"艾伦这才意识到自己一直都在来回搓动着手上的戒指，也难怪罗西会注意到。显然，这个动作已经快成为了她的一种习惯。"祝贺你！我猜你一定很爱很爱他。"

"是呀。"艾伦傻傻地笑了笑。她不想让自己的回应听上去格外的自以为是。

"话说回来——"罗西又转换了话题，"伊恩想马上就试着要个孩子。"

"那你这一次肯定是下决心要彻底戒烟了吧。"艾伦揣测着问道。

"不。"罗西回答，"我想要你再催眠我一次，让我真的爱上他。我是说，爱情只不过是一种精神状态，不是吗？我不想和一个自己不爱的人生孩子。你肯定能帮我的，对不对？能不能让我相信自己是爱他的？这样我就不会犯下自己人生中最大的一个错误了。"

13

安妮的爱情

女人与自己父亲之间的关系将对她未来的恋爱观产生深远的影响。缺乏父爱的女人就缺少了适当的样板，因而很可能会导致滥交——太棒了，谢谢你，妈妈，我就要变成一个荡妇了！！！

——艾伦·奥法瑞日记的开篇，
写于她十五岁生日的前一周

艾伦的母亲看上去很紧张。

事态一下子变得明朗了起来。自从她们走进这家餐厅吃午餐的那一刻起，艾伦就一直在悉心观察着安妮，想要弄明白她的身上到底有什么不对劲的地方。若是换做别人，一定会觉得安妮只不过是在冷静而自在地和艾伦讨论着怀孕的问题，还时不时和蔼地与艾伦的教母讨论着应该挑选哪种葡萄酒，或是向服务生询问餐厅的特色菜。然而，她的坐姿却有些不太寻常：背部不自然地僵直着，下巴高高抬起，双肩微耸。此外，她那双漂亮的淡紫色眼睛还总是不断地朝着艾伦的方向扫射过来，让她不禁怀疑母亲是否正在用眼神对她进行着严格的身体检查：监测她的肤色、体重还有眼白。她甚至感觉安妮恨不得每一次见面时都在她的手臂上绑上一个血压计，或是硬塞一支体温计到她的嘴里，而不是热情地上前拥抱她。

于是，她又将注意力转移到了自己的教母身上。菲莉帕的身上有着一种难以抑制的兴奋感，仿佛是打算要去看一场成人秀似的。起初，艾伦还看不出梅尔的脸色有什么不对，但随后就发现她总是不断地望向安妮，好像是在等待着什么。艾伦不禁想起了梅尔两周前打来的那个电话。她当时似乎提到了安妮最近有些反常的事情，不过这些话早就因为怀孕和订婚的事情而被艾伦忘得一干二净了。

点完餐后，服务生转身离开了。艾伦开口问道："好啦，最近怎么样？"

安妮伸出手来揉了揉自己的脖子。这个动作不禁让艾伦注意到她的脖子上戴着一条自己从未见过的十分华美的项链。在项链的映衬下，安妮脖子上的肌肤和她身体的其他部分相比似乎显得更加苍老了几分，就像是一块起皱的丝绸，让艾伦忍不住想要伸手去抚平它。

"这条项链是哪儿来的？"艾伦好奇地问了一句。

"你真的是不能饶恕这个家伙。"菲莉帕得意洋洋地插了一句，"她总是这个样子。还记得那一次我们试图说服她——"

"皮普。"梅尔赶紧打断了她的话，"这是安妮和艾伦之间的事情。"

"没错！我同意！我都不知道我们为什么要坐在这里！你们需不需要我们暂时离开，好给你们留出点儿私人空间？"

安妮叹了口气，答道："我们三个是一同抚养艾伦长大成人的，这就是为什么我需要你们也在场的原因。你们两个对艾伦就像是亲生母亲一样。我们四个就是一个家庭，而这……正是一件家庭大事。"

艾伦突然感到一阵莫名的恐惧。要知道，母亲可是从来不会这样讲话的。

"是癌症，对不对？"她开口问道。

"是个好消息。"安妮笑着回答，脸色一瞬间变得容光焕发，"其实某一天晚上我本来打算过去告诉你来着，但后来因为别的事情而分了心，对不对？"

"对的。"艾伦附和道。

"嗯，事情其实是这样的，我偶然碰见了你的父亲，就是这么简单。"

"哦,这可一点儿都不简单。"菲莉帕没好气地嘟囔了一句。

"应该说我……正在和他约会。"安妮吞吞吐吐地说着。

"这真的是太浪漫了。"菲莉帕叹了一口气。

"我有点儿没听明白。"艾伦追问道,"我以为他已经结婚了,还住在英国。"

"他离婚了。"安妮的语气中洋溢着无比的幸福,好像某人已经离婚的事实在她看来却是某种莫大的欢愉似的。

"而且他已经搬回悉尼了。"梅尔补充道,"你妈妈已经和他秘密约会了好几周的时间了,但对我们却只字未提。我就知道一定有什么不对劲。"

"这都怪我。"菲莉帕说,"他在脸书上找到了我,还问我是否和安妮·奥法瑞保持着联系。当我将这件事情转告给你妈妈的时候,她的脸色一下子就变了。我这才知道,即便这么多年过去了,她还是对他念念不忘!"

"对他念念不忘?"艾伦反问道,心中突然燃起了一股莫名的怒火。眼前的这三个人居然还像是未成年少女一样。"但你不是说自己是从一个名单中选中他的吗?"

"没错,没错,那些话都不假。"安妮解释着,"别生气,你的生活并不是建立在谎言之上的。只不过我没有告诉你的是,我当初确实有点儿喜欢他。"

"不只是一点点吧。"梅尔说,"皮普和我一眼就看穿你了。"

说到这里,三个人吧嗒着自己那涂抹着昂贵口红的小嘴聊了起来,仿佛自己正坐在教室里说着什么八卦似的。安妮还顺势给大家的玻璃杯里都添了些酒,而坐在一旁喝着矿泉水的艾伦倒像成了她们的中年母亲。真是一群愚昧的女人。

"原来他也一直都对我念念不忘。"安妮骄傲地宣称，"虽然他已经结婚了，但还是会时常想起我。据说我还会经常出现在他的梦里呢。"

"那个可怜的女人。"艾伦感叹道。

"什么可怜的女人？"她的母亲皱起了眉头。

"他的妻子！那个和他订了婚却不知道你正在盘算着和他怀上个孩子的女人！"

"哦，别这么——"安妮停了下来，挥了挥手，好像是在驱赶一只无害的昆虫。艾伦猜想，她刚才想要说的那个词应该是"无聊"吧。

这时梅尔开了口："艾伦，你妈妈和他们离婚的事情一点儿关系都没有。事情并没有那么复杂。"

艾伦不禁想到，一个可怜的伦敦女人每晚都会伴着自己的丈夫入睡，可他的梦中却总是会出现一个站在阳光灿烂的悉尼街头的有着淡紫色眼睛的女孩。事情还真是一点儿都不复杂。

"这么说来——"艾伦努力让自己的声音听上去不要那么的暴躁，"你已经把我的事情告诉他了？"

听到这话，安妮脸上那副恍惚的神情一下子就消失了，整个人仿佛再度紧绷了起来。"当然了，他听了这个消息之后感到很震惊，还怪我为什么没有早点儿告诉他。他说若是他知道的话，一定会取消婚礼，然后和我结婚的。想象一下吧！我本来是有机会当一个乖巧的家庭主妇的。"

"哦，妈妈。"艾伦哀号了一声。

母亲的语气里透露出了某种惬意而又沾沾自喜的意味，这反而让艾伦感觉自己有些迂腐沉闷，一点儿也不勇敢开放。

"你会见见他的，对不对，艾伦？"菲莉帕问道，"这就像是电视剧里上演的那些家庭重逢的戏码一样。我光是想一想就快要哭出来了。"

"我会见见他的，我当然会见见他的，不过这件事一点儿也不浪漫，更和心碎搭不上半点儿关系。"艾伦回答，"我们只不过是拥有同样的遗传基因而已。"

"可如今你的父母相爱了呀！"菲莉帕将两只手紧紧地贴在了自己的心口上。

"我们猜想你会非常缴动呢。"梅尔朝着艾伦皱起了眉头，脸上还露出了一种好奇而又探究的表情，就好像她是什么待解的难题似的，"你总是渴望能够见见自己的父亲。你对他可算是着迷了好一阵子呢。"

"那时我只有十四岁。"艾伦回答。如今，这场期待已久的重逢似乎已经转变成了某种棘手的社会责任。

"难道你不想知道他长什么样子吗？"菲莉帕追问。

"我想我确实很好奇。"艾伦敷衍着继续答道，可心里却早已经没了兴趣，毕竟她此刻有太多的事情值得去担忧，比如说她腹中的孩子和即将搬来与她同住的丈夫和继子。当然了，还有她丈夫的前女友。综上所述，她根本就没有时间去建立一段新的父女关系。

"嗯，我们不必着急。"安妮提议，"等你准备好了再说。"她的手又不自觉地抚了抚自己的脖子，顺势轻触着新项链上的宝石。

"所以说这条项链就是他送给你的礼物了？"艾伦问道，"他叫做，啊……戴维？"难道她不该称他为爸爸吗？

安妮放下了抚摸宝石的手。"没错，这是他为了庆祝我们恋爱一个月纪念日而送给我的礼物。"她的脸色愈加红润起来，"我知道我们岁数大了，早就不适合戴这种东西了。"

"噢。"菲莉帕不满地叫了一声。

显然，艾伦的母亲正处在热恋之中，而她热恋的对象又正好是艾伦的父亲。在大多数情况下，这样的恋情都是既合情又合理的，可艾伦就是想不明白自己为什么会如此的不开心。难道是因为她不想要改变吗？还是说她不想看到母亲去疼爱除她以外的任何人？在回家的路上，她要好好地想一想这件事情。

"我真为你感到高兴，妈妈。"她用自己最真诚的声音说道。

"我并没有指望些什么。现在就考虑那些显然还为时尚早。"安妮精神饱满地答了一句，然后又带着一脸诡异的笑容伸出手来握住了艾伦的手，"你爸爸是我认识的最可爱的男人了。"

✖

我住在一套有三间卧室的连栋式公寓里。

我从来都不喜欢连栋式公寓，但还是迫不得已地住了进来。

在帕特里克向我提出分手之后，我急切地想要找个新房子住下来，而这里正是我熟识的房产中介能为我找到的第一套符合我预算的空房。这是一座毫无特色而又缺乏生气的小房子，附近的街道上挤满了一模一样的连栋式公寓以及三座高达二十层的住宅楼。我的邻居们多是辛勤的中产阶级职员，他们就像是这个社会的工蜂，每天都在为了能够拥有更好的生活而奋斗着。话说回来，这里的生活便利程度倒真的并非浪得虚名，不仅步行即可到达地铁站，而且进城也只需要十分钟左右的时间。街道两旁开设了几十家差强人意的餐厅，而24小时干洗店、银行自动柜员机和计程车站也是随处可见。路过的行人总是边低头查看着自己的黑莓手机，边大口大口地喝着杯中的外卖咖啡。这里显然并不是一个适合谈恋爱的地方，周围既没有街头艺人，也没有书店、画廊甚至是电影院。很好。这里的一切看起来就像是从我办公室延伸出来的一样。

自从我搬进来之后，一个叫做杰夫的男人就一直住在这座建筑的另外一半里。他是一个矮小的秃顶男人，留着整洁的姜棕色络腮胡，而我对于他的个人情况最深刻的了解就是——他不怕冷，因此一年到头都穿着短袖 T 恤衫。就算他在家，我也无法从我们之间共享的那几面墙对面听到任何的声音：没有音乐，也没有电视的声响。虽说我有一次的确听到过他愤怒地大吼了一声："但那不是你做事的风格！"做什么事？但我一点儿也不好奇。因为我根本就不屑于和他对话，就更别提什么眼神的交流了。

如果我们碰巧在信报箱那里相遇或是同时出入大门，都会不约而同地加快自己的脚步，好像是突然想起自己就要迟到了似的，抑或是低头拆读着手中的来信，仿佛那才是自己的头等大事。偶尔，我们也会心不在焉地搭上一句类似"天气很热啊，是不是"或是"天气很冷啊，是不是"之类的话。如果当天的气温不好界定的话，我们便会随口说上一句"你好吗"，但却从不会等待对方的回答，因为我们根本就不在乎那个答案。有时候，我还会在自己的脑海里自顾自地答道：我还在着了魔似的跟踪我的前男友，缅怀我死去的母亲，忍受莫名其妙的腿部疼痛，谢谢你，你怎么样？

所以说，是的，杰夫就是我的完美邻居。这么多年来，我们一直互不干扰地合租在这座连栋式公寓里，帮助外出的一方签收邮件，商议分担垃圾回收和割草的责任，并保持着最令人满意的浅薄关系。

今天，我从汽修店里取回了自己的车子并开回家之后，突然看到杰夫大步向我走了过来，于是只好设法向后小心翼翼地退了一步。

"嗨，萨斯基亚。"他朝我打了个招呼。我想，这应该是他第一次称呼我的名字吧。

"嗨，杰夫。"这也是我第一次称呼他的名字。

"我想要告诉你一下，我准备搬家了。"他说，"我打算搬到另一处海边去。"

"另一处海边。"我重复着。

"是的，我要搬到南岸的一个小城镇里去。我打算在那里开一座咖啡馆，就叫做'杰夫的码头咖啡馆'。"

一时间，我有点儿不知所措，可就连我自己也不知道是为了什么。我想这大概是因为我从未想过他会是一个对于生活如此有主见的人吧。当然了，他也不知道自己对于我的生活来说只不过是一个配角而已。反过来说，没准他也觉得自己才是明星，而我才是配角呢。这样一来就公平多了。

"那里并没有码头，不过我想要把咖啡馆装潢成码头的样子，放上缆绳、船锚和……木桶之类的东西。"他的脸上闪过了一丝不确定的神情，也许他也不知道自己在做些什么。

"听上去真不错。"我表面上这样回答，心里却觉得他注定是要失败的。

"是呀，我觉得现在也是离开警队的时候了。"他说道。

"你是个警察？"我简直不敢相信。我可从没有看到过他身穿警服的样子呀，因此一直都以为他是个审计员、信息技术顾问或者甚至是个图书管理员呢。警察难道不该向邻居公开自己的职业吗？若是我不小心在信报箱那里向他透露了什么罪行，或是向他提供了某种违禁药品可怎么办呀？

还有帕特里克的事情。他总是威胁我说他要报警。真搞笑。警察怎么会去管两个成年人之间的私事呢？不过，严格根据法律来讲，我确实在没有获得他的允许的情况下进入了他的家里。

"我都不知道你是个警察。"我的语气里多半流露出了一种厌恶的情感。

"卧底警察。"杰夫回答，"压力挺大的，很折磨人，因此根本就无法跟任何人建立感情。我已经不年轻了，还盼着能够早点遇见自己的梦中情人呢。希望我有一天能够当上爸爸！"

我并不想要听到杰夫和他的梦中情人的故事，也一点儿都不想要和他分享任何亲密而又恶心的两性话题。

"一个很不错的年轻家庭就要搬到我的公寓来了。"他继续说道，"他们有两个小孩，一男一女。你肯定会发现他们要比我活泼得多了。"

说到这里，他似乎猛然想起了我们两人之间一贯的邻里关系，于是忙不迭地向后退了一步。

"那么——"他不好意思地开口说道，"我已经耽搁你很多时间了。只是想要和你打声招呼，以防你见到搬家工人时会感到吃惊。那个年轻的家庭后天就会搬进来了。"

"祝你一切顺利。"我回答。

"谢谢。"他说着笑了一下，那笑容居然既温和又腼腆，让我的心里一下子涌上了一股莫名的悲伤和遗憾。我本来可以成为他的朋友，时不时邀请他来喝杯酒或是喝杯咖啡的。这样的话，他也许就不需要搬到那个愚蠢的海边小镇去了。

在认识帕特里克之前，我肯定会那么做的。这全都是帕特里克的错。

可如今，一个"很不错的年轻家庭"就要搬到我的隔壁来了。从此，我这座平淡的小公寓再也不会是我逃避世间各种幸福与甜蜜情感的天堂了。想到自己即将目睹这个自以为是的家庭每天卿卿我我的样子，我的心里就感觉完全无法承受。我讨厌拥有一儿一女的家庭，就像我讨厌汽车广告里的模范家庭一样。他们实在是太圆满了，仿佛生活就没有半点不顺遂的地方。

我感觉自己的头"轰"的一声就要炸开了。有些事情就要发生了。我必须行动起来。要快。我只需要知道那到底是什么。

结束了与母亲和教母的午餐，艾伦回到了家里，怀抱着手提包坐在了房前的阶梯上。她根本就没有精神翻出钥匙、回到那空荡荡的房子里。此刻，她是那么希望自己按响门铃后能够听到一阵拖拖拉拉的脚步声呀。她的外公总是会小心警惕地拉开一个门缝，直到看到是她时才会卸下心防。"她来了！"他一定会兴高采烈地对艾伦的外婆喊道。推开大门时，艾伦总是能够闻到烘焙点心的味道。

如今，他们已经去世一年多了，因此不会再有人为她开门了。然而在艾伦看来，曾为自己开过数百次门的外公外婆并不仅仅存在于她的记忆当中，而是依旧生活在某个不一样的平面上。若是她能够安静地坐在这里专心致志地等上一段时间，说不定就能穿越时空，重新靠在外公的肩膀上，看到他因为自己的拥抱而再度红润的脸颊。

"你在想什么呢，艾丽？"外婆是唯一一个叫她艾丽的人。（"我并没有——也永远都不会给我的孩子起名叫'艾丽'。"安妮总是一脸厌恶地说。）

她是多么想向外公外婆报告一下自己生活的新进展呀。戴维·格林菲尔德，这个出现在她出生证明上的陌生而又迷人的名字，从此将再也不是一个精心挑选出来的捐精者了，而是她母亲认识的"最可爱的男人"。这就像是偶然间听说圣诞老人确实存在一样，当你已经不再在乎、不再相信魔法时，这样的消息只能让你感觉更加的困惑。

"这就是你妈妈。"她的外婆一定会边说边摇着头将水壶放回炉灶上去。艾伦叹了一口气，微笑了起来。没错，就是这么回事。如果她想要让母亲因此而受到谴责的话，想必外公外婆是一定会站在她这一边的。

其实，她想要让母亲受到谴责的原因还不止如此——恐惧，面对变化时的恐惧，面对未知时的恐惧。想必外公每一次开门的时候内心也是怀着同样的恐惧吧。难道说"改变"此刻正在轻叩着我家的门吗？

她叹了一口气，从手提包里翻出了钥匙，然后站起身来。这时，她的眼睛突然被门旁的一个铸铁马赛克桌上放着的东西吸引了过去。这张桌子是艾伦的外婆在一个马赛克培训课期间制作的。（其实这也算不上是一件完美的作品，上面的绿色和橙色长方块大多都贴得歪歪扭扭的。据说这门课的老师还总是批评外婆上课时话太多。）

一本书正立在桌子的中央，看起来就像是被书店的店员小心翼翼地摆放在那里准备出售的一样，旁边还斜躺着一枝粉红色的山茶花。

艾伦顿时感觉脊背一凉。那正是她借给萨斯基亚的书！看来，她还真的是把书如约归还了回来。艾伦捧起书，快速地翻起了书页。没有字条。她只不过将书摆成了一个奇怪的姿势，还留下了一枝花。这花到底代表着什么意思呢？

"这里是不是有家催眠诊疗室？"一个声音打断了她的思绪。

艾伦吓了一跳，像个小姑娘似的惊恐地打了个哆嗦。

"哦！真是不好意思，我吓到你了吧！"一个年纪四五十岁的男人正一脸歉意地站在门廊下的楼梯处抬头看着她，手里还拿着一个别有钢笔的笔记本。他的身上穿着一件商务衬衫，但尺寸显然要比他的身形大上两个号码，而且没有系领带，看上去就像是一个刚刚加入圣经研读小组却迟到了的新人。

艾伦将一只手放在了胸前，好平复自己怦怦的心跳。

"抱歉。"她回答，"我刚才正好在想事情。"说罢，她笑着伸出手来走下楼梯迎接他。"就是这里了。你是阿尔弗雷德，对不对？

阿尔弗雷德·博伊尔。我是艾伦。"

阿尔弗雷德是在网上找到她诊所的资料的，几周前便发来了电子邮件向她询问疗程的报价。在邮件中，他提到自己是某会计师事务所的合伙人，希望能够"提高自己在职场上的公开演讲能力"。

艾伦打开了门，带着他走上了楼梯，一边还不忘四处环顾着寻找外公外婆的身影（他们会怎么评价有关萨斯基亚的事情）。然而，房子里空空如也，无论她如何用力地去吸气也闻不到外婆烘焙时的香气，只剩下她前一天晚上做的泰国咖喱鸡肉的气味还久久没有散去。

她随手将书和山茶花放在了走廊的边桌上，准备待会再去细细地思考其中的深意。

"艾伦，我亲爱的。你看上去气色不错。"

"谢谢你，弗林。"

弗林·哈利迪弯下腰来用长满胡楂的脸颊贴了贴艾伦的脸颊。

艾伦的诺沙之旅已经过去一个月了，此时她正在参加澳大利亚催眠治疗师协会地方分会的一次日常会议。弗林正是这个分会的主席，而艾伦则是财务主管。会议的地点选在了当地一家社区中心的小房间里，弗林和艾伦还特意早到了半个小时来布置会场。

"你最近怎么样？"弗林一边将桌椅摆成了一个马蹄形，一边问道，"有什么新鲜事吗？"

艾伦犹豫了一下，心中感到颇为愧疚。她总是对弗林抱有一种愧疚之情，因为她觉得自己无论从哪个方面来讲都很令他失望。

艾伦早在自己还只有二十岁出头的时候就已经认识了弗林，至今已经有许多年了。最初，他聘请艾伦担任自己的催眠治疗助理，后来又升任她为实习治疗师，最后终于将她栽培成了一个催眠治疗师。他本打算邀请她与自己合伙的，但却被她婉拒了。艾伦知道自己一定伤透了他的心。

其实，这其中还有一个她从未大声讲出来过，甚至也从未对自己承认过的原因，那就是弗林看她的眼神。有时候她也会觉得这一切不过是她凭空想象出来的而已，毕竟她是一个缺少父爱的女儿，因而总是会误读一个上了岁数的男性对于身边年轻女同事的合理的喜爱。然而，有些时候她却又十分确信若是自己给予弗林一点点鼓励的话，他说不定就会对她展开攻势，比方说用充满诗意而又精心雕琢的语句来赞美她，或是为她送上最贴心的礼物。

据艾伦所知，如今已经年近六十的弗林从没有结过婚，也没有和任何人谈过恋爱。他长着一头浓密的淡黄色头发，可爱的脸庞上还总是挂着两团红晕，看上去就像是一个年长的唱诗班歌手。因此，和他一起缠绵悱恻的想法会让人觉得罪恶。

她还没有必要提及自己怀孕的事情。虽然说她已经开始在过去的几周内深刻体会到了自己生理上的变化（她的腹部会莫名地感到刺痛，胸部也变得柔软起来，还会伴有持续一整天的轻微恶心感，而且动不动就想掉眼泪），但是她的外表看上去还是一如往昔。不管怎么说，她总觉得还是让弗林认为她是个处女比较好。

可是，如果不提及自己订婚的事情就太奇怪了。

"实际上，我确实有些好消息要告诉你。"艾伦说着用大拇指压住了自己的戒指，"我订婚了。"

弗林的脸并没有面向她。花了很长的时间才转过身来。

艾伦的双眼湿润了。哦，弗林，你这个傻瓜。要是她可以拥有平行的生命，并因此而有机会让弗林追求她、娶她回家的话，她肯定会让他过得很幸福的。暂且先不提性爱的那一部分。

"祝贺你！"弗林从房间的另一头走过来，给了她一个笨拙的拥抱，还在她的脸上留下了一个模糊的薄荷味的吻。

紧接着，他向后退了一步，像个乡村牧师一样紧扣着双手说道：

"真的是太好了。"

正当弗林暗自揣摩着接下来应该说点什么的时候，艾伦突然想起了萨斯基亚。如果说她和弗林之间的关系没有这么复杂的话，她一定会向他寻求建议的。每当遇到有关人类心理的问题，她总是格外地尊重他的观点。

艾伦真希望自己从没有向帕特里克提起过萨斯基亚回来还书的事情，因为他自此便一直彻夜难眠，在屋子里来回地踱着步，为自己的无能感到格外沮丧。

"我真痛恨自己居然害你不得不面对这些。"他自责地说着，面容也苍老了许多，似乎是被沉重的压力给压垮了似的，"我本打算让你过上更好的生活的，而不是让你活得更加艰辛。"

"她只不过是来还了一本书而已。"艾伦安慰他说，"我一点儿都不害怕。"她不害怕。她是真的一点儿都不害怕。面对生活中的种种变迁，她只会自然而然地感到某种轻微的不安，而这种感觉的产生跟萨斯基亚完全没有任何的关系。

"这真是个好消息。"弗林又重复了一遍刚才的话。说到这里，他的脸上突然闪过了一丝慌乱的神情，于是赶忙追问道："不会是那个叫做丹尼的家伙吧？"

"不是的。其实我嫁给了一个测绘师。"艾伦回答，"我就要成为测绘师的太太了。"什么？她又开始尴尬地胡言乱语了。

"测绘师！掌管土地的男人，是的，真不错。"弗林的双手依然紧扣着，好像是在热情地和自己握手。"是的，是的，说到那个丹尼。你有没有听说他最近在做什么？"丹尼和弗林仅在一个产业项目中经由艾伦介绍见过一次面，而且第一次见面就谁也看不上谁。

"我已经很久都没有见过他了。"

"他把催眠治疗法当做特百惠来经营，还组织了一些派对，起名叫做——"

"催眠派对！"马琳·亚当斯仪态万千地走进了会议室。她与弗林同辈，因此在心态理念上也与弗林十分相近。（弗林为什么没有爱上她呢？）"这难道不可怕吗？我是昨天才在广播中听到他的那些胡话的，当时我就问自己，什么？请再说一遍？催眠派对？这样一来，又要有人来质疑我们的职业可信度了，不是吗？"

"这么说来，下个周日就是这个月的最后一个周日了。"傍晚的时候，帕特里克突然开口说道。

"旧牛仔裤。"艾伦并没有理会他，"这个箱子上写着'旧牛仔裤'。"

她停在了走廊里，低头看着一个用黑色马克笔标记过的落满灰尘的巨大褐色纸箱。帕特里克和杰克已经正式搬进她家一个多礼拜了。然而，将他们的物品全部收纳进来的过程却比她想象中的要复杂许多。显然，帕特里克并不相信搬家工人，还说他们都是些"薪酬过高的恶棍"。因此，每过几天，他一有空就会借用公司的多功能运载车搬回几箱东西来。

对于这一点，艾伦倒是宁愿他请上几天假，再雇上几个"薪酬过高的恶棍"来彻底地完成搬家的工作，不然她家的走廊肯定很快就会被巨大的纸箱给占满的。而且，每一个纸箱都沉到了艾伦根本就抬不起来的程度，可帕特里克却没有时间去转移它们。为此，她的客户每一次都不得不侧着身子才能够挤进她家的走廊。

"这是不是说，纸箱里装的都是些旧牛仔裤？"

"这个问题里有什么陷阱吗？"帕特里克问道。

"你为什么还留着自己的旧牛仔裤？"

"留着在家里干活的时候可以穿呀，比方说在花园里劳作之类的事情。"帕特里克用一种耐心而又充满了男子气概的语气答道。

"好吧，但是这一整箱都是旧牛仔裤吗？"艾伦用手拂了拂纸箱上的灰尘，感觉它至少应该被堆在帕特里克家的车库里有好几年的时间了。这样说来，这些旧牛仔裤肯定是永远都派不上用场的，而他也是永远都不会把它们给扔掉的。想到这里，艾伦鼻头一痒，打了个喷嚏。

"保佑你。"帕特里克说道，"所以，就像我刚才所说的……下周日就是这个月的最后一个周日了。"

艾伦的目光顺势移向了另一个大纸箱，上面写着"旧T恤"。一股潮湿发霉的味道顿时涌进了她的鼻腔。事实上，这个箱子的一个侧面上就长着一块毛茸茸的绿色霉菌。

他是个囤积狂，这一点她之前倒是并不清楚，因为她每一次去做客的时候，他的家看上去都是十分整洁有序的。这些纸箱说不定都被塞进了橱柜的门后面，或是堆积在车库的天花板上。

她清了清嗓子，忍不住又打了一个喷嚏。

"你觉得你那里还有多少个纸箱需要搬过来？"她努力让自己的语气听上去像是只不过因为好奇而随口一问而已。

"这些才只是些皮毛。"帕特里克兴高采烈地答道，"我们在那座房子里住了二十多年，积累了不少的东西。"

艾伦感觉自己的情绪就快要爆发了。

"怎么了？这些东西让你感到心烦了吗？它们只不过是临时放在这里一下而已，我并没有打算把你的走廊当做自己的永久储藏间，如果你担心的是这件事的话。"他将一只手搭在她的腰上。

"你应该开着车从家里直接把这些，这些……东西都扔到垃圾场去。"艾伦轻轻地挪动了一下，好让他的手自然而然地从自己的身上滑落，"它们没有一件是值得你留恋的。"

她从自己的声音里听出了一丝冷酷而又严苛的意味。那是她母亲的声音。就在不久之前，茱莉亚才刚刚提到自己说起话来越来越像自己的母亲了，而艾伦还断言道："我才不会遇到这种危险呢。"

安妮对于"东西"这个词总是有着强烈的厌恶感。（她每一次说到这个词时，总是会摆出一副被亵渎了的表情。）早在艾伦还是个孩子的时候，她的物品就经常会隔三差五地消失得无影无踪。"你好几个星期都没有碰一下那个东西了。"当艾伦发现自己的玩具或是衣服被捐给了那些"可怜的穷人"时，她的母亲总是会这么说。每次到别的小朋友家做客，她总是一脸羡慕地看着别人家厨房台面上摊着的那些琐碎杂物、书架上摆放着的书本和相框，以及冰箱上那些用草莓形状的磁铁压着的学校奖状和彩色图画。相比之下，她家的房子和她的生活都显得那样的枯燥乏味。因此，她总是会将邋遢和爱与温暖画上等号，而那些会放下做饭或洗衣的工作跑过来为她做上一个花生三明治的友善而又呆萌母亲则是她心目中最理想的母亲形象。

在极少数的情况下，安妮休假在家时也会允许艾伦邀请自己的朋友来家中做客。每当这个时候，她总是会用那双淡紫色的眼睛死死地盯着他们，一会儿端来酸橙汁（小孩子为什么一定要喝酸橙汁），一会儿询问他们对于当下时事的意见（他们当然没有什么意见了，只有茱莉亚觉得艾伦的母亲好得无与伦比），然后还会说些他们根本就听不懂的讽刺小笑话。

因此，艾伦根本就不敢相信自己刚才居然用母亲的口气说到了"东西"这个词；这只能说明儿时的经历会在你的潜意识里留下无比深刻的烙印。等她有时间的时候，一定要好好地钻研一下这个课题，顺便挖掘一下自己内心的真实感受，要不然她有一天也很可能会给自己孩子的朋友们端上一壶酸橙汁了。

"看来这些东西的确让你心烦了。"帕特里克说，"这样吧，我向你保证，这周末之前它们就会消失得一干二净。"

他看上去是那样的甜蜜而又充满了歉意，不由得让艾伦的心头涌起了一种怜爱之情，双眼也溢满了愧疚的泪水。（都是妊娠激素惹的祸！不过，能够有机会观察这些激素对于她的情绪产生哪些影响也是一件挺奇妙的事情。）

"没事的，不用着急，我一定又在犯傻了。"她飞快地眨了眨眼睛，眼神略过身边的纸箱，向走廊的另一头走去，"你刚才说周日怎么了？"

两个人先后走进厨房，帕特里克顺手将水壶放在了炉灶上。他总是会在他们走进厨房时烧上一壶水，仿佛是随时都准备好了要和她坐下来喝杯茶似的。这个举动看上去有些老套，却又蕴含着几分仪式化的含义，让她不禁联想起了某个人。是谁呢？当然是她的外公了。她可爱的外公总是会为外婆泡上一杯热茶。

是的，她是如此地宠爱帕特里克。感谢上帝。她知道自己这样做既愚昧又不切实际，但她每一次想要对他发火时心里都会感到一阵恐慌。他们就要共同生育一个孩子了。为此她一定要保持警惕；这段感情中的任何一点裂痕都必须及时地被弥补上——这才是眼下最重要的事情。这个孩子，她的孩子，一定要在一个有爸爸又有妈妈的家庭里长大。

"你刚才说周日怎么了？"当帕特里克将一杯热茶端到她面前时，她又问了一遍。

下个周日就是她生平第一次见到自己父亲的日子了。想到这里，她的胃一下子就绞痛了起来。她不可能装作一点儿也不在乎，也不可能掩饰得住自己内心的紧张，因为她的身体总是会不争气地出卖她。

"下个周日就是这个月的最后一个周日了。"帕特里克说着转身走向冰箱，"家里还有烤饼吗？"在翻动她的冰箱时，他一直都背冲着她，"哦，太好了，我找到了。所以说，不知道你会不会和我们一起去。居然是全麦的？谁会用全麦面粉来糟蹋这么好吃的烤饼呀？"

"你到底在说些什么呀？"艾伦不解地问道。他眼看着就要把所有的烤饼都吃完了，也就是说她第二天的早餐就要被消耗殆尽了。而且，他刚才说的话也没有任何的意义呀。"你为什么一直都在强调'这个月的最后一个周日'，难道这个日子对我意味着什么吗？"

帕特里克惊讶地抬起头来，一边还不忘将手中最后的两块烤饼塞进烤面包机里。"你知道的——每个月的最后一个周日，我们都会去科琳的父母家吃午餐。他们住在山区。"

"你到现在还会去拜访科琳的父母？"艾伦更加疑惑了，"每个月都去？"

"他们是杰克的外公外婆嘛。"帕特里克回答，"而且，我们还会顺路去给科琳扫墓。"

"你以前可从来都没有对我说起过这些。"艾伦抱怨着，同时感觉到自己的心跳正在一点一点地加快，"从来都没有。"

"对不起。我以为我提过呢。"帕特里克赶紧道了歉，"总之，没关系的——"

"你从来都没有提过！"艾伦说。她是绝不可能忘记这种事情的，毕竟她是一个女人，她是艾伦呀！她也许会不记得他开的是什么牌子的车，或是支持哪一支球队，但她是绝不会忘记他每个月都会去给亡妻扫墓和拜访自己前任岳父母这样的事情的。

"没关系的。"帕特里克又开口说道。

"有关系。"艾伦顶了他一句，"我知道你以前从没跟我提过，不然我肯定是会记得的。"

"我没有说自己跟你提过这件事情呀。我只是以为自己提过而已。"帕特里克为自己解释着,"显然我并没有提过。不过这真的——"

"什么时候?"艾伦仍不打算放过他,"你以为你什么时候提过这件事?"

这时,烤饼从烤面包机里自动蹦了出来。帕特里克伸手去取,还不小心烫到了自己的手指。

"嗷。说实话,我也不知道。我只不过是这么想的而已!"

"才不是呢。"艾伦也意识到自己的反应有点过激了。

"好吧!我忘了跟你提起这件事情。我很抱歉。现在我们可以不再纠结了吧?"

"你刚才那么说我真的很受不了!"艾伦嘟囔着,随后又突然联想到帕特里克以前可从来都没有说过"我们可不可以不要再纠结了"这样的话。相反,爱德华倒是常会把它挂在嘴边,说的时候还会带着一种精疲力尽的口吻。在过了这么长时间后,这样的记忆片段还能够浮现在她的脑海里,真是一件了不起的事情。

"你很受不了?"帕特里克的表情看上去很惊讶。

"没事。"艾伦回答,"对不起。"

在订婚之前,她不知道帕特里克是不是故意或者下意识地减少了在她面前提起科琳的次数。不过她发现,自从自己接受了他的求婚之后,她的名字就会时不时地出现在他们的对话当中。就在前几天,帕特里克走进屋来时正好看见她在将洗衣粉倒进洗衣机里,于是便顺口提了一句,说科琳觉得应该在放入衣服前先将洗衣粉倒进去,这样才好让洗衣粉充分溶解之类的话。听到这些,她的心里顿时变得烦躁不安,仿佛科琳在帕特里克看来就像是什么家政女王似的。此外,科琳也很喜欢缝纫。艾伦家走廊上的一个纸箱上就写着"缝纫机"的字样。"科琳就是用这台缝纫机给自己缝制的婚纱。"

当艾伦问起时，帕特里克是这样回答的。"原来如此。我可是不会自己做婚纱的。"艾伦轻描淡写地应了一句，"我连穿针都不会。"不料，帕特里克却答道："哦，没事的，我也没指望你会做这些事情。"这话在艾伦听来简直就是在说："我当然不指望你能和优秀的科琳一样全能啦。"那个可怜的、坚持要让洗衣粉充分溶解的金发美人科琳。

"总之，不管怎么说，我觉得既然我们已经订婚了，也有了孩子，等等的这一切——"帕特里克清了清嗓子，眼光并没有看向她，"也许你会愿意这周日和我们一起去见见他们？"

艾伦冷静地深吸了一口气。看来这件事对他来说真的很重要，以至于他紧张得都不敢问她的意见。

"好吧，听上去很不错，但是我这周日没有时间。"她回答，"我要和我妈妈还有——我的爸爸一起吃午餐。这是我第一次和他见面，还记得吗？"

艾伦父亲的突然出现的确让帕特里克感到十分的兴奋。两人还一起探讨了很久，想象他到底会长什么样子（他会不会和艾伦长得很像呢），以及他对于安妮那种种怪异、冷漠而又令人无比尴尬的行为会作何感想。

"哦，对了。"帕特里克说着皱起了眉头，但并没有停下给手中的烤饼抹上黄油的动作，以至于那上面的黄油已经多到快要溢出来了，"我忘了。你可不可以推迟一下这个约会？晚餐的时候再和他见面？"

她并不想把约会推到晚餐时间，因为在她看来，共进晚餐是一件更加亲密、更加正式且更加重要的事情。相比之下，午餐的约会则刚刚好，清淡而又随意。"嗨，爸爸，很高兴见到你！"何况她根本就懒得去提更改时间的事情，而母亲也一定会为她临时变卦的事情大发脾气的。艾伦从未见过母亲对于任何一件事情如此地上心（这确实说明了一些事情，因为她的母亲事实上一直都处于一种紧张的状态中），好像一切都取决于这件事情能否顺利进行。除此之外，见面地点的选择方面也是一波三折。明明订好了的餐厅很快就被她取消了，而另一家中意的餐厅也因为无法预订到一个能够观景的桌子而被她放弃了。最后，她终于敲定了一家马来西亚的餐厅，于是开始一遍又一遍地和艾伦敲定时间和地点。菲莉帕和梅尔也是一脸提心吊胆的样子，而艾伦的朋友们则催促她一到家就立刻给她们打电话讲述见面的细节。她根本就不能随便地更改见面的时间。

"这顿午餐对我来说事关重大。"艾伦说道。

"我知道。"帕特里克回答。他走过来坐在了她的身旁，顺手将一整盘的烤饼放在了桌子上，转过头来对她露出了乞求的眼神，"但是，你的爸爸应该不会介意你更改一下见面的时间吧，是不是？换成周六怎么样？"

你的爸爸。从他的话音里可以听得出来，他根本就不理解这次见面对于艾伦一家有多么重大的意义。她与"她的爸爸"的这次见面可不像是他和自己那和蔼可亲的父亲在当地商场里吃一顿午餐那么简单。

"那你为什么不能更改一下和科琳的家人一起吃饭的时间呢？"艾伦努力让自己的声音听上去平静而又温和。这并不是什么难事，他们只不过是在时间上有点分歧而已。这样的分歧若是发生在别的夫妻身上，说不定早就打得不可开交了，可他们是如此地深爱彼此，应该是很快就能够解决问题的。

帕特里克的脸轻轻地抽搐了一下，伸出手来摸了摸自己的下巴。"但我们一直都是这个时间见面的，每个月的最后一个周日。即便是科琳还在世的时候也是如此，已经形成了一个雷打不动的传统。

她的父母年纪大了，思想很保守，喜欢一成不变的生活。而且我还——"

他看起来满面羞愧，还放下了手中的烤饼。

"我还告诉了他们你会过去。这对于他们来说可是一件大事，对于我来说也是如此。我还从没有介绍过任何女人给他们认识呢。这件事对于他们来讲并不容易——因为他们肯定会觉得你是来代替科琳的。当然了，他们到现在还在伤心。应该说没有人能够忘得掉丧女之痛吧。但是他们都很想要见见你！米莉还说：'既然艾伦马上就要成为杰克生活中的一部分了，那么我们也希望她能够成为我们生活中的一部分。'"

说到这里，帕特里克不可置信地摇了摇头，还给了艾伦一个悲哀而又感性的微笑，似乎是在暗示艾伦也应该为米莉的勇气而感到惊讶。

深陷在这样的僵局之中，艾伦感觉自己突然之间对于任何人都充满了反感。她并不是特别想去见那个声称是自己父亲的陌生男人，也不想和帕特里克去和他亡妻的家人吃饭。（面对这个丧失了爱女的家庭，她怎么可能不为自己还活着的事实而感到惭愧呢？）

她是一个怀有身孕的女人，可她却从未感到过如此的疲惫，何况她的走廊上还堆满了各种无用的东西。她只想要一个人安静地睡过去，直到帕特里克趁着她熟睡的时候将所有的纸箱都统统搬走为止。

这就是她想要度过的周日时光。

帕特里克舔了舔手指上沾着的蜂蜜。"听说你也要去见米莉和弗兰克，杰克别提有多高兴了。他还告诉了他们你会催眠术。"

"你都没来得及邀请我就把这件事情告诉杰克了？"

"我知道。真的很抱歉。我就是个傻瓜。我只不过是一心相信你会答应而已。"

"但我真的不能去！"艾伦有点按捺不住了。

"但如果你能够问问你爸爸的话——"

"他不是我爸爸。"艾伦意识到自己已经气得连牙齿都紧紧咬在一起了，于是有意地放松了一下下巴，"我从没有见过这个男人。请不要再称他是我爸爸了。"

"好吧。我知道和你父亲见面的事情对你来说很重要。这是显而易见的嘛！的确是件大事。但我相信他不会介意的——"

"我不会改时间的。"艾伦回答，"你去和米莉还有弗兰克解释一下吧，就说我这周没有时间，下个月的时候再去看他们。"

"你是不是觉得和他们见面有点儿尴尬？他们是绝不会让你感到尴尬的。上帝呀，他们甚至对于那个谁都很和善——要知道，那时候科琳才刚刚去世不久。"

"那个谁？你是指萨斯基亚吗？你两秒钟之前才刚刚对我说，你从没有介绍过别的女人给科琳的父母认识！"

帕特里克不由得抬高了声调："我是说别的正常的女人。她不算数。"

艾伦也抬高了声音好与他抗衡："她当然算数了！"

帕特里克的脸上又浮现出了他每一次提到萨斯基亚的名字时的那副备受压抑的愤怒神情。"你为什么要替她说话？"

"我只是在说——"艾伦刚想要开口。

"算了。不要管周日的事情了。就当我什么都没说过。你说得对，我们可以换个时间再去。"他说着便站起身来，"我要回家去再多搬点东西回来。"

他怒气冲冲地走出了厨房，连看都没有看她一眼。

"谢谢你把我所有的烤饼都吃光了！"艾伦在他的身后喊叫道。

接着，连她自己都感到惊讶的是，她抄起盘子就把它朝墙壁上扔了过去。

✕

　　所有人都在搬家。

　　隔壁的杰夫就要搬到海边的那个小城镇里去了。而那个生龙活虎的新家庭很快就要搬到我的隔壁来了。

　　帕特里克和杰克也搬进了艾伦的家里。

　　而我是唯一一个还待在原地的人。

　　今晚下班后，我坐在车里蹲守在帕特里克家附近，看着他将一个个大纸箱搬上了自己的小货车。他显然还是信不过搬家工人。我还记得自己刚搬进他家的那一天，他坚持要亲自帮我搬运东西，还请了史丁奇来帮忙，并叮嘱我只需要照顾好杰克就好。于是我便带着杰克去了不远处的一个公园。在那里，我们遇到了一个和杰克年纪相仿的小宝宝，所以恰好有机会教他学习了一下该如何分享。杰克认为公园是属于他的，而那个小女孩也不甘示弱，两个人一直不停地喊着："我的！我的！"面对这样的情形，我和另一位母亲只好像精神病一样一遍又一遍地重申："要学会分享！""好好地玩儿！""轮流来！"

　　那位母亲叹了口气，对我说道："这个阶段可真累人，是不是？"我点了点头表示赞同，可心里却一点儿也不觉得累，反而有些乐不可支。我深爱着帕特里克，也深爱着杰克。我们三个就要展开一段全新的生活了。

　　那天晚上，我们点了一个比萨，开了几瓶啤酒，还破例让杰克也尝了一小片比萨。那是他第一次吃比萨。为此，帕特里克还特意照了几张相片纪念这历史性的一刻。杰克当时的表情简直是有趣极了，他满脸喜悦地睁着一双大大的眼睛——仿佛不敢相信自己已经三岁了却还不知道这世上有一种叫做比萨的美味。很快，他就咂着小嘴像台机器似的把那片比萨给吃完了。"我知道，小家伙，我和你的感觉是一样的。"帕特里克说，"等你再长大一些，就能够体会到这爽口冰啤酒的好处了。"

你的儿子生平第一次咬下一口比萨的时候，我就在那里，帕特里克。是我教会了他如何分享。我不能够被删除。我就在那里，我依旧会在那里。

今晚，帕特里克在将一个个纸箱搬上他的小货车时看上去并不是很开心，完全不像是一个就快要结婚和当爸爸的人。说实话，此刻的他看上去就像是一个性情暴躁的中年男子。

我猜这很有可能是因为他知道我正在看着他。我知道自己的出现总是会触怒他，但我还是感觉到有什么别的事情正在困扰着他。毕竟，我比谁都要了解他。

当把最后一个纸箱搬上了货车之后，他径直朝着我的车子走了过来。我摇下了车窗，而他则弯下腰靠了过来，对我说道："嗨，萨斯基亚。"

我吓了一跳。他已经很久都没有直呼过我的名字了。每一次他喊我的时候都是怒气冲天的，就好像"萨斯基亚"这个词代表的是某种邪恶或是令人恶心的东西似的。

这一次他居然心平气和地叫出了我的名字，仿佛我是一位昔日的老友。一时间，我的心里充满了愚蠢荒唐而又欢欣鼓舞的希望。他就要离开她了，我这样想到。他回来了。他又找到原本的自己了。一切都结束了。而我所需要做的就是耐心等待。

然而，他一开口我便发现，他的情绪实际上比以前更加的怒不可遏，就好像他的手中正抱着一颗炸弹，以至于他必须轻声细语才不会将它引爆。他是这样对我说的："我不希望你再靠近艾伦一步。

你明白我的意思吗？如果你想跟着我的话，就尽管跟吧，但是离她远一点儿。她什么都没有做，不该受这样的惩罚。"

他就是一个身着闪亮盔甲的骑士，保护着自己的公主不受恶龙的侵害。而我，就是那条恶龙。

"我没有——"

"那本书。"

"我只不过是去把它归还给她而已！"

"还有那枝花。"他从嘴里恶狠狠地突出了"花"这个字，好像我留给艾伦的是什么动物的尸体似的。

"帕特里克，我喜欢艾伦。"我努力解释着，想要向他保证我不会对艾伦造成任何伤害。那枝花只不过是向她示好的一个象征而已，其中还包含着几分道歉的含义。是的，我确实希望她能够走得越远越好，但我从没有想过要伤害她。

"别再说了。"他斩钉截铁地打断了我的话，"不要再提起她的名字了。不要再——上帝呀。"

他深吸了一口气，然后鼓了鼓嘴巴。我记得他以前也常对杰克说："深呼吸，深呼吸。"每当杰克发脾气的时候，他都会这么教他来控制自己的情绪。

"你还记不记得——"我开口说道。

"这件事到底什么时候才能有个尽头？"现在他又开始用那种虚伪而又假装通情达理的声音和我理论起来。

我回答："我不会停止爱你的，如果你想问的是这件事情的话。"

"你根本就不爱我。你根本就不了解我。你爱的只不过是我的回忆而已，仅此而已。"

"你错了。"

他叹了一口气，继续说道："好吧，就算你爱我，但这又有什么意义呢？我就要和艾伦结婚了。"

"我知道。祝贺你。还有孩子的事。"

他的脸色一下子又变了，厉声问道："你怎么会知道孩子的事情？"可紧接着他又马上改了口："别告诉我。我不想知道。"说罢他便起身走开了。

我朝着他的背影大声喊道："你还记得杰克第一次吃比萨的时候吗？"

他的脚步突然停了下来，随后又继续向前走了几步，然后回过头来对我吼道："是的，我记得！我们曾经有过一段快乐的日子！那又怎样？那又怎样？"

他伸出两手在空中挥舞着，我看到他的指尖都在颤抖着。

"我们不能再这样下去了。"他的声音听上去真的冷漠极了，"该做个了断了。"

"我知道。"我发觉自己的声音居然也是极其的冷静，"你必须回到我的身边来。"

✕

被艾伦扔到墙上的那个盘子是她的外婆留给她的，原本是外婆结婚的时候从自己的父母那里获得的一套礼品餐具中的一件。艾伦是如此地珍爱这套餐具，就算是家里失了火，她也会义无反顾地冲回去把它们给救出来的。因此，她简直就不敢相信自己竟然会把如此珍贵而又无可替代的盘子一把摔在了墙上，起因还是这么件鸡毛蒜皮的小事。又不是帕特里克承认自己在外面有了外遇之类的，他们只不过是因为两个时间上有冲突的应酬产生了一点分歧而已！

这可不是她的风格。想象一下若是她的客户看到她这个模样又会作何感想！

她跪在地板上，一脸懊悔地捡拾着盘子的碎片。"对不起，外婆。"她大声地说着，"真的很抱歉。"

说着说着，她的眼前仿佛又出现了外婆在另一个世界里的身影（她在那里也一定会忙着帮某个协会排忧解难吧，她一直都是这样的好市民）。艾伦仿佛看见她从一摞文件中抬起头来，透过眼镜的上缘盯着艾伦说道："亲爱的，这可不像是你会做的事情。"

"我知道。"艾伦回答，"我也觉得很奇怪。"

这时电话响了起来。是艾伦的母亲。

"我刚刚把外婆的一个盘子给打碎了。"艾伦告诉她，"它原本是婚礼套装里面的一个。"

"那些盘子总是会给我一种快要发霉发臭了的感觉。"安妮回答，"如果换做是我，我倒是宁愿把它们放在一个顺手的地方，这样你每次和帕特里克吵架的时候就可以拿起来尽情地摔了。当然了，我并不是说你做得出这种事情来，对不对？我猜如果你们起了什么争执，大概会一起冥想、咏唱或是调理一下所谓的'光环'就可以解决了呢。"

"我真的把它摔在了墙上。"艾伦坦白地说。

"真的吗？"她的母亲似乎被吓了一跳。

"是的。"艾伦回答。说到这里，她突然想起了母亲刚才的话，一股怒火一下子涌上了头顶。"还有，帕特里克和我才不会一起咏唱或是冥想呢，而且我也不相信光环之类的东西，因为它根本就不存在。总之，光环是不需要调理的，需要调理的是你的穴位才对。如果你想要讽刺我的话，至少也要用对术语嘛。"

两个人沉默了片刻。

"我并没有想要讽刺你的意思。"安妮换了一种温柔的声音，试图抚慰艾伦的情绪，"我很抱歉。看来我又自作聪明了。其实你爸爸，呃，戴维昨天晚上还说我有时候说话很'尖锐'呢。也许他说得对。"

不知为何，母亲的道歉反而让艾伦更加地怒不可遏。"好吧，我猜你是不会为了迎合一个男人而改变自己的个性的吧！"她恶狠狠地说道，"你从我八岁的时候起就一直都在给我灌输这种观念！曾经有一个叫做杰森·胡德的男孩想要在午餐的时候坐在我的旁边，但被我拒绝了，因为我说他可能会压抑我的个性。他说他不会压抑我的任何东西，不过最后还是红着脸哭着跑开了。"

电话那一头的安妮咯咯地笑了起来。"其实我从没有跟你说过这样的话。这些有关压抑的话题有可能是你从梅勒妮那里听来的吧。我从来都不相信有任何一个男人可以压抑我的个性。谢谢你。"

"也许你说得对。"艾伦叹了一口气，不过心里还是认定这就是她母亲的所作所为。这就是在三个母亲的照料下长大的弊端：她们总是会穿插着存在于她的记忆当中。她伸出一只手指抵住了自己的前额。"我想我已经有点儿头疼了。你打电话来有什么事吗？"

"哦，我只是想问问你能不能推迟这周末的午餐约会。有人邀请我和戴维乘坐游艇去圣灵群岛度假。那可是一条六十英尺长的游艇呢，你能相信吗！他在英国认识的一些朋友最近正好在澳大利亚。显然他们都是一群富得流油的银行家。而且经济危机似乎并没有对他们产生什么严重的打击。"

母亲那清晰而冷静的声调里似乎隐藏着一种从容的愉悦感。艾伦这才想起来，这不正是安妮梦寐以求的生活吗？坐在游艇上喝着香槟，和银行家们谈笑风生。接下来她应该就要飞到巴黎去血拼购物了吧。

"戴维并不想要推迟午餐的时间，但我说你是不会介意的。当然了，我并没有告诉他你对此本来就无动于衷。"

"没关系的。"艾伦嘴上虽然这么说着，可心里却觉得很受伤。

看来她的父亲还是做了更好的选择。毕竟他什么时候都能够和自己从未谋面的女儿重逢。这样一来，她下个周日就没有任何借口可以不上山去和科琳的父母见面了。真是太棒了。

"你确定吗？"她的母亲问道，"你听起来可有点儿不太高兴。你是不是生气了？其实是我先提议接受这个邀请的。我知道自己很肤浅，但是我不得不承认这个度假计划听起来实在是太美好……太奢靡了——我猜应该这么说才对。"

母亲语气的诚恳和窘迫让她听起来十分的软弱。话说回来，安妮可从来都不是一个会让自己感到难堪的人，这不由得让艾伦的心软了下来。她深吸了一口气。看在老天爷的分上，她今天可真的是经历了好几次情绪的大起大落呀。

"真的没关系的。帕特里克正好有事想让我去做呢。"

"太棒了！"安妮回答，"哦，顺便说一句，我想你应该会感兴趣的。上个礼拜，有三个病人都告诉我他们通过催眠的方式成功瘦身了呢。"

"是吗。"艾伦敷衍了一句。

"是的。显然他们都参加了一个叫做'催眠派对'的活动。这个活动最近很火爆，好像和特百惠聚会有些类似，只不过并不会给与会者分发塑料容器，而是组织大家一起接受催眠。我猜催眠结束后他们还会喝上一杯香槟，再啃几根胡萝卜之类的。听说某个年龄段和收入水平的太太们对于这个活动可是十分着迷呢。"

"这我倒没想到。"艾伦回答。好吧，看来丹尼还真是有点儿本事的。

然而，这个消息也隐约给她带来了几分忧虑。如果说只有像丹尼这样富有活力的年轻人才能够引起这个行业兴盛的话，还要她这种照本宣科的古板催眠治疗师做什么呢？

"好了，我得挂电话了。"她的母亲说道，"我们要出发去剧院了。"

"好的。帮我问候皮普和梅尔。"

"其实我是要和戴维一起去的。"

"哦。"艾伦愣了一下，"那皮普和梅尔在做什么呢？"

"我也不知道。不过戴维和我要去看威廉姆森的新戏，今晚是首演呢。我们还买到了前排的票。"

"这还用问嘛。"艾伦小声嘀咕了一句。

"你说什么？"

"没事。替我问候爸爸！"

"艾伦？"

"对不起。我今天心情特别的糟糕。不过我会没事的。祝你们玩得开心。"说完她便挂上了电话，望着地板上闪闪发亮的盘子碎片。

她曾经相信的那些能够让她幸福的事情全都发生了。她拥有了一个今晚会带母亲去剧院里看戏的父亲，还有了一个未婚夫、一个继子和一个即将出生的孩子。可她为什么丝毫都没有感觉自己已经进入了极乐世界呢？她的心情为什么还是如此的反复无常、暴躁易怒呢？一定是妊娠激素再加上她对于改变的恐惧害的，对不对？

看来她自己也不过就是个凡人。

啊哈！你还以为自己有多么的与众不同呢，是不是，艾伦？

这时，走廊里突然传来了一声巨响，吓了艾伦一大跳。她赶忙跑出厨房，发现原来是帕特里克堆在那里的两个纸箱子倒了下来，里面的东西随着打开的箱盖撒得满地都是。

一双破旧的运动鞋、一大堆从 CD 盒里掉出来的光盘、几团缠绕在一起的延长线、一个旅行用的吹风机、一些圣诞装饰品、一个煎锅、一辆用火柴盒做成的小车、一本倒扣在地上的塞得满满的相簿、一个旧的簸箕、一些硬币、几打收据……真是什么东西都有。

正当她准备蹲下来收拾这两个散落的大纸箱时，恰好看到帕特里克在箱体的一侧认真地写上了"杂物"两个字。她忍不住笑了出来。这本来应该是一个属于她那一点儿也不完美却又十分可爱的未婚夫的充满爱意的微笑，但她却从中体会到了几分无奈和苦涩的味道，仿佛她已经不幸福地和他一起生活了许多年，现在终于被最后一根稻草给压垮了一样。

她下意识地念叨了一句："哦，请千万不要——"话还没有说完，她手中纸箱的底部就裂开了，另一堆"杂物"瞬间撒在了走廊的地板上。

她扔下了手中那不堪一击的纸板，气得直跺脚。她的房子永远都不会再属于她了，它很快就会被一座垃圾山所覆盖了。想到这里，她突然感觉全身一阵瘙痒，像是有一群看不见的小虫子正在她的身体上乱爬。她伸出手来狠狠地在手腕上抓了几下。

这样做是不对的。你需要深呼吸。吸气，呼气。想象着一缕白光正在填满……

"闭嘴！闭嘴！闭嘴！"她一个人站在走廊里歇斯底里地尖叫起来。

为了缓解自己的情绪，她环顾了一下四周，试图想要找些什么东西来分散一下自己的注意力。这时，她俯下身捡起了那本相册。

第一张映入她眼帘的照片上印着两张特别年轻的面庞，那是身穿一件袖子极为宽大的白衬衫的帕特里克和坐在他腿上的一个金发女孩。女孩的白色牛仔裤恰到好处地被她塞进了自己的长靴中，上衣的肩膀处还带着两块垫肩，耳朵上则挂着一对摇摇晃晃的橘色羽毛耳坠。帕特里克和科琳。八十年代末的年轻情侣。

她顺手翻开了下一页。

在接下来的一张又一张照片里，主角无一例外都是金头发的科琳，而那个举着相机拍照的人应该就是帕特里克了吧。照片中的科琳一会儿将双手放在自己的臀部上，一会儿又噘着小嘴，睁着大大的眼睛，一脸性感地对着镜头微笑着。

想当初，艾伦在十七岁的时候也曾戴过类似的耳坠，但当时还是个学生妹的她是绝不会有自信在男朋友面前如此搔首弄姿的。于是她恶毒地骂了一句："你想怎么样，你这个迷人精。"

面对这样的情形，她的良知似乎有点看不过去了：艾伦！你到底怎么了？她不过只是个十七岁的小女孩而已！而且她不久就要英年早逝了。你就放她一马吧。

她又向后翻了一页。

"哦，我的上帝呀。"这一次是外婆的声音在她的耳边响了起来。

展现在她眼前的是科琳的几张裸照。她的一头金发紧紧地贴着头皮，好像是刚刚才从浴室里走出来似的。没有了过时的衣服和老套的发型，她的身上顿时没有了老照片人物身上的那种傻乎乎的感觉。现在，她看上去只不过是一个漂亮的八十年代女孩而已，高高的颧骨，大大的眼睛，颇有古典美的韵味。艾伦端详着每一张照片，在感觉莫名兴奋的同时心中还隐隐地感到有点恶心。从这些照片中不难看出，科琳的身材比例堪称完美，凹凸有致，简直就是标准的模特身材。

令她意想不到的是，这些裸照丝毫没有色情作品的质感，也没有任何肉欲的意味；艾伦甚至能够从中感受到纯真而又强烈的初恋气息。

在一张看起来非常养眼的照片中，科琳裸着身子仰面躺在一张单人床上，双眼紧闭，一束阳光恰好懒洋洋地洒在了她的脸上。艾伦不禁开始想象起了帕特里克拍照时的感受。作为一个冲动的少年，他在面对如此美丽的女孩儿时会作何反应呢？艾伦在没上大学以前也很漂亮，算得上是一个标致的美人儿——但她却从未有过如此曼妙的身材。如今，她的皮肤正在衰老，身体也因为怀孕而一天天肿胀了起来。她不由得感到一阵单纯的嫉妒。她也想要成为那样年轻的少女，裸着身子躺在床上，任由阳光恣意地照射在她的脸上。可她已经再也回不去了，永远也回不去了。

不要再看了，她对自己说道。这都是些极其隐私的东西！你没有权利随便翻看。这样做太失礼了，而且你的反应未免也太过幼稚了吧。这算不了什么。哪个男孩不会将自己"高校甜心"的照片藏在旧物盒子里保存起来呢？合上相册，把它藏在某个杰克看不到的地方，不要让他看到自己死去的母亲还曾拍过这些不得体的照片，然后上网去看看婴儿车或是填一填纳税的表格之类的吧。

然而，她却盘着腿在那堆杂物垃圾中坐了下来，继续翻看起来。奇怪的是，她越是这么做，就越是渴望与萨斯基亚进行一次女人之间的对话。

"你觉得他还深爱着自己的前妻吗？"她可以这样向萨斯基亚提问，"你觉得他还能忘掉她吗？你觉得咱们俩谁比较有机会和他厮守一生？"

她觉得，萨斯基亚也许是唯一一个能够理解她为什么无法放下那些照片的人。

　　"形容一下你现在正在想些什么。"艾伦说。

　　阿尔弗雷德·博伊尔，这位谦逊的想要提高自己公众演讲能力的会计师此时正躺在那张绿色的躺椅上，显然已经进入了理想的催眠状态：他的双颊泛着红晕，双眼在眼皮下不断地来回转动着，两只擦得锃亮的商务皮鞋松松地撇向了两边。

　　这已经是艾伦第二次为他看诊了，而她此刻正在为他实施返童记忆的疗法。

　　自从他们第一次会面之后，艾伦就明显发觉阿尔弗雷德在公众演讲方面的问题属于一种典型的恐惧症，就连提到演讲这件事都会让他打起哆嗦或是变得口吃起来。正是因为如此，他正面临丢掉自己饭碗的危险。每当轮到他做报告时，他都会请病假回家，也因此给很多人留下了可乘之机。

　　阿尔弗雷德的记忆已经退回到了他初入职场担任财务实习生的那段日子。那时候，他做了一段极为糟糕的报告，以至于他的老板不得不温和地打断了他："不要紧的，小伙子。"

　　现在，阿尔弗雷德开始描述他在高中时曾经做过的一次演讲。

题目是从一顶帽子里随机抽取出来的，而他的任务就是根据自己抽取的这个题目来做一段两分钟的即兴演讲。那一天他抽到的题目是音乐。

"我感觉很不舒服。"阿尔弗雷德说道。他的声音仿佛年轻了许多，听起来也不那么低沉了。就连他尴尬地挪动着自己下巴的动作看起来都像极了一个十几岁的男孩子。"对于音乐我实在是无话可说。音乐。音乐到底是什么？不就是一堆乱七八糟的音符吗？他们全都直勾勾地盯着我，好像我是个白痴一样。我就是个白痴。"

"你是从哪里感觉到这种恐惧的？"

"这里。"阿尔弗雷德用手按了按自己的腹部，"我就要吐出来了，真的。我就要当着全班同学的面吐到地板上了。"

艾伦看着他那副难受的表情，不由得也感到一阵反胃。

"我们要把这种感觉作为一座桥梁。"她语气坚定地说道，"然后沿着这座桥梁快速地回溯到你第一次产生这种感觉的那个瞬间。"

她正在寻找所谓的"初始敏感事件"。

"现在我要从五数到一。随着我的倒数，你将穿越时空回到过去。五，你开始变得越来越年轻，越来越矮小了；四，你的感官也在跟着逐渐回缩；三，你就快要找到事情的源头了；二；一。"艾伦俯下身来，轻轻地用指甲弹了一下阿尔弗雷德的额头。"就是这里了。"

她等待了片刻。

"你现在在哪里？"

"幼儿园。"阿尔弗雷德回答。

听到他的声音，艾伦忍不住打了一个冷战。每一次遇到这种情况时，她都会感到大为吃惊。一个五十二岁的男人居然还可以像小孩子一样和她讲话。

"你几岁了？"

阿尔弗雷德举起了自己的手指，然后扳回了大拇指。

"四岁？"艾伦问道。

阿尔弗雷德腼腆地点了点头。

"现在发生什么了，阿尔弗雷德？"

"现在是'安静时间'，但是帕姆一直都在图书角那里哭闹。她真的很难过，所以我想我应该去逗她开心，再送她一件礼物。"

"啊，真是个好主意。是什么礼物呢？"

"我的蜗牛。"

哦，天哪。这显然是不会奏效的。

"你的蜗牛？"

"是的，它是我今天早上在步道上找到的。我把它放进了自己的口袋里。它的个头儿真的好大呀！你猜怎么着？"阿尔弗雷德的脸上洋溢着一种孩子般的入迷表情，"它的壳是毛茸茸的！我以前从没有见过背壳毛茸茸的蜗牛。"

"你现在在做什么？"

"我在说：'你看，帕姆，这是送给你的。'"

"帕姆怎么说？"

阿尔弗雷德的脸上突然露出了惊恐的表情。看来蜗牛的确不是很受欢迎。

"她尖叫着把我给推开了！"

哦，帕姆，艾伦默默地想着。

"我一下子摔在了书架上，把书架给推倒了，大家今天早上刚刚做好的复活节彩蛋也全都掉在了地上。博尔克小姐像着了火一样对我大吼大叫起来。我找不到我的蜗牛了，而且大家都在盯着我看。"

阿尔弗雷德的双脚开始像打鼓一样不断地跺着地板。"博尔克小姐正在打我的腿！"

真是个泼妇，艾伦在心里狠狠地咒骂了一句。

一个四岁小男孩纯真的泪水不断地从阿尔弗雷德五十二岁的脸庞上流淌下来。"现在我不得不站在全班面前向帕姆和所有的小朋友道歉，因为我打碎了大家的复活节彩蛋。每一个人都在盯着我看，就好像我是个……就好像我是个银行抢劫犯似的。"

听到这里，艾伦真恨不得马上穿越回 1963 年，从幼儿园里接走阿尔弗雷德，然后带他去吃一个冰激凌。但只有一个人能够做到这一点。

于是，她提高了嗓音说道："我想要和成年的阿尔弗雷德说几句话。你在吗？"

阿尔弗雷德挺直了身子，清了清喉咙，然后抬起了下巴，说话的声音又变得低沉了起来："是的。"

"好的，阿尔弗雷德，我想要你回到过去，用一个成年人的眼光去看一看四岁时的自己。我现在会从五开始倒数。五、四、三、二、一……就是这里了。"

阿尔弗雷德伸了伸自己的脖子。

"你到了吗？"

"是的。"

"你有没有看到四岁的阿尔弗雷德。"

"看到了。"

"你想对他说些什么吗？"

"没有关系的，小伙子。女孩就是不喜欢蜗牛。她们就是那么奇怪。你只不过想要帮忙而已。这不是你的错。"

艾伦低头看了看自己的手表，阿尔弗雷德的诊疗时间已经超时了，而下一个预约客户玛丽 – 贝丝·马克马斯特应该就快要来了。是时候用几句积极的暗示来结束今天的治疗了。

玛丽－贝丝那张悲伤而又忧郁的面庞逐渐浮现在了艾伦的脑海中，她若有所思地望了望身旁的阿尔弗雷德·博伊尔。

玛丽－贝丝也是单身。

"单身。"在她依照新客户资料表上的内容问及他们的感情状况时，两人的语气中不约而同地都充满了一种逆来顺受的意味。

除了年纪相仿之外，艾伦实在是想不出这两个人之间还有什么共同之处。然而，谁又能够真的预料到神奇的化学作用是怎样让两个不同个性、不同背景的人坠入爱河的呢？

所以说，为什么不稍稍推他们一把呢？如果她轻轻地弹一下手指就能够让两人像弹珠一样滚动起来的话，试一试又有何妨？

这时，阿尔弗雷德点了点头，向艾伦示意自己已经准备好了。艾伦开口说道："你已经将四岁的阿尔弗雷德身上的感受背负了太长时间了，现在是时间改写他的人生了。下一次，当你看到一个面露愁容的女子时，你会产生一种强烈的欲望，想要夸奖她一番——"

艾伦停顿了一下。假如玛丽－贝丝恰好就是他看到的那个面露愁容的女子，她又会作何反应呢？想必她的反应应该不会像四岁的帕姆那样激烈吧，但她是玛丽－贝丝呀。如果说艾伦对于她会如何回应真的没有任何把握的话，这会不会是一步险棋呢？

"……无论她作何反应，你都会自我感觉良好。或者换句话说，你都会感觉好极了。"

说到这里，艾伦又迟疑了一下。她到底该把这件事推进到什么地步呢？

哦，见鬼去吧。

"你也许甚至会想要约她出去。你的口齿会变得格外自信而清晰，还可以勇敢地直视她的双眼。如果四岁的阿尔弗雷德再出来碍事的话，成年的阿尔弗雷德便会站出来。你会约她出去喝上一杯。

就在今晚，如果她有空的话。曼利码头酒店应该是个不错的选择。你将会选择坐在——"

好了，她似乎扯得有点远了。想到这里，她赶紧开始了收尾工作。

"即便她拒绝了你，你的心里也会充满乐观、自信和积极的心态，因为这就是成功所必须付出的代价。点点头，告诉我你已经听明白了。"

阿尔弗雷德马上就点了点头。这时他的头已经低到快要贴到自己的胸脯了，看上去就像是一个刚刚应允了别人替他叫上一辆出租车的醉汉。

好吧，艾伦心想。就是这样了，就是这样了。

她随即将他从催眠状态中唤醒了过来。

"你感觉怎么样？"她边问边递给他一杯水。

阿尔弗雷德从她伸过来的手中接过了水杯，仰头将杯中的水一饮而尽，然后又将空杯子放回了桌子上，对着她开心地笑了起来。其实他笑起来的时候还是挺好看的。

"我感觉很好。"他回答。说罢，他又摇了摇头，咯咯地笑了起来。"没错，我总是搞不懂女人的心思，不知道她们到底想要什么。还有那只背着毛茸茸背壳的蜗牛。我已经好多年都没有想起过这件事了。"

"一个假小子没准儿会喜欢你的蜗牛呢。"艾伦说道。

"不过，你并没有说那件事就是我会有演讲障碍的原因，对不对？"阿尔弗雷德问。

"我并没有做任何的断言。"艾伦将自己的双手交叠着放在了大腿上，笑眯眯地看着他。

"只不过——"

"只不过什么？"

"哦，都是些琐碎的小事。说来还真是有些不好意思。我也说不清楚，我还以为我会发现自己前世曾经做过一次无聊的演讲，因而激怒了某些埃及的僧侣，并被他们用乱石给砸死了呢。"

"埃及的僧侣？"

"我也不知道。我是个会计，又不是个历史学家。总之，我并不相信人会有前世。"

太好了。至少他在这一点上和玛丽-贝丝的意见是一样。他们可以聊一聊自己为什么不相信人会有前世的话题。也许他们俩曾经是一对生活在古罗马时期的无神论情侣呢。

"或者至少是会发现我将自己童年的某一段可怕而又痛苦的回忆压抑在了心底。"阿尔弗雷德沉思了一下继续说道。

居然有这么多拥有快乐童年的客户都想要从自己的过去翻出一些可怕的记忆片段出来，这还真是一个有趣的现象。

"一些十分不起眼的事情往往会给一个孩子带来惨痛的打击。"艾伦解释道，"而人类的潜意识是会囤积这些记忆的。下一次见面的时候我们会着重解决一下这个问题的。我准备给你的潜意识重新编一下程。阿尔弗雷德，你很快就会惊奇地发现自己又重新找回了自信。"

说这段话时，艾伦不自觉地向前倾斜着身子，眼睛紧紧地盯着阿尔弗雷德。她很早就发现，客户在刚刚从催眠状态中苏醒过来的时候往往也是耳根子最软的时候。因此，这也正是加强疗效的绝佳时机。

她边说边不断地低头看着手表。快来呀，玛丽-贝丝。你可不要在今天取消预约呀。你的命运正在等着你呢。

为阿尔弗雷德填写完收据之后，她慢慢地领着他走下了楼梯。就在这个时候，门铃响了起来。

太好了！

"啊！一定是我的下一个客户。"艾伦一脸欢欣地解释着，仿佛另一个客户的出现对她来说是什么莫大的惊喜似的。

"哦，那真是……太巧了。"阿尔弗雷德回答。也许他此刻正在心里盘算着她是否遇到了现金周转的问题呢。

艾伦打开门,眼前果然出现了玛丽-贝丝那张阴沉古板的面庞。阿尔弗雷德彬彬有礼地向后退了一步,好让她先进屋。

"嗨,玛丽-贝丝!"艾伦欢快地和她打了声招呼。

玛丽-贝丝一脸疑惑地回应了一句:"嗨。"

"哦!"艾伦拍了一下自己的脑袋(这一下其实拍得挺狠的——她真是个糟糕的演员),"我本来想给你——拿一样东西的,阿尔弗雷德。你能不能在这里等我一下,我很快就回来。真抱歉,玛丽-贝丝。我不会耽搁你太长时间的。啊,请坐吧,你们两位。"她伸手指了指走廊那张堆满了杂志的咖啡桌旁的两张藤椅。

就在她起身往楼上走去的时候,她看到玛丽-贝丝毫不客气地一屁股坐在了藤椅上,还顺手从咖啡桌上抄起了一本杂志。

阿尔弗雷德则紧张地咳嗽了两声,一动不动地站着。不一会儿,他又晃悠到了艾伦挂在墙上的一幅壁画前面,仔仔细细地端详了起来,好像正在考虑把它买下来似的。

艾伦走回了自己的办公室,找出了一些有关治疗公众演讲障碍的自我催眠法的笔记。然后,她又翻出了一张有助于放松的 CD 唱片作为附加的赠品。

做完这些事情之后,她踱步到了窗前,出神地望着不远处的大海。她这一次是不是又越过了道德的底线? 他们说不定根本没有打算和对方搭话呢。她低头看了看自己的手表。她到底应该什么时候下去才不会让他们误以为她晕倒了或是出了什么事情呢?

她已经给他们留了五分钟的独处时间。这五分钟对于他们来说也许根本就不算什么,也许有可能会永远改变他们的一生。

到底谁会先开口呢,是阿尔弗雷德还是玛丽-贝丝?

16

每月的第四个周日

不要留恋过去，也不要憧憬未来，而是要专注于当下。

——艾伦浴室玻璃上贴着的佛经箴言

"我猜我应该……就是说，我的意思是，我猜你不想要——我是否应该在车里等着？"

　　车子已经停在了科琳被埋葬的墓园门口。杰克坐在后座上，低着头玩着手中的任天堂游戏机，一张小嘴还默默地一张一合。在他们开车前往卡通巴的这整整一个半小时里，他就没有放下过这台游戏机。科琳的父母早在科琳去世前几年就已经搬到了蓝山，因此也希望她的遗体能够被埋葬在距离他们近一些的地方。杰克身旁的座位上摆放着一大捧科琳最喜欢的花（金色非洲菊），是帕特里克提前在花店订好之后今天早晨特意去取回来的。

　　（她并不介意帕特里克给另一个女人买花，何况这个女人又不是她的情敌，也不是她丈夫的情妇。而且，她也并不是想要抱怨帕特里克从没有给她买过花。他买过，还买过许多次。那么，既然她没有任何值得担心的事情，又为什么一直都在惦记着这捧该死的花呢？）

　　"不，我想让你跟我一起过去。"帕特里克关掉车子的引擎，伸手解开了自己的安全带，然后转过来不自然地朝着她笑了笑。一整个早晨他都一直处于一种反复无常的神经质状态之中，一会儿因为她的玩笑而笑得过于大声，一会儿又对杰克暴跳如雷，但很快又会突然抱住他以示弥补，仿佛对于自己接下来的表现显得忧心忡忡。

"我想要把你介绍给她认识一下。"他小声地说道。

"啊。"艾伦轻轻地叫了一声。

"是不是有点儿太奇怪了？"他伸出一只手来握住了她的手。

"当然不会了。"她一边说着一边偷偷地打了个寒战。这当然奇怪了！你是不是疯了！

帕特里克转过身向后座望去。"准备好去看妈妈了吗，小家伙？"

"先让我……"杰克头都没有抬一下，两只拇指飞快地移动着。

"杰克。"帕特里克的语气一下子变得严厉了起来。

杰克叹了一口气，把手中的任天堂游戏机扔在了一旁。"好吧。"

说罢，三个人相继迈出了车。外面的气温似乎比艾伦想象中的还要低。她不由得伸手拽了拽身上的外套，好把自己包裹得更严实一些。她下意识地四下环顾了一圈，想要看看萨斯基亚今天有没有跟来，但却只看到了一对手牵着手、低声聊着天的老夫妇正从墓园里走出来。其中的那位老妇人还对着艾伦友好地笑了笑。

自从在家门口发现了那本书以及那枝花之后，艾伦就只见到过萨斯基亚一次。那时候她正和帕特里克、杰克一起在当地的一家超市里购物。杰克和帕特里克因为该买哪一个品牌的早餐麦片争论了起来，而艾伦一抬头就看到萨斯基亚正推着一辆空的购物车从走廊的另一头缓缓地向他们走了过来。她们的眼神交汇在了一起，艾伦不自觉地微笑了起来，因为她的脑海中首先浮现出来的是黛博拉·范登堡的名字——她只不过是一个被慢性病困扰着的客户，在艾伦的帮助下获得了不错的疗效，还经常和自己一起说说笑笑；同时，她还是一个和艾伦年纪相仿的女人，因此总是会让艾伦不禁联想起茱莉亚，说不定很容易就能和她成为朋友呢。

几秒钟之后，她突然想起了他们之间那种真实而又扭曲的关系，神经系统不知为何呈现出一种尴尬的反应，让她的两颊一下子变得滚烫起来。她清了清嗓子，眼神缓缓地飘向了帕特里克和杰克。这两个人显然还在热烈地讨论着香脆坚果玉米片的话题。萨斯基亚微微地摇了摇头，好像在对她说："不要告诉他们。"然后便悄无声息地走了过去。

"你还好吗？"帕特里克关切地看了看她，然后又环顾了一下四周。这时候萨斯基亚和她的购物车刚好在走道的尽头拐了过去。

"我只是感觉有点头晕。"她回答。（怀孕这件事还真是个屡试不爽的好借口。）

自从那一次起，她就一直莫名地背负着一种罪恶感，就好像她是在和萨斯基亚合起伙来欺骗帕特里克一样。在"诺沙事件"爆发之后，帕特里克对于萨斯基亚的仇恨似乎又上升到了一个全新的层次。每当他谈起有关萨斯基亚的话题时，眼神里释放出的怒火甚至会让艾伦都感到不寒而栗。记得她将外婆的盘子摔在墙上的那天晚上，帕特里克又搬回了几个纸箱，照样堆放在了走廊里（不过，他还带回了一束花，对自己早些时候气冲冲不辞而别的行为表示道歉）。他当时提了一句："她今晚又跑到我家门口去了。真是个疯女人。"

萨斯基亚为什么要冲着艾伦摇头呢？这里面显然有什么阴谋。可她不是一向都很喜欢让帕特里克知道自己来过吗？这不就是她跟踪他们的意义吗？不然的话，她又为什么要这么做呢？难道她真的以为帕特里克最终还会重新接纳她吗？这一切到底什么时候才是个尽头呢？看来萨斯基亚将会是艾伦永远都解不完的一个谜了。

帕特里克弯下腰去从后座上取出了那一捧花，两只手紧紧地握着花茎，看上去就像是一个正向女友家的大门走去准备求婚的男子。

他回过头来给了艾伦一个局促不安的浅浅微笑。

"好啦。"他说道。

杰克在草地上拖着脚向前挪动着，小嘴还不断地吧嗒着模仿机枪发出的"砰砰"声。

"杰克。"帕特里克呵斥了一声。

"干什么？"

"停下来。"

"停下来什么？"

"算了。快走吧。"

杰克一溜小跑地走在了前面，艾伦则紧紧地跟随着帕特里克，不时地低头扫视着身旁的墓碑，心里琢磨着若是自己这个时候抱怨身体不舒服会不会有点不太合适。这时，她突然想起了自己为今天早晨的行程而包好的那一袋雅乐思牌饼干。她是多么想要往嘴里塞上一块呀，可她却把它们忘在了厨房的台面上。

到今天为止，她已经怀孕整整十一周了，而之前只不过会偶尔发生的恶心感也突然加剧了起来。今天早上她就吐了个天翻地覆。要知道，她可是个很少呕吐的人，她甚至都不喜欢"呕吐"这个词。细想起来，蹲在厕所的地板上，将头埋进马桶里，忍受着胃部抽搐的感觉是多么的恐怖而又丢脸呀。她也想要哭着找妈妈，但荒唐的是，她的母亲在她还是个孩子的时候就很少在她生病的时候起到过什么作用。而且，她还总是试图通过讲述自己今天又给哪些病得更严重的孩子看过病来安慰艾伦。

毫无疑问的是，科琳在怀着杰克的时候并没有什么强烈的反应。她直到怀有八个月身孕的时候还坚持每周都去打网球呢。

这并不是艾伦凭空想象出来的。自从两人订婚以来，帕特里克就一直把科琳的事情挂在嘴边。事实上，她已经开始在心里记下了一笔流水账，而在过去的一周里，这本账目上每天都会添上至少一条有关科琳的故事。她知道，科琳每晚都会将耳机套在自己的肚子上，给腹中的宝宝放音乐（艾伦本来也想这么做来着，但是现在却打算放弃了）；科琳怀孕期间最爱吃的就是盐和醋口味的薯片；科琳怀孕后的前几个月还瘦了不少，着实吓坏了帕特里克；科琳在孕期中的情绪起伏并不是很大；科琳是顺产将杰克生下来的，等等等等。

如果科琳只不过是一个普普通通的前妻或是前女友的话，艾伦肯定会明令禁止他再提及任何有关她的事情的。然而，既然她已经去世了，自己怀孕的事情也就自然会引起帕特里克对于杰克出生前后的那段日子的回忆——这也是无可厚非的。况且杰克对于母亲怀着自己时候的故事也显示出了极大的兴趣，这更让艾伦觉得自己不仅有必要恭敬地倾听这些故事，还得通过提出有趣的问题来鼓励帕特里克多说一些，同时脸上更要挂着一种明朗、关爱而又充满同情心的表情。

老实说，这样的日子简直让她抓狂。

她爱杰克，也很开心他会成为自己腹中宝宝的大哥哥，但她总是会忍不住想象，如果帕特里克是第一次当父亲会是怎样的一副情形。到时候他们这一对新手父母又会如何激动而又不安地迎接宝宝的到来呢？

此外，面对孕吐的问题，她还是一点儿办法都没有。她本就知道孕吐的感觉不好受，不过倒是从没有真的放在心上过。清醒的时候，她会安慰自己这样的日子是不会一直延续下去的，可如此没精打采的生活还是让周围所有的事物仿佛都失去了颜色。想到这里，再联想到自己即将抱在怀中的孩子，她满脑子就只有一个念头："我带着这样的心情怎么能够照顾好自己的孩子呢？"

"她就安葬在远处的那个角落里。"帕特里克说。

杰克已经飞奔着跑了过去。帕特里克则停下来摸了摸艾伦的肩膀。

"你还好吗，亲爱的？"他一边问着，一边用心地望着她的眼睛。他时常会在她毫无防备的时候做出这样的举动——停下自己手里正在做着的事情，用那双淡绿色的眼睛一心一意地注视着她，似乎是在等待着她传达什么重要的信息。

这样的眼神每一次都能够彻底融化她的心。

"我很好。"她回答。她并不想让他现在就担心自己孕吐的问题，或是催促着她赶快回车上去歇着之类的。

"你确定吗？是不是天气太冷了？"

"我真的没事。"

"好吧，这边走。"

他们继续向前走着，经过了一座又一座的坟墓，路过了一个又一个逝去的生命。艾伦以前也曾偶尔路过一些墓园，但却从没有真的来这里拜访过自己曾经认识的某一个人。她的外公和外婆去世后都被火化了，骨灰被从他们生前最喜欢散步的那片悬崖的顶端撒向了大海。她当然也会时常思念他们，但那份思念总是淡淡的，丝毫也不会让人感到难以承受；她只不过是为他们不能够再陪伴在自己身边而感到有点失落罢了。这和哀悼某个英年早逝的人时那种痛惜不已的沉重心情是完全不一样的。应该说，在自己过去的这三十五年生命中，她十分幸运地没有面对过一场撕心裂肺的生死离别。

这时，她走过了一个面前摆满了鲜花的墓碑，不禁联想起了刚刚走出墓园的那对老夫妇。不知道这里是不是就是他们刚刚前来拜会的地方。

她停下了脚步，仔细读了读上面的碑文。这是为一个生于1970年、卒于1980年的名叫利亚姆的男孩立的墓碑。她转过头朝停车场望去，看见那对夫妇的车正好准备离开，因此她只能从车窗那里看到老妇人模糊的侧影。

她继续跟着杰克和帕特里克向前走去，胃里一阵阵地翻滚着，嘴巴里也充满了唾液。这一刻，一切都变得不再重要了：帕特里克的体贴，刚才那个可怜妇人的悲痛。要紧的只是这汹涌而来的呕吐感，这令人恶心到不能再恶心的呕吐感。

终于，他们停在了一块闪亮的灰色墓碑旁。墓碑的顶端镶嵌着一个椭圆形的相框，里面摆放着一张科琳的黑白照片。相片中的科琳并没有直视着摄影师，而是在朝着旁边的某个人微笑着（那个人会是帕特里克吗），一头鬈发被吹成了一个很复古的造型，眼睛里满含着爱意。

望着这个墓碑，艾伦第一次对于科琳的死产生了一种实实在在的痛惜感。这个年轻貌美的女孩不该这么早就死去！她应该和丈夫、儿子一起坐在车里，一路驶向她的父母在山中的住所，肚子里还怀着自己的第二个孩子。

或者，更好的是，她应该以帕特里克前妻的身份好好地活在这个世上。除了风华不比当年之外，她也许可以无礼地向帕特里克索要孩子的赡养费或是探视权。这样一来，艾伦就能够继续留在这个故事情节之中了（毕竟她是如此擅长和泼妇一般的前妻打交道——她是这样一个平和而又宽容的女人，而帕特里克也一定会觉得她格外有魅力的）。墓碑上的铭文是这样写的：

科琳·斯科特

1970—2002

帕特里克挚爱的妻子，杰克的母亲，米莉与弗兰克的爱女

生命有限，真爱无限。

写得真好。

"这是我妈妈在我一岁生日的时候拍的。"杰克用手指着照片对艾伦说道,"她正在看着我打开祖母送的礼物。那是一副恐龙拼图,我到现在还留着那副拼图呢。"

"这张照片真漂亮。"艾伦回答。

"顺便说一句,以防你会想要知道,那上面画的是一只暴龙。"杰克继续说着,还把两只手都插进牛仔裤的口袋里,摆出一副若有所思的样子,"那拼图挺简单的,好像只有五片吧。我用不了三秒钟就能够拼好。或者甚至只需要一秒钟。"

"我们,呃,我们有时候也会在这里和她聊聊天。"帕特里克解释着,但并没有抬起头来看艾伦,"似乎有一点儿傻——"

"当然不会了。"艾伦赶忙安慰他。此时的她已经感觉非常非常的不舒服了,但又不能够吐在科琳的坟墓上。于是她抬起头来四下环顾了一圈。实在不行的话,她可能会挪过去吐在比尔·泰勒的墓碑前。他是个"有着善良的心和宽容精神的人",所以应该是不会介意的吧。

帕特里克弯下身来跪在科琳的墓碑前,俯身亲吻了一下上面的照片。

哦,我的上帝呀。

杰克也跪在父亲的身边,熟练地做了一个同样的动作,表情看起来十分的轻松自在。"嗨,妈妈。"

难道说扫墓还有什么规矩礼节吗?难道艾伦也应该跪下来亲吻科琳的照片吗?不,这当然是不可能的。艾伦甚至连见都没有见过她一面,这样做显然是不合适的。若是能够和她握一握手应该会好一点儿吧。或者她可以礼貌地轻轻拍一拍墓碑?"很高兴见到你。"

艾伦不禁想到，如果把这个故事讲给茉莉亚听，她说不定又会浑身颤抖着捂住自己的双眼，吓得不轻呢！

帕特里克将手中的一大捧花放在了墓碑的前面，包装用的玻璃纸发出了一阵窸窸窣窣的响声。他清了清喉咙，而艾伦则站在一旁使劲地用鼻腔呼吸着。

"嗯，我们又来了，科琳。我们正要到你爸爸妈妈家里去吃午餐。听说你妈妈又做了鸡肉饭。"

一开口，帕特里克的声音便自然而然地放松了下来。

"记不记得你说她做的鸡肉饭太无味的时候她有多不高兴？现在她总是会额外加一些大蒜，那味道简直是一进门就能够闻到。今天天气不错。真希望你能够——哦，你猜怎么着？杰克的足球队这周末赢了场比赛。这可是他们第一次上场呢！"

艾伦局促不安地扭动了一下身子。他刚才本来是想要说"真希望你能够和我们在一起"吧。想必话还没有说完，他就想起了身后站着的那个怀孕的未婚妻。

"我们把他们打得满地找牙。"杰克一脸得意地补充了一句。

"没错。"帕特里克说，"杰克踢得很不错。你肯定会为他感到骄傲的。"

"你一定看到了，对不对？"杰克问，"在天堂里。你们那里应该会有一个像大看台一样的地方吧，每个人都可以站在上面观看自己的亲友在地球上打比赛时候的样子，而且看的时候想吃什么、想喝什么都可以。如果你有好几个亲友都在同一个时间打比赛，那么眼前的屏幕就会一分为二，这样你就可以来回地观看他们的比赛了。"

"好了，小家伙。"帕特里克打断了儿子的想象，"总之，科琳，我们还有其他的好消息要告诉你，对不对，杰克？"

杰克露出了困惑的表情，于是帕特里克扭过头看了看艾伦说道："是宝宝的事情！"

　　"哦，对了！"杰克大叫道，"也许妈妈已经知道宝宝是个男孩还是个女孩了。她可能已经知道了，对不对？没准儿她还能看见宝宝从天堂的生产线里掉下来的样子。那里就像个工厂，一个宝宝工厂。然后妈妈也在那里，她会说，嘿，那是艾伦的新宝宝，你就要成为杰克的小弟弟了！或者，你就要成为杰克的——"

　　"没错。"帕特里克接着说道，"所以说，这就是艾伦。"他抬起头来看着艾伦，伸出手来握住了她的手。

　　我是不是也应该跪下来？我也应该跪下来。可如果我突然想吐可怎么办？不，我还是应该先跪下来再说。

　　她跪了下来。想必她膝盖下面的草皮应该会染脏她乳白色的裤子吧。不过，这么做应该是没错的，因为帕特里克的脸上一下子涌现出了一种复杂的神情，而杰克也亲热地把一只手臂环绕在了她的肩膀上。这孩子以前可从来都没有这么做过。

　　"艾伦和我就要结婚了。我知道你一定会为我们感到开心的，科琳，因为我还一直记得那一天你曾对我说，我还会遇见一个可爱的女人的。"帕特里克的声音一下子变得嘶哑起来。他紧紧地攥着艾伦的手，攥得她都感到有些痛了。"我当时说这是不可能的。但我真的遇到了。她确实很可爱。她真的很可爱。而且她让我们两个都过得很开心。"

　　"是的！"杰克轻轻地把下巴垫在了艾伦的肩膀上。

　　"哦，你们两个家伙。"艾伦念叨了一句，一下子不知道该说些什么好了。她仿佛闻到了冰冷而又潮湿的泥土气息，以及帕特里克的须后水味道和杰克嘴里的花生黄油酱味道。帕特里克的手暖暖地包裹着她的手，让她暂时忘却了想吐的感觉，取而代之的则是一种令人倍感欢欣的慰藉。

不，这不是一个可以让她和茱莉亚用来消遣娱乐的苦情故事。整个过程中的尴尬与艰辛反而让这一次会面充满了人情味。想必这就是一生中难得一见的、包含了生活中的酸甜苦辣的时刻吧。

✕

今天就是这个月的第四个周日了。这意味着帕特里克要去科琳的父母家与他们共进一顿午餐了。

这个传统从未改变过。我们甚至会为了这一顿饭而改变假期的行程。

我只和他一起去过一次。那时候我们才刚在一起几个月的时间而已。见面的过程很顺利，但确实有些为时尚早。我本不应该答应和帕特里克同去的，但他却迫不及待地想要带上我。实际上，是他坚持要带我去的，仿佛他正在赶时间，因此必须把这件事情及早地从他的待办事项中划去一样。在我的印象中，他似乎觉得这样做对他的岳父岳母是有百利而无一害的。就连我的母亲都规劝我，说这样做是不对的。"哦，萨斯基亚，你可千万不能去——这样做太残忍了。"她是这样对我说的。可我还是像个傻瓜一样相信帕特里克一定是对的。

当然了，只有妈妈的话才永远是对的。当弗兰克和米莉看到帕特里克站在我的身旁，而他们的外孙也跑进了我的怀里时，那种打击简直是毁灭性的。他们还沉浸在痛失爱女的悲伤之中。这一点在我刚刚踏进她家的大门时就已经感受到了，仿佛空气中都凝结着眼泪的味道。他们的脸上不约而同地露出了震惊的表情，好像下一秒钟就会有人对着他们挥拳似的。房子里到处都摆放着她的照片，简直就像是一座以"科琳"为主题的博物馆。科琳还是个婴儿时的样子。

科琳第一天上学时的样子。科琳和帕特里克的合影。科琳和杰克的合影。我看得眼睛都酸痛了，不知道该把目光放在哪里才可以喘息一下。而且，让我感到颇为奇怪的是，当我看到科琳和帕特里克的合影时，心里却一点儿嫉妒的情绪也没有。我就是那样完完全全、死心塌地地相信他对我的爱。不过，科琳和杰克的合影倒是让我感觉有几分不自在，因为那显然证明了我并不是杰克的亲生母亲。

在那之后，我经常会让帕特里克自己带着杰克去山上看望他们，这样我就可以利用周日的时间做做家务或是看看朋友。在我还没有患上腿疾的时候，我偶尔也会利用这段时间锻炼一下身体。我十分享受这难得的清静，因而一个人在房子里独处的光阴也变得美好了起来。然而，这样的感受如今对我来说却是那样的陌生。尽管我的整个人生都清静了下来，但我却一点儿也找不出独处的美感了。对我来说，下班之后的生活就是一个巨大的空当，而我只能用跟踪帕特里克来填满这片无尽的沙漠。

我真的曾经是一个忙碌而又幸福的女孩吗？那个女孩总是会在下班后冲到超市里去买菜，然后忙不迭地赶回家去给家中的婴儿准备营养代餐，再给他的父亲烧上一桌美味的晚餐。那个女孩还会频繁地出现在各种派对、烤肉聚餐和电影院中，或是在周日的早晨享受一次完美的性爱，看起来就和普通人没什么两样。

这样的一个女孩看起来真的很像我认识、了解并且深深喜爱着的萨斯基亚——但却并不是真正的我。

我从不会在每个月的第四个周日跟着帕特里克上山去。我知道他会去那里。我也知道他会带着一捧鲜花过去。我甚至知道他会在哪一家花店里买花。当然，我也知道他会在半路上停在埋葬科琳的墓园门口。我和他一同上山的那一天，他本想邀我一起去看看科琳的墓碑的，但被我婉拒了。在我看来，这是个再诡异不过的想法了。

我对他说，如果有一天我死了，应该是不愿意看到你带着自己的新女友到我坟前来跳舞的。他当时回答："我又没有叫你在那里跳舞。"总之，杰克已经在后座上睡熟了，于是我提议不要叫醒他，这样我就可以留在车上陪着他了。

我想，既然他们已经搬到了一起，也准备结婚了之类的，他应该是要带艾伦一起上山去一趟了吧。毕竟他现在终于有了一段名正言顺的感情，而杰克也有了一位名正言顺的继母。

我坐在自己的车上，看着这个美满的小家庭开着车从艾伦家离去。杰克身上穿着的衣服显然是不够抵御冬季山区里寒冷的天气的。他只穿了一件长袖的T恤衫而已。我当时就想给艾伦打一个电话，告诉她："给杰克带件夹克衫！"但我并没有这么做，因为我并不想让杰克感到困惑或是难过。

艾伦并没有看见我，倒是帕特里克看见了。实际上，他还和我对视了几秒钟，然后便嗤之以鼻地耸了耸肩膀，戴上了墨镜，就像是个在葬礼现场看到警察出现的流氓一样。

那一天我会在超市里遇见他们纯属偶然。我并没有跟踪他们，只是恰好也在那里而已。我在开车回家的路上路过了他家的门口，于是便想到要顺便去买点生活用品。当时我的脑袋里并没有想到帕特里克和艾伦，这种情形倒是真的很少见。于是，我在超市里四处寻找起了摆放着燕麦粥的货架。我突然很想吃澳新军团牌的饼干。我已经好几年都没有亲手烤过饼干了。要知道，当初我和帕特里克还在一起的时候，我可是个烘焙高手。他和杰克都特别喜欢看我烤饼干。现在，就算我从超市里买回了各种原料，我也懒得动手去做了。毕竟做了又有什么意义呢？如今艾伦才是那个应该为他们烤饼干的人，而不是我。

艾伦看见我之后很快就把眼神移开了，一脸的尴尬和愧疚，就好像她才是那个跟踪狂似的。

这就是帕特里克对我的称呼。一个跟踪狂。他第一次这样叫我时，着实吓了我一跳。我怎么会变成一个跟踪狂呢？我又不是什么精神错乱的陌生人。我们曾经住在一起过呀！还曾试着一起要过孩子呢。我之所以跟踪他，只不过是因为我想看见他，和他说说话，好得到他的理解而已。

不过，严格地从法律意义上来讲，这确实就是我的行径。一个跟踪狂。

我从未想过自己在活到四十三岁的时候还是孤身一人。我也从未想过自己会没有孩子。我更从未想过自己会变成一个跟踪狂。

我朝着艾伦摇了摇头，因为我不想让杰克在看到帕特里克像对待潜在的杀人犯一样地对待我时感到伤心难过。只要他们两个在一起时，我便会努力让自己变成一个隐形人。这就是我这个跟踪狂的道德准则。

在我看来，今天开着车跟他们一起上山并没有任何的意义。我并不喜欢曲折的山路，也不希望帕特里克在载着杰克时踩着油门使劲向前冲。所以我只是跟着他们上了高速公路，以便确认他们是否准备上山，然后就从下一个出口处离开了。

"玩得开心！"目送着他们远去的背影，我大喊了一声。接下来，整个周日就像是一个充满了恶意的玩笑一样横亘在我的眼前。开车回家的路上，我不断地想象着他们会在车里聊些什么话题。他们实在是有太多可以聊、可以计划的东西了。有关婚礼，有关小宝宝，有关今天晚上该吃些什么。我不知道艾伦有没有为杰克准备好他在学校里要吃的午餐。她会不会像我一样很快就能够充满激情地接受作为母亲的职责？我至今仍记得自己为杰克第一天上学时所准备的那顿午餐。一个用全麦面包做成的火腿芝士三明治。一个桃子。

他可喜欢吃桃子了。一小盒无籽小葡萄干。一盒苹果汁。还有他最喜欢的抹上了黄油的香蕉面包。为了准备这顿午餐，我可是花费了不少的心思，还在电话里和母亲提起了我的成果。

"他有没有全部都吃完？"母亲那天晚上打电话来询问。

"除了无籽葡萄干外全都吃光了。"我告诉她。帕特里克根本就不知道儿子的午餐盒里到底有什么。他从不关心食物之类的东西。

如果说你曾经被人托付照料一个孩子，每一天都要为他的生活点滴着想——他的午餐盒，他的小书包，他的鞋子，他最爱的 T 恤衫，他的朋友，他朋友的母亲，他的电视节目，他的小脾气——可突然有一天，这个人却告诉你，你可以放手了，他已经不再需要你了，你的服务可以终止了。这个时候，你难道不会觉得自己很多余吗？就像是一个被安保人员送出了大门的雇员一样，你多半是怎样也不会罢休的。

这真的是非常艰难。

想必杰克一定曾经问起过我，甚至会为我的离开而感到困惑。

我让他失望了，心里不断地怪罪自己为何会在帕特里克提出分手时表现得如此崩溃。我实在是无法在同一张床上入睡了，于是便去了朋友塔米家借宿。塔米。塔米最近怎么样了？她一直努力和我维持着朋友的关系，但不知为何还是和其他人一样渐渐地从我的生活中消失了。

记得分手之后的第五天，我在塔米的房间醒来，突然意识到现在是星期五的早晨，而杰克放学后正好有一堂游泳课。以前，我都会提前一晚为他装好有用的装备。现在谁会送他去上课呢？我上班的时间是早上的九点半到下午的两点半，这是我为了接他放学而特意调班安排的。其实我很喜欢这么做。我的上班时间比帕特里克要灵活许多，而且我也乐意去接送他。我是杰克的母亲。我不介意自己因为无法全职工作而错过升迁的机会，毕竟这是所有母亲都应该做的：放下自己的事业，只为了全心全意地照顾自己的孩子。

于是我拨了个电话给帕特里克，想要提醒他有关游泳课的事情。一切就是从这里发展而来的——我的习惯，我"跟踪"自己过去生活的一种习惯。

帕特里克对我的友善提醒表现得很冷淡，仿佛杰克的游泳课跟我没有任何关系似的。然而，就在一个星期以前，我还在游泳课前帮杰克调整了他的护目镜，并和他的老师谈了谈转班的事情，又和班上的另一位母亲约好了要带杰克过去和她的儿子一起玩。"没事的。"帕特里克说着，话语中充满了不耐烦的语气，好像自己并不方便和我说话，或是我干涉了他的生活一样。在他看来，我与杰克之间似乎并没有过任何的关联。"我们都已经安排好了。"一种从未有过的愤怒感顿时席卷了我的心头。我恨他。虽然我依旧爱着他，但我也深深地恨着他。自从那时起，爱与恨之间的边界对我来说就已经变成了一条模糊不定的界线。如果说我没有恨他恨得如此入骨的话，也许就不会继续爱着他了。我知道自己这样说一点意义都没有。

如果他能够给我个机会慢慢地退出妻子的角色——我一直都把自己当做是他的妻子——退出杰克母亲的角色，或是听一听我的心里话，尊重我想要打个电话提醒他照顾好杰克的权利，抑或是坐下来听我诉说一下他伤我有多深，然后对我真心地说上一句"我真的很抱歉"，我想我都会愿意释怀的。也许那时我心里的伤口就真的能够痊愈了，像大多数普通人一样。然而，他的不闻不问却让我的伤口越发地发炎感染起来，并且不断地扩张，就像一个长在我身上的坏疽，永远都不打算离去了。这全都是他的错。我也知道自己的做法是不可接受的。在内心深处，我也是有自知之明的。但事情是他挑起来的。母亲过去总是说，当初她遇见我父亲时，生活简直就是一个完美的爱情故事。而我也曾经一度以为帕特里克就是我的完美爱情故事。只不过他不是。他是催眠师的爱情故事，而我却是催眠师的爱情故事里那个阴魂不散的前女友。当不上女主角，我只不过是一个不起眼的配角而已。

又或许，我是故事里的反派人物。

✕

离开墓园后，三个人谁都没有说话，就这样一路沉默着驶向弗兰克和米莉的家。

杰克又坐在后座上一声不吭地专心玩起了游戏机，而帕特里克则全神贯注地沿着蜿蜒的山路小心驾驶着。

艾伦将头靠在了车座上，胃里翻江倒海的感觉虽然并没有消退，但至少还是可以应付得了的。她心里想着，只要弗兰克和米莉准备的午餐不要让她等太久就好，哪怕一片干面包也能够解她的燃眉之急。

窗外的景色如快进的电影般一帧帧向后飞去。车子经过了一座座开满了咖啡馆、二手书店和古董店的古雅山村。艾伦隐约记得，自己刚和乔恩在一起时曾经和他一起在山里度过了一个浪漫的周末。如此美好的记忆居然这么快就从她的身边悄悄地溜走了。如今他们都是要走进婚姻殿堂的人了。看来生活的脚步并没有停下来等过谁。她需要将目光放在前方的道路上。萨斯基亚也一样。而现在正手握着方向盘的帕特里克就更要如此了。

她不知道他的脑海中此刻是否还在怀念着科琳，或是将她拿来和自己做比较，想象着她若是没有死，生活又会是什么样的一番模样。

要是她能够读懂他的心思该有多好呀。想到这里，她不由得抬起头来偷偷瞟了一眼他那神秘莫测的侧脸。

不过，她当然还是有计可施的。

绝大多数夜里，帕特里克都会在睡前要求艾伦帮他做做放松练习，这如今已经成为他们的一个习惯。在这个过程中，他自然是完全信任她的，而她也完全可以将他引领到一个深层的催眠环境中，并趁机挖掘他在心底里对于科琳的感受，然后再用催眠后暗示的方法让他忘记自己刚刚的提问。

但这样做是不对的，是完全有悖催眠师的职业道德的。她不能未经他的允许就去探听他的内心世界。这和私自随便翻读他的日记又有什么区别呢？

此外，这样的做法也是不公平的，因为帕特里克并不能用同样的方法来对付她。若是将自己与帕特里克角色对换的话，她也必定是不愿意让他发现自己对于乔恩那复杂的情感的。

所以说，她是绝不会做出这样的事情来的。如果丹尼和某个女孩谈了恋爱，倒是说不定会使出这一招来。

她简直不敢相信自己居然会允许如此醒醒的想法出现在自己的脑海中。这完全不像她的作风呀。她近来真是对自己越来越失望了，仿佛激情、道德和耐心都莫名其妙地离她远去了。

可是，天哪，这个世界的诱惑可真多。

"爸爸，"坐在后座的杰克忽然喊了一声，"吃完午餐之后，我们可不可以到上次徒步旅行的地方去走一走？"

"当然可以了。"这话刚一出口，他就马上改了主意，"哦，眼下可能不行，小家伙，我们吃完午餐就要直接回家了，因为我下午需要到办公室里去加班几个小时。"

杰克一脸抱怨地嘟囔了起来。

"下次吧。"

"你下午还要回办公室去？"艾伦问道。

帕特里克转过头来草草地看了她一眼。"哦，是的，抱歉，我是不是没有告诉你？我得加班做些文件出来。我已经快要忙晕了。"

　　这么说来，她应该是要留下来照看杰克了吧。她本来还计划着下午要和茱莉亚去见个面的。要知道，她已经好久都没有见到茱莉亚了，而茱莉亚又迫不及待地想要听听她到科琳父母家去做客的经历。如果杰克在家的话，她就根本无法随心所欲地和茱莉亚聊天了。

　　"那我今天下午要留下来照顾杰克吗？"她再次确认了一下。

　　"嗯，他已经是个大孩子了，不再需要别人来照看他了。我说得对不对，小家伙？"帕特里克说道，"他会乖乖地去做自己的事情的。实际上，你还有一些家庭作业没有完成，是不是呀，杰克？"

　　艾伦强忍着心中的一口怨气，坐在一旁默不作声。自从帕特里克和杰克搬进她家以后，她生平第一次体会到了监督孩子做作业时的"乐趣"。那简直是一种不堪回首的经历。杰克根本就无法老老实实地坐在桌前握好铅笔，更别提把书本摊在他面前了。他要不就会歪歪扭扭地坐在椅子的边缘，将两颊支在桌子上，还装出一副病恹恹的样子，要不就会找各种乱七八糟的理由动不动就逃跑。

　　她直到现在还没有找到和杰克相处的方法。这倒不是说杰克是个多么叛逆的孩子，或是将她视为是一个邪恶的继母。和艾伦在一起时，他一向都是友善而又自在的，那个常常感到紧张和不安的人反而是艾伦。她注意到，自己每一次和杰克说话时，声音总是会变得格外的趾高气扬。这不禁让她想起了自己十四岁时曾经喜欢过的那个邻校的独腿男孩。那个叫做贾尔斯的男孩对她一直都很和善，就像他对待身边任何一个善待他的女孩儿一样。那时候的艾伦总是会在三点四十五分的火车到达之前和他叽叽喳喳地说个不停，拼命地想要给他留下一个好印象。可他脸上的那副沉着而又心不在焉的表情和如今杰克摆出的那副表情简直就是如出一辙，像是都在对她诉说着：我真的不太在乎你说的是什么，但我是个好人，不想要伤害你的感情，因此会一直微笑着面对你，直到你闭嘴为止。

当艾伦想要假装冷酷、假装自己根本就不在乎杰克怎么看待自己的时候，事情往往会变得更糟。杰克本身就是个独立的孩子，总是低头忙着自己的事情，因而这样的做法反而会让他真的完全忘记了艾伦的存在。要知道，同样的情况也曾发生在艾伦的贾尔斯身上过。

当然了，这一切都是她自己选择的。她一直都很喜欢收养继子这件事情，也十分期盼自己能够有一个"速成家庭"。如今，帕特里克已经将她视为妻子，因而理所应当地将监督儿子做作业的任务交给了她，她应该感到高兴才对。换句话说，她应该将自己全部的注意力都放在可怜的小杰克身上。他今年只有八岁，却已经先后失去两位母亲了，说不定心里早已经受尽了被人遗弃的痛苦。

"是的！"杰克高高地举起了手中的电子游戏机，开心地喊道。

"上帝呀。"帕特里克不由得抱怨起来，"不要再踢我的座位了。"

可帕特里克不应该先和她商量一下吗？难道他这是在利用她，想当然地以为她下午会有空吗？

当然了，话说回来，她自己不也没有和帕特里克商量，就琢磨着要和茉莉亚一起去喝杯咖啡嘛。她至今仍是把自己当做一个单身的女人来看待的，而杰克也好像并不在她的责任范围之内。

看起来谁是谁非一时间是说不清楚了。想必大多数家长在安排自己的日常事务时都应该有一个固定的模式吧。她应该去问一问玛德琳才对。

"我想你说过要趁今天下午好好清理一下走廊上的纸箱吧？"艾伦问道。

帕特里克周六一整天都在忙着带杰克去参加各种体育活动，因此承诺会在周末结束之前把走廊上的纸箱全部清理干净。

"哦，是的，别担心。"帕特里克安慰她，"等我从办公室回来，会动手去清理它们的。"

可是艾伦心里清楚，他才不会动手去做呢。到时候，他一定会被这一天的行程和加班的工作量给搅得疲惫不堪的。到时候一切就都晚了。而且，杰克看到他回来肯定又会缠着他不放，而他最后想要做的一件事情就是一头栽倒在沙发上，伴着《60分钟》的声音昏昏沉沉地睡去。若是艾伦等到那时候再去提醒他收拾东西，就未免显得太刻薄了，甚至还有可能落得一个"唠叨"的罪名。看起来，她只好再忍耐一个礼拜的时间了。

其实，这些凌乱的杂物对于她家的风水也会带来灾难性的后果。她隐约记得，正门入口的地方是房子的"气口"，是所有能量进出的地方。难怪她会感到如此的暴躁不安——原来所有的能量都被堵在了正门的外面！

当然了，现在可不是争论纸箱问题的时候；想必帕特里克正在为弗兰克和米莉家的那顿午餐而感到焦虑呢。

然而，心里的话已经到了嘴边，她实在是有一点不吐不快的冲动。

"你不会去收拾它们的。"她对着窗户嘟囔了一句，好像小声说出来的话就不算数似的。

"你说什么？"帕特里克厉声问道。

"没事。"

"艾伦！我说了我会收拾的。"

"所以你听见我刚才说的话了。"

"你们两个是不是在吵架？"杰克饶有兴致地问了一句。

真是乐极生悲呀，艾伦在心里默念着。

×

　　我决定把这个周日剩余的时间全都用来看电视剧。几个月前，邻桌的同事兰斯借了电视剧《火线》第一季的光盘给我。他和他的妻子都是电视剧迷，因此一说起剧中那难以置信的角色发展和精彩纷呈的情节就没完没了——这不过就是电视剧而已嘛。每当听到他在那里口若悬河地叙述时，我总是想要反驳他一句："是这样的，兰斯，我对电视剧一点儿都不感兴趣。我有自己的生活。"

　　哈。真是一个绝妙的笑话。

　　太遗憾了，"跟踪"还不是一个社会公认的爱好。

　　出于某种原因，他坚持要把这套光盘借给我看，尽管我已经向他表示过自己根本就不感兴趣了。他希望我能够好好看一看它们，这样就可以和我长时间地讨论其中的每一集了。我之所以知道这一点是因为他将另一部叫做《白宫风云》的光盘借给了办公室里的另一个女孩。而他每一次见到她时，都会主动询问她看到哪一集了，好抓住机会做一次深入的剧情分析。最后，她每一次看到他沿着走廊走过来时都会赶忙躲进附近的办公室。

　　和她相比，我可是绝不会浪费时间看那种东西的，因而兰斯也就放弃了询问我是否已经看到了飞行员出现的那一集。然而，这套光盘却突然成为了我消磨整个周日的绝佳选择。我可以边啃着面包和巧克力边让时间一点点在荧幕中消逝了。这样一来，我就再也不用去想有关帕特里克、艾伦和杰克的事情了。想到这里，我甚至感到内心有一点儿期待。

　　当然了，我还有许多类似的事情可以去做，因此也不必执意如此。

　　当我将车子开上自家的车道时，刚刚搬到隔壁的新家庭也正好在停车。时机还真是天衣无缝呀。

　　他们是上周五搬进来的，情况和我想象的一样糟糕。一家人中的母亲梳着一个摇来摇去的马尾辫,父亲有点秃顶,但还是挺新潮的。他们的大女儿一脸雀斑,头发卷卷的,小儿子则长着两个深深的酒窝。他们都是很可爱,很阳光,很友善也很活跃的人,看来我未来的生活就和住在四只拉布拉多犬的隔壁没有什么区别了。他们向我做了自我介绍,还说他们希望自己不会太过于聒噪。我当时大概是这么对他们说的,如果他们真的吵到我,一定不要忘了有时间请我过去喝一杯。我努力让自己的语气听上去彬彬有礼而又不至于过分友好,这样他们应该就能听出我话中的弦外之音,也就不会自作主张地跑来向我示好了。想必杰夫或是房产中介应该已经向他们解释过这里的种种事项了吧:车库的门需要用力插牢,垃圾清理日是周一,而且邻里之间不需要有太多的交流。

我一下车,他们便齐刷刷地向我聚集过来,还吐着舌头,摇着尾巴。我差一点儿就要本能地抬起一只手来抵挡他们了。

"今天下午想不想到我们家来坐坐?"那个小姑娘一上来就迫不及待地问道。

"给萨斯基亚留一点儿时间。"她的母亲一脸慈爱地笑着说。她至少要比我小上十五岁。或是更多。我完全不记得她的名字了。我总是懒得去记别人的名字。

他们想要邀请我下午去参加他们的乔迁烧烤聚会。

"我们只邀请了几个朋友。"年轻的母亲解释道,"是个很随意的聚会。"

"住在我们隔壁房子里的邻居名叫'肖特'太太。"那个小男孩对我说,"但她一点儿也不矮,相反个子还很高呢。"

"哈。"我应付了他一句。

眼前的这个小男孩不禁让我想起了杰克。这也许是因为他们拥有相同的眼神,又或许是因为年纪的关系吧。他看上去五岁左右的样子，而帕特里克和我分手时杰克也正好五岁了。因此我并不想和他做朋友。光是看见他就已经足够让我心痛了。

"或者你也可以只是过来喝一杯。"孩子们的父亲补充道。

"我们特意准备了一些香肠。"小女孩一脸期待地告诉我，"它们上面还裹着一层辣椒面呢。"

"希望你不要有压力，千万不要觉得自己非来不可。"那位母亲说，"我们只是想——你知道的，若是你没有其他的事情要做的话……既然我们同住在一个屋檐下，而且我们以前也没有住过连栋式公寓——当然了，你可能已经有约了，或者想要利用周日的时间来彻底放松放松。"

她停顿了一下，听上去有点儿语无伦次。我看到她的丈夫和她交换了一个眼神。他们大概已经感受到了我的抵抗情绪，因此想要给我找个台阶下吧。他们真的不错，是一群善良而又有教养的平凡人。这就是我所需要的，住在一群好人的隔壁。和他们相比，我感觉自己是如此的卑劣。

不过，在家看电视剧就已经足够我消磨掉一整天的时间了。于是我告诉他们，我很想加入他们的聚会，不过我已经另外有约，恐怕赶不回来了。

我脸上的愧疚之情显然表现得有些过头了。我真不应该装出那样一副表情。

"那就下次吧！"那位父亲说。

"那就下次吧！"那位母亲也说。

"下次！"我肯定地答道。

"下次哦！"小男孩鹦鹉学舌般重复了一遍，逗得我们全都真心地笑了起来。那个可怜的孩子困惑地皱起了眉头，完全不知道自己的话有什么好笑的。

好吧，太棒了。居然还会有下一次。

进屋后，我花了很长时间为自己编造出来的这场虚假社交活动做准备。我假装自己要去参加一位老朋友的四十岁生日聚会。那是一个在他家后院举行的简约休闲派对，主人还特意为此准备了餐食——我决定要将他们想象成一群富裕的朋友；更确切地说，他家的后院正好坐拥美丽的海港风光——所以说食物的品质也一定差不了。我还准备要做一段简短的发言！发言的内容肯定会既有趣又感人，就像是艾伦会在自己朋友的四十岁生日派对上所说的那一种。

我穿上了牛仔裤和皮靴，然后套上了塔米在我生日时送给我的一件非常漂亮的蓝色上衣。那时我的母亲还没有去世，但我却不知为何从没有找到过合适的机会来穿它——海港边的生日聚会，这样的场合配上这件衣服简直是太完美了！——我还戴上了母亲为我亲手缝制的一条长围巾。我知道聚会上的所有人都会称赞我的这条围巾的。我母亲在缝纫方面一直都很有天赋，我应该这样告诉他们。我甚至给自己的头发吹了个造型，化了妆，还戴上了被帕特里克称赞说看上去很性感的大耳环。

当我穿着这一身行头准备踏出公寓大门时，突然感受到了一种久违的自信。

趁着一时高兴，我顺手将用来烤制澳新军团饼干的材料全都塞进了一个塑料袋里，打算在前往生日聚会的路上把它们放到艾伦家的门口。她可以在家做些饼干，而我可是要忙着去享受我的社交生活了。

就在我向自己的车子走去时，一男一女正沿着车道向我的邻居家走去，看样子是要去参加乔迁烧烤聚会的。那个男人的手里拿着一瓶葡萄酒，女人则端着一个用铝箔纸包着的大盘子。

我朝着他们微笑了一下，随口问候了一句"嗨"，就好像我也是个正常人一样，一个正准备在周日去参加朋友四十岁生日聚会的正常人。

他们也回敬了我一个微笑。实际上，那个男人的微笑看起来格外友好，一点也不敷衍做作，仿佛是认识我却又一时间想不起我的名字，或者——有没有可能——是因为他觉得我很漂亮？

"来参加聚会吗？"他随口问道。

"不，我正好有别的聚会要去。"我回答，"四十岁生日派对。"

"哦，是吗，玩得开心！"就在此时，邻居家的前门正好打开了，一家人高声呼喊着迎了出来。"看看谁来了！""你们这么容易就找对地方了？"

我加快了脚步朝着自己的车子走去，以免让他们觉得自己有必要向客人介绍我是谁。杰夫住在我隔壁的时候就从没有出现过这些麻烦事，因为我们谁也不会邀请别人到自己家里来做客。当我启动了点火开关、挥着手向他们告别时，我发现那个男人的目光还是没有离开过我，并且也在挥手向我致意。这不禁让我的心里充满了一种暖洋洋的感觉，那应该就是记忆中幸福的滋味吧。

我将车子在街上掉了个头，转过头去微笑着，心里准备好了若是还有人和我的目光相遇的话就再度挥挥手。然而，他们中却并没有人在继续关注我。只见那个女人将包有铝箔纸的盘子递了过去，与此同时，那个男人则将手放在了她的臀上，轻轻地把她的身体揽了过去——帕特里克以前也经常这样对我。那个女人朝着他笑了起来，而隔壁的那个小男孩也上来抓住了他空着的那只手，好像想要指些什么东西给他看。

刚才那种温暖的感觉一下子便烟消云散了。

原来他并没有发觉我长得有多漂亮。他只不过是一个对谁都很友善的老好人而已。这也没有什么好奇怪的。隔壁的那一家子好人所认识的自然也会是一群好人了。俗话说，物以类聚，人以群分嘛。

或者，他也许的确发觉我长得很漂亮，但只敢在心里猥琐地偷偷盘算着"我很愿意背着我的女朋友和你在一起，如果你也愿意的话"。他说不定就是那种遇见每一个女人都会微笑的男人，说不定哪一天就能逮着什么机会呢！

想到这里，我突然反应过来：接下来我到底应该去做些什么呢？

那个在滨海别墅里举办的四十岁生日聚会差一点儿就让我自己信以为真了，我心里甚至还有一点儿期待呢。

我没有任何地方可以去。曾几何时，若是遇到这种情况，我至少还有几个朋友可以打打电话。然而，这些人却如同流沙一样悄无声息地就从我的手指缝间溜走了，真是不可思议。一个人的社交网络竟然能够这样就消失殆尽了，仿佛从来都不曾存在过似的。这种感觉就好像你孤苦伶仃地生活在一个别人专门为你设计的城市里。在这里，你无需和任何人联系，开着车四处转悠时也不需要停下来和任何人点头打招呼，就连死气沉沉的超市里那些面无表情的收银员也会在扫描完你篮子里的货物之后直直地望向你的身后，就好像你根本就不存在一样。或许你真的并没有存在过。

如果我能够有机会给自己设计一个城市的话，我一定会留出一片能让自己摆脱孤单感的地方。那里不仅宽敞明亮，还有温暖的咖啡可以给我解乏、伴我读书，而周围的人也都会大方而又自在地和我攀谈。

不过，这都是些自欺欺人的废话，因为我是决不能忍受在这样融洽的环境下生活的，更无法做到每天都不厌其烦地和别人讲话、面对他们和善而灿烂的笑脸。我只希望自己在买牛奶的时候不会有人来问我这个周末过得好不好。

我并不孤单，我只是感到寂寞，而如此寂寞的生活完全是我自己的选择。

我很清楚自己若是想要回归社会应该做些什么。我可以看完一整套的《火线》，然后热情地跑去和兰斯攀谈，再借给他一套光盘，顺便问上一句："有时间的话，你和你太太想不想过来吃个晚餐？"我是不是曾经见过他太太一面？当然了，我也可以向任何一个同事问上一句："哪一天下班的时候要不要一起出去喝点东西？"实际上，我本来可以应邀去参加几个月前的工作聚会的，或是去参加隔壁邻居的派对。我甚至可以上网去认识一些有相亲意向的男人，或是至少寻找一下一夜情的机会。

我并没有所谓的社交障碍，我只不过是个含蓄而又腼腆的人而已，所以交朋友对我来说并不成问题。想当初我刚搬到悉尼的时候不就是举目无亲吗？可我还是满怀期待地欣然接受了每一份邀约，微笑着向别人提着问题，勇敢地踏出了自己的第一步。

可我如今却早已经没有了出门社交的兴致。我太老了，这就是问题的症结所在——这不公平。我怎么会落到今天这种地步呢？

我无法容忍自己在别人面前装出一副虚情假意、敷衍应付的模样，就像是我今天和隔壁的那一家人说话时那样。我知道，一旦自己开了头就必须一直伪装下去——人与人之间的交往就是这个道理。

曾经，我也拥有过一些真心的朋友，那时候我还是一个母亲，一个妻子和一个女儿。可如今我却已经什么都不是了。

如果我就这样释怀、重新展开一段正常的生活，那么帕特里克岂不就会觉得自己逃过一劫，而他的话也就应验成真了：我们本来就不适合在一起。

我开着车径直驶向了艾伦的家，那种一直萦绕在我心头的痛苦、失落和愤怒在刚刚昙花一现的幸福感对比之下让我感觉更加沉重了。

我只不过打算把那一袋食材放在她家的大门口——不需要留下

任何的纸条，因为他们肯定会知道那是我送来的。可正当我准备沿着步道返回时，却突然看到一座戴着眼镜的猫头鹰石像正挂在门边的檐口上。我心想，这一定是她存放备用钥匙的地方。

　　我猜对了。

17

不请自来的客人

不要去想那只狗！

听到这句话，你的脑海里一定会出现一只狗的画面，对不对？这就是为什么我们在构建自己的导语时要十分谨慎的原因，这也被称为反作用定律。也就是说，我们的想象力会故意忽略"不要"这个动词，而是直接去接纳"狗"这个意象。

——摘自艾伦·奥法瑞的《催眠治疗法概论》两日课程提纲

帕特里克的车刚一开上车道，科琳的父母就迎了出来。

　　"这就是弗兰克和米莉。"帕特里克用一种不太自然的声音介绍着，一边还不忘挥挥手，咧着嘴龇着牙地朝他们笑了笑。

　　杰克迫不及待地推开车门，飞奔着跑进了外公外婆的怀里。艾伦和帕特里克远远地望着他伸开双手拥抱了他们。看来今天就只有这孩子能够自在地享受这顿午餐了。

　　"就是这里了。"待两人走下车后，帕特里克不自觉地念叨了一句。

　　"快点！"米莉站在门口招呼着他，而杰克早已经拉着外公消失在了屋子里，"快进来呀，你们两个。屋里暖和。"

　　"嗨，米莉！没错，你说得对！"帕特里克的声音听上去格外的兴高采烈。艾伦以前可从未听到过他这样说话。

　　我的天哪，她在心里偷偷默念了一句。

　　"你好呀！"她也打了声招呼，似乎是迫不及待地想要向科琳的父母表示自己是个善良的好人，并且对于他们的损失表示无比的同情似的。

（哦，上帝。她刚才为什么要用如此油滑的腔调来说"你好"？她又不是站在山的另一头和他们打招呼。他们一定会觉得自己精神错乱了吧？）

米莉是对的。在刚刚拜访完寒风瑟瑟的墓园之后，这座小屋的确格外的舒适而又温暖，房间里还飘荡着温和的乐曲声。米莉引领着艾伦坐到了壁炉旁边。

"我能为你拿些什么饮料吗？"米莉开口问道。她是一个长得像只小鸟一样的瘦小女人，身上套着一件年轻人常穿的牛仔外衣，里面还穿着一件白色的套头毛衣，看上去十分苗条。不难看出，她曾经也是一个标致的美人儿。只不过她的身上似乎散发着某种逆来顺受的气息，仿佛是在说："我知道自己已经容颜不再了，但我一点儿也不在乎。"

她的丈夫弗兰克也是个精瘦的老头，个子很高，看上去像是一个上了年纪的过气的篮球运动员。艾伦轻易地就在他们的脸上看到了被丧女之痛折磨过的痕迹，那一道道皱纹像极了魔鬼留下的爪印。

他们两个似乎都很腼腆，但脸上一直都挂着得体而又热情的微笑，还和他们有一搭没一搭地闲聊着交通和天气的话题。这不禁让艾伦感到有点心碎。要是他们对自己不这么友善该有多好呀。

"艾伦最需要的可能是一块饼干吧。"帕特里克体贴地替她说道，"她感觉不太舒服。啊，你知道的，孕妇总是这样的。"是不是她听错了？他刚才在说到"孕妇"这个词的时候好像特意降低了音量。难道这是什么见不得人的事情吗？

"我这就给你去拿。"米莉爽快地答应着。

"我在家里准备了一些，不过忘记带了。抱歉给你们添麻烦了。"艾伦念叨着，好像要一块饼干就会给别人带来极大的不便似的。其实，她真正想要表达的是自己的到来给他们添麻烦了。毕竟她是如此健康地活在这个世上，肚子里怀着心爱之人的宝宝，还跑到这里来要取代他们女儿的位置。

"我怀着科琳的时候也是一天到晚都抱着饼干。"米莉边说边递了一个盘子到艾伦的手里，"可这个幸运的姑娘在怀杰克的时候就一点儿也不觉得恶心。"

说到这里，她转过头去对着自己的外孙灿烂地微笑起来。"你还真是个乖宝宝呀，杰克，出生之前就是那么乖巧。"说罢，她又转过头来看着艾伦，"我的意思可并不是说你的小宝宝不乖哦。"

在米莉说话的同时，艾伦的眼光已经被挂在墙上的一张照片吸引了过去。照片中的科琳手里正怀抱着六个月大的杰克。她低头看着孩子的眼神是那样的慈祥，而杰克嘴里正咬着一只兔子玩具的小脚丫。

癌症就是在那个时候降临到她的头上的。

她的眼泪一下子夺眶而出，害得她刚刚咽下去的那一口饼干差一点就卡在了嗓子里，饼干的碎末喷得到处都是，身边的人都惊恐地看着她。

你到底在干什么呀？她在心里责问着自己，好像自己的身体刚刚做了什么让儒雅之人难以启齿的事情，比如不小心放了个屁之类的。快停下来！然而，不管她怎么喝止自己，眼泪还是不断地沿着两颊滴落下来。

她想必是触景生情了吧。科琳在照片中那慈爱的微笑，自己吃到饼干时感受到的那份安慰，吹完冷飕飕的山风之后能够钻进这暖洋洋的小屋，米莉口中的那句"你的小宝宝"，诡异而又充满压力的墓园之旅，明天就要初次与自己亲生父亲见面的紧张之情——哦，谁知道是哪一件事触动了她的神经呢？总之，她从没有像现在这般尴尬过。

“你没事吧！”弗兰克说着朝她的座位走过来，屈着长腿在她的身旁蹲了下来，伸出手轻轻地在她的背上画着圈按揉着。

能够在弗兰克这样的慈父身边长大，科琳可真是个幸运的女孩。

“你怎么了，艾伦？”杰克问道。

说罢，他抬头看了看自己的父亲，可是帕特里克却没一点儿要帮忙的意思，他那惊讶的表情就好像他的女朋友刚刚打碎了一个价值连城的花瓶似的。自从进屋以来，他就一直在若无其事地和他们聊着天，声音既轻快又随意，可其中却隐藏着一丝不安的情绪。不知道的人说不定会以为他正在用聊家常的方法来分散某个想要跳下悬崖轻生的人的注意力，好等待警察前来救援呢。艾伦从没有见过他如此健谈，可见今天的会面对他来说有多么的不容易，他甚至不想让彼此的对话出现一点点的空隙或是尴尬的沉默，仿佛这样就会勾起大家对于往昔的沉痛回忆。这一下，她的冒失显然打破了他小心维持的这份微妙的平衡感。

“真对不起。”她好不容易用鼻子吸了一口气，抱歉地说道，“这一定又是我的荷尔蒙搞的鬼。”

荷尔蒙，荷尔蒙，荷尔蒙。她最近总是把它挂在嘴边，可她心里其实一点都不相信自己的身体应该为这些不得体的言行负责！相反，她一直都相信身心之间的联系应该是由心灵控制身体，而不是由身体来影响心灵的。若是有哪位客户将自己不理智的行为怪罪到荷尔蒙的身上，她一定会反驳道（而且是用一种抚慰人心却又十分权威的语气来反驳）：“我猜这应该是你的身体想要向你传达潜意识里的某种信息吧。”

帕特里克终于缓过劲儿来了，赶紧走过来抱了抱她。

“你一定是路上太累了。”他说这话时又恢复到了正常的声音。他温暖的双臂和身上熟悉的味道让艾伦一下子就放松了下来，眼泪再一次不争气地掉了下来。

"真对不起。"她颤抖着说。

"别这么说。"弗兰克和米莉也满怀安慰之情地答道。

午餐期间,她一直都跟随着帕特里克那明朗而又健谈的语调努力地表现着自己,试图将功赎罪。一桌人就这样你一句我一句地搭着话,丝毫没有半点的停顿,就像是在玩抛接热土豆的游戏。当他们准备离开时,艾伦不禁注意到弗兰克和米莉的脸色都已经疲惫不堪了,说不定他们刚才一直都在心里期盼着这两个年轻人能够安静一会儿。

"希望下个月还能够再见到你,我亲爱的。"分别的时候,米莉还轻轻地把自己的手搭在了艾伦的手臂上。一个声音突然在艾伦的脑海里响了起来:再哭一次你就死定了。

糟糕。就在这一瞬间,艾伦的双眼差一点儿就又要被眼泪给攻陷了,好在她用意志力的盾牌将它们给死死地堵住了。

在开往卡通巴的路上,三个人谁也没有说话。杰克似乎已经在后座上睡了过去。最终,艾伦终于再也忍不住了。

"我刚才突然无缘无故地哭了出来,真是对不起。"她小心翼翼地措辞,仿佛这样说便能够将这场尴尬的小意外转变成一个动人的故事。

"没关系。"帕特里克回答,"真的。你不用担心。"

她本该听到这里就作罢的。

"他们一定感到很难应对吧。"她接着说了下去,"我是指和我见面这件事,还有听说我怀孕的事情。"

"是呀。"他回答,"但最后哭出来的居然是你。"

那刺痛感实在是来得太突然了,让她不由得屏住了呼吸。

"对不起。"他马上就改了口,从方向盘上拿下了一只手,向她伸了过来，"我本来是想开个玩笑的。真是个愚蠢的玩笑。每次我见到弗兰克和米莉的时候内心都会觉得很愧疚，因为科琳已经不在了，而我还苟活在这人世上。所以说每一次去拜访他们对我来说都是一个巨大的挑战。真的很尴尬。"

他这话并不是在开玩笑。

"是呀。我也觉得很尴尬。"她附和道。更别提我还坐在了你亡妻的坟前！那些草渣留下的污渍是永远也洗不掉的了！

"对不起。"他又说了一遍，然后把手放回了方向盘上面，"真的。你今天表现得很好。我很高兴你愿意陪我一起来。我只是希望——"说着这里，他的声音渐渐地飘走了，最后终于沉寂了下来。只见他紧皱着眉头望着眼前的道路，好像是在暗示她自己需要全神贯注地开车。

他这话是什么意思？我只是希望你当时没有哭吗？还是我只是希望科琳还活着？艾伦默不作声，心里的各种情感却像开了锅一样让她感觉无所适从：羞愧、反感或是恐惧。这不像我呀，她不停地对自己说道，我原本不是这个样子的呀。

在红绿灯处，她开口打破了沉默："这么说来，我猜你今晚应该不会有时间清理那些纸箱了吧？"

说这话时，她仿佛看到另一个自己正在一旁冷冷地观看着战局，一边还不断地摇着头：哦，艾伦。你为自己的眼泪让他着实尴尬了一把而感到愧疚，却又想要通过这种幼稚的方式来告诉他，他也不是一个完美的人！你这明明是故意要挑起战争，唯恐天下不乱呀！

"我告诉过你了，我今天下午要加班。"他没好气地回答。

"那我们能不能约定下一个周末为新的截止日期呢？"虽然她的语气听上去既轻快又诙谐，但就像他的笑话一样，这话依旧是有几分绵里藏针的意味。

"别揪着我不放，艾伦。"他恶狠狠地回应了一句。这时，艾伦忍不住转头看了看他的侧脸，发现他正紧紧地咬着下巴，以至于两颊都鼓了起来。

"揪着你不放？我哪里揪着你不放了？"

"不要专挑这个时间和我过不去。"他咬牙切齿地回答，一边还微微地向后扭了扭头，暗示杰克还坐在后座上，好像她是故意要在他那年幼无知的儿子面前挑起什么纷争似的。

在接下来的一半路程中，他们谁也没有再多说一个字。艾伦的脑海中一直都在回味着自己当初和乔恩在山区度过的那个周末，还不时想起两个人耳鬓厮磨的画面。这应该算是她发起过的最被动的一次进攻了吧。

等到他们开到家门口时，车子里的空气已经快要被那份沉默给凝结起来了。

"一会儿见。"帕特里克简短地打了声招呼，就开着车呼啸而去，只留下艾伦一个人牵着杰克向屋里走去。在开始监督杰克做作业之前，她一定要记得先给茱莉亚打个电话取消出去喝咖啡的约会。

"这是什么？"艾伦在打开纱门的那一瞬间突然自言自语了一句。

那是一个用铝箔纸包好的包裹，就放在门前的台阶上。她弯下腰俯身把它捡了起来，发现里面还是热乎乎的。

她的呼吸一下子就变得急促起来。*萨斯基亚*。

这是一个冲动的决定。我手上提着那个装满了食材的塑料袋走进了她的厨房，就像刚刚从超市里回来的家庭主妇一样。我想，我为什么不顺便为他们烤一些饼干呢？

我很享受在她的厨房里干活儿的感觉，用着她的搅拌盆、她的勺子和她的烤盘。我有种感觉，她厨房里的这些器皿也许都曾属于她的外婆。我记得她曾经说过，自己在继承这座房子的时候并没有对它进行任何的改动。"我的品位挺复古的。"她是这样对我说的。我当时还称赞了她一番，并表示自己很欣赏她家的地毯。如果不提帕特里克的事情的话，我猜我们在这一点上还是很有共同语言的。

我的心里突然感到一种说不出来的平和，仿佛我本来就应该住在这间房子里，或者说我本身就是艾伦，正准备给外出的帕特里克和杰克烤点饼干作为惊喜呢。杰克还很小的时候，我就经常会趁着他们父子俩去公园里玩的工夫在家烤饼干。这时，我的脑海中仿佛出现了他们回家的场景，耳边还响起了钥匙在锁孔里清脆旋转的声音和杰克跑进走廊时那充满活力的脚步声。

艾伦的厨房让我不禁联想起了母亲家的厨房——可能这就是我为什么会感到如此自在的原因：原来这里仿佛让我回到了童年时代的家。我记得自己还是个小女孩的时候就喜欢站在厨房的椅子上，腰上系着妈妈的大围裙帮她做饭。我还曾经想象过，若是有一天我也能够和自己的女儿一起重演这幅画面，该有多好呀。

实际上，我早就和杰克一起做过同样的事情了，只不过我并没有操心围裙的事情，也没有给他搬来一把椅子，而是让他直接紧挨着我坐在桌面上。他可喜欢陪我做饭。头发上散落的面粉，黏糊糊的手指，掉落在搅拌盆中的蛋壳。我甚至还曾经允许他使用过一次搅拌器，可他猛地把它从碗里拿了起来，溅得厨房里到处都是蛋糕糊。

万一他们提早回来了，我该如何为自己辩解呢？

我知道这看起来很奇怪，但我实在是不能忍受就这样消失在你们的生活中。也许我可以搬进来和你们一起住？也许我可以安静地坐在角落里看你们过着自己的生活？不管怎么说，你们今天在山上玩得还开心吗？有谁想要来一块饼干吗？

他们并没有提早回家，不过倒是有个不速之客上门来拜访他们了。

当我正准备把饼干从烤箱里端出来时，门铃响了。

我自知心中有愧，不禁吓了一大跳。我并没有失去理智。我知道自己并不是故意闯进别人家里，还在厨房里烤起了饼干的。

门铃响过之后，那个人又开始用力地敲了敲前门。

我的第一个反应是——帕特里克回来了，因为那敲门声中似乎暗藏着一丝愤怒的情绪；不过这也说不通呀，他为什么不直接开门进来呢？

接着我又想到，不会是警察来了吧？也许有人看见我拿了备用钥匙偷偷进了屋，所以替艾伦报了警。没准儿是个友善的邻居做的好事，毕竟艾伦看上去也是一个好邻居。

我放下了手中的烤盘，小心翼翼地摸索着穿过走廊，绕过了帕特里克那堆装满了乱七八糟的杂物的破纸箱。可怜的艾伦；她的房子如今已经不再充满那种空灵的韵味了，四处都散落着积满灰尘的纸箱。不知道她会不会痛恨眼前的场景，还是说她已经得道成仙，因此根本就不会再去为这些尘世间的琐事而感到烦恼了呢？就我对帕特里克的了解来讲，这些纸箱子可是要在这里堆上好一段日子了。

我从艾伦家前门的侧窗里向外探头张望了一下，看到门口站着一个男人。他的两只手都插在口袋里，向前伸着下巴，像是随时做好了准备要与别人争论一番似的。他看起来应该有四十多岁了吧，浑身上下散发着一种高雅的气质，好像经济条件很殷实的样子：这也许是因为他身上穿着的那套西装或是那一头微微有些长，却又精心打理过的发型的原因吧，又或许是他站着的姿势暴露了他的身份——那双脚稳稳地扎根在地面上，看上去就是一副胜券在握的样子。

我的好奇心一下子就被吊了起来。

是来寻求催眠治疗的客户吗？

还是艾伦的前男友？他看上去可并不像是她会喜欢的类型呀。我相信帕特里克也不是她的菜——他太过于平凡也太过于粗俗了。她理应和一个脸色苍白但是谈吐风趣的诗人在一起谈恋爱才对。这么说来，还是早点儿把那个身材健壮的测绘师还给我吧。

是情人吗？也许帕特里克并不是孩子的父亲。这样一来就太好了。这位一脸怒气的客人会不会是专门过来搞破坏的呢？

想到这里，我伸手打开了门。

18
意外结成的同盟

真有意思，有人居然会称催眠治疗法为"新纪元"。要知道，金字塔上的象形文字证明，埃及人早在公元前三世纪时就已经开始使用催眠术了。

——摘自艾伦·奥法瑞的催眠诊疗室网站

"听听这个，玛德琳。"

茱莉亚将手搭在了玛德琳的手臂上。艾伦发现，这个动作似乎吓得玛德琳微微退缩了一下。此时正是周三的晚上，她们三个人正坐在一家喧闹的泰国餐厅里吃晚餐，并打算饭后一起去看一场电影。她们局促地挤在了一个卡桌旁。电影九点钟就要开场，而现在已经七点半了，她们才刚刚点好了想吃的菜。看样子她们今晚肯定是要迟到了，这不禁让玛德琳感到有点儿不耐烦，可茱莉亚却摆出了一副"让她着急去吧"的架势，一脸的轻松自在。

茱莉亚和玛德琳一向都合不来，她们只不过是碍于艾伦的面子才装出很喜欢彼此的样子。作为两人"共同的朋友"，艾伦一般都会提出和她们单独约会，但她知道这两个人都很想看乔治·克鲁尼的新电影，因此若是不把她们全都叫出来的话似乎显得有点不太明智。

不过，此情此景之下，艾伦不得不告诫自己以后再也不要这么做了。茱莉亚好像总是要向玛德琳强调自己认识艾伦的时间更久，因此一直都把上学时的故事和一些老朋友的名字挂在嘴边，举手投足间简直就像个不成熟的少女。而玛德琳对于加入这场"谁才是艾伦更好的朋友"的比赛毫无兴趣，因而一直都在以三个人中唯一做了母亲的人的身份自居。她的脸上一直都挂着一副心不在焉、备受折磨的表情，似乎总是在竖起耳朵倾听远处是否有婴儿的哭声。如今她已经怀有八个月的身孕了，因而情绪更加急躁，一只手还总是抚着自己的腹部。既然艾伦现在也怀了孕，玛德琳和茱莉亚比起来就完全占了上风，一个劲儿地将话题扭转到孩子的身上来。作为三个人中唯一还可以喝酒的人，茱莉亚一边若有所思地独享着一瓶葡萄酒，一边还不忘抓住每一个机会表达自己是多么满意没有孩子的生活和飞黄腾达的事业。

艾伦真想抓住两个人的肩膀大吼一声，放松！

"什么？"玛德琳小心翼翼地将自己的手从茱莉亚的手里抽了出来。她是个不太喜欢和别人有身体接触的人。而茱莉亚正是看穿了这一点才故意要去触碰她的手臂的，而且每一次见面时还会狠狠地吻她的脸颊。

"那个跟踪狂居然在她家的门口留了一包刚出炉的饼干——可她有没有直接把它们丢进垃圾桶，然后像个神志正常的人一样打电话报警呢？"茱莉亚没好气地说着，"没有！她给自己泡了杯茶，还把它们全都给吃了！"

"我希望她至少没有在里面放任何坚果吧？"玛德琳关切地问道，"你怀孕的时候应该尽量避免吃花生，知道吗？"

"坚果才不是她最值得担心的事情呢！"茱莉亚尖叫道，"那个跟踪狂肯定往里面吐口水来着。或者还有更糟糕的。哦，上帝呀，一想到她可能会在里面做些什么手脚，我简直就要恶心得吐出来了，艾伦。我是认真的。"

"好吧，那是什么类型的饼干？"玛德琳问。

"大便味道的。"茱莉亚抢着回答。说罢她一个劲儿地咯咯笑了起来，看上去简直就要晕倒在走道上了。

玛德琳小心翼翼地从茱莉亚旁边挪开了身子，脸上露出了一丝生硬的笑容。"你怎么知道是她送的呢？"她转过头来问艾伦。

就快要笑趴下的茱莉亚也问了一句："是不是巧克力口味的呀？"

"是澳新军团饼干。我之所以知道是她送的，是因为她留了一张字条。"艾伦回答，"上面写着：这是我今天做的，猜你可能会喜欢。爱你的萨斯基亚。"

The
Hypnotist's
Love
Story

"哦，真是太吓人了。"玛德琳一脸厌恶地打了个哆嗦，以表示这种事情在她那循规蹈矩的生活里是绝不可能发生的。

"还有更糟糕的呢。"艾伦继续说道。

"还有什么能比这个更糟糕？"茱莉亚再一次坐起身来。显然，在玛德琳过来之前，艾伦只给她讲了故事的一半。

"我觉得她应该是在我的厨房里烤的饼干。"艾伦回答。

"哦，我的老天爷呀。"茱莉亚喊道。

"你怎么会这么想呢？"玛德琳问。她的语气听上去很冷静，毕竟那个充满戏剧化的做作角色已经被茱莉亚给抢去了。

"因为我的厨房里飘着一股刚刚有人做过饭的味道。"艾伦回答。

她还记得，那次奇怪而又诡异的山区旅行之后，她站在自己的厨房里，嗅着扑鼻而来的金黄糖浆和红糖香气，一颗心怦怦地狂跳着，不禁想起了外婆还在世的时候自己常来做客的经历。外婆过去也总是做澳新军团饼干给她吃，而萨斯基亚的手艺可以说和她的不相上下，甚至有过之而无不及，口感还要更香脆些。

"这不会都是你想象出来的吧。"茱莉亚问道。

"应该不是吧。"玛德琳说，"孕妇的嗅觉往往是最灵敏的。当初我怀伊莎贝拉的时候，就曾经闻到一次——"

"有没有看到面包渣？"茱莉亚打断了她的话，"或是什么别的迹象？比方说橱柜里有没有什么东西被人动过了？"

"一点儿渣子都没有。"艾伦回答，"我的烤箱干净得简直就像新的一样。我想她一定是用过之后清洗干净了。"

"她为什么要跑到你的厨房里去做饭？"茱莉亚一边沉思一边问道，"这个疯子到底想要做什么？难道说她想要传递什么信息给你吗？"

"我最讨厌在别人家的厨房做饭了。"玛德琳莫名其妙地冒出一句，"我永远也找不到自己想要的东西。"

茱莉亚慢慢地朝着她眨了眨眼睛，然后又转过头来看着艾伦。

"帕特里克怎么说？"

"我没有告诉他。"艾伦回答，"我们从山里回来以后，他把我和杰克放了家门口就直接开车去了办公室。而且，就算我把这件事告诉了他也无济于事呀，还不是为他平添烦恼。"

她并没有告诉她们，那次蓝山之旅回来时，她和帕特里克都没有和彼此讲话。

"那你有没有告诉杰克？"茱莉亚追问道。

"我只是说是我的一个朋友留下的。"艾伦回答，"他好像也并不是很感兴趣。"

"你没把它们拿给杰克吃吧？"玛德琳问。

"没有。"艾伦说，"我也觉得最好还是不要让他吃，所以就找了些巧克力饼干来分散他的注意力。我们是边做作业边把那些饼干给吃完的。"

"用饼干就代替了晚餐。"玛德琳小声地嘟囔了一句。

"可你居然一个人把那些饼干全给吃完了？你根本就连碰都不该碰它们一下的。"茱莉亚埋怨着艾伦，"说不定里面有毒呢。"

"就更别提那些东西会不会危及你肚子里的孩子了。"玛德琳也念叨了她一句。

这下她们两人倒是完全站在了一条战线上，不约而同地朝着艾伦点起了头，脸上还挂着一种责任重大的表情。

"我知道。"艾伦承认，"但我当时并没有多想。"

何况那饼干的味道实在是太香了。说起来也真是令人啼笑皆非，虽然这袋饼干的出现的确让她感到既忐忑又惊恐，但当她用指尖将一块饼干从袋中拿出来时，却莫名其妙地寻求到了一种安慰。何况那饼干太美味了，让她忍不住又往嘴里塞了第二块。就这样，饼干的美味抵消了艾伦心中的不安，麻痹了她的神经，以至于她连着吃到第三块的时候才意识到这饼干可能有毒。于是，她花了一整晚的时间努力地做着深呼吸，还在谷歌网站上搜索着类似"毒药的毒性多久才会发作"之类的问题。

"真奇怪，你从一开始时就对这件事情处理得过于轻率了。"茱莉亚一边说着一边试图引起站在餐厅另一边的服务生的注意，"现在这个女人居然敢堂而皇之地闯到你家里来了。她这是在侵犯你的隐私权。你为什么就不会感到害怕呢？还有，那个服务生为什么要假装看不见我呢？你看得见我，哦，是的，你看得见我！"

"我也不知道。"艾伦显得有点儿无辜，"我确实也有一点儿害怕。"

自从这次的"饼干事件"之后，她时常会感觉到自己有些喘不上气来，就好像她耽误了什么重要的事情似的。就在前一晚，她还在黎明之前突然惊醒过来，脑海里就只有一个清晰的想法：有什么不好的事情就要发生了。在这件事情发生之前，萨斯基亚是不会善罢甘休的。但那到底是件什么事情呢？有什么事情就要发生了呢？

在她看来，这已经不再是一个由萨斯基亚和帕特里克主演的故事了，故事的主角已经换成了萨斯基亚和艾伦。没错，这是两个女人之间的战争。如果她能够想明白自己该说些什么、做些什么的话，也许就能够终结这一切的纷扰了。但她到底应该说些什么，又该做些什么呢？这简直就像是不小心从桌上碰倒了什么易碎的物品，你非但没有伸手在空中将它接住，反而还伸着一只手愣在那里，直到它掉在地上摔得粉碎时你才想起来："我本来是可以阻止这一切的发生的。"

"你应该被吓得魂不附体才对。"玛德琳斩钉截铁地说道，"每时每刻。"

"太谢谢你了。"艾伦没好气地回敬了一句，"这话实在是太令人感到欣慰了。"

"我真是搞不明白你们为什么还没有报警。"茱莉亚说，"你们早就应该针对她申请一道限制令了。这样一来，她每一次越界你就可以报警——嘭，她戴上了手铐，问题不就迎刃而解了？"

"帕特里克之前也曾报过警。"艾伦回答，"他一遍又一遍地讲述事情的原委，但那些人就是听不进去。而且我觉得这个过程也不像你描述的那么简单。"

"我也听说限制令其实一点儿用也没有。"玛德琳对艾伦的说法表示了赞同。

"那就换你去报警试一试。"茱莉亚伸手指了指艾伦，完全忽略了身边的玛德琳。

曾经有那么一瞬间，当艾伦拿起她的烤箱手套——她外婆留下来的烤箱手套时，她也曾想到过萨斯基亚也许已经使用过它们了。她将自己的双手伸进那柔软的棉布里，以保护自己不被烫伤。每当想到这里时，这个女人的厚颜无耻就会激起艾伦心中无穷的怒火。她真想大步流星地冲到电话前拨通报警的号码，但就在拿起听筒的一瞬间却又停住了。她如何才能够证明这一切呢？闻闻这味道，警官，难道你闻不出烘焙的味道吗？看看我的烤箱有多干净吧！我可是从来都不会把它清理得如此干净的。看来这样的说辞只会让她看起来像个十足的傻瓜。

除此之外，该如何处理此事还是要看帕特里克的态度，而她至今还是搞不明白他为什么不愿意让警方介入。

"至少她从没有显露过任何暴力的倾向呀。"她无力地反驳道。

"那是时候还未到。"玛德琳说。

"你应该已经意识到了她肯定会出现在你的婚礼上吧？"茱莉亚说，"当牧师说到'在场有没有人因为任何理由认为这一对男女不能结为神圣的夫妻'时，她就会尖声叫道：'哦，我，我！'"

"我还以为他们早就不会再用这么老掉牙的台词了呢。"艾伦似乎有点儿生气了。

茱莉亚激动不已地演绎了起来："然后她就会沿着走道大步地向前走来，嘴里还大喊着：'我就是那个理由！'"

"她的手里没准儿还握着一把枪。"玛德琳在一旁添油加醋地说道。

"你最好在礼服下面穿一件防弹背心。"茱莉亚点了点头。

"我看我还是不要带我的孩子们来参加婚礼了。"玛德琳若有所思地嘟囔了一句。

"嗯。"艾伦胡乱应付了一句。这也是为什么她和帕特里克一直都没有谈到婚礼计划的原因之一。每一次他们想要开启这个话题时，总是会不自觉地谈到萨斯基亚的问题上。"就算我们出国去办婚礼，她没准儿也有办法一路追过去呢。"帕特里克曾经这样断言道。

考虑到这一点，艾伦也曾建议等到孩子出生以后再补办婚礼，这倒是让帕特里克长舒了一口气。只不过这样一来，他的母亲也许就要因为孩子是"未婚生育"的而"心烦意乱"上一阵子了。

无论如何，艾伦的孕吐问题也使得她全然没有了要当新娘的喜悦心情。

"你一定恨极了她吧。"玛德琳说，"连我都替你对她怀恨在心呢，毕竟是她害得你连自己的婚礼都办不成！"

"我一点儿也不恨她。"艾伦回答，"真的。而且我还挺想和她当面聊一聊呢。"

"是吗，那可真是个好主意，请你的跟踪狂出来喝杯咖啡。"茱莉亚忍不住又捧腹大笑起来。

"不如现在就打个电话给她，邀请她来一起看电影吧。"玛德琳也一脸不屑地答了一句，同时简短而又腼腆地朝着茱莉亚咧嘴笑了笑。

玛德琳的话让茱莉亚笑得更放肆了。看来艾伦的愚昧倒是给了两个人一个重归于好的机会。

"我确实打算哪天给她打个电话呢。"艾伦若有所思地回答，一只手不断地用吸管搅拌着杯中的矿泉水，呆呆地望着那些缓缓升起的小气泡，"我是说真的。"

✖

自从那个周日以来，我就一直都在回想那个上门来找艾伦的男人。

"艾伦·奥法瑞吗？"当我打开门时，他上来便气冲冲地问道。我惊得不由得后退了一步，连纱门也没敢打开。

"不。"我回答，"她不在家。"

"好吧，那你是谁？"他的语气听上去好像是在要求别人立马就为他提供最优质的服务似的，这不禁让我联想起了自己在工作中遇到的一个房地产开发商。看来男人对于自己在这个世界上的地位总是深信不疑。

"喂，那你又是谁？"我不屑地反问了他一句。说来也真有意思，好像我才是那个冒冒失失闯进别人家里的人吧？

"我有话要和她谈谈。"他一边回答一边不耐烦地鼓了鼓鼻孔，"我有急事。"

"我可以帮你给她带句话。"我提议道。说到这里，我不禁开始想象自己得意地将便条贴在她家冰箱上的画面。一个愤怒的男人上门来拜访你了，说是有急事要找你，爱你的萨斯基亚。

"不用麻烦了。"他看上去似乎很想要当着我的面一拳捶向墙壁，"我下次再来吧。"

"没问题。"我语气轻快地回答。

说罢他便转身离开了。

关上门时，我莫名其妙地替艾伦感到有点儿被人冒犯。她总是那么耿直厚道，仿佛全世界的人都会像她一样亲切而又真诚似的。而事实显然与她的期待相去甚远。

与此同时，我还强烈地感觉自己曾经在哪里见过这个男人，可我怎么也想不起来了。

✕

"和那位亡妻的家人见面感觉如何？"茱莉亚问道。她的两颊因为喝了太多葡萄酒的缘故而红润了起来，眼睛上的睫毛膏也因为揉搓的关系隐约有些脱妆，不过这倒为她平添了几分慵懒的美感。在餐厅略显神秘的昏暗灯光照耀下，她看起来就像是曾经和艾伦一起用假身份证混进酒吧里买醉的那个高中小女生。现在回想起来，还真是一段短暂而又叛逆的平凡光阴啊。（据说艾伦的母亲和两位

The
Hypnotist's
Love
Story

教母在还未成年的时候还曾做过比这更离经叛道的事情。）

"哦，等一下，我想先听听你和你爸爸见面的事情！"玛德琳向后靠了靠，将两只手臂交织在胸部下方，轻轻地垫在了自己的大肚子上。随着她身体的挪动，艾伦的手肘还不小心碰上了她结实而又滚圆的腹部，这一下倒是让她着实感受到了玛德琳腹中孩子的存在。就在距离艾伦手肘几厘米的地方，一个真实的生命正在孕育着。那可是一个有形的婴儿，它正蜷缩着藏在玛德琳的孕妇上衣和伸展开来的腹部肌肤下方。艾伦悄悄地也学着玛德琳的样子将手臂交织了起来，却只感受到了自己松软的小腹，仿佛她只不过是多吃了几顿比萨而已。虽然她已经有不少的衣服都略显紧绷了，但她还是难以现象自己在几个月后就会变得像玛德琳一样大腹便便，就连走路的步态都带着典型的孕妇标签。等到那个时候，相信人们看到她的时候都会笑着为她让出一把椅子来，同时还不忘问上一句："几个月啦？"

"她最近的生活就像部肥皂剧一样，是不是？"茱莉亚问道。

"应该说是像沙漏里的沙子才对。这就是艾伦的生活。"玛德琳不知从哪里学来了一口纯正的美音。艾伦还从未听她用这种声音和自己开过玩笑。

"你还记不记得她曾经还是个心如止水的禅宗信徒？好像什么糟糕的事情都不会发生在她的身上一样。"茱莉亚阴阳怪气地回答。

"才不是呢！"艾伦表示了抗议，"我还不是曾经有过好几次难堪的分手经历。"

"不，就连你分手的故事听上去都要比我们高出一个档次。"玛德琳说。

"你这么说会让人感觉我是个很讨厌的人的。"艾伦有点伤心地回答，仿佛自己是在无意间听到了两个朋友对于自己的真心评价。

然而，茱莉亚和玛德琳正忙着体会对彼此第一次产生好感的激动心情，完全没有理会她的话。

"哦，不是那种讨厌。总之，是我先提问的。"茱莉亚抢着说道，"科琳的家人怎么样？"

"也许我们应该集中注意力赶紧把晚餐先吃完才对。"看到服务生用前臂托着三个巨大的餐盘出现在桌旁，艾伦试图转换话题。

"我们干脆不要去看电影了。"玛德琳提议，"先好好放松一下吧。"

"好主意。"茱莉亚顺势靠在了卡座的椅背上，微笑着望着玛德琳。

看着她们两人依次和服务生搭着话，确认自己的餐点，然后礼貌地微微靠后好让他为她们舀出碗里的米饭，艾伦第一次发现眼前的这两个女人身上其实有着不少的共同之处。在她们那不失谨慎的悠闲姿态下，都隐藏着一种脆弱的防御心理，就好像她们随时都在防备着自己遭人诟病似的。另外，她们似乎都在坚守着自己选择的个性。*我就是这样的人，因此我坚持这样的信仰，这样的思维和这样的做法。我做的是对的，我做的是对的，我是对的，我就知道我才是对的！*

不过，每一个人身上似乎都拥有同样的症结。也许这世上的成年人不过都是些小心穿戴上伪装、每天都在装模作样的孩子而已。又或许这就是成年人的必修课之一。和玛德琳还有茱莉亚相比，艾伦觉得自己的个性仿佛显得模糊了许多。

当然了，这些也许都是些没用的废话，玛德琳和茱莉亚只不过是在做自己而已。近些日子以来，艾伦对于自己一贯都不能接受事物表面意义的做法似乎越来越没有耐性了。而让她更加百思不得其解的是，她根本就想不明白这份不耐烦到底是从哪里冒出来的，好像她突然就无缘无故地抛弃了自己的一个老朋友。

"那场面一定很尴尬吧。"玛德琳揣测着说道,"和帕特里克的前任岳父岳母见面。"

"你觉得他们会恨你吗?"茱莉亚也追问着,"因为你取代了他们挚爱的女儿的位置?"

"他们对我很好。"艾伦回答,"看上去也很放松,倒是我出了不少的洋相。"

"哦,不。"茱莉亚哀号了一声,那语气仿佛是在说艾伦就是个常会出洋相的人,"你到底做了些什么?"

"我看见墙上挂着一张照片,照片中的科琳正抱着还在襁褓中的杰克,于是我就……"

"你对她说了什么不敬的话吗?"茱莉亚不耐烦地问道,"你居然会说死人的坏话!"

茱莉亚一向都是个十分怕死的人,因此每每谈到有关死亡的话题时,她总是会显得一惊一乍的,仿佛是极力地想要避开什么似的。

"我像是会做出那种事情的人吗?"艾伦边说边将勺子举到了嘴边。

"贝壳!"玛德琳尖叫着一把夺下了她手中的勺子。

"不是!"艾伦把盘子举到她的面前,"是鸡肉。"

"哦,不好意思,你说得对。"玛德琳回答,"继续。"

"总之,你那套有关怀孕时该吃什么不该吃什么的理论实在是有点儿太离谱了。"艾伦反驳道,"法国女人怀孕的时候还在继续吃软干酪,而日本女人也依旧吃着寿司呢——她们的孩子都很健康呀。"

玛德琳撇了撇嘴,似乎对于法国和日本孩子的体质不是很确定。

"反正我自己在怀孕前三个月的时候是不会让自己冒任何风险的。"

听到两人又聊起了有关怀孕的话题，茱莉亚的脸色一下子阴沉了下来。"所以说，你看到那张照片时到底说了些什么？"

"我哭了。"艾伦回答。

"你哭了？你甚至连认都不认识那个女孩子呀！"玛德琳说罢放下了手中的叉子，好像刚刚吃到了什么令人反胃的东西；显然她也为艾伦感到有点难为情。

"你为什么要哭呢？"茱莉亚兴致勃勃地追问了起来。

"都是孕激素闹的。"聪明的玛德琳一下子就明白了。"可你总不能在接下来的六个月里一直这样下去吧！你能不能，我也不知道，给自己做个催眠之类的？"

玛德琳居然会想到建议她去做自我催眠，可见她把这事看得有多严重。艾伦心里清楚，玛德琳一直都把催眠治疗法当做是一种带有新时代印记的无用之术，不仅浪费时间，而且浪费金钱。因此她说不定会以为自己的工作是什么充满了善意，但是既愚蠢又会使人误入歧途的江湖医术呢。虽然艾伦并不知道玛德琳会用什么词汇来给自己的职业下定义，但从她脸上每每闪过的那种礼貌而又空洞的表情中不难看出，她是个糟糕的骗子。不过艾伦并不想和她顶嘴，因为她知道玛德琳是真心地喜欢她，而且一点儿也不想伤害她的感情。

截至目前，艾伦一直都未曾提起过她们谈话间的不平等问题。事实上，她很享受自己在面对玛德琳的偏见时所展现出来的那种成熟的优越感。毕竟她的自尊心并不是建立在别人的赞同与肯定之上的。然而，她的心里此时却浮现出了一种强烈的不满。她的工作对她来说是如此的重要，几乎占据了她生活的大部分时间。为什么玛德琳不能试着了解一下催眠治疗术是什么呢？她甚至从未对她的工作提出过任何的问题！这到底又是为什么呢？她这样做实在是太不尊重自己了。老实说，一想到这一点，艾伦简直是有点儿怒不可遏。

"我的牙上沾了什么东西吗？"玛德琳一脸狼狈地问道，说罢又转过头去照了照墙上的镜子，"你为什么要用那种眼神盯着我看？"

艾伦清了清自己的嗓子。她知道自己若是突然尖叫出来一定会让她颜面尽失的。"我们为什么从来都没有聊起过我的工作呢，玛德琳？"

她最近到底是怎么了呀？怀孕的事情似乎剥夺了她所有的情商，剩下的就只有赤裸裸的冲动、单纯的愤怒和不可救药的绝望了。我的老天爷啊。她的行为简直和坐在自己诊疗室里的那些客户没什么两样。

"抱歉。"艾伦突然改变了主意，"我刚才有点儿走神了。"

"好吧，我怎么觉得不只是荷尔蒙的原因呀。"茱莉亚分析道，"会不会是因为你感觉内疚？毕竟你就要和她的丈夫一起生孩子了？当然了，在这种被压抑的感情方面你才是专家。"

艾伦充满感激地看了茱莉亚一眼。和玛德琳不同，茱莉亚对于艾伦的工作一直都很支持，也很为她感到自豪。这么多年来，她已经介绍了很多朋友和熟人去找艾伦看诊了。是的，她就是这样一位亲爱的，亲爱的朋友。

"你现在还会想要掉眼泪吗？"茱莉亚问，"每当你想起这件事的时候？"

"不了，对不起，我只是——"艾伦无可救药地傻笑了起来。

这时她注意到茱莉亚和玛德琳互换了一个眼神。

"我知道怀孕的女人有时候会有点儿疯狂。"茱莉亚开口说道，"但你这样是不是有点儿过火了？"

"是呀。"玛德琳在一边附和道。

"我简直都不敢想象你和自己的父亲第一次见面时还会做出什

么傻事来。"茱莉亚接着说，"你真应该打上一支镇静剂。"说罢，她用手背扶着自己的前额像模像样地演了起来："爸爸，爸爸！我遗失了多年的爸爸！"

玛德琳忍不住咯咯地笑了起来，但很快就一脸愧疚地冷静了下来。"即便如此，我猜你和你父亲相认的场景还是挺情绪化的吧，是不是？"

"实际上——"艾伦回答，"正好相反。我一点儿反应也没有。"

"真的吗？"玛德琳看上去似乎如释重负。这样才对嘛。

"他只不过是个男人而已。"艾伦回忆着，"一个无趣的普通男人，就像是你身边的牙医或是会计之类的。发际线有点后退，鼻子上还架着一副眼镜，身上并没有什么有意思的地方。"

"可怜的爸爸。"茱莉亚边说边举起了自己的酒杯。

"你们知道我真的想要和你们聊些什么吗？"艾伦放下了手中的刀叉，"纸箱子。那些堆在我家走廊里的纸箱子。"

"它们都是帕特里克从自己家里搬来的，对不对？"玛德琳一下子就猜对了。

"没错。"艾伦回答，"我已经提醒过他很多次了，可他就是不肯把它们给挪开。我简直就快要被他给逼疯了。你们有什么办法不对一个男人唠叨，还能够让他把事情做好吗？"

"这个吗——"玛德琳若有所思地回答，"还真是个好问题。"

✖

今晚，我在观看晚间新闻节目的时候突然想起了什么。

我知道那个男人是谁了。

这样说来，他找艾伦到底有什么事呢？他看上去为什么那么生气呢？

离开喧闹的泰国餐厅，艾伦坐进了黑暗的车子里。她并没有着急把钥匙插进点火装置，而是默默地坐着，享受着难得的清静。她的两只耳朵一直都在嗡嗡作响，似乎是受到了很大的刺激，就好像她刚刚才在夜店里狂欢畅饮了一番，而不是和两位老朋友轻轻松松地享受了一顿无酒精的晚餐似的。出于某种原因，她发现茱莉亚和玛德琳今晚都有些势不可当。坐在那张拥挤的卡桌旁，这两个人的脸和她凑得也未免有些太近了：茱莉亚那精致的脸庞上居然还意外地出现了几条皱纹（艾伦之所以会感觉意外，是因为她一直都以为对方只是个十四岁的学生妹），而玛德琳那圆鼓鼓的脸颊上则顶着一个朝天鼻、噘着一张樱桃小嘴。艾伦仿佛现在还可以闻到茱莉亚身上的香水味和玛德琳那有些嘶哑却又掷地有声的声音（她似乎有点儿感冒了）。

"我明天晚上要去和山姆约会。"玛德琳匆匆离开后，茱莉亚站在餐厅外的人行道上对艾伦说道。

"史丁奇吗？他那段时间是不是确实得了流感？我就知道！你一直都在和他约会吗？为什么不早点儿告诉我？"

"我已经不那么叫他了。"茱莉亚回答，"总之，你不要高兴得太早或是自作多情地开始计划什么惬意的四人约会之类的。我们只是朋友而已。"

然而，艾伦发现，茱莉亚说这话时眼中却闪烁着希望的光芒。

"打住。"茱莉亚似乎察觉到了艾伦脸上的表情产生了什么微妙的变化，"一个字也别说了。"说罢，她格外用力地伸手拥抱了艾伦，和她道别。

艾伦低头看了看自己的手表，现在才晚上九点钟而已，她到家的时候杰克应该还没有睡吧。作为一个只有八岁的小男孩，他的睡觉时间似乎有点儿太晚了，但她又知道些什么呢？

她知道，若是自己提议调整杰克的作息时间的话，帕特里克一定会举双手赞同的。可每当提到这个自立小男孩的教育问题时，她总是会不自觉地感到有些难为情，仿佛自己是在玩什么角色扮演的游戏似的。她应该问问玛德琳的孩子每天都几点钟上床睡觉，她肯定能帮自己提不少有用的建议。

家里热热闹闹的感觉真好。想必她刚刚把车开进门口车道的时候，就会看到屋子里灯火通明的样子。当她推开家门时，扑面而来的一定会是墨西哥玉米卷、爆米花或是其他夜宵零食的香味吧。也许帕特里克正在和杰克一起看电视，或是正抱着任天堂游戏机玩着什么游戏，抑或是在房间里追逐嬉戏着，手里还挥舞着她挂在天花板上用来提醒自己按时修行的树枝作为佩剑、激光枪之类的东西（他们有时候就喜欢玩这么暴力的游戏）。帕特里克可能会开口问她电影好不好看，而杰克则会缠着她讲述自己的一天。他们一家人会坐下来喝上一杯热可可，然后再偷偷吃些杰克本应为学校集资义卖的巧克力。此外，为了哄杰克上床睡觉，帕特里克可能还要唠叨上二十分钟。

是的，能够投身于自己梦寐以求的嘈杂家庭生活真是一件令人欢欣鼓舞的事情。

可她还是没有把钥匙插进汽车的点火装置里。

好吧。还是想说什么就说什么吧，艾伦。

其实，若是能够一个人迈进空荡荡的家门，享受着平静的沉寂，走过没有堆放着纸箱的走廊，斟上一杯热茶读读书，或是泡上一个没有人会追问你什么时候才要上床睡觉的热水澡也是不错的。

换句话说，这正是她此刻心驰神往的画面。今夜，她多么希望能够独自占有自己的小屋、自己的床铺和自己的生活。

然而，这可完全不是她在去年一整年里梦寐以求的生活。每当她形单影只地站在家门口、笨拙地翻动着背包里的钥匙时，心里是多么地渴望屋里能够有一个像帕特里克那样正在等待她回家的人呀。

她不知为何又想起了萨斯基亚，以及她那一心一意想把帕特里克夺回去的愿望。这个执念在她的心头也应该萦绕了许多年吧。她是一个充满魅力的聪明女人，因此肯定不缺少其他男人的青睐，但她却固执地只想要帕特里克。这样的想法虽然看似疯狂，但也不失是一种忠诚的壮举。

艾伦心里清楚，自己并没有像她那样不计后果地深爱着帕特里克。实际上，她从未深爱过任何人，也永远都不会冒冒失失地闯进别人家的房门，因为她根本就没有胆量做出任何有违社会道德规则的事情，更别提什么犯法的事情了。想到这里，她仿佛能够听到茉莉亚和玛德琳在对她大喊：这难道不是一件好事吗，你这个傻瓜！这才是理智！才是成熟！

她叹了口气，终于将钥匙插进了钥匙孔里，然后又再度将手无力地垂在了自己的大腿上。车外，一对年轻的情侣正从她身边的便道上走过，似乎正在争执些什么。突然，那个女孩一甩手便转身离开了，只给那个男孩留下了一个冷漠的背影。跟上她呀，艾伦心里默默地想着。这才是她心里真正的想法。可是，他却只是紧咬着牙关耸了耸肩，然后便双手插着口袋走远了。

艾伦开始跑马灯似的在脑海里回想着自己今天晚餐时对朋友们说过的话，以及自己有意向她们隐瞒的每一件事情。

这么多年以来，她一直都道貌岸然地向自己的客户宣传着"感情并非易事"的理念，可就连她自己都没有真正理解过自己的话到底是什么意思。

（事实上，她也许一直都暗自以为感情对于别人来说才是并非易事，而像她这么有教养、有见识又有情商的人是绝不会被感情所羁绊的。哦，又是这要命的轻狂！）

"蓝山之旅"结束后的当晚，她和帕特里克就已经重归于好了。重新回归感情正轨的两人变得再度如胶似漆起来，甚至让艾伦感觉这一架吵得实在是太值了。

"都是我的错。"艾伦大方地承认。

"这应该都是我的错才对。"帕特里克说罢又向她解释了自己最近在工作中遇到的问题：他之所以跑回去加班原来是因为一个客户拒绝支付一笔巨额的账单。此外，他还在出发前往蓝山之前发现萨斯基亚正躲在艾伦家门口默默地看着他们。

帕特里克说："我想我应该是下意识地把自己的压力全都发泄在你的身上了。"他是如此努力地学着用她工作中的词汇，那样子看上去还真是惹人怜爱。

接下来，他惊奇地发现艾伦居然为了留在家里陪伴杰克而取消了和茉莉亚的咖啡馆约会。

"你为什么不告诉我呢？"他问道，"这简直是太疯狂了！"

"我不知道。"艾伦回答，"我猜我只是想要做一个合格的母亲吧。"

"你本来就是一个合格的母亲。"帕特里克安慰她，"我喜欢看你和他待在一起的样子。你已经好得不能再好了。而且我从来就不应该想当然地认为你有空。"

"好吧，我想我也应该早一点儿告诉你的。"

"别说了，傻丫头。这一次就让我来背上这个罪名吧。"帕特里克说完还特意花了二十分钟来给她按摩双脚。

话说回来，她是绝不可能在这个时候向他提起萨斯基亚和她的饼干的事情的，否则他肯定会停下手中的按揉动作，狂躁地大骂着冲出门去的。

除此之外，那天夜里晚些时候，他也的确清理了两个纸箱的东西。他费力地将它们拽进了餐厅里，如同怪物卡车般在她外婆的地毯上留下了两道巨型的胎痕。艾伦仿佛能够想象得出外婆一脸惶恐的表情，脑海里不禁回忆起了她跪在地毯上一点点刷洗着那些只有她才能看得到的小块污渍的样子。

对不起，外婆。

剩余的那些纸箱依旧七扭八歪地堆在艾伦家的走廊里，似乎随时都有可能塌陷下来，把里面的东西撒得到处都是。看来艾伦根本就不必去想象它们消失得一干二净的样子了。

想到这里，她启动了引擎，打开了车灯，照亮了眼前的街道。

这时，她突然看见刚才经过的那个男孩正拼命地沿着人行道往回跑着。他紧紧地收着下巴，两只手臂来回摆动着，看上去就像是一个正在足球场上奔跑的运动员。就是这样！艾伦的心头突然有了一种怦然心动的感觉。他正在不顾一切地追逐着自己的女朋友，准备将她一把揽入怀中，然后将自己的脸深深地埋进她的秀发里。多么美好的画面呀！

不过，他或许正打算追过去揍她一顿也没准儿呢。毕竟生活并不是总像表面上那么浪漫的。她沉思了一会儿，打着方向盘加入了身边的车流。

她们怎么会以为和自己的亲生父亲第一次见面的场景会是什么激动人心的动情瞬间呢？

选在周一的午餐时分见面显然就是一个错误。而且，她到底凭什么觉得午餐会是一个比晚餐更加明智的选择呢？最终，他们选在位于悉尼北部的一家咖啡馆见面，因为三个人当天都因各种各样的原因在那附近办事，所以这家咖啡馆也就成了他们的不二选择。可是，这样的决定却让这顿午餐变成了他们工作日里的又一个餐会，仿佛吃完之后就可以被随意地从待办事项里划去一样。正是因为如此，艾伦发觉他们之间谈话的过程就像是生意场上的朋友在互致寒暄似的，说不定下一秒就会有人掏出自己的笔记本说道："好了，让我们开始吧。"

除此之外，咖啡馆里的灯光也让她怎么看都不顺眼，明晃晃地照得在场的每一个人都格外的清晰。她并不想要看到父亲上唇边缘的黑色汗毛、鼻子上的细微毛孔、发根下的肉粉色头皮和嘴唇上沾着的摩洛哥鸡肉酱，更不想要看到母亲欢快地用自己的餐巾为他擦嘴！（那个温柔、随和、浑身上下充满了女人味的人居然是她的母亲！期间她竟然还用手指玩弄起了自己的头发。）

艾伦的孕吐反应还是没有得到任何的改善，倒是为她的视觉增添了一抹可恶的米黄色。不过，这样的反应每逢入夜后就会有所减弱。她在修改约会时间的时候为什么就没有想起这一点来呢？

一走进这间咖啡馆，她就立刻联想起了网络相亲带给她的那种感受：在一种紧张而又奇怪的氛围的笼罩下，她环顾着四周搜寻起了一张陌生的脸庞，幻想着这个陌生人也许就会成为自己一生的伴侣。我能否想象出与你接吻、与你一同醒来甚至是与你争论不休的画面呢？然而，这一次的会面却并不像是相亲那样仍有回旋的余地。换句话说，她对于这个男人抱有什么样的成见其实都不重要，因为她不可能再回到网上重新给自己选择一位新的父亲。

起初，她的目光直接就从他的身上掠了过去。他看上去不过就是咖啡馆里坐着的一个再普通不过的白发生意人而已。可紧接着她就发现自己的母亲正坐在他的对面。说实话，她一时间根本就没能认出她来，因为她平时总是和梅尔以及皮普出现在一起。这三个女人就像是一出迷你的戏剧一样，无论是聊天还是谈笑都要比别人吵闹许多。然而，坐在这个白头发男人的对面，母亲的存在感仿佛一下子就消失了，就连她惯常的女王范儿完美坐姿也消失得无影无踪。她的身子微微向前倾斜着，两条前臂慵懒地搭在了桌子上，一边还不忘恭顺地歪着头。

看到艾伦的出现，安妮猛地从座位上站了起来，就好像自己刚刚做了什么错事正好被她发现了似的。过了几秒钟，她微笑着朝艾伦挥了挥手，脸上那副稍纵即逝的傲娇表情很快就被担心给替代了。

艾伦大步流星地朝着他们走了过来。父亲戴维站起身来和蔼地在她的两颊上亲吻了两下，举手投足间都透露出了如今社会中某个年纪和某种收入水平的男人所应有的风度。（"亲吻这种行为在这个城市里早已经变了味了。"玛德琳曾经在晚餐时这样评论道，"你们不久就会发现连日杂店里的收银小妹都恨不得要与你吻别了。"）

"很高兴认识你，艾伦。"三人坐下后，他郑重其事地说了一句，"你对我的人生来说真是个令人欣喜的意外。"然而，话音未落，桌旁便出现了一位手举着卡片菜单的女服务生。戴维显然并不确定艾伦是否听到了自己的感言，因而踌躇着不知是否应该再重复一遍刚才的话；而艾伦则一直忙着请女服务生帮他们尽快取些白面包来，以至于错过了打消父亲疑虑的机会，也忘记了回敬一句"你的出现对我来说也是个令人欣喜的意外"。这个不起眼的尴尬瞬间差一点儿就让他阵脚大乱，这不禁让艾伦察觉到了什么不太对劲的地方，就好像自己突然发现他的头上还戴着一顶假发似的。

很快，他们就开始找话题闲聊了起来，戴维和安妮还说起了自己刚刚在圣灵岛上度过的那个假期。（简直是太美妙了！太激动人心了！母亲的声音听起来是那样的刺耳，以至于艾伦都有点认不出来她是谁了。）接着，他们又谈到了自己最近看过的喜剧，以及戴维阔别悉尼多年之后的回乡感受。他是个整形外科医生，回国后打算继续行医几年，然后就退休回家，颐养天年。

"我也许会买上一艘船，然后利用一年的时间环游世界。"他边说边把目光转到了安妮的身上，"想不想要当我的大副？"

安妮的脸上顿时泛起了红晕。"只要船上有台浓缩咖啡机就行。"

在大家你一言我一语的谈话过程中，艾伦总是会不时地想起：这就是我的父母。我居然和我的父母一起在外面吃午餐。想到这里，她又试着站在某个不太了解她过往的朋友或是客户那里观察这个场景。没错，他们就是我的爸爸和妈妈。

这是一幅多么不同寻常的普通景象呀。

她的父亲试探性地问了她许多有关催眠治疗法的问题，还不时假装随意地提起自己最近读到过的一些文章。显然，他为了这一次的见面提前做了不少的功课，这一点虽然让艾伦感到颇有些动容，但也不由得有些心痛。看着父亲那殷勤而又专注的眼神，艾伦感觉眼睛后面一阵阵地刺痛。

不难看出，他对于"替代疗法"还是抱着一种开放的态度的，这对于他这个年纪和背景的外科医生来说并不是件容易的事情。就连她的母亲也一改往日冷嘲热讽的态度，不时地对着她美言了几句。

"你知道吗，排队等着让艾伦看病的人可多了。"她甚至还带着一副专业人士的架势煞有介事地说道："显然她在原发性疼痛管理方面还是颇有建树的。"

那你怎么从来都没有给我介绍过一个病人呢，妈妈？艾伦不禁在心里嘀咕了一句。难道说她母亲觉得自己有必要向他推销艾伦吗？艾伦感觉自己仿佛变成了安妮的"单身母亲套装"里的一部分，就像杰克就是帕特里克的套装里的一部分一样。

当他们谈起戴维的两个儿子时，他的身上立刻就流露出了父亲的那种漫不经心的柔情。就连提起他们的名字都会让他不自觉地微笑起来。

"他们有孩子了吗？"艾伦问道。她一直努力地克制着自己的思维，不要让自己将这两个陌生的男人——他们一个从事的是房地产行业，一个从事的是销售行业——当做是自己同父异母的兄弟。然而，就在地球的另一边，这两个比她稍微年幼几岁、操着英国口音、带着英格兰血统的男人确实与她有着剪不断的血缘关系。这个故事听上去就像是听说你孩提时的"假想朋友"其实已经存在了很长时间一样。在她还是个小女孩的时候，就经常缠着母亲询问自己的父亲是否还有其他的子女。而母亲则会根据自己当下的心情轻快抑或是简洁地说出同样的三个字："可能吧。"

艾伦很早便在想象的生活中为自己创造出了许多的兄弟姐妹形象：她希望自己能够有一个长相俊朗的哥哥，他穿着皮衣、骑着摩托，身边还跟着许多同样帅气的朋友；她还想有一个真心崇拜自己的妹妹和一个会将化妆品借给她的姐姐。当然，艾伦在成年后就已经很久都没有再想起过这些事情了，而两个弟弟的存在对于她来说也成了一件可有可无的事情。她已经够忙的了，就连自己的朋友都已经很难维系了，难道还要劳心费力地去脸书上查看他们的账户吗？

"我还没有孙子孙女呢。"戴维回答，"卡勒姆已经结婚了，但是他的太太对于生孩子这件事好像并不是很感兴趣。而拉克兰对于自己的单身生活似乎很满意。"说到这里，他停顿了一下，还皱起了眉头，"所以这是——"他笨拙地用茶匙指了指艾伦的肚子，"这应该是我的第一个外孙子或是外孙女！"说罢，他的脸一下子就红了起来，好像自己刚刚逾越了什么界限似的。

"是呀。"艾伦假装大方地附和道。

"谁能想到我们都已经当上外公外婆了呢。"艾伦的母亲在一旁小声地嘟囔了一句。艾伦注意到，她的父母（她的父母！）说到这里时还神神秘秘地交换了一个含蓄的眼神。

整个用餐的过程中，艾伦都一直若有所思地观察着父亲的体貌特征，似乎是想要从中找到彼此共享着同样 DNA 的证据。她看到了母亲在列表描述父亲优点时提到的小巧的耳朵和整齐的牙齿。（但她并没有看出他"诡异的幽默感"，这多半是因为父亲现在很紧张的缘故吧。话说回来，他们三个人中有哪一个不是紧绷着神经的呢。）而戴维也一定在悄悄地观察着她，因为他突然在某个时刻冒出来一句："我觉得你的眼睛长得很像我的母亲！"

艾伦一度感觉自己正停留在某个重要时刻的边缘：那种强烈的失落感不知是在感慨自己不曾拥有过的东西，还是在伤怀自己从未认识过的家人？看来祖父母永远是她的软肋。

"听说你的母亲会占卜塔罗牌？"艾伦问道。

戴维看上去很惊讶。"没错，她会。她的这个爱好说起来也挺有趣的。你究竟是怎么会——"

"你母亲曾经为我占卜过一次。"安妮飞快地答了一句（想必戴维应该并不熟悉塔罗牌的占卜方法吧），"你不记得了吗？她对我说，她在我的未来看到了一片遥远的土地。我觉得她可能是希望我能够离你越远越好吧。毕竟她并不是很喜欢我。"

"我觉得她应该是把你视为一种威胁吧。"戴维笑着回答，"她很喜欢珍。"

"珍是你的妻子吗？"艾伦说罢便不由得红了脸，因为这个女人正是自己出生这件事的真正受害者，这让她莫名地产生了一种负罪感。

戴维清了清自己的嗓子。"是的。"说着，他顺手将装满了卡布奇诺的咖啡杯举到了嘴边，而一旁的安妮则用手中的茶匙不停地轻敲着面前的茶托。邻座的两个女人正聚精会神地盯着一台笔记本电脑，热情洋溢地讨论着有关"卵巢反应不良的几率"的话题。

"我母亲1998年就去世了。"戴维回答，"她应该会很喜欢你这个孙女的，你的职业选择也会让她很感兴趣的。"

"她也许并不会认同我的存在吧。"艾伦说罢微笑了起来，示意戴维不用介意，反正这些事情对她来讲真的已经不重要了，她早已经不再是多年前那个反复无常的少女了。

"只不过——"戴维咬了咬自己的嘴唇，"只不过——"他低头看了看自己的手表。"我必须走了。见到你真的很高兴，艾伦。希望我们还能有机会在一起吃饭。当然了，我也希望自己能够有机会见一见你的未婚夫，呃，帕特里克，对不对？如果你愿意的话。"

哦，就是这种疏离的感觉！这就如同是刚刚结束了一次和网友的相亲见面会，对方明知道自己没有什么机会，却还是硬要试探着询问你是否有意再与他进行第二次约会。

"当然了！"艾伦皮笑肉不笑地回答。

他吻了吻母女俩的脸颊，转身离开了。在迈出大门之前，他还不忘在收银台前停留了片刻，麻利地付了账单。显然他早已经习惯了不假思索地前去付账。

"好啦，你感觉怎么样？"安妮一边询问，一边关切地目送着戴维远去的背影。他并没有回头，只顾边走边低头看着手中的苹果手机。母亲那美丽的淡紫色眼睛中流露出的神情不禁让艾伦想起了帕特里克站在科琳墓碑前的那副神态。是怀念吗？想到这里，她突然感到心里一阵骚动。

"当初你有没有去参加他们的婚礼？"她不知为何突然冒出了一句。

"谁的婚礼？"安妮不解地问。

"他的。戴维和珍的婚礼。"

"哦。"安妮又恢复了正常的姿态，声音也降低了好几个八度，"老实说，我还真的去了。梅尔、皮普和我都在现场。我们站在了新人朋友的那群人中间。我那一天过得可真是糟透了，现在回想起来还会感到恶心呢。"

"是因为你心里有罪恶感吗？"

"也不是。其实是因为我已经怀有三个月的身孕了。"

"哦，妈妈。"艾伦不禁想到，若是那个可怜的新娘子知道宾客中正有人怀着她新婚丈夫的孩子，会是怎样的一种心情呢？

"我不知道你为什么要摆出一副如此惊讶的表情来。"安妮抱怨道，"你不是一直都知道他早就订婚了吗？"

"我知道。"艾伦回答，"抱歉。我只是没有想到你会去参加他们的婚礼而已。"

她知道自己在做什么。她似乎已经将自己设想成了那个新娘，因为她正下意识地——不，其实应该说是有意识地——在担心自己即将嫁给一个心底里仍然深爱着别人的男人，只不过那个"别人"如今已经撒手人寰了而已。

"你那时候有没有想过要向他坦白自己怀孕的事实？"艾伦问道。

"没有。"安妮回答，"我当时都没有向自己承认过我到底有多在乎他。如果用你的话来说就是——我压抑了自己的感情。我假装自己是个女强人，一心想要的只不过是个孩子而已。"

但我喜欢你那副女强人的样子，艾伦偷偷地在心里想着。我更喜欢你和我之间仿佛存在着天壤之别的那种感觉，因为它会让我更加确信自己是个独立的个体。

"我本以为你会觉得这是个极其浪漫的点子呢！"安妮自顾自

地继续抱怨了起来，"难道这不是正合你的口味吗？我还对皮普和梅尔说，艾伦肯定会喜欢这个主意的！但你却表现得如此莫名的消极。我的女儿，我的'正能量小姐'！我的'世界爱心大使'！你对于自己未婚夫的那个疯疯癫癫的跟踪狂前女友都是那么的仁慈，怎么就不能对自己的亲生母亲表现出一点同情呢？"

"都是荷尔蒙搞的鬼吧。"艾伦试探性地张了张嘴。

"哦，得了吧。别跟我提什么荷尔蒙的事了！"

"好吧。"艾伦不情愿地应了一句。她知道自己应该说些什么了，毕竟这是母亲第一次介绍新男友给她认识。"他很可爱。"艾伦说道，"戴维很可爱，不仅风度翩翩而且长得很帅。我真的很喜欢他。"当然了，这些话怎么听都有几分言不由衷的意味。

然而，这个答案却像是点亮了一个灯泡似的，霎时间就让安妮的脸上绽放出了夺目的光彩。"我就知道！"

在接下来的半个小时里，母女俩又聊了聊戴维身上的那些优点和安妮约会过的其他男性相比有些什么优势。

"当然了，那些不幸的可怜男人从来就没有任何的机会。"艾伦的母亲说道，"我现在才想明白。在我还深爱着你父亲的时候，怎么会愿意把自己的真心留给别的男人呢？我只不过是在下意识地自欺欺人而已，对不对？我真应该让你催眠催眠我！这样才好来挖掘一下我的问题。"

"这种事情就算是再等上一百万年也不会发生的。"艾伦回答。

艾伦注意到，安妮在提到"问题"这个词时，眼中似乎闪过了一丝急躁的光芒，这不禁让她感到莫名的欣慰。不过，话说回来，若是想要趁此机会让母亲转变自己对于催眠治疗法的不屑态度，未免就显得有些贪得无厌了。

此时，艾伦的车子已经停靠在了自家的门口，而家中正闪耀着温暖的灯光。

这样一来，她就再也不需要笨拙地在包里翻找家门钥匙了。门廊上的灯泡已经坏了很多年了，但就像是房子里的许多东西一样，它在帕特里克搬进来的一周之内就被他神奇地修好了。

当她看到帕特里克和杰克的剪影突然出现在了窗口，还拼命向她挥动着手臂时，她忍不住笑出了声来。我们到家了，她默默地对肚子里的宝宝说。看来你爸爸和你哥哥都还没有上床睡觉呢。

想到这里，她将双手轻轻地拢在了自己的腹部。突然间，一阵尖锐而又热辣的刺痛感袭上了她的胸口，似乎是在考验她是否能够经受得住这些新生的感觉，又似乎是在向她昭示着某些从未来传来的讯息。

"嗨，里面的那个小家伙。"这一次，她大声地把心里的话说了出来，"这次可有点痛哦。不过没关系的，我不介意。你就在里面好好地休息，快快长大就好。"

她再一次感受到了一种盲目的快乐。一个孩子。看在上帝的分上，她就要和一个深爱着自己的男人共同养育一个孩子了。除此之外，还有什么比这更重要的事情呢！

19

第一次 B 超检查

每一天，在各个方面，我都在变得越来越好。

——"自我催眠之父"埃米尔·库埃

"你昨晚睡得好吗，杰克？"艾伦关切地询问。

此时已经是周二的早晨了，她、帕特里克和杰克正在津津有味地吃着早餐。帕特里克边吃边翻看着报纸，而杰克则一反常态地显得格外安静。往日里，他每逢早餐时间便会精力旺盛地到处蹦来蹦去，就好像是在前一晚的睡眠过程中积累了众多的新鲜想法，非要等到喝玉米片粥的时候才能够发泄出来似的。然而，今天的他却百无聊赖地用勺子敲着自己的碗边，两只大眼睛下面还隐约露出了黑眼圈的痕迹。这样的倦态出现在一个小男孩的脸上显然是有点说不过去的。

"我做了一个又长又复杂的梦。"杰克回答，"这个梦差不多持续了一整个晚上的时间呢，就像是一部怎么也演不完的电影。"

"哈。"帕特里克的眼神还停留在面前的报纸上，"吃你的早餐。"

"你梦里的电影都讲了些什么呢？"艾伦问道。

"大决战。"① 杰克回答。

----

① 大决战：《圣经》中提到的将导致世界或人类彻底毁灭的善恶决战。

帕特里克放下了手中的报纸，挑着眉看了看艾伦。"你知道那是什么意思吗？"

"当然知道了。"杰克抢先答道。在艾伦看来，这孩子的脸色似乎有点惨白。"就是世界末日的意思。我在网上查过了。"

"那我相信你一定读到了不少有用的信息。"帕特里克叹了一口气。

"是的。"杰克淡淡地说了一句，"你知道的，大决战的日子就要来了。"

"不，不会的。"帕特里克反驳了儿子一句。

"你怎么知道不会？"杰克反问道，"你那天还对我说，你也并不是什么都知道的。"

帕特里克干脆折起了手中的报纸。"至少这件事情我是知道的。"

"在我的梦里，我认识的所有人都死了。"杰克说，"真的很恐怖。"他站起身来，手里端着那碗还没有吃完的玉米片粥走到了水槽旁边，"我得把我的梦告诉伊森。我们还组建了一个'大决战俱乐部'呢。"

帕特里克摇了摇头。"我上学的时候曾经参加过一个间谍俱乐部。你就不能把自己俱乐部的名字改为'间谍俱乐部'吗？"

杰克睁大了眼睛瞪着自己的父亲，好像他正在胡言乱语似的。"不行，爸爸。我真的无能为力。"他的口气听上去就像是个年逾三十、工作压力很大的企业主管。尽管他很想帮忙，但实在是无力再接受其他的项目。

说罢他便转身离开了房间，那步态看起来显然是将整个世界的重量都背在了自己瘦弱的肩膀上。

"所以说，大决战哈？早餐的时候就谈论这个还真是让人感觉欢欣鼓舞呀，是不是？"伴着回响在楼梯上的沉重的脚步声，帕特里克打趣地问道。他伸手将自己的盘子端了起来，放到了水槽里，然后抬起头来笑着望着她。"你激动吗？"

今天就是艾伦第一次去做超声波检查的日子了。

"当然了。"艾伦回答，"我已经等不急要看到宝宝的样子了。我总感觉它只不过是我肚子里的一条小蛔虫而已，所以我一定要亲眼看看到底那里是不是有个小宝宝让我每天都吐个不停。"

说到这里，她不禁开始在心里祈祷：求求你了，千万不要再说科琳从来就没有过孕吐的问题，或者是提起科琳第一次做超声波时的事情。

帕特里克正要开口，却被艾伦的话一下子给打断了。看来她是真的有些害怕自己会在"科琳"这个名字出现在他嘴边时气得尖叫出来。

"你记不记得是十一点钟？你一定要准时到做超声波的地方去找我哦！"

"我正要说这事呢。我们可以一起过去。我打算先送杰克去上学，然后就回来收拾一下这些纸箱子。我今天早上醒来的时候突然想到，如果我都抽不出一点时间来做自己想做的事情，那么自己出来单干又有什么意义呢？何况你已经忍了它们很长一段时间了。"

艾伦还没有来得及开口，楼上就传来了杰克的叫喊声："爸——爸！"

"我最好先去看一下大决战先生需要什么帮忙。"帕特里克说罢停顿了一下，皱起了眉头，"不知道组建这个俱乐部是不是他的主意。一个小孩子怎么会对大决战这种事情感兴趣呢？你说对不对？这是不是有点儿——"

"爸——爸！"第一次听到杰克这样撕心裂肺的尖叫时，艾伦简直是以百米冲刺的速度一路小跑过去的，一颗心怦怦地直跳，心想着他会不会已经倒在血泊之中了。不过她现在知道了，这孩子可能又找不到自己的袜子了。

"我来了！"帕特里克朝着楼上喊了一句，然后就迈着和儿子一样沉重的步伐一步步地爬上了楼梯。

艾伦放下手中的勺子，望着眼前的麦片粥出神地发起了呆。

他今天早上就准备请假回家收拾那些纸箱了。

她感觉自己不自觉地露出一丝微笑：那是一个如此满足而又甜蜜的如同猫咪一样的微笑。哦，她的感觉简直是好到不能再好了。每一天，在各个方面，她都在让他变得越来越好。

然而这样的微笑很快就从她的脸上消逝了。哦，我的老天爷呀，她就差摇动着指尖、邪恶地仰天大笑了！她简直就是个女巫！一个充满了操纵欲的、品德败坏的——

不，这些都只是些胡言乱语，她并不是真的这样想的。在她的心底里，此刻只洋溢着一种平静而又轻快的满足感，仿佛她刚刚才完成了一件重要的任务。

她唯一的愧疚感就来源于她的心里一点儿都不感觉愧疚。

这并不是她早就计划好了的事情，至少据她所知是这样的。她根本就没有想到过要用催眠的方法来促使帕特里克尽早把那些纸箱子给清理出去，何况那个客户拒绝付账的事情至今还没有解决。"他既不回我的电话，也不回我的电子邮件。"前天晚上，帕特里克和她一起躺在床上时忍不住破口大骂，"他彻底地忽略了我，就好像错的那个人是我似的。我又没有跟踪他，我又不是萨斯基亚！"

"你想不想让我帮你做个放松训练？"艾伦小心翼翼地问道。自从他向她求婚的那天晚上之后，她就再也没有主动提出过要帮他放松，因为实在是有太多的事情在分散他们的注意力了：艾伦怀孕的事情，帕特里克父子搬家的事情，以及艾伦和亲生父亲见面的事情。

帕特里克感激万分地答应了。他是个很理想的催眠对象，这一点很重要。他和茱莉亚一样，都是很会集中注意力在脑海中想象一幅画面的人。换句话说，他的想象力应该比他自以为的还要丰富许多。

她让他想象自己正在向一座山峰的顶端攀爬，身上背负着焦虑不安的情绪以及那个讨厌的客户带给他的沉重压力。随着他一步步地向山顶接近，身上背负着的这些负能量也被他一点点地丢弃在了道路两旁。等到他终于可以彻底地卸下身上的背包时，他的双脚也踏上了这座山的顶峰。他大口地呼吸着山顶上清新宜人的空气，而随着每一口空气的吸入，他的身体也随之变得越来越轻盈。

渐渐地，她发现帕特里克的前额缓缓地舒展开来，胸口也在规律地起伏着。她感觉自己此刻正和他携手站在山顶上，大口呼吸着同一种沁凉的空气。想到这里，她突然想到自己可以趁此机会暗示他，这清澈凛冽的山风将帮助他做出最麻利、最干脆的决定。"你会清楚地知道自己怎么做才能够把握自己的生活。"她说道，"无论是打电话给你的律师还是委托别人起草文书，还是去清理那些你一直都想清理的纸箱子，你都将按部就班地解决好生活中的这些麻烦。这样一来，等到这周结束的时候，你便会感觉胜券在握，不仅呼吸顺畅，而且精力充沛、颇为振奋，就好像是站在山顶振臂高呼一般！"

你不能催眠自己去做任何违反自身内涵价值的事情或是任何有悖于自己意愿的事情。

她曾经无数次地向自己的客户解释过这句话的意思。

帕特里克想要清理那些纸箱。他想要完成文书工作。他想要打电话给自己的律师。他坦率地承认自己在面对繁重的工作时总是会一拖再拖。而艾伦的一己私欲其实并不能改变他的想法。

"用性来贿赂他。"那天晚餐时，茱莉亚提出了一个颇为大胆的提议。

"或者在他没有把那些箱子清理出去之前拒绝与他亲热。"玛德琳补充道。

当然，在美好的催眠过程中插入一则温馨的暗示显然要比喋喋不休的唠叨、大喊大叫的吵闹或是用性爱来操纵对方管用得多。再说了，那些招式也未免太老套了吧。

此外，她并没有暗示他忘记自己曾经提到过纸箱子这几个字。事实上，她事后还打算问一问他的感受："你介不介意我昨晚提到了纸箱子的事情？"不过她提问的时候一定会轻描淡写地一句带过的。

一旦他真的开始动手清理了，自己也就没有必要再多言了。

"再见，艾伦！"杰克拖着自己的小书包一路小跑着钻进了厨房。

"你带午餐了吗？"艾伦问。

艾伦之所以会接手为杰克准备午餐的这项工作，完全是因为她偶然看到帕特里克装的饭盒里到底都有些什么东西：两片软塌塌的蔬菜酱白面包三明治（如今谁还吃白面包呀？这难道不违法吗），再配上一个青苹果。"他每一餐都应该摄入点儿蛋白质。"艾伦告诉帕特里克。然而，这一席话却遭到了帕特里克的抗议。他表示，若是自己因为艾伦是个女人就让她给孩子做午餐的话，未免有些性别歧视的意味。何况他已经驾轻就熟地做了这么多年了，还怕杰克会挑食吗？最后他满脸疑惑地问了一句："难道蔬菜酱不属于蛋白质吗？"不过，在艾伦的坚持下，这项任务最终还是被转交到了她的手里，连她自己都为自己的说服力而感到惊讶。自从杰克搬进她家之后，艾伦就一直觉得照顾好这孩子的饮食是自己不容推卸的责任。每次她想尽办法让杰克吃下些健康的食物时，一种满足感都会油然而生，甚至还会不自觉地和他一起吧唧吧唧地嚼起来，好像是要满足某种先天的生理需求似的。一日三餐结束之后，她还会在脑子里回想杰克今天都吃了些什么，仿佛是在给什么人汇报这孩子的饮食记录。这当然不是要讲给帕特里克听的——那想必应该是她与科琳之间的对话吧。我今天喂你儿子吃了这些东西，科琳，复合碳水化合物和蛋白质一样都不少。

今天她为孩子准备的是金枪鱼饭团和一小盒酸奶水果沙拉。杰克伸手从冰箱里拿出了饭盒，脸上并没有出现艾伦所期待的激动表情。

"你可以把酸奶倒在水果上吃。"艾伦叮嘱他。

可他只是茫然地回头看了看她。

艾伦叹了一口气。也许他的小脑袋里正忙着担心大决战的事情呢，或是正在怀念他的蔬菜酱三明治。看来她想要培养杰克拥有健康饮食习惯的尝试并不成功，而且他看上去疲惫极了。

"你还好吗？"她关切地问道，"今天要不要留在家里休息？"

"不用了。"杰克回答，"我放学后还要去伊森家玩呢。"

艾伦抬起头来，眼神与站在杰克身后的帕特里克不期而遇。如果她坚持要让杰克留在家里的话，他是肯定会点头同意的。每当她想要显示出自己的权威时，他总是十分地捧场。

"好吧，那今晚要早点回来哦。"

"肯定的。"像许多父亲会做的那样，帕特里克用大大的手掌胡撸了一下杰克的头，"还有，不许在没有大人看着的情况下玩电脑。我们以前可是间谍俱乐部的哦。"

杰克不情愿地翻了个白眼。

目送父子俩出门之后，艾伦回到屋里打开了自己的日程手册，想要查一查今天早上在去做超声波检查之前还有哪位客户要过来看诊。

路易莎·贝尔

真是不妙，在她第一次去做超声波检查的这一天，唯一的客户竟然是患有"不明原因不孕症"的路易莎。

或许这也是个幸运的巧合吧。想必她今天一定会更加尽心尽力地为路易莎做些力所能及的事情。

一阵翻江倒海的呕吐感一下子又涌上了她的喉头。艾伦赶忙四下找寻着她的"健康石"。那是她在遇见帕特里克之后不久在沙滩上找到的一块漂亮的白色石头。自从怀孕以后，她便决定利用这块石头来做自我催眠的道具，抑制自己的晨吐欲望以及每时每刻都会突然席卷而来的恶心感。这样做的原理其实非常简单：每一次她用"健康石"按摩自己的腹部时，她的潜意识都会帮助她减轻想吐的感觉。然而，此刻唯一的问题便是——她怎么也找不到那块石头了。她最后一次看见它时，帕特里克正一边踱着步对着电话里的人破口大骂，一边随手抛接着它。看到这样的场景，她还带着一种过于严肃的语气朝着他喊道："嘿，把我的'健康石'还给我！"

艾伦叹了一口气，转身为自己泡了一杯姜茶。这时，她的耳边仿佛想起了母亲不屑的声音："什么健康石呀。好好喝你的茶吧！"

一个小时之后，路易莎踏上了艾伦家门口的小径，还差一点撞上了手里正环抱着一箱东西的帕特里克。那个箱子里装着的都是些他声称要捐给慈善机构的小玩意儿。他侧过身来为路易莎让出了一条路，然后冷冷地对她点了点头，径直向自己的车子走去。此刻，他已经累得眉间都沁出了汗珠，眼睛也有些发红了。他把杰克送去了学校之后，就一直在火急火燎地搬运这些纸箱，看上去就像是一个即将误了论文截止日期的学生。

如果你曾想证明催眠是否有用的话……

"不好意思啊。"艾伦开口说道，"我的，呃，我的未婚夫正在清理东西。"

"哦，是呀，我听说你要结婚了。"路易莎边说边拿出一张已经湿透了的面巾纸，轻轻擦了擦自己的鼻子，那动作简直就像是在为感冒药的广告试镜。她的鼻头红红的，双眼也布满了血丝，看上去肿肿的。同情心泛滥的艾伦一下子感觉自己的鼻窦部位也堵塞了起来。

"你刚才说，你听说我要结婚了？"在带领路易莎上楼的时候，艾伦忍不住问了一句。不知为何，她的脑海里突然浮现出了萨斯基亚的面庞。是不是她将这个消息转告给自己的客户的呢？

"帕特丽夏·布拉德伯里。"路易莎简短地回答了一句。

是茱莉亚的母亲。艾伦都忘了路易莎正好是茱莉亚母亲朋友的女儿了。

既然路易莎已经知道了她订婚的事情，她该不会也听说了她怀孕的消息吧？但凡是个明白事理的人都不会把别人怀孕的消息告诉一个正迫不及待想要治好自己不孕症的女人吧？

"需不需要来一杯花草茶？"她伸出手臂指了指自己为客户准备的躺椅，同时关切地问了一句，"如果你感冒了的话，我可以帮你准备一杯柠檬蜂蜜口味的。"

"所以说我没有怀上孩子。"路易莎冷嘲热讽地冒出了一句，"但你倒是先怀上了。"

看来这个世界上不明事理的人还真多。

"呃，是的。我才刚怀上不久——"艾伦开口解释着。

"我听说那是个意外。"路易莎说罢吸了一下鼻子，顺手从艾伦的桌子上抽出了一把的面巾纸，然后用力地擤了擤。

"没错，这确实不是我计划之中的事情。"艾伦小心翼翼地答了一句，转身坐在了她的对面，翻开了早就准备好的档案卷，轻轻地放在了面前的咖啡桌上。

"没准儿是因为你在给我催眠的时候不小心把自己也给催眠

了。"路易莎苦笑了一下，随即猛烈地咳嗽起来。

"这在你看起来确实有点儿不太公平。"艾伦附和道。

"你说你可以让我顺利怀孕的。"路易莎说。

"我并没有那么说！"艾伦反驳道。她是绝不可能说出那样的话来的。不过她对于治好路易莎的问题确实抱有很高的期望。这么多年以来，她已经成功帮助过许多有类似困扰的女性客户顺利怀上了孩子，还因此收到过对方寄来的热情洋溢的书信和孩子的照片，其中一个客户还为此专门给自己的孩子起名叫做艾伦呢。

"我想要退款。"路易莎冷冷地说，"我今天过来就是为了这件事情。你就是个骗子。你利用人们的苦痛和弱点占尽了便宜，我真不敢相信居然还会有人把你推荐给我。"

艾伦感到浑身上下一阵燥热，就好像是出现了什么过敏反应似的。"路易莎。"她开口说道，"真对不起——"

"你只要把钱退给我就好了。"

永远也不要给客户退款。弗林曾经这样反复地教导过她。你提供的是专业的服务，而专业人士是不会平白无故地退款的。尊重你自己，也尊重你的职业。

"你是个冒牌的医生！"说着说着，路易莎的眼泪夺眶而出，"我为什么要花钱供你去养自己的孩子：买孩子的衣服，买孩子的尿布。难道你以为我们在花了那么多钱去做试管授精之后，还有必要来花这些冤枉钱吗？我丈夫早就劝过我不要相信这些歪门邪道了，看来他说得没错。"

她不可遏制地号啕大哭起来，身子还一前一后地剧烈摇晃了起来，似乎正在经历什么难言的痛苦。艾伦的双眼也溢满了同情的泪水。她该说些什么才好呢？她到底该说些什么呢？

"路易莎，我真的相信我们还可以——"

"你只要把钱退给我就好了。"

"好吧。"艾伦回答，"我会的。给我一分钟时间，我给你开张支票。"

她打开书桌的抽屉，从里面拿出了自己的支票簿，然后颤颤巍巍地在上面写下了路易莎的名字。这时候，她身上所有的孕吐反应一下子都变得强烈起来——胸脯硬得发胀，满嘴都充满了金属的味道——就好像她的身体也在惩罚她没能治好路易莎的不孕症。

"这最好不是一张空头支票。"路易莎粗鲁地将支票塞进了自己的手提包里。

"不会的。"艾伦回答。此时，她既有点儿忍不住想要伸出手来扇这个女人一巴掌，又想要走过去轻拍着她的背抱抱她。

"好了，就这样吧，我会——"路易莎连打了三个喷嚏，于是赶紧用手中那已经湿透了的面巾纸捂住自己的鼻子，然后抬起头来泪眼汪汪地看着艾伦。

"保重。"艾伦边说边不自觉地伸出手同情地抚了抚路易莎的手臂。这个可怜的女人实在是值得怜悯。

"别碰我。"路易莎扔下这一句话便转身朝楼下走去，一路上还用力地擤着鼻涕。此时，正在走廊里努力工作着的帕特里克正好也扛着两个箱子站在门口，看上去就像是一个举重运动员。他抬起头来冲着路易莎礼貌地微笑了一下，但在察觉到对方的不悦后马上又收起了脸上的笑容，一脸疑惑地转过头来看了看艾伦，而艾伦只是沉默地耸了耸肩膀。

在艾伦伸手打开前门之后，路易莎一言不发地径直走了出去。她高高地挺着自己的下巴，两只手臂有力地上下摆动着，似乎是准备要去阻止什么事情。

"她怎么了？"帕特里克边问边站到了门边。

"她因为我怀孕了而她自己却怎么也怀不上的事情跟我大吵了一架。"艾伦回答，"她——那是谁？"

路易莎在小径的尽头停了下来，和一个戴着深色墨镜、身穿笔挺西装的男人攀谈了起来。

"你认识他吗？"帕特里克问。

"好像不认识。"艾伦回答。

看到路易莎朝着她家的方向高高地举起了手臂，而那个男人则弯着腰全神贯注地听着她的"控诉"，艾伦的心头突然产生了一种强烈的预感。他对于路易莎的话实在是听得太专注了；可无论他是谁，艾伦都不希望他在这个时候和路易莎有任何的交流。

"他看上去并不像是什么新客户，对不对？"帕特里克说，"看起来那个女人正在教训他些什么。"

"我没有在等人啊。"艾伦眯着眼观察了一会儿。那个男人抬起头来，这才露出了一个侧脸。他长着一个大鹰钩鼻，不知为何让人有一种似曾相识的感觉。

"我觉得自己好像在哪里见过他。"帕特里克颠了颠肩头的纸箱，好让它们不至于掉下来。

"我也是。"艾伦附和道，"他是不是个新闻主播？还是个演员？"

只见路易莎从手提包里掏出了什么东西，还把它拿给了那个男人看。

"我想她应该是在展示我给她开的支票吧。"艾伦小声地嘟囔了一句。

"你为什么要给她开支票？"

"那是退款。"艾伦回答。

"退款？你因为自己怀孕的事情而给她退了款？"

"我一会儿再给你解释。那个男人在干什么？"

只见他从上衣的口袋里掏出了一张名片。路易莎在看到那张名片后，心领神会地笑了笑。

"哦，上帝呀。"艾伦惊呼道，"他到底是谁呀？"

"我去替你问问看。"帕特里克说，"他们不能就这样站在你家的院子里闲聊。"

"不，等一下。"艾伦咬了咬指甲，看到路易莎如获至宝地将名片放进了自己手提包里，转身离开了。而那个男人则抬起一只手来和她挥别，然后大步流星地沿着步道向他们走来，同时熟练地用一只手摘下了墨镜。他的神情看起来是那样的愤怒而又决绝，就像是准备要到机场的行李挂失柜台去申诉一样。

"他来了。"帕特里克将肩上的纸箱放下来，伸手推开纱门，"有什么事吗，兄弟？"

他的声音里流露出了一种挑衅的意味，艾伦听罢赶紧从背后使劲拉了拉他的衣角。"帕特里克，别——"

"我是来找艾伦·奥法瑞的。"那个男人答道。他说这话时脸上并没有一丝的笑意。通常来说，大部分人站在陌生人家门前时都应该会忍不住露出一种敷衍的微笑才对。

"你预约了吗？"帕特里克挺了挺肩膀。

"没有。"那个男人见状也抬了抬下巴，仿佛在说：就算我没有预约，你又能把我怎样？

帕特里克听罢鼓起了胸膛。艾伦心想，看来他这是想要英雄救美呢。果不其然，他理直气壮地顶了那个男人一句："那你干吗不预约好了再来？"

情况似乎有点快要失控了。艾伦赶紧上前跨了一步。"我就是艾伦。有什么我可以——"那个男人低下头来看着她，眼神里似乎燃烧着熊熊的怒火，吓得艾伦说起话来都有些支支吾吾的。"有什么可以为您效劳的吗？"她怯生生地问道。

"我叫伊恩·罗曼。我太太是你的一位'病人'——罗西。你还记得她吗？你曾经帮过她戒烟。不过有意思的是，她如今还在一天一包地抽着呢。"

怪不得她觉得对方这么眼熟，原来是罗西的那位有钱的丈夫——一位"大人物"，罗西当初就是这么形容的。他是做房地产的吧？还是什么传媒大亨？艾伦已经记不清楚了，她只知道自己曾经在报纸上看见过他的脸。

"我不在乎你是谁。"帕特里克气呼呼地答道。不过，艾伦一下子就从他语气中的微妙变化判断出他很清楚伊恩·罗曼是谁，也知道他的社会地位如何。"你不能在没有预约的情况下就贸然闯进来。"

"没事的。"艾伦安慰了他一句，"我还有点儿时间。"她挡在两个男人中间，回头给了帕特里克一个暗示的眼神，仿佛在对他说，谢谢，我亲爱的，你可以先暂时回避一下了。"我的办公室在这边，伊恩。"她在叫到他的名字时故意加重了语气，"我可以先跟你聊上十分钟。"

"我就在楼下等着。"帕特里克在他们背后用一种警告的语气说道。

"这就是你用来催眠别人的地方。"在跟随着她来到楼上之后，伊恩·罗曼漫不经心地打量起了她温馨的办公室，鼻孔还一张一翕地微微闪动着，像是看到了什么不干净或是令人讨厌的东西似的。

"请坐。"艾伦伸手指了指那张绿色的躺椅。也许是出于恐惧，她还慌忙地补充了一句，"吃点巧克力吧。"

伊恩坐在了躺椅上，连看都没有看一眼面前的巧克力，只是轻轻拽了拽自己的裤腿。艾伦坐在了他的对面，脑海里不断重演着自己为罗西催眠时的那些画面。

伊恩突然俯身向前探了探。"是这样的，一天晚上，罗西请她姐姐到家里来做客。我正好回家比较早，于是便站在走廊里翻看信件，结果偶然听到了她们之间的对话。我本来还没有太在意，但是越听越不对劲。你知道我都听见了些什么吗？"

他并没有等待艾伦给他一个答案。

"我听见我太太说，她在被催眠的时候突然意识到自己其实根本就不爱我。真的是太好了！不过你知道吗，这算不上是什么大问题，因为她居然还需要通过催眠来让自己爱上我。一百五十澳元一次！不要再管戒烟的事情了，那简直比登天还要难；让我来帮助你爱上自己的丈夫吧，就是刚刚才和你新婚的丈夫！"

艾伦颤抖着深深吸了一口气。今天到底是怎么了？她试图让自己的声音听上去既公正又专业，同时还不失关爱与同情的色彩。"和你讨论你太太的治疗细节显然是有违我的职业道德的；不过我能够理解——"

"哦，显然，就好像你有多尊重自己的职业道德似的。"

这时候，楼下传来了一声巨响，听上去像是帕特里克不小心碰倒了走廊里的一个纸箱。艾伦的两颊一下子涨得通红。

我不是个骗子。我没有什么好觉得愧疚的。

除非事实就是如此。

"你有没有向罗西问起过此事？"她开口问道。

"我跟她没什么好说的。"伊恩回答，"很明显，我们的婚姻已经完蛋了。我不需要一个必须通过催眠的方法才能够爱上我的女人。看在上帝的分上，这是一件多么可笑的事情呀。真是一个彻头彻尾的笑话！"

就在那一瞬间，他一直努力抑制着的怒火终于爆发了出来，艾伦这才明白到底发生了什么事情。他是那样深爱着罗西，因而才会感觉如此地受伤。不过，凌驾在这一切是是非非之上的却是他破碎的自尊心。这就是他为什么会落到如此地步的原因。他的自负受到了严重的打击，而他还在不断地回击，想要让那些伤痛就此罢休。

"永远不要伤害男人的自尊心。"艾伦的外婆曾经这样对她说过，"一个自尊心受到了伤害的男人就如同是一只受伤后在森林里躁动不安的野熊。"

艾伦用手轻轻抚摸着自己的腹部。在与路易莎见面之前，她为了给上午的超声波检查做准备，已经灌下了两大杯的白开水，因此有点迫不及待地想要去上个厕所。

"我进来的时候正好有幸遇见了你的另一位满意的客户。"伊恩继续说，"看来你这里的生意还真不错呀。还得经常给别人办理退款，是不是？"

"你真的需要和你的妻子好好聊一聊这件事情。"艾伦回答。一时间，她感觉自己有点错愕，以至于她那副专业治疗师的气势也一下子变得虚弱了起来。她的耳边再一次响起了母亲多年前的一席话："艾伦，你不能真的把这件事当做自己的职业来经营。"接着，她又想起了自己这么多年来忍受的各种嘲讽与疑问。突然间，就连她自己都开始怀疑自己是不是个骗子或是江湖郎中了。"事情不是表面上这个样子的。"

"我猜你肯定也和那些愚蠢的催眠派对有关吧，对不对？"伊恩继续责骂着她，"你们这些人肯定以为那些愚蠢大众的钱是最好赚的吧？"

哦，老天爷呀，如果他知道了自己和丹尼之间的关系……丹尼要如何面对这样的打击呢？还有弗林？和她相比，这两个人可都是出色的催眠治疗师呀。

"我猜你在治愈癌症方面也应该算是颇有心得才对吧？"伊恩说，"别再去做化疗了，充分利用精神的力量吧。"

"我从没有说过任何无凭无据的话。"艾伦反驳道，"看在上帝的分上，我不是一个信仰治疗师。我是一个有资质的临床催眠治疗师和顾问。催眠治疗法是澳大利亚医学协会认可的一种替代治疗法。我的很多病人都是临床医生介绍来的。"

（虽然说这些医生里并不包括我自己的母亲。）

"我想你一定给了他们不少的回扣吧？"

"不，事实并不是这样的。"（不过她确实在去年圣诞节的时候送过丽娜·彼得森一盒不错的巧克力。这算是一种贿赂吗？）

伊恩站起身来，走到了窗边，伸手叩了叩面前的那块玻璃，似乎是想要检查玻璃的坚固程度。"海景房。这地方不错呀。看来你的生意挺兴隆的。"

"这其实是我外婆留给我的房子——"艾伦刚一开口，耳边就想起了弗林的声音：你没必要向他解释自己的经济状况。

伊恩转过身来看着她，用一种近乎温和的语气说了一句："我要把你给搞垮。"好像这是一句溢美之词似的。

"你说什么？"艾伦差一点儿就大声笑了出来。这听上去简直是太戏剧化了。他到底在说些什么呀？

他惬意地微笑了一下。"我要让你彻底关张。"

20

媒体大亨的威胁

我们都是自己思想的产物。如果一个人谈吐举止间都是邪恶的念头，那么跟随他的就只能是痛苦。如果一个人满心只有单纯的想法，那么和他如影随形的就一定是快乐。

——艾伦·奥法瑞冰箱上贴着的一句佛教箴言

在从某个现场会议的地点开车返回办公室的途中，我突然意识到自己距离催眠师的家只有几分钟的车程。

不要这么做，我告诫自己。你还要回去和史蒂芬见面，另外还有上百万封的电子邮件在等着你的回复。何况，你此刻的心情这么好。你为什么总要在自己心情好的时候做出这样的事情来呢？

然而，我还是将原本应该转向右边的方向盘鬼使神差地转向了左边，仿佛我在这件事情上根本就没有选择权，抑或是她的房子有着某种不可抵挡的巨大磁力。

对于上个周日发生的事情，我的心里总是萦绕着一种怪异的感觉。因此，我不断地回想着，对自己的行为感到无比的惊讶。我居然闯进了别人的家里，还在人家的厨房里烤了饼干。我不知道这样的行为在别人看来会是什么性质的。就拿我刚刚在开发现场认识的那些人来说吧，其中一个女人告诉我，她上个周末一直都呆在马奇。那时我就在想，想象一下你若是听说了我周日的所作所为，会不会一下子就脸色大变，然后小心翼翼地向后退一步，好像我一下子就从某个平淡无奇的工作人员变成了一个冷漠的疯婆子呢？

从前，我每次闯进帕特里克家时都不曾有过这样的感觉，因为那里对我来说从始至终都像家一样温暖。在那里，我曾经度过了自己人生中最快乐的几年。每个周六早上，我都会清洗卫生间。我粉刷了杰克的房间，还为餐厅挑选了一块自己中意的地毯。因此，在我看来，自己的行为并没有什么违法或是不对的地方；我觉得自己有权利待在那里，即便没有人会认同我的观点。

然而，闯进艾伦的房子，借用她的厨房来烤饼干，然后又佯装自己住在这里、为一个怒气冲冲的来客开门——这一切都让我觉得自己似乎跨越了什么不该跨越的界线。

周一凌晨三点，我突然从梦中惊醒，脑海里清清楚楚地出现了几个字：我应该去寻求帮助。心理治疗。适当的心理治疗。我必须要停手了。我甚至还从床上爬起来，上网去查了有关心理治疗服务的信息，记下了几个名字和电话号码。这是一个对自己负责任的人应该做的。

几个小时后，当我再度醒来准备去上班时，一切仿佛又在日光的照耀下恢复了正常。于是我告诉自己，哦，你看，我其实真的不需要什么心理治疗。我守着一份不错的工作，也没有自杀倾向，更没有食欲过旺或是幻听的症状。我只需要及早停手就好。就当那些饼干是我最后的狂欢，或是临别的分手礼吧。

这样的感觉就这样持续了昨天一整天，以至我昨晚的心情也明媚得不得了。我甚至还去隔壁拜访了幸福的"拉布拉多一家"，提醒他们今晚是清理垃圾的日子。这应该是每一个好心的邻居都会做的事情吧，那些需要接受心理治疗的人肯定是不屑于这么做的。那家人很快就行动了起来，还一脸诚恳地向我致谢，因为他们全都把这件事情抛在了脑后，因而不得不赶紧四处搜罗着屋子里的垃圾。哦，顺便问一句，周日的聚会怎么样？事实上，我早就把那个虚构的四十岁聚会给忘得一干二净了，但我还是装出了一副猛然回想起来的样子，称赞那是一个很棒的派对，并抱怨起了自己是因为工作的关系才会误以为周日已经过去很长时间了。我们面对面"哈哈哈"地傻笑着。原来生活可以这么有趣。

今天上班的时候，我丝毫没有想起任何与帕特里克、杰克、艾伦或是那个小宝宝的事情，而是专心致志地听着会议的内容。这是一个全新的购物中心项目，将建设在一片可以俯瞰海景的高地上。这不禁让我想起了艾伦办公室里那些巨型的落地窗，以及阳光照射在海面上那幅波光粼粼的美景。于是，我告诉开发商，我们可以开辟一片类似于乡村广场的区域，在那里安装一些大大的落地窗，方便顾客坐下来喝上一杯咖啡，欣赏一下海天一色的美景，或是让他们的孩子自由自在地绕着圈跑来跑去，假装自己是一架展翅翱翔的飞机。记得在杰克还是个蹒跚学步的婴儿时，我就曾幻想过自己能够在购物的时候找到这样的一片空间。奇怪的是，虽说杰克如今已经上学了，而且早就不再属于我了，我却还怀念着当初那份喂养小婴儿的心情，仿佛自己被冰封在了时间的隧道上。开发商听完我的提议后咯咯地笑了起来，嘴里还说着，好呀，那我们就称它为"萨斯基亚的宁静角落"好了。他的语气听上去很谦逊，但又带有一点点轻佻的含义，就像是在对一个幻想着能够拥有一个大厨房的家庭妇女说着"好的，亲爱的"。不过，我就算是拼上自己的这条命也要留住这个空间。我这么做可是为了所有的母亲着想。

带着满满的职业满足感和对城镇规划事业的热爱之情，我坐进了自己的车里。这时，我的手机突然响了起来。是塔米打来的。

我的老朋友塔米·库克——那个在帕特里克对我说完"一切都结束了"之后允许我住在她家客房里的老朋友。

那时候，她的确是我不可多得的贴心朋友，照顾我时简直比照顾一个残疾人还要用心。她会给我煮上一锅鸡汤、泡上一壶茶，在我赖在床上盯着天花板喘不上气来时紧紧地握住我的手（那些日子里，我总是莫名地感觉有辆货车正停在我的胸口）。我记得自己曾经问过她，今后的生活会不会悲剧重演，她是这样回答我的："当然不会了，宝贝。"她是错的，但她依旧是一个好姑娘，一个会把"宝贝"和"我爱你"挂在嘴边的好姑娘。我甚至不敢相信自己居然会有这样一个朋友，就好像我记得自己曾经能说一口流利的法语，如今却一个字也看不懂了一样。

在我搬出她家住进连栋公寓之后，她还是一直努力和我维持着朋友的关系，经常邀我去夜店和酒吧跳舞畅饮。她希望我能够摆脱失恋的情绪，从中振作起来，然后向他证明我自己一个人也能过得很好。

我记得自己当时就认为这是不公平的。如果帕特里克不幸在一场车祸中遇难，我就可以花上数年的时间去缅怀他。人们还会给我送来鲜花、悼念的卡片和热气腾腾的炖菜锅。没有人会阻止我保留他的照片，或是对着照片和他说说话，怀念我们往昔的美好时光。但就因为他向我提出了分手，并且还神采奕奕地活着，我的悲伤就被认为是不光彩而又可悲的。似乎每当我谈起自己有多么爱他时，人们都会认为我是个不够独立的女性。他已经不爱我了，因此我也必须停止爱他。而且要马上就停止。快点，快点。赶紧把那些愚蠢的感官按钮全部都关掉。你的爱已经无人应答了，剩下的只有愚蠢。

他和杰克就像死了一般从我的生活中彻底消失了，但这却算不上一个悲剧。每个人都会遭遇分手。每个人也都会遭遇死亡。我母亲的离世就是如此。人老了终有一天是要归于尘土的，何况她还病着！所以说，死亡对她来说其实是一种解脱。你再也听不见她的声音又如何？你再也不能给杰克读睡前故事又如何？你再也不能和帕特里克耳鬓斯磨又如何？

忘了吧，放了吧，抓紧眼前的机会，小姑娘。所有人都希望我能够尽快找回快乐的自己——剪掉自己的长发，报名参加夜校——而当我表示自己真的无能为力时，他们就会露出一副不耐烦的表情。难怪最终连塔米也消失在我的生活中。

然而这么多年后，她又回来了，她的声音在我听来一点儿也没有改变：说话时依旧喜欢微微喘着气，就像是刚刚才绕着街区跑了一圈似的。

"萨斯基亚，我的宝贝，我又回到悉尼了！"她说。事实上，我根本就不知道她曾经离开过悉尼。"你都不上脸书了！"她感叹道，"这样一来你的老朋友还怎么找你呀，你这个不解风情的人！"

她的话听上去并不像是两个失联已久的普通人之间会有的对话。她甚至对帕特里克的事情只字未提，只是邀请我周三的晚上出来和她一起喝上一杯。我答应了，一缕暖暖的阳光透过车窗照在我的脸上。我忍不住再一次告诉自己，我才不需要什么心理治疗呢！我明天晚上就要出去和我的老朋友喝酒叙旧了！我就是个彻彻底底的正常人。

可五分钟以后，我就发现自己正行驶在去往催眠师家的路上。

于是我对自己说，我只是开车路过而已，我是不会停车的。杰克应该已经去上学了吧，而帕特里克也应该去上班了。此时此刻，想必艾伦正坐在她那张条纹椅上，享受着那间"玻璃避风港"里惬意的阳光。她的桌上还放着那个装满了巧克力的银碗，而她流水般的声音则会随着墙壁上跳跃的阳光起舞。

紧握着手中的方向盘，我突然希望自己还能是那个来看腿疼的黛博拉。说来也奇怪，我居然很享受这样的疗程。我的腿疼最近越发严重了起来，而我却根本就不想使用艾伦教给我的任何精神暗示技巧。对她来说，我已经不再是黛博拉了，因而也就没有权利再去使用它们了。

然而令我没有想到的是，帕特里克也在家。

就在我拐弯开进她家门前的那条街道时，我看到他们两人正匆匆忙忙地从房子里走出来，好像是误了什么约会。帕特里克穿着一条休闲牛仔裤，看来并没有去上班；这是为什么呢？他可是从来都不会随便请假的呀。艾伦也穿着牛仔裤，上身则披着一件漂亮的长款修身外套，下摆上还挂着几个欢蹦乱跳的俏皮小绒球。这样的衣服应该是只有那些古灵精怪的人才会穿着出门的，而她的身上也丝毫没有显露出一点儿怀孕的迹象。

他们看上去是那样的般配，想必没有人会认为他们不是一对吧。突然间，我的腿又莫名感受到了一种细微的疼痛，只不过这一次要更加尖锐一点，仿佛有一根又长又细、闪闪发亮的针正慢慢地刺穿我的肉体。

他们这是要去哪儿呢？我并没有抑制自己的好奇心；是的，我必须知道他们的去向，毕竟好奇又不是什么伤天害理的事情。我总是会忍不住这么想，即便我知道自己已经给他们带来了很大的伤害。

于是我一脚踩住油门，开始尾随他们。我的车这几天又出毛病了，所以我此刻开着的是一辆公家的车。也正是因为如此，帕特里克根本就没有注意到我，更没有卖弄他的小聪明来试图甩掉我。

他们一路驶向了杰克的学校。

也许是学校的音乐会？或者是足球比赛？难道说我又错过了什么重要的信息吗？我本打算发条短信问问他，但他肯定是不会搭理我的。只见他一溜小跑地进了学校的大门，把艾伦一个人留在了车上。是不是杰克病了？

仅仅几分钟之后，他便再次出现在了校门口，手里提着杰克的小书包，而杰克则欢蹦乱跳地跟在他身后，试图跟上他的步伐。父子俩跳上车后，车子便扬长而去了。

我实在是想不通他们这个时候会开车去哪儿，心中想要刨根问底的欲望再一次不可遏制地燃烧了起来。我的身子微微向前倾着，两只手死死地握住方向盘，视线里只剩下帕特里克车尾的号牌。

那张时常会出现在我梦境中的号牌。

这时，我的手机上出现了同事托比的来电显示，我没有理睬，直接将他的电话转入了语音信箱。此时此刻，跟紧他们才是最重要的事情。然而，在经过米利特里街时，一个愚蠢的女司机在看到信号灯变黄了之后狠狠地踩了一脚刹车，就好像她唯一的目的就是要和我作对一样。我失望地尖叫了一声，狠狠地用双手捶着方向盘，丝毫不在乎自己的手是否会留下一堆的淤青。但幸运的是，在驶过那个十字路口之后，我又鬼使神差地找到了他们。那时我正好在左转的车道上，于是没有多想便左转进入了太平洋高速公路，不料却正好看到他们两个人并肩走在人行道上。艾伦伸手指了指一座大厦，紧接着他们的背影便很快消失在了大厦的楼门里。

我在附近找到了一个停车位，甚至还没有来得及在计时表里投币便尾随着他们匆匆走进了那座大厦。一阵令人揪心的腿疼再一次铺天盖地地向我席卷而来。

走进空无一人的大厅，我的脚步停在了墙边的商户名录前面。我一一审视着上面的公司名称，里面有牙医诊所、注册会计师事务所、移民专家，等等。每一家看上去都有可能是他们的目的地。

突然，我的目光停留在了一个名牌上：悉尼超声波。

没错，就是这里了。原来他们是去看艾伦腹中的孩子的。

那个孩子。

难道说这一切都是针对我而来的吗？难道说他们三个这样做就是为了要伤害我吗？难道说这一整栋大厦存在的目的就是为了要伤

害我吗?

他应该会握住她的手,和她一起听着孩子的心跳,然后彼此交换一个含着泪的灿烂微笑吧。我在电影里看到过类似的画面,因此完全可以想象当时的场景。而杰克也将第一次看到自己的小弟弟或是小妹妹。

你肯定会是这个世界上最棒的大哥哥——在我和帕特里克计划怀孕的那段日子里,我常这样对杰克说。杰克告诉我,他想要一个小妹妹,因为他在幼儿园里的好朋友全都是女孩。"我想要一个叫做杰迈玛的小妹妹。"他天真地说,"我希望她能有黑色的头发。"说罢,他又鼓着小嘴加了一句:"拜托。"那时候,我正在教他使用礼貌用语。我说好呀,我也很喜欢杰迈玛这个名字。

我默默地向上天祷告,感谢上帝能够让我今天跟着他们来到这里,不然我将永远也不会知道今天就是艾伦做超声波检查的日子。说不定,我会在某天凌晨的三点钟突然从梦中惊醒,想起他们现在应该要去做个超声波检查了吧,然后辗转反侧地纠结着一些细节,猜想他们会在什么时间、什么地点、穿着什么样的衣服去做检查。至少这样一来我还能够获得一些参与感,证明自己真的存在——虽然他们并不知道我一路跟了过来。等到他们出来的时候,我就可以故作惊讶地上前去打个招呼,说上一声:"真巧呀,居然会在这里碰见你们!"或者,我也可以晚些时候发条短信过去问候一下:"超声波检查的结果怎么样?"或者,即便我什么也不做,我也可以算是从一开始便参与其中了:我甚至还目送着他们去做了第一次孕检呢。

没准儿他们还会邀请我做孩子的教母。

哦,我又想多了。

偌大的等候室里坐满了小腹隆起的孕妇。一对对小夫妻纷纷手牵着手轻声交谈着些什么，而一些身材还未显形的苗条女性则一边翻阅着杂志一边神秘兮兮地微笑着。他们都是些可以轻易地融入这个社会大拼图中的人：单纯善良、心智成熟，付出的爱终将会有人来回报他们。

我找了个靠近门边的位子坐了下来，随手拿起了一本杂志。这时，一个护士的声音在我的耳边响了起来："艾伦·奥法瑞。"声音停顿了一下又再度更加洪亮地响了起来："艾伦·奥法瑞。"

我抬起头来，看到艾伦正举着两只塑料杯准备去水池边接水。听到自己的名字，她一下子变得有些手忙脚乱起来，看上去就像是个少不更事的小姑娘一样，不知该把手中的水杯放到哪里去，就连肩膀上的背包也顺势滑落下来。很快，帕特里克和杰克便朝她走了过来，杰克还伸手将背包的肩带放回了她的肩膀上——他长大了，举手投足间都散发着一种彬彬有礼的气质，那些都是我教给他的。帕特里克也将她手中的水杯接了过来。接下来，那个护士又对着他们说了些什么我没有听清的话，他们三人便笑着沿着走廊转身离去了，似乎并没有注意到我的存在。

这时，坐在我身旁的那个女人轻声对我说道："你还好吗？"

我根本就没有注意到自己已经泪流满面了。

✖

"如果你死了——"杰克拉着艾伦问道，"小宝宝会不会死？"

"杰克！"帕特里克厉声问道，"这算是哪门子的问题！"

他们很早便去了当地的一家比萨餐厅吃饭。在等待比萨上桌的过程中，杰克一直都在研究着手中的超声波照片。

"小宝宝需要我活着，这样它才能快快地长大。"艾伦回答。她该不该向他保证自己不会像他的母亲那样死去呢？还是说他这么问只不过是因为好奇而已？他会不会真的希望她死？说不定他已经厌倦了天天都要吃健康午餐的日子呢。

"你今天吃午餐了吗，杰克？"她问。

"我是说，等到大决战的那一天，所有的孕妇也会死掉的。"杰克显然还在纠结刚刚的那个问题。

"上帝呀！够了，不要再提什么大决战了。"帕特里克厉声喝道，"这就是你为什么总是会做噩梦，白天还会在课堂上睡觉的原因。"

"我并没有真的睡着。"杰克顶了一句，顺势将手中的超声波照片放了下来。艾伦见状赶紧用指尖将照片够了回来。"我只不过是想闭上眼睛，集中注意力而已。"

"他们可是怎么叫也叫不醒你呀，小家伙。"帕特里克显然并不买账。

就在艾伦和帕特里克准备出发去做超声波检查之前，学校的老师突然打电话来，说杰克把头埋在课桌上睡得可香了。班上的老师实在是叫不醒他，因而只好将他抱到了医务室。艾伦和帕特里克本以为这孩子病倒了，不料他的精神却好得很，还因为能够翘课去观摩超声波检查的过程而欣喜若狂。

"你可能还打呼噜来着。"帕特里克继续说道，"吵得别人都没法认真上课了。"说罢，他将自己的头歪向了一边，像模像样地学起了打呼噜的声音。

杰克咧开小嘴笑了。"你才会打呼噜呢。我从来都不打呼噜。"

"我？我不打呼噜的。"帕特里克转过头来看了看艾伦，"是不是呀，艾伦？"

"是呀。"艾伦附和道。实际上，他打起呼噜来简直是震耳欲聋，害得她一直都在考虑要不要给自己买一对耳塞。她拿起了桌上的超声波照片，端详了起来。我的，她心想，这就是我的孩子。想到这里，她又抬起头来看了一眼帕特里克，然后在心里默默地补充了一句：是我们的孩子。那张照片看上去就是一片模糊的影子，仿佛拍摄的是什么超自然的灵异现象似的。

"一切看上去都很正常。"负责做超声波检查的那个女人说道，"恭喜你们。"紧接着，她又叫了一声："哦，看呀！这孩子正在朝你们招手呢！"说罢，她伸出一只手指，指了指一个渺小的、如同小手般的黑点，帕特里克、艾伦和杰克赶紧也冲着屏幕招了招手。

"你打呼噜的时候简直就像是地震一样！"杰克站起身来伸手猛地戳了一下帕特里克，就连桌子上的桌布都差点被他的手肘给拽到地上去了，"你就像是一座会打呼噜的火山！"

"小心一点儿，小家伙。"帕特里克赶紧整了整桌布，"其实你妈妈曾经拍过我打呼噜的样子，那声音听起来确实很像是火山喷发！"

叮！这是他在这个小时之内第四次提到科琳了。艾伦不满地默默抱怨了起来。看来无论她如何努力，终究还是做不到漠不关心的。

"美国有一座火山名叫黄石超级火山。"杰克绘声绘色地讲了起来，"它喷发的时候会发出'嘭'的一声巨响！"他一拳打在桌面上，震翻了桌子上的一个装满糖包的玻璃杯，"这就是世界末日，而且随时都有可能发生。"

"真的吗？"艾伦好奇地问道。

"我可不这么认为。"帕特里克回答，"我们的比萨去哪儿了？他们难道不知道我们都饿着肚子吗？让我再看看那张照片吧。"他说着从艾伦的手中接过了超声波照片。

"你有没有留着我的这种照片？"杰克问道。

"当然了，你妈妈把它放在你的成长记事本里了。记得吗？你以前读过的。"

叮!

哦，艾伦，算了。你还想要这个可怜的男人干什么呢？难道要他忽视自己儿子提出的问题，或是假装科琳从来就没有存在过吗？

"我想去上厕所！"杰克大喊了一句。

每一次外出吃饭，他都会吵闹着要去上厕所。这实际上只不过是他想要到餐厅里去四处逛逛的借口而已，好观察一下有没有什么能够引起他兴趣的东西。

"我猜他肯定会停在那里的，那个能够看见厨房的地方。"艾伦说。

杰克果然假装若无其事地停下了脚步，小心翼翼地靠着一个盆栽踮起了脚尖，好偷看厨师们来回甩着比萨面饼的过程。

艾伦和帕特里克会心地笑了笑。那一瞬间，他们仿佛真的就是一家人，而帕特里克似乎笑得格外灿烂。"真是个有趣的孩子。"他举起手中的照片端详了起来，"不知道你会不会担心大决战的事呢，我的小宝宝？还是说你会和你妈妈一样是个超然洒脱的人？"

"我现在可一点儿也不觉得洒脱。"艾伦反驳道，"真是糟糕的一天。先是碰见了路易莎过来要钱，然后又被伊恩·罗曼要挟说要'把你给搞垮'。我觉得这真的可以算是我职业生涯中最糟糕的一天了。"

"我觉得伊恩·罗曼只不过是在仗势欺人而已。"帕特里克回答，"你不用担心他。等到他再买下一家电视台之后就会把你的事情给忘得一干二净了。"说到这里，他停顿了一下，"你真的能够通过催眠让他的妻子爱上他吗？"

"当然不行了。"艾伦说，"我是无法强迫任何人去做他们不想做的事情。罗西确实向我提出过这样的要求，但我建议她还是和我一起解决一下她在自尊心方面遇到的问题。我并没有多说什么，只是说我会努力帮她找到足够的自信去离开他，或是留在他身边。"

"嗯。"帕特里克应了一声，但看上去仍是一脸的疑惑。

"怎么了？"艾伦问。

"我也不知道。我只是觉得这听起来有点儿像是……一纸空谈？"

艾伦胸中的怒火一下子就被点燃了。"哦，所以现在就连你也觉得我是个江湖骗子了，是不是？"

"当然不是了。你看，我只不过是一个小小的测绘师而已，是个靠土地吃饭的人。显而易见，我也不知道自己在说些什么。"

"还真的是显而易见。"艾伦气鼓鼓地回了他一句。

"快！让我们来换个话题！不如聊聊我们漂亮的小宝宝吧。好不好？"他伸手将照片递了过来，逗得艾伦不由自主地笑了出来。

可就在几秒钟之后，帕特里克突然变了一个音调："你看见她了吗？"

艾伦的目光并没有离开手中的照片。她知道帕特里克指的是谁。"是的。"她回答。

"我必须要做点什么了。"帕特里克愤慨地说道，"尤其是因为我们的孩子就要出世了——"他用指尖将照片压在了桌面上，"我从未想过她会给我们带来任何的危险,但她看上去实在是有点儿……我也说不清楚，好像是有几分精神错乱的样子，似乎比以前更加疯狂了。"

听到这里，艾伦又想起了今天早上坐在她办公室里的路易莎，她那张悲痛的脸庞因为嫉妒艾伦怀孕的事情而变得格外扭曲。当萨斯基亚走进等候室时，艾伦一眼就看到了她。她的脸上也挂着一种焦躁不安的表情，四处寻找着艾伦的身影，仿佛刚刚错过了一趟重要的班机。

"你和萨斯基亚有没有怀过孩子？"艾伦开口问了一句。

"谁会在乎她到底有没有怀过孩子呢？"帕特里克粗鲁地答道，"何况这根本就算不上是什么正当的理由！"

"我只是想要——"艾伦说到一半便停住了。我只是想要试着去理解她。

"家庭豪华装比萨？"一位女服务生的声音打断了他们的对话。

✕

回到家时，艾伦发现自己的答录机上多了一条留言，是一个名叫丽萨·汉密尔顿的女记者打来的。她说自己正在为《每日新闻报》撰写一篇有关催眠治疗法的文章，还采访到了艾伦的一些客户。"不知道你是否愿意为自己面临的一些问题进行一下辩解？"她是这样提问的。

她的声音听起来是那样的冰冷而清脆，那充满权威的口吻里似乎还掺杂着一丝嫌恶的意味。

艾伦放下了手中的听筒。

"出什么事了吗？"帕特里克问。

"我想我知道伊恩·罗曼准备如何让我彻底关张了。"

21
大决战的时候到了

梦境是通往潜意识的康庄大道。

——弗洛伊德，1900 年

"那句老话怎么说来着？所有的宣传都是好的宣传？"帕特里克说。

此刻，艾伦已经躺在了床上，而帕特里克则刚刚从杰克的屋子里走出来。

"这可不是什么好的宣传。"艾伦回答。她给那位女记者回了电话，并答应她第二天上午十一点钟接受她的采访。这么多年来，艾伦先后接受过许多记者的采访，而她一直都很享受这样的过程。自从她几年前参加了一个名为"如何为你的催眠治疗诊所做好市场营销"的论坛之后，她就一直都在寻找能够发表自己言论的好机会。每年十二月份，总是会有记者打电话来要求采访她，而他们书写的题目大多都是"如何坚定自己的决心：让专家来为你解答"之类的。当然，她也就减肥的话题接受过健康杂志的采访，就公开演讲障碍的话题接受过商务杂志的专访。当地的一份周报还特意为她开辟了一个"精神健康"的专栏，而她也是各种早间广播节目的常客。除此之外，她甚至还上过几次电视。

从另一方面来讲，那些曾经采访过她的记者对她所从事的职业就算谈不上尊敬，起码也是友善而又充满了好奇的。她所从事的这份工作对于他们来说属于一种软新闻，也就是一种颇具人情味的趣闻。因此，没有人会对她所说的话感到大惊小怪。即便他们并不是真的相信催眠术，也不会过于计较她的话到底有几分可信度。

然而，她刚一开口回答丽萨·汉密尔顿的问题，就预感到这将是一次无比艰难的访谈。听筒那一端的那位女记者话语间并没有半点要和她客套的意思，甚至当艾伦故意提到自己正怀有身孕、因为晨起孕吐的问题而无法太早与她见面时，都丝毫没有显露出半点同情的意味。显然，丽萨并不是那种愿意装出一副热情的嘴脸，以便从艾伦那里套出更多话来的记者。如果她准备要写一篇诋毁艾伦的文章，就必须先从恨她开始做起。

艾伦以前可从来都没有遇到过遭人嫉恨的经历。

而这也加重了她的孕吐。

"我记得科琳曾经说过，负面的产品评价其实算不上什么，因为人们最终只会记住产品的名字而已。"帕特里克掀开被子的一角，爬到了她的身边。

科琳以前曾是一位市场营销助理。每次提到科琳时，帕特里克的面容都会一下子变得柔和起来，和艾伦的父亲提到自己的亲生儿子时脸上显露出来的表情一模一样。艾伦忍不住开始怀疑，这些画面到底是不是她自己凭空想象出来的呢？

可就算答案是肯定的，又能怎么样呢？

（她刚才是不是想到了"亲生儿子"这个词？这对她来说是个多么阴沉而又愚蠢的问题呀，就好像她被自己的父亲给抛弃了似的。她的潜意识里到底在想些什么呢？她不是一直都以为自己的潜意识很成熟吗？）

"我又不是一个产品。"艾伦回答。不过，她曾经上过的市场营销课程内容确实鼓励她把自己设想成一个"品牌"。

"你明白我的意思。"帕特里克说，"我只是不想让你太过于担心而已，这也许并不是什么大事，甚至有可能和那个自认为是个'大人物'的罗曼先生没有一点儿关系呢。"

"他就是那家报社的老板。"艾伦回答，"这是我在网上查到的。事情总不会真的这么巧吧？"

"你有没有给他的妻子打个电话？"帕特里克问，"她应该替你出面阻止这件事情才对。"

"我给她留了两条留言。"艾伦说，"不过我觉得她也帮不上我什么。伊恩已经盯上我了。"她停顿了一下。"我刚才是不是说他'已经盯上我了'？我真不敢相信自己居然会说出这种话来。"

帕特里克没有做声，只是躺在枕头上默默地翻看着自己的黑莓手机。他是那么地迷恋自己的手机，以至于他每次批评杰克不应该沉溺于游戏机时，艾伦都会忍不住想要笑出声来。

"上帝呀。"帕特里克惊叫着坐起身来。

"怎么了？"艾伦的脑海里不知为何浮现出了萨斯基亚的名字。

"那个混蛋居然想要告我。"

"什么混蛋？"

帕特里克带着一脸不可思议的表情专注地盯着手中那个小小的屏幕。"就是那个拒绝给我付款的客户。"他愤怒地用大拇指在屏幕上敲动了起来，"我今天让我的律师给他发去了一封催缴函，但他居然反咬一口，说他要以故意拖延工期的罪名来起诉我们。真是好笑。"

"这也许只不过是他的——你之前是怎么说的来着？——他的一种报复手段而已。"艾伦试图安慰他。

"万能的上帝呀！天理何在？"帕特里克已经气得浑身都颤抖起来了，"他要求我们加快施工的进程，可我们已经在为他加班加点地工作了。我还因此错过了杰克的足球比赛！他怎么还有脸指责我们拖延工期？"

"你的律师会知道该如何应对的。"艾伦说。

帕特里克的愤怒让她感觉无比的紧张。她总是觉得男人生起气来有几分可怖。当然，起码从表面上看起来是这样的。

她定了定神，开口提议道："你可以明天一早起来就打电话给他。"

"你说得对。"帕特里克边说边关掉了手机，深吸了一口气后转过头来望着她，"今天过得一点儿都不美好，对不对？"

艾伦指了指自己的肚子。"嘘。今天是最美好的一天了，还记得吗？"

帕特里克用手轻轻地抚摸了一下艾伦的肚子。"当然了。"说罢，他将手中的黑莓手机放在了床头柜上，然后转过身来拉了拉被角，好让艾伦身上的被子能够盖得更严实一些。

他们同时关掉了身旁的床头灯，躺下身来，背部紧紧地贴在了一起。

"这枕头好像有点太低了。"他说着又重新坐起身来，从脑袋下面拽出了自己的枕头。

"啊哦。"艾伦感叹了一声，随即和他交换了枕头，然后再度平躺下来。

帕特里克用脚跟碰了碰艾伦的腿，表示晚安，而艾伦也用脚跟碰了碰他的腿。

细算起来，帕特里克和艾伦的交往还不满一年，但是两人之间已经培养起了许多不言而喻的习惯，仿佛每一对新人在一起时都是在携手建立一个新的王国。

萨斯基亚显然一直都放不下那个曾经属于她的王国。

她缓缓地闭上双眼，脑海中却突然浮现出了伊恩·罗曼的样子，好像他一直都偷偷地躲在窗帘的后面，伺机要在她入睡的时候跳出来吓唬她。

我会让你彻底关张的。

他是不会忍心这么做的，对不对？就算那篇文章里写尽了各种诋毁她的话，她也是不会轻易失去自己的客户的，对不对？她这么多年苦心经营起来的名声是不会在一夜之间就烟消云散的，对不对？

至少不会是因为这一篇文章吧。

再怎么说，看在上帝的分上，一篇文章又能有多糟糕呢？她又不是什么罪不可赦的大骗子。她并没有做错任何事情呀！

他们总不会信口胡说吧，对不对？

哦，他们当然会了。她不禁想起了那些谣传詹妮弗·安妮斯顿和布拉德·皮特打算复合的名人八卦新闻。不过，艾伦也算不上是什么名人呀。相信应该不会有人在乎她的生活，却忽略了布拉德到底会不会和詹妮弗复合的事情吧？这就是那些记者为什么要写八卦文章的原因——因为每个人都有一颗八卦的心。

（话说回来，她倒是真心希望布拉德能够和詹妮弗重新走到一起。）

为了保证新闻报道的完整性，相信丽萨·汉密尔顿也一定会找除路易莎之外的客户了解情况吧？还是说她根本就没有别的选择，因为伊恩·罗曼直接打电话威胁她"如果不能毁掉这个女人的声誉的话，你就等着丢饭碗吧"？

也许这个可怜的女记者有个动不动就爱打人的丈夫和三个嗷嗷待哺的孩子，其中一个孩子还需要一笔高昂的手术费来做器官移植手术。因此，她就算是付出任何代价也要保住自己的工作，而艾伦就成了她"刀下的冤魂"。

"你睡得着吗？"帕特里克的声音在安静的房间里显得特别的

响亮。

"睡不着。"

"我也是。"他起身将床头的台灯再度打开，"要不要我拿点牛奶之类的东西过来？或是茶？"

"不用了，谢谢。"艾伦打了个哈欠，也坐起身来。

帕特里克无精打采地继续提议道："那我们要不要亲热一下？"

艾伦笑了笑。"可我一点儿也不觉得浪漫呀。"

"没错。"帕特里克点了点头，顺势爬下了床，"我觉得我应该给那个客户写上一封义正词严的回信，或者是找个什么东西来乱打一通，或是干脆出去绕着街区跑上一圈。"

"那还不如让我帮你放松放松。"艾伦觉得这个提议正好也能分散自己的注意力，因此也算得上是一个不可多得的好主意。

"今天的事情已经够你烦的了。"帕特里克本想婉拒她。

"没事的。"艾伦回答，"我也可以顺便催眠一下自己。"

"哦，上帝呀，谢谢你，我可不想给你添麻烦。"帕特里克说罢便乖乖地躺在了她的身边，"真不敢相信，我都有点上瘾了呢。"

十分钟之后，他已经安稳地进入了中度催眠的状态，而艾伦也感受到了自己每次给帕特里克催眠时都会体会到的如流水般舒缓的感觉。

"我想要你回到过去，回到自己感觉轻松愉快的那一刻去。那也许是你在独自承担起创业压力之前的事情了。想象你正处在一种完全放松的幸福状态之中。想好了吗？"

他点了点头。

"你现在在哪里？"

"蜜月。"帕特里克傻呵呵地笑着答道，仿佛是被人下了药似的。

艾伦一下子就呆住了。

赶紧停下来！弗林的声音突然在她的脑海中响了起来。她顺从地闭上了嘴，一边思考一边聆听着帕特里克那深沉而又平稳的呼吸声。

问问他，这一次是丹尼的声音，问问他你想知道的所有事情。

"你在做什么？"她听到自己这样向帕特里克问道。这样说应该没有什么错误吧？

在柔和的灯光照耀下，帕特里克看上去似乎年轻了十多岁。他两眼中间的皱纹像是被一只无形的手给抚平了，连两颊也圆润起来。

"我们在浮潜。"他回答。

"你和科琳。"艾伦核实了一下。

还能有谁呢？那好像是茱莉亚不屑的声音。哦，真是一堆没用的废话，这一句是她母亲说的。他只不过在向你描述一段记忆而已，又不是说时光真的可以倒流。

"是呀。水下的景色可真美。"帕特里克脸上露出了满足的笑容，"科琳穿的是一身蓝色的比基尼泳衣。"

"是吗？"艾伦无力地敷衍了一句。

"她看起来美极了。"

"真好。"艾伦说着说着，脑海里突然出现了茱莉亚笑着在地上打滚的画面。这都是你自找的，你这个白痴。

太不专业了。弗林应该会这样批评她吧。

"描述一下你现在的感受。"艾伦试图把他拉回到自己设定好的轨道上来。

"我以前从没浮潜过。一切都好像慢了下来，我耳边回响着的就只有自己的呼吸而已。那些珊瑚真是——哦，但我还是不得不告诉她！"

他的脸色突然变了，一道道皱纹再一次浮现出来，两颊也深陷了下去。

"告诉她什么？"艾伦追问道。有时候，简单的放松训练的确有可能会唤起人们心底压抑着的负面情感；不过这样的事情以前从未在帕特里克身上发生过，也不应该在他的身上发生。这并不是一次严肃的催眠治疗，她只不过是好心地想要帮助他暂时忘掉那个可怕的客户，好让他赶紧入眠的一种尝试而已呀！

这就是我们为什么不推荐催眠师为自己的伴侣施行催眠的原因。弗林的声音再一次在她的耳边响了起来。

"去看医生！现在。就是现在！我们必须得赶紧去看医生，然后把癌细胞给抓出来，不然就太晚了。"帕特里克的手反复地抓挠着身下的床单，"她实在是太笨、太固执了。其实她早在几个月前就感觉到了那个肿瘤，但她却只字未提，一心期盼着一切都会没事的，就像她总是希望自己汽车里的油量灯能够不再胡乱地闪来闪去是一个道理。上帝呀。我总是对她说，你这个白痴，你这个白痴，最后都把她给说哭了。我不应该害她哭鼻子的。但她难道不应该为了杰克、为了我而好好照顾自己的身体吗？"

说到这里，他的脸因为悲痛而剧烈地抽搐起来。

"是时候放开这段回忆了。"艾伦的声音显然并不如以前那般威严了，听上去就像是个颤抖着的初学者一般。

"我想我永远也不会像爱她那样再爱上别的女人了。"

"等我数到五的时候。"艾伦开始倒数了。

"当我看到艾伦的时候——"帕特里克突然念出了她的名字。

艾伦一下子就愣在了那里。

"我总是会忍不住想：这不一样。这已经完全不一样了。"

✕

目送着他们前去做超声波检查的背影，我的眼泪止不住地从脸颊上滑了下来。我必须赶紧离开了，不然一定会弄得自己很难堪的。

一个站在接待台后面的女士似乎已经注意到了我的情绪不对，因而带着一脸和善的表情试探性地朝我走了过来。我猜她一定在想：我很同情你的遭遇，不过能不能请你闭嘴？

我猜，这里也未必所有人都会流下喜悦的泪水吧，毕竟超声波并不只会带来好的消息。因此那个女人说不定以为我流产了呢。

我应该和她说些什么好呢？不，我从没有怀过孕，但我确实失去了我的继子。这算不算是一种"流产"呢？他就是那边那个帮自己的新继母提包的帅小伙。他看上去很疲惫，也许她并没有好好地喂饱他，总是给他吃些豆腐、小扁豆之类的东西，却不给他足够的蛋白质。而且，虽说我并没有真的失去过一个孩子，但我却失去了要孩子的梦想，因为那边的那个男人已经不再爱我了，而我也早已是叶瘦花残，以至于允许他转而去寻找更加年轻貌美的女孩子了。

他们肯定会说：不，这当然不算了。别再让自己难堪了，找回点尊严来吧，至少学会如何去自爱。

说得也对。

站在下行的电梯里，我的泪水依旧不停地流淌着，可我却并没有感觉到内心涌动着某种异样的情感。眼泪对我来说就像是某种怪病的症状，因而我只好等待它自己停下来的那一刻。

就在我迈开腿向自己的停车位走去时，一阵难以忍受的腿痛再一次席卷而来。如果我这时候使用艾伦教我的心理暗示法，想必这疼痛也会变得更加不可遏制。

我一步都走不动了，必须找个地方坐下来。我抬起头来环顾四周，想要找个公交车站或是一面墙，但是周围却空无一物。于是，我只好像个醉汉一样就近坐在了排水沟旁。我简直不敢相信，就在半个小时前我还是那个在开发商面前叱咤风云的女强人，而现在我却只能卑微地坐在排水沟旁默默地流泪。

这时，一个男人恰好开着车子在离我不远的地方停了下来。看到我的狼狈样子，他赶紧走上前来询问我是否需要什么帮助。他看上去应该是个年近七旬的老人了，和善的脸庞上布满了衰老的痕迹，似乎是个内陆人，这不禁让我想起了帕特里克的父亲。他大概是以为我扭伤了脚踝，于是一边四处张望着想要帮我找些冰块，一边叮嘱我抬高受伤的那只脚。我花了好长的时间才让他明白我的脚踝其实一点事情也没有。无奈之下，我不得不向他坦白了自己的腿疼问题产生的来龙去脉，还向他解释了自己的眼泪并非由于腿疼的原因，而是由于某些"个人问题"。听罢，他掏出了自己的钱包，从里面取出了一张名片。当时我还以为他会推荐我去看心理医生，不料他却说道："这家伙是个很出色的理疗师。几个月前我患上了可怕的背痛，那种感觉真是让人痛不欲生，我几乎就要哭出来了。是他治好了我。我的背现在又像是新的一样了！"

我向他表示了感谢，但并没有告诉他我已经去看过七位不同的理疗医师了，因此再也不想在这方面浪费更多的钱了。

"在此期间，偶尔吃一些强效的止疼片也是很有用处的。"他说，"还有，忘了那个笨蛋吧！这是他的损失，对不对？毕竟你是个百里挑一的漂亮姑娘呀！"他轻轻地拍了拍我的肩膀，紧接着突然露出了尴尬的表情，仿佛是在担心自己刚才的行为有些不够得体。于是他很快地站起身来，双膝还发出了一阵清脆的摩擦声。看来，他应该去找那位出色的理疗师看一看自己的膝盖了。

多么好的人呀！这世界上怎么会有这么多的好人呢？他们又是怎么保持这么好的心态的呢——每天都能笑嘻嘻地去关心别人、和别人分享？想必这样的生活也是很累人、很浪费时间的吧？因为你总要留意身边那些需要帮助的陌生人。

目送着他远去的背影，我此生第一次产生了"有个爸爸的感觉真好"的念头。

我猜艾伦应该就有一个和蔼可亲的父亲吧。他会允许年幼的艾伦在他的膝头蹦跳，还会唤她为他的小公主。她看上去就像是一个有父亲疼爱的女孩。

我就这样坐在排水沟旁给办公室打了个电话，告诉他们我今天准备在家办公了。

我挣扎着跌跌撞撞地爬进了自己的车子。到家后，我听从了那个"好爸爸"一样的陌生人的建议，从自己的药柜里翻出了一些止痛片。吃了两片之后，我便昏昏沉沉地睡了过去。等我一觉醒来的时候，隔壁的那一对兄妹已经放学回家了，正在后院里开心地做着游戏。我试图爬起来做点儿什么工作，但头却总是晕晕的，思绪也总是会被他们嬉闹的声音所打断。作为两个好孩子，他们玩耍的方式似乎并不是那么的和平。兄妹俩上一秒钟还是欢声笑语的，下一秒钟便开始哭哭啼啼地互相喊着："别闹了！"我本以为现在的孩子都喜欢宅在家里玩电脑游戏呢。

最后，我终于放弃了在家办公的念头，打开了一瓶红葡萄酒。我想我应该为了帕特里克的新宝宝喝上一杯。

这都是我的错。我可从来都不是一个嗜酒的人啊。

✕

艾伦做了一个梦。

这个梦是如此的生动，似乎永远都没有尽头。她知道自己在做梦，于是反复挣扎醒来，好终止这没完没了的梦境。每次当她睁开双眼时，眼前却只有这间伸手不见五指的房间。她翻来覆去地调整着枕头的位置，还不时地用手肘推着身旁呼噜连天的帕特里克，然后又伴着他的呼声再一次跌入梦境之中，重重地坠入了一个充满了奇怪图形、脸庞和声音漩涡的山谷中。

梦中，她的母亲和两位教母一丝不挂地在沙滩上奔跑着，欢笑声如同一群青春洋溢的女学生，这不禁让艾伦感觉备受冷落。

"她们又在卖弄自己了。"她对身旁和她一起坐在沙滩上的父亲说道。感谢上帝，他倒是衣冠楚楚，穿着西装，打着领带，只不过嘴唇上还沾着摩洛哥鸡肉的酱汁。

艾伦说："一个女孩与自己父亲之间的关系就是她未来恋爱关系的榜样。"她说这话时脸上满是骄傲的神情，仿佛自己的论断里包含着多么精妙、嘲讽而又机智的含义。

她的父亲放下了手中的报纸，一脸嫌恶地说了一句："这里有一篇文章提到了你。"

"这不是真的。"艾伦的语气里充满了羞愧和难以置信的挫折感。

"是真的。"坐在艾伦对面的那个女孩边说边用手中的黄色铲子拍打着沙堡的外墙。

"科琳！"艾伦忍不住叫了出来。她就是帕特里克的前妻！她应该会对艾伦格外的友善吧，因为她就是这么善良的一个人。"你好吗？"

她努力搜罗着脑海中的话题，想要展开一段可以引起科琳兴趣的对话。"我听说你亲手给自己缝制了一条婚纱。"她说，"你真是太有天赋了！"

"你也未免太卑躬屈膝了吧？"那是茱莉亚的声音。此刻她正仰面躺在沙滩上晒着日光浴，一边还不忘抬起盖着毛巾的脑袋转过来和她讲话。

"她本来就不该怀孕的。"科琳对茱莉亚说，"她简直是太没有道德了。"

"也许吧。"茱莉亚打了个哈欠，"但她并没有恶意。"

"她这么做之所以没道德是因为帕特里克还深爱着我。"科琳沾沾自喜地说。

"但你已经死了!"艾伦似乎突然想起了什么,于是不甘心地尖叫了起来。

"你确实是个很漂亮的女孩。"艾伦的父亲对科琳称赞道。

科琳歪了一下脑袋。"谢谢你,戴维。"

"好吧,很抱歉我怀孕了。"艾伦小声嘟囔了一句。她知道自己之所以表现得这么任性,完全是因为嫉妒父亲刚刚夸奖了科琳,但她却一点儿也压抑不住自己内心激动的心情。想到这里,她开始疯狂地朝自己的脸上扔着沙子。"我到底怎么做才可以挽救我自己?我又该怎么做才能够弥补你?"

"艾伦,快停下。你这样只会让自己出尽洋相的。"玛德琳突然出现了,坐在她们当初同租公寓里的那张旧沙发上。

"你有没有听到什么声音?"她的耳边突然传来了帕特里克的问话。

艾伦一下子从梦中醒了过来,发现他正坐在床边,用力地揉着自己的眼睛。"我想应该是风声吧。"她回答。

门外,一阵阵狂风大作,以至于窗户都剧烈地颤抖了起来。她也坐起身来,伸手去拿放在床头柜上的玻璃杯。

"抱歉。"帕特里克说着又再度躺下了。

艾伦举起手中的水杯——里面是空的,可她并不记得自己把水喝完了呀?她转过头去看了看时钟:现在已经是凌晨四点钟了。这个漫长的黑夜好像永远都没有尽头似的。

"我做了好几个奇怪的梦。"艾伦说。

这时候,楼上传来了嘭的一声巨响,似乎是有什么树枝之类的东西砸到了她家的房顶。

"我也是。"帕特里克回答，"也许都是大风闹的吧。"

"我帮你做放松训练的时候，你对我说了一些事情。"艾伦说。

"嗯？"帕特里克应了一句。

"关于科琳的事情。"她静静地等待了片刻，耳边却传来了帕特里克的鼾声。

艾伦再次躺回了枕头上，很快也进入了梦乡。

这一次，她穿着外婆的婚纱步入了自己婚礼现场的走廊，一只平举着的手掌上还托着自己的宝宝。她的宝宝只有一颗珠子那么大，因而一直在她的手掌上滚来滚去。

"把手伸平！别让孩子掉下来！"现场的一位宾客对她说道。艾伦转过头去，发现说话的正是她的客户路易莎，她的头上还戴着一顶巨大的帽子。"你甚至都不知道该如何照顾一个小孩！我才应该是那个怀孕的人！把它给我！"

"我已经把钱退给你了。"艾伦简洁有力地回答，"其他的我就无能为力了。我是个好人。"

她继续向前走着，隐约看到帕特里克正背对着她站在走廊的尽头。他慢慢地转过身来望着她，而她也回敬了他一个甜甜的微笑。突然间，他的脸色一下子就变了。

"不要再跟着我了！"他大喊着，声音一遍又一遍地回荡在整个教堂的上空，"一切都已经结束了。你还不明白吗？我永远也不会再爱你了！"

艾伦一下子羞得双颊通红。"帕特里克，是我，我不是萨斯基亚！"她忍不住喊出声来。她努力让自己的声音维持着轻柔而又欢快的语调，但又足够让站在走廊另一头的帕特里克听见，毕竟这是一场婚礼嘛。然后，那条长长的走廊如今看上去却像是一条望不到尽头的飞机跑道。

"走开！"帕特里克大喊着。

"亲爱的，我想他已经不再爱你了。"艾伦的母亲和教母们身着八十年代的伴娘礼服，塔夫绸做成的裙子上还支棱着两个巨大的蓬蓬袖。

"哎！"菲莉帕感叹了一声，"谁需要他们来陪呢？我们一起喝个痛快吧。"

"你会遇到更好的人的。"梅尔安慰她。

"反正我也从来没有真心地喜欢过他。"艾伦的母亲不屑地说道。

"他以为我是萨斯基亚。"艾伦焦急地解释着，"我相信这只是个误会。"不过，其实连她自己都不相信这话是真的。难道说她才是那个一直跟着帕特里克不放的人吗？

"你催眠了我，骗我去清理那些纸箱子！"帕特里克愤怒地吼叫着，"你操纵了我！"

"对不起！"艾伦哭喊着。他最终还是要跟她分手了，就像是她之前的那几段恋情一样。从此以后，她只能一个人把这个孩子抚养成人了，而他现在还是这么渺小的一个小不点！她小心翼翼地合上了手掌，将"宝宝珠"握在了手心里，转身狂奔了起来。从她迈开双腿的那一刻开始，她的步子就变得一瘸一拐的，仿佛她正奔跑在某一座悬崖的边缘。

她猛然睁开了双眼。

房间里昏暗的光线让她分不清楚现在是黑夜还是清晨，但她却在冥冥之中瞥到了一丝诡异的橘黄色亮光。

那似乎是一团火光，但并没有散发出任何的烟味。帕特里克那介乎鼾声与喘息声之间的呼吸声仍在耳边起伏着，远处偶尔还会传来海浪空洞而又富有韵律地拍打着沙滩的窸窣声。

除此之外，她好像还能够听到什么别的声音。这个房间里一定有什么不对劲的地方。

她的床尾此刻正站着一个长长的黑影。艾伦死死地盯着那个黑影，心脏猛烈地跳动了起来，好不容易才隐约看出那只不过是一个熟悉的物件，像是一把椅子，或是一件挂在门上的家居服。

突然间，那个黑影动了一下。

艾伦猛地倒吸了一口冷气。

一个女人正站在他们的卧室里，就在床尾的位置上，静静地望着他们的睡姿。艾伦急忙挣扎着向后倒退，头一下子重重地撞在了床头的顶板上。

是科琳。科琳起死回生，来向我要回她的丈夫了。

"怎么了？"帕特里克睡眼惺忪地问了一句。他坐起身来，用手腕处揉了揉自己的双眼。突然，他猛地掀开了被子，怒气冲冲地爬向了床尾。

"滚出去！"他怒吼着，"滚出去！"

那不是科琳，是萨斯基亚。她正穿着一条睡裤和一件足球运动衫，头发湿乎乎地粘在脑门上，还赤着脚。

"帕特里克。"她开口叫了一句，顺势向后退了一步，以躲避他伸过来的手臂，"我只是想要——"

帕特里克在匆忙间一下子从床上四脚朝天地跌倒在地板上。

艾伦发现萨斯基亚的手中好像正拿着什么东西。那是他们放在厨房料理台上的超声波照片。

"嘿！"她从没有听到自己发出过这样撕心裂肺的怒吼，"把它们还给我！"

说罢，她也跳下床来扑向了萨斯基亚。"它们是我的！"

这时，走廊的尽头传来了一声充满了恐惧的尖叫声："爸爸！"

"杰克。"萨斯基亚说着将身体转向了门口。

帕特里克爬起来，伸出双手一把抱住了萨斯基亚，将她整个人高高地举向了空中，仿佛下一秒钟就准备把她撞向身边的墙壁似的。超声波的照片顺势从她的手中滑落到了地板上。艾伦发现，帕特里克浑身都在颤抖着，眼睛里还散发着野蛮而又疯狂的光芒。

他会杀了她的。她想着，我一定要阻止他。想到这里，她从背后紧紧地拉住了帕特里克的衣角。

"我只是想要解释一下！"萨斯基亚试图伸出手来搂住帕特里克的脖子，却被他一把推开了，膝盖重重地摔在地上。

"爸爸！"杰克尖叫着，"艾伦，发生了什么事情？"

"滚出去！"帕特里克伸手将萨斯基亚拽了起来，"现在就给我滚出去！"

"对不起。"萨斯基亚啜泣着，再一次瘫软在了帕特里克的胸前，而艾伦也仍旧死死地拉着帕特里克的衣角，于是三个人像是在跳着一种极其诡异的"亲密舞蹈"似的一步步挪到了走廊上。

这时，远处的天空中已经出现了鱼肚白。一缕晨曦顺着敞开的办公室大门照向了对面的卧室。办公室一向都是艾伦观赏海景的地方，而她现在所能够看见的就只有一片可怕的橘黄色。那橘黄色的光芒正如瀑布般涌进她的房子，她松开了帕特里克的衣角，呆呆地望向了窗外。

发生了什么事情？是开战了吗？

"爸爸，大决战的时候到了！"

艾伦转过头来，看到帕特里克正推搡着萨斯基亚，而杰克则穿着他的睡衣步履蹒跚地跑过来，眼神中充满了惊恐。

萨斯基亚在走廊的长条地毯上跌倒了，于是赶忙伸出一只手来企图保护自己。

她那只高高举起的手正好抓到了杰克的上衣，两个人就这样一起翻滚着、撞击着滚下了楼梯。

22

与催眠师的对话

在一段似乎没有尽头的死寂之中，艾伦和帕特里克站在楼梯的顶端，两只手紧握着平台处的围栏，双眼死死地盯着楼梯下的杰克和萨斯基亚。

萨斯基亚此刻正仰面躺在地上，一条腿呈现出一个令人毛骨悚然的奇怪角度。她的头歪歪扭扭地垂着，一头乱发遮挡住了她的脸颊。

杰克则仰卧在地板上，两腿直愣愣地挺着，掌心贴着地板，远看过去就像是在地板上睡着了一样。

他们都死了。艾伦确信无疑地想着，内心颤抖着呼喊着，这一天终于还是到来了！就像是每一天、每一时、每一刻都会发生的事情那样，在愚蠢而又笨拙的意外事故面前，无论是成年人还是孩子，一个鲜活生命的消逝仅仅需要那么几秒钟的时间。事情过后，当你感觉自己还有呼吸、心脏还在跳动的时候，一切就又都恢复正常了。显然，那些不可接受的事实最终都会成为你不得不接受的事实。

帕特里克哀号了一声，听上去就像是一只在呜咽的小狗。

突然间，杰克微微地动了一下，惊得帕特里克立马就做出了反应。他连滚带爬地奔下了楼梯，而在他身后紧随着他的艾伦则连声喊着：

“小心！”

杰克坐起身来，一只手臂软绵绵地搭在自己的小肚子上，脸色如死灰般惨白。“我想我把手臂给摔折了。”他一字一句地说着，突然转过头来吐了一地。

艾伦和帕特里克赶紧跑过来跪在他的耳旁。

“哦，亲爱的。”艾伦心疼地呼喊着，轻轻地卷起了他睡衣的袖子，发现他的手臂已经开始肿胀起来，而且隐约露出了骨头的轮廓。

“你会没事的，小家伙。”帕特里克的话听起来并不是很有底气，好像随时都有可能晕过去的样子。

杰克抬起头来，用另一只手擦了擦自己的嘴巴，然后含着眼泪困惑地看着他们俩。

“发生什么事情了？我不明白。萨斯基亚为什么会在这儿？”

“别管她了。”帕特里克边说边伸出手来想要把他抱起来，“我这就送你去急诊室。”

“不，别动他。”艾伦大喝了一声，“他的后背或是头部也许受了伤。赶紧扶他躺平，别让他的手臂乱动。我这就去叫救护车。然后再回来看萨斯基亚。”

“别管萨斯基亚了。”帕特里克咬牙切齿地说。

“她为什么会在这里？”杰克再一次问了起来。他转过头来，看到她正躺在艾伦身后不远的地方。“她还好吗？”

“你就别管她了。”帕特里克不耐烦地说。

“不行！”杰克突然出人意料地大喊了起来，那声音在一片死寂的房子里显得格外响亮。

帕特里克的脸色一下子变得惨白。“不会有事的，小家伙。”

杰克奋力地用一只手扒开了他。“你不能不管她！你不能因为自己不喜欢就不管她了。这不公平！”

"没事的。"帕特里克的语气软了下来,似乎是想要安慰儿子。

"快去看看她!"也许是因为太过于激动,杰克的脸一下子涨得通红,小小的胸脯在睡衣下面剧烈地起伏着,两眼闪烁着愤怒的目光。艾伦有点吓傻了,她从没看见过一个小孩子拥有如此成人化的感情变化。

于是她开口说道:"我会确保她没事的,杰克。"

有些事情我希望自己永远都不要忘记,而有些事情我却希望自己永远都不要记得。

比如说,我并不记得自己叫了一辆出租车,但我却记得自己让车子停在了艾伦家的门口,然后多付了十澳元的小费给那位司机。哦对了,我们还随口聊了聊外面咆哮的狂风。我记得路旁的树木左摇右摆地剧烈晃动着,就像是一个个哭诉着丧子之痛的女人。

我感觉很兴奋、很畅快,仿佛自己刚刚才释放出了内心中的另一个自己。我记得我伸手摸了摸自己的头发——湿漉漉的,这很奇怪,因为当时并没有下雨呀。我应该是洗完澡后直接就出门打了一辆出租车吧。

至少我在喝醉了之后没有去开车。这说明我当时还是留有一部分理智的。

我不记得自己为什么决定要去艾伦家走一趟了,但我应该可以推测一下自己的思路。也许我正站在淋浴室里,想象着艾伦和帕特里克此刻应该准备上床睡觉了吧。他们会亲昵地聊起这一天的经历,分享第一次看到宝宝时的心情。我一定是在这个时候想到了:我希望我能够亲眼看到他们。

于是,我转念一想:为什么不现在就过去一趟呢?

或许，我当时迫不及待地想要对帕特里克说些什么，比方说我爱他或是我恨他，或者是我能够理解他或是不能够理解他。当然了，或许我打算要告诉他自己终于决定要放手了，不会再靠近他一分一毫了，抑或是我永远也不会放他走，此生永远都会爱着他。

谁知道呢？

我记得的第二件事就是自己已经站在了他们的床尾。

帕特里克仰面躺在床上，微微张着嘴，像往常一样打着呼噜。他的鼾声一次比一次响亮，直到那声音大到将他自己都吵醒了才会停下来。可短短几秒钟之后，那鼾声便会再次响起来。艾伦侧躺在他的身旁，两只手像是在祷告似的埋在了她的一侧脸颊下面。她的睡姿和我想象中的一样，只不过她也在轻轻地打着鼾，但相比之下声音更加微弱，节奏也更加规律。两人的鼾声就这样此起彼伏地响着，仿佛是一个努力想要合奏却总也找不到调子的乐队，因而不得不一次次地从头开始，听上去十分滑稽好笑。

我并没有感觉到妒忌、愤怒或是心痛。相反，我的内心却感到格外的平静和亲切。我想那也许是因为鼾声的原因吧。所以，当他们突然从梦中惊醒过来的时候，那反应简直连我都吓了一跳。他们的脸上全都挂着无比惊恐的表情！可我当时只想说："不，不，放松，是我而已！"

帕特里克就像是看到了什么危险的动物一般，仿佛我是只咆哮着准备朝他扑过去的灰熊。是我！只不过是我而已。萨斯基亚！我可是平日里连一只蟑螂都不忍心杀死的呀，这一点他比谁都清楚。

接着，艾伦也冲着我喊叫了起来，说是让我放下手里的什么东西。我低下头来，看到自己正拿着他们宝宝的超声波照片。可我并不记得自己是从哪里翻出来的这些照片，更不记得曾经端详过它们。

她的反应就好像我偷了她的孩子一样。

从某种意义上来说，她才是那个偷走了我孩子的人。我本可以怀上帕特里克的孩子的，只要我们继续努力。真的。

他们的尖叫声把杰克也给吵醒了。我听到他站在门外惊恐地哭喊了起来。我只不过是想让大家都冷静下来。我只不过是想让他们明白，大家没有必要如此地大惊小怪。

这就如同是一个噩梦，当你醒来时，突然意识到自己正赤身裸体地站在购物中心的广场上。一个小小的声音突然出现在了我的脑海中：萨斯基亚，你太过分了。你妈妈会怎么想？

妈妈是肯定不会赞同我这样吓唬杰克的。

然而，现场所有的人都乱成了一团，帕特里克更是什么话也听不进去，还不断地推搡着我。我发现周围的一切都变成了棕褐色，仿佛我们此刻正身处在一张老照片里，这一下子让当时的情况变得更加可怕、更加不现实了。

我记得杰克穿着他的小睡衣从走廊的另一头跑了过来，眼睛和嘴巴里都充满了恐惧。这时，那个声音又出现了：这都是你的错，萨斯基亚。

紧接着，我们俩不知为何一起翻滚着掉下了楼梯。在这个过程中，我尽可能地抱住他，以免他受伤。真的是太可怕了。

我所记得的最后一件事便是自己在医院的病床上醒来，身体的下半部分简直是疼痛难忍，就好像有人从高空中将一大堆的砖头朝我砸了下来。紧接着，我看到艾伦的背影正站在医院的窗户前。我当时一定发出了什么声响，因为她听到之后赶忙转过头来对我笑了笑。她的表情看上去一点儿都不害怕，而是对着我笑而不语，仿佛在她面前躺着的是一个正常人，而不是一头凶猛的灰熊。

她开口对我说道："外面刮起了很大的沙尘暴。"

✕

这是她脑海里出现的第一个念头。

"悉尼已经快要被沙尘给淹没了。"她说，"看上去还真的有点儿要出现大灾难的架势。怪不得杰克会以为世界末日就要来了。连我都以为哪里发生了原子弹爆炸呢。"

"显然，救护车也被这沙尘给困住了。"艾伦边说边深吸了一口气，坐在了萨斯基亚病床边上的一把椅子上，"所以我们等了好长的一段时间才等到了急救人员。整个城市到处都是一片混乱。"

萨斯基亚的眼睛缓缓地朝下面转动了一下，发现自己的身上正盖着一条白色的医院床单。

"你摔裂了自己的骨盆。"艾伦继续说，"还有你的右脚脚踝。脚踝上的伤势可能需要做个手术，不过医生觉得你的骨盆应该是可以自己愈合的。如果你需要更多的止痛剂的话，可以按一下这个小按钮。"

一阵沉默之后，艾伦的眼神和萨斯基亚的眼神交汇在了一起。令两人倍感震惊的是，那一瞬间产生的心电感应仿佛比两个一见钟情的人还要强烈。

"我不知道你是否还记得发生了什么。"艾伦开口打破了沉默。

"杰克。"萨斯基亚清晰地叫出了杰克的名字。

"他摔伤了一只手臂。"艾伦回答，"不过没什么大碍。"

萨斯基亚的脸一下子就垮了下来。"都是我的错。"

"嗯。"艾伦附和了一声，"是呀。"

在杰克还是个蹒跚学步的婴儿时，他经历了一个总是会莫名其妙地弄伤自己的阶段。他的头会撞在咖啡桌上，而手肘也会撞上门框。还没等那些淤青或是擦痕痊愈，他的身上便又会添上新的伤痕。每当我听到房子的另一头传来一声异响时，一阵尖锐的尖叫声便会从我的心头划过。我心想：不会又来了吧。

一次，帕特里克在杰克本应上床睡觉的时间里还在和他嬉闹个不停。我知道他这样下去一定会把杰克弄得筋疲力竭，甚至有可能再次伤到自己。于是我出面说了一句："好啦，现在你们应该玩够了吧？"果然不出所料，我紧接着便听到了杰克撕心裂肺的哭喊声，随后便看到一股鲜血从他的嘴角里渗了出来。原来他不小心磕到了自己的下巴，还咬到了舌头。我为此和帕特里克大吵了一架。

有一句话我一定已经说过上千次了，那就是："小心！"

可如今，杰克却因为我而摔伤了手臂。这无疑都是我的责任，我是肯定不会抵赖昨晚发生的一切，好把错误都推到别人身上去的。

艾伦就坐在那里，无比镇定地看着我。她看上去疲倦极了，眼睛下面挂着两个深深的黑圆圈，嘴唇的颜色惨白。她没有化妆，头发也是一团糟，脸色十分灰暗。这样看来，她就是一个长相极为普通的女子，可身上却散发着某种质朴的美感，看上去是那样的浑然天成。

是我害得杰克摔伤了手臂。

我感觉好像有人正举着一个屏幕贴在我的面前，里面播放着我这三年来的所有所作所为：每一条短信，每一通电话，每一封我明知他不会打开阅读的书信，以及我和杰克最终一起滚下楼梯的那个棕褐色的画面。

我闭上了眼睛，想要避开那个屏幕，但它却锲而不舍地出现在我的面前，毫不退缩，不屈不挠。

扑面而来的羞耻感简直就快要让我窒息了。

"呼吸。"艾伦说，"把注意力集中在自己的呼吸上。吸气，呼气。

吸气，呼气。"她的声音听上去是那样的熟悉，仿佛把我带回了那间小巧的海景玻璃房。我贪婪地倾听着，感觉她的声音就像是氧气一般沁人心脾。

"就是这样。吸气，呼气。"

我睁开了眼睛，发现她正俯身靠在距离我非常近的地方，以至于她的脸离我只有几英寸的距离。她握住我的一只手。她的手是那么冰凉。我母亲的手也总是这么冰凉。手冷心热，她以前常这样对我说。

"你有没有听说过'触底'这个概念？"艾伦问我。

然而，她却并没有等待我的回答。我注意到，她的声音似乎产生了一些微弱的变化。是的，她又开始用她的"职业"腔调来和我讲话了。

The Hypnotist's Love Story

"这个短语在心理学中的意思是说，当某些事情最终以各种可能的方式变得支离破碎时，反而会引起某种成瘾的现象：无论是肉体上的、精神上的还是感情上的。我想这就是你现在遇到的问题，萨斯基亚。虽然我不了解你的感受，但我猜那一定非常可怕，就像是到了世界末日一样。"

我感到自己的胸中猛然震动了一下，仿佛那里囚禁着一只小鸟。

艾伦继续说道："但这其实并不是一件坏事，甚至可以说是一件好事，一件非常好的事，因为它的出现就代表你快要接近人生的转折点了——一个会让你变得越来越好的转折点。这就是你人生的第二个起点。我想你也曾试图阻止过自己的所作所为，对不对？"这一次她依旧没有留给我作答的时间，"但这一次就不同了。首先，你被困在了医院里。"说到这里，艾伦的眼睛突然亮了起来，就好像这是一个多么有趣的笑话似的，"他们告诉我，你可能有六到八周的时间都不能下床走动了，之后还要架着拐才能够行动。"

我对她的话并没有做出任何反应。在我看来，我根本就没有任何未来了，何况这一切又和我有什么关系呢？

"在这段时间里，你会接受一系列的心理咨询。"艾伦自信而又欢快地继续说着，好像我们正在讨论的是什么即将成行的度假计划，"这可是个不错的消磨时间的方法。

"等你能够重新站起来之后，我想你应该搬家。"

她微笑了一下。"这话听起来可能有点蛮横，但我有权利蛮横一回。我觉得你最好搬到一个远离悉尼的地方去，这样你就不会再受到任何诱惑了。"

她把我的手握得更紧了。"我猜帕特里克最终还是会申请一份针对你的限制令的。所以，从法律的层面上来说，你也不可能再靠近我们了。他肯定会这么做的，但我现在所需要的是你的亲口承诺，承诺你从今天开始再也不会做出像昨晚那样的事来了。过去的生活已经结束了，你就要准备开始自己新的生活。你可以向我发誓吗？"

我感觉自己的头上下移动了一下，仿佛我就是她手中的一个傀儡。我听到自己说："我发誓。"

我的腿再一次不可遏制地疼痛起来，那撕心裂肺的痛感似乎就快要把我的下半身给撕碎了。那种感觉实在是太真切了，以至于我在恍惚间误认为是有人故意为之的。我试着不去抵抗那痛感，而是全然把它当做是对自己的惩罚，可我实在是有些受不了了。

"给自己打点止痛剂吧。"艾伦说罢把一个类似电灯开关的东西塞进了我的手里。我按下了上面的按钮。几秒钟后，一种麻酥酥的温暖感觉席卷而来，仿佛是成千上万根大大小小的针正扎着我的双腿。很快，疼痛感果然减退了不少。

我问道："你为什么会在这里？又为什么要对我这么好？"我的嘴巴里好像含满了石块似的，似乎很久都没有讲过话了。

艾伦刚准备开口，又马上闭上了，仿佛是想要重新斟酌一下自己的答案。"我真的不知道。你的确吓得我不轻，但同时也启发了我。我甚至莫名感觉这一切都是值得的。有了你的暗中关注，我的生活仿佛变得更有趣了。"她摇了摇头，"我感觉自己对你也有些上瘾了。"

"你应该恨我才对。"我的声音听上去是那么的陌生而又含糊，就像是一个中风的病人，"帕特里克就很恨我。"

"那是因为我和你之间并不存在帕特里克和你之间的那种联系。帕特里克恨你是因为他曾经爱过你。"

"你居然还能说出这样的话来，真是个好人。"我回答。我感觉自己的鼻涕就快要流出来了，于是伸出手背想要擦拭一下，却发现上面正插着输液的针管。我用力地吸了一下鼻子。我没什么好在乎的了，毕竟我现在已经颜面全无。

"我并不是什么好人。"艾伦说，"当我看到你手里拿着那些超声波的照片时，我简直就想要杀了你。这件事让我发现，原来我也是有底线的。我不想让你靠近我的孩子。"说到这里，她的眼神一下子变得坚毅起来。

"对不起"这几个字一下子涌到了我的嘴边，但却又显得无比的单薄。想了一下之后，我一脸愧疚地说了一句："帕特里克能够拥有你真是一件幸运的事情。"话一出口，我突然发现自己的语气竟然是那样的诚恳。原来在我心灵的某个偏僻角落里，我是真的由衷地为他高兴。

听了我的话，她的脸色似乎发生了一点微妙的变化。"他还爱着自己的第一任妻子。"她回答。

"是的，那当然。"我感觉自己的意识已经有点模糊了，"他还深爱着科琳，毕竟那是他的初恋嘛。但是，那又怎么样呢，她不是已经死了吗？我一直都知道他对我的爱并没有我对他的那么多，但我并不在乎，因为我实在是太爱他了。"说着说着，一阵疲倦的巨浪似乎就要把我带到某个遥远的地方去了。

"我知道你很爱他。"艾伦站起身来，像母亲一样体贴地为我整了整被角，"你爱过他。你也爱过杰克。"

片刻间，我似乎一下子又恢复了神志，于是开口问道："你是不是催眠了我？"

她笑了。"我一直都在试着让你保持清醒呢，萨斯基亚。"

紧接着，我就再一次昏睡了过去，耳边还响起了她的声音："是时候继续自己的生活了，萨斯基亚，忘掉所有有关帕特里克和杰克的事情吧。这并不代表一切都没有发生过，或是帕特里克从没有爱过你，或是你并不曾做过杰克的好妈妈。我知道你的确是个好妈妈，而帕特里克也确实深深地伤害过你。但现在是时候关上那扇门了。想象一下，你的面前有一扇沉重的巨型木门，门上有一把老式的金锁。现在走过去关上它。嘭。然后锁上它。扔掉你手中的钥匙。一切都结束了，萨斯基亚。永远地结束了。"

等我再次醒来的时候，房间里已经空无一人。催眠师和我之间的对话仿佛就是一个梦。

23
催眠师的猜想

亲爱的，哪天给我带些巧克力过来吧！

——艾伦的教母菲莉帕的口头禅

就连那些妇女参政论者都不曾为了投票权的事情让自己饿过肚子，所以你们这些姑娘也不该为了一个男人而茶饭不思。

——艾伦的教母梅尔的名言

哦，上帝呀，她刚才都说了些什么肤浅的废话呀！

关上那扇门。永远地关上它。

看在上帝的分上，那个疯女人三更半夜闯进了她的家，还站在床边看着他们睡觉。那个女人说不定患有精神分裂症或是躁狂抑郁综合征之类的病症，需要使用安定药物并接受长期密集的心理治疗。而艾伦刚刚那些无关痛痒的话对她来说简直就像是为需要手术的病人提供维生素一样杯水车薪。

而且，关门的意象也算不上是什么恰当的比喻。你没有把回忆都关在门的后面。这难道不会让她感觉更加抑郁吗？若是当时能够想到使用一些和水有关的意象就好了。让水流来清洗你的灵魂……哦，管他呢。

艾伦打了一个大大的哈欠，并且完全没有顾忌用手去遮挡自己的嘴巴。此时，她正开着车驶离医院。路上的车流并不像往常那样拥挤，看来大多数人都因为沙尘暴的关系而留在了家里。外面的风依旧很大，但已经不似昨夜的那样凶猛了。天空中飘荡着滚滚而来的灰黑色云朵，整个城市都罩上了一层橘黄色的"沙衣"。四周的一切看起来都是那样的污秽不堪。她的车子经过一家空无一人的室外咖啡馆，只见一个戴着医用口罩的女人正在清洗着地板。一位母亲快步地走向自己的车子，手里还怀抱着一个被床单紧紧包裹着头部的婴儿，仿佛那是迈克尔·杰克逊的孩子似的。不远处，一个身穿短裤和T恤衫的年轻男子正在慢跑，脸上的表情似乎是在表明他打算毫不犹豫地坚持跑到天气放晴为止。

你到底为什么要和她说话呢？大家一定会这么问她的。难道说你比她还要疯癫吗？你是不是还给她送去了鲜花、巧克力还有慰问的卡片？

她低头看了看手表。现在已经是正午时分了。她回想了一下今天凌晨发生的那一幕，感觉事情好像已经过去了好几天，而不是好几个小时而已。

在确定杰克可以挪动身体的其他部位之后，帕特里克当下便决定自己开车送他去医院。艾伦明白，他显然已经没有任何的耐心坐等救护车的到来了，他现在就必须行动起来！最重要的是，他需要尽可能离萨斯基亚远一些。艾伦隐约察觉到，他的身体正因愤怒而发着低烧，随时都有爆发的可能性。因此，她提议由自己在家陪着萨斯基亚等待救护车。"你不能和她呆在一起。"帕特里克这样说道。可艾伦却认为萨斯基亚已经基本上失去意识了（她的呼吸既轻又浅，而且显然正忍受着极大的痛苦），因而不可能再对任何人产生威胁。何况他们也不可能把她一个人丢在这里，然后给医护人员在门上留一张便条。帕特里克并没有什么心情和她开玩笑，因而只是冷冷地说了一句，咱们报警吧，让警方来处理她的事情。可艾伦却只是叮嘱他要好好地照顾杰克。

救护车赶到之后，随车的医护人员告诉艾伦，他们将把萨斯基亚送到蒙娜维尔医院去，并劝她不要随车一同前往，而是随后自行开车过来比较好。临走前，这些人还安慰艾伦，说他们一定会好好照顾她的。于是她上楼换了身衣服，然后开着车来到了医院，在人来人往的等候室里坐等了几个小时的时间，随手翻阅着桌上那些无聊的杂志，却一个字也看不进去。她的身边随处可见喘着粗气的哮喘患者，看样子都是因为受到了沙尘暴的影响而来就医的。终于，一个护士走过来对她说，她可以到病房里去和萨斯基亚说上几句话了。

在此期间，她只通过手机和帕特里克讲过一次话。杰克已经被他送进了曼利的一家私人医院，现在正等待做手部的 X 光检查。对于萨斯基亚的情况，帕特里克只字未提。他显然以为艾伦还留在家里，因此特意叮嘱她应该回床上去躺一躺。

若是他知道自己当时跟去了医院，还和萨斯基亚简短地说了几句话，又会作何反应呢？他会不会觉得艾伦背叛了他？或者说，这到底算不算是一种背叛呢？

最重要的是，对于艾伦来说，和萨斯基亚的交谈不仅仅是一种需要，更是一种必然，仿佛对于她们两个人来说都是一件势在必行的事情。

艾伦想起了躺在窄窄病床上的萨斯基亚脸上的那种绝望。她看上去就像是一个在某场自然灾害中丧失了所有亲人的遗孤，正奋力抗拒着接受亲人已逝的事实。

那她是不是真的已经触底了呢？也许艾伦看到的那种绝望只不过是肉体上的疼痛所带来的（护士告诉她，骨盆断裂所产生的痛感往往是巨大的），一旦她重新站起来，便又会变回老样子了。

此时，艾伦扔在副驾驶座位上的手机响了起来。她转过头去瞥了一眼，是帕特里克的来电。他现在应该已经带着杰克回家了吧，因此想要打个电话问问她在哪里。不过她现在离家只有几分钟的车程了，所以她根本就没有打算停下来接电话。

今天的这件事情对他来说无疑是一个重要的转折点。既然杰克已经因此而受了伤，他也肯定会下决心让警方介入的。如果她此时告诉他，萨斯基亚也正在经历着巨大的心理变化，他是百分之百不会相信她的。她直到现在为止还清楚地记得他迎着诡异的晨光疯狂地朝着床尾爬去时，脸上那副因为恐惧和愤怒而变得极为扭曲的丑陋面孔。

如果她的判断是错的，如果萨斯基亚还是继续跟踪他们，那么帕特里克对她与日俱增的仇恨肯定会最终将他吞噬的。这种感觉就像是一种迷幻药，将从内到外腐蚀他的身心。她仿佛能够感觉到，萨斯基亚的种种行为已经让他的人格产生了一定的畸变。虽然说他在大部分时间里都将这些畸变很好地掩饰了起来，转而以一副平易近人、直来直往的澳洲小伙形象示人，但就在过去的这几个月里，艾伦对他的认识也随着热恋期的结束逐渐有所加深，而他更是毫不掩饰地向她展示了自己的真实面目。那份怨恨，那份多疑，那份焦虑。毕竟他在遇见萨斯基亚以前就已经遭遇了太多的打击。

她开始忍不住想象，若是科琳还活着的话，帕特里克又会是怎样的一个人呢？他们应该也会计划着给杰克生一个小弟弟或是小妹妹吧。帕特里克肯定会是一个典型的父亲——他会把所有的心思都扑在与学校相关的事务上，而把家中的大权悉数都交给妻子。是的，他原本就是这样一个单纯、体贴而又幸福的男人。

不过，如果真的是这样的话，昨天那个还在和他们挥手致意的小宝宝就不会存在了。

好吧，管他呢。这些不过都是她无谓而又愚蠢的想象而已。

又是一个哈欠。此时此刻，她不仅精疲力尽而且饥肠辘辘：那是一种她在怀孕以前从未体验过的贪婪而又迫切的饥饿感。回家之后，她唯一想做的事情就是抱着一大盘的吐司，再端上一杯热茶爬到床上去，填饱肚皮之后直接盖上被子沉沉地睡上一觉，一个梦也不做。她会告诉帕特里克自己实在是太累了，不想说话，不想谈论任何事情——无论是关于过去、现在还是将来。

他并没有……

别再去考虑那么多了，她严厉地喝止了自己。

但说什么都是没用的，因为她知道自己自昨天晚上开始便一直在纠结这件事情。就算今天发生了如此戏剧化的一幕，她也丝毫没有停止过这个念头。这反而让过去的这几个小时都蒙上了一种噩梦般的色彩。

他并没有像深爱着科琳那般深爱着我。他还是心存疑虑。他还是会在看着我的时候心里却怀念着她。他还是会时不时地提醒自己"这不一样"。他永远都不会像爱科琳那样再爱上别的女人了。

她踌躇而又缓慢地整理着自己的思绪，仿佛正手举着一块布料，端详着上面的枪眼。

疼吗？

是的，很疼。

她回想起了萨斯基亚在提到"帕特里克永远最爱科琳"的事情时所表现出来的平淡和冷静。这时，她突然领悟到了一个简单而又令人倍感震惊的事实：原来我并不像萨斯基亚那般深爱着帕特里克。

萨斯基亚并不在乎自己心仪的男人是否还深爱着别的女人，但是艾伦在乎。如果她即将把自己的心挖一块下来给别人的话，那么对方就一定要回报她一份一模一样的心意。事实上，她宁愿自己得到的回报更多、更大。谢谢。

她最想要的只不过是有个人来宠爱她而已。她是个怀有身孕的女人，她值得被别人捧在手心上来对待。

好吧，这样想也未免太幼稚了吧，难道不是吗？

即便身边没有体贴的伴侣，这世间的许多女人不是照样在怀孕生子吗？而她已经有了一个钟情的伴侣，这就已经足够了。和她那当初形单影只的母亲相比，她是多么的幸运呀！

艾伦的确是幸运的。她这一辈子所得到的爱远远超出了她的需要。实际上，这也许正是问题的症结所在——她早已经被过多的宠爱给惯坏了。

她必须彻底忘记帕特里克说过的那些有关科琳的话，从此对此事只字不提，连最好的朋友也不能多说一句。而且，她也永远都不会在他的面前提起任何一个字。

是的，这并不容易，但却是唯一正确的选择。

这时，停在她身后的那辆汽车礼貌地按了按喇叭，她这才意识到眼前的绿灯早就亮了，而她却还愣在那里自怨自艾着。她抱歉地从窗口伸出一只手来，同时踩下了油门。

我是幸运的。她这样提醒着自己。

✕

"在接下来的几个月里，你会需要很多的帮助。"我的医生就这样完成了对我的诊断。他看上去是那么的年轻，如婴儿般平滑的脸颊上还泛着红光。我一定是老了。

我记得母亲当初住院时就一直对自己年轻的主治医生满腹牢骚。"给我看病的那些人都是一群小姑娘和小伙子。"她对我耳语道，"虽然他们的话听上去义正词严，但是他们的样子实在太像是一群穿着白大褂道具服的小孩子了！"

不过，这些小孩子对于自己的专业还是很有把握的。她可能还能熬过圣诞节，他们中的其中一个人告诉我，但剩下的时间已经不多了。

母亲去世时，我并不在她的身边。杰克那时候已经开始上学了，因此我不得不留在家里。我居然直到现在还称那里是我的"家"，真是好笑。

我的医生向我证实了艾伦刚刚告诉我的那些事情。骨盆粉碎，脚踝骨折。他们第二天就会为我安排手术，但我之后不得不在床上静养六周左右。

不知道杰克的手臂多久才能够康复。

"我没有家人。"我对医生说。我不知道我为什么会这么说，难不成医生还会给我开上一张写有"家人"的处方吗？

"哦，那你可能就要请些朋友来照顾你了。"他回答，"我注意到刚才有人来看望你。她看上去应该是你的好朋友吧，好像很担心你的样子。"他所说的人应该就是艾伦吧。

"嗯。"我回答，"我觉得她应该不会再来看我了。"

"哦。"他应了一声，"好吧，就像我刚才所说的，你会需要许多的帮助。所以你可以考虑一下打电话求助。别担心。人们喜欢救人于水火之中，因为这种感觉很好，你懂的，会让人觉得自己很有用。看到自己的朋友挺身而出的时候你一定会很惊讶的。"

"我相信我会的。"我回答。

我不能告诉他没有人会为了我挺身而出，因为我的周围并没有任何的交际圈。是的，我一直都是孑然一身，没有人可以帮得了我。这个男人显然不知道这世上还会有我这种人的存在：一个举手投足间都无比正常，且看上去就是受过高等教育的人，内心居然会像个无家可归的流浪汉一样孤独而又疯狂。

这不禁让我想起了自己和流浪汉之间的唯一区别就是——我有钱。我可以花钱给自己请个护工啊。这世上一定会有人愿意为我这样的人提供服务吧？

"你会没事的。"年轻的医生安慰我。

我试图礼貌地朝他微笑一下，但脸部肌肉却怎么也不肯移动，仿佛这个表情对我来说很陌生，或是我以前从来也没有对谁笑过似的。

医生将止痛剂的注射按钮放到了我的手中，然后轻拍了一下我的肩膀。"给自己打点止痛剂吧，趁吊瓶还满着的时候好好享受一下。我们很快就要给你停药了。"

我听话地按下了那个红色的按钮。

✕

艾伦到家的时候，杰克已经睡熟了。他侧躺着蜷缩在自己的小床上，看上去是那样的渺小而苍白，打着石膏的手臂下紧紧地压着自己的小被子。

"医生给他开了些强效的止痛药。"两人安静地站在杰克的床边望着他时，帕特里克小声地说了一句。他轻轻拽了拽儿子的被角，然后伸出一只手抚了抚他的前额。"他可能要睡上几个小时呢。"

在跟随着帕特里克走下楼梯的时候，艾伦仿佛能够感觉到眼前这个男人心中的怒火正像烧水壶里的热水一样逐步升温。走进客厅之后，他开始不断地来回踱步，嘴里还嘀嘀咕咕地说个不停。不过，他并没有问艾伦去了哪里，而是迫不及待地告诉她自己已经打电话报了警，并一五一十地向警察叙述了事情的经过，要求他们尽快处理自己对萨斯基亚申请的限制令。在整个过程中，帕特里克一直不断地重申着杰克的伤势，还一遍又一遍地念叨着自己在看到儿子倒在楼梯底下时是如何地担心他已经死了，并询问艾伦是否也有同感。最后，他捶胸顿足地责备自己怎么不早点申请针对萨斯基亚的限制令，若是真的出了什么事情的话，他是一辈子都不会原谅自己的。

"我得去研究一下她到底是怎么进来的。"他严肃地总结了一句。

"我也不知道。"艾伦疲倦地答道。在帕特里克喋喋不休的同时，她已经瘫软在了外公的皮沙发上，还用小臂遮住了自己的眼睛。在她刚踏进家门的时候，帕特里克曾经说过要帮她泡杯热茶，可她到现在为止连茶杯的影子都没有看到。"自从上一次以后，我就把备用钥匙给转移了。"

"你说什么？"帕特里克一脸疑惑地追问了一句。

当艾伦意识到自己说漏了嘴时，一切都已经太晚了，于是她只好怯生生地睁开了双眼。

此刻，帕特里克已经停住了脚步，整个人愣在了屋子的正中央。"什么'上一次'？"

她张开嘴想要辩解一番，却又不知为何默默地合上了，脑子里飞快地搜寻着恰当的措辞，好在诚实与挑衅之间寻找一个平衡点。但她很快就放弃了。

"就在我们开车去蓝山的那一天，她在门口留下了一包饼干。"她回答，"我猜这些饼干可能是她在我的厨房里做的。"

"什么？你的意思是说，她早就闯进来过，你却故意没有告诉我？"

"可以这么说吧，不过也许是我猜错了呢？"艾伦站起身来，防卫性地将双臂交叠在了自己的肚子上，"那只是我的猜测而已。"帕特里克气得似乎马上就要挥拳打她了，这不禁让艾伦想起了他双手紧握着萨斯基亚的肩膀，像是随时都有可能将她推到墙壁上的那幅画面。"我又不是萨斯基亚。"她无力地嘟囔了一句。

"我知道你不是。"他很不耐烦地说了一句，然后厌恶地挥了挥手，"那你为什么没有跟我提起过这件事情呢？"

"我不想惹你生气。"艾伦回答，"我知道你听了之后肯定会大发雷霆的。"

"那你肯定把那些饼干直接丢到垃圾桶里去了吧？"

"当然了。"艾伦回答。显然，她高估了自己的诚信。

"因为那里面没准被下了老鼠药呢！或者，上帝呀，我也不知道，会不会有炭疽病毒？"

"她是不会想要伤害你的，帕特里克。她爱你。"

"你怎么会知道她想要什么呢？"帕特里克反问道，"你根本就不了解她。万能的上帝呀，这个疯女人昨天还站在卧室里看着我们睡觉来着！"

"我刚才去了医院，和她聊了几句。"艾伦坦白，"我觉得一切已经结束了，真的。她向我发誓了。总之，她要在床上躺上好长一段时间了。"

帕特里克在艾伦对面的一张椅子上坐了下来。那曾是她外婆看电视时最喜欢坐的位置，而帕特里克坐在里面却未免显得拥挤了一些。艾伦差一点儿就脱口而出："别坐在那儿。"

"你去见她了。"帕特里克从嘴里缓缓地吐出了几个字，"你为什么要那么做？"

"我只是觉得如果自己能跟她聊一聊，没准儿能改变些什么。"

"是吗。"帕特里克带着讽刺的口吻敷衍了一句，说罢用手掌搓揉了一下自己的脸颊，还拽了拽长满胡楂的下巴，"所以说，你们两个女人推心置腹地聊了半天？"

"我觉得她现在已经进入低谷期了。"艾伦开口解释道。

"哦，亲爱的，她真是个可怜的小家伙。"帕特里克回答。

艾伦沉默着没有接话。他有权利对她冷嘲热讽。

两人的眼神对视了几秒钟之后，帕特里克便望向了别处，还摇了摇头。

静默了一会儿之后，他深深地吸了一口气。"你本应该是站在我这一边的。"

"我是站在你这一边的！"艾伦赶紧为自己辩解。

"可我怎么觉得你总是在替她说话呢？"

"你这么说真是——太傻了。"

"如果你的前男友也像萨斯基亚那样跟踪你，我肯定会毫不犹豫地暴打他一顿的。"

"你是说我应该痛揍萨斯基亚一顿？"艾伦颇有底气地愤愤地说着。

"当然不是了。"帕特里克似乎也累了，于是靠在椅背上闭上了双眼。

艾伦的额头中央突然感到一阵重压，手腕处也瘙痒难忍。

愧疚。这就是她此时此刻的感觉。帕特里克的话其实并不完全是错的。她耗费了大量的精力去体会萨斯基亚的感受，却忘了体谅帕特里克的心情。面对这样的情况，成熟的艾伦一定会选择沉默，不再继续为自己辩解，更不要让帕特里克误认为自己在与萨斯基亚为伍。

然而，她的嘴里却忍不住冒出了一句："你现在是那么想的吗？"

"想什么？"帕特里克睁开了眼睛。

"你是不是在想科琳？"

"你到底在说些什么呀？我为什么要想科琳呢？她和这件事情又有什么关系呢？"他的表情看起来简直是困惑之极。

看来她刚才坐在车里的时候的确是多想了。她心里的一部分正懊恼着想让时间倒流，好让她能够收回刚才的问题，而另一部分却本能地想要把压抑在心里的一切想法全都倾吐出来。

"你昨晚告诉我，有时你看着我的时候就会想起科琳，还说你永远也不会像深爱科琳那样深爱着我。"

"这话是我说的？"帕特里克停顿了一下，"我可从没有说过这样的话！"

"你当时正处在催眠的状态中。"艾伦向他坦白。

为什么他没有换句话说"我是永远都不会这么说的"呢？

"所以说，这些都是我的梦话。"帕特里克一字一句地说。

"可以这么说。"艾伦回答，"你当时应该是半梦半醒的吧。"

"那你每次给我做催眠的时候，都会问这些吗？"帕特里克继续问道，"问这些有关科琳的事情？你是为了这个才给我催眠的吗？为了能够窥探我的真实想法？"

"当然不是了。"艾伦回答。这时候，家里的电话突然响了起来，一下子给了艾伦一种"逃生"的希望。此刻，她是多么渴望能够尽快逃离这段阴沉的对话呀。她低头看了看自己的手腕，只见那上面已经不知不觉地被自己划出了许多细小的血印。

"让他们留言吧。"帕特里克冷冷地说。

于是，两个人便默默地坐在那里对看着，任由电话铃声聒噪地响个不停。

✖

止痛剂的威力让周围的一切都融化了。天花板软绵绵地形成了一个漩涡，而盖在我身上的白床单则变成了一摊泛着涟漪的水塘。

当我闭上眼睛想要远离那个融化了的病房时，眼前突然出现了自己过往人生的画面。它们一幕幕地如电影胶片般连续地从我眼前一闪而过。

帕特里克站在电影院等待着我，脸上带着一副若有所思的表情，看起来好像很不开心。然而，就在看到我的那一瞬间，他的脸色一下子就亮了起来。我那还是一头金发的母亲，从学校开车接我回家，一边看着前方的路，一边笑着我刚刚说过的什么话。隔壁的那一对小兄妹，抬起头来用无辜而又信任的眼神望着我。公司同事兰斯站在我的办公室里，一脸期待地向我递来了《火线》的 DVD 套装。

我迷迷糊糊地睁开眼睛，想起自己还有一份工作，而我最好打个电话通知他们，我最近都不能去上班了。

于是，我拿起了床边的电话听筒，是妮娜接的电话。当我听到她那熟悉而又雀跃的声音时，内心突然产生了一种恐惧，仿佛我在梦中一丝不挂地走进了办公室。一切都完蛋了。他们很快就会知道事情的真相了。

我听见自己开口说道："妮娜，是我，萨斯基亚。"

"哦，嘿，萨斯基亚。我都不知道你今天没在办公室。是这样的，我正准备问问你——"

"妮娜。"我叫了她一声，感觉自己仿佛正在水下讲话，于是紧紧地用手攥住了听筒。

想必我过了很久才继续开口说话，因为电话那头的她一直都在追问："你还在吗？"

"我陷入低谷了。"我硬生生地挤出了几个字。

"你说什么？"

✖

"我不知道自己还能对你说些什么了。"帕特里克说话的时候眼神仿佛有些呆滞，"我一直都在回想昨晚的情形，但我并不记得自己提过任何有关科琳的事。"

"我不该向你提起这事的。"艾伦抱歉地回答。此刻，她对自己简直是失望透了，而她的手机还依旧在房子的某个角落里响个不停。

"我们能不能以后再聊这事？"帕特里克有气无力地问了一句，"我想趁杰克睡着的工夫去警察局填些文件。"

"当然可以了。"艾伦回答，"其实，不如咱们干脆忘了我曾经——"

"我们是不会忘的。"帕特里克说，"我们晚些时候再聊这件事。"说到这里，他突然朝她微笑了一下，而这个出人意料的微笑竟然让艾伦有种想哭的冲动。"我发誓，我们会坐下来细细地讨论这件事，然后把我们心里所有的漏洞都修复好。"

"好的。"

现在，她的办公室座机又响了起来。

"看来有人正着急找你呢。"帕特里克说。

"是呀。"这话刚一出口，艾伦就猛地倒吸了一口冷气，"哦，天哪，我忘了，我彻彻底底地忘了。"

"你忘了什么？"

艾伦抬头看了看挂在帕特里克身后的时钟，恨不得用意念把那上面的指针给掰回去。此时已经是下午的两点半了。"那个记者。我本来应该在上午十一点的时候和她在咖啡馆里碰面的。"她想象着那个记者坐在咖啡馆里，不耐烦地用手指敲着桌面，不时还会低头一次次地查看自己的手表。她对艾伦本来就没有什么好感，这下就更有理由相信艾伦是故意不出现的了。那她会不会进而以为艾伦是在故意隐瞒些什么呢？

"那就重新安排一个时间嘛。"帕特里克安慰她，"你跟她说自己家里出了点事情。毕竟这又不是你的错。"

"是呀。"帕特里克的话的确有道理，但她早就心知肚明的是，这一切终将演变成一场灾难。在听过了对方留在她手机和座机里的两通留言之后，她更加坚定了自己的想法。

"我正在你安排的那家咖啡馆里等你。"丽萨若无其事地强调了一下"你"这个字，而从电话里传来的咖啡馆背景音乐则更加深了艾伦的罪恶感。"我今天早上就要完成自己的报道写作了。所以说，如果你没有尽快回我电话的话，我就只能假设你对此不予置评，而且没有兴趣回应自己的老客户提出的问题了。"

艾伦刚一挂上电话，铃声马上又响了起来。她一把抓起电话，像是迫不及待地想要赎罪一样。结果，是母亲打来的电话。"我一整个早晨都在打电话找你。"安妮用一种责备的语气说道，"我真的有急事要和你说。"

"我没有时间跟你说话。"艾伦草草地答道，"我会给你打回去的。"

电话又响了。这一次是茱莉亚，她的声音听上去既低沉又洪亮："猜猜看谁刚刚下了我的床？"

"我现在没法跟你说话。"艾伦再一次匆匆地结束了对话。看来这一切已经演变成了一出糟糕的闹剧。"对不起。"说罢她便挂上了电话。

"呼吸。"帕特里克站在她的办公室门口说了一句。

"闭嘴。"

她拨通了那个记者的手机号码，不料自己的电话却被直接转接到了语音信箱里。艾伦努力掩饰着慌乱的语气，定了定神，给她留了个言。

"我的继子出了点意外。"她说，"所以我忙着赶到医院里去了。"

她的声音听起来一点儿也不真心，仿佛是不得已才会编出个理由来骗人似的。其实，就连艾伦自己听了这话都不一定会相信自己，因为她以前从未称呼过杰克为自己的"继子"，并且也确实没有去医院里陪他，而是去了另一家医院里探望萨斯基亚。帕特里克装模作样地在门口表演起了深呼吸的动作，艾伦挥了挥手把他给轰走了。

说实话，她心里的罪恶感说起来简直是既不合情又不合理：她从没有谋杀过任何人。话说回来，她除了忘了一个约会之外没有做错任何的事情呀！

在留言的结尾，她兀自加了一句："希望我还能有机会和你见面！"（希望我还能有机会和你见面：她听上去就像是一个电话推销员。）这时，门铃响了。

帕特里克走下楼去开了门。当艾伦听到是一位客户的声音时，心一下子就沉了下去。那是玛丽－贝丝来赴两点半的约会了。如果那个记者想要搜集些素材来曝光艾伦的话，玛丽－贝丝无疑是个很好的采访对象。她已经连续好几个月都来接受艾伦的催眠治疗，却没有丝毫的好转。想必那个记者还可以添油加醋地说一说艾伦是如何将病人的"冤枉钱"都花在那双自己只穿过一次的靴子上的。

我是个坏人，艾伦默默地在心里想着。一个很坏很坏的人。

（他永远都不会像深爱科琳那样深爱着我。）

（他终究还是会离开我的，而我就成了和我妈妈一样的单身母亲。）

（而且还是一位失业的单身母亲。）

（最重要的是，在短短的五年之后，我就要四十岁了。四十岁了！）

"玛丽－贝丝。"她一边说着，一边轻快地走下楼来。帕特里克也赶紧向后退了几步，好把玛丽－贝丝让进门来。"真对不起，我今天不能给你治疗了。实际上，我以后都不能给你治疗了。"

玛丽－贝丝的表情看上去很惊讶。艾伦能够察觉到，她今天身上仿佛有些不对劲，脸色也不像往日里那么阴沉了，手里还抱着一捧鲜花，脖子上围着一条金凤花颜色的长款黄围巾。

听到这话，站在玛丽－贝丝身后的帕特里克不禁一脸惊诧地挑起了眉毛，那双依然疲惫不堪的眼睛显然正试图传达着"你现在是打算推掉自己所有的客户吗"这样的潜台词。不一会儿，他耸了耸肩膀，消失在了楼梯的尽头。

"出什么事了吗？"玛丽－贝丝关切地问道。

"不瞒你说——"艾伦回答，"我想明天就会有一篇彻底诋毁我声誉的文章要见报了。"

"是哪家报纸？"玛丽－贝丝赶紧问道，看样子像是准备马上就冲出门去买一份似的。

"《每日新闻报》。"艾伦回答，"说实话，我真的希望你不会读到它，不过重点是——"

"没事的，让我们来看看现在还能做些什么？"玛丽－贝丝说，"哦，顺便说一句，这是送给你的。"她伸手将那束鲜花递给了艾伦。

"谢谢。"艾伦低头打量着这些鲜花。它们全部都是金黄色的，就像玛丽－贝丝戴着的那条丝巾一样鲜亮。"我真的觉得你帮不了我什么，但我还是要谢谢你的——"

"来，跟我说说是怎么回事吧。"

"你说什么？"

"在不违反保密协议的基础上尽量多给我提供一些细节，告诉我到底发生了什么。"

"对不起，我有点儿不太明白。"

"我是一个辩护律师。"玛丽－贝丝回答，"是专门处理诽谤案的。"

24

故事的开始

但我还有个儿子。

——科琳·斯科特第一次听说自己的生命
只剩下几个月的时间时脱口而出的一句话

我仿佛梦见同事兰斯正坐在我的病床旁边，身后还站着一个我不认识的白皮肤红头发的女人。

"不，兰斯，我还没来得及看《火线》。"我自娱自乐地说了一句。

"没关系的。"他回答。原来这并不是一个梦。兰斯此刻真的就坐在我的病床旁边。

"是不是很痛呀？"那个红头发女人问道，"我的表姐几年前也摔裂过自己的骨盆。她说那种感觉简直比生孩子还要痛。"

"我没生过孩子，也不知道那有多痛。"我回答。她到底是谁呀？

"我也没有。"那个女人回答，"不过这好像是个全球通用的疼痛衡量标准，是不是？就好像没有生过孩子就不知道什么叫'真正的痛'似的。不过，排胆结石的时候显然还要更痛些。"

"现在不是跟她讨论疼痛问题的时候。"兰斯说。

"我只不过是想要表达一下自己的同情而已。"那个女人开口答道，"我每次探病的时候好像都会说错些什么话。"说罢，她不好意思地瞟了我一眼，"顺便说一句，我叫凯特，是兰斯的妻子，恐怕你不记得我了。我们在去年的圣诞节派对上见过面。"

"哦，没错。"我虽然嘴上这么说着，但心里却实在是记不得自己曾经在哪里见过她了。再说了，总是拿圣诞节派对来当借口的人不是我吗？

"我们只是想顺路来看看你的。"兰斯说。

"我们正要去看电影。"凯特补充了一句。

三个人一阵沉默。我实在是想不出能够说点儿什么，我甚至不明白他们为什么要来看我。

于是我只好搪塞了一句："你们要去看什么电影？"与此同时，兰斯也开口说道："我带来了一张慰问卡片，上面有办公室里所有人的签名问候。"说罢，他便递给我一个上面写有我名字的信封。

"还有巧克力，"凯特举起了一个盒子，然后又举起一只手在盒子前面晃了一下，好像把自己当成了什么精彩游戏的女主持人，"以及垃圾杂志。哦，对了，还有葡萄。很没有创意吧？"

我试着想要打开手中的卡片，但双手怎么也不听使唤。

"让我来吧。"兰斯轻声说道。

"你想不想要来一块巧克力？"凯特提议。

"可能晚一点儿再说吧。"我回答。

"你介不介意我来上一块？"

"凯特。"

"对不起。"她小声说道。

"你吃吧。"我安慰了她一句，然后便低头读起了兰斯递给我的卡片。那上面落满了潦草的笔迹。

萨斯基亚！就算你想要逃避东大门的项目，也没必要让自己从楼梯上摔下去吧！快点儿好起来！马尔科姆。

很想你，萨斯基亚，会尽快去探望你的，爱你的妮娜，亲亲。

亲爱的萨斯基亚，你这个可怜的家伙！打起精神来！J.D.（我周

六的时候会带着布朗尼蛋糕来看你的。）

"需要我们帮你取些什么东西送来吗？"凯特一边说一边大大方方地往嘴里塞了第二块巧克力，"我记得你说自己的家人住在塔斯马尼亚，所以——"她说到这里时又短暂地瞥了一眼兰斯，似乎是在担心自己又会说错些什么。兰斯尴尬地清了清嗓子，抬起头来望着我床边电视机的黑色屏幕，而凯特还在喋喋不休地自顾自说着。

"我的家人住在布里斯班，所以我明白这种生活是什么感觉。你知道的，别人都有姐妹、母亲甚至是表亲之类的人陪伴。真的，一点儿也不麻烦。"

我认真地打量了他们一下。兰斯长着一双温顺而又呆滞的眼睛，两肩很宽阔，看上去就像是经常健身的人。我这才觉得自己可能从没有好好地看过他的外貌。我转过头来，将目光又转移到了他妻子的身上。她是个极其纤瘦的女孩，胸脯平平的——"妖精"，我母亲应该会这么叫她吧——短短的头发，大大的眼睛，很像是丛林里的某种生物。此刻，她正以某种特别奇怪的姿势坐在椅子上，嘴里还嚼着同事们送给我的巧克力。也许我确实曾在某个圣诞聚会上和她说过话，当时她还给我讲述了她在摇篮山度假的经历。那一晚我特意提早离开了派对，坐在车里蹲守在帕特里克的家门口。不久之后，我就看到帕特里克抱着已经熟睡的杰克走进了家门，那孩子的小脑袋还摇摇晃晃地垂在他的肩头上。

我再一次想起了杰克和他那只骨折的手臂。艾伦告诉我，我应该在伤愈后离开悉尼。如果我面前的这两个好心人知道了我昨晚都做了些什么，甚至是我在过去三年里的所作所为，他们还会不会来探望我呢？想到这里，我的心情一下子就沉了下来。

"真的是太吓人了，居然会发生这种事情，对不对？"凯特继续说道，"你的生活轨迹本来是一个单行道。紧接着，砰的一声，面前突然出现了一个急转弯。"她说着猛地抬起头来，假装自己正在躲避什么似的，以至于腿上敞开的盒子里一半的巧克力都飞了出来。

"凯特。"兰斯充满责备意味地喊了一声，然后蹲下来捡起了地上的巧克力。

"啊哦。"凯特喊了一句。

"我不是——"我差一点儿就脱口而出：你是不会懂的。你以为我和你一样是个正常的人，可我不是。可话到嘴边时，一切语言都显得苍白起来，仿佛我的整个人格都已经分崩离析了。虽然我的呼吸还在继续，心跳也依然澎湃，但我的人已经不在这里了。换句话说，兰斯认识的那个干练的职业女性萨斯基亚曾经存在过，帕特里克认识的那个疯狂的跟踪狂萨斯基亚也曾经存在过，可这两种人格如今都已经随风消逝了。就连我都不知道自己真实的个性是什么了：是诙谐风趣还是道貌岸然，是恬静娴雅还是喧哗聒噪？如果我不再对帕特里克纠缠不休，那么夫复何求呢？那样一来，我存在的意义又在哪里呢？眼前的这两个有些古怪却又不失体贴的人像是在打量一个实实在在的普通人一样打量着我，但我存在的意义显然是值得他们打上一个大大的问号的。

"布吉冲浪板。"我的嘴里突然冒出了这样一个答案。

"哦，是吗。"凯特随和地答应了一声，仿佛这几个字莫名其妙地从我嘴里说出来是什么再正常不过的事情。

"我记得妮娜好像说你是从楼梯上摔下来的。"兰斯不禁皱起了眉头，"她说你当时正在梦游。"

我完全不记得自己曾经是这样对妮娜解释的，不过这话听上去倒也很合理。

"冲浪是我的兴趣之一。"我解释道。这话一出口便把我自己给吓了一跳：难道说我刚才真的大声地把这件事情给说出来了吗？

"我也是！"凯特说，"这倒不是说我真的站上过冲浪板，但我很愿意去尝试。准确地说，我很想要找块普通的冲浪板来体验一下冲浪的感觉。我一直都想要报个班学习一下呢。"

兰斯不屑地哼了一声。凯特见状狠狠地拍了一下他的手臂，然后一脸雀跃地转过头来望着我。

"看来他们给你用了不少很有效的止痛剂呀，是不是，萨斯基亚？"兰斯问道。

"别这么粗鲁。"凯特说，"她现在正需要那种东西呢。"

"我又没有说她不需要。"兰斯反驳道。

"是谁的电话在响？"凯特问。

我听出那是我的手机铃声。凯特提起了我的皮包，说道："需要我帮你接吗？"

我抬起头来死死地盯着那个皮包。我怎么可能还带着自己的皮包呢？在发生了这么多事情以后，我竟然还有心情带上自己的皮包？想到这里，我突然毫无顾忌地大笑起来。

"我真想来点儿你用的那种药。"兰斯一脸羡慕地看着我。

"我还是帮你接吧。"凯特在我的包里摸索了起来，好不容易才掏出了手机。

"她可没说让你帮她接电话呀。"兰斯不好意思地埋怨了她一句。

"你找萨斯基亚吗？"凯特站起身来，把我的手机紧贴在她的耳边，顺势离开了病床的旁边。我隐约听到她对电话里的那个人说道："哦，是的，她就在我旁边。你不用担心，她很好。只不过她现在正在医院里。"

"抱歉。"兰斯说，"凯特有时候有点儿——"他耸了耸肩膀，似乎一时间找不到什么恰当的词语来形容他的妻子。"你确定你不想来块巧克力吗？"

"好吧。"我边说边从盒子里拿了一块，然后看着凯特和电话里的那个人欢快地交谈着。几分钟后她走了回来，还把我的手机顺手放在了旁边的床头柜上。

"是你的朋友塔米打来的。"她说，"你本来约好今晚和她一起出去喝酒的对吧？总之，她正在赶过来的路上。我已经把具体的方向告诉她了。"

"我们该走了。"兰斯用手用力地拍了一下膝盖，微微从椅子上站起身来，"我们也不想打扰你休息，萨斯基亚。"

"我也觉得我们该走了。"凯特低头看了看自己的手表，"不过，我们的时间还算充裕。如果你需要有人陪的话，我们可以等到塔米赶到的时候再走，你说呢？"

我本应该发自内心地说上一句，哦，你们最好别误了看电影的时间，但话到嘴边却变成了："请再多待一会儿吧。"

"当然没问题。"兰斯和凯特异口同声地说。

✕

现在正是傍晚时分，可艾伦家却意外地挤满了人。

帕特里克的父母和弟弟跑来在杰克的石膏上签上了自己的名字，还给他送了许多慰问的礼物。除他们之外，最让艾伦感到有点不耐烦的是，她的母亲安妮也来了，还送了杰克一本《吉尼斯世界纪录大全》，着实让那孩子激动了好一阵子。

一阵寒暄之后，两家人都围坐在了艾伦家那张小小的餐桌旁，吃着帕特里克用烤炉烹制的香肠。从警察局回来之后，他的精神状态看上去好多了，听说是因为警察好好地表扬了一番他制作的跟踪事件日志：那是一本带有密封圈的活页夹，里面事无巨细地记录了萨斯基亚在过去三年中点点滴滴的"罪证"，包括他打印出来的电子邮件、亲笔书信以及各种跟踪"事件"的描述。（艾伦曾经草草地翻阅过这个活页夹，并惊奇地读到了帕特里克留下的一条短评："7月27日，中午12点30分：S猛敲前门要求进来，完全无视我反复要求她离开的警示。"）警察告诉帕特里克，他们会先下发一张临时的限制令，而萨斯基亚在收到它之后也可以选择出庭进行辩驳。如果没有出现什么意外的话，她将会被警方指控"非法入侵"。看起来，这一次接待帕特里克的警官不仅给予了他足够的尊重，而且还向他表示了自己深切的同情，从而熄灭了他胸中的怒火。他看上去就像是一个在多年之后终于沉冤昭雪的人一样。

艾伦将自己的手机放在不远处的餐具柜里。她一直都在等待玛丽－贝丝的电话，因为她说自己会尽全力阻止这篇报道登报发表的。不过，艾伦对此并没有抱太大的希望，毕竟这并不像是玛丽－贝丝的作风——那个平凡、孤僻的玛丽－贝丝怎么可能斗得过拥有一口闪亮牙齿的强大的伊恩·罗曼呢？

"我并不能向你保证。"在听完艾伦的故事之后，玛丽－贝丝看了看手中那个皮质封面笔记本上潦草的笔记，然后缓缓地对她说道，"离开这里之后，我会申请一份中间禁令。不过这份禁令我们应该是拿不到的——因为法院是肯定会倾向于支持言论自由的——不过，我会试图让《每日新闻报》的记者相信我们是有能力拿下这份禁令的。显然，这篇报道的写作动机并不单纯，而且里面的内容完全是冲着毁掉你的职业声誉这个目的来的。总之，我会试试看的。"

"我一直以为你是位法务助理。"艾伦有气无力地说。

"不是的。"玛丽－贝丝的身上还是没有半点律师的架势。

艾伦现在想起来了，玛丽－贝丝当时确实提到过自己从事的是"法律行业"，是艾伦自己将她想象成了一位法务助理。如果她知道玛丽－贝丝是位律师的话，会不会更加耐心而又恭敬地对待她呢？这话说出来虽然有些丢人，但答案确实是肯定的。

"你知道世界上骨折次数最多的人一共摔伤了多少次吗？"杰克问道。此时，他正把那本《吉尼斯世界纪录大全》摊在桌面上，边吃边翻看着。不过他似乎并没有要等大家作答。

"三十五次！那个家伙名叫伊沃·克尼维尔。"

"真的吗？我都不知道一个人的身上有那么多根骨头呢！"莫琳说。对于那本书，她表现出了格外浓厚的兴趣，似乎是想要表明自己并不介意杰克扔下了她送的礼物，反而爱不释手地抱着安妮的礼物。

"一个人的身体里其实一共有两百零六块骨头呢。"安妮说。

"哇，真想不到！"莫琳露出了一个大大的微笑。

"婴儿刚生下的时候身上有三百块骨头，但是有些骨头会随着他们的成长而逐渐融合在一起。"安妮继续说教道。

"有了你的专业知识，孩子的成长过程就让人安心多了。"莫琳说，"我只知道把他们胡乱塞进车子，然后再把他们送到医院里去，像个傻子一样不知道到底出了什么问题。"

请千万不要摆出一副居高临下的表情呀，妈妈，艾伦心想。

"事实上，这反而更糟糕。"令艾伦倍感安慰的是，安妮在对莫琳微笑着的时候并没有摆出什么女王的架势，"什么事都会被我小题大做。我甚至会把任何一点点体温的变化都当做是致命的征兆。"

"说到体温，"帕特里克的父亲开了口，"哦，其实也不是体温的事情啦，是痛感，我总是感觉自己的——"

"爸爸。"

"乔治拒绝去看医生。"莫琳说，"可每次遇见一个医生，他都会滔滔不绝地开始讲述自己身上的病症。"

"我只是觉得她没准儿会感兴趣呢。"乔治说。

"如果有人找你聊电器方面的问题，你会感兴趣吗？"莫琳反问他。

"当然会了。"乔治回答，"你最近有没有遇到保险丝烧了的情况，安妮？"

"话说回来，不管怎么说，能在一个医学世家中长大一定是种很不错的经历，艾伦。"莫琳转移了话题。

"妈妈。"帕特里克叫了一声。

"怎么了？"帕特里克耸了耸肩膀，张开嘴来咬了一口手中的香肠三明治。

"每次我生病的时候，她都会变得神经兮兮的。"艾伦回忆道。

"我妈妈还不是一样！"帕特里克的弟弟说，"有一次我被一个板球给击中了，睁开眼后第一个看到的就是我妈妈。她当时疯狂地大喊着：'西蒙！你现在就给我醒醒！'那是我见过她最激动的一次了。"

"我当时以为他死了呢。"莫琳看上去仍心有余悸。

"所以你觉得对着我喊大叫就能让我起死回生吗？"

"我完全理解你的心情。"安妮说，"恐惧总是会让你无法控制自己的情绪。"

"等你生完孩子就会理解我们的心情了，艾伦。"莫琳语重心长地说。

实际上，艾伦一直都希望自己能够扭转母亲的作风，还时常畅想自己会在孩子发烧时用冰凉的手掌轻抚着他温热的眉头。然而，听了莫琳的话，她只好敷衍了一句："嗯，我也是这么想的。"

"爸爸并没有因为我摔断了手而发脾气。"杰克突然冒出了一句，"他是在生萨斯基亚的气。"

餐桌周围的气氛顿时凝重了起来，谁都不敢说话。

"那是因为这一切都是萨斯基亚的错。"帕特里克回答。

"这是场意外。"杰克不甘心地反驳道，"而且，你当时好像也推了她一把。"

"亲爱的，这的确是场意外，不过你爸爸的意思是说，萨斯基亚不应该半夜三更跑到这里来。"莫琳安慰着孙子。

"报警的事情进行得怎么样了？"乔治转过头来问帕特里克。

"你和警察说了萨斯基亚的事情？！"杰克猛地抬起头来，一脸责备地看着他的父亲，"她会被关进监狱里去的，对不对？"

"她不会进监狱的。"帕特里克回答，"但是你要明白，小家伙，这已经不是她第一次闯进我们家了。警察只是会警告她不许再靠近我们而已。"

"好吧。不过我猜她还是会来看我的足球比赛的。"杰克说。

艾伦一下子屏住了呼吸。

"我的上帝呀。"乔治忍不住喊出了声。

"你在说什么呀，杰克？"帕特里克小心翼翼地把手中的香肠三明治放回了盘子里。

"我的比赛她一场都没有落下过。"杰克回答。

"可我从来也没有看到过她呀！"帕特里克说。

"你眼神不好吧。"杰克不屑一顾地回答，"她总是站得很远，在一棵树附近，头上还总是戴着一顶蓝色的针织帽，看上去像是个扁扁的煎饼。"

"贝雷帽？"安妮嘟囔着问了一句。

"上帝呀，我想那应该是我亲手织了送给她的。"莫琳说。

"如果我再看到她接近你的话，一定会让警察把她给抓起来的。"帕特里克恶狠狠地补充了一句。

"你不能那么做！"杰克抗议道。

"我偏要那么做。"

"如果你真的把萨斯基亚抓起来，我就再也不和你说话了。"

"好呀。"帕特里克气急败坏地回答，"那就不要说了！"

"孩子们。"莫琳无助地伸出手来拉了拉这对父子。

这时，艾伦的电话再一次响了起来。

"不好意思。"艾伦一路小跑冲进了厨房，拿起手机后迫不及待地对着听筒说道，"玛丽-贝丝？"

"是我，嗨，艾伦。好了，他们答应推迟发表那篇文章了。此外，记者也表示愿意听听你的陈述。而且我感觉她已经不准备再针对你了。看来大部分记者还是有良心的，何况这个女记者也不想成为伊恩·罗曼解决个人恩怨的工具。不过话说回来，伊恩·罗曼确实是传媒行业里数一数二的人物。"

艾伦感觉自己从头到脚都放松了下来。"谢谢你。"她说道，"我都不知道该怎么感谢你了，玛丽-贝丝。"

"没事的。"玛丽-贝丝回答。

艾伦隐约听到电话另一头的背景中传来了一个男人的声音。"顺便说一句，阿尔弗雷德让我代他问候你。"

"阿尔弗雷德？"艾伦惊诧地追问，"阿尔弗雷德·博伊尔？"

玛丽-贝丝咯咯地笑了起来。艾伦觉得自己以前好像从没有听到她笑过。"别假装那么惊讶了，艾伦。"

艾伦也笑了起来，只不过那笑声中还带有几分紧张。

"阿尔弗雷德让我告诉你，他今天在两百位会计师面前做了一次演讲，效果简直是无与伦比。这对他来说真的意义重大。他甚至还逗得那些会计师捧腹大笑起来。"

"真是太好了。"艾伦欣慰地回答。

"我会继续和你保持联络，合力处理这件事情的。"玛丽-贝丝继续说，"希望那位记者和编辑在知道事情的全貌后会明智地把这篇报道删除。"

"你一定要给我开一张账单，我好给你付费。"艾伦说道。（律师是不是都按分钟来收费的？）

"别说笑了。"玛丽-贝丝欢快地说了一句，然后就挂断了电话。

艾伦低下头来，闭上了眼睛，用前额轻轻地撞击着自己的手机。看来她有意撮合玛丽-贝丝和阿尔弗雷德的催眠暗示真的成功了。如果她还有机会见到那个记者的话，一定会记得把这个故事讲给她听的。"临床催眠师通过催眠术让她的两个病人相爱"——这肯定会为她的形象大大加分的。

"你还好吗？"

艾伦睁开眼睛，发现母亲正站在她面前，手里还捧着个沙拉碗。"我正打算收拾一下呢。外面的气氛实在是有些诡异。不过我倒并不觉得奇怪。那个叫做萨斯基亚的女孩子肯定是个神经病。"

"萨斯基亚不会再来烦我们了。"艾伦说，"我今天去和她谈过了。"

"你有没有催眠一下她？"安妮一脸精明地问道。不过，她很快便习惯性地飞快转变了话题，在艾伦还没有来得及回答之前便把沙拉碗放在了桌上，直截了当地说道："听着，我需要跟你说一件事情，和你的父亲有关。"

"你要结婚了！"艾伦猜测道。她仿佛能够想象出那场盛大婚礼的场景。母亲会穿着一身和她的眼睛颜色十分般配的淡紫色礼服，而现场还会摆满各种设计师品牌的装饰品，一杯杯闪亮的香槟酒欢快地在宾客们精致的指尖中流转着。想必这场婚礼的盛况肯定会登上报纸的社会版面的。到时候，艾伦的脸恐怕就要因为假笑了一整天而抽筋了。

"皮普和梅尔会不会当你的伴娘？"她完全没有打算掩饰自己内心的激动，"我可以给你当花童！你的女儿就是你的花童，还是个可爱的怀着孕的小花童。"

"艾伦。"

"我那两个同父异母的弟弟也可以当花童，只不过他们的个子有点太高了。"

"我们分手了。"

"哦，不。"这是艾伦唯一一次主动张罗别人的事情，不料结果却变得既尴尬又伤人。（实际上，她是多么希望自己的父母能够结婚呀！他们的婚礼肯定会是一个完美的童话故事的。母亲这到底是怎么了呀？）

"发生什么事情了？"她关切地问道。他一定是回到自己的妻子身边了，这还用问嘛。或者是他又找了一个年轻貌美的模特。又或者这都是艾伦的错？难道他不喜欢艾伦吗？（啊，听听看吧，她内心的那个没有长大的孩子又在哭闹着想要博得父母的注意了。）

"是我主动提出来的。"安妮说着在厨房的一张桌子边坐了下来，还伸手从沙拉碗里拿了一颗圣女果。

"你这又是何苦呢？"艾伦也拉出了一把椅子，坐在了母亲的对面，"你看上去——好吧，你看上去简直就像是被他迷住了一样。"

"我知道。"母亲冲着艾伦淡淡地笑了一下，然后耸了耸肩膀，"我确实是被他给迷住了。对此我也感到很羞愧。"

这时，艾伦的思绪短暂地被餐厅里传出来的一个声音吸引了过去。那是帕特里克在高声说道："我们可不可以聊些不涉及萨斯基亚的事情？比方说——我也不知道——大决战？有没有人想聊聊大决战的事情？"

"你不用觉得羞愧。"艾伦对母亲说。

"我简直是太不懂事了。你的生活中一下子冒出了这么多的问题——"她说到这里时还不由得将头向餐厅的方向歪了歪，"你准备要结婚，又在培养和杰克的感情，还怀着身孕，而那个变态跟踪狂还在阴魂不散地跟着你们——可我还准备要拿你父亲的事情来添乱！"

"妈妈，我是个成年人了。"艾伦语气沉重地说了一句违心的话，心里却觉得母亲说得确实有道理。"告诉我你到底为什么要和他分手。"

"在过去的三十五年里，我其实一直都在和自己的回忆谈恋爱。"安妮坦白地说，"这听上去也许很疯狂，但我不得不承认，每次我和别人出去约会的时候，总是会把对方拿来和你的父亲做一个比较。事实上，我从来都没有和你的父亲约会过，因此对他也谈不上有多了解。可话说回来，哪个男人没有短处呢？"她咯咯地笑了起来，"不管你怎么理解我这句话。"

"妈妈。"艾伦一脸厌恶地回答，"别这样。"

"抱歉。总之，戴维刚开始和我约会的时候，我真的感觉自己幸福得快要发疯了。他和我印象中的一样可爱。或者更准确地说，他的确是个招人喜欢的男人，而且是我见过的最招人喜欢的男人。"

"所以呢？问题到底出在哪里呢？"艾伦还是没有听出个所以然来。

"是这样的，每当我们在一起待上超过一个小时的时间，我就会发现自己浑身上下都觉得不太对劲。起初，我还不知道那是种什么感觉，直到上一周时我才恍然大悟，原来那就是无聊的感觉。"

"无聊。"艾伦突然为自己的父亲感到有些遗憾。

"无聊得简直就要让我发狂了。"

"好吧，但这种情况在谁身上都是有可能会发生的——"

"不。"安妮决绝地回答，"他不适合我。他永远都不会是适合我的那个人的。因为他简直是太寡言了！有时候，他根本就是在发呆。记得有一天早晨，他一个人默默地在扶手椅上一坐就是二十分钟。二十分钟呀！他什么都没有做。没有读书，也没有说话，只是静静地望着一棵树。这到底是为了什么呀？"

"没准儿他只是在安静地欣赏大自然的美好呢。"艾伦猜测道，"或者是在利用几分钟的时间冥想，顺便感恩一下生活。或者他是在打坐也不一定。"

"这是个反问句，艾伦。老实说，我时常会怀疑他的大脑是不是丧失了什么功能。总之，就像你们年轻人总是爱理直气壮地说的那句话——'管他呢。'我根本就不在乎他到底在做什么，我只知道自己就快要被逼疯了。当然了，分手之后我们还会是友善的好朋友的。他还说如果你有空的话，他还想要再见见你呢。"

"好呀。"艾伦回答。实际上，和父亲见面这个想法在此情此景之下突然变得美好起来，甚至让她感到了一丝莫名的安慰。她不由得联想起了自己的小时候，每个下着雨的周日下午，她总是会趴在地毯上出神地聆听着雨滴敲打着窗棂的声音，而在房间里进进出出的母亲则总是会一脸疑惑地看着她说："艾伦，你到底在干什么呀？我们出去走走或是聊聊天吧！总之不要再在这里发呆了。"这样看来，她和父亲也许可以相处得很好，而且既不需要和彼此没话找话，也不需要为了进一步了解彼此而多言。这就是他们之间的父女关系。就算两个人之间没有感受到什么额外的亲昵情感，其实也并不碍事。

"所以说，我活到六十六岁时才终于看清了感情的真相。"安妮说，"我好不容易抛却了一段不切实际的虚幻感情，现在终于准备好要上网去相亲。听说这最近在六十多岁的人中间很是流行呢。你不就是网上相亲的成功案例之一吗？"

"是呀！"艾伦回答。不过帕特里克是永远也不会像爱科琳那样爱着任何一个女人了，所以这也算不上是什么成功案例。

"说到这一点……"安妮压低了嗓门说道，"我忍了很久都没有告诉你，我越来越喜欢帕特里克这孩子了。真的。我很喜欢他。之前我一直都很同情他——"

"他人就在外面呢！"艾伦赶紧嘘了母亲一声。

"哦，没事的。我说的都是些好话嘛。我喜欢他看你的那种眼神。你说得对：乔恩这个人虽然很风趣，但却从没有像帕特里克那样看过你。"

"帕特里克是怎么看我的？"艾伦好奇地问道。

"而且他是个好爸爸。"

"我打扰到你们了吗？"艾伦和母亲同时转过头来，看到莫琳正端着一摞盘子站在门口。

"我们正在夸你儿子是个好爸爸呢。"安妮站起身来，从她的手中接了一部分的盘子。莫琳抿着嘴笑了笑。

这时，楼梯处传来了一阵急促的脚步声，紧接着便是杰克尖叫的声音："我恨你！"

"随便你！"帕特里克也大吼了一声，"就算你把另一只手臂也摔断了，我也不会在乎的！"

莫琳脸上的笑容一下子就僵住了，但她很快就收拾好了自己的情绪，开始动手用餐刀清理盘子里剩下的食物。

"这样的大风天气真的是要把人给逼疯了，对不对？不知道这话有没有什么医学根据呢，安妮？"

我一定是睡着了，因为一眨眼的工夫塔米便出现在了我的床前。此刻，她和兰斯、凯特的座位围成了一个半圆，正津津有味地吃着我的巧克力。

塔米那头乌黑的长发如今已经变成了泛着淡淡红色光芒的金色短发。真是个错误的选择，我在心里默默地想着。

兰斯和塔米正用一种奇怪的口音兴高采烈地聊着什么，一边还不断地耸着肩膀，高扬着下巴。

"他们正在模仿巴尔迪莫毒贩的说话方式呢。"凯特看到她醒了过来，赶紧为她解释道，"他们刚刚才发现彼此都是《火线》的剧迷。你能想象吗？兰斯周末的时候经常会一整天都学着电视里的人的口吻来说话呢。我的意思是说，好吧，他模仿毒贩子的时候还挺性感的呢。"

"塔米？"我微微张了张口。

"萨斯基亚，宝贝！"她站起身来，低头亲了亲我的脸颊。她一定还在用五年前的同一种香水，因为她身上的气味一下子就把我的记忆带回到那个时候。"见到你真好！"她说，"可你不是应该和我一起坐在酒吧里吗，怎么会跑到医院里来呢？兰斯和凯特说，你梦游的时候摔下了楼梯？真是太可怕了！你这样梦游有多长的时间了？"

"自从我上次见到你的时候就开始了。"我神秘兮兮地回答——这种含义丰富的回答一定会得到艾伦的肯定的——但塔米却只听懂了话中的表面含义。

"真的吗？有没有什么能够根治的办法呢？你知道吗，我在过来的路上还想起了我们上一次见面时的情形呢。那时候你刚和那个男人分手。那个测绘师。他叫什么名字来着？皮特？还是帕特里克？时间过去这么久了，恐怕连你都忘了他的名字了吧。"

哦，我抑制不住地大笑了起来。

"艾——伦！"

帕特里克的声音从二楼传了过来。

"上帝呀，他还好吗？"艾伦的母亲一脸惊恐地问道。

"我想他应该是需要你帮他安抚一下杰克的情绪吧。"莫琳转过头来对艾伦说，"给他点母性的关怀。"说罢，她冲着安妮使了个眼色，仿佛是在说"做母亲的都明白"，可安妮看上去却是一脸的困惑。

艾伦飞快地抄起一条茶巾擦了擦手，匆忙地帮安妮做完了手中的活计，因为她根本忍受不了看到自己的母亲那副笨拙的家庭主妇样子，然后三步并作两步地朝着楼上杰克的卧室赶了过去。只见帕特里克正和杰克坐在地板上，背后靠着那张铺着"少年骇客"图案床单的单人床，双手都无力地垂在膝盖上，谁也不愿意看谁一眼。

"你能不能给这个犟孩子解释一下，萨斯基亚为什么不能三更半夜地闯到我们家里来？"看到艾伦的身影出现在了门口，帕特里克无声地比画出了一个"帮帮我"的口形。

"我又不笨，爸爸。"看来杰克的火气也不小，"我知道她为什么不能那么做。"

"很好，这不就解决了吗，那问题到底出在哪儿呢？"帕特里克问，"你为什么要对我发这么大的火呢？"

艾伦也顺势坐到了杰克身边的地板上，低头望着他那两条包裹在运动裤下面的小细腿。她开口说道："爸爸和萨斯基亚分手的时候，你感觉如何？"

杰克和帕特里克两个人的身子一下子都坐得笔直，仿佛艾伦刚刚提起了什么见不得人的事情似的。看在上帝的分上，艾伦默默地在心里念了一句。此刻，她的情绪也一下子变得激昂了起来。也许他们三个人就要正式摊牌了，以后再也不用躲躲闪闪地逃避有关萨斯基亚的问题了。

"嗯，其实那并不是——"帕特里克试图开口阻止这个话题的进行。

"我想要知道。"艾伦对他说。是你叫我来帮忙的，哥们儿。

"我不太记得了。"杰克回答，"我那时候还很小，差不多只有五岁吧。"说到这里，他抬起头来望向了前方，似乎是正徜徉在自己五岁到八岁的这几年无尽的光阴里。

"没错，那时候你还很小。"帕特里克给了艾伦一个得意洋洋的眼神，"重点是——"

"哦对，我想起了一件事。"杰克打断了他的话，"我想应该和她的幸运玻璃球有关系。"

帕特里克的脸色一下子就变了。"你说什么？"

杰克用指关节敲了敲手臂上的石膏。

"她的幸运玻璃球？"艾伦也好奇地问了一句。

帕特里克一边盯着杰克一边替他回答道："萨斯基亚有一颗很大的彩色玻璃球，是她父亲留给她的。每次她感觉紧张的时候，都会把它握在手心里。杰克入学以后，萨斯基亚便把这个玻璃球送给了他。"他停顿了一下，清了清嗓子，"她叮嘱杰克，只要把这个玻璃球装在口袋里，就能够获得神奇的力量。"

"但那不是什么武器。"杰克抬起头来看着艾伦声明道，"比方说，它不会变成激光枪之类的东西。实际上它根本就一点儿用都没有。"

"我记得自己第一次去会见'斯科特测绘公司'的客户时，也带上了萨斯基亚的幸运玻璃球。"帕特里克说，"我坐在前台等待的时候就一直握着它。"

他此前从没有提起过任何有关萨斯基亚的美好记忆。这也是艾伦第一次听到这个故事其实还有着另外的一面。

"我上学的时候把那个玻璃球给弄丢了。"杰克回答，"我和一位老师一起找了半天，但怎么也找不到。我不想把这件事情告诉萨斯基亚，因为我知道她一定会很难过的。可第二天她就走了。于是我就想，啊哦，她肯定是知道我把玻璃球给弄丢了。"

帕特里克和艾伦的眼神在杰克的头顶上相遇了。

"你觉得这都是你的错？"艾伦对杰克说。

"我猜她一定是生我的气了。"杰克回答，"我还以为爸爸也会因为我把她给气走了而生气的。这就是为什么我们从不会谈起她的原因。"

"哦,小家伙。"帕特里克将两根手指贴在了自己的额头上，"这不是真的。"

"不，这是真的。"杰克诚实地回答。

"但这件事真的和你一点儿关系都没有！"帕特里克的双眼闪烁着些许的泪花。他伸出手来一把搂住了杰克的肩头。"小家伙。萨斯基亚是爱你的！她愿意为你付出一切！她——"

杰克耸了耸肩膀，挣脱了父亲的怀抱。"吃点冷静药丸吧，爸爸。我知道这不是我的错。你和萨斯基亚分手了，就像伊森的父母那样。我只不过是想告诉你，我还是个笨小孩的时候到底是怎么想的。"他打了个哈欠，"总之，我要继续去看我的《吉尼斯世界纪录大全》了。"

"我们还没有说完话呢！"帕特里克抗议道。

不料杰克却翻了翻白眼回答："管他呢。"

"我只是想要让你明白——"

"你没必要对她那么刻薄的。"杰克本打算叉着腰讲话，但随即便发现自己打着石膏的那只手臂根本就没办法抬起来，"这就是我想要说的。你的反应好像她真的是个杀人犯一样。她并不是故意弄伤我的手臂的。这只不过是一场意外。"

"是的。"帕特里克有气无力地回答，"我知道，小家伙，你说得没错，但这件事情很复杂——"

"嘿，各位。"西蒙突然出现在了杰克的房门口，"我要走了，准备出去和朋友聚会。"

杰克把西蒙的到来当做是自己逃下楼去的最佳时机。"回头见！"他说着一边跑出门去，一边和小叔叔击了个掌。

"你们两个的脸色看上去糟糕透了。"西蒙低下头来看了看坐在地板上的艾伦和帕特里克，然后不解地摇着头走下了楼梯。

"谢谢你！"艾伦在他的背后喊道。

帕特里克站起身来，伸出双手将艾伦从地上拽了起来。她的嘴里还一个劲儿地嘟囔着："哦，我确实感觉很糟糕。"

帕特里克顺势将她拉进了怀里，好让她能够靠在他的胸口休息一会儿。她的头晕得厉害。可怜的小杰克，他竟然会觉得这一切都是他的错；可怜的萨斯基亚，她竟然丢掉了自己的幸运玻璃球；可怜的戴维，他竟然因为无趣而被我的妈妈给甩了；可怜的我，竟然为一个不是那么爱我的男人怀上了一个小宝宝。哦，上帝呀，我的胸部好痛呀。

"一切都会好起来的。"帕特里克在她的耳畔轻轻对她说道。

"会吗？"她问。

当他们重新回到楼下时，艾伦发现安妮已经完全放弃了假惺惺地要帮帕特里克的母亲洗碗的意图，而是坐在厨房的桌子旁边悠闲地喝起了红酒。一旁的莫琳则在忙着往洗碗机里放东西。

"哦，我得赶紧走了。"看到艾伦后，她赶紧放下了手中的酒杯，"皮普和梅尔正等着和我一起出去喝一杯呢。城里新开了一家酒吧，我们想去试一试。"

"你现在这个点还要进城去吗？"莫琳抬起头来看了看艾伦厨房墙壁上的时钟。现在已经是晚上八点钟了。"上帝呀。"

"哦，我们三个都是夜猫子！"安妮骄傲地回答。

看上去，她和艾伦父亲之间的这段小插曲就像从没有发生过一样，仿佛父亲的出现也并没有给艾伦的生活带来任何的剧变，而仅仅是荡起了一点莫名其妙的涟漪而已。

安妮最后是和西蒙一起离开的，因为他也碰巧要到位于同一条街的夜店去和朋友们见面。听说自己能够省下一大笔进城的出租车费用，他显然十分激动。"哦，你真的是太好了，安妮。"可莫琳听了这话似乎有点儿不太高兴。

这之后，艾伦便和莫琳一起清洗了碗盘（自从外婆去世以后，艾伦家厨房的碗柜就从没有像今天这样闪亮过），而帕特里克的父亲则建议大家一起坐下来玩一局大富翁的游戏。他是在一个架子上偶然看到这盒游戏棋的，还搓着双手说要在一个小时之内让他们全部输得精光。

趁着乔治在铺设棋盘、分配游戏币的空当，帕特里克问了一句他和艾伦能否不参与游戏。

"我们俩想要到沙滩上去散个步。"说罢，他带着征询的神情向艾伦挑了挑眉毛。艾伦点了点头。希望这也能够帮助她整理一下思绪吧。

"现在正是寒冬，外面那么冷，还刮着大风，你怎么会想到半夜三更带着自己怀有身孕的妻子出去散步呢！"

"现在已经是春天了，而且才八点半。"帕特里克说，"外面挺舒服的，我想宝宝是不会介意的。"

"而且我也不是他的妻子。"艾伦的话顿时让屋子里的气氛变得尴尬起来，"现在还不是！"她赶紧补充道，"我是说，我很快就是了。"

"那你们去吧。"莫琳简短而又敏锐地看了他们一眼，仿佛是预料到了两人之间有什么不对劲似的。不过她很快就换了一副表情，开着玩笑说道："等你们回来之后，我和乔治没准儿还可以趁机出去在月光下打一局网球呢。"

"哦，我太太说话可真犀利！"乔治笑着答道，"来吧，亲爱的，我给你挑了一个棋子。"说罢，他从大富翁的棋盘上拿起了一个小小的铁质雕塑。

"你明知道我一直都使用战船棋子的。"莫琳坐在了桌子对面，用两只扣在一起的手使劲地摇了摇色子，"放马过来吧，杰克！别以为你的手受伤了我就会轻易地放过你。"

帕特里克说得对，外面的风已经小了许多，因而穿着厚外套、裹着围巾在空无一人的沙滩上散步的感觉还不错。由于沙尘暴刚刚过境，他们脚下的沙子上似乎还蒙着一层橘黄色的外衣，但是空气中已经嗅不到任何尘土的味道了。于是两个人都大口大口地呼吸起来，然后径直走向了水边的硬砂岩区域。

帕特里克和艾伦肩并肩地走着，手却并没有牵在一起。艾伦全神贯注地倾听着自己的呼吸和海浪拍打沙滩时发出的一阵阵有节奏的空洞声响。

"这样看来——"帕特里克终于开了口。

"什么？"

"这样看来，我还真的是想错了。"

"你是说杰克的事。"

"是呀。我是说，我本以为他对萨斯基亚绝口不提是件好事！可我怎么也没有想到，他居然会把她的离开全都怪罪到自己的身上。"

他的声音哽咽了起来，"这个可怜的臭小子。"艾伦注意到，每当帕特里克倍感压力时，他说话的口气便会变得和他的父亲一模一样，甚至还会不经意地蹦出一些上世纪 50 年代的澳洲俗语。

"小孩子总是会把自己当做全宇宙的中心。"艾伦安慰他，"这也是为什么他们总是会责备自己的原因。"

"我想……"帕特里克说，"他这么多年来应该一直都在为萨斯基亚的事情生我的气吧。"

"也许吧。"艾伦闭上了嘴巴，不打算再多说些什么了。有些事情还是需要他自己想开才能够解决。

The
Hypnotist's
Love
Story

两个人就这样静默地又走了几分钟。紧接着，帕特里克突然小声地说了一句："对杰克来说，她的确是个好母亲。她——"说到这里，他又把到嘴边的话给咽了回去，只是抬起头来仰望着星空，像是在寻找什么启发。不一会儿，他深吸了一口气，语速飞快地和她说起话来，却又根本没有回头看着她，仿佛他们两个人是在沙滩上秘密接头的特工一样，必须在有限的时间内交代完所有的紧急信息才行。

"科琳刚刚去世的时候，我并不知道该如何应对，因为我此前从未体会过那般痛彻心肺的感觉。那种感觉仿佛就要把我整个人都撕碎了。我只是问了自己一句，这到底是什么？是疼痛！于是我便自作聪明地选择了去抵抗它。我记得自己当时就在想，我可不要去听什么'悲伤的七个阶段'之类的鬼话。如果想起她便会让我感觉心痛的话，我就干脆不要去想她。不如让自己忙碌起来吧！这就是我为什么要创立自己的公司的原因。就好像如果我再努力一点儿，心智再坚强一点儿，就能够躲避这些痛苦似的。这个策略并不赖。你可以想象，我很快便又能生龙活虎地走路、说话和呼吸了。可其他人却觉得这是因为我的情绪调整得很好，还对我赞赏有加。这话并不假，我确实一直都在调整自己的情绪。后来，我在那次会议的过程中遇到了萨斯基亚，你知道的，我很喜欢她，甚至可以说是有点莫名其妙地爱上了她！但她并没有注意到我的异常，总是微笑着陪我做着任何事情。每每想起这一点，我都会惊讶于她到底是如何放下那些成见、真心诚意地去感受自己内心的幸福的。但我也会告诉自己，没关系的，这就是现在的我，何况杰克过得很开心——哦，小心脚下。"

一股格外汹涌的海浪吐着白沫向他们涌了过来。帕特里克用一只手臂就把艾伦举了起来，以免她打湿自己的鞋子，然后又将她轻轻地放到了旁边较为干燥的沙滩上。他突然靠近的体温不禁让艾伦对他产生了一种向往，好像他并不是她的男朋友，而是一个正在陪她散步的、已有家室的好朋友一样。

"在教育孩子方面，萨斯基亚付出了很多。"帕特里克说，"这都要怪科琳。"

"你说什么？"艾伦困惑地问着，心中却为可怜的科琳担了这些骂名而暗自庆幸。

"科琳是个好妈妈，但是她的占有欲实在是太强了。每当我想要试图帮助杰克做点什么事时，她总是会摆出一副居高临下的样子，仿佛我只是个有趣的小丑，或是杰克和我在一起一点儿也不安全似的。因此，在她去世之后，我一下子就慌了神，心想着，我怎么可能一个人把孩子给养大呢！我不知道该给他穿些什么衣服，不知道他是冷是热，更不知道他该吃些什么，或是买什么牌子的护臀霜。我整个人都没了主意，因此只好请我妈妈和科琳的母亲时常过来照顾孩子。可她们也比我强不了多少，好像这个世界上就没有人会换尿布了似的。就在这个时候，我恰巧遇到了萨斯基亚。她看起来十分乐意接替科琳的位置，担负起一个母亲的责任。所以我就接纳了她，坐在那里享起了清福。杰克很喜欢她，她也很喜欢杰克。我当初不应该那么做的。"他看了艾伦一眼，"不过，我也不知道，也许我现在也在利用你做着同样的事情，让你给他准备午餐。"

"我很乐意给他准备午餐。"艾伦小心翼翼地答道。这一刻，仿佛所有曾经在杰克生命中出现过的女性——两位祖母、科琳还有萨斯基亚——都集中在了她的身旁，和她一起朝着帕特里克摇着头，带着一种无所不知的语气责备着他：你居然会给他吃白面包三明治！

"就是这样的。"帕特里克说，"我想我这段时间应该一直都在试图寻找一个平衡点，不只是将杰克交由你照顾这件事情，还包括你肚子里未出世的宝宝。我想要参与进来，你明白吗？从一开始就参与进来。"

"在孩子这方面，你的经验显然要比我丰富多了。"艾伦随和地答应着。

帕特里克朝着她一脸感激地笑了笑。"没错。现在我也成专家了。亲爱的，我会好好训练你的，告诉你什么是什么。"

"这么说来，你不会再感觉自己像个机器人了吧？"艾伦说，"这就是你和萨斯基亚分手的原因吗？"你还是那个机器人吗？而我也成了另一个萨斯基亚吗？

"有一天，我突然哭了起来。"帕特里克回答，"在车里。想起来很不可思议。我居然一路从戈登哭到了马斯科。后来，这种现象开始越来越频繁地发生，只要我一个人坐进车里，就会有一种莫名想哭的冲动。停下来等红灯的时候，我甚至会发觉周围的人都在盯着我看——快看呀，一个大男人竟然会趴在方向盘上泣不成声！这样的情况一直持续了好几周的时间。然而，某一天早上，我起床的时候却突然感觉一切都不同了，就好像是在病了很长一段时间之后突然感到有些好转了似的。这倒并不是说我一夜之间就找回了那个快乐的自己，但我是真的相信自己还是有可能再次获得幸福的。

于是我看了看睡在身旁的萨斯基亚，心里一下子就打定了主意——我必须和她分手，让生活回复到我和杰克'两人世界'。这才是最重要的。不知为何，这件事是如此盲目而又清晰地出现在了我的脑海里。只是她刚刚才得知自己母亲生病的消息，因此我只得暂时推迟了自己的计划。"

"你没有想到她的母亲最后竟然去世了。"

"没错。"帕特里克回答，"后来我终于找了个机会向她坦白。我当时愚蠢地认为她不该为此而感到伤心难过，因为我其实是在帮她，帮她找回了可以寻得一个真心爱她的人的机会。然而，她的反应却让我感到很吃惊，不过我并没有当回事。我那时候大概在想：我从没有认真爱过你，你又怎么会真的爱上我呢？你明白我的意思吗？"

"我明白。"艾伦一边附和着，一边感到呼吸有点儿困难。随着故事的发展，帕特里克的步子也开始变得越来越快了，以至于她都有点儿跟不上了。

"抱歉。"帕特里克似乎察觉到了艾伦的吃力，"我们坐下来歇一会儿吧。"

他们转过头去找了一片柔软的沙子，面向着大海坐了下来，双肩轻轻地碰在了一起。

"我想这就是我为什么一直迟迟都不肯申请限制令的原因吧。"帕特里克继续说道，"虽然我在口头上从未对任何人甚至是对自己承认过，但我在心底里知道自己是亏欠她的。每当我开车驶向警察局时都会不禁想到，天哪，是这个女人教会了我的儿子上厕所呀，她甚至放弃了自己的事业，就为了一心一意地照顾他。我实在是亏欠她太多了。这时我便会开始期待她终有一天会自动地停止如此疯狂的举动。哦，我早就应该严肃地对待这件事情了。自从那次和你在诺沙遇见她之后，我早就应该直截了当地结束这一切了。我简直不敢去回想昨晚那件事会对你、对杰克、对我们的宝宝带来多大的伤害。"说到这里，他忍不住浑身颤抖起来。

"即便你当初报了警，事情的结果也不一定就会有什么不同呀。"艾伦说。

帕特里克抬起了一侧的肩膀，摆出了一副"谁知道呢"的姿态。"不管怎么说……"他回答，"我已经受够萨斯基亚了。"他抬起头来仰望着漫天的繁星，"求求你了，上帝，我真的受够她了。"

"是呀。"艾伦附和着，脑海里逐渐浮现出了萨斯基亚那张苍白的脸。不知道她此时此刻正在做些什么呢？有没有朋友或是家人去医院探望她？她那奇怪而又混乱的脑袋里又在想些什么呢？

帕特里克深深地吸了一口气。"总之，我提议出来散散步的原因就是想要和你聊一聊昨晚的事情，还有我说过的有关科琳的那些话。"他的语气完全像是换了一个人似的，变得生硬而又严肃，好像正在谈论什么陌生的法律事务。

"好吧。"艾伦答应了一声，突然感觉自己的胃部一下子绞痛了起来。她这才发现，原来自己并不想让他提到这件事情，因为有些话说出来之后只会让事情变得更加纠结不清。多么奇怪呀！她以前一直都认为坦白是解决一切问题的关键所在。一定要保持沟通渠道的畅通！每当自己的客户遇到感情问题时，她总是会这样叮嘱他们。然而，此刻的她却找不出比坦白更令人难过的解决方案了。想必很多男人都曾遇到过这样的问题吧。每当一个女人对他们说"我们需要谈一谈"的时候，他们的心都会轰隆一声坠入谷底，满脑子想的就只有一句话："女人难道就不能学会在适当的时候闭嘴吗？"其实，在她们赤裸裸地炫耀自己灵魂的时候，男人所想的却是如何才能掩盖她们的锋芒。

"最重要的是——"帕特里克开口总结道。

还没等他说完，艾伦就疑惑地问了一句："那个人是你妈妈吗？"她隐约看到莫琳正小心翼翼地沿着沙滩向他们走来，那一惊一乍的样子简直就像是在躲避地雷似的。

"艾伦的电话！"她的声音听起来异常的清晰，缓慢地沿着沙滩的弧线飘荡了过来，"电话里的那个人说她有急事！"

25

最深情的告白

友谊是治愈仇恨的唯一良药，也是维护和平的唯一保证。

——艾伦·奥法瑞家布告栏上的佛教箴言

最后，塔米与兰斯、凯特一起离开了医院，跟随着这对小夫妻去看电影了。显然，这三个人不久就会成为新朋友了。我都忘了天真烂漫的塔米一直都有着一种"自来熟"的交友天赋。多年以前，她就是这样认识我的。

　　正当他们三个起身准备离开时，一个护士刚好推门进来查房。当时，他们三个正因为凯特刚刚说过的某句话捧腹大笑，于是那个护士抱歉地说了一句："那我等你的朋友们都走了以后再过来吧。"

　　她大概会以为我是个交友广泛的普通人吧。这些朋友都很喜欢我，一听到我出事的消息便急忙赶到医院里来看我。可她并不知道兰斯只不过是一个从未与我有过私交的同事——老实说，我甚至都没有怎么正眼看过他——而他的妻子对我来说就更是个彻彻底底的陌生人了，因而他们的到来着实让我有些尴尬。除此之外，塔米也是我失联了三年多的旧识。最重要的是，这三个人谁也不知道我摔伤自己骨盆的真正原因。

最令人感到不可思议的是，兰斯、凯特和塔米看上去都很愿意继续这样的"演出"，并纷纷表示会再来看我，甚至还提出要轮流照顾我、陪我熬过这六周卧床静养的艰难时光。我不禁想到，难道他们都报名参加了什么网络慈善行动，因此打算把帮助我当做是自我提升的途径吗？

兰斯准备给我送来一台便携式的 DVD 播放器，这样我就能好好地看一遍《火线》了。"你现在找不到什么借口了吧？"他用一种温柔而又轻佻的语气对我说道，让我不由得产生了一些奇怪的感觉，甚至开始怀疑他是不是有点儿喜欢我。

同时，凯特也表示要来教我如何编织各种各样的东西。大家之所以会谈起这个话题，完全是因为塔米建议我利用这段时间做一些自己一直想要做，却从来都没有时间做的事情——比如说学学西班牙语之类的。于是，我顺口提了一句自己对于编织一直都很有兴趣。当然，此话并不假。这的确是我常说自己想去做但却从来没有真的打算动手去做的事情。然而，我一提起这事便立刻点亮了凯特眼中某种狂热的光芒。就像兰斯每每提到《火线》时的那种热心劲儿一样，凯特已经攒足了精神开始为我准备编织教学的课程了。

不知为何，兰斯和凯特的事情竟然莫名其妙地促使塔米决定趁我住院的这段时间搬到我家来住。自从她搬回悉尼之后，就一直和她的姐姐住在一起，这不禁让她有点发狂。因此，允许她借住在我家就成了一件极为顺理成章的事情。她还答应在我做完明天的脚踝手术之后帮我回家取些干净的衣服来。

不知塔米会怎么看待我的房子呢？没有书本，没有画框，也没有贴在冰箱门上的温馨合影。如果我能够早些知道她会搬来和我同住的话，一定会提前装饰一番的。我喝过的那瓶酒和吃过的那包止疼片应该还放在厨房的料理台上吧。除此之外，屋里的所有桌面上都是空空如也、一尘不染的。冰箱和食品柜里塞满了各式各样的健康食品：牛奶、面包、黄油。没有饼干也没有蛋糕，甚至连一包零食的影子也看不见。她一定会注意到我的改变，然后喋喋不休地追问我这到底是为什么。当年我和帕特里克住在一起时，她曾经来家里拜访过我，还嘲笑我怎么会变得对家务如此上心：花瓶里插着漂亮的鲜切花，罐子里还常备着刚刚烤好的小饼干。如今，我的房子看上去却像是什么患有强迫孤独症的人或是某个连环杀手的住所。

吃完晚饭后——虽然餐盘的标签上写着"轻食"两个字，但这却是我几个月来吃过的最扎实的一顿饭了；晚饭时我一般只吃一碗麦片——我把脑袋靠回了枕头上，仔细聆听着医院各处传来的忙乱的声音：走廊里健步如飞的脚步声、手推车轮子吱吱呀呀的摩擦声以及人们时高时低的谈话声。

想必大多数人在住进医院的病房之后都会感觉孤单和寂寞吧，但我却丝毫也没有觉得有什么不妥。相反，周遭嘈杂的声响却让我倍感安慰。这才是我的归宿，充满了和我一样要面对疾病、悲伤和生死离别的人。

疼痛再一次席卷而来。这一次，我已如一只训练有素的老鼠一般下意识地按下了输送止痛剂的按钮。

出于某种习惯，我又开始猜想帕特里克、艾伦和杰克此刻正在做些什么。杰克的手臂会不会很痛呢？帕特里克会不会向警察告发我呢？可那些缓缓流入我身体的止痛剂却让我感觉越来越慵懒，连想象力也变得怠惰了起来。我已经完全没有欲望追过去看着他们了。

渐渐地，我的思绪似乎飘离了他们，眼前出现了凯特、兰斯和塔米的身影。他们是不是正津津有味地看着电影呢？散场之后，他们会不会如约到那家韩国餐厅里去坐一坐呢？若是兰斯和塔米再次饶有兴致地模仿巴尔迪莫毒贩的样子，凯特一定会继续翻白眼吧。

我想我在入睡之前应该真的是大笑了起来。

✕

"我没有听清她的名字，抱歉。"莫琳在把手机递到艾伦的手中时上气不接下气地说了一句，"我本不想打扰你们散步的，但是她听上去哭得很厉害。"

"没关系，没关系。"艾伦紧张地接过了电话。这一次又会是什么事情呢？她清了清喉咙，对着话筒说道："你好？"

电话里传来的是一个带着浓重鼻音的女人的声音："艾伦，你听我说，很抱歉这么晚了还打电话给你。但我刚刚才发现，所以并没有多想就拨通了你的电话。我想要告诉你，顺便为我昨天的冲动行为表示抱歉。我真是不可饶恕。"

那个声音听上去很熟悉，但艾伦一时间却怎么也想不起来她是谁。也许是一个得了重感冒的人吧？她最近的确有不少客户都得了重感冒。是谁呢？"我不是很明白——"

"我怀孕了，艾伦。"

"路易莎！"艾伦的脑海中一下子就出现了路易莎来索要退款时的那张愤怒而又苍白的面孔。现在回想起来，一切真的是再明显不过了。她肯定是怀孕了呀，因为她那张憔悴的面容和艾伦在浴室镜子里看到的自己简直是一模一样。一定是因为她当时情绪过于激动，才让艾伦忽视了如此重要的信息。

"我的医生一直都在试图联系我。我们本来是打算再做一轮试管授精的，但我的医生却告诉我：'这一次不行了。'我问：'出了什么问题吗？'她回答：'问题就在于你已经怀孕了。'而且我是自己怀上的！在过了这么多年之后！这全都是你的功劳！是你让我怀上宝宝的！"

"我想你丈夫才应该认领这份功劳才对。"艾伦回答。

"我简直不敢相信自己居然会去找你退款。我自己都被自己给吓到了。我那时候一定是被嫉妒给冲昏了头脑,我也不知道——总之我是失去理智了!"她轻轻地压低了声音,"还有,我不知道你听说了没有,《每日新闻报》正准备写一篇有关你的报道。"

"是的。"艾伦说,"我知道。"

"我真的很……真的很抱歉。我在离开你家时正好碰见了伊恩·罗曼。也许是他的出现吓到了我,或者应该说我有点追星——算了,我这么说只不过是在为自己的愚蠢行为找借口而已。他给了我一个记者的名片,然后又让她来采访我。我真的很后悔自己向她抱怨了那么多的事情,于是我给她留了三十几条信息,试图收回自己的话。如果这一切都于事无补的话,你可以在报道见报后起诉我。我是认真的。这是唯一的解决办法。虽然我没有那么多的钱,但你可以把我告到倾家荡产为止。这是我应得的报应。"说到这里,她的声音突然变得模糊了起来,好像是在对别的什么人讲话。"但这是实话!我真的是罪有应得!"看来路易莎的丈夫并不愿意收到艾伦的起诉书。

"我想我已经设法让这个报道推迟见报了。这应该可以为我争取几天的时间。"艾伦安慰她。

"哦,感谢上帝!对了,如果那个记者再打电话给我,我一定会实话实说的。我还要告诉她,你是个奇迹创造者!"

"请千万别这么告诉她。"艾伦赶紧阻止了她,"真的。"

"好吧,那我起码也要把事情的真相告诉她。这个宝宝真的是上天赐给我的礼物。哦,抱歉,艾伦,我得挂了,我的父母来了。不过谢谢你,真的谢谢你,而且我还要再次向你致以最诚恳的道歉。"她的声音一下子变得轻快了起来,"爸爸,我现在不能喝香槟了!"

电话里传来了一个男人更加欢快的声音。"好吧,但是外公还是能喝的！"

"恭喜你。"艾伦说道，"恭喜你们全家终于如愿以偿了。"但路易莎却早已经挂上了电话。

艾伦深吸了一口气，然后又缓缓地把它吐了出来，眼前仿佛出现了一个即将升级做外公的老人举着香槟的画面。哦，上帝呀，如今沾沾自喜还为时尚早。如果她真的认领了帮助路易莎怀孕的这份功劳，那么万一出了什么状况，她是否还要重新背上这个黑锅呢？即便如此，她的职业声誉看起来应该是暂时保住了。

艾伦带着一种悲喜交加的心情走进了餐厅。此时，帕特里克正探着身子站在他母亲的座位旁边观看着大富翁游戏的战局，而他的父亲正抓着自己的旗子在棋盘上移动着，一边还一脸忧郁地摇着头。

"付钱！付钱！"杰克大喊着，"上交三倍的租金！"

"我想你应该已经害他破产了，亲爱的。"莫琳一脸幸灾乐祸地说，"这是不是代表我们这局就玩完了？"

"一切还好吗？"帕特里克转过头来望着艾伦。

"很好。"艾伦回答，"我一会儿再告诉你吧。"

"把现金拿来，哥们儿。"杰克朝着自己的爷爷伸出了小手。

"太晚了，我们该把游戏棋收起来了。"帕特里克在一旁说。

"但你说了我明天可以不用上学的。"杰克义正词严地反驳道。

"没错，但我这么做的目的是为了让你好好休息。"

"我已经睡了一整天了。"杰克不情愿地嘟囔着。说句实话，小家伙此时确实看起来生龙活虎，眼神既明亮又清澈。

"他的精力可旺盛着呢。"莫琳说，"但你们俩看上去好像有点筋疲力尽。不如让他今晚住到我们那里去吧。"

"我也不知道。"帕特里克为难地说，"自从昨晚的事情之后，我宁愿——"

"我们明天早上会带他去吃麦当劳的早餐当做奖励的。"莫琳随口说了一句，可眼神却还专注地盯着手心里晃动的色子。

　　"太好了！"杰克大喊着，"脆薯饼！"

　　"嗯。"帕特里克应了一声，但艾伦看得出他已经无力争辩了。显然她的母亲在"强势祖母"的战斗中算是遇上了劲敌。

　　一个小时后，整个房子里终于只剩下艾伦和帕特里克两个人了。不过，他们却并没有急着睡觉，而是抱着一包棉花糖玩起了杰克的游戏机上的《龙刃记》游戏。自从家里多了个小男孩之后，她也耳濡目染地学会了如何玩忍者格斗游戏。

　　在被艾伦第五次打败之后，帕特里克不禁感叹道："对于一个爱吃小扁豆的嬉皮小女孩来讲，你的进步还挺快的嘛。"

　　"我有点儿莫名上瘾了的感觉。"艾伦回答，"而且小扁豆其实并不是我最喜欢吃的豆类食品。"

　　"豆什么？"

　　"闭嘴吧，好好吃你的棉花糖。"

　　于是，两人安静地坐了几秒钟的时间，嘴里还不断地咀嚼着白花花的棉花糖。

　　过了一会儿，帕特里克终于鼓起勇气清了清喉咙，小心翼翼地开口说道："好了，吃够了吧。我们还没有谈到最重要的一个话题呢。"

　　"别再提那件事了。"艾伦回答，"我是认真的。不如我们再来玩个别的游戏吧。"说罢她伸手拿起了游戏机，却又被帕特里克夺了过来，重新放回了茶几上。

　　"那些话是不是我第一次在催眠的状态下说出来的？"他问道。

　　"是的。"

　　"你曾经对我说过，催眠治疗法只有在两厢情愿的情况下才能够奏效。"帕特里克说，"也就是说，催眠师不能强迫你做出或是说出任何不符合你内心意愿的事情。不过，我从未想过要当着你的面说出那样的话来。"

也许是你的潜意识想要告诉我呢，艾伦想。

"好吧，这个问题之所以会变得这么复杂，是因为我不仅是你的治疗师，也是你的未婚妻。"她说着便摆出了一副专业的姿态，"我可是很少和自己的客户睡在一起的。"说到这里，她虚伪地假笑了几声，但帕特里克并没有做声，"我觉得你当时的意识应该是一半处于催眠状态中，而另一半则处于熟睡的状态中。总之，这真的没关系的——"

"怎么会没关系呢？当然有关系了！"帕特里克说，"我怎么能让你听到这么伤人的话呢！而且，最重要的是，这些话完全曲解了我的真实感受！自从听到你提起这件事情以后，我就一直在挣扎着思索到底该如何向你解释这件事情。"

"没事的。"艾伦嘟囔着应了一声。如果她能够早些想到要坚守自己的职业操守的话，这段尴尬至极的对话就不会发生了。

"你对于这段感情有没有产生过任何的怀疑？有没有想过要把我拿来和你的任何一个前任男友进行对比？或者是否曾经产生过任何不想让我知道的念头？"

"我也不知道。也许吧。"她局促不安地回答。事实上，在与帕特里克交往的这些日子里，她的心里的确堆积了不少不愿让他知晓的事情。

"记得我们去拜访科琳父母的那一天，我做了不少混蛋事；你当时有没有想过，上帝呀，我怎么会让自己落到今天这个地步？"

"我——真的不记得了。"此刻浮现在她脑海里的画面全都是她在回家的路上重温自己与乔恩之间过往的种种。

"我知道你肯定产生过这样的疑问，甚至在我将那些纸箱子丢在走廊上的时候恨不得把我给勒死。可问题在于，你总是把这些点滴的不满全都憋在心里。"

"你说得对。"艾伦愧疚地答道。当两人的眼神相遇的时候，她不好意思地把眼神移开了。"不，我不是那个意思。"一整天过去了，她一直都在等待他否认自己曾经说过这些话，或是向她解释一下到底是怎么回事。虽然说她最终并不一定会相信他的话，但她至少也可以从中找一个理由来哄骗自己。可如今她只能够笑着承受这一切了：她未来的丈夫总是会在望着她的时候暗自希望她能变回他原配的妻子。"我能够理解你的心情。"她鼓起勇气说了一句。

"不，你是不会理解的。"帕特里克回答。

"哦，好吧。"

"你总是觉得爱情非黑即白——也许全天下的女人都是这么想的。但这是不对的。应该说再聪明的女人在面对爱情的时候也会变傻吧。"

听到这里，她狠狠地在帕特里克的手臂上打了一拳。

"嗷！好了，好吧，我又说错了。"他委屈地用牙齿咬了咬自己的脸颊内侧，摆出了一副既失落又痛苦的表情。

"算了。"她伸出手来揉了揉他手臂上刚刚挨打的地方，"我是真的能够体会你的感受。"

"我最近是不是太频繁地在你面前提起科琳的名字了？"他突然冒出了一句。

艾伦耸了耸肩膀，努力地笑了笑。

"真对不起。"他赶紧握住了她的手，"自从我和你订婚并且知道你已经怀孕了的消息之后，她的名字就一直都萦绕在我的脑海里，因为我实在是觉得太幸福了。即便是阴魂不散的萨斯基亚也丝毫没有影响到我心中的幸福感。在科琳怀上杰克之后，我就再也没有体会过这种快乐了。而正是因为如此，我才会忍不住想起她，想起以前的种种经历。"

他用自己的拇指轻轻地搓揉着她的指关节。"科琳曾经对我说过，我一定还会找到一个爱人，然后和她一起生育更多的孩子。可我当时却说自己永远都不可能找回自己的幸福了。我错了。有时候我会发觉，自己此刻付出的感情甚至比和科琳在一起时还要深刻，还要成熟。这种感觉简直是……更加美好了。我真的要感谢上帝，感谢因特网让我遇到了你！但我同时又不免为科琳而感到难过，因为这样的想法似乎是在表明我在感谢上帝带走了她的生命。"

"是呀。"艾伦虽然嘴上答应着，可心里却不知道自己是否应该相信他的话。如果他只是为了讨她的欢心才这么说，那又该怎么办呢？

"我不知道你会不会相信我，但我说的都是真的。难道说你就没有产生过完全自相矛盾的念头吗？何况我们有的时候还会一天就变一个想法呢。"

"我猜你说得没错。"对于自己此刻扮演的这个角色，艾伦似乎不太高兴，甚至觉得有点儿丢脸。毕竟她才应该是那个提出合理的疑问、将这段对话逐渐引入客观而理性的新高度的人嘛。

"说起来我也真是愚蠢，每当我产生这样的想法时，总是会觉得自己应该弥补科琳点什么，比如牢牢地记住我们俩曾经拥有过的美好时光，并以此来忏悔我的罪过。所以，和你在一起过得越幸福，我就越容易回想起有关她的事情。我这样说你能理解吗？我也说不清楚，也许我骨子里还是有着天主教的赎罪意识的。"

"是的，我能理解。"

"总之，我显然是不会像打忍者格斗游戏那样永远把你和科琳拿出来做比较的。老实说，在大部分时间里，我的想法都是比较浮浅的，比方说，嗯，我想要吃羊肉块，或者是我该怎么在《古墓丽影》的第四关中打败杰克之类的事情。"

艾伦从包装袋里一下子掏出了两块棉花糖，用指尖将它们狠狠地压在了一起。

"科琳去世之后，所有的人在谈起她时都会将她描绘成一个圣人。他们的脸上全都带着一种惋惜的表情，仿佛我们的婚姻就是如此的完美，连一次不必要的争吵都没有发生过似的。最后，连我自己都陷入了这样的迷思之中。那时候我还年轻，思想也比较单纯。我想这就是我昨晚为什么会说出那番话的原因吧。我当然不可能像爱科琳那样再爱上别的女人，因为我不可能再回到十八岁的年纪，也不可能还存有初恋的冲动。但这并不代表我不爱你，而是恰恰证明了另一点：我从没有像爱你这般爱过科琳。"

艾伦突然忍不住打了个哈欠，逗得帕特里克一下子便笑场了。"难道不应该是男人在面对女人喋喋不休的叨唠时才会打哈欠吗？不管怎么说，我想要说的最重要的一句话就是：我是全心全意地爱着你的。这份爱不是心不在焉的，也不是退而求其次的。我爱你。而我所能做的就是用我的后半生来向你证明。你听明白了吗，我疯狂的催眠师？"他将手轻放在了艾伦的脑袋后面，深情地拥吻了她，仿佛这两人正站在火车站的站台上留下出征前的最后一吻似的。

一种平静而又安详的感觉沿着静脉蔓延到了她身上的每一个角落。此刻，帕特里克刚刚说过些什么似乎已经变得没有那么重要了，但他两眼之间的那两道深深的皱纹却在强调着他是多么在乎她能够理解他的心情。或者说，她之所以会产生这样的感觉完全是因为她实在是太困太困了，而路易莎怀孕的喜讯和报道延迟见报的消息也冲昏了她的头脑。

"我想我听明白了。"两个人终于有机会停下来喘口气了。

"感谢上帝。我想我已经用过去两个小时的时间把自己这辈子所能谈及的'感情'全都说完了。"他顺手递了一颗棉花糖给她，"喏，这是最后一颗了。这就是爱。现在我们去睡觉吧。"

26

"跟踪狂"的自白

恩里克·皮纳罗斯是哥伦比亚首都波哥大市的前任市长。他坚信我们
应该为创造"快乐城市"而付出不懈的努力。他设计城市基础设施建设的指
导方针就只有一个，那就是幸福感。作为城镇规划师，我们能否规划出让居
民感到幸福的城镇来呢？我们又是否正在践行这样的理念呢？

——摘自萨斯基亚在母亲病逝后参加的一场论坛的主讲人发言

（"规划幸福"，她在笔记本上写下了这四个字。）

这是一个温暖的周六下午。不管别人愿意称它为事故也好，意外也好，距离事情发生的那一天已经过去了两周的时间。医院已经把我转移到了一个靠近庭院的病房，以便让护士可以时不时推我出去呼吸一下新鲜空气。我仿佛已经嗅到了充满茉莉花香的夏天的味道。

　　医生告诉我，我的脚踝手术很成功，骨盆的伤势恢复得也很好。因此，他们已经不再需要向我提供注射用的止痛剂了，只是偶尔给我送来一只装有止疼片的小塑料杯。

　　兰斯的妻子凯特正坐在我身旁的椅子上，和我一起织着手里的毛线活儿。到现在为止，她已经给我上过两堂课了，还特意为我购买了新的毛线和毛衣针。不过，她却拒绝收我的钱。我的第一个目标便是给我自己织上一顶头顶着白色毛球的深红色便帽。我本也想过要为杰克、帕特里克甚至是他的母亲莫琳织些什么，因为我的那顶贝雷帽就是她织了送给我的。我想，若是我的作品能够被用作道歉或是告别的礼物，应该会比较容易被他们接受吧。可我每次一想到这一点时，脑海里就会出现一扇巨大的橡木门，就像是中世纪城堡里常见的那种木门一样。紧接着，这扇门便会当着我的面砰的一声狠狠地关上。

凯特夸奖我"天生就是织毛衣的料"。我并不明白她为什么要对我这么好，因为她看上去完全不像是一个"行善之人"——我母亲就是这么称呼我们教会里的一些女士的。她们的脸上全都挂着圣人般的微笑，不时还会为我们送来一些砂锅炖菜和二手衣物，但却总是忙得没有时间坐下来喝一杯我母亲泡的茶。因此，我也总是会把自己不信教的事情全都怪罪到她们头上。

我很喜欢凯特。她的脾气虽然有点古怪，但却算不上是偏执，只能说是肢体上有点儿不协调而已。她说起话来不是慢半拍就是快半拍，还总是莫名其妙地掉东西。但总的来说，她是个亲切友善的姑娘，只不过看上去有点儿不善交际而已，和我倒是挺合拍的。

她告诉我，自从去年在圣诞节派对上认识我之后，她就一直要求兰斯邀请我到家里来吃晚饭，但兰斯实在是太害羞了。话说回来，她和兰斯的老家都在布里斯班，搬来悉尼还不到一年的时间。

"我们正在四处认识新朋友呢。"凯特说，"你看，我们现在就把你困在床上了，这样你就跑不掉了。这算不算是我在跟踪你呀？"

这句玩笑话让我尴尬地大笑起来。

凯特清了清嗓子，我们俩便再次陷入了沉默之中。我的耳朵里只能够听到彼此手中的毛衣针发出的轻微碰撞声，以及那已经融入了我生命中的医院背景声。

"说到交朋友，塔米和我周末的时候会一起去上瑜伽课。"凯特突然开口说道，"我会去你家接她。"

"我知道。"我回答，"她告诉过我了。"

塔米每隔几天便会来探望我一次，顺道为我带些书本、DVD 和外卖食物之类的东西，然后坐下来和我聊聊自己那些老朋友的八卦。

我总是很高兴看到她的到来，却又在她离开后累得头昏脑涨。相比之下，凯特的探望就让人轻松多了。这也许都是编织课程的功劳吧。

"这会不会有点儿奇怪？"凯特问道，"趁你不在家的时候到你家去？"

这确实有点儿奇怪，但我真的不是很在乎。

"当然不会了。"我回答。

"我只是有点儿担心你会觉得我抢了你的朋友。"凯特用她那孩子一样的古怪腔调说道。我这才意识到，原来让她显得如此古怪的原因就是她的直白，就好像她说话的时候从来都不过脑子一样。这一点倒是和催眠师有点儿相像。

"塔米和我已经有好多年都没有联系过了。"我对凯特说，"我们可以公平竞争嘛。"

凯特会心地笑了笑。"等你养好了伤，我们三个可以一起去练瑜伽，然后去一家咖啡馆里坐下来聊聊天。那家咖啡馆的巧克力泥巴蛋糕是我这辈子吃过的最好吃的蛋糕了。我第一次吃到的时候差点儿被那种美味感动得哭了出来。"

我并没有说话，因为我并不想去想象自己离开医院后的人生。"你肯定已经躺得有些不耐烦了吧？"一位护士曾经这样对我说过，而我却顺从地答了一句是呀。不过，我的答案并不是她想象的那个意思。重返自己的家、重返自己真实人生的想法简直就让我觉得恶心。

"上完瑜伽课之后不是应该喝点花草茶吗？"我说。

"我知道。咖啡因会阻碍我们身体里的能量流动。"凯特回答。

我们再一次沉默地织起了手中的毛线。我喜欢毛衣针摆动时带来的那种韵律感，仿佛一种成就感也在随着一行行针脚的完成而逐渐累积起来。

"你已经上瘾了。"凯特看着我手中的半成品赞许地点了点头。

"干这个有种催眠的感觉。"说到这里，我的眼前不由得出现了自己以"黛博拉"的身份第一次和艾伦并肩站在窗前欣赏海景时的画面。那仿佛已经是很久很久以前的事情了。

在我做完脚踝手术的第二天，警察就找上门来了。是一个男警官和一个女警官。他们两人看上去都很年轻，这不禁让我感到既恐惧又丢脸，两颊也因为羞愧而涨得通红。妈妈若是知道了这件事情会怎么想呢？她对于警务人员一向是敬重有加的。两位警官给我念了一份警告，里面的内容和美国罪案电视剧里的有点儿不同，用词比较平淡无味，但听起来却更加吓人。

"所以说，你怎么会进了医院？"那个男警官用手指了指我的病床，然后掏出了一个笔记簿。我一五一十地将事情的经过讲述了一遍，他们两人一直都在面无表情地听着。

我猜他们肯定见过不少更糟糕的事情吧。

他们问我是否知道跟踪别人属于一种刑事犯罪，然后告诉我他们这次是代替帕特里克来向我递送临时限制令的。限制令即刻生效，也就是说我不能够再靠近距离帕特里克一百米的地方，包括他的住所和工作地点。此外，根据限制令的规定，我也不得对他进行"攻击、骚扰、侵犯、威胁、恐吓或是跟踪"。如果我愿意，可以向法院提起申诉。说到这一句话的时候，他们的语气仿佛是摆明了在对我说："你是不会成功的。"而且，违反限制令的代价将是五千澳元的罚款或是两年的牢狱之灾。

攻击、骚扰、侵犯、威胁、恐吓或是跟踪。

这几个词一直深深地烙印在我的脑海之中。我简直不敢相信他们居然会将这几个词和我联系在一起：我可是个好姑娘呀。学校里的优等生，社会上的和平主义者。我甚至在第一次拿到人生唯一的一张超速罚单时都气得哭了出来。

除这张限制令之外，我还因非法入侵而受到了起诉。那名女警官递给我一张法院的传票。接过传票时，我的手指实在是颤抖得太厉害了，以至于将它失手掉了下来。就在它即将掉到地板上时，那位女警官及时地一把接住了它，然后小心翼翼地把它放在了我身旁的边桌上。就在那一刹那，她的眼神中突然少了几分执法人员的冷漠感，反而多了一丝同情的意味。

　　交代完这些事情，他们便夹着蓝色的警帽离开了，腰间的手枪皮套里还隐约露出了枪柄的痕迹。直到他们离开之后的三个小时，我的心还在怦怦地跳着。

　　"我就是因为织毛线而认识兰斯的。"凯特的话打断了我的思绪，"当时他就坐在我旁边的大巴座位上，侧过身来问了我一句：'你在织什么呢？'"

　　"他搭讪的本领还不赖呀。"

　　"我知道。挺有创意的对吧？"凯特说，"你呢？你现在还是单身吗？"

　　我回答："我已经三年都没有谈过恋爱了。不过在这期间我倒也不觉得自己是单身。"

　　"这话是什么意思？"凯特抬起头来看了看我，但并没有停下手里的毛衣针。

　　我本来是不打算回答这个问题的，因为我对于眼前的这个姑娘一点儿也不了解，而且我也有保持沉默的权利，但那些话却不知道为何一下子就从我的嘴边慌乱地蹦了出来。

✕

　　他到得还挺早的，艾伦走到门口时不禁在心里感叹了一句。

　　今天是父亲带着她出去散心的日子。奇怪的是，他们准备一起到帕拉马塔市去参加一个叫做"橄榄节"的活动。

这是戴维的主意。"没准儿会很有意思呢。"他在电话里讲道，"活动是在伊丽莎白农场上举办的。不知道你去没去过那里，那里拥有澳大利亚仅存的几座历史最悠久的欧式建筑之一。"显然，他这句话是按照什么材料上的内容大声朗读出来的。读完之后，他清了清嗓子继续说道："听上去很有意思。应该是个很特别的活动吧。"

艾伦真希望自己能够不再把与父亲的约会拿来和网络相亲的经历作比较（因为这显然是不太合适的），但她还是忍不住联想到了某种类型的男人。他们总是会过分追求"新奇而又有趣"的约会形式，只为了能够给对方留下一个深刻的印象。

每当想到父亲在网络上认真地搜索着有可能会吸引自己那个已经年满三十五岁的女儿的活动时，她就会感到一阵心酸。如果他们能够早三十年相认，他说不定还可以带她去逛逛游乐园或是给她买上一个毛绒玩具。"我们不用特意去做些什么事情，只要坐下来聊聊天就好了。"她很想要这样回绝他的邀请，但却又不知道能和他聊些什么话题。这都要怪她那个童心未泯的母亲。

她一脸欢快地打开了门，出现在她面前的却是一个戴着超大墨镜、头上还低低地压着一顶棒球帽的女人。

"快。"那个女人说，"让我进去。"

"不好意思……"

只见那个女人用指尖拉下了墨镜的一角，露出了一双熟悉的蓝色杏仁眼。"抱歉以这么戏剧化的方式来见你。是我，罗西。那些狗仔队已经跟着我拍了一天了。"

艾伦赶紧敞开门让她进来。自从伊恩·罗曼两周前来找她麻烦之后，她就再也没有听到过罗西或是那个女记者的消息了。而她也早已放弃继续给罗西留言了。

"狗仔队为什么要跟着你拍照？"艾伦不解地问。

"你还没有看今天的报纸吗？"罗西摘掉了墨镜和棒球帽，晒黑的肤色看起来十分的健美，说起话来也比从前有精神多了。

"没有。"艾伦的心跳一下子就加快了。虽然玛丽－贝丝告诉她报社已经放弃了那篇报道，但她还是不免担心自己的名字和照片会突然出现在某一篇措辞恶毒的头条文章里。因此，她对于那些在媒体报道的狂轰滥炸下倍感压力的人感到由衷的同情。说来也可笑，她以前总以为自己有着取之不尽，用之不竭的同情心；但其实真正能够让她发自内心地感到同情的事情却是她亲身经历过的事情。

罗西从自己的手提里抽出了一份折叠着的八卦小报，然后将它举到了艾伦的面前，一只手指还指着头版上的一个标题。在那个标题旁印着一张黑白照片，照片中的伊恩·罗曼正牵着一个高挑的长腿女郎离开某酒店大堂。显然，即便在没有文字解释的情况下，这样一张图片的含义也是不言而喻的。一行醒目的标题赫然写着："罗曼出轨！"

艾伦快速地浏览了一下文章的第一段：

备受瞩目的媒体大亨伊恩·罗曼刚刚与新婚妻子在三个月之前走进婚姻的殿堂，但这对新人的蜜月期显然已经过早地凋零了。

"伊恩和某个超模之间有私情。"罗西说，"这些狗仔队想要拍到一张我痛不欲生、气到不修边幅的照片。"

"我很抱歉。"艾伦关切地说了一句。

"没事的。"罗西不屑一顾地回答，"他只不过想要给自己留点颜面而已。他以为我打算要和他分手，所以就决定先下手为强。那些狗仔队说不定都是他花钱买通的呢。不过，你听着，伊恩说他曾经来找过你。"

"我们那次见面的经历可不太愉快。"艾伦说话的声音简直像极了自己的母亲,语气不仅极其生硬,而且十分的冷淡。话说回来,这样的表达方式在某些特定的场合中还是挺管用的。说罢,她带着罗西走进了客厅。"茶?咖啡?还是什么冷饮?"

"不了,不了。我也不便久留。很抱歉这样贸然地来打搅你。"罗西坐在了艾伦对面的那张外公留下的皮椅子上。她的一双腿是那样的小巧,脚上的平底鞋才刚刚勉强够到地板。她向前俯下身子,两只手十指交叉地握在了一起,像是要乞求艾伦的宽恕。"我只是想来当面向你道个歉。很抱歉我连累了你。那段时间我出远门了,并没有带手机,因此我是今天早上才收到你的信息的,于是就直接开着车赶来了。"

The
Hypnotist's
Love
Story

想起那不堪回首的一天,艾伦的脸部肌肉不由得抽搐了起来。"我当时可能有点儿太歇斯底里了——"

"哦,上帝呀,你完全有权利发火!我能够想象他到底是怎么说的。他当时的样子肯定很像,我也不知道,兰博或是托尼·索普拉诺?"

"他的样子有点儿……吓人。他说他会让我'彻底关张'的。"

"真是个傻帽。"罗西说着从手提包里翻出了一些口香糖,剥掉外包装后飞快地嚼了嚼,然后用手指了指自己的嘴巴,"尼古丁口香糖。我终于把烟瘾给戒掉了。"

"真的吗?你丈夫当时还指责我一点儿都没有帮上忙呢。"

"你在开玩笑吗?我已经把你推荐给我认识的所有人了!"罗西一边用力地嚼着口香糖一边望向了远方,似乎是想要找出一个把艾伦推荐给别人的最佳理由。

"所以伊恩的确偷听到了你和你姐姐的谈话。"艾伦追问道。

"我也不知道。"罗西将身子向后躺了过去，两只脚一下子便离开了地面，"我一直都以为他是不会做出偷听这种下三滥事情的人。而且他完全听错了。我是在向我姐姐讲述自己是如何求你通过催眠让我爱上伊恩的事情，可她却说我是个白痴。"

"总之，后来她劝我和她一起随家人到昆士兰州去度了个假。那真是个美好的假期。我每天要做的就是躺在海滩上，或是和我的外甥女们一起搭建沙堡。哦，对了，还有鲜虾口味的三明治——那是伊恩最讨厌吃的东西。这倒也从一个侧面说明我们俩的确是不同世界的人。我这个人实在是……太平凡了。"

"没有人是平凡的。"艾伦不自觉地搭了一句话。

"我就是啊！"罗西说，"我就是个平凡得不能再平凡的人了。我甚至都不知道他为什么会看上我这么矮小的一个姑娘。我根本就不是他的菜嘛！报纸上登出来的那个超模——她才是伊恩真正喜欢的类型。她和他的游艇搭配起来肯定天衣无缝。"

"这我就不知道了，罗西。"艾伦回答，"我觉得他是真心爱你的，不然也不会那么愤怒。"

"不。"罗西反驳道，"那只不过是因为他太爱面子了。总之，一切都结束了。显然我们双方都做出了一个错误的决定。你知道的，我从没有爱过他，这是你帮我明白过来的道理。"

"我倒是觉得，你根本就没有给自己一个爱上他或是喜欢他的机会，你甚至都不打算去了解他到底是个什么样的人，因为你实在是太执着于他为什么会选择你这个问题了。换句话说，你被伊恩·罗曼的高大形象给蒙蔽了。虽然说他拥有金钱和权力，举手投足间都透露着大亨的气势，但他在心底里没准儿也会向往一个平凡的海边假期呢？"

罗西眨了眨眼睛，一张小嘴巴嚼得更起劲了。

"不管怎么说，他最终还是选择了你。"艾伦继续说道，"一个拥有他这般权势的男人大可以选择各种各样的花瓶娇妻。但他并没有选择那个超模，而是选择了你。"

艾伦想要表达的意思是：他之所以选择了你，一定是因为他在你身上看到了某些卓尔不群的东西，而这就说明他其实不只是我们想象中的那个呼风唤雨的媒体业巨擘。

这时，她突然想起了帕特里克的话：你们女人总是觉得爱情非黑即白。

听到这里，罗西皱起了眉头，眼睛里似乎闪过了一道光芒。她低下头来看了看自己的手，然后又慵懒地踢了踢腿。很快，她的脸色阴沉了下来，似乎已经下定了决心。不。她还是缺乏自信，缺乏勇气。她和伊恩·罗曼的婚姻早就在某个时刻分崩离析了。

"管他呢。"罗西终于开了口，"不管怎么说，他都背叛了我。我们已经结束了。你不用担心，我没事的。就像我刚才说的那样，我过来就是为了向你道歉，顺便告诉你一声，他不会再纠缠你了。我已经告诉他了，如果我在报纸上看到任何一条有关你的负面新闻，就一定会大张旗鼓地去向媒体曝光我们婚姻的细节。到时候若是爆出了他什么特殊的性爱癖好，想必他是怎么洗也洗不清的。你现在安全了。"

"谢谢你。"艾伦只好应了一句。

"顺便提一句，其实他并没有什么奇怪的性爱癖好。"罗西边说边站起身来，提起了自己的手提包，"我们的性生活很和谐。"

对于这段婚姻的终结，艾伦莫名地感到有点难过。罗西并不爱伊恩·罗曼，而那个糟糕的伊恩·罗曼此时可能正坐在自己的游艇上，怀抱着超模痛饮香槟呢。如果这两个人都能够抛却自己的骄傲，没准儿还真有可能成为令人艳羡的一对儿。

送罗西出门的时候，艾伦的父亲也正好来到了她家的门口，还颇为绅士地替罗西挡了一下门。

"你的病人吗？"父亲进门后随口问了一句。

"是客户。"艾伦纠正了父亲的用词，"我们从不称他们为病人。"目送着罗西远去的背影，艾伦忍不住感叹了一句："事后想起来，我当初真应该换个方式来为她治疗。"

"后知后觉。"父亲附和道，"有时候真的只迟了一点点。"

✖

"是这样吗？"凯特说完便停顿了一下，环顾着四周想要找些什么启发。这时，她的眼神正好与我的眼神交汇在了一起。"天哪！"

在我喋喋不休讲述事情的原委时，她一直都默默地低头织着手中的毛线，偶尔轻轻地点一下头或是挑一挑眉毛，一个字也没有说。我不知道她是怎么想的，却一股脑儿地把自己的所作所为全部都告诉了她，而且没有试图篡改事实。要是我曾经有过一段不幸的童年就好了，这样我就可以把一切责任都推脱给过去。可我没有任何人也没有任何事好怪罪，因此我只好告诉她，我是罪有应得的。

"你可能不知道自己每次来探望的竟然是这样一个疯女人吧。"我在故事的结尾总结了一句。

向她坦白的感觉简直是太好了。我慷慨激昂地讲着，根本就停不下来，感觉仿佛刚刚剥掉了指甲上一块可怕的疮痂那样畅快淋漓。然而，讲完之后，坐在她对面的我却突然被一种愧疚而又失落的感觉给包围了。我是真的很喜欢她。我们本来是可以成为朋友的。可我现在却把一切都给毁掉了。

"哦，看来真的是这样呀。"凯特不紧不慢地说道，"我也做过不少疯狂的事情呢。"

"真的吗？"

凯特将自己的头歪向一边，仔细地回想起来。"嗯，不，也算不上是什么疯狂的事情，至少没有你那么疯狂。我这么说只不过是想让你感觉好受一点而已。"

"谢谢你。"

此刻，她仍没有停下手中的毛线活儿。"我敢打赌你是天蝎座的，对不对？"她头也不抬地问了一句。

"呃，是的，其实我并不是——"

"你并不是很相信星座这件事情。天蝎座的人都不信这套。不过，不管怎么说，你们天蝎座的人都很富有激情，同时也因为性情阴郁而容易显得神秘兮兮的。我一直都希望我能是天蝎座，或是狮子座。可惜我是天秤座，所以天性就优柔寡断。"她的手一直都没有停下来，"其实我也不相信星座那些鬼话。"

她用手腕倒卷了一些毛线出来。"你一定曾经深爱过他。"她说，"还有那个小男孩。"

"是的。"我回答，"不过我觉得如果自己真的爱他们的话，就应该'放他们自由'。那些愚蠢的台词不都是这么说的吗？爱并不能成为我的借口。"

自从那一夜之后，我的脑海里总是会不断地出现帕特里克看到我站在床尾时的那副惊恐的表情，仿佛那个位置从没有人站过似的。没错，那全都是因为我的原因。我就是他的梦魇。我让自己变成了他的梦魇。

"你知道我会劝你怎么办吗？"凯特问道。

"你会劝我去接受心理治疗。"我无力地回答了一句。当然了，她和催眠师都是对的，我的确需要某些"专业的帮助"。

"如果你愿意的话，我猜这么做应该是没错的。"凯特继续说道，"但我本想要告诉你的是，是时候该停手了。"

"停手。"

"没错，我觉得这是个极其明智的建议。停手吧。"

"停手……吧。"

凯特开始咯咯地笑了起来。"如果我是你的心理医生，我肯定会这么对你说的。萨斯基亚，停手吧。织些毛线吧。"

我再次拾起了面前的毛衣针，一旁的凯特则微笑着望着我。"这就对了。你看，这不就解决了吗？请付两百美元。"

看来这个新朋友一定是上帝派来拯救我的。不知道这是不是母亲在天堂里为我安排的呢？我总是会忍不住去想象她来世的生活。她现在应该正在某个闪闪发光的宴会厅和我的父亲翩翩起舞吧。也许他们偶尔也会谈起我，为我的过分举动摇头叹息。也许在我和杰克一起滚落楼梯的时候，母亲叹息着说了一句："我早就告诉过她了，她再这样下去终有一天会堕落的！她需要的是一个新朋友。"说到这里，她突然灵光一闪，想到了一个好主意："我知道了！一个会织毛衣的朋友！我不是一直都想让她学学如何织毛衣吗？"说完她便一路小跑着去安排这件事情了。

"好好做自己的毛线活儿，不要再去跟踪别人了。"凯特嘟囔着，"跟着我重复一遍：好好做自己的毛线活儿，不要再去跟踪别人了。"

✖

令人想不到的是，橄榄节竟然是个十分有趣的活动。

这显然是毋庸置疑的事实。艾伦不知道自己怎么会想到要用"竟然"这个词。她一向都很喜欢参加类似的活动：无论是学校的义卖、手工作品展还是什么室外集市。她喜欢看到那一个个铺着白色桌布的小小展台，更喜欢和展台后那些热情地推销着自己的有机食品的卖家攀谈：蜂蜜、果酱、酸辣酱、葡萄酒，还有这一次的主角——橄榄和橄榄油。风铃伴着精油的清香发出了悦耳的叮咚声。这就是她的归属，这就是她的天地。（"都是一群有钱的嬉皮士。"茉莉亚肯定会这么说。）

艾伦和父亲依次走过一排排白色的帐篷，耳边飘荡着粗帆布在微风中鼓动的声响，鼻子嗅着地中海大蒜、新鲜面包和紫藤花的香气，肩膀上还洒着暖洋洋的春日阳光。艾伦顿时感觉到了一种发自内心的慵懒的满足感。

这也许是因为她终于醒悟过来这并不是一次约会吧，至少她的父亲不会突然低下头来亲吻她；但也许是因为她的孕吐反应逐渐得到了缓解，仿佛她终于可以挥别一个住在她身体里的讨厌房客了，这不禁让她感到如释重负。

不过，最有可能的原因是，帕特里克在他们准备离开时给她的父亲展示了艾伦的超声波照片，让他一下子就激动得泛起了泪花，之后又突然感觉不好意思起来。就在那一瞬间，他整个人都变得真实多了，不再是艾伦生命中的某个笑料了。一路上，坐在副驾驶座位上的艾伦一直都在偷偷地观察父亲开车时的神态（和帕特里克一样，他手握方向盘的样子看上去是那样的自信而又随意），感觉自己内心深处的某个硬核正在慢慢地溶解。他是你的父亲。这没有什么不妥的。如果你愿意的话，你可以试着去喜欢他，去深爱他。

父女俩的脚步停在了一个展台前面，一位身材瘦小的热情女子马上开始对着他们展开了一段有关澳大利亚橄榄油协会特级初榨橄榄油标准的演讲。她讲得实在是太细致了，仿佛艾伦和戴维正准备提交特级初榨橄榄油的申请似的，根本就不在乎他们是否听得一头雾水。

"原来是这样！"在她终于结束了自己的演讲之后，戴维随口问了一句，"好吧，那么……艾伦，你想不想尝一口？"

艾伦用一小块面包蘸了蘸装在一个小方格里的金黄色橄榄油。"真的是太美味了。"她向上翻了翻眼球，假装享受地摆出了一副非常惊讶的表情。这橄榄油的口感的确不错，但从以往参展的经历中不难得出一个结论：展会上的东西总是会显得特别的美味，而一回到家她便会发现自己买回来的那些东西其实和超市里售卖的那些批量生产的货物并无两样。一定是现场清新的空气和摊主的暗示起了作用——她被催眠了。

"我给你买一瓶吧。"戴维说着便从钱包里掏出了一张五十澳元面值的纸币。

"多好的爸爸呀。"那个女人夸赞道。

戴维举起一只手来，握着拳咳嗽了一下，而一旁的艾伦则一脸同情地望着他。

那个女人立马便皱起了眉头。"哦，对不起，你们不是父女吗？"

"不，你说得没错，我们就是父女。"艾伦赶紧回答。

"哦，我就说嘛。"女摊主的话语中仿佛带着一点点责备的语气，好像有谁在故意和她过不去似的。她一边将找零递给了戴维，一边将橄榄油瓶子装进了一个白色的纸袋里。"你们俩的下巴简直长得一模一样。"

艾伦和父亲不约而同地伸出手指摸了摸自己的下巴，然后又不约而同地把手放了下去。

午饭时间到了，父女俩在一张很大的帐篷下面找到了一张白色的塑料桌子，于是便一起坐下来吃起了意大利面。两人之间的对话很愉快，但又显得有些刻意，好像他们是被困在某个公交站上的两个陌生人，因为公交车迟迟不来而不得不勉强聊上几句似的。

"很遗憾听说你和妈妈分手了。"在一段冗长的澳英两国春季气候对比的对话结束之后，艾伦突然转换了话题。

"我也觉得很遗憾。"戴维回答，"这可能都是我的错吧。我不该在自己还是满身伤痕的时候就急着展开一段新的恋情。"

"满身伤痕。"艾伦重复了一遍，似乎有点儿困惑。

"是呀，我妻子在和我共同度过了三十年的婚姻生活之后还是离开了我。"戴维说，"我一点儿心理准备也没有，何况她也并没有移情别恋。她告诉我，她'忘了做自己是什么感觉了'。于是我对她说：'你可以尽情地做你自己呀。我又没有拦着你！'可我显然正是她生活中的最大障碍。"他熟练地用叉子卷起了手中的意大利面，满面愁容地陷入了沉思。

"真是不好意思。"艾伦边说边努力地调整着自己的认知，"我想我一直都以为是你主动提出了分手，或者是你们两个人的感情出现了什么问题。"

"这显然并不是我们两个人感情的问题。"

"妈妈并没有跟我多说。"艾伦开口解释道。

"我想这也许是因为我并没有在脸上挂上'我为前妻的离开而感到心碎'的表情吧。"戴维自嘲着回答。

"她说你在婚后一直都对她念念不忘。"这话刚一出口，她马上就意识到自己好像正用一种责备的语气和自己的父亲讲话。

父亲可怜巴巴地抬头看了她一眼。"她都告诉你了？"他将面前的餐盘推远了一点，然后将两只手臂搭在了椅子的扶手上，"我并没有撒谎。这么多年来，我的确偶尔还会想起你妈妈，或是在梦里梦见她。但我并没有因此而不再深爱珍。"

艾伦也推开了自己的餐盘。"不过你的确在订婚之后背叛过她呀。"她半开玩笑着轻快地说了一句，以表现自己并没有想要对他妄加评判的意思。说罢，她还笑着指了指自己，仿佛是在展示他对妻子不忠的产物。"而且还是不止一次哦。"

"是呀。"戴维回答，"我那时候很年轻，很愚蠢，而你妈妈又是个如此美丽的女孩儿。她的那双眼睛啊！"他像个孩子般地做了一个鬼脸，还耸了耸肩膀。"我真是个幸运的家伙，对不对？"

艾伦不知道自己是该感到高兴还是该感到悲哀。

这就是她出生的缘由：一个算不上伟大的爱情故事，一段草率结束的婚外恋，一个算不上坚定的女性主义女主角。

"总之。"戴维总结了一句，"我和你妈妈还是朋友，而且告诉你个秘密，我还没有完全放弃希望。"

"真的吗？"艾伦本想要告诉他，他是不会再有任何机会的，可她又知道些什么呢？在过去的几个月中，她早已经明白了一切真相都有可能在瞬间变得面目全非这个道理。没有什么是永恒的，那些佛教的箴言果然都是明智的。

父女俩静默地坐了一会儿，望着一群正要在帐篷中间进行什么表演的人手忙脚乱地做着准备。

"帕特里克看上去是个不错的小伙子。"戴维开口说道，"他有个儿子，对吗？是他和前妻生的吗？"

"那孩子叫杰克。"艾伦回答，"他今天去参加一个派对了。他的母亲在他很小的时候就去世了。"

"喂？"有人开始对着麦克风调音了，"喂？二，三，四。"

"所以说，我们之间的感情有点儿复杂。"艾伦听到自己这样解释了一句。这就是和公交车站的陌生人聊了太久之后会出现的问题，对话总是在不知不觉中就变得私密起来。

"为什么这么说呢？"戴维问道。

这个问题不禁让艾伦感到有些不耐烦。这还不够明显吗？大部分和她讨论过这个问题的女人都会心领神会地答上一句："哦，是这样呀。那是当然。我能够想象得到，我妹妹的朋友就曾经和一个寡妇约过会，那简直就是一场灾难……"

"我的意思是说，我觉得，既然他的第一任妻子已经去世了，那么——"她的话突然被音响发出的尖锐噪音给打断了。在场的所有人都吓了一跳，纷纷伸出手来捂住耳朵。

当噪音终于停下来的时候，不知是谁在话筒里喊了一句："抱歉！"

"我觉得你没什么好担心的呀。"戴维说道。

"为什么呢？"

他转过头来望着她。"艾伦。"他叫了一声。（艾伦觉得这仿佛是他第一次认真地呼唤自己的名字，而她却一直都毫不避讳地称呼他为"戴维"。看来她的个性还真是直来直去。）"艾伦，那个男人今天早上还在帮你挂窗帘呢。"

"是的，这我知道呀——"

"那可不是什么容易的活儿。我的爸爸以前就是这么说的。"

"是吗？"

"而且他还主动把超声波检查的照片拿出来给我看。这在我看来并没有什么复杂的呀！"

这时，帐篷里突然响起了震耳欲聋的吉他声。三个弗拉门戈舞者踏着节奏站上了舞台，伸出手来甩开了身上亮丽的舞裙，然后齐刷刷地甩了甩头，脸上的表情显得既严肃又高贵。

"好哦！"艾伦的父亲将一只手高高地举过头顶，假装模仿起了打响板的手势。这简直就是许多父亲身上常见的愚蠢举动，不知要让多少跟在他们身边的未成年儿女羞愧得想死了。

"好哦!"艾伦也附和着叫了一声,然后惬意地靠在了椅背上,开始欣赏精彩的歌舞表演。随着乐声的激昂,那萦绕在她心头的疑问也似乎渐渐地远去了。

原来这就是拥有父爱的感觉。

"有人吗?有人吗?"

病房外传来了塔米的声音。

"别告诉别人——"我叮嘱凯特。这其实并不是因为我觉得塔米会对我妄加评断,只不过她对于这种事情往往会表现出过于强烈的好奇心,因而总是会抓住同一个问题大惊小怪、刨根问底。若是她知道了这件事情,一定又要花上几个小时的时间来追问我的动机和帕特里克的反应了。这样一来,我就永无宁日了。

"当然了。"凯特放下了手中的毛线活儿,"我对兰斯都不会透露一个字的。"

她当然会告诉兰斯的,而且是今晚一回家便会告诉他。一个人是永远无法对自己的另一半保守秘密的。

不过我有种预感,虽然说兰斯一定会觉得我是个疯女人,并因此而庆幸自己从没有和我出去约会过,甚至是为帕特里克而感到遗憾,但他几年后便会将这些细节忘得一干二净。当凯特碰巧提及此事时,他也许还会一脸疑惑地问上一句:"哦,对了,那是怎么一回事来着?"他不是那种会将别人的生活点滴都记在心里的人。而且我也相信,他与生俱来的正义感、道德感以及对于各种八卦闲话的反感会阻止他将这个消息在办公室里传播开来。不管怎么说,我都感觉自己应该是不会再回去上班了。一切都要变了。

"怎么样啦,姑娘们。"塔米开口便说道。

凯特和我相视着翻了个白眼：看来塔米和兰斯还没有玩够"巴尔迪莫毒贩模仿秀"的桥段。

看到我们的反应，塔米又恢复了正常的说话语气。"看看你们两个只知道抱着毛线团儿的老太太。"说罢，她将一沓信件放在我的面前，"顺便说一句，詹尼特和皮特让我代他们问候你。"

"詹尼特和皮特？"我一脸茫然地望着塔米。

"你的邻居呀！"塔米解释道。哦，原来是住在隔壁的"拉布拉多一家"。我努力地回想着他们的面容，却怎么也想不起来。也许我根本就没有认真地看过他们一眼吧。

"我昨晚去他们家吃了顿晚饭。"塔米说道。

真是有意思，居然会有人住在我的家里、过着我的生活，还要向我展示这一切是多么的轻松自然。他们邀请她的时候，想必她连想都没想便答应了吧。"当然了！需要我带点什么过去吗？"她肯定会这么说的。

"他们很有趣。"塔米自顾自地继续说着，"我们还和孩子们一起玩了大富翁的游戏。"

"我讨厌大富翁游戏。"凯特一边评论着，一边重新拾起了面前的毛衣针。

"总之，我们说好了要为你办一个接风派对。"塔米一脸兴奋地说。

"派对？"我答道，"我可很少参加什么派对呢。"

"你到底在胡说些什么呀。"塔米笑了笑，"我还给詹尼特和皮特讲了你几年前办的那个万圣节派对呢。还记得吗？那是我参加过的最棒的派对之一了。"

我怎么会不记得呢，那时候帕特里克才刚和我交往不久，而我还没有搬进他家和他同住。我铆足了劲在自己的公寓摆满了南瓜灯和蜘蛛网，甚至还搬来了好几块干冰，以便营造出一种诡异的烟雾效果。所有的宾客全都是盛装出席的。帕特里克特意把自己打扮成了吸血鬼的样子，还不停地俯身靠近我，好用他的毒牙"吸食"我脖子上的血。那一天我扮演的是莫蒂西亚，头顶着长长的黑色假发，脖子上还戴了一条蜘蛛项链。我至今仍记得那晚拍摄的照片：你肯定从未见过如此喜笑颜开的莫蒂西亚。

可举办那场聚会的女孩如今早就不复存在了。我的心里突然产生了一种黯然心碎的感觉。

"你还做了些南瓜派。"塔米依旧沉浸在回忆中，"简直是太美味了。"

"我还从没尝过南瓜派是什么味道呢。"凯特接过了话。

"我做给你吃。"我边说边在脑海中罗列起了食谱中所需的原料：奶油干酪、肉桂、鲜姜。紧接着，我又开始思索自己到底该做多少才能满足凯特、兰斯、塔米甚至是隔壁那家人的需要。我是多么希望看到别人大快朵颐地吃着我做的食物，然后还迫不及待地想要再来一盘的样子呀。我已经多久没有做过一个快乐的家庭主妇，为别人烧过一桌美味的饭菜了呢？

这时，我突然想起了自己在艾伦家烤过的那一炉饼干，不由得打了个冷战，于是赶紧拿起了面前摊着的书信，好分散一下自己的注意力。

"显然詹妮特的哥哥对你很中意。"塔米说，"所以我们打算在派对上撮合你们两个。"

"詹妮特的哥哥？"她到底在说些什么乱七八糟的东西呀。"我可从来都没有见过她哥哥呀？"说罢，我满不在乎地翻了翻手中的信件：账单，垃圾邮件，更多的账单。

"他在你出门的时候看见过你一次。"塔米说，"他觉得自己仿佛是在哪里见过你似的。你去没去过阿瓦隆海滩冲浪？"

我拿起了一个写有我家地址的整洁信封，上面的字迹在我看来好像有点儿熟悉，而信封的右下角还有个小小的鼓包。"我确实带着冲浪板去过那里几次。"我边说边反复地端详起了那个信封，脑海中逐渐浮现出了海滩上那个鬈发男人的身影。没错，我穿着红色连衣裙在沙滩上醒来的那个早晨，就是他的影子出现在我的身旁。那一晚前去拜访帕特里克父母的时候，艾伦恰好也在。

接着，我又开始回想自己在邻居家的走道上遇见的那个戴着棒球帽的男子。那一天我正打算假惺惺地去参加什么"四十岁生日派对"。我记得他看我的眼神确实有种似曾相识的意味。

想到这里，我试着将记忆中的两幅画面重叠在一起，一下子就认出那的确就是同一个人。这不禁让我内心感到一阵悸动，恨不得从头再活一次，好看看自己曾经都错过了些什么。

"但他不是有女朋友了吗？"说到这里，我又想起了他将自己的手臂轻轻地挽在女伴腰臀之间的那幅画面，心中不由得感到有些害羞。

"他最近刚刚分手。"塔米说，"所以机会来了。你可得抓紧哦，以防有人趁你不备，抢先一步把他给迷走了。"

"他是干什么的呀？"凯特随口问了一句，"这个问题是不是太肤浅了呀？那我是不是该问他的梦想是什么？"

"等等啊。"塔米摆出了一副十分夸张的表情，"他是一个……木匠。"

"不是吧？"凯特手里的毛衣针险些就要掉下来了。

"就是的！"

"那我的心怎么还跳得这么快呢？"

我看着她们大笑了起来。我已经很久没有这样没心没肺、没大没小地恣意笑过了。我本以为自己已经长大了，不再适合这样不得体的笑容了，可到头来却发现人在这一方面似乎永远都是长不大的。我要是能早一点知道这一点就好了。母亲七十多岁的时候，每个月都会和自己在网球俱乐部里认识的那帮老朋友一起吃顿午饭。一次，她在家里主办聚会的时候我恰巧也在家里，一走进客厅的大门便听到阵阵笑声如同珍珠一般滑落到屋子里的每一个角落。那一群白发苍苍的老人看上去真像是一群未成年的少男少女。

此外，我几乎都已经忘了，暧昧不清的阶段中最精彩的部分往往并不是爱情本身，而是谈论起这段爱情时的那种心情，还有和闺蜜们聊起潜在暧昧对象时的那份内心的悸动。

"我能不能来参加这个派对呀？"凯特问道，"我也想见见那个木匠呢。"

"当然可以了。"塔米回答，"我还在想呢，我们可不可以找个借口让他展示一下自己的木工绝技？"

"比如说搭建一个书架？"

"最理想的就是找点什么会让萨斯基亚显得很无助、很柔弱的事情。"

"你们不都是女权主义者吗？"我假装生气地说道。

听到这话，凯特突然打了一个响指。"一个残疾人坡道怎么样？这样她的轮椅就可以畅通无阻了！"

"他们说，我出院的时候应该就可以下地走路了。"我回答。他们下周就要让我练习拄拐了。

"哦。"凯特失望地叫了一声，"你确定吗？"

我就这样忘记了那个写着熟悉字迹的信封。直到当天晚上，凯特和塔米先后离开之后我才再一次想了起来。我将信封翻了过来，发现背面的一个角落里写着一个名字：

莫琳·斯科特太太

是帕特里克的母亲。是呀，她对我就像是对待自己的亲生女儿一样。莫琳是个非常爱寄卡片的人。想当初，我和帕特里克还在一起的时候，就收到过她因为各种鸡毛蒜皮的小事给我们寄来的卡片。

亲爱的帕特里克、萨斯基亚和杰克，谢谢你们周六陪伴我们度过了一个愉快的夜晚。我们非常喜欢萨斯基亚做的"泰式牛肉沙拉"。真的是美味极了。

我小心翼翼地拆开了信封。一张熟悉的页边处带有熏衣草花纹的淡紫色信纸出现在了我的眼前。看来她这么多年一直都在使用同一款信纸。

我屏住呼吸开始阅读书信的内容。

亲爱的萨斯基亚：

杰克托我给你寄来这张慰问卡片（这是他用自己的零花钱买的），我答应了他一定会找到你的地址，然后把它寄给你的。帕特里克并不知道这孩子给你写卡片的事情，所以我希望你（在目前的情况下）不要给他回信。我早就应该告诉你了，萨斯基亚，你在杰克和他的奶奶眼里都是一个称职的母亲。我早就应该多做些什么，好和你保持联系的。对此，我真的很抱歉，也许永远都不会原谅自己的。杰克已经长成一个帅气的小伙子了。这都是你的功劳。

我希望，也祈祷你能够找到解脱的方法，继续自己幸福的生活。我知道这也一定是你母亲对你的期待。

爱你的

莫琳

这封信所附的卡片上画着一只坐在病床上、嘴里叼着温度计的长颈鹿。杰克用稚嫩的笔迹在背面写道：

亲爱的萨斯基亚：

希望你很快就能好起来。我没事，手臂上的石膏下周就可以拆掉了。

爸爸不让我来看你。我很抱歉。

爱你的

杰克

PS：我还记得你陪我用橡皮泥建造的那座城市，真的是美极了。

PPS：这是我送给你的另一颗幸运玻璃球，希望能够代替我弄丢的那一颗。

原来，信封角落处装的是一颗玻璃球。我顺着光线将它举到了眼前，端详着里面纷繁复杂的彩色花纹，双眼渐渐地模糊起来。

我哭了很长时间。但那并不是什么撕心裂肺的哭喊，而是安静而又纯净的啜泣，就像是周日下午滴落在窗棂上的那些无穷无尽的细软雨滴。

当眼泪终于不再恣意涌出的时候，我擤了擤鼻涕，伸手关掉了台灯，然后沉沉地睡了过去。我已经有好几年的时间都没有睡得这样安稳了，甚至连一个梦也没有做。我醒来的时候就像是一只刚刚结束了冬眠的小动物，迫不及待地从黑黢黢的洞穴中爬了出来，想要嗅一嗅春天的味道。

我抬起手掌揉了揉眼睛，一股半生不熟的培根味道和劣质的咖啡味慢慢地飘了过来。那个每天负责给我送早饭的坏脾气护工萨利正站在我的床位旁。她像往常一样没好气地把餐盘丢到了我的桌子上，然后挑着眉毛问了我一句：

"睡得好吗？"

"很好。"我回答。

27

催眠师的女儿

在看到自己的宝宝之前，你是无法真正理解爱为何能够拥有如此丰富的层次，而他的生存和健康又是为何会成为你心中的头等大事的。

——宝贝爱，"澳大利亚婴儿护理专家"

罗宾·巴克尔

"没错，这就是我的鼻子，它很好笑。你能不能专心一点儿？"

小宝宝放开了艾伦的鼻子，伸出小小的手掌捂住了艾伦的嘴巴。艾伦假装要张口吃掉她的小手。"嗷唔，嗷呜。"

小宝宝咯咯地笑了起来，转过头来紧紧地咬住了艾伦的奶头，贪婪而又专注地吮吸了起来，一只手指还高高地举在空中，仿佛在说：等一下，我一会儿再来和你玩。

艾伦闭上了眼睛，感觉身体里仿佛藏着一千块负责吮吸奶水的小小磁铁，一股股带有刺痛感的暖流向她的心头席卷而来。六个月以前，她从未体验过这种感受，但现在却早已经把它视为是和打喷嚏一样稀松平常的事情了。

只不过，如此美好的感觉每一次都让她觉得无比珍贵。

正在享用鲜美乳汁的格蕾丝开心地挥舞着自己的小手，仿佛正在指挥着一首交响曲。她的头微微后仰着，眼皮还不断地震颤着，好像这首动人的乐曲真的打动了她的灵魂似的。

"我的宝贝女儿在哪里呀？"

听到父亲的声音，小宝宝猛地朝着他走来的方向扭过头去，以至于把艾伦的奶头都给揪痛了，嘴角上还挂着几滴雪白的乳汁。

"你好呀我的小格蕾丝，你好，你好，你好！"帕特里克在艾伦坐着的位置旁边蹲了下来。小宝宝咿咿呀呀地喊着笑着，小身子兴奋地扭动了起来。帕特里克伸出了双手，抬起头来看着艾伦，像是在请求她的同意。

"好吧。她只不过是想吃些点心而已。"

帕特里克抱起了孩子，然后将自己的脸埋进她的脖子里。"我好像闻到了一个很好吃很好吃的小宝宝的味道。"

艾伦一边扣上自己的内衣和衬衫扣子，一边望着帕特里克。

"上帝呀，我可从没见过这么入戏的爸爸。"前一天晚上，安妮在看到帕特里克和格蕾丝嬉闹的样子之后不禁感叹道。她的语气里似乎包含着一点嫌恶甚至是不耐烦的意味。这不禁让艾伦想到，她是不是正在为艾伦错失了一个入戏的父亲而感到遗憾，为自己是个单身母亲而感到嫉妒，或者仅仅是感觉帕特里克如此阴柔的一面有点儿不够得体呢？

"抱歉。"帕特里克站起身来，让宝宝跨坐在了自己的胯骨处。接着，他俯下身来吻了吻艾伦的额头。"嗨，你好呀。"

"哦，你好呀，终于想起我了。"艾伦无奈地耸了耸肩膀。

她并不觉得帕特里克哄孩子的方式缺乏阳刚之气。相反，她总是看不够他和格蕾丝之间的互动。自从她第一次被推回病房，看到他裸着上身抱着刚刚出生的女儿时（护士叮嘱帕特里克，最好能在艾伦恢复体力的这段时间让格蕾丝保持肌肤的接触），她的心里就产生了一种莫名其妙的感觉——就像是一种似是而非的强烈冲动。和哺乳一样，这对她来说完全是一种全新的体验。不知道这算不算得上是一种生理上的需求：看到你的伴侣和你的子女之间保持着亲昵的关系，就表示他愿意陪在你身边，保护你不受狮子老虎之类的野兽的侵袭——这应该也会给你带来一种莫名的满足感吧。又或许是因为她正在建立自己与格蕾丝之间的认同感，而帕特里克则圆了她内心压抑已久的对父爱的渴求？

无论这到底是为什么，此刻在她心头徜徉的情感就只有感恩，而那些曾经怀疑帕特里克永远都无法忘怀科琳的猜测都显得是那样的愚蠢。艾伦在朦胧中回想起了一年前的自己：那是多么多余的一场闹剧呀！谁说他们之间的爱还不够多，还不够浓烈呢？

上周一的早上，哈丽特打电话来告诉艾伦，乔恩的新婚妻子怀上了双胞胎。

（这应该是一件好事吧，特别是当艾伦想象着乔恩面对睡眠不足的问题时的窘态，就更觉得有趣了。他一向都是格外珍惜自己的睡眠的。因此，艾伦希望他的一对双胞胎宝宝能够既健康又有活力，尤其是在凌晨三点钟的时候。）

挂上哈丽特的电话，艾伦这才意识到自己近来已经很少想起自己的前男友们了。格蕾丝的出生一下子就将他们全都踢出了自己的脑海。曾几何时，这些有关前男友的回忆一直都是艾伦感情生活的重要组成部分，因为他们身上的种种不足总是能够凸显出帕特里克身上的种种好处，就好像她为自己的婚姻报名参加了一个永无休止的挑战赛似的。是的，我们又赢了！看看我们和谐完美的性生活！看看我们过得有多开心！

只不过这样的生活已经不再有人关注了。

如今，她对帕特里克的爱已经实实在在地变成了她生活中的一个组成部分，就好像这一切早就应该理所当然地属于她似的。

有时候，她也会不禁猜想，眼前的这一切幸福与美满是不是都是因为她的身体在母乳喂养的过程中释放出的那些"爱的荷尔蒙"——催产素——的原因呢？这种激素似乎能够增加哺乳期女性

The
Hypnotist's
Love
Story

对于旁人的信赖与同情，同时减轻恐惧的心理。

如果真的是这样的话，那就太好了。格蕾丝想要吃多久的母乳，就让她吃多久好了。（"你得向我保证，你不会变成那种在孩子上学之后还坚持母乳喂养的疯子妈妈。"安妮警告她。"这么做有什么问题吗？"艾伦一脸无辜地反问。）

格蕾丝·莉莉·斯科特——这个名字是为了纪念小宝宝的外曾祖母而取的。由于格蕾丝的"胎盘低置"，自然分娩几乎是不可能的，因而他们选择了在情人节这天通过剖腹产来迎接她的到来。在做出这个决定之前，艾伦曾一度感觉世界末日就要降临了，因为她一直都在幻想自己可以经历一次不用药的自然分娩过程，然后在其中运用自己成功教授给许多临产母亲的自我催眠技巧。可她从没有想过，自己甚至都不能去尝试一下自然分娩的感觉。

"好啦，我知道你很沮丧。"茱莉亚安慰她。（那时候，她已经搬去与史丁奇同住了，脸上总是散发着幸福的光芒。当然，这没准儿也是因为她最近才听说，她前夫的新婚妻子很快便离开他，投入了别人的怀抱：这难道不是最大快人心的因果报应吗？）"你肯定觉得剖腹产不符合自己的'品牌形象'对吧？难不成你还想要呆在家里分娩，然后请人来念佛经，再点上蜡烛焚个香之类的？"

"才不是呢。"艾伦表面上不屑一顾地哼了一声，心里却觉得茱莉亚形容的那个场景别提有多美好了。

"我早就知道你这个娇气的姑娘是禁不起自然分娩的折腾的。"玛德琳说。事后，她承认自己这么说完全是出于嫉妒，因为她当初花了十六个小时才把小哈利带到这个世上来，现在回想起来真是不堪回首。（玛德琳最近还向艾伦坦白，她一直都没有和艾伦探讨过催眠治疗法的真正原因，其实是因为她担心艾伦会觉得她不够脱俗或是没有慧根。这不禁让艾伦感到十分的惊讶。）

"亲爱的，自然分娩并不能让你真正地成为一位母亲。"帕特里克的母亲说。

"没错，换做是一百年前，若是你几天都生不下来，最后就只能出血而死了。"艾伦的母亲是这么说的。

是的，最后这一切都变得不再重要了。在手术的过程中，她一直都在使用自我催眠的办法来稳定自己的血压，这也保证了她在术后并没有出现任何的并发症。"你的妻子真的是我见过最冷静、最淡定的产妇了。"麻醉师对帕特里克说。

"那你真应该看看她玩忍者格斗游戏时的样子。"帕特里克回答。

艾伦就这样在她那片宁静的"小空间"里静静地等待着，直到产科医生将她的宝宝高高举起的那一刹那，她才猛地吸了一口气，就好像刚刚才从游泳池里探出头来似的。这个举动不禁让现场的所有人都紧张了一下，但她却无法口齿清晰地告诉他们自己没事，只不过是在感慨——哦，我的上帝呀，你看到了吗，那真的是一个小宝宝呀。显然，虽然她在怀孕期间一直都在阅读相关的书籍、布置宝宝的婴儿房，但她的潜意识却在以为自己会生出一条鱼、一只泰迪熊或是别的什么东西来，反正不会是一个小婴儿。

"妈咪忙着做催眠的时候，我们该做点什么呢？"帕特里克对着怀里的格蕾丝说，"你想不想跟我和哥哥到沙滩上去玩呀？或是和我们坐在一起吹吹牛？"

格蕾丝咿咿呀呀地用自己的语言说了一大段话，一双大眼睛紧紧地盯着帕特里克。她遗传了艾伦母亲的淡紫色眼睛。对于这一点，艾伦简直是自豪得不得了，还总是会故意为她搭配一些能够凸显那对闪亮双眸的衣服。事实上，她每次推着格蕾丝出门的时候都一定会得到别人的夸赞，但她却会装出一副惊喜而又谄媚的表情来，仿佛这是第一次有人注意到女儿的眼睛似的。"像她外婆。"她一般都会谦虚地说上一句。

"好吧。"帕特里克在格蕾丝仍旧喋喋不休的同时认同地点了点头，"是的，我明白了，知道你什么意思了。你也不太确定，所以还没有想好是不是？那是因为你是个女孩子呀，明白了吗？"

"嘿。"艾伦在一旁不满地抗议道。

"或许是因为你遗传了妈妈的个性吧，总是习惯想太多。你是不是会想，爸爸带我去沙滩上玩是什么意思呀？他是不是下意识地想要和我说些什么呀？他的心里是不是藏着很多的话呀？"

"我根本就没听你在说些什么。"艾伦站起身来，将手臂高举在头顶做了个伸展运动。

艾伦最近又开始利用一部分时间接待催眠客户了。她的母亲和教母们每周三的早上都会来接格蕾丝，将她打扮得像个小公主似的，推着她去餐厅里吃饭，还会在她那张小嘴巴里塞上烟熏三文鱼、巧克力粉或是什么东西。而帕特里克的母亲则会在周四下午放学之后过来帮忙照顾杰克和格蕾丝。每一次，莫琳都会给格蕾丝洗上一个温暖的热水澡，再喂她吃些南瓜泥，并且会在送她回来之前在她那柔软而又喷香的小额发上系上一个大大的粉色蝴蝶结。在格蕾丝还是个婴儿的时候，杰克对于她的兴趣并不是很大，但当她学会了做出各种各样的反应之后，杰克便开始发明各种方式的躲猫猫游戏，逗得妹妹尖叫着笑得前仰后合。也正是因为如此，格蕾丝每次和杰克一起玩的时候总是会发出一种十分独特的笑声。

截至目前，艾伦诊所的预约名单已经排到了三个月之后，但她却并不愿急着全身心地投入到工作中去。带孩子的过程就好像是在接手一份新工作、展开一段新的恋情的同时还要搬到一个语言文化都不同的国家里去。现在，她的整个身心和全部思绪都和这个孩子联系在了一起。她其至恨不得想要一口把她吞进嘴里，小心地含着。

对于格蕾丝的母爱仿佛让艾伦时刻都徘徊在快乐与恐惧的边缘。"宝宝的适应能力是很强的。"每当艾伦讲到自己的担心时，帕特里克的母亲总是会这么安慰她。可她只想大喊一句："你在开玩笑吗？他们就连睡觉的时候都有可能会死掉的！"

一次，母亲独自一人前来帮忙照看格蕾丝，恰巧碰上了刚刚从婴儿房里走出来的艾伦。见到母亲，艾伦不禁抱怨了一句："我是真的很爱她，但这实在是——"

"实在是太折磨人了。"母亲主动为她补充道，"我知道。而且就算她长大了，情况也不会有任何的好转。你只有自己学着去接受它。"

艾伦的目光和母亲的目光碰到了一起，那对淡紫色的眼睛一下子便让她想起了自己的女儿。其实，艾伦一直都知道，安妮之所以会常常变得激动而暴躁正是因为她正试图隐藏自己对于艾伦的爱，仿佛在她看来，爱就是一个人最大的弱点似的。对于艾伦来说，母亲的这个弱点真的很可爱。要是她能够像我这样想该有多好呀！敞开胸怀去爱！可她现在才明白，母亲并不是在抗拒这份爱，而是在负担这份爱。原来真的是爱得越深，就痛得越真——那是正好深埋在你胸口中央的一处永远都无法抹去的痛。

幸运的是，每当她感觉自己的恐惧就快要控制不住的时候，平凡的母性总是会把她牢牢地按在地上。显然，琐碎的育儿工作是不会留给你任何多愁善感的机会的。当你面对成堆的尿布时还要忙着思索牛油果和脱脂乳酸奶酪为什么不能吃，或是不时地猜测她是不是累了、饿了或是长牙了的时候，伴着她那不明所以又停不下来的"啊，啊，啊"的叫声，哪里还有时间去感慨自己的蜕变呢？

"我打算带她和杰克到沙滩上去玩玩，"帕特里克说，"好让杰克能远离电脑一会儿。"

"好呀。格蕾丝的帽子在五斗橱里。"艾伦叮嘱道，"防晒霜在——"

"我们知道该准备些什么。"帕特里克安慰她。

"那就好。"艾伦接着说，"外面有点刮风了，所以——"

"艾伦，尊重一下爸爸好不好？"

"哦。那好吧。"

"你看，妈妈就快要忍不住了。"帕特里克对着怀中的宝宝说道，"她实在是有太多的话要说了，总是指挥个没完没了的。"

艾伦无奈地翻了个白眼。"我要换身衣服去工作了。"此刻，她身上穿的是一条宽松的牛仔裤，T恤衫上还沾着一块婴儿食品留下的污渍，"你们两个好好玩吧。"

帕特里克举起了格蕾丝的一只小手，调皮地向她招了招手。"拜拜，妈咪。"

艾伦磨蹭了一会儿，转过头来看了看这父女俩的眼睛。"她眼睛的轮廓简直和你长得一模一样。我妈妈的颜色，但是是你的轮廓。"

"还有这光秃秃的发型。"帕特里克嬉笑着从腋下勾住格蕾丝，然后十分配合地低下了自己的头。

艾伦离开了房间，可就在她刚刚走到走廊的一半时，便又转身跑了回去，冲着门口快速地喊了一句："如果你想找她那件蓝色的羊毛衫的话，看一下门口的那个书包。我要说的就这么多啦！"

就在她刚准备踏上楼梯的时候，婴儿房里突然传出了帕特里克的声音："她还是没忍住，格蕾丝。她根本就忍不住。"

二十分钟后，她换好了衣服，站在办公室的窗前，手扶着帕特里克为她挂好的那副窗帘。她可以看到帕特里克正背着格蕾丝走在沙滩上，手臂下面夹着一把阳伞，肩膀上还扛着一个沙滩包。杰克正倒退着走在他们的前面，似乎是想要逗笑格蕾丝。艾伦眯起眼睛观察了一下：帕特里克还真的给宝宝套上了那件蓝色的羊毛衫。

她看到三个人在靠近水边的一片沙滩上停了下来。帕特里克将小宝宝递到了杰克的手上，然后跪下来开始给阳伞挖洞。他挖得实在太仔细了，说不定就算飓风来了也刮不走那把阳伞呢。

"快点。"她对着窗户自顾自地嘟囔了一句，"她还晒着太阳呢。"

帕特里克突然停止了挖沙的动作，抬起头来望向了她家的房子，仿佛是听到了她的声音。他将双臂高高地举过头顶朝她挥着手，好像正站在某座山顶上似的。艾伦忍不住笑了起来，傻乎乎地也向他挥了挥手。

和艾伦刚刚认识他的那段时间相比，帕特里克的行为举止已经发生了很大的变化：他的动作更放松、更自由也更随意了。到目前为止，他们已经一年多没有听到过萨斯基亚的消息了。随着时间的流逝，帕特里克的变化也越来越大：在放下了警惕之后，他整个人看上去简直是既单纯又幸福，不仅更容易信任别人了，就连脾气也没有以前那么暴躁了。在房子里做家务的时候，他还会曲不离口地用美国口音哼唱起乡村音乐的歌曲——内容唱的无非是什么三心二意的女子或是冷若冰霜的心。艾伦仿佛觉得自己从未见过眼前的这个真实的帕特里克，或是她之前爱上的那个"病人"如今已经完全康复了。这是多么令人惊喜的嘉奖啊：简直就像是网购包裹里意外夹带的免费赠品一样。

如此美好的生活也让她逐渐抛却了自己对于萨斯基亚的愤怒之情，甚至一度遗忘了她的行为会对帕特里克的过去和未来产生怎样的影响。

一次，在格蕾丝还只有几周大的时候，她曾经和帕特里克一起看过一部纪录片，里面讲述的是一个被前夫跟踪了许多年的女子的经历。

"我也是这么觉得的。"在看到某一个片段时，帕特里克突然冒出了一句。

艾伦吓了一跳，这才发现自己在观看这段纪录片的时候根本就没有想起帕特里克过去的经历。

艾伦的心一下子就揪了起来。她竟然没想到帕特里克会联想到自己和萨斯基亚之间的过往。看来她光顾着同情纪录片里的那个可怜的女人了，毕竟这对她来说是多么可怕的一件事呀！那个可恶的前夫不应该为自己找任何的借口，而艾伦也根本就不屑于去猜测他这么做到底有什么动机。他不过就是个彻头彻尾的坏蛋，一个应该被法律重判的恶人。她低头看了看正趴在她肩上熟睡的格蕾丝，然后又转过头去看了看电视画面中那个哭红了双眼的陌生女人，这才意识到自己从未向帕特里克表示过同等的同情或是关切。她的偏见和她的盲目简直令人毛骨悚然。

"很抱歉，我都忘了你曾经也是个受害者。"艾伦对帕特里克说。

"哦，没事的，这种事情发生在一个女人身上显然要更糟糕一些。"帕特里克耸了耸肩膀。

现在回想起来，帕特里克开车的时候仍会比正常的司机更加频繁地查看后视镜。无论他们到哪一家餐厅去吃饭，他也总是会习惯性地扫视一遍周围，就好像他上辈子曾经做过间谍一样。不过，他已经不再像以前那样常常紧锁着眉头，或是带着机警而又防备的眼神看待别人了。随着失眠情况的改善，他的精神也好了许多，看上去年轻了不少。"我觉得自己仿佛正在从一场可怕的大病中一点一点地恢复过来。"他告诉艾伦，"每一次查看手机或是收取电子邮件的时候，我都不会再看到萨斯基亚的名字了，这种感觉简直就像是赢了一份大奖。"

艾伦和帕特里克直到现在也还没有举办婚礼，不过他们已经开始在闲来无事时畅想起了婚礼的场景和理想的日子。帕特里克依然热衷于出国去举办婚礼。对于这一点，艾伦总是会猜测他是不是还在担心萨斯基亚会突然出现在婚礼的现场。

艾伦不知道萨斯基亚有没有像她建议的那样搬出悉尼，也不知道她的腿疼到底有没有好转，或者是否遇到了心仪的伴侣。她是真心地想要知道这些细节，但又迷信地认为，自己若是在谷歌上搜索萨斯基亚的名字，便会莫名地将她带回到自己的生活当中。

此时,帕特里克已经支好了阳伞，并从杰克的手中接过了格蕾丝，还轻轻地把她高举了起来。艾伦知道，格蕾丝肯定会咯咯地笑着抓住他的头发的。她的笑声听上去是那样的饱满而又欢快，简直是艾伦听过的最悦耳的声音了。

杰克在沙滩上小跑了几步，在靠近水边的位置上来了个倒立，然后用手支撑着走了几步，两条腿直直地伸向了空中。

"小心点儿。"艾伦又忍不住对着窗户自言自语起来。

今天早饭的时候，杰克还对艾伦说起了即将到来的运动会。"我跟所有人都说了，你一定会赢得妈妈比赛的第一名的，因为你会对所有的妈妈都进行催眠！嘭，嘭，嘭！她们就一个个都倒在地上了。"

听到杰克居然这样无意识地随口将她比作是自己的妈妈，艾伦在感到受宠若惊的同时赶紧在心里对科琳道了个歉。

她完全想象不到，若是自己某一天也得了绝症，且明知会有另一个女人来代替她抚养格蕾丝长大时会是怎样的一番感受。在生下格蕾丝之前，她总是会在意志消沉的时候偷偷地幻想自己的葬礼会是什么样子。然而，如今的她却根本就无法忍受让任何人来代替她为女儿的生活做出选择。

科琳，很抱歉事情会变成今天这个样子。不过我保证自己会尽力做到最好的。我爱杰克。我真的很爱他。

不过,这番感受还是没有在想到格蕾丝的问题时那样的痛彻心肺。

不过这也没有关系,艾伦在心里想着。毕竟这并不是什么让她夜不能寐的事情,而世界上的爱也不仅仅只有一种形式。她想到了自己和父亲刚刚建立起来的父女关系,以及那份与日俱增的喜爱和尊敬。虽然这种感情和他与自己的那两个儿子之间所拥有的不尽相同,但并不代表它不够独特。

当然了,杰克还只是个没有长大的孩子。但在他的潜意识里,他也许早就感觉到了艾伦对他的爱不会像对格蕾丝那般的彻骨。若是让这样的想法一直扎根在杰克的心里,说不定会对他的心智产生无法言说的伤害。看来,她要多花几个晚上的时间去思考一下自己到底是不是个可怕的继母了。

她叹了一口气。如果她真的能够赢得那场"妈妈比赛"该有多好啊。可惜她在跑步方面一直都很差劲,因而正在认真地考虑要不要称病退赛。

杰克开始绕着阳伞一圈圈地跑了起来,偶尔还会用脚扬起一阵沙土,说不定会迷了帕特里克和宝宝的眼睛呢。嗯,他看上去并不像个心理上受了伤害的孩子。

这时候,门铃响了。

今天准备和她见面的是一个通过网络找到她诊所信息的新客户。在电话中,他的声音听上去似乎有点粗鲁,好像是满腹疑惑且充满了绝望。他说自己想要戒烟,但艾伦却怀疑真相并不只是如此。她知道,自己是他的最后一线希望了。

艾伦转过头来最后望了一眼自己的家人,然后便走下楼去,准备打开门来看看那个男子到底需要什么样的帮助。

28

故事的结局

能不能请你告诉我的女儿，我爱她？

——萨斯基亚的母亲在临终前对正蹲在她床边
整理着输液管的小护士耳语了一句。
"你说什么？"她不耐烦地问了一句。
可是一切都已经太晚了。

我并没有完全听从催眠师的话，不过我的确找了个心理医生，并且在过去的一年中每周都去看诊一次。

　　我并没有什么别的选择。

　　去年，我出院的时候正值初夏。我穿着自己最正式而又最普通的衣服坐在了法庭的门外，等待着里面的工作人员传唤我的名字。与此同时，我不禁想起了自己第一次在诺沙见到帕特里克时的情景。那一天，我坐进了"生态友好型建筑设计"研讨会的会场，正巧碰到迟到的帕特里克在四处寻找座位。我望着他四下扫视着整个房间，默默地在心里祈祷着，坐到我旁边来吧。这时候，他的眼神正好与我的眼神交汇在了一起，他下意识地对我笑了笑。

　　这就是故事的开头，而此刻就是故事的结尾。

　　法庭很快就作出了裁决。我并没有对限制令的内容提出申诉，面对非法入侵的指控也做了认罪答辩。法庭宣判，只要我遵守有条件保释令，坚持接受心理医生的治疗，就不会判我入狱。

　　我的心理医生话不多，多半时间里只是静静地听着我唠叨。可她一开口便会让我感觉自己仿佛就是一只被钉在树叶上的蝴蝶。我们所谈论的第一个问题自然就与帕特里克有关。

"你觉得帕特里克在接到你无休止的电话时会有什么感受？"

"你觉得自己突然出现在他家卧室里的那一天，帕特里克都想到了些什么？"

"你觉得帕特里克那晚有没有感觉到害怕？"

颇具讽刺意味的是，我在过去的整整三年时间里满脑子想着的都是帕特里克这个人，却从未真正考虑过他的感受。

"我并不是一个暴力的人。"我为自己辩解道。

"暴力并不只是肢体上的。"她回答，"你剥夺了他的权利。"

"这跟权利没有关系。我爱他。我只是想让他回到我的身边。"

"好好想想吧，萨斯基亚。"

The
Hypnotist's
Love
Story

她不允许我逃避任何一个细节，就如同是强迫我站在一面镜子前面似的，每当我想要转过头来看向其他的方向时，她都会扳住我的肩膀，让我的脸转回面向镜子的方位；而当我用双手遮住自己的眼睛时，她又会轻轻地把它们放下来，摆回我身体的两侧。

终于，我放弃了挣扎，笔直地站在那里望着镜子里的自己。

这个过程简直是枯燥至极。

她用乏味而又正经的语气列举出了我的信念可能对帕特里克造成的影响：焦虑、抑郁、创伤后应激障碍。

"我真的不觉得——"我刚想开口说话，便又停了下来。

"书里写得很清楚。"她回答。

"真想不到啊。"我说。

"你是知道的。"她继续讲道，"我相信你的一部分意识很清楚自己到底在做些什么。"

"我还给他寄了道歉的卡片。"我终于找到了一个愚蠢而又荒唐的借口，赶紧开口为自己辩解。

不过，这显然是个很糟糕的笑话，以至于她根本就无动于衷，只是紧紧地盯着我，让那根无形的钉子再一次刺中了我的心脏。我鼓动着翅膀，蠕动着身体，最后终于停止了挣扎。

寄卡片的事情确实只是个笑话。自从出院以来，我就再也没有见过或是联系过帕特里克。我也不再去观看杰克学校的足球比赛了。我真的是一点儿兴趣都没有，因为那就如同是我一度十分喜爱，却又吃伤了身体的某种食物一样。虽然我还能够记得它的美味，但每当我回想起来的时候便会不自觉地联想到胃里翻江倒海的感觉，内心的渴望也就随之变成了深刻的厌恶。

我们谈论了很多有关悲伤的话题：毕竟我先后失去了自己的母亲、帕特里克、杰克以及那个我从未有过的孩子。我们说到了我是如何将自己的悲伤幻化成对付帕特里克的武器，还说到了我是如何将心痛和愤怒都反射出来，如同绝望地挥舞着一把冒着烈焰的刀剑刺向对方，而只是为了无谓地保护自己不被火焰燎伤的。

我用掉了她办公室里的很多面巾纸。

我们还聊到，帕特里克向我提出分手的那个决定其实并非是我的错，而是因为他无法摆脱自己对科琳的哀思。"如果艾伦是那个在展会上遇到他的女人，他也一定会毫不犹豫地和她分手的。"我的心理医生对我说。

"不，他们看上去是那么的心心相印。"我反驳道，"那一定是真爱。"

"都是时机的问题。"她回答。

后来，我们又谈论到了我是如何淡出社交圈、渐渐远离了自己的朋友的，以及我在除了跟踪自己的前男友之外还有没有别的兴趣爱好。最后，我们的话题回归到了该如何处理未来的恋爱关系以及面对被拒绝的可能性问题上。

此时，我已经不再需要用到那么多的面巾纸了。

终于有一天，我在坐进心理医生的办公室之后，和她聊起了自己周末看过的一部电影以及最近试过的一个烹鱼食谱，还说起了自己很喜欢吃鱼的话题。在谈话快要接近尾声的时候，我的心理医生告诉我，她认为我已经没有必要再预约下一次的会面了。于是我顺从地接受了她的提议，然后利用本应该去接受心理治疗的时间去修了修脚。

艾伦告诉我，我应该离开悉尼，但我并没有离开。

我会非常想念朋友的。

塔米已经正式搬进了我的两层小楼，而邻居詹尼特和皮特也一直都和我们保持着密切的交往。他们家的两个孩子没事的时候经常会跑到我家来串门，而我们也会偶尔利用周末的时间帮他们看看孩子，好让他们能够出去享受一下二人世界。

此外，我和詹尼特的哥哥——冲浪男托比之间的约会也持续了好几个月的时间。他是个很风趣的男人，在帮助我分散注意力方面确实起到了很大的作用。但他也才刚刚结束一段恋情（在这一点上，他和我的境况倒是有点儿不谋而合），每每提到感情的事情便会和我一样感觉既尴尬又脆弱，因而这段关系最终也就和平地无疾而终了。

我们现在还是好朋友的关系——这一点对我来说倒是有点奇怪，因为我从没有和自己的前男友保持过朋友的关系，也不知道该如何维护这样的联系或是该遵循哪些规则。不过，一切到目前为止还都是风平浪静的，只是偶尔会让人感到有点不太舒服而已。我们还会坐在一起聊天，但是并不会有什么眼神的接触。

凯特对我说，她觉得托比和我命中注定是要走到一起去的，因为他看我的眼神总是充满了某种复杂的情感（我并没有注意到这一点，但他显然曾经在我心不在焉的时候盯着我看过），可我也说不好。凯特如今已经是个怀有身孕的准妈妈了，因此不免会显得有点儿多愁善感。昨天晚上，她还特意打了个电话给我，说她和兰斯刚刚去做了超声波检查，知道自己怀的是个男孩，并问我愿不愿意做孩子的教母。我。她是这么说的："我知道自己和你认识的时间还不够长，所以如果你觉得很勉强的话一定要告诉我。"接着，她又追问了一句："萨斯基亚，你还在吗？"

我的教子明年就要出生了。

说到孩子，我今天看到催眠师和她的宝宝了。

我并不是在故意跟踪他们。我可从没有违反过自己的限制令，而且还刻意避开了自己以前经常会碰到他们的那片区域。

傍晚时分，我站在环形码头附近等待着和塔米、凯特一起到剧院的酒吧里喝点东西，然后去看一场戏剧。凯特在某个网站上买到了几张便宜的戏票。这是个十分美丽的夜晚，渡口和歌剧院之间的地方穿梭着熙熙攘攘的人群。

艾伦推着一辆婴儿车径直地向我走来：那是一辆看上去就设计精良的彩色婴儿车。匆忙之间，我只看到那孩子一眼。那是帕特里克的孩子，一个穿着紫色连衣裙的小姑娘。她的一双小腿高高地踢向了空中，露出了一对白色的小袜子。

我一下子就停下了脚步，害得身后的行人不耐烦地埋怨了我一句："嘿，看着点儿。"

我看到艾伦的脸色一下子就亮了起来，目光仿佛正好落在了我的身上。我回报了她一个淡淡的微笑，因为我一直都觉得我们两人若是生活在另一个世界里，肯定是会成为好朋友的。而且，我还想要告诉她一件很奇怪的事情：自从我摔坏了自己的骨盆和脚踝之后，腿疼的问题便莫名其妙地消失了。

可紧接着我便意识到她正朝着站在我身后的另一个人微笑，还举起一只手挥舞了起来。我根本就没有回过头去看一看那个人是帕特里克、杰克还是其他的人，而是大步流星地向前走去，让自己消失在了茫茫的人海之中。